Corrente de Espinhos

Obras da autora publicadas pela Editora Record:

Série Os Instrumentos Mortais
Cidade dos ossos
Cidade das cinzas
Cidade de vidro
Cidade dos anjos caídos
Cidade das almas perdidas
Cidade do fogo celestial

Série As Peças Infernais
Anjo mecânico
Príncipe mecânico
Princesa mecânica

Série Os Artifícios das Trevas
Dama da meia-noite
Senhor das sombras
Rainha do ar e da escuridão

Série As Últimas Horas
Corrente de ouro
Corrente de ferro
Corrente de espinhos

Série As Maldições Ancestrais
Os pergaminhos vermelhos da magia
O livro branco perdido

O códex dos Caçadores de Sombras
As crônicas de Bane
Uma história de notáveis Caçadores de Sombras e seres do Submundo:
Contada na linguagem das flores
Contos da Academia dos Caçadores de Sombras
Fantasmas do Mercado das Sombras

CASSANDRA CLARE

Corrente de Espinhos
AS ÚLTIMAS HORAS

Tradução
Glenda D'Oliveira e Mariana Kohnert

1ª edição

RIO DE JANEIRO
2023

CONSULTORIA
Idris Brasil

DIAGRAMAÇÃO
Abreu's System

REVISÃO
Renato Carvalho

TÍTULO ORIGINAL
Chain of Thorns

CIP-BRASIL. CATALOGAÇÃO NA PUBLICAÇÃO
SINDICATO NACIONAL DOS EDITORES DE LIVROS, RJ

C541c

Clare, Cassandra
  Corrente de espinhos / Cassandra Clare ; tradução Glenda D'Oliveira, Mariana Kohnert. – 1ª ed. – Rio de Janeiro : Galera Record, 2023.
  (As últimas horas ; 3)

Tradução de: Chain of thorns
Sequência de: Corrente de ferro
ISBN 978-65-5981-254-7

1. Ficção americana. I. D'Oliveira, Glenda. II. Kohnert, Mariana. III. Título. IV. Série.

22-81294

CDD: 813
CDU: 82-3(73)

Meri Gleice Rodrigues de Souza – Bibliotecária – CRB-7/6439

Copyright © 2023 by Cassandra Clare, LLC

Todos os direitos reservados.
Proibida a reprodução, no todo ou em parte, através de quaisquer meios.
Os direitos morais da autora foram assegurados.

Texto revisado segundo Acordo Ortográfico da Língua Portuguesa de 1990.

Direitos exclusivos de publicação em língua portuguesa somente para o Brasil adquiridos pela
EDITORA GALERA RECORD LTDA.
Rua Argentina, 120 – Rio de Janeiro, RJ - 20921-380 - Tel.: (21) 2585-2000,
que se reserva a propriedade literária desta tradução.

Impresso no Brasil

ISBN 978-65-5981-254-7

Seja um leitor preferencial Record.
Cadastre-se e receba informações sobre nossos lançamentos e nossas promoções.

Atendimento e venda direta ao leitor:
sac@record.com.br

Para Emily e Jed.
Fico feliz por vocês terem finalmente se casado.

— ❧ —

Precisamos aprender a suportar aquilo de que não conseguimos escapar. Nossa vida, como a harmonia do mundo, é composta de coisas contraditórias, de tons diversos: doces e amargos, afiados e embotados, vivazes e solenes. O músico que só conseguisse incitar alguns desses, o que conseguiria fazer? Ele precisa saber fazer uso de todos e saber misturá-los, e, portanto, deveríamos unir os bens e os males que são consubstanciais às nossas vidas. Nosso ser não pode subsistir sem essa mistura, e uma parte não é menos necessária a ele do que a outra.

— Michel de Montaigne, *Ensaios*

Prólogo

Mais tarde, tudo o que James conseguiria se lembrar seria do som do vento. Um ruído metálico, como uma faca arranhando um caco de vidro, e abaixo disso, o som de uivos, desesperados e famintos.

Ele estava caminhando por uma estrada longa e sem demarcação — ninguém parecia ter passado ali antes dele, pois não havia marcas no chão. O céu acima estava igualmente vazio. James não seria capaz de dizer se era noite ou dia, inverno ou verão. Apenas a terra marrom estéril se estendia à sua frente, e o céu da cor de pavimento, acima.

Foi quando ouviu. O vento soprando, espalhando folhas mortas e cascalhos soltos ao redor de seus tornozelos. Cada vez mais forte, seu ruído quase acobertava os passos contínuos de pés marchando.

James se virou e olhou para trás. Demônios de terra giravam no ar onde o vento os havia alcançado. Sentia os olhos arderem com a areia conforme ele observava. Disparando pelo borrão da tempestade de areia, havia uma dúzia — não, uma centena… mais do que uma centena — de figuras escuras. Não eram humanas, disso ele sabia, e, embora não voassem exatamente, pareciam fazer parte do vento sussurrante, com sombras se enroscando em torno delas como asas.

O vento uivava nos ouvidos de James conforme as figuras disparavam acima, um emaranhado de criaturas feitas de sombras, trazendo consigo não apenas um arrepio físico, mas uma sensação gélida de perigo. Abaixo e através do som da marcha, como linha passando por um tear, ouviu-se uma voz sussurrar:

— Eles despertam — anunciou Belial. — Está ouvindo, meu neto? Eles despertam.

James se levantou bruscamente, arfando. Não conseguia respirar. Usou as unhas para escalar, sair da areia e das sombras, e se viu em um cômodo desconhecido. Ele fechou os olhos e tornou a abri-los. Não, não era desconhecido, ele agora sabia onde estava: no quarto que dividia com o pai na estalagem. Will estava dormindo na outra cama, e Magnus, em algum lugar no fim do corredor.

Ele saiu da cama, estremecendo quando seus pés descalços tocaram o chão frio. James atravessou o quarto silenciosamente até a janela, olhando para o lado de fora, encarando o luar e os campos nevados que cobriam o solo até onde a vista alcançava.

Sonhos. Eles o apavoravam. Belial vinha até James em sonhos desde que era capaz de se lembrar. James vira os sombrios reinos demoníacos em seus sonhos, vira Belial matar em seus sonhos. Ele não sabia, nem mesmo agora, quando um sonho não passava disso, um sonho, e quando era alguma terrível verdade.

O mundo sem cores do lado de fora refletia apenas a desolação do inverno. Eles estavam em algum lugar próximo ao congelado rio Tamar. Fizeram uma pausa na noite anterior quando a neve ficara espessa demais para os cavalos. E não fora uma agradável queda de flocos de neve nem mesmo uma rajada caótica. Aquela neve tinha direção e propósito, caindo em um ângulo distinto contra o descampado terreno marrom cor de ardósia, como uma saraivada interminável de flechas.

Apesar de não ter feito nada além de passar o dia sentado em uma carruagem, James se sentia exausto. Mal conseguira tomar a sopa quente antes de subir e desabar na cama. Magnus e Will ficaram no salão, em poltronas próximas ao fogo, conversando em voz baixa. James imaginou que estivessem falando sobre ele. Que falassem. Ele não se importava.

Era a terceira noite desde que haviam saído de Londres na missão de encontrar Lucie, a irmã de James, que tinha fugido com o feiticeiro Malcolm

Fade e o cadáver preservado de Jesse Blackthorn, com um propósito tão sombrio e assustador que nenhum deles queria dizer a temida palavra.

Necromancia.

O importante, ressaltara Magnus, era alcançar Lucie o mais rápido possível. O que não era tão fácil quanto parecia. Magnus sabia que Malcolm possuía uma casa na Cornualha, mas não sabia exatamente onde, e Malcolm havia bloqueado qualquer tentativa de Rastreamento dos fugitivos. Precisaram recorrer a uma abordagem mais antiquada: parar de tempos em tempos nos diversos bares do Submundo pelo caminho. Magnus conversava com os clientes enquanto James e Will eram relegados a esperar na carruagem, mantendo ocultas suas identidades de Caçadores de Sombras.

— Ninguém vai me contar nada se acharem que estou viajando com Nephilim — explicara Magnus. — Vai chegar a hora de vocês quando encontrarmos a casa de Malcolm e precisarmos lidar com ele e Lucie.

Naquela noite, Magnus contara a James e Will que acreditava ter encontrado a casa e que eles poderiam chegar lá em uma viagem de apenas algumas horas na manhã seguinte. Se não fosse o lugar certo, seguiriam viagem.

James estava desesperado para encontrar Lucie. Não apenas porque estava preocupado com ela, mas por tudo mais que estava acontecendo em sua vida. Tudo que ele deixara de lado, que dissera a si mesmo para não pensar até que encontrasse a irmã e soubesse que ela estava segura.

— James? — Uma voz sonolenta interrompeu seus pensamentos. Ele se afastou da janela e viu Will sentado na cama. — Jamie *bach*, qual é o problema?

James observou o pai. Will parecia cansado, os cabelos pretos, desgrenhados. As pessoas costumavam dizer a James que ele era como Will, o que James sabia ser um elogio. Durante toda a sua vida seu pai parecera ser o homem mais forte de todos, o que possuía mais princípios, o que amava mais intensamente. Will não duvidava de si mesmo. Não, James não era nada como Will Herondale.

Apoiando as costas contra a janela fria, ele disse:

— Apenas um pesadelo.

— Hum. — Will pareceu pensativo. — Você teve um ontem à noite também. E na noite anterior. Quer falar sobre alguma coisa, Jamie?

Por um momento, James pensou em desabafar com o pai. Belial, Grace, a pulseira, Cordelia, Lilith. Tudo.

Mas a vontade passou rápido. Ele não conseguia imaginar a reação do pai. Não conseguia se imaginar dizendo as palavras. James havia mantido aquilo tudo para si por tanto tempo que não sabia fazer nada além de se conter ainda mais, com mais afinco, protegendo-se da única maneira que conhecia.

— Só estou preocupado com Lucie — respondeu James. — Em que ela pode ter se metido.

A expressão de Will mudou. James pensou ter visto um lampejo de decepção passar pelo rosto do pai, embora fosse difícil discernir na penumbra.

— Então volte para a cama — aconselhou Will. — Se Magnus estiver certo, nós a encontraremos amanhã, e seria melhor estarmos descansados. Ela pode não ficar feliz em nos ver.

1

DIAS DE CREPÚSCULO

Minha Paris é uma terra onde os dias de crepúsculo
Se fundem em noites violentas de preto e dourado;
Onde, possivelmente, a flor do amanhecer é fria:
Ah, mas as noites douradas, e os caminhos perfumados!

— Arthur Symons, "Paris"

O piso de azulejos dourados brilhava sob as luzes do magnífico lustre, que salpicava centelhas de luz como flocos de neve sacudidos de um galho de árvore. A música estava baixa e suave, elevando-se quando James se afastou da multidão de dançarinos e estendeu a mão para Cordelia.

— Dança comigo — pediu ele. James estava lindo com o sobretudo preto, a escuridão do tecido acentuando o dourado em seus olhos e realçando o seu rosto. Os cabelos pretos caíam sobre a testa. — Você está linda, Daisy.

Cordelia pegou a mão dele. Virando a cabeça quando James a puxou para a pista de dança, ela viu de relance os dois no espelho da ponta mais afastada do salão de baile: James de preto, e ela ao seu lado, com um vestido ousado de veludo vermelho-rubi. James estava olhando para ela... Não, ele estava olhando para o outro lado do salão, onde uma menina pálida de vestido marfim e com cabelos da cor de pétalas de rosas branco-cremoso o olhava de volta.

Grace.

— 13 —

Corrente de Espinhos

— Cordelia! — A voz de Matthew a despertou de repente. Cordelia, sentindo-se zonza, colocou a mão contra a parede do provador por um momento, para se apoiar. O devaneio, ou pesadelo, fora terrivelmente vívido. — Madame Beausoleil quer saber se precisa de assistência. Evidente — acrescentou ele, a voz cheia de malícia — que eu mesmo me ofereceria para ajudar, mas isso poderia ser considerado escandaloso.

Cordelia sorriu. Homens não tinham o costume de acompanhar nem mesmo as esposas ou irmãs até as modistas. Quando eles chegaram para a primeira visita, dois dias antes, Matthew lançara o Sorriso, encantando Madame Beausoleil para que lhe permitisse ficar na loja com Cordelia.

— Ela não fala francês — mentira —, e vai precisar da minha assistência.

Mas deixá-lo entrar na loja era uma coisa. Deixar que entrasse no provador, onde Cordelia acabara de colocar um vestido de veludo vermelho estiloso e muito chique, poderia realmente ser *un affront et um scandale!* — principalmente em um estabelecimento tão exclusivo quanto o de Madame Beausoleil.

Cordelia respondeu que estava bem, mas um momento depois uma batida soou à porta e uma das *modistes* apareceu, segurando um gancho de botão. Ela lidou com os fechos às costas do vestido de Cordelia sem precisar de instruções, obviamente já tendo feito isso antes, empurrando e puxando Cordelia como se ela fosse um manequim. Um momento depois, com o vestido fechado, o busto erguido e a saia ajustada, Cordelia foi levada até a sala principal do ateliê da modista.

Era um lugar ornamentado, azul pálido e dourado como os ovos de Páscoa dos mundanos. Na primeira visita, Cordelia ficara ao mesmo tempo sobressaltada e encantada ao ver como exibiam suas mercadorias: modelos — altas, esguias e artificialmente loiras — passeavam de um lado para outro do salão, usando fitas pretas com números em volta do pescoço a fim de mostrar que estavam exibindo um modelo específico. Atrás de uma porta de cortinas de renda havia uma profusão de tecidos à disposição: sedas e veludos, cetim e organza. Cordelia, ao ser apresentada a tudo isso, agradecera silenciosamente a Anna por tê-la instruído em moda: ela dispensara a renda e os tons pastel, e seguira rapidamente para selecionar o que sabia lhe cair bem. Em apenas dois dias, as modistas haviam criado o que ela pedira, e agora Cordelia voltara para a última prova.

E se o rosto de Matthew fosse alguma indicação, Cordelia escolhera bem. Ele se acomodara em uma cadeira listrada em preto e branco com moldura dourada e um livro — o escandalosamente ousado *Claudine em Paris* — aberto sobre os joelhos. Quando Cordelia saiu do provador para conferir o resultado no espelho triplo, ele levantou a cabeça e seus olhos verdes escureceram.

— Você está linda.

Por um momento, Cordelia quase fechou os olhos. *Você está linda, Daisy.* Mas ela não pensaria em James. Não agora. Não quando Matthew estava sendo tão gentil e emprestando a ela o dinheiro para comprar essas roupas — ela fugira de Londres com apenas um vestido e estava desesperada por algo limpo para usar. Ambos haviam feito promessas, afinal de contas: Matthew, de que não beberia em excesso enquanto estivessem em Paris, e Cordelia, de que não ficaria se martirizando com pensamentos negativos sobre seus fracassos, sobre Lucie, seu pai, seu casamento. E desde que haviam chegado, Matthew sequer tocara em uma taça de vinho ou uma garrafa.

Afastando a melancolia, ela sorriu para Matthew e voltou a atenção para o espelho. Cordelia quase parecia uma estranha para si mesma. O vestido fora feito sob medida, e o decote profundo era provocante, enquanto a saia se agarrava ao seu quadril antes de se alargar, como o caule e as pétalas de um lírio. As mangas eram curtas e franzidas, expondo seus braços. Suas Marcas se destacavam, distintas e pretas, contra a pele marrom-clara, embora seus feitiços de disfarce impedissem que olhos mundanos reparassem nelas.

Madame Beausoleil, cujo salão se situava na Rue de la Paix, onde ficavam os modistas mais famosos do mundo — a House of Worth, Jeanne Paquin —, estava, de acordo com Matthew, bem familiarizada com o Mundo das Sombras.

— Hypatia Vex não compra em outro lugar — dissera ele a Cordelia durante o café da manhã. O passado da própria Madame era envolto em profundo mistério, o que Cordelia pensou ser algo bastante francês de fazer.

Havia muito pouco sob o vestido — ao que tudo indicava, era moda na França que vestidos se ajustassem à forma do corpo. Ali, modeladores de silhueta eram embutidos no tecido do corpete. O vestido se amontoava no busto com uma roseta de flores de seda. A saia se abria na base em um drapeado de renda dourada. As costas possuíam um decote profundo, exibindo a curva da coluna. O vestido era uma obra de arte, o que Cordelia informou a Madame, em inglês, com Matthew traduzindo, quando a mulher apareceu, a almofada de alfinetes na mão, para conferir o resultado.

Madame riu.

— Meu trabalho é muito fácil — observou ela. — Só preciso realçar a grande beleza que sua esposa possui.

— Ah, ela não é minha esposa — corrigiu Matthew, os olhos verdes brilhando. Não havia nada de que Matthew gostasse mais do que a perspectiva de um escândalo. Cordelia fez uma careta para ele.

Para o crédito dela — ou talvez apenas porque estavam na França —, Madame não pareceu se abalar em nada.

— *Alors* — falou Madame. — É raro que eu possa vestir uma beleza tão natural e incomum. Aqui, a moda é toda para loiras, loiras... Mas loiras não podem usar essa cor. É sangue e fogo, intensa demais para pele e cabelos claros. Elas ficam bem de renda e tons pastel, mas a senhorita...?

— Srta. Carstairs — acrescentou Cordelia.

— A srta. Carstairs escolheu perfeitamente bem para seu tom de pele. Quando você entrar em um baile, *mademoiselle*, vai parecer a chama de uma vela, atraindo olhos para si como mariposas.

Srta. Carstairs. Cordelia não fora a Sra. Cordelia Herondale por muito tempo. Ela sabia que não deveria se apegar ao nome. Perdê-lo era doloroso, mas isso seria autopiedade, Cordelia disse a si mesma com firmeza. Ela era uma Carstairs, uma Jahanshah. O sangue de Rostam corria em suas veias. Ela se vestiria com fogo se assim quisesse.

— Um vestido desses merece um adorno, um colar de rubi e ouro — continuou Madame, pensativa. — Essa é uma bijuteria bonitinha, mas é pequena demais. — Ela mexeu no pingente dourado no pescoço de Cordelia. Um pequeno globo em uma corrente de ouro.

Fora um presente de James. Cordelia sabia que deveria tirá-lo, mas ainda não estava pronta. De alguma forma, parecia um gesto mais definitivo do que arrancar sua Marca de União Matrimonial.

— Eu lhe compraria rubis de bom grado, se ela me deixasse — lamentou Matthew. — Infelizmente ela se recusa.

Madame pareceu confusa. Se Cordelia era a amante de Matthew, como a mulher obviamente concluíra, o que estava fazendo recusando colares? Ela deu tapinhas no ombro de Cordelia, com pena do terrível tino da jovem para negócios.

— Há joalheiros maravilhosos na Rue de la Paix — informou ela. — Talvez, se você olhar as vitrines, mude de ideia.

— Talvez — respondeu Cordelia, reprimindo a vontade de mostrar a língua para Matthew. — No momento preciso me concentrar em roupas. Como meu amigo explicou, minha valise se perdeu na viagem. Você poderia entregar esses trajes no Le Meurice até esta noite?

— Sim, sim — garantiu Madame e voltou para o balcão do lado oposto da sala, onde começou a preencher um recibo.

— Agora ela acha que sou sua amante — reclamou Cordelia a Matthew, com as mãos nos quadris.

Ele deu de ombros.

— Estamos em Paris. Amantes são mais comuns do que croissants ou xícaras de café desnecessariamente minúsculas.

Cordelia bufou e desapareceu nos fundos do provador. Ela tentou não pensar no preço das roupas que pedira, o veludo vermelho para noites frias e outros quatro: um vestido de passeio listrado de preto e branco com um casaco combinando, outro de cetim cor de esmeralda com bainha verde-clara, um modelo ousado de cetim preto para a noite e um último de seda cor de café com bainha de fita dourada. Anna ficaria satisfeita, mas seriam necessárias todas as economias de Cordelia para pagar Matthew. Ele oferecera cobrir os custos, argumentando que não seria um problema — pelo visto, seus avós paternos haviam deixado muito dinheiro para Henry —, mas Cordelia não podia se permitir aceitar. Ela já aceitara o suficiente de Matthew.

Depois de colocar o vestido com que chegara, Cordelia se juntou a Matthew novamente no salão. Ele já pagara, e Madame confirmara a entrega dos vestidos para aquela mesma noite. Uma das modelos lançou um olhar malicioso para Matthew conforme ele acompanhava Cordelia para fora da loja até as agitadas ruas de Paris.

Corrente de Espinhos

Era um dia claro de céu azul — não nevara em Paris naquele inverno, embora tenha nevado em Londres — e as ruas estavam frias, mas iluminadas. Cordelia concordou alegremente em fazer a caminhada de volta até o hotel com Matthew em vez de chamar um *fiacre*, o equivalente parisiense a uma carruagem contratada. Matthew, com o livro guardado no bolso do sobretudo, ainda falava sobre o vestido vermelho de Cordelia.

— Você vai simplesmente brilhar nos cabarés. — Matthew evidentemente sentia que saíra vitorioso. — Ninguém vai olhar para os artistas. Bem, para ser justo, os artistas estarão pintados de vermelho-vivo e usando falsos chifres de demônio, então pode ser que ainda atraiam alguma atenção.

Ele sorriu para ela. O Sorriso, aquele que derretia até os mais sérios e rabugentos, e fazia homens e mulheres fortes chorarem. A própria Cordelia não era imune. Ela sorriu de volta.

— Está vendo? — prosseguiu Matthew, acenando expansivamente com o braço para a vista diante deles: o amplo bulevar parisiense, os toldos coloridos das lojas, os cafés onde mulheres usando chapéus esplêndidos e homens vestindo calças extraordinariamente listradas se aqueciam com xícaras de chocolate quente e encorpado. — Eu prometi que você se divertiria.

Ela estava se divertindo?, Cordelia se perguntou. Talvez sim. Até então ela conseguira, em grande parte, manter a mente longe de todas as formas como havia desapontado terrivelmente aqueles com quem se importava. E esse, afinal de contas, era exatamente o propósito da viagem. Depois que se perdia tudo, constatou, não havia motivo para não aceitar qualquer pequena felicidade que surgia. Não era essa, afinal, a filosofia de Matthew? Não era por isso que fora até Paris com ele?

Uma mulher sentada em um café próximo, usando um chapéu coberto com plumas de avestruz e rosas de seda, olhou de Matthew para Cordelia e sorriu — aprovando, presumiu Cordelia, o amor jovem. Meses antes, Cordelia teria corado. Agora ela simplesmente sorria. O que importava se as pessoas pensassem inverdades sobre ela? Qualquer garota ficaria feliz em ter Matthew como pretendente, então que os transeuntes pensassem o que quisessem. Era assim que Matthew lidava com as coisas, afinal de contas, ignorando o que os outros pensavam, simplesmente sendo ele mesmo, e era chocante o quanto isso facilitava as coisas.

CASSANDRA CLARE

Sem ele, Cordelia duvidava que teria conseguido ir até Paris no estado em que se encontrava. Ele os havia levado — privado de sono e bocejando — da estação de trem até o Le Meurice, onde fora todo sorrisos, alegre e brincalhão, com o mensageiro. Era de pensar que Matthew havia descansado em uma cama de plumas naquela noite.

Os dois dormiram até tarde naquela primeira noite — nos dois quartos separados da suíte de Matthew, que compartilhavam uma sala de estar —, e Cordelia sonhara que havia desabafado todos os seus pecados com o recepcionista do hotel Le Meurice. *Veja bem, minha mãe está prestes a ter um bebê, e talvez eu não esteja lá quando ela der à luz porque estou ocupada demais andando por aí com o melhor amigo do meu marido. Eu costumava carregar a lendária espada Cortana; talvez você tenha ouvido falar dela em* La Chanson de Roland? *Sim, pois bem, eu me revelei indigna de empunhá-la e a dei a meu irmão, o que a propósito também o coloca em um potencial perigo mortal, não apenas nas mãos de um, mas de dois demônios muito poderosos. Eu deveria me tornar a* parabatai *da minha melhor amiga, mas agora isso jamais será possível. E eu me permiti pensar que o homem que amo poderia me amar de volta, e não a Grace Blackthorn, embora ele sempre tenha sido direto e franco quanto ao que sentia por ela.*

Ao terminar, ergueu os olhos e viu que o recepcionista tinha o rosto de Lilith, cada um de seus olhos um emaranhado de cobras pretas se contorcendo.

Pelo menos você atendeu às minhas expectativas, querida, consolou Lilith, e Cordelia despertou com um grito que ecoou em sua mente por vários instantes.

Quando acordou novamente ao som de uma camareira abrindo as cortinas, olhou para fora maravilhada com o dia, os telhados de Paris se estendendo até o horizonte como soldados obedientes. Ao longe, a Torre Eiffel se elevava desafiadora contra um céu azul-tempestade. E no quarto ao lado, Matthew esperava que ela se juntasse a ele em uma aventura.

Durante os dois dias seguintes, eles haviam comido juntos — certa vez no belíssimo Le Train Bleu dentro da Gare de Lyon, o que maravilhara Cordelia: era tão lindo, como jantar dentro de uma safira lapidada! — e passearam juntos pelos parques, e fizeram compras juntos: camisas e ternos para Matthew em Charvet, onde Baudelaire e Verlaine haviam comprado

Corrente de Espinhos

suas roupas, e vestidos e sapatos e um casaco para Cordelia. Ela impedira Matthew de lhe comprar chapéus. Certamente, dissera a ele, deveria haver limites. Matthew sugeriu que o limite deveria ser guarda-chuvas, os quais eram essenciais para um modelito decente e serviam como uma boa arma. Ela riu, e ficou espantada com o quanto era bom rir.

Talvez o mais surpreendente fosse que Matthew mais do que mantivera sua palavra: ele não consumira uma gota sequer de álcool. Até mesmo suportara as caretas de reprovação dos garçons quando recusara vinho nas refeições. Segundo a experiência de Cordelia com o pai, ela esperava que Matthew ficasse abatido pela ausência da bebida, mas, pelo contrário, ele estivera com olhos vívidos e enérgicos, arrastando-a por todo o centro de Paris até os pontos turísticos, os museus, os monumentos, os jardins. Tudo parecia muito maduro e sofisticado, o que sem dúvida era o objetivo.

Agora ela olhava para Matthew e pensava: *Ele parece feliz*. Sincera e visivelmente feliz. E se essa viagem a Paris não fosse a salvação dela, Cordelia poderia ao menos se certificar de que fosse a dele.

Matthew pegou seu braço para guiá-la além de um trecho quebrado na calçada. Cordelia pensou na mulher no café, em como sorrira para eles pensando que eram um casal apaixonado. Se a mulher soubesse que Matthew não tentara beijar Cordelia nenhuma vez... Ele fora o exemplo de cavalheiro comportado. Uma ou duas vezes, quando eles desejavam boa-noite um ao outro na suíte do hotel, ela pensou ter visto algo em seus olhos, mas talvez estivesse imaginando? Cordelia não tinha certeza absoluta do que esperava nem tinha certeza de como se sentia em relação a... Bem, a tudo.

— Estou me divertindo — disse ela agora, e com sinceridade. Cordelia sabia que estava mais feliz ali do que estaria em Londres, onde teria se retirado para a casa da família em Cornwall Gardens. Alastair teria tentado ser gentil, e sua mãe teria ficado chocada e de luto, e o peso de tentar suportar tudo aquilo a teria feito ter vontade de morrer.

Assim era melhor. Cordelia mandara uma pequena mensagem para a casa de sua família pelo serviço de telégrafos do hotel, avisando que estava comprando seu guarda-roupa de primavera em Paris acompanhada por Matthew. Ela desconfiava de que eles achariam aquilo esquisito, mas pelo menos, esperava-se, não alarmante.

CASSANDRA CLARE

— Só estou curiosa — acrescentou Cordelia conforme eles se aproximavam do hotel, com sua imensa fachada, todas as sacadas de ferro forjado e luzes brilhando das janelas, projetando seu brilho sobre as ruas invernais. — Você mencionou que eu brilharia em um cabaré? Que cabaré, e quando vamos?

— Hoje à noite, para falar a verdade — informou Matthew, abrindo a porta do hotel para ela. — Vamos nos aventurar até o coração do Inferno juntos. Está preocupada?

— Nem um pouco. Só estou feliz por ter escolhido um vestido vermelho. Será temático.

Matthew riu, mas Cordelia não conseguia deixar de se perguntar: nos aventurar até o coração do Inferno juntos? O que diabos significava isso?

—

Eles não encontraram Lucie no dia seguinte.

A neve não congelara, e as estradas, pelo menos, estavam limpas. Balios e Xanthos se arrastavam entre paredes desfolhadas de cercas-vivas, seus hálitos formando nuvens brancas no ar. No meio do dia, eles pararam em Lostwithiel, uma pequena cidade do interior, e Magnus foi para um bar chamado O Acônito para investigar. Ele saiu balançando a cabeça, e embora ainda assim tivessem seguido para o endereço que lhe haviam fornecido mais cedo, o lugar se revelou uma fazenda abandonada, com um velho telhado desabando.

— Há outra possibilidade — anunciou Magnus, subindo de volta na carruagem. Flocos de neve fina, provavelmente soprados das ruínas do telhado, se agarraram em suas sobrancelhas pretas. — Em algum momento do século passado, um cavalheiro misterioso de Londres comprou uma antiga capela em ruínas em Peak Rock, em uma aldeia de pescadores chamada Polperro. Ele restaurou o lugar e quase nunca sai de lá. Os rumores do Submundo local dizem que ele é um feiticeiro. Aparentemente chamas roxas às vezes vazam da chaminé à noite.

— Achei que um feiticeiro deveria viver *aqui* — falou Will, indicando a casa queimada da fazenda.

— 21 —

Corrente de Espinhos

— Nem todos os boatos são verdadeiros, Herondale, mas todos devem ser investigados — respondeu Magnus com serenidade. — De toda forma, podemos chegar a Polperro em algumas horas.

James suspirou. Mais horas, mais espera. Mais preocupação — com Lucie, com Matthew e Daisy. Com o sonho dele.

Eles despertam.

— Devo distrair vocês com uma história, então — anunciou Will. — A história de minha cavalgada infernal com Balios de Londres a Cadair Idris, no País de Gales. Sua mãe, James, estava desaparecida, sequestrada pelo perverso Mortmain. Pulei na sela de Balios. "Se algum dia me amou, Balios", gritei, "que suas patas sejam velozes e me carreguem para minha querida Tessa antes que algum mal recaia sobre ela." Era uma noite de tempestade, embora a tempestade deflagrada em meu peito fosse ainda mais feroz...

— Não acredito que ainda não ouviu essa história, James — disse Magnus, descontraído. Os dois estavam compartilhando um lado da carruagem, pois se tornara evidente, já no primeiro dia da viagem, que Will precisava de um lado inteiro só para si e para seus gestos dramáticos.

Era muito estranho ter ouvido a vida inteira histórias sobre Magnus e agora viajar tão perto dele. O que James descobrira naqueles dias de viagem era que, apesar dos trajes elaborados e do ar teatral, o que alarmara vários estalajadeiros, Magnus era surpreendentemente calmo e prático.

— Não ouvi — respondeu James. — Não desde a quinta-feira passada.

Ele não admitiu que era, na verdade, quase que reconfortante ouvir novamente. A história fora contada várias vezes para ele e Lucie, que a adorava quando pequena: Will, seguindo seu coração, disparando ao resgate da mãe deles, que ele ainda não sabia que o amava de volta.

James encostou a cabeça na janela da carruagem. A paisagem se tornara dramática: penhascos à esquerda deles, e abaixo havia o rugido da arrebentação incessante, ondas de um oceano cinza-metálico quebrando contra as rochas nodosas que se estendiam, retorcidas, até o oceano azul-acinzentado. Ao longe, ele viu uma igreja no alto de um promontório, sua silhueta contra o céu, o campanário parecendo de alguma forma terrivelmente solitário, terrivelmente isolado.

— 22 —

CASSANDRA CLARE

A voz de seu pai era como música em seus ouvidos, as palavras da história tão familiares quanto uma canção de ninar. James não conseguiu evitar pensar em Cordelia lendo Ganjavi para ele. O poema preferido dela, sobre os amantes condenados Layla e Majnun, sua voz suave como veludo. *E quando a bochecha dela a luz revelou, mil corações foram conquistados: nenhum orgulho, nenhum escudo poderia conter seu poder. Layla, ela se chamava.*

Cordelia sorriu para ele do outro lado da mesa no escritório. O jogo de xadrez havia sido disposto, e ela segurava um cavaleiro de marfim na mão graciosa. A luz do fogo iluminava seu cabelo, um halo de chamas e ouro.

— Xadrez é um jogo persa — explicou a James. — *Bia ba man bazi kon.* Jogue comigo, James.

— *Kheili khoshgeli* — disse ele. James não teve dificuldade na resposta: havia sido a primeira coisa que ele se ensinara a falar em persa, embora jamais a tivesse dito à esposa antes. *Você é tão linda.*

Ela corou. Seus lábios tremeram, vermelhos e carnudos. Os olhos de Cordelia eram tão escuros que brilhavam, eram como serpentes pretas, movendo-se e disparando, atacando-o com seus dentes...

— James! Acorde! — A mão de Magnus estava em seu ombro, sacudindo-o. James despertou, com ânsia de vômito, a mão junto à barriga. Ele estava na carruagem, embora o céu do lado de fora tivesse escurecido. Quanto tempo havia se passado? Estivera sonhando de novo. Dessa vez, Cordelia fora arrastada para seus pesadelos. Ele mergulhou de volta no assento acolchoado, sentindo-se enjoado.

James olhou para o pai. Will o encarava com uma rara expressão severa, os olhos muito azuis. Então disse:

— James, você precisa nos contar qual é o problema.

— Não é nada. — Havia um gosto amargo na boca de James. — Eu peguei no sono, tive outro pesadelo. Já disse, estou preocupado com Lucie.

— Você estava chamando pela Cordelia — revelou Will. — Jamais ouvi alguém parecer sofrer tanto. James, você precisa falar com a gente.

Magnus olhou de James para Will. A mão dele ainda repousava no ombro de James, pesada devido aos anéis. O feiticeiro falou:

— Você também gritou outro nome. E uma palavra. Uma que me deixa bastante nervoso.

— 23 —

Não, pensou James. *Não*. Do lado de fora da janela, o sol se punha, e as fazendas opulentas encaixadas entre as colinas brilhavam em vermelho--escuro.

— Tenho certeza de que não foi nada demais.

Magnus continuou:

— Você chamou o nome de Lilith. — Ele olhou para James com seriedade. — Tem muitos rumores no Submundo sobre os acontecimentos recentes em Londres. Sempre achei que a história que me contaram tinha alguns furos. Há ainda os boatos sobre a Mãe dos Demônios. James, você não precisa nos dizer o que sabe. Mas nós vamos juntar as peças mesmo assim. — Ele olhou para Will. — Bem, eu vou. Não posso fazer promessas pelo seu pai. Ele sempre foi meio lento.

— Mas eu jamais usei um chapéu russo com abas de pele nas orelhas — disparou Will —, ao contrário de alguns indivíduos aqui presentes.

— Erros foram cometidos em todos os lados — defendeu-se Magnus. — James?

— Eu não tenho um chapéu com abas de pele nas orelhas — respondeu ele.

Os dois homens o encararam.

— Não posso contar tudo agora — cedeu James, sentindo o coração disparar: pela primeira vez ele admitira que havia algo que precisava ser contado. — Não se vamos encontrar Lucie...

Magnus negou com a cabeça.

— Já está escuro e começando a chover, e dizem que a subida de Chapel Cliff até Peak Rock é precária. É mais seguro pararmos hoje à noite e partirmos pela manhã.

Will assentiu. Estava óbvio que ele e Magnus haviam discutido os planos enquanto James dormia.

— Muito bem — disse o feiticeiro. — Vamos parar na próxima estalagem decente. Vou reservar um aposento onde poderemos conversar com privacidade. E, James, seja lá o que for, nós podemos resolver.

James duvidava muito, mas não parecia ver muito sentido em dizer. Ele observou o sol sumir pela janela em vez disso, levando a mão ao bolso. As luvas de Cordelia, o par que ele pegara da casa deles, ainda estavam ali, a pelica macia como pétalas de flores. Ele fechou a mão em torno de uma.

Em um quartinho branco perto do oceano, Lucie Herondale dormia e acordava.

Quando acordou pela primeira vez, ali na estranha cama com cheiro de palha velha, Lucie ouviu uma voz, a voz de Jesse, e tentou responder, avisar que estava consciente. Mas antes que conseguisse, a exaustão a dominou como uma onda cinza e fria. Uma exaustão que ela jamais sentira antes ou sequer imaginara, profunda como a incisão de uma lâmina. O frágil controle que possuía sobre seu despertar escapuliu, mergulhando-a na escuridão da própria mente, onde o tempo oscilava e avançava como um navio em uma tempestade, e ela mal conseguia dizer se estava acordada ou dormindo.

Nos momentos de lucidez, Lucie notara apenas alguns detalhes. O quarto era pequeno, pintado de branco. Havia uma única janela através da qual ela podia ver o oceano e suas ondas avançando e recuando, um cinza-metálico escuro encimado com branco. Também conseguia ouvir o oceano, pensou, mas o ruído distante costumava vir misturado com sons muito menos agradáveis, e ela não conseguia dizer o que, em sua percepção, era de fato real.

Duas pessoas entravam no quarto de vez em quando para checar como ela estava. Uma era Jesse. A outra era Malcolm, uma presença mais reservada. De alguma forma soube que estavam na casa dele, aquela na Cornualha, com o mar batendo nas rochas do lado de fora.

Ainda não havia conseguido falar com nenhum deles. Quando tentou, era como se sua mente pudesse formar as palavras, mas seu corpo não respondesse aos comandos. Não conseguia sequer mexer um dedo para demonstrar que estava acordada, e todos os seus esforços apenas faziam a escuridão retornar.

A escuridão não estava apenas em sua mente. A princípio achou que estivesse, mas a escuridão familiar que vinha antes do sono trazia as cores vívidas dos sonhos. Mas essa escuridão era um *lugar*.

Corrente de Espinhos

E ela não estava sozinha nesse lugar. Embora parecesse um vazio por onde flutuava sem propósito, Lucie conseguia sentir a presença de outros, nem vivos, nem mortos: as almas sem corpos, girando pelo vácuo, mas sem jamais encontrar Lucie ou umas às outras. Almas infelizes. Não entendiam o que estava acontecendo com elas. Mantinham um lamento constante, um choro silencioso de dor e tristeza que se enterrava sob a pele.

Lucie sentiu alguma coisa roçar em sua bochecha. Aquilo a trouxe de volta ao próprio corpo. Estava no quarto branco novamente. O toque em sua bochecha era a mão de Jesse. Lucie sabia disso mesmo sem conseguir abrir os olhos ou se mover para responder.

— Ela está chorando — falou Jesse.

A *voz* dele. Havia uma profundidade nela, uma entonação que não existia quando ele era um fantasma.

— Ela deve estar tendo um pesadelo. — A voz de Malcolm. — Jesse, Lucie está bem. Ela usou muito da própria energia para trazer você de volta. Ela precisa descansar.

— Mas você não entende... É *porque* ela me trouxe de volta. — A voz de Jesse falhou. — Se ela não melhorar... Eu jamais me perdoaria.

— Esse dom dela, essa habilidade de alcançar o véu que separa os vivos e os mortos… Ela a teve a vida inteira. Não é culpa sua. Se há um culpado, é Belial. — Malcolm suspirou. — Sabemos tão pouco sobre os reinos de sombras depois do fim. E Lucie foi longe demais entre eles para trazer você de volta. Levará algum tempo até que retorne.

— Mas e se ela estiver presa em algum lugar terrível? — O toque suave retornou, a mão de Jesse segurando seu rosto. Lucie queria tanto virar a bochecha para a palma da mão dele que chegava a doer. — E se ela precisar que eu a traga de volta, de alguma forma?

Quando Malcolm voltou a falar, a voz dele soou mais suave.

— Faz dois dias. Se até amanhã ela não despertar, posso tentar alcançá-la com magia. Vou pesquisar, *se*, nesse meio-tempo, você parar de se debruçar sobre ela, preocupado. Se quer mesmo ser útil, pode ir até o vilarejo e trazer algumas das coisas de que precisamos...

A voz de Malcolm vacilou, dissipando-se no silêncio. Lucie estava no lugar escuro de novo. Ela conseguia ouvir Jesse, a voz dele um sussurro distante, quase inaudível.

— *Lucie, se conseguir me ouvir... Estou aqui. Estou cuidando de você.*

Estou aqui, ela tentou dizer. *Consigo ouvir você.* Mas como da vez anterior, e da vez antes daquela, as palavras foram engolidas pelas sombras, e ela caiu de volta no vazio.

— Quem é o passarinho fofo? — perguntou Ariadne Bridgestock.

Winston, o papagaio, a encarou desconfiado. Ele não opinou sobre quem poderia ou não ser um passarinho fofo. A concentração dele, Ariadne tinha certeza, estava no punhado de castanhas-do-pará na mão dela.

— Achei que poderíamos conversar — disse a ele, instigando a ave com uma castanha. — Papagaios deveriam falar. Por que você não me pergunta como tem sido meu dia?

Winston a olhou furioso. O pássaro havia sido um presente dos pais dela, de muito tempo atrás, logo que Ariadne chegou a Londres e desejava algo colorido para compensar o que ela achava ser o deprimente cinza da cidade. Winston tinha o corpo verde, a cabeça cor de ameixa e uma atitude rabugenta.

Seu olhar de raiva deixava evidente que não haveria conversa até que ela lhe desse uma castanha-do-pará. *Derrotada por um papagaio*, pensou Ariadne, entregando a ele o petisco por entre as grades. Matthew Fairchild tinha um belo cão dourado de estimação, e ali estava ela, presa com o mal-humorado Lorde Byron das aves.

Winston engoliu a castanha e estendeu a garra, fechando-a sobre uma das barras da gaiola.

— Passarinho fofo — palrou ele. — Passarinho fofo.

Aceitável, pensou Ariadne.

— Meu dia foi um lixo, obrigada por perguntar — prosseguiu ela, alimentando Winston com mais uma castanha pelas grades. — A casa está tão vazia. Mamãe só resmunga, parecendo inconsolável e preocupada com papai. Já faz cinco dias que ele está sumido. E eu jamais pensei que sentiria falta de *Grace*, mas pelo menos ela seria algum tipo de companhia.

Ariadne não mencionou Anna. Algumas coisas não eram da conta de Winston.

— Grace — grasnou ele. Ela deu tapinhas de incentivo nas barras da gaiola. — Cidade do Silêncio.

— De fato — murmurou Ariadne. Seu pai e Grace haviam partido na mesma noite, e as partidas deles deviam estar conectadas, embora Ariadne ainda não entendesse como. Seu pai se mandara apressado para a Cidadela Adamant com a intenção de questionar Tatiana Blackthorn. Na manhã seguinte, Ariadne e a mãe descobriram que Grace também havia desaparecido, tendo empacotado seus poucos pertences e partido na calada da noite. Apenas na hora do almoço um mensageiro trouxe um recado de Charlotte, avisando a elas que Grace estava sob custódia dos Irmãos do Silêncio, falando com eles sobre os crimes de Tatiana.

A mãe de Ariadne tinha ficado extremamente agitada por causa disso.

— Ah, e pensar que abrigamos uma criminosa sob nosso teto! — Ao ouvir isso, Ariadne revirou os olhos e ressaltou que Grace havia ido por vontade própria, e não sido arrastada pelos Irmãos do Silêncio, e que a criminosa era Tatiana Blackthorn. Tatiana já havia causado problemas e mágoas demais, e se Grace quisesse dar mais informações aos Irmãos do Silêncio sobre suas atividades ilegais, bem, isso demonstrava que ela era uma boa cidadã.

Ariadne sabia que era ridículo sentir falta de Grace. Elas quase nunca se falavam. Mas a sensação de solidão era tão intensa que apenas ter *alguém* ali já seria um alívio. Havia pessoas com quem ela desejava muito falar, óbvio, mas estava fazendo o possível para não pensar nessas pessoas. Não eram seus amigos, não de verdade. Eles eram amigos de Anna, e Anna...

Seus devaneios foram interrompidos pelo som da campainha. Winston, percebeu ela, havia pegado no sono, pendurado de ponta-cabeça. Soltando apressadamente o restante das castanhas no prato dele, Ariadne correu do jardim de inverno em direção à frente da casa, torcendo por novidades.

Mas sua mãe havia chegado à porta primeiro. Ariadne parou no alto das escadas ao ouvir a voz dela.

— Consulesa Fairchild, olá. E Sr. Lightwood. Que gentileza a visita de vocês. — Ela parou. — Talvez tenham vindo com... notícias de Maurice?

Ariadne conseguia ouvir o medo na voz de Flora Bridgestock, e aquilo a fez congelar. Pelo menos estava perto da quina das escadas, fora da vista da porta. Se Charlotte Fairchild tinha trazido notícias, notícias ruins, ela estaria mais disposta a contar à mãe de Ariadne se a filha não estivesse presente.

Ela esperou, agarrando a barra principal do patamar das escadas, até ouvir a voz gentil de Gideon Lightwood.

— Não, Flora. Não tivemos notícias desde que ele partiu para a Islândia. Estávamos esperando que... Bem, que *você* tivesse.

— Não — respondeu Flora. A mulher parecia aérea, distante. Ariadne sabia que a mãe lutava para não demonstrar seu medo. — Eu presumi que se ele fosse entrar em contato com alguém, seria com o escritório da Consulesa.

Houve um silêncio desconfortável. Ariadne, sentindo-se zonza, suspeitava de que Gideon e Charlotte estavam desejando jamais terem vindo.

— Você não ouviu nada da Cidadela? — perguntou sua mãe, por fim. — Das Irmãs de Ferro?

— Não — admitiu a Consulesa. — Mas elas são um grupo reticente até mesmo nas melhores circunstâncias. Tatiana não deve ser uma pessoa fácil de interrogar. É possível que elas simplesmente achem que ainda não há nada a ser noticiado.

— Mas você mandou as mensagens — insistiu Flora. — E elas não responderam. Talvez... O Instituto de Reykjavík? — Ariadne pensou ter ouvido uma nota do medo da mãe escapulir da barreira de suas boas maneiras. — Sei que nós não conseguiríamos Rastreá-lo, já que seria através da água, mas elas, sim. Eu poderia dar a vocês algo de Maurice para enviar às Irmãs. Um lenço ou...

— Flora. — A Consulesa falou com sua voz mais gentil. Ariadne imaginou que ela estivesse, a essa altura, segurando com carinho a mão de Flora. — Essa é uma missão altamente secreta. Maurice seria o primeiro a exigir que não chamássemos a atenção da Clave. Nós enviaremos outra mensagem para a Cidadela e, se não tivermos retorno, iniciaremos uma investigação nossa, eu prometo.

Flora Bridgestock anuiu, mas Ariadne estava inquieta. A Consulesa e seu conselheiro mais próximo não fazem visitas pessoais simplesmente porque estão ansiosos por notícias. Alguma coisa os preocupa, alguma coisa que eles não compartilharam com sua mãe.

Charlotte e Gideon partiram deixando mais palavras de conforto. Quando Ariadne ouviu a tranca da porta se fechar, ela desceu as escadas.

— 29 —

Sua mãe, que estava de pé e imóvel à entrada, teve um sobressalto ao ver a filha. Ariadne fez o possível para dar a impressão de que acabara de chegar.

— Ouvi vozes — comentou ela. — Foi a Consulesa quem acabou de partir?

Flora assentiu vagamente, perdida em pensamentos.

— E Gideon Lightwood. Achei que tivessem vindo dizer que *eles* haviam recebido notícias de Maurice.

— Está tudo bem, mamãe. — Ariadne segurou as mãos da mãe. — Você sabe como é o papai. Ele vai tomar cuidado e levar o tempo que precisar, e descobrir o que puder.

— Ah, eu sei. Mas... foi ideia dele mandar Tatiana para a Cidadela Adamant, para início de conversa. Se alguma coisa deu errado...

— Foi um ato de misericórdia — interrompeu Ariadne, com firmeza. — Em vez de trancafiá-la na Cidade do Silêncio, onde ela sem dúvida perderia o pouco de juízo que ainda lhe restasse.

— Mas nós não sabíamos na ocasião o que sabemos agora — insistiu a mãe. — Se Tatiana Blackthorn teve algo a ver com o ataque do Leviatã ao Instituto... Essa não é a atitude de uma mulher que perdeu a sanidade e merece misericórdia. É uma guerra aos Nephilim. É a atitude de uma inimiga perigosa aliada ao pior dos males.

— Ela estava na Cidadela Adamant quando o Leviatã atacou — lembrou Ariadne. — Como poderia ser responsável sem que as Irmãs de Ferro soubessem? Não se preocupe, mamãe — acrescentou ela. — Vai ficar tudo bem.

Flora suspirou.

— Ari — disse ela —, você cresceu e se tornou uma garota tão adorável. Vou sentir muito a sua falta quando um bom homem a escolher e você for embora para se casar.

Ariadne se limitou a um leve murmúrio em resposta.

— Ah, eu sei, foi uma experiência terrível com aquele Charles — Flora continuou. — Um dia você vai encontrar um homem melhor.

Flora respirou fundo e se aprumou, e não pela primeira vez Ariadne se lembrou de que sua mãe era uma Caçadora de Sombras como qualquer outra, e confrontar dificuldades era parte de seu trabalho.

— Pelo Anjo! — exclamou a mãe, em um tom decidido. — A vida continua, e não podemos ficar paradas o dia todo aqui nos preocupando.

Tenho muito a fazer... A esposa do Inquisidor deve manter a casa em ordem enquanto o mestre está fora e esse tipo de coisa...

Ariadne murmurou em anuência e beijou a mãe na bochecha antes de subir de volta as escadas. No meio do corredor, ela passou pela porta do escritório do pai, a qual estava entreaberta. Empurrando a porta levemente, Ariadne espiou do lado de dentro.

O escritório havia sido deixado em um estado alarmante. Se Ariadne esperava que ver o escritório de Maurice Bridgestock a faria se sentir mais próxima do pai, ela se desapontou. Isso só a fez se sentir ainda mais preocupada. Seu pai era meticuloso e organizado, mas o estado do cômodo era uma lembrança do quanto ele deveria estar em pânico.

Quase sem pensar, ela se viu organizando: empurrando a cadeira de volta para baixo da mesa, soltando as cortinas de onde haviam se dobrado sobre um abajur, levando as xícaras de chá para o corredor, onde a faxineira as encontraria. Cinzas jaziam frias diante da lareira, e ela pegou a pequena vassoura de cobre para varrê-las de volta para dentro...

E então parou.

Alguma coisa branca reluziu entre as cinzas da grade da lareira. Ariadne reconheceu a caligrafia elegante do pai na pilha de papel chamuscado. Ela se aproximou. Que tipo de anotações seu pai teria precisado destruir antes de deixar Londres?

Tirando os papéis da lareira, limpou as cinzas e começou a ler. Conforme o fez, sentiu a garganta ressecar de maneira preocupante, como se estivesse prestes a se engasgar.

Rabiscado no alto da primeira página estavam as palavras *Herondale/ Lightwood*.

Continuar lendo seria uma óbvia transgressão, mas o nome Lightwood ardia em seus olhos, e Ariadne não conseguia desviar a atenção dali. Se houvesse algum tipo de problema na família de Anna, como ela poderia se recusar a descobrir?

As páginas estavam marcadas com anos: 1896, 1892, 1900. Ela folheou os papéis e sentiu um calafrio na espinha.

Não eram registros de seu pai sobre dinheiro gasto ou ganho, mas descrições de eventos. Eventos envolvendo os Herondale e os Lightwood.

Não, não eventos. Erros. Falhas. Pecados. Era um registro de qualquer feito dos Herondale e dos Lightwood que tivesse causado o que seu pai considerava problemas. Qualquer coisa que pudesse ser caracterizada como irresponsável ou imprudente estava anotada ali.

03/12/01: G2.L ausente da reunião do Conselho sem explicação. CF irritada.
09/06/98: WW em Waterloo diz que WH/TH recusou reunião, causando tumulto no Mercado.
01/08/95: Chefe do Instituto de Oslo se recusa a se reunir com TH, mencionando a Ascendência dela.

Ariadne se sentiu enjoada. A maioria dos feitos anotados pareciam triviais, pequenos ou boatos. Era revoltante aquele relatório de que o chefe do Instituto de Oslo não quis se encontrar com Tessa Herondale, uma das damas mais gentis que Ariadne já conhecera. Ele deveria ter sido repreendido. Em vez disso, o evento foi registrado ali como se tivesse sido culpa dos Herondale.

O que era aquilo? O que o pai dela tinha na cabeça?

No fundo da pilha havia outra coisa. Uma folha de papel timbrado branco-creme. Não uma anotação, mas uma carta. Ariadne puxou a missiva do resto da pilha, os olhos percorrendo as linhas com incredulidade.

— Ariadne?

Rapidamente, Ariadne enfiou a carta no corpete do vestido antes de se levantar para encarar a mãe. De pé à porta, Flora estava franzindo a testa, os olhos semicerrados. Quando falou, foi sem nenhum resquício da cordialidade que tivera na conversa delas no andar de baixo.

— Ariadne... O que está fazendo?

2

MAR CINZA

Rochas cinza, e mar mais cinza,
E espuma ao longo da praia...
E em meu coração um nome
Que meus lábios não mais dirão.

— Charles G. D. Roberts,
"Grey Rocks, and Greyer Sea"

Quando Lucie finalmente acordou, foi ao som de ondas e da luz forte
do sol invernal, tão afiada quanto a ponta de um caco de vidro. Ela se sentou tão rápido que sua cabeça girou. Estava determinada a *não* voltar a dormir, a *não* ficar inconsciente e *não* voltar àquele lugar vazio e escuro cheio de vozes e ruídos.

Lucie arrancou o cobertor listrado sob o qual estivera dormindo e moveu as pernas para fora da cama. Sua primeira tentativa de se levantar não foi bem-sucedida: suas pernas fraquejaram e ela caiu de volta na cama. Da segunda vez, Lucie usou um dos mastros da cama para se erguer. Isso deu um pouco mais certo, e por alguns momentos ela se balançou para a frente e para trás como um velho capitão do mar desacostumado à terra firme.

Corrente de Espinhos

À exceção da cama, uma simples estrutura de ferro fundido pintada no mesmo tom de branco das paredes, havia pouca mobília em seu pequeno quarto. Havia uma lareira em cuja grelha brasas estalavam e queimavam com um leve tom de púrpura, e uma penteadeira de madeira sem acabamento, toda entalhada com sereias e serpentes marinhas. Seu baú de viagem jazia reconfortantemente ao pé da cama.

Por fim, com as pernas formigando como se espetadas por alfinetes, ela foi até a janela, que ficava dentro de uma alcova na parede, e olhou para o lado de fora. A vista era uma sinfonia de branco e verde-escuro, preto e o mais pálido azul. A casa de Malcolm parecia estar empoleirada no meio de um penhasco rochoso, acima de uma bela aldeia de pescadores. Abaixo da casa havia uma enseada estreita onde o oceano batia no porto e pequenos barcos de pesca oscilavam suavemente com a maré. O céu era de um límpido azul-porcelana, embora tivesse obviamente nevado havia pouco tempo, a julgar pela cobertura branca polvilhada sobre os telhados inclinados da aldeia. A fumaça cor de carvão das chaminés lançava filetes pretos para o céu, e ondas quebravam contra o penhasco abaixo, as espumas brancas e verde-pinheiro.

Era lindo; desolado e lindo, e a extensão do mar dava a Lucie uma sensação estranha e vazia. Londres parecia estar a milhões de quilômetros de distância, assim como as pessoas lá: Cordelia e James, a mãe e o pai de Lucie. O que eles deveriam estar pensando agora? Onde na Cornualha achavam que ela estava? Provavelmente não ali, olhando para um oceano que se estendia até a costa da França.

Para se distrair, ela experimentou mexer os dedos dos pés. Pelo menos o formigamento havia passado. As tábuas de madeira do chão estavam desgastadas pelo tempo, então pareciam tão lisas sob seus pés descalços quanto se tivessem sido polidas recentemente. Ela deslizou pelas tábuas até a penteadeira, onde uma bacia com água e uma toalha a esperavam. Lucie quase soltou um gemido ao se ver no espelho. Seu cabelo estava embaraçado e desgrenhado, seu vestido de viagem, amassado e vincado, e um dos botões do travesseiro havia deixado uma marca do tamanho de uma moeda em sua bochecha.

Ela precisaria pedir que Malcolm lhe providenciasse um banho mais tarde, pensou. Ele era um feiticeiro, então certamente poderia conjurar água quente. Por enquanto, ela fez o melhor que pôde com a bacia e uma barra de sabão Pears antes de tirar o desastre que era seu vestido, jogando-o em um canto, e abrir o baú. Lucie ficou sentada fitando o conteúdo por um instante — ela realmente havia levado um *traje de banho*? A ideia de nadar nas águas verde-gelo do porto de Polperro era apavorante. Depois de afastar seu machado e a jaqueta do uniforme, ela escolheu um vestido de lã azul--escuro com bordado nos punhos, então se dedicou ao trabalho de se fazer apresentável com grampos de cabelo. Houve um momento de pânico quando Lucie percebeu que seu medalhão de ouro não estava no pescoço, mas um minuto de busca apressada o revelou na mesa de cabeceira da cama dela.

Jesse o colocou ali, pensou. Não poderia dizer como sabia disso, mas tinha certeza.

Lucie ficou subitamente desesperada para vê-lo. Enfiando os pés em botas de cano curto, ela saiu do quarto para o corredor.

A casa de Malcolm era significativamente maior do que Lucie imaginara. O quarto dela se revelara um de seis naquele andar, e as escadas na ponta, entalhadas da mesma forma que a penteadeira, davam para uma sala de estar aberta e de pé-direito alto, digna de uma mansão. Obviamente não havia espaço nem para o pé-direito alto, nem para os quartos acima, o que era desconcertante. Malcolm devia ter enfeitiçado a casa para que fosse tão grande por dentro quanto ele desejasse.

Não havia indícios de mais ninguém ali, mas uma batida constante e rítmica vinha de algum lugar do lado de fora. Depois de um instante procurando, Lucie localizou a porta da frente e saiu.

A luz forte do sol fora apenas ilusão. Estava *frio*. O vento cortava pelos penhascos rochosos como a ponta de uma faca, penetrando a lã do vestido de Lucie. Ela se abraçou, tremendo, e se virou, observando tudo. Estava certa a respeito da casa: de fora, parecia realmente muito pequena, um chalé onde poderiam caber uns três cômodos. As janelas pareciam fechadas com tábuas, embora soubesse que não era o caso, e a tinta estava descascando, corroída pela maresia.

A grama da praia coberta de gelo estalou sob seus pés conforme acompanhava pela lateral da casa aquele som ritmado. Lucie parou subitamente.

Era Jesse. Ele estava de pé com um machado nas mãos, ao lado de uma pilha de lenha que estava cortando. As mãos de Lucie tremeram, e não apenas com o frio. Ele estava *vivo*. O peso disso nunca a atingira com tanta força antes. Lucie jamais tinha visto Jesse dessa forma, jamais tinha visto o vento soprar os cabelos pretos dele nem tinha visto suas bochechas coradas pelo esforço. Jamais tinha visto o hálito dele se condensar em nuvens brancas conforme exalava. Jamais tinha visto sequer Jesse respirar. Ele sempre estivera no mundo, mas sem fazer parte dele, intocado por calor ou frio ou atmosfera. E agora ali estava ele, respirando e *vivendo*, sua sombra se estendendo atrás dele pelo solo rochoso.

Lucie não conseguiu aguentar nem mais um segundo e correu até ele. Jesse só teve tempo de erguer o rosto, surpreso, e soltar o machado antes que ela passasse os braços em torno do pescoço dele.

Jesse a segurou contra si, abraçando-a forte, seus dedos se enterrando no tecido macio do vestido dela. Ele roçou o rosto no cabelo de Lucie, sussurrando seu nome:

— Lucie, *Lucie*.

O corpo de Jesse estava quente contra o dela. Pela primeira vez Lucie sentiu o cheiro de Jesse: lã, suor, couro, fumaça de madeira, o ar pouco antes de uma tempestade. Pela primeira vez, Lucie sentiu o coração dele batendo contra o seu.

Eles finalmente se afastaram. Jesse manteve os braços ao seu redor, sorrindo na direção do rosto de Lucie. Havia um pouco de hesitação na expressão dele, como se não tivesse certeza do que ela pensava sobre esse novo Jesse, real e vivo. Menino bobo, pensou Lucie. Ele deveria conseguir decifrar tudo na sua expressão. Mas talvez fosse melhor se não conseguisse?

— Você finalmente acordou — disse Jesse. Sua voz era... Bem, era a voz dele. Lucie conhecia a voz dele. Mas estava tão mais física, mais presente, do que ouvira antes. E ela podia sentir as vibrações no peito de Jesse conforme ele falava. Lucie se perguntou se algum dia se acostumaria com todos esses novos detalhes.

— Por quanto tempo eu dormi?

— Alguns dias. Não aconteceu muita coisa. Na maior parte do tempo ficamos esperando você acordar. — Ele franziu a testa. — Malcolm disse que você ficaria bem, e eu pensei... — Jesse estremeceu e levantou a mão direita. Lucie ficou abalada ao ver a pele vermelha arranhada. Mas ele parecia contente. — Bolhas — comentou ele, animado. — Eu tenho *bolhas*.

— 36 —

— Que chato — disse Lucie, consolando-o.

— De jeito nenhum. Sabe quanto tempo faz desde que eu tive uma bolha? Um joelho arranhado? Um dente faltando?

— Espero que você não perca todos os dentes nessa nova animação por estar vivo — comentou Lucie. — Não acho que eu poderia am... gostar de você da mesma forma se você fosse banguela.

Ah, minha nossa! Ela quase dissera *amar*. Pelo menos Jesse parecia animado demais com seus novos ferimentos para notar.

— Quanta superficialidade — provocou Jesse, enroscando uma mecha do cabelo de Lucie no dedo. — Eu gostaria de *você* igualmente se você fosse careca e enrugada como uma bolota ressecada.

Lucie sentiu um vontade terrível de rir, mas se obrigou a fazer uma careta em vez disso.

— Sério, que diabos você está fazendo aqui cortando madeira? Malcolm não consegue fazer alguma comida por magia se for preciso? Onde *está* Malcolm, aliás?

— Foi até a aldeia — informou Jesse. — Aparentemente para comprar mantimentos. Acho que ele gosta de caminhar, caso contrário, ele provavelmente apenas faria comida por magia, como você disse. Na maioria dos dias ele passa a tarde inteira fora.

— Na maioria dos dias? — indagou Lucie. — Você disse alguns dias... Quanto tempo se passou?

— Hoje é o quinto dia desde que chegamos aqui. Malcolm usou a magia dele para confirmar que você estava segura e que só precisava de descanso natural. Muito descanso.

— Ah. — Lucie deu um passo para trás, alarmada. — Minha família vai vir atrás de nós, tenho certeza. Eles vão querer saber de tudo. Ficarão furiosos comigo, e com Malcolm... Precisamos de um plano...

Jesse franziu o cenho de novo.

— Não vai ser fácil nos encontrar. A casa foi muito protegida contra feitiços de Rastreamento e, suponho, quase tudo o mais.

Lucie estava prestes a explicar que conhecia os pais, que eles não deixariam algo como barreiras impenetráveis impedi-los de farejar onde ela estava, mas antes que tivesse a chance, Malcolm virou a esquina. Ele carregava uma bengala na mão, as botas esmagando o solo congelado. Usava o casaco branco de viagem que vestia da última vez que Lucie o vira, no Santuário do Instituto. Ele estava irritado na ocasião, assustado, pensou, com o que ela havia feito. Agora ele só parecia cansado, e mais desarrumado do que ela esperava.

— Eu falei que ela ficaria bem — disse Malcolm para Jesse. Ele olhou para a lenha. — Excelente trabalho — acrescentou o feiticeiro. — Você vai se sentir cada dia mais forte se continuar assim.

Então a tarefa de cortar lenha era mais pela saúde de Jesse do que por qualquer outra coisa. Aquilo fazia sentido. Preservado ou não, o corpo dele certamente ficara enfraquecido após sete anos morto. Tudo bem que Belial possuíra Jesse, usara o corpo dele como uma marionete, obrigando-o a caminhar quilômetros por toda Londres, a...

Mas ela não queria pensar nisso. Isso estava no passado, quando Jesse não habitava realmente o próprio corpo. Tudo isso tinha mudado agora.

Jesse examinou a pilha de lenha não cortada atrás dele.

— Mais meia hora, no máximo, acho, e terei terminado.

Malcolm assentiu e se virou para Lucie. Havia um distanciamento estranho no jeito como olhava para ela, Lucie reparou, sentindo uma pontada de inquietação.

— Srta. Herondale — disse ele. — Posso falar com você lá dentro?

⸻

— Então, eu preparei *este* lençol com uma solução de carbonato de amônia — dizia Christopher —, e quando a chama é aplicada por meio de uma runa comum de combustão... Thomas, você está prestando atenção?

— Sou todo ouvidos — respondeu Thomas. — Todo incontáveis ouvidos.

Eles estavam no andar de baixo da casa dos Fairchild, no laboratório de Henry. Christopher pedira a Thomas que o ajudasse com um novo projeto, e Thomas abraçara a oportunidade de qualquer coisa que o distraísse.

Christopher empurrou os óculos para cima do nariz.

— Vejo que você não tem certeza se a aplicação de fogo será necessária — observou ele. — Mas eu me mantenho atento aos avanços mundanos na área da ciência, sabe. Atualmente eles andam trabalhando em formas de mandar mensagens de uma pessoa para outra a grandes distâncias, primeiro através de extensões de fios de metal e, mais recentemente, pelo próprio ar.

— O que isso tem a ver com atear fogo às coisas? — questionou Thomas, muito educadamente, em sua opinião.

— Bem, em termos simples, mundanos têm usado calor para criar a maior parte da tecnologia deles: a eletricidade, o telégrafo... E nós, Caçadores de Sombras, não podemos ficar para trás dos mundanos naquilo que conseguimos fazer, Thomas. Não será nada bom se os dispositivos deles lhes derem poderes aos quais não conseguiremos nos equiparar. Nesse caso, eles podem mandar mensagens à distância, e, bem, nós não podemos. Mas se eu puder usar runas... Veja: eu chamusco a borda do pergaminho aqui e o dobro, então coloco uma Marca de Comunicação *aqui*, e uma Marca de Precisão *aqui* e *aqui*...

A campainha soou no andar de cima. Christopher ignorou, e por um momento Thomas se perguntou se deveria ele mesmo atender à porta. Mas após um segundo e terceiro toques, Christopher suspirou, soltou a estela e se dirigiu às escadas.

Acima, Thomas ouviu a porta da frente se abrir. Não era sua intenção entreouvir, mas quando a voz de Christopher flutuou até ele dizendo: "Ah, olá, Alastair, você deve ter vindo ver Charles. Acho que ele está lá em cima no escritório", Thomas sentiu seu estômago despencar como um pássaro mergulhando atrás de um peixe — e então desejou ter pensado em uma analogia melhor, mas ou se era uma pessoa como James, com uma mente poética, ou não se era esse tipo de pessoa.

A resposta de Alastair foi baixa demais para que Thomas ouvisse. Christopher tossiu e falou:

— Ah, lá embaixo no laboratório, sabe. Estou com um novo projeto emocionante...

Alastair o interrompeu e Thomas se perguntou se Christopher mencionaria que ele estava lá. Mas Kit não mencionou, dizendo apenas:

— Matthew ainda está em Paris, até onde sabemos. Sim, tenho certeza de que Charles não se incomodaria com uma visita...

O pássaro no estômago de Thomas caiu morto. Ele apoiou os cotovelos na mesa de trabalho de Christopher, tentando respirar em meio a tudo aquilo.

Corrente de Espinhos

Sabia que não deveria se surpreender. Alastair dissera com todas as letras na última vez que os dois se viram que não poderia haver nada entre eles. E o principal motivo para isso era a hostilidade entre Alastair e os amigos de Thomas, os Ladrões Alegres, que desgostavam de Alastair por um bom motivo.

Thomas havia acordado na manhã seguinte com um pensamento decidido na cabeça: *Está na hora — já passou da hora — de eu contar aos meus amigos sobre o que sinto por Alastair. Talvez Alastair esteja certo e seja impossível, mas certamente vai permanecer impossível se eu nunca tentar.*

Thomas planejara fazer isso. Saíra da cama com toda a determinação de fazê-lo.

Mas então descobriu que tanto Matthew quanto James deixaram Londres à noite, então seu plano precisou ser adiado. E, na verdade, não apenas Matthew e James haviam partido: Cordelia e Matthew, ao que parecia, tinham ido a Paris, enquanto James seguira com Will em busca de Lucie, que, pelo visto, decidira visitar Malcolm Fade no chalé dele na Cornualha. Christopher parecia aceitar essa história sem questionar, mas Thomas pensava diferente, assim como Anna, que fora resoluta em sua recusa de discutir o assunto. *As pessoas devem fofocar sobre seus conhecidos, não sobre seus amigos*, foi tudo o que disse. A própria Anna parecia pálida e cansada, embora talvez tivesse voltado a ter uma garota diferente por noite. Thomas sentia falta de Ariadne, e suspeitava de que Anna também, mas na única vez que a mencionou, Anna quase atirou uma xícara de chá em sua cabeça.

Thomas *havia* considerado, nesses últimos dias, contar a Christopher sobre seus sentimentos, mas embora Christopher fosse reagir com gentileza, ele se sentiria mal por saber de algo que James e Matthew não sabiam. E, na verdade, eram James e Matthew que realmente desgostavam de Alastair, odiavam-no até.

E então havia a questão de Charles, que fora o primeiro grande amor de Alastair, embora tivesse acabado mal. Ele se ferira em um confronto com Belial, e apesar de estar convalescendo, Alastair parecia sentir que devia apoio e cuidados a Charles. Embora Thomas conseguisse entender isso de uma perspectiva puramente moral, sentia-se atormentado pela ideia de Alastair secando a testa febril de Charles e lhe dando uvas na boca. Era fácil demais imaginar Charles encostando na bochecha de Alastair e murmu-

— 40 —

rando sua gratidão ao olhar fixamente nos belos olhos escuros de Alastair com seus longos cílios espessos...

Christopher voltou do andar de cima, quase fazendo Thomas pular da cadeira. Ele, ainda bem, parecia tranquilamente alheio à turbulência interna de Thomas, e logo voltou à bancada de trabalho.

— Tudo bem — anunciou, virando-se para Thomas com uma estela na mão —, vamos tentar de novo, pode ser?

— Mandar uma mensagem? — perguntou Thomas. Ele e Christopher haviam "mandado" dúzias de mensagens àquela altura, e embora algumas delas tivessem desaparecido no ar ou disparado pela chaminé, nenhuma sequer chegara ao destino pretendido.

— Exato — falou Kit, entregando um pedaço de papel e um lápis. — Só preciso que escreva uma mensagem enquanto eu testo esse reagente. Pode ser qualquer besteira que quiser.

Thomas se sentou à bancada e encarou o papel em branco. Depois de um longo momento, escreveu:

> *Caro Alastair, por que você é tão estúpido e tão frustrante, e por que eu penso em você o tempo todo? Por que tenho que pensar em você quando acordo e quando vou dormir e quando escovo os dentes e até mesmo agora? Por que você me beijou no Santuário se não queria estar comigo? É porque não quer contar a ninguém? Isso é muito irritante. — Thomas*

— Tudo certo, então? — perguntou Christopher. Thomas se sobressaltou e rapidamente dobrou o papel em quatro partes, garantindo que seu conteúdo permanecesse escondido. Ele o entregou a Christopher com uma leve pontada de dor. Desejou poder ter mostrado as palavras para alguém, mas sabia que era impossível. De toda forma, tinha sido bom escrever, pensou, quando Christopher acendeu um fósforo e o encostou na borda do papel — mesmo que a mensagem, assim como o relacionamento de Thomas com Alastair, não fosse dar em nada.

Considerando as histórias de terror que a mãe lhe contara, Grace Blackthorn esperava que a Cidade do Silêncio fosse um tipo de masmorra, onde seria acorrentada a uma parede e possivelmente torturada. Mesmo antes de chegar à entrada da Cidade em Highgate, Grace tinha começado a pensar em como seria um julgamento pela Espada Mortal. Ficar sobre as Estrelas Falantes e sentir o julgamento dos Irmãos do Silêncio. Qual seria a sensação de ser compelida, depois de tantos anos mentindo, a dizer a verdade? Seria um alívio? Ou uma agonia terrível?

Grace supunha que não importava. Ela merecia a agonia.

Mas ela não havia sido presa com ferro nem nada do tipo. Dois Irmãos do Silêncio a acompanharam da casa de James em Curzon Street até a Cidade do Silêncio. Assim que chegou — e era realmente um tipo de lugar escuro, ameaçador e sombrio —, Irmão Zachariah, que ela sabia ser o primo de Cordelia e que um dia fora James Carstairs, tinha se apresentado, como se para se responsabilizar por ela.

Você deve estar exausta. A voz dele na mente de Grace era suave, até mesmo gentil. *Vou lhe mostrar onde ficará. A manhã chegará em breve e poderemos discutir o que aconteceu.*

Grace ficara chocada. Irmão Zachariah era uma figura a quem a mãe dela tinha se referido, mais de uma vez, como uma demonstração da influência corrosiva dos Herondale sobre os Nephilim.

— Os olhos dele nem mesmo são costurados — reclamava ela, sem sequer olhar para Grace. — Sempre um tratamento especial para aqueles que os Lightwood e os Herondale favorecem. Chega a ser obsceno.

Mas o Irmão Zachariah falou com ela com gentileza e bondade. Ele a havia guiado pela Cidade fria de paredes de pedra até uma pequena cela, a qual ela imaginava como um tipo de câmara de tortura e onde dormiria sobre a pedra fria, talvez acorrentada. Na verdade, embora não fosse nem um pouco luxuoso — um cômodo de pedra sem janelas com pouca privacidade, enquanto a grande porta era feita de barras de *adamas* estreitamente espaçadas —, comparado à Mansão Blackthorn, era acolhedor, contendo uma cama relativamente confortável de ferro fundido, uma escrivaninha de carvalho surrada e uma prateleira cheia de livros — nenhum do interesse dela, mas era alguma coisa. Pedras de luz enfeitiçada tinham até mesmo sido dispostas de forma aleatória, e Grace se lembrou de que os Irmãos do Silêncio não precisavam de luz para enxergar.

O elemento mais estranho do lugar era a impossibilidade de dizer quando era dia e quando era noite. Zachariah havia levado para ela um relógio para a cornija da lareira, o que ajudava, mas Grace não estava totalmente confiante de que sabia ao certo qual das doze horas era meio-dia e qual era meia-noite. Não que isso importasse. O tempo ali se esticava e se comprimia como uma mola enquanto ela esperava pelos momentos que os Irmãos do Silêncio a chamavam para falar.

Esses momentos eram ruins. Ela não podia fingir o contrário. Não que eles a ferissem ou a atormentassem, ou sequer usassem a Espada Mortal com ela. Apenas a interrogavam, tranquila, mas incansavelmente. E mesmo assim não era o interrogatório em si que era ruim. Era contar a verdade.

Grace começara a perceber que só conhecia duas formas de se comunicar. Uma delas era usar uma máscara, e mentir e atuar atrás dela, como havia fingido a obediência à mãe e o amor a James. A outra era ser honesta, o que ela só havia realmente feito com Jesse. Ainda assim ela escondera dele as coisas que tinha vergonha de fazer. Não se esconder, percebeu, era algo doloroso.

Era doloroso ficar diante dos Irmãos e admitir a todos o que havia feito. *Sim, eu forcei James Herondale a acreditar que estava apaixonado por mim. Sim, eu usei meu poder concedido por demônios para atrair Charles Fairchild. Sim, eu tramei com minha mãe a destruição dos Herondale e dos Carstairs, dos Lightwood e dos Fairchild. Eu acreditei nela quando disse que eram nossos inimigos.*

As sessões a exauriam. À noite, sozinha em sua cela, Grace via o rosto de James na última vez que ele a olhara, lembrava do ódio em sua voz. *Eu jogaria você na rua, mas esse seu poder não é melhor do que uma arma carregada nas mãos de uma criança egoísta. Você não pode ter permissão de continuar a usá-lo.*

Se os Irmãos do Silêncio pretendiam tirar o poder dela, o que seria até bom, não tinham mostrado sinais. Grace sentia que eles a estavam analisando, analisando sua habilidade de formas que ela mesma não entendia.

Só o que Grace tinha como conforto era pensar em Jesse. Jesse, que Lucie muito provavelmente devia ter ressuscitado com a ajuda de Malcolm. Eles estariam todos na Cornualha àquela altura. Será que Jesse ficaria bem? Será que voltar das terras sombrias que habitara por tanto tempo seria um choque terrível para ele? Grace desejava estar lá para segurar sua mão durante aquilo, como ele a havia ajudado durante tantas coisas terríveis.

Grace sabia, por certo, que era inteiramente possível que eles tivessem falhado em ressuscitar Jesse. Necromancia era praticamente impossível. Mas a morte dele havia sido tão injusta, um crime terrível baseado em uma mentira venenosa. Com certeza, se alguém merecia uma segunda chance, era Jesse.

E ele amava Grace como uma irmã, amava e se importava com ela como ninguém mais, e talvez, pensou ela, ninguém jamais fosse se importar. Talvez os Nephilim a executassem por causa de seu poder. Talvez ela apodrecesse na Cidade do Silêncio para sempre. Mas caso contrário, Jesse estar vivo era a única forma que imaginava de qualquer tipo de vida futura para si mesma.

Havia Christopher Lightwood, é claro. Não que ele a amasse — ele mal a conhecia. Mas Christopher parecera genuinamente interessado nela, em suas ideias, suas opiniões, seus sentimentos. Se as coisas fossem diferentes, eles poderiam ter sido amigos. Grace jamais tivera um amigo. Apenas James, que certamente a odiava agora que sabia o que ela fizera, e Lucie, que em breve a odiaria também, pelo mesmo motivo. E na verdade ela estava apenas se enganando se achava que Christopher sentiria algo diferente. Ele era amigo de James e o amava. Ele seria leal, e a odiaria... Ela não poderia culpá-lo...

Um ruído soou, o arranhão característico da porta da cela se abrindo. Grace se sentou apressadamente no colchão estreito, alisando o cabelo. Não que os Irmãos do Silêncio dessem a mínima para a sua aparência, mas era força do hábito.

Uma figura indistinta a olhou da porta. *Grace,* disse Zachariah. *Temo que a última rodada de interrogatório tenha sido demais.*

Tinha sido ruim. Ela quase desmaiara ao descrever a noite em que sua mãe a levou para a floresta escura, o som da voz de Belial nas sombras. Mas Grace não gostava da ideia de que alguém conseguisse sentir o que ela sentia. Então falou:

— Ainda vai demorar muito? Para que minha sentença seja anunciada?

Você deseja tanto assim a punição?

— Não — respondeu ela. — Só desejo que o interrogatório pare. Mas estou pronta para aceitar minha punição. Eu a mereço.

Sim, você errou. Mas quantos anos tinha quando sua mãe a levou para a Floresta Brocelind para que recebesse seu poder? Onze? Doze?

— Não importa.

Importa, insistiu Zachariah. *Acredito que a Clave falhou com você. Você é uma Caçadora de Sombras, Grace, nascida de uma família de Caçadores de Sombras, e abandonada a circunstâncias terríveis. É injusto com você que a Clave a tenha deixado lá por tanto tempo, sem intervenção ou sequer investigação.*

Grace não suportava a pena dele. Era como minúsculas agulhas contra sua pele.

— Você não deveria ser gentil comigo nem tentar entender — disparou ela. — Eu usei poder demoníaco para enfeitiçar James e fazê-lo acreditar que estava apaixonado por mim. Eu causei uma mágoa terrível a ele.

Zachariah olhou para ela sem falar, o rosto estranhamente imóvel.

Grace sentiu vontade de bater nele.

— Não acha que eu mereço punição? Não deve haver um acerto de contas? Um equilíbrio das coisas? Olho por olho, dente por dente?

Essa é a visão de mundo da sua mãe, não a minha.

— Mas os outros Irmãos do Silêncio. O Enclave. Todos em Londres... Eles vão querer que eu seja punida.

Eles não sabem, revelou o Irmão Zachariah. Pela primeira vez, Grace viu um tipo de hesitação nele. *O que você fez a pedido de sua mãe é conhecido apenas por nós, e por James.*

— Mas... Por quê? — Não fazia sentido. Certamente James contaria aos amigos e em breve todos saberiam. — Por que você me protegeria?

Nós queremos interrogar sua mãe. Será uma tarefa mais fácil se ela acreditar que você ainda está do lado dela, seus poderes ainda desconhecidos por nós.

Grace voltou a se sentar.

— Vocês querem respostas da minha mãe porque acreditam que eu sou a marionete, e ela é a manipuladora, aquela que puxa os fios. Mas o verdadeiro manipulador é Belial. Ela obedece a ele. Quando age, é a mando dele. É a ele que se deve temer.

Corrente de Espinhos

Houve um longo silêncio. Então uma voz gentil dentro da sua mente: *Você tem medo, Grace?*

— Não por mim — admitiu ela. — Eu já perdi tudo o que tinha a perder. Mas pelos outros, sim. Tenho muito medo mesmo.

—

Lucie seguiu Malcolm para dentro da casa e esperou enquanto o feiticeiro deixava o casaco de viagem e a bengala na entrada. Ele a levou para a sala de estar por onde Lucie havia passado antes, aquela com o pé-direito alto, e com um estalar dos dedos Malcolm acendeu uma fogueira estrondosa na lareira. Ocorreu a Lucie que não apenas Malcolm poderia pegar lenha sem que Jesse precisasse cortá-la, como ele provavelmente poderia manter fogueiras acesas sem lenha nenhuma.

Não que ela se importasse em ver Jesse cortar lenha. E ele parecia gostar daquilo, então era bom para os dois.

Malcolm gesticulou para Lucie na direção de um sofá com um estofamento tão farto que Lucie temeu mergulhar tão fundo a ponto de não conseguir mais se levantar. Ela se sentou no braço do estofado. A sala era bastante aconchegante, na verdade: nada como o que ela teria associado a Malcolm Fade. Mobília de pau-cetim desgastada até parecer uma pátina suave, estofamentos de tapeçaria e tecido de veludo. Nenhum esforço havia sido feito para combinar as peças, embora todas parecessem confortáveis. Um tapete bordado com abacaxis cobria o piso, e vários retratos de pessoas que Lucie não reconhecia pendiam das paredes.

Malcolm permaneceu de pé, e Lucie presumiu que ele agora lhe daria um sermão sobre Jesse ou a interrogaria sobre o que fizera com ele. Em vez disso, o feiticeiro falou:

— Talvez tenha notado que embora eu *não* tenha ficado inconsciente por vários dias depois de executar magia sem prática, estou com uma aparência um pouco abatida.

— Eu não tinha notado — mentiu Lucie. — Você parece, hã, bem alinhado e composto.

Malcolm fez um gesto de desdém.

— 46 —

CASSANDRA CLARE

— Não estou atrás de elogios. Quis explicar que, nesses últimos dias, enquanto você estava dormindo para se recuperar dos efeitos da magia que realizou, eu aproveitei minha presença na Cornualha para continuar minhas investigações sobre Annabel Blackthorn.

Lucie sentiu o estômago revirar. Annabel Blackthorn. A mulher a quem Malcolm amara, havia cem anos, e que havia muito acreditava que o deixara para se juntar às Irmãs de Ferro. Na verdade, a família dela preferira assassinar a jovem a deixá-la se casar com um feiticeiro. Lucie estremeceu ao se lembrar da expressão no rosto de Malcolm quando Grace contou a ele a verdade sobre o destino de Annabel.

Feiticeiros não envelheciam, mas de alguma forma Malcolm parecia estar mais velho do que antes. As linhas de expressão em torno da boca e dos olhos estavam mais pronunciadas.

— Sei que concordamos que você chamaria o espírito dela — prosseguiu ele. — Que me permitiria falar com ela de novo.

Parecia estranho para Lucie que feiticeiros não pudessem, eles mesmos, invocar os mortos que não mais assombravam o mundo, aqueles que haviam passado para um lugar de paz. Que o terrível poder no sangue dela permitisse que Lucie fizesse algo que nem mesmo Magnus Bane ou Malcolm Fade eram capazes. Mas era chegada a hora: ela dera sua palavra a Malcolm, embora o olhar ávido dele a fizesse ficar um pouco inquieta.

— Eu não sabia o que aconteceria quando você ressuscitasse Jesse — admitiu Malcolm. — Ele voltar como voltou, com fôlego e vida, perfeitamente saudável, perfeitamente são, é mais milagre do que magia. — Malcolm respirou fundo. — A morte de Annabel não foi menos injusta, não menos monstruosa, do que o que aconteceu com Jesse. Ela não merece voltar à vida menos do que ele. Disso eu tenho certeza.

Lucie não mencionou o detalhe de que o corpo de Jesse fora preservado por Belial em um estranho estado de semivida, e o de Annabel, certamente não. Em vez disso, ela falou, ansiosa:

— Dei minha palavra a você, Malcolm, de que invocaria o espírito dela. Que deixaria você se comunicar com seu fantasma. Mas não mais do que isso. Ela não pode ser... trazida de volta. Você sabe disso.

Malcolm mal pareceu ouvir. Ele desabou em uma cadeira próxima.

— 47 —

— Se milagres são realmente possíveis — disse —, embora eu jamais tenha acreditado neles... Eu sei sobre demônios e anjos, mas coloquei minha fé apenas na ciência e na magia...

Ele parou, mas era tarde demais para a inquietação de Lucie, que estava vibrando em um ritmo acelerado agora, como uma corda dedilhada.

— Nem todo espírito deseja retornar — sussurrou ela. — Alguns mortos estão em paz.

— Annabel não está em paz — afirmou Malcolm. Seus olhos roxos pareciam hematomas no rosto pálido. — Não sem mim.

— Sr. Fade... — A voz de Lucie falhou.

Pela primeira vez, Malcolm pareceu notar a ansiedade de Lucie. Ele se aprumou, forçando um sorriso.

— Lucie, eu entendo que você mal sobreviveu a ressuscitar Jesse e que está significativamente enfraquecida. Não nos fará nenhum bem se chamar Annabel mandar você de volta para o estado inconsciente. Precisamos esperar que se fortaleça. — Ele olhou para o fogo como se pudesse ler alguma coisa nas labaredas. — Eu esperei cem anos. O tempo não é o mesmo para mim como é para um mortal. Esperarei mais cem anos se for preciso.

— Bem — comentou Lucie, tentando manter a voz suave —, acho que não devo precisar de *tanto* tempo.

— Eu vou esperar — repetiu Malcolm, falando talvez mais para si mesmo do que para Lucie. — Vou esperar o tempo que for preciso.

3
As lentas horas escuras

Mas existe para a noite um lugar de descanso?
Um telhado para quando as lentas horas escuras começam.
Não pode a escuridão escondê-la de meu rosto?
Não há como deixar de ver a estalagem.

— Christina Rossetti, "Up-Hill"

James imaginou que estivesse falando havia um mês.

Magnus, que parecia capaz de detectar estalagens confortáveis de longe, havia encontrado uma na estrada até Polperro. Depois que Balios e Xanthos foram colocados em segurança no estábulo, Will reservou para eles uma sala de jantar particular no térreo da estalagem, onde poderiam comer e conversar com privacidade.

Não que James tivesse comido muito. A sala era boa o bastante — antiquada, com papel de parede escuro e tapetes desgastados, uma mesa de carvalho ampla no centro — e a comida parecia decente. Mas quando começou a falar sobre os eventos das últimas semanas, ele achou difícil parar. Depois de tantos segredos e mentiras, a verdade se derramou para fora dele como água de uma jarra. Mesmo assim James precisou se manter cauteloso para guardar os segredos que não eram seus. Ele não disse nada sobre o juramento que Cordelia acidentalmente fizera a Lilith, contando apenas sobre Lilith se fazendo passar por Magnus para enganá-los.

— Sei que deveria me desculpar com vocês — falou James, quando sentiu que contara tudo. — Eu deveria ter contado antes, mas...

— Mas você não era o único envolvido — interrompeu Will. Ele parecia tenso, as linhas ao redor de seus olhos incomumente proeminentes. — E então você ficou de boca fechada para proteger seus amigos e sua família. Não sou um completo idiota, James. Eu entendo como essas coisas funcionam.

Magnus abriu uma garrafa de vinho do Porto e serviu uma pequena quantidade nas taças de Will e James.

— Estou preocupado. Belial não deveria ter conseguido retornar para o nosso mundo depois do golpe que Cordelia desferiu nele com Cortana. Mas ele *voltou*, por meio de um plano que deve ter colocado em prática anos atrás, na época em que Jesse Blackthorn não passava de um bebê...

Will parecia furioso.

— É por *isso* que jamais deveríamos ter tolerado o comportamento bizarro de Tatiana Blackthorn com seus filhos. Que mal poderia fazer permitir que os Irmãos do Silêncio lançassem os feitiços de proteção em Jesse? Que mal, de fato? Graças ao Anjo que Maurice foi buscá-la na Cidadela Adamant. Os Irmãos do Silêncio vão precisar arrancar a história toda dela.

— Por que não contou ao Enclave — perguntou Magnus a James, não de forma indelicada —, se sabia que Belial era o responsável?

— Ele não contou ao Enclave — intrometeu-se Will —, porque se o Enclave descobrisse que Belial é avô dele, que é o pai de Tessa... Bem, as consequências poderiam ser bastante terríveis para a nossa família. Para Tessa. Eu também sabia e, como James, não disse nada pelo mesmo motivo. James não pode ser considerado culpado por isso.

— Mais alguém sabe? — continuou Magnus.

— Apenas meus amigos mais próximos — respondeu James. — Cordelia, por certo, e Matthew... e Thomas e Christopher. E Anna. Eles vão guardar segredo. Confio neles com minha vida — acrescentou, levemente na defensiva.

Will trocou um olhar com Magnus que James não conseguiu decifrar. Então Will disse lentamente:

— Fico feliz que você pelo menos tenha tido seus amigos com quem confidenciar. Queria que também tivesse me contado, James. — Ele pareceu triste por um momento. — Parte meu coração pensar em você sendo atormentado por esses sonhos com Belial e, ainda por cima, mantendo-os em segredo. — Will pegou sua taça, como se tivesse acabado de notar que estava ali, e tomou um gole. — Eu já vi a morte de perto — murmurou. — Sei como é terrível testemunhá-la.

O olhar de Will se desviou de James e Magnus por um instante, e James se perguntou o que ele queria dizer com isso. Então, sobressaltado, lembrou-se de que havia muito tempo Will segurara Jessamine enquanto ela morria em seus braços. James estava tão acostumado com a presença fantasmagórica dela no Instituto que era fácil se esquecer do trauma que a sua morte devia ter trazido para todos. Seu pai tornava mais fácil esquecer — seu habitual otimismo fazia bem o papel de esconder tudo pelo que havia passado.

Magnus pigarreou, e James olhou em sua direção para ver seus luminosos olhos de gato encarando-o com atenção. Will percebeu o mesmo e se sentou na cadeira, retornando de seu devaneio.

— Em que está pensando, Magnus?

— Apenas que Belial estava disposto a esperar muito tempo para que seu plano com relação a Jesse desse frutos — revelou Magnus. — Eu me pergunto que outros planos ele pode ter feito nesse meio-tempo, planos dos quais não temos conhecimento. — Os olhos dele brilharam para James. — Preciso perguntar: com quem estava sonhando, na carruagem? Quando acordou gritando?

Um nó de culpa se formou no peito de James. Ele ainda estava guardando um segredo, afinal de contas. O segredo de Cordelia.

— Sonhei com um amontoado de sombras — respondeu. — Eu estava parado em um lugar assolado por fogo e vi criaturas monstruosas que disparavam pelo ar.

— Eram demônios? — Magnus quis saber.

— Não sei — admitiu James. — Suas formas eram sombrias e difusas, e a iluminação era parca... Era como se eu não conseguisse concentrar meu olhar nelas. Mas são parte de algum plano de Belial. Ele falou comigo.

— O que ele disse? — insistiu Magnus, em voz baixa.

— "Eles despertam" — recitou James.

Will bufou.

— Bem, *isso* não é muito útil da parte dele. O que desperta?

Corrente de Espinhos

— Alguma coisa que estava dormindo? — arriscou Magnus. — No passado, parecia que Belial queria que você visse as ações dele nitidamente. Agora ele quer te deixar no escuro.

— Ele quer que eu tenha medo — corrigiu James. — É isso que ele quer.

— Bom, então não tenha — disse Will. — Assim que encontrarmos Lucie vamos voltar para Londres. Agora que você nos contou a situação, poderemos reunir cada recurso ao nosso alcance para lidar com ela.

James tentou parecer animado com a perspectiva. Sabia que seu pai tinha fé — um tipo de fé que ele mesmo não possuía — de que até mesmo o problema mais intratável poderia ser superado. Ainda assim James não conseguia imaginar uma vida na qual não estivesse preso a Belial. A conexão existiria enquanto Belial vivesse, e como James havia sido lembrado muitas vezes, um Príncipe do Inferno não tinha como morrer.

— Você não vai beber seu Porto? — perguntou Magnus. — Pode acalmar seus nervos um pouco, ajudá-lo a descansar.

James balançou a cabeça. Sentiu-se enjoado olhando para o álcool e sabia que não era só por causa de seus nervos. Era Matthew. Lembranças estavam retornando a ele desde que tinha se livrado da pulseira, não apenas de eventos, mas de seus próprios pensamentos e sentimentos — coisas de que ele havia se esquecido, coisas empurradas para o fundo de sua mente. Seus sentimentos por Cordelia, seu desejo por remover a própria pulseira... Mas também sua preocupação pela bebedeira de Matthew. Era como se a influência da pulseira tivesse insistido que não havia nada de errado com Matthew, que James não precisava se preocupar com nada exceto aquilo com que a pulseira queria que ele se preocupasse. Tinha ficado cada vez mais evidente para ele que havia alguma coisa terrivelmente errada com Matthew, e que estava piorando, mas a pulseira garantira que ele não pudesse se ater ao pensamento, que não pudesse se concentrar naquilo. Ele se lembrou do Mercado das Sombras de Londres, de um beco nevado, de ter gritado com Matthew: *Diga que há alguém que você ama mais do que essa garrafa na sua mão.*

James soubera, mas não fizera nada. Permitira que a pulseira desviasse sua atenção. Ele havia fracassado com seu melhor amigo, havia fracassado com seu *parabatai*.

— Bem, você precisa dormir — observou Magnus. — Sem sonhos, se possível. Eu pretendia usar métodos mais mundanos para conseguir isso, mas...

CASSANDRA CLARE

James engoliu em seco.

— Acho que não consigo beber.

— Então vou lhe dar outra coisa — informou Magnus, decididamente. — Água, com algo mais mágico do que um simples bom vinho. E quanto a você, Will?

— Certamente — concordou Will, e James achou que ele ainda parecia perdido em seus pensamentos. — Traga as poções.

Naquela noite, James dormiu como os mortos, e se seu pai se levantou no meio da noite para ver como ele estava — como fazia quando ele era menino —, se Will se sentou ao seu lado na cama e cantou para ele em um galês enferrujado, James não se lembrou ao acordar.

—

— Como pode ver — disse Matthew, esticando o braço para abarcar a totalidade do Boulevard de Clichy. Ele estava usando um sobretudo de pele com múltiplas capas, o que tornava o gesto ainda mais dramático. — Aqui é o Inferno.

— Você — anunciou Cordelia — é uma pessoa muito perversa, Matthew Fairchild. Muito perversa. — Mas não conseguiu evitar sorrir, no entanto, em parte pela expressão de expectativa de Matthew, em parte pelo que ele a levara até Montmartre para ver.

Montmartre era um dos bairros mais escandalosos de uma cidade escandalosa. Era onde ficava o famigerado Moulin Rouge, com seu famoso moinho vermelho e suas dançarinas seminuas. Cordelia esperava que fossem até lá eventualmente, mas Matthew, lógico, precisava ser diferente. Em vez disso ele a levara até o Cabaret de l'Enfer — literalmente, o Cabaré do Inferno —, um lugar cuja entrada principal havia sido entalhada para se parecer com um rosto demoníaco, com olhos pretos esbugalhados e uma fileira de presas afiadas no alto da boca aberta, a qual servia de porta.

— Não precisamos entrar se você não quiser — disse Matthew, com mais seriedade do que o habitual. Ele colocou um dedo enluvado sob o queixo de Cordelia, levantando o rosto dela para que encontrasse seu olhar. Ela olhou para Matthew com certa surpresa. Ele estava com a cabeça descoberta e seus olhos eram de um verde muito escuro à luz que transbordava do l'Enfer.

— 53 —

Corrente de Espinhos

— Achei que poderia divertir você, como a Hell Ruelle. E esse lugar faz a Ruelle parecer um quarto de criança.

Cordelia hesitou. Estava ciente do calor do corpo de Matthew perto do seu, e do cheiro dele: lã e colônia. Enquanto permanecia parada, um casal elegantemente vestido surgiu de um pequeno *fiacre* e entrou no l'Enfer, ambos rindo.

Parisienses abastados, pensou Cordelia, frequentando o bairro humilde famoso por seus artistas paupérrimos passando fome em seus apartamentos no sótão. Luz das tochas de gás de cada lado das portas recaiu sobre os rostos deles conforme entravam no clube, e Cordelia viu que a mulher era mortalmente pálida, com lábios vermelho-escuros.

Vampira. É óbvio que os membros do Submundo seriam atraídos por um lugar com um tema desses. Cordelia entendia o que Matthew estava fazendo: tentando dar a ela a agitação da Hell Ruelle em um lugar novo, sem o peso das lembranças. E por que não? Do que ela estava com medo, quando não restava mais nada a perder?

Cordelia se empertigou.

— Vamos entrar.

Do lado de dentro, uma escada descia abruptamente até uma sala cavernosa iluminada por tochas atrás de arandelas de vidro vermelho, o que dava ao ambiente um tom escarlate. As paredes de gesso eram entalhadas em forma de rostos gritando, cada um diferente, cada um como uma máscara de pesar ou agonia ou terror. Fitas douradas pendiam do teto, cada uma contendo uma frase do *Inferno* de Dante, desde NO MEIO DA JORNADA DA VIDA, ENCONTREI- -ME DENTRO DE UMA FLORESTA ESCURA até NÃO HÁ SOFRIMENTO MAIOR DO QUE SE LEMBRAR COM TRISTEZA DE QUANDO FOMOS FELIZES.

O chão havia sido pintado com arabescos vermelhos e dourados, destinados, supôs Cordelia, a evocar o eterno fogo dos condenados. Ela e Matthew estavam nos fundos de um único salão grande, de pé-direito alto, que se inclinava para baixo suavemente em direção ao palco na outra extremidade. Entre um lado e outro havia inúmeras mesas de café, iluminadas por luzes que brilhavam suavemente e em sua maioria ocupadas por membros do Submundo, embora houvesse alguns mundanos com fantasias elaboradas e copos de absinto ao lado dos cotovelos. Sem dúvida achavam que os membros do Submundo ali eram outros mundanos usando fantasias divertidas.

O espetáculo obviamente não havia começado ainda, e as mesas lotadas estavam agitadas com os burburinhos. Houve uma breve interrupção quando uma variedade de cabeças se virou para olhar para Matthew e Cordelia, o que a levou a se perguntar com que frequência Caçadores de Sombras iam até ali, e se eram inteiramente bem-vindos.

Então, do canto mais afastado, um coro de vozes agudas gritou:

— *Monsieur* Fairchild! — À estranha e matizada cor das chamas, Cordelia conseguiu ver que era uma mesa cheia do que imaginou serem fadas, talvez? Elas exibiam asas de várias cores do arco-íris e não passavam de trinta centímetros de altura. Havia cerca de vinte delas e todas obviamente conheciam Matthew, e o mais chocante: todas pareciam muito satisfeitas ao vê-lo. No centro da mesa delas, construída para clientes de tamanho humano, havia uma grande tigela de ponche parcialmente cheia de uma bebida cintilante, a qual algumas delas usavam como piscina.

— Velhas amigas? — provocou Cordelia, com algum divertimento.

— Anna e eu certa vez as ajudamos a se livrar de uma enrascada — explicou Matthew. Ele acenou alegremente para as fadas. — É uma história e tanto, envolvendo um duelo, uma corrida de carruagens e um belo príncipe do Reino das Fadas. Pelo menos ele falou que era um príncipe — acrescentou Matthew. — Sempre acho que todos no Reino das Fadas são um príncipe ou princesa, assim como todos nos livros de Lucie são secretamente um duque ou uma duquesa.

— Bem, não guarde seu belo príncipe para si mesmo. — Cordelia o cutucou no ombro. — Acho que eu gostaria de ouvir essa história.

Matthew riu.

— Tudo bem, tudo bem. Em um instante. Preciso falar com o proprietário primeiro.

Ele se abaixou para falar com um fauno cuja galhada parecia grande demais para permitir que passasse pela porta da frente do prédio. Houve muitos acenos amigáveis antes que Matthew voltasse e oferecesse a mão a Cordelia. Ela se permitiu ser conduzida até uma mesa próxima ao palco. Quando se sentaram, Cordelia viu que as luzes brilhantes não eram velas, como havia presumido, mas fadas luminosas ainda menores do que aquelas que haviam recebido Matthew.

Corrente de Espinhos

Fogo-fátuo, talvez? Aquele à mesa de Matthew e Cordelia estava sentado em uma tigela de vidro, as pernas cruzadas, usando um pequeno terno marrom. Ele os encarou irritado quando os dois se sentaram.

Matthew deu batidinhas no vidro.

— Não é um trabalho muito emocionante, não é? — comentou ele, com empatia.

A fada no vidro deu de ombros e revelou o minúsculo livro que estava segurando. Pequenos óculos repousavam sobre seu nariz.

— Temos que ganhar a vida — respondeu ele, com um sotaque evidentemente alemão, e voltou a ler.

Matthew pediu café para os dois, recebendo e ignorando o olhar sério e de reprovação do garçom. Cabarés provavelmente obtinham seu maior lucro com a venda de bebidas, mas Cordelia não se importava — estava orgulhosa dos esforços de Matthew para se manter sóbrio.

Ele se recostou na cadeira.

— Então — começou. — No ano passado Anna e eu estávamos na Abadia de Thélème, um clube noturno de tema monástico, com dançarinos de cancã vestidos de padres e freiras. Um escândalo para os mundanos, imagino, como seria se eu abrisse um cabaré onde Irmãs de Ferro e Irmãos do Silêncio posassem nus.

Cordelia riu, o que lhe garantiu um olhar irritado da fada à mesa. Matthew prosseguiu, falando e gesticulando em uma divertida história na qual um príncipe das fadas perseguido por assassinos demoníacos se escondia sob a mesa dele e de Anna.

— Rapidamente — prosseguiu —, nós nos armamos. Não havíamos recebido permissão de entrar com armas, regras da casa, então tivemos que improvisar. Anna matou um demônio com uma faca de pão. Eu esmaguei um crânio com um *jambon* curado. Ela atirou uma roda de queijo como um disco. Outro malfeitor foi despachado com uma dose recém-servida de expresso fumegante.

Cordelia havia cruzado os braços diante do peito.

— Deixe-me adivinhar: o príncipe das fadas irritara os membros do Submundo da França ao pedir um bife bem passado.

Matthew a ignorou.

— Um demônio foi afugentado por um punhado de cães pequenos e barulhentos cujo dono inexplicavelmente os levara para o cabaré...

— Nada disso é verdade.

Matthew riu.

— Assim como as melhores histórias, *parte* disso é verdade.

— *Das ist Blödsinn* — murmurou a fada na lâmpada. — Parece um monte de besteira para mim.

Matthew pegou a lâmpada e a moveu para outra mesa. Quando voltou, o garçom tinha servido o café em pequenas xícaras de liga de estanho. Quando Matthew deslizou de volta para sua cadeira, ele sussurrou:

— Você tem uma estela aí? Ou alguma arma?

Cordelia ficou tensa.

— O que aconteceu?

— Nada — respondeu Matthew, brincando com a alça da xícara de café. — Percebi que acabei de contar a você uma história sobre armas improvisadas, mas você...

— Não posso sequer empunhar uma arma, a não ser que o faça em nome *dela*. — Cordelia tentou sem sucesso afastar a amargura da voz. Não queria falar o nome de Lilith em voz alta, e não queria dar a ela, nem mesmo indiretamente, a satisfação de sua fúria. — Mas sinto saudade de Cortana. É estranho sentir saudade de uma espada?

— Não se a espada tiver muita personalidade, o que Cortana tem.

Cordelia sorriu, grata pela compreensão de Matthew. Não achava que ele fosse gostar de saber que dera a espada para Alastair guardar. Seu irmão e Matthew ainda tinham questões entre si, então ela mantivera aquilo em segredo. Além do mais, Cordelia não fazia ideia de onde Alastair a escondera. Antes que pudesse dizer mais, as luzes começaram a se apagar acima deles, e a se acender no palco vazio.

O falatório cessou, e um silêncio pairou no ar, súbito e sinistro. Desse silêncio veio o clique de sapatos, e depois de alguns momentos, uma mulher surgiu no palco. *Feiticeira*, pensou Cordelia. A mulher emanava aquela aura indefinida a respeito de si mesma e do poder que carregava. Seus cabelos eram cinza-ferro, presos em um coque na nuca, embora seu rosto fosse bastante jovem. Vestia uma túnica de veludo de um azul intenso, toda bordada com gravuras de planetas e estrelas.

— 57 —

Corrente de Espinhos

Uma venda de seda azul estava amarrada sobre seus olhos, mas não parecia impedi-la de saber quando havia alcançado o centro do palco. Ela esticou os braços na direção do público e abriu as mãos, e Cordelia arfou. No meio de cada palma havia um olho humano de cílios longos, verde-claro e distintamente alerta.

— Uma bela de uma marca de feiticeiro, não acha? — sussurrou Matthew.

— Ela vai ler a sorte? — perguntou Cordelia.

— Madame Dorothea é uma médium — explicou Matthew. — Ela alega poder falar com os mortos, o que todos os espiritualistas alegam, mas ela realmente *é* uma feiticeira. É possível que haja alguma verdade aí.

— *Bon soir, mes amis* — cumprimentou a feiticeira. A voz dela era grave, forte como café. Para uma mulher tão pequena, sua voz ecoava alta nos fundos do salão. — Sou Madame Dorothea, mas pensem em mim como Caronte, filho da Noite, que maneja sua barca sobre o rio que separa os vivos dos mortos. Como ele, estou igualmente à vontade com a vida e a morte. O poder que tenho por meio destes — disse ela erguendo as mãos —, meu segundo par de olhos, me permite ver um lampejo do que há entre os mundos e nos mundos além.

Madame Dorothea caminhou até a beira do palco. Os olhos nas palmas de suas mãos piscaram, voltando-se para trás e para a frente dentro das órbitas, examinando o público.

— Tem alguém aqui — anunciou ela. — Alguém que perdeu um irmão. Um amado irmão que agora clama para ser ouvido... por seu irmão, Jean-Pierre. — A feiticeira elevou a voz. — Jean-Pierre, você está aqui?

Houve um silêncio de expectativa e, lentamente, um lobisomem de meia-idade se levantou em uma das mesas dos fundos.

— Sim? Sou Jean-Pierre Arland. — A voz dele soava baixa no vazio.

— E você perdeu um irmão? — gritou Madame Dorothea.

— Ele morreu faz dois anos.

— Trago uma mensagem dele — afirmou. — De Claude. Esse era o nome dele, correto?

O salão inteiro se calou. Cordelia percebeu que suas mãos estavam suadas de tensão. Será que Dorothea estava *mesmo* se comunicando com os mortos? Lucie conseguia. Era possível, Cordelia a vira fazer, então não entendia por que se sentia tão ansiosa.

— Sim — respondeu Arland, desconfiado. Ele *queria* acreditar, pensou Cordelia, mas não tinha certeza. — O que... O que ele está dizendo?

Madame Dorothea fechou as mãos. Quando tornou a abri-las, os olhos verdes estavam piscando rápido. Ela falou, a voz grave e áspera:

— Jean-Pierre. Você precisa devolvê-las.

O lobisomem pareceu perplexo.

— O quê?

— As galinhas! — explicou Madame Dorothea. — Você precisa devolvê-las!

— Eu... eu vou — garantiu Jean-Pierre, parecendo chocado. — Eu vou, Claude...

— Você precisa devolver *todas* elas! — gritou Madame Dorothea. Jean-Pierre olhou ao redor, em pânico, então disparou porta afora.

— Talvez ele as tenha comido — sussurrou Matthew. Cordelia queria rir, mas a estranha sensação de ansiedade permanecia. Ela observou enquanto Dorothea se recompunha, olhando com irritação para o público através das mãos abertas.

— Achei que a gente ia poder fazer perguntas! — reclamou alguém de um canto da sala.

— As mensagens vêm primeiro! — berrou Madame Dorothea com sua voz original. — Os mortos sentem uma porta e correm para oferecer suas palavras. Eles precisam de permissão para falar. — Os olhos em suas palmas se fecharam, então voltaram a se abrir. — Tem alguém aqui — prosseguiu ela. — Alguém que perdeu o pai. — Os olhos verdes giraram e repousaram sobre Cordelia. — *Une chausseuse des ombres.*

Uma Caçadora de Sombras.

Cordelia gelou quando sussurros se espalharam pelo salão: a maioria não sabia que havia Caçadores de Sombras presentes. Ela olhou para Matthew de relance. Será que ele sabia disso? Mas ele parecia tão surpreso quanto Cordelia. Matthew deslizou a mão para a dela sobre a mesa, as pontas dos seus dedos se tocando. — Nós podemos ir embora...

— Não — sussurrou Cordelia. — Não, eu quero ficar.

Ela levantou o rosto e encontrou Madame Dorothea encarando-a. As luzes na beira do palco projetaram sua sombra de volta contra a parede, imensa e preta. Quando ela ergueu os braços, as mangas de sua túnica surgiram como asas escuras.

— Cordelia. Seu pai está aqui — anunciou Madame Dorothea, simplesmente, e sua voz estava estranhamente baixa agora, como se ela falasse de modo que apenas Cordelia pudesse escutar. — Você o ouvirá?

Cordelia agarrou a borda da mesa e assentiu, ciente dos olhares de todos no cabaré. Ciente de que estava se expondo, expondo seu luto, e mesmo assim incapaz de evitar.

Quando Madame Dorothea falou de novo, sua voz soou mais grave. Não áspera, porém modulada, e em inglês, sem o vestígio do sotaque francês.

— Layla — chamou, e Cordelia enrijeceu. Era ele. Não podia ser outra pessoa. Quem mais conheceria seu apelido de família? — Me perdoe, Layla.

— Pai — sussurrou ela. Então olhou rapidamente para Matthew, que parecia chocado.

— Há tanto que eu gostaria de dizer a você — anunciou Elias. — Mas preciso avisá-la primeiro. Eles não vão esperar. E a arma mais afiada está à mão.

Houve um burburinho no salão: aqueles que sabiam falar inglês traduzindo para os que não sabiam.

— Não estou entendendo — disse Cordelia, com dificuldade. — Quem não vai esperar?

— Com o tempo, haverá mágoa — prosseguiu ele —, mas não arrependimento. Haverá silêncio, mas não paz.

— Pai...

— Eles despertam — afirmou Elias. — Se eu não puder lhe dizer mais nada, deixe-me dizer isto: eles estão despertando. Não será possível evitar.

— Mas não entendo — protestou Cordelia outra vez. Os olhos verdes nas palmas das mãos de Dorothea a encaravam, vazios como papel, sem compaixão ou simpatia. — Quem está despertando?

— Não somos nós — respondeu Elias. — Nós que já estamos mortos. Nós somos os sortudos.

E então Madame Dorothea desabou no chão.

4

FANTASMA ABENÇOADO

Eu me movi, e não pude sentir meus membros:
Eu era tão leve — quase
Achei que tivesse morrido dormindo
E fosse um fantasma abençoado.

— Samuel Taylor Coleridge,
"A balada do antigo marinheiro"

Malcolm mal conseguiu permanecer à mesa durante os poucos mi-nutos que levou para comer o jantar. Na verdade, ele parecera impaciente quando, horas depois de o sol se pôr, Lucie comentara que eles precisavam comer. Ela suspeitava que fazia muito tempo desde que Malcolm tivera hóspedes. E provavelmente era raro que se desse ao trabalho de se sentar à própria mesa de jantar e fazer uma refeição completa. Provavelmente ele apenas usava magia para conjurar alguma comida quando sentia fome, onde quer que estivesse.

Embora tivesse reclamado, Malcolm por fim ofereceu a eles pratos do que o feiticeiro explicou ser um simples, porém tradicional, cardápio de uma aldeia de pescadores da Cornualha: sardinhas — um tipo de peixe minúsculo — grelhadas sobre uma fogueira de lenha, grandes nacos de pão

Corrente de Espinhos

com uma casca com a qual se podia quebrar os dentes, um queijo redondo cremoso e uma jarra de sidra. Lucie havia atacado a comida, sentindo como se não comesse há dias, o que, percebeu, não fizera mesmo.

Jesse encarara as sardinhas com desconfiança, e as sardinhas o encararam de volta com olhos vítreos, mas, por fim, ele fez as pazes com a situação e comeu algumas. Lucie estava tão absorta em observar Jesse comer que quase se esqueceu do quanto estava faminta. Embora Jesse devesse ter comido enquanto ela estivera dormindo, ainda era visivelmente uma revelação para ele. Jesse fechava os olhos a cada mordida. Ele até mesmo lambeu a sidra derramada do dedo com um olhar que fez as entranhas de Lucie parecer se derreterem.

No meio da refeição, ocorreu a Lucie perguntar onde, exatamente, Malcolm tinha conseguido a comida, e ela e Jesse trocaram olhares decepcionados quando o feiticeiro admitiu que havia furtado de uma família local que estava prestes a se sentar para jantar.

— Eles vão culpar as pixies — explicou, as quais pareciam ser as fadas travessas da Cornualha.

Depois de um momento de culpa, Lucie tinha decidido que, àquela altura, não era factível devolver as migalhas, e tentou tirar aquilo da cabeça.

Assim que os pratos deles esvaziaram, Malcolm se levantou com um salto e partiu novamente, voltando à sala de jantar apenas para dizer a eles que se sentissem à vontade para colocar a chaleira no fogo se quisessem, e então partindo tão rapidamente que a porta da frente chacoalhou nas dobradiças quando ele a bateu ao sair.

— Me pergunto para onde ele vai — ponderou Jesse. Ele delicadamente mordeu a ponta de uma torta de melado. — Malcolm fica fora a maior parte do tempo, sabe. Mesmo enquanto você estava inconsciente.

— Não sei exatamente para onde vai — comentou Lucie. — Mas sei que está tentando descobrir mais sobre o que aconteceu com Annabel Blackthorn.

— Ah, o grande amor que ele perdeu? — perguntou Jesse, e quando Lucie pareceu surpresa, ele sorriu. — Malcolm me contou um pouco a respeito. Que eles se amavam quando crianças, mas que a família dela reprovava, e que ele a perdeu tragicamente e agora sequer sabe onde o corpo dela está enterrado.

Lucie assentiu.

— Malcolm sempre achou que ela tivesse se tornado uma Irmã de Ferro, mas parece que isso nunca aconteceu. Foi apenas o que a família de Annabel disse a ele para impedi-lo de procurar por ela.

— Malcolm não me contou essa parte. Ele chegou a dizer que eu não deveria me preocupar, porque os Blackthorn que mentiram para ele eram apenas parentes muito distantes meus.

— Ah, Céus. O que você respondeu?

Ele lançou a ela um olhar sarcástico.

— Que se eu fosse me responsabilizar pelo mau comportamento dos meus parentes, eu tinha problemas maiores e mais próximos.

Lembrar de Tatiana fez Lucie estremecer. Jesse pareceu imediatamente preocupado.

— Vamos para a sala de estar? A lareira está acesa.

Essa pareceu uma boa ideia para Lucie. Ela havia trazido o caderno e as canetas do baú em seu quarto, e achou que poderia tentar escrever um pouco depois do jantar.

Eles entraram na sala. Jesse se ocupou em encontrar um xale para Lucie se cobrir antes de se aproximar da lareira, ajoelhando-se para cutucar as brasas brilhantes com um atiçador. Lucie, pela primeira vez sem nenhum desejo de pegar em uma caneta, se aconchegou no sofá e o observou, refletindo se algum dia deixaria de se maravilhar com a *realidade* desse novo Jesse. Sua pele estava corada pelo calor do fogo — ele havia puxado as mangas até os cotovelos, os músculos nos antebraços se flexionando conforme se movia.

Jesse se levantou, virando-se na direção dela. Lucie inspirou profundamente. O rosto dele era lindo — Lucie sabia disso, é lógico que sabia, era o mesmo rosto de sempre —, mas antes era desbotado, translúcido, distante. Agora Jesse parecia brilhar como um fogo brando. Havia uma textura e profundidade nele que não estiveram ali antes, a sensação de algo real, algo que podia ser tocado. Havia a mais suave sombra sob seus olhos também. Será que ele não estava dormindo? Dormir devia ser estranho para Jesse; fazia muito tempo desde que o fizera.

— Jesse — chamou Lucie, baixinho. — Algum problema?

O canto da boca dele se curvou um pouco.

Corrente de Espinhos

— Você me conhece tão bem.

— Não tão bem assim — ressaltou ela. — Sei que parece preocupado, mas não sei por quê.

Jesse hesitou por um momento, então falou, de um jeito meio negligente, como se estivesse se atirando de cabeça em uma escuridão desconhecida:

— São minhas Marcas.

— Suas... Marcas?

Ele estendeu os antebraços expostos para ela. Lucie se levantou, tirando o xale — já estava aquecida o bastante —, e se aproximou de Jesse. Ainda não havia reparado nas Marcas, pois quase todo mundo que conhecia as tinha. Nas costas da mão direita de Jesse havia a velha cicatriz da Marca de Vidência fracassada, e na parte interna do cotovelo esquerdo, uma Marca de Poder Angelical. Havia mais quatro, ela sabia: Força, no peito; Agilidade e Precisão, no ombro esquerdo; e uma nova Marca de Vidência, nas costas da mão esquerda.

— Essas não são minhas — disse ele, olhando para as Marcas de Vidência e *enkeli*. — São de pessoas mortas, pessoas que Belial assassinou usando minhas mãos. Eu sempre quis Marcas, desde criança, mas agora sinto como se estivesse carregando no corpo o símbolo da morte dessas pessoas.

— Jesse. Não é culpa sua. Nada disso foi culpa sua. — Lucie segurou o rosto dele, forçando-o a encará-la. — Ouça. Eu não faço ideia do quanto deve ter sido terrível, mas você não tinha controle sobre nada daquilo. E... e quando voltarmos para Londres, tenho certeza de que as Marcas poderão ser removidas, e você poderia receber novas Marcas, que seriam *suas*, que você escolheria. — Ela inclinou a cabeça para trás. Os rostos deles estavam a centímetros de distância. — Eu sei como é receber um presente de Belial que você nem pediu, nem queria.

— Lucie... Isso é diferente...

— Não é — sussurrou ela. — Você e eu somos parecidos nesse sentido. E eu só espero... conseguir ser sempre tão corajosa quanto você tem sido, que aguente tão bem quanto você tem...

Jesse a beijou. Ela soltou um pequeno arquejo contra a boca dele, e suas mãos deslizaram para os ombros de Jesse, agarrando-o. Eles haviam se beijado antes, no Mercado das Sombras. Mas isso era algo totalmente

CASSANDRA CLARE

diferente. Era como a diferença entre alguém descrever uma cor para você e finalmente vê-la por conta própria.

As mãos de Jesse deslizaram para o cabelo dela, emaranhando-se nas mechas grossas. Lucie conseguia *sentir* o corpo dele mudar conforme a abraçava, sentir a tensão nos músculos de Jesse, o calor crescendo entre os dois. Ela abriu a boca para Jesse, sentindo-se selvagem, quase chocada com a própria falta de controle. Jesse tinha gosto de sidra e mel, e suas mãos desceram, segurando a base das escápulas dela, acompanhando o arco das costas de Lucie. Ela conseguia sentir a batida acelerada do coração de Jesse conforme ele a segurava contra si, conseguia ouvir o gemido grave no fundo da garganta dele. Jesse estava tremendo, sussurrando contra sua boca que ela parecia perfeitamente perfeita, perfeitamente viva, dizendo o nome dela: *Lucie, Lucie.*

Ela se sentiu tonta, como se estivesse caindo. Caindo na escuridão. Como as visões ou sonhos que tivera em seu estado semiconsciente. Era a mesma sensação de quando Lucie havia ressuscitado Jesse, como se estivesse se perdendo, como se estivesse perdendo qualquer coisa que a conectasse com o mundo real.

— Ah... — Ela se afastou, desorientada e piscando. Lucie encontrou os olhos verdes incandescentes de Jesse e viu o desejo projetar uma sombra em seu olhar. — *Droga* — resmungou ela.

Corado e muito desalinhado, Jesse falou:

— Você está bem?

— Só fiquei zonza por um momento, provavelmente ainda estou um pouco fraca e cansada — respondeu ela, inconsolável. — O que é terrível, porque eu estava gostando muito do beijo.

Jesse respirou fundo. Ele parecia confuso, como se tivesse acabado de acordar com um susto.

— Não diga coisas assim. Isso me faz querer beijar você de novo. E eu provavelmente não deveria, se você está... fraca.

— Talvez se você beijasse apenas meu pescoço — sugeriu ela, olhando para cima, para ele.

— *Lucie.* — Ele respirou fundo, beijando a bochecha dela e então recuando. — Eu garanto — começou Jesse — que teria dificuldades de parar

— 65 —

Corrente de Espinhos

por aí. O que significa que agora vou pegar um atiçador e respeitosamente cuidar da fogueira.

— E se eu tentar beijar você de novo, vai me bater com o atiçador? — Ela sorriu.

— De jeito nenhum. Vou fazer o que um cavalheiro faria e *me* bater com o atiçador, e então você pode explicar a carnificina a Malcolm quando ele voltar.

— Não acho que Malcolm vai querer ficar aqui por muito mais tempo — suspirou Lucie, observando as faíscas saltarem na grelha, partículas dançantes de dourado e vermelho. — Ele vai precisar voltar para Londres em algum momento. Ele *é* o Alto Feiticeiro.

— Lucie — chamou Jesse, baixinho. Ele se virou para observar o fogo por um momento. A luz dançou em seus olhos. — Qual é o *nosso* plano para o futuro? Teremos que voltar para o mundo.

Lucie pensou a respeito.

— Suponho que se Malcolm nos expulsar, nós podemos pegar a estrada e nos tornar saqueadores. Só roubaremos os cruéis e os injustos, é óbvio.

Jesse sorriu com relutância.

— Infelizmente soube que houve uma trágica redução na habilidade de saqueadores exercerem seu ofício devido à crescente popularidade dos automóveis.

— Então nos juntaremos ao circo — sugeriu Lucie.

— Lamentavelmente eu tenho horror a palhaços e listras largas.

— Então pegaremos um barco a vapor rumo à Europa — continuou ela, de repente muito entusiasmada com a ideia — e nos tornaremos músicos itinerantes no Continente.

— Não sou nada afinado — admitiu Jesse. — Lucie...

— O que *você* acha que deveríamos fazer?

Ele respirou fundo.

— Acho que você deveria voltar para Londres sem mim.

Lucie deu um passo para trás.

— Não. Não vou fazer isso. Eu...

— Você tem família, Lucie. Uma família que ama você. Eles jamais me aceitarão, seria absurdo imaginar isso, e mesmo que aceitem... — Ele balançou a cabeça, frustrado. — Mesmo que aceitem, como me *explicariam*

CASSANDRA CLARE

para o Enclave sem trazer problemas para eles mesmos? Não quero tirá-los de você, Lucie. Você precisa voltar para sua família. Diga o que for preciso, invente uma história, qualquer coisa. Eu vou ficar longe para que nenhuma responsabilidade recaia sobre você pelo que fez.

— O que eu fiz? — repetiu ela, quase um sussurro. Lucie havia pensado, óbvio, com demasiada frequência, no horror que seus amigos e sua família sentiriam se soubessem a extensão de seus poderes. Se soubessem que não podia simplesmente ver fantasmas, mas comandá-los. Que havia comandado Jesse a voltar, retornar do lugar de sombras entre mundos onde Tatiana o aprisionara. Que ela o *arrastara* de volta, além do limiar entre a vida e a morte, que o atirara de volta no iluminado mundo dos vivos. Porque quisera.

Lucie temia o que eles pensariam, mas não havia pensado que Jesse temeria também.

Ela falou:

— Fui eu quem trouxe você de volta. Eu tenho uma responsabilidade com você. Não pode simplesmente ficar aqui e... e ser um pescador na Cornualha, e jamais ver Grace de novo! Não sou a única com família.

— Eu pensei nisso, e é lógico que verei Grace. Vou escrever para ela primeiro, assim que for seguro. Falei com Malcolm. Ele acha que o melhor para mim seria viajar por Portal para um Instituto distante e me apresentar como Caçador de Sombras lá, onde ninguém conhece meu rosto ou minha família.

Lucie parou subitamente. Ela não se dera conta de que Malcolm e Jesse andavam conversando sobre planos, sobre ela, enquanto ela não estivera ali. Não gostou muito da ideia.

— Jesse, isso é ridículo. Eu não quero que você viva uma vida de tanto... tanto exílio.

— Mas é uma vida — corrigiu ele. — Graças a você.

Lucie negou com a cabeça.

— Eu não trouxe você de volta dos mortos para que... — Para que você pudesse *fugir de mim*, foi o que quase falou, mas se interrompeu. Ela ouvira um barulho, alguma coisa na porta da frente. Os dois se entreolharam, consternados. — Quem poderia ser? — sussurrou.

— Provavelmente ninguém. Um aldeão, talvez, procurando por Malcolm. Vou atender.

— 67 —

Mas ele pegou o atiçador de onde o havia deixado e saiu da sala com passos firmes. Lucie correu atrás dele, perguntando-se o que tornava os Blackthorn tão inclinados a usar ferramentas de lareira como armas.

Antes que Jesse pudesse chegar à porta, Lucie se colocou diante dele, o instinto de sempre protegê-lo, mesmo que ele não precisasse de proteção. Ela o empurrou do caminho e escancarou a porta da frente. Lucie fitou, entre horrorizada e aliviada, as três figuras à porta, agasalhadas em casacos de inverno, coradas de frio e da longa caminhada colina acima.

Seu irmão. Seu pai. E Magnus Bane.

———

Cordelia sonhou que estava de pé em um grande tabuleiro de xadrez que se estendia infinitamente sob um céu noturno igualmente infinito. Estrelas cintilavam pela escuridão como diamantes dispersos. Enquanto observava, seu pai cambaleava sobre o tabuleiro, o casaco rasgado e ensanguentado. Quando ele caiu de joelhos, Cordelia correu em sua direção, mas, por mais rápido que corresse, ela não parecia percorrer nenhuma distância. O tabuleiro ainda se estendia entre eles, mesmo conforme Elias afundava de joelhos, sangue se espalhando em poças ao seu redor no piso preto e branco.

— Baba! *Baba!* — gritou ela. — Papai, *por favor!*

Mas o tabuleiro girou para longe. Subitamente, Cordelia estava de pé no escritório em Curzon Street, a luz da lareira se derramando sobre o conjunto de xadrez que ela e James jogaram com tanta frequência. O próprio James estava ao lado do fogo, a mão na cornija da lareira. Ele se virou para encará-la, extremamente belo à luz do fogo, seus olhos da cor de ouro derretido.

Não havia nenhum reconhecimento naqueles olhos.

— Quem é você? — perguntou ele. — Onde está Grace?

Cordelia acordou arfando, as cobertas emboladas ao seu redor, e lutou para se libertar, quase se engasgando, os dedos se enterrando no travesseiro. Ela ansiava pela mãe, por Alastair. Por Lucie. Enterrou o rosto nos braços, o corpo tremendo.

CASSANDRA CLARE

A porta do quarto se escancarou, e uma luz forte se derramou no cômodo. Emoldurado pela luz estava Matthew, usando trajes de dormir, o cabelo despenteado.

— Ouvi gritos — disparou ele. — O que aconteceu?

Cordelia soltou um longo suspiro e gesticulou com as mãos.

— Nada — respondeu. — Apenas um sonho. Eu sonhei que... que meu pai estava me chamando. Me pedindo para salvá-lo.

Matthew se sentou ao lado dela, o colchão afundando sob seu peso. Ele tinha um cheiro reconfortante de sabão e colônia, e segurou a mão de Cordelia enquanto a pulsação dela desacelerava.

— Você e eu somos iguais — começou ele. — Estamos doentes na alma devido a feridas antigas. Eu sei que você se culpa... por Lilith, por James... mas não deve, Daisy. Nós vamos nos recuperar juntos dessas doenças da alma. Aqui, em Paris, vamos dominar a dor.

Ele segurou a mão dela até Cordelia adormecer.

James não sabia ao certo como esperava que Lucie reagisse à sua chegada, mas ficou chocado mesmo assim com o medo que invadiu o rosto da irmã.

Lucie deu um passo para trás, quase esbarrando no menino que estava de pé ao seu lado — *Jesse Blackthorn, era Jesse Blackthorn* —, e ergueu as mãos, como se para afastá-los. Como se para afastar James e o pai dela.

— Ah, não — resmungou Magnus.

Isso parecia um grande eufemismo para James. Ele estava exausto. O sono, assolado por pesadelos, interrompido por desconfortáveis viagens de carruagem; seu desabafo para Magnus e o pai; e a longa e molhada subida da trilha escorregadia até a casa de Malcolm Fade o haviam exaurido até os ossos. Mesmo assim, o olhar de Lucie — preocupação, medo — disparou um sentimento de proteção por suas veias.

— Luce — chamou ele, passando para a entrada do chalé. — Está tudo bem...

Lucie olhou para ele agradecida por um momento, então estremeceu quando Will, desembainhando uma lâmina do cinto de armas, entrou no

— 69 —

Corrente de Espinhos

chalé e agarrou Jesse Blackthorn pelo colarinho da camisa. Com a adaga em punho e os olhos azuis furiosos, Will empurrou Jesse com força contra a parede.

— Espírito maligno — grunhiu ele. — O que fez com minha filha para forçá-la a trazê-lo até aqui? Onde está Malcolm Fade?

— Papa... não, *não*... — Lucie avançou na direção de Will, mas James segurou o braço da irmã. Ele raramente via o pai irritado, mas Will tinha um temperamento explosivo quando provocado, e ameaças à sua família inflamavam seu ódio mais rápido que qualquer outra coisa.

— *Tad* — chamou James, com urgência. Ele só usava a palavra *pai* em galês quando tentava chamar a atenção de Will. — Espere.

— Sim, por favor, espere — suplicou Lucie. — Desculpe por eu ter partido daquela maneira, mas você não entende...

— Eu entendo que isto era um cadáver possuído por Belial — interrompeu Will, segurando a lâmina na altura do pescoço de Jesse, que não se moveu. Na verdade, Jesse não tinha se movido desde que Will o agarrara. Sequer havia falado. Ele estava muito pálido, como era de esperar, pensou James, e os olhos verdes ardiam. As mãos pendiam cuidadosamente soltas ao lado do corpo, como se para dizer *Vejam, eu não sou uma ameaça*. — Eu entendo que minha filha tem o coração mole e acha que pode salvar todos os pardais caídos. Eu entendo que os mortos não podem voltar a viver, não sem cobrar um preço terrível dos vivos.

James, Lucie e Magnus começaram a falar ao mesmo tempo. Will disse algo, irritado, que James não conseguiu ouvir muito bem. Parecendo exasperado, Magnus estalou os dedos. Faíscas azuis saltaram deles, e o mundo se tornou completamente quieto. Até mesmo o som do vento sumiu, engolido pelo feitiço de Magnus.

— Basta! — bradou o feiticeiro. Ele estava encostado na fenda formada pela porta, o chapéu inclinado sobre a testa, sua postura, o retrato da calma. — Se vamos discutir necromancia, ou possível necromancia, essa é a *minha* área de conhecimento, não a de vocês. — Ele olhou com atenção para Jesse, os olhos verde-dourados pensativos. — Ele fala?

Jesse ergueu as sobrancelhas.

— Ah, verdade — constatou Magnus, e estalou os dedos de novo. — Chega de feitiço de silêncio. Prossiga.

— 70 —

— Eu falo — confirmou Jesse, calmamente — quando tenho algo a dizer.

— Interessante — murmurou Magnus. — Ele sangra?

— Ah, não — disse Lucie. — Não encoraje meu pai. Papa, não ouse...

— Lucie — interrompeu Jesse. — Está tudo bem. — Ele ergueu a mão, aquela com a Marca de Vidência roubada, e a apertou contra a ponta da adaga de Will.

Sangue, vermelho e intenso, brotou e escorreu pela mão dele, avermelhando o punho de sua camisa branca.

Os olhos de Magnus se arregalaram.

— Ainda mais interessante. Tudo bem, estou cansado de ficar congelando aqui nessa entrada. Malcolm deve ter algum tipo de sala de estar. O homem tem seus confortos. Lucie, leve-nos até lá.

Depois que eles se empilharam na sala de estar, mais rústica e bonita do que James teria imaginado, Will e James afundaram em um longo sofá. Lucie, de pé, observou conforme Magnus colocava Jesse diante da lareira estrondosa e começava algum tipo de exame mágico minucioso nele.

— O que está procurando? — perguntou Jesse. James achou que ele parecia nervoso.

Magnus ergueu brevemente o olhar para o rapaz, seus dedos dançando com faíscas azuis. Algumas se agarraram no cabelo de Jesse, brilhando como escaravelhos.

— Morte — respondeu o feiticeiro.

Jesse não se mexeu, resignado e sombrio. James supôs que ele teria aprendido a suportar coisas desagradáveis, considerando a vida que levara. Aquilo sequer era vida? Fora um dia, mas como se chamaria o que Jesse vivenciara desde então? Um tipo de pesadelo de vida-em-morte, como o monstro do poema de Coleridge.

— Ele *não está morto* — garantiu Lucie. — Jamais esteve. Deixem-me explicar. — Ela parecia cansada, como James se sentira na estalagem enquanto despejava seus próprios segredos. Quantos problemas poderiam ter sido evitados se todos confiassem uns nos outros, para início de conversa?, pensou ele.

— Luce — disse James, carinhosamente. Sua irmã parecia tão cansada, pensou ele, ao mesmo tempo mais jovem e mais velha do que se lembrava. — Conte.

James poderia ter adivinhado a maior parte da história de Lucie, por alto ou até em detalhes. Primeiro veio a história de Jesse: o que Belial e a própria mãe de Jesse haviam feito ao rapaz. Muito daquilo James já conhecia. Como Belial usara o corrupto feiticeiro Emmanuel Gast para semear um pouco de sua essência demoníaca em Jesse quando ele era apenas um bebê. Como essa essência havia destruído Jesse quando chegou a hora de receber suas primeiras Marcas. Como Tatiana transformara o filho moribundo em um tipo de espectro — um fantasma durante a noite, um cadáver durante o dia. Como havia preservado o último suspiro dele no medalhão de ouro que Lucie agora usava no pescoço, esperando eventualmente usá-lo para trazer Jesse de volta à vida. Como, em vez disso, Jesse sacrificara aquele último suspiro para salvar James.

— Sério? — Will se inclinou para a frente, franzindo a testa daquele jeito característico que sugeria estar avaliando a situação e não irritado. — Mas como...?

— É verdade — afirmou James. — Eu o vi.

Um menino debruçado sobre ele: um menino com cabelo tão preto quanto o seu próprio, um menino com olhos verdes da cor de folhas de primavera, um menino cujos contornos já começavam a se dissolver, como uma figura vista em uma nuvem que desaparece quando o vento muda.

— Você disse "Quem é você?" — falou Jesse. Magnus parecia ter acabado de examiná-lo. Jesse estava encostado na cornija da lareira, como se o relato da história de Lucie, a qual era dele também, o drenasse tanto quanto a ela. — Mas... eu não consegui responder a você.

— Eu me lembro — revelou James. — Obrigado. Por salvar minha vida. Não tive chance de agradecer antes.

Magnus pigarreou.

— Chega de sentimentalismo — disse ele, obviamente desejando antecipar-se a Will, que parecia estar pensando em se levantar e envolver Jesse em um abraço paternal. — Sabemos bem o que aconteceu com Jesse. O que não sabemos, cara Lucie, é como você o trouxe de volta da condição em que ele se encontrava. E temo que precisemos perguntar.

— Agora? — perguntou James. — Está tarde, ela deve estar exausta...

— Tudo bem, Jamie — interrompeu Lucie. — Eu quero contar.

E então contou. Como descobrira seus poderes sobre os mortos — que não podia apenas vê-los quando queriam permanecer escondidos, como James e Will, mas que também podia comandá-los, e que eles se sentiam compelidos a obedecê-la. James se lembrou, então, da descoberta da própria habilidade, da sensação combinada de poder e vergonha que aquilo lhe trouxe.

Ele quis se levantar, quis esticar o braço e alcançar a irmã. Principalmente conforme a história prosseguia, conforme ela lhe contava sobre como havia erguido um exército dos afogados e mortos para ajudar Cordelia no rio Tâmisa. James quis dizer a Lucie o quanto significou para ele que a irmã tivesse salvado a vida de Cordelia. Quis contar a ela sobre a dimensão do pavor genuíno que sentiu diante da possibilidade de ter perdido Cordelia. Mas ele permaneceu calado. Não havia motivos para Lucie acreditar que James não estivera apaixonado por Grace, e ele apenas pareceria um terrível hipócrita para a irmã.

— Eu me sinto levemente insultado — anunciou Magnus — por você ter ido até Malcolm Fade em busca de conselhos sobre o que fazer quanto a Jesse e não ter vindo até mim. Normalmente, eu sou o feiticeiro que vocês vão incomodar primeiro, e tenho orgulho dessa tradição.

— Você estava no Labirinto Espiral — lembrou Lucie. — E, bem, havia outros motivos para eu ter pedido a Malcolm, mas eles não importam agora. — James, que sentia ter dominado a habilidade de revelar somente o necessário de alguma história em dado momento, suspeitou que os motivos importavam muito, mas ficou em silêncio. — Malcolm nos contou, *me* contou, que era como se Jesse estivesse preso no limiar entre a vida e a morte. E é por isso que vocês não conseguiam vê-lo como veem fantasmas normais. — Ela olhou para Will. — Porque ele não estava morto de verdade. O que eu fiz para trazê-lo de volta não foi necromancia. Eu só... — Ela entrelaçou os dedos das mãos. — Eu ordenei que vivesse. Não teria funcionado se ele estivesse realmente morto, mas como eu só estava unindo uma alma viva com um corpo vivo, do qual ela havia sido indevidamente separada, funcionou.

Will afastou da testa uma mecha de cabelo preto entremeada por fios grisalhos.

— O que você acha, Magnus?

Corrente de Espinhos

Magnus olhou para Jesse, que permanecia encostado na cornija, tenso, e suspirou.

— *Há* algumas manchas de energia da morte em Jesse. — Ele ergueu um dedo antes que mais alguém pudesse falar. — *Mas* elas só estão nos locais das Marcas que Belial colocou nele.

Jesse parecia prestes a vomitar.

Magnus acrescentou:

— Até que se prove o contrário, até onde posso ver, esse é um ser humano saudável e vivo. Eu já vi o que acontece quando alguém ressuscita os mortos. Não é... isso.

James falou:

— Eu estava presente quando Lucie ordenou que Jesse expulsasse Belial. E ele expulsou. Não é fácil lutar com um Príncipe do Inferno pela própria alma. E vencer a batalha... — James encontrou o olhar de Jesse diretamente. — É preciso coragem, e mais do que isso: é preciso bondade. Lucie confia nele. Acho que deveríamos fazer o mesmo.

Um pouco da tensão pareceu abandonar Jesse, um alívio da pressão que o envolvia como correntes invisíveis. Ele olhou para Will. Todos olharam para Will, Lucie com uma esperança desesperada nos olhos.

Will se levantou e cruzou a sala até Jesse. Ele não estremeceu, mas pareceu visivelmente nervoso. Ficou parado e atento, sem desviar os olhos, esperando que Will agisse primeiro.

— Você salvou a vida do meu filho — começou Will. — E minha filha confia em você. Isso é o bastante para mim. — Ele estendeu a mão para Jesse. — Peço desculpas por ter duvidado de você, filho.

Àquela última palavra, Jesse se iluminou como o sol raiando por entre as nuvens. Ele jamais tivera um pai, percebeu James. O único genitor que tivera fora Tatiana, e a única outra figura adulta em sua vida fora Belial. E Will pareceu pensar o mesmo.

— Você é realmente uma cópia do seu pai, sabe — disse ele a Jesse. — Rupert. Uma pena jamais o ter conhecido. Tenho certeza de que ele estaria orgulhoso de você.

Jesse parecia ter, de fato, ficado mais alto. Lucie sorriu para ele. *Ah*, pensou James. *Isso não é uma quedinha qualquer. Ela está realmente apaixonada por Jesse Blackthorn. Como nunca percebi nada disso acontecendo?*

Por outro lado, ele guardara muito bem seus próprios segredos sobre amor. James pensou em Matthew, que estaria com Cordelia agora em Paris. A dor causada pelo pensamento causava um aperto em seu peito.

— Agora — prosseguiu Will e, com um ar decidido, segurou Jesse pelos ombros. — Nós podemos ficar aqui culpando Tatiana, e acredite em mim, eu culpo, mas não vai ajudar em nada a situação atual. Parece que você é nossa responsabilidade, jovem Jesse. O que faremos com você?

Lucie franziu a testa.

— Por que não vamos até a Clave? E explicamos o que aconteceu? Eles já sabem que Tatiana estava fazendo coisas obscuras. Não culpariam Jesse pelo que foi feito a ele.

Magnus revirou os olhos para o teto.

— Não. Ideia terrível. Certamente, não.

Lucie olhou com raiva para ele.

Magnus deu de ombros.

— Lucie, seu coração está no lugar certo. — Lucie mostrou a língua para ele, e Magnus sorriu. — Mas seria muito perigoso começar a envolver a Clave em grande escala. Há aqueles que têm todos os motivos para acreditar nessa história, mas igualmente tantos, se não mais, que prefeririam terminantemente desacreditar.

— Magnus está certo — concordou Will. — Infelizmente. É uma questão de ponto de vista. Jesse não foi trazido de volta dos mortos, já que nunca esteve realmente morto, para início de conversa. Mesmo assim, ele foi possuído por Belial. E durante essa possessão, ele fez...

A luz havia se extinguido do rosto do rapaz.

— Fiz coisas terríveis — concluiu Jesse. — Eles dirão "Bem, se ele estava vivo, então foi responsável pelas coisas que fez; se estava morto, então isso é necromancia". — O olhar de Jesse se fixou em Lucie. — Eu disse a você que não poderia voltar a Londres — lembrou ele. — Minha história é complicada, e as pessoas não querem ouvir histórias complicadas. Querem histórias simples, nas quais pessoas são ou boas, ou más, e ninguém bom jamais comete um erro, e ninguém mau jamais se arrepende.

— Você não tem nada do que se arrepender — falou James. — Se há alguém que sabe o que é ter Belial sussurrando nos ouvidos, sou eu.

Corrente de Espinhos

— Ah, mas você jamais fez a vontade dele, não é? — constatou Jesse, com um sorriso amargo. — Acho que não há nada que possa ser feito por mim a não ser partir. Uma nova identidade...

— Jesse, *não*. — Lucie avançou na direção dele, então cambaleou para trás. — Você merece ter a *sua vida*. A que Tatiana tentou roubar de você.

Jesse não disse nada. James, lembrando do aviso da irmã para que o tratasse como uma pessoa, disse:

— Jesse, o que você *quer* fazer?

— O que eu quero? — repetiu Jesse, com um sorriso triste. — Eu quero quatro coisas impossíveis. Quero me juntar ao Enclave de Londres. Quero ser um Caçador de Sombras, como nasci para ser. Quero ser aceito como uma pessoa normal, viva. Quero me reunir com minha irmã, a única família de verdade que já tive. Mas não vejo como nada disso pode ser possível.

Um silêncio recaiu sobre a sala conforme eles refletiam, mas logo foi interrompido por um súbito estrondo que fez todos se sobressaltarem. Vinha da direção da entrada, e depois de um momento, Malcolm Fade entrou na sala, batendo os pés no piso de pedra para remover a neve das botas. Estava sem chapéu, os flocos brancos de neve presos em seus cabelos já brancos. Parecia mais magro do que da última vez que o vira, pensou James. Seu olhar era intenso e parecia estranhamente distante. O feiticeiro levou um longo momento para notar que o cômodo estava cheio de visitantes. Quando Malcolm os viu, congelou onde estava.

— Pensamos em dar uma passadinha, Malcolm — anunciou Magnus, tranquilamente.

Malcolm parecia não querer nada mais do que fugir noite afora, acabando no dia seguinte talvez no Rio de Janeiro ou em algum outro local distante. Em vez disso, ele suspirou e recorreu ao último recurso de um inglês sob estresse:

— Querem chá? — ofereceu.

—

Já era tarde, e Anna Lightwood estava ficando cansada. Infelizmente, a festa em seu apartamento não dava sinais de arrefecer. Quase todos os seus

CASSANDRA CLARE

amigos Caçadores de Sombras estavam fora da cidade por uma variedade de motivos bobos, e ela havia aproveitado a oportunidade para convidar alguns dos membros do Submundo que pretendia conhecer melhor. Claude Kellington, o mestre de músicas na Hell Ruelle, tinha uma nova composição para estrear e queria fazer isso diante de um público seleto. O apartamento de Anna, segundo ele, era o local perfeito.

A nova composição de Kellington envolvia muita cantoria, o que jamais fora o talento de Claude. E Anna não percebera que era um ciclo musical adaptado de um poema épico também de composição própria. A apresentação entrava agora em sua quarta hora, e os convidados de Anna, por mais favoráveis que fossem ao artista, tinham havia muito se entediado e ficado bêbados. Kellington, cujo público habitual eram os clientes entediados e bêbados da Hell Ruelle, sequer notara. Ele também, percebera Anna, aparentemente desconhecia por completo a palavra "intervalo".

Agora, um vampiro e um lobisomem cujos nomes Anna não se lembrava estavam se beijando com ardor no sofá dela, um passo positivo nas relações entre membros do Submundo, pelo menos. Alguém no canto do armário de porcelana tinha se afogado em rapé. Até mesmo Percy, a cobra empalhada, parecia exausto. Vez ou outra, Anna espiava o relógio para notar as horas passando, mas não tinha ideia de como interromper Kellington de maneira educada. Sempre que ele pausava por um momento, Anna se preparava para intervir, mas Claude apenas avançava para o próximo tempo.

Hyacinth, uma fada azul-claro empregada por Hypatia Vex, estava presente e lançara olhares sugestivos na direção de Anna a noite toda. Ela e Anna tinham um histórico, e Anna não gostava de repetir casos inconsequentes do passado. Ainda assim, a apresentação de Kellington normalmente a teria levado para os braços de Hyacinth antes que a primeira hora terminasse. Em vez disso, ela estava cuidadosamente evitando o olhar da jovem fada. Olhar para Hyacinth apenas lembrava a Anna das últimas palavras que Ariadne lhe dissera: *É por minha causa que você se tornou o que é. Firme e brilhante como um diamante. Intocável.*

As mesmas palavras se repetiam na mente dela sempre que Anna pensava em qualquer coisa relacionada a romance ultimamente. O que um dia lhe interessara — o ronronar de anáguas caindo no chão, o farfalhar da queda

— 77 —

Corrente de Espinhos

de cabelos soltos — já não interessava mais, a não ser que fosse o cabelo de Ariadne. As anáguas de Ariadne.

Ela superaria, dissera a si mesma, se obrigaria a superar. Anna mergulhara nas distrações. Essa apresentação de Kellington, por exemplo. Também já dera aula de desenho anatômico com Percy como modelo, participara de um punhado de bailes de vampiros espantosamente chatos e jogara *cribbage* com Hypatia até o amanhecer. Sentia mais saudade de Matthew do que achava possível. Sem dúvida ele teria sido capaz de distraí-la.

Anna foi arrancada de seus devaneios por uma súbita batida à porta e levantou-se, espantada. Era bastante tarde para uma visita inesperada. Talvez, com alguma sorte, um vizinho viera reclamar do barulho?

Ela seguiu pela sala e escancarou a porta. À entrada, trêmula de frio, estava Ariadne Bridgestock.

Os olhos dela estavam vermelhos, e o rosto, com sinais de choro. Anna sentiu o estômago revirar. O que quer que tivesse ensaiado para dizer da próxima vez que ela e Ariadne conversassem desapareceu de sua mente por completo. Em vez disso, ela sentiu um formigamento de medo... O que teria acontecido? *Qual era o problema?*

— Desculpe — disse Ariadne. — Incomodar você. — O queixo dela estava erguido, seus olhos brilhavam com rebeldia. — Sei que não deveria ter vindo. Mas não tenho mais para onde ir.

Sem palavras, Anna abriu caminho para a jovem entrar no apartamento. Ariadne entrou, carregando uma pequena bolsa de viagem. O casaco que usava era fino demais para o clima e suas mãos estavam expostas. O alarme em Anna disparou ainda mais. Alguma coisa estava muito errada.

Naquele momento, embora Ariadne não tivesse dito nada, Anna tomou uma decisão.

Caminhou até o piano, no qual Kellington tocava um *fortíssimo* enquanto cantava algo sobre um lobo solitário ao luar, e fechou a tampa nas mãos dele. A música parou subitamente, e Kellington olhou para ela com expressão magoada.

Anna o ignorou.

— Muito obrigada a todos por terem vindo esta noite — anunciou ela —, mas, infelizmente, surgiram assuntos urgentes dos Nephilim. Lamento precisar pedir a todos que partam.

CASSANDRA CLARE

— Eu ainda estou na metade — protestou Kellington.

— Então nos reuniremos em outro momento para ouvir a segunda parte — mentiu Anna, e em alguns minutos conseguiu guiar a dúzia ou mais de convidados para fora do apartamento. Alguns resmungaram, mas a maioria apenas pareceu confusa. Quando a porta se fechou atrás do último deles, um silêncio se assentou, a quietude estranha que sempre acompanhava o fim de uma festa. Apenas Ariadne permaneceu.

Alguns minutos depois Ariadne se encontrava sentada, inquieta, no sofá de Anna, as pernas dobradas sob o corpo, o casaco secando ao lado da lareira. Ela havia parado de tremer depois de Anna fazê-la tomar um chá, mas a expressão em seus olhos era sombria e distante. Anna esperou, recostada com uma descontração forçada no encosto do sofá.

Conforme bebericava, Ariadne olhava ao redor do apartamento lentamente, observando-o. Anna ficou confusa com aquilo, até se dar conta, com um sobressalto, de que Ariadne jamais estivera ali antes. Anna sempre arranjara para que se encontrassem em outro lugar.

— Você deve estar se perguntando por que estou aqui — começou Ariadne.

Ah, graças ao Anjo ela mesma vai tocar no assunto, pensou Anna. Era comum que Anna abrigasse em seu apartamento pessoas em apuros: Eugenia, chorando por Augustus Pounceby; Matthew, cheio de tristezas que não conseguia nomear; Christopher, temendo que sua ciência jamais desse certo, afinal; Cordelia, desesperadamente apaixonada por James, mas orgulhosa demais para admitir. Anna sabia como falar com aqueles de coração partido. Sabia que era sempre melhor não insistir por informações e esperar que falassem primeiro.

Mas com Ariadne as coisas eram diferentes. Anna sabia que não teria conseguido se conter nem mais um segundo antes de perguntar o que tinha acontecido. Importava demais. Esse era o problema: com Ariadne as coisas sempre importavam demais.

Ariadne começou a falar — lentamente, então mais rápido. Explicou que, mais cedo naquele dia, a Consulesa prestara uma visita em busca de notícias de seu pai. Que entrara no escritório dele em seguida e encontrara um arquivo cheio de informações sobre os Herondale e os Lightwood e todas

— 79 —

Corrente de Espinhos

as vezes que qualquer um deles tinham, talvez, excedido o limite de uma simples lei ou causado um problema no Enclave por meio de um erro. Nada disso, explicara, estava à altura da atenção de um Inquisidor.

Anna não perguntou imediatamente, como gostaria, se Ariadne tinha visto alguma anotação particular sobre ela. Em vez disso, apenas franziu a testa e disse:

— Bem, não gosto de como isso soa. O que ele esperava obter com esses registros?

— Eu não sei — admitiu Ariadne. — Mas isso não foi o pior. O pior foi que na lareira, parcialmente queimada, eu achei isto.

Do bolso do casaco Ariadne tirou uma folha de papel, amassada e preta nas pontas, e a entregou a Anna. Era obviamente uma carta, com a aprovação e a assinatura rabiscada do Inquisidor no meio da página, mas estava chamuscada com pequenos buracos e a primeira página estava faltando.

— e sempre considerei você um dos mais inteligentes [borrão] no núcleo dos Caçadores de Sombras. Creio que estamos alinhados em nossas visões quanto ao comportamento adequado de um Caçador de Sombras e à importância da Lei e da aderência rigorosa a ela. Observei então, com crescente preocupação, pois me parece que sua simpatia, e até mesmo preferência, aumentou com relação aos Herondale e alguns dos mais escandalosos Lightwood com os quais eles se relacionam. Eu o aconselhei, debati com você, tudo, aparentemente, a troco de nada. Portanto decidi informá-lo de que os segredos que acredita estarem bem guardados me são conhecidos. Há coisas em sua história que posso estar disposto a ignorar, mas posso garantir que o restante da Clave não o fará. Você deveria tomar ciência de que pretendo [borrão] os Herondale e removê-los de [borrão]. Com sua ajuda, creio que também poderia denunciar alguns dos Lightwood. Espero resistência do Enclave, pois algumas pessoas são sentimentais — e é aí que seu apoio a mim será fundamental. Se me apoiar em minhas ações para podar os galhos mais corruptos da árvore Nephilim, ignorarei suas indiscrições. Sua família se

beneficiou dos espólios de — aqui a carta se tornava ilegível, manchada com um enorme borrão de tinta —, *mas tudo será perdido se sua casa não estiver organizada.*

Lealmente,
Inquisidor Maurice Bridgestock

Anna ergueu os olhos para Ariadne.

— Chantagem? — perguntou ela. — O Inquisidor, seu pai, está chantageando alguém?

— É o que parece, não é? — retrucou Ariadne, sombriamente. — Mas é impossível saber quem ele está chantageando, ou por que, ou com o quê. Só sei que minha mãe ficou furiosa quando percebeu o que eu havia encontrado.

— Pode não ser o que parece — sugeriu Anna. — Ele não chegou a enviar, afinal.

— Não — concordou Ariadne, lentamente —, mas está vendo este borrão? "Sua família se beneficiou dos espólios de... alguma coisa." Acho que esse pode ter sido um primeiro rascunho que ele descartou na lareira.

Anna franziu a testa.

— Sem a primeira página é difícil sequer imaginar quem pode ser o alvo. Parece que a pessoa não é nem um Herondale, nem um Lightwood, já que ambos são à parte do destinatário. — Anna hesitou. — Sua mãe realmente expulsou você só porque encontrou esses papéis?

— Não... exatamente — admitiu Ariadne.— Eu estava muito nervosa quando encontrei os arquivos e a carta. Ela disse que não era da minha conta, que eu deveria me preocupar apenas em ser uma filha obediente e diligente, e conseguir um bom casamento. E quando ela disse isso, bem... Talvez eu tenha perdido a calma.

— Ah? — murmurou Anna.

— Eu disse a ela que não conseguiria um bom casamento, que não conseguiria *nenhum* casamento, que jamais me casaria, porque não tinha nenhum interesse em homens.

O ar pareceu sumir da sala. Anna disse baixinho:

— E?

Corrente de Espinhos

— Ela desmoronou — prosseguiu Ariadne. — Me implorou para dizer que não era verdade, e quando me recusei, ela disse que eu não poderia deixar esses impulsos estragarem a minha vida. — Ariadne esfregou as lágrimas impacientemente com as costas da mão. — Vi nos olhos dela que mamãe já sabia. Ou pelo menos suspeitava. Ela me disse para pensar no meu futuro, que eu ficaria sozinha, que jamais teria filhos.

— Ah — disse Anna baixinho. Ela sentiu um aperto no peito. Sabia o quanto Ariadne sempre desejara filhos, que esse desejo fora crucial para o fim do relacionamento delas dois anos antes.

— Fui até o quarto, joguei algumas coisas numa mala e disse a ela que não moraria sob o mesmo teto que ela e papai se eles não me aceitassem como sou de verdade. Como eu *sou*. E ela disse... ela disse que prometeria esquecer tudo que falei. Que nós poderíamos fingir que eu jamais falara nada. Que se contasse ao papai o que contei a ela, ele me jogaria na rua. — Anna prendeu o fôlego. — Então eu fugi — concluiu Ariadne. — Deixei a casa e vim até aqui. Porque você é a pessoa mais independente que eu conheço. Não posso voltar para aquela casa. Não *vou*. Meu orgulho e meu... e *eu mesma* dependemos disso. Preciso aprender a errar sozinha. A viver de maneira independente como você faz. — A expressão dela era determinada, mas suas mãos tremiam conforme falava. — Eu pensei... Se você pudesse me mostrar como...

Anna pegou a xícara de chá da mão trêmula dela.

— Lógico — concordou ela. — Você vai ser tão independente quanto quiser. Mas não esta noite. Esta noite você passou por um choque, e está muito tarde. Você precisa descansar. Pela manhã você vai começar uma nova vida. E será maravilhosa.

Um lento sorriso se abriu no rosto de Ariadne. E por um breve momento Anna ficou maravilhada com a beleza genuína da moça. A graciosidade, a forma como seus cabelos pretos brilhavam, a silhueta do pescoço e o tremor suave dos cílios de Ariadne... Um impulso de pegá-la nos braços, de cobrir as pálpebras e a boca dela com beijos, invadiu Anna. Ela fechou as mãos em punhos às costas, onde Ariadne não poderia vê-las.

— Pode ficar no quarto — continuou Anna calmamente. — Vou dormir aqui no sofá. Ele é muito confortável.

— Obrigada. — Ariadne se levantou com a mala. — Anna, da última vez que vi você, eu estava com raiva — começou ela. — Eu não deveria ter dito que você era dura. Você sempre teve o maior coração entre todos que já conheci, com espaço para todos os perdidos. Como eu — acrescentou, com um sorrisinho triste.

Anna suspirou. No fim, Ariadne havia ido até ela pelo mesmo motivo que Matthew ia, ou Eugenia: porque Anna era fácil de conversar, porque se podia contar com sua empatia, e chá, e um lugar para dormir. Anna não culpava Ariadne nem pensava menos dela por causa disso. Apenas tinha esperado que talvez houvesse outra razão.

Um pouco mais tarde, depois que Ariadne tinha ido dormir, Anna foi diminuir o fogo pela noite. Quando se virou, viu o olhar de reprovação de Percy.

— Eu sei — sussurrou. — É um erro terrível deixá-la ficar aqui. Eu vou me arrepender disso. Eu sei.

Percy só pôde concordar.

—

Ninguém, no fim das contas, queria chá.

— Malcolm Fade — disse Will, avançando para o feiticeiro. A raiva dele, que havia se dissipado rapidamente ao ouvir a história de Lucie, parecia ter voltado com Malcolm. James ficou de pé, pronto para intervir se necessário. Ele conhecia aquele tom de voz do pai. — Eu deveria mandar arrastar você diante da Clave, sabe. Colocá-lo sob julgamento por romper com os Acordos.

Malcolm passou direto por Will e se jogou na poltrona ao lado da lareira.

— Sob quais acusações? — perguntou, parecendo cansado. — Necromancia? Eu não realizei nenhuma necromancia.

— Bem — interveio Magnus, cruzando os braços —, você *levou* uma criança Caçadora de Sombras até um local secreto sem o conhecimento dos pais dela. Isso é malvisto. Ah, e você roubou o cadáver de um Caçador de Sombras. Tenho certeza de que isso também é malvisto.

— *Et tu*, Magnus? — rebateu Malcolm. — Não tem solidariedade com seus colegas feiticeiros?

Corrente de Espinhos

— Não quando eles sequestram crianças — respondeu Magnus, sarcasticamente.

— Malcolm — falou Will, e James podia ver que ele estava tentando controlar a voz —, você é o Alto Feiticeiro de Londres. Se Lucie foi até você com um assunto proibido, você deveria ter negado. Deveria ter vindo até mim, na verdade.

Malcolm suspirou, como se a situação toda o esgotasse.

— Há muito tempo eu perdi alguém que amava. A morte dela... A morte dela quase me destruiu. — Ele olhou pela janela, para o mar cinza adiante. — Quando sua filha veio me pedir ajuda, não pude deixar de sentir empatia. Não fui capaz de ignorá-la. Se isso quer dizer que devo perder minha posição, que seja.

— Não vou deixar que Malcolm perca sua posição por minha causa — afirmou Lucie, colocando as mãos nos quadris. — Eu fui atrás dele. Eu *exigi* a ajuda dele. Quando trouxe Jesse de volta à vida, Malcolm nem mesmo sabia o que eu estava fazendo. Quando ele chegou, eu... — Ela se interrompeu. — Eu insisti em ser trazida para a Cornualha. Temia pelo que a Clave faria com Jesse. Estava tentando protegê-lo, assim como Malcolm. Isso é tudo culpa minha. E posso testemunhar de bom grado diante da Clave.

— Lucie — falou James. — Essa não é uma boa ideia.

Lucie lançou a ele um olhar que o lembrou de certas cenas do primeiro romance dela, *A princesa secreta Lucie é resgatada de sua terrível família*. Se não lhe falhava a memória, o irmão da protagonista, o Cruel Príncipe James, tinha o hábito de colocar morcegos-vampiros nos cabelos da irmã, e depois teve sua merecida morte quando caiu em um barril de melaço.

— James está certo. A Clave é brutal, impiedosa — concordou Malcolm, com um tom sombrio. — Eu não desejaria ser interrogado por eles, Lucie.

— A Espada Mortal... — começou ela.

— A Espada Mortal vai obrigar você a revelar não apenas que ressuscitou Jesse, mas que conseguiu fazer isso por causa de Belial — interrompeu Magnus. — Por causa do poder que vem dele.

— Mas então James, e mamãe...

— Exatamente — foi a vez de Will falar. — É por isso que envolver a Clave em qualquer aspecto é uma péssima ideia.

— 84 —

CASSANDRA CLARE

— E é por isso que eu continuo sendo um problema — afirmou Jesse. — No que diz respeito ao meu retorno, como quer que seja, para o mundo dos Caçadores de Sombras.

— Não — protestou Lucie. — Nós pensaremos em alguma coisa...

— Jesse Blackthorn — começou Malcolm —, com sua mãe e sua ascendência e sua história, não pode retornar para a sociedade dos Caçadores de Sombras, pelo menos não em Londres.

Lucie pareceu chocada. Jesse exibia a expressão sombria de alguém já resignado.

Magnus semicerrou os olhos.

— Malcolm — disse ele —, sinto que você está tentando nos dizer alguma coisa.

— *Jesse* Blackthorn não pode se juntar ao Enclave de Londres — continuou Malcolm. — Mas por causa da minha história, da minha pesquisa, ninguém sabe mais sobre a família Blackthorn do que eu. Se eu conseguir encontrar uma forma de Jesse ser devolvido à sociedade dos Caçadores de Sombras, sem suspeitas... Poderemos então considerar essa questão toda uma coisa do passado?

Will olhou para Lucie por um bom tempo, e então disse:

— Tudo bem. — Lucie exalou, seus olhos se fechando com alívio. Will apontou para Malcolm. — Você tem até amanhã.

5
Reinos acima

Infelizmente, eles tinham sido amigos na juventude;
Mas línguas sussurrantes podem envenenar a verdade;
E a constância mora nos reinos acima;
E a vida é espinhenta; e a juventude é vã;
E estar irritado com alguém que amamos
Funciona como loucura no cérebro.

— Samuel Taylor Coleridge, "Christabel"

James não conseguia dormir. Era a primeira vez que tinha um quarto só seu em cinco dias e não precisava mais competir com os roncos do pai nem com Magnus fumando seu terrível cachimbo. E ele estava exausto! Mas ainda assim continuava acordado, encarando o teto de gesso rachado e pensando em Cordelia.

Will tinha conseguido desviar a conversa para a questão de onde os três dormiriam — muito habilmente, pensou James, um lembrete de por que seu pai era bom no que fazia — levando Malcolm a pensar neles menos como invasores e mais como hóspedes.

O pequeno chalé se revelou muito maior em seu interior do que parecia pelo lado de fora, e o corredor do andar de cima estava cheio de quartos

Corrente de Espinhos

simples e limpos em ambos os lados. Magnus trouxe as coisas magicamente da carruagem para cima, e assunto resolvido.

Agora que James estava sozinho, no entanto, pensamentos em Cordelia retornavam à sua mente. Ele achava que sentia saudade dela antes, achava que estava atormentado por arrependimento. Agora percebia que ter seu pai e Magnus sempre presentes, que ter uma missão na qual se concentrar, havia ofuscado seus sentimentos — ele mal tinha começado a imaginar a dor que *poderia* sentir. Entendia agora por que poetas amaldiçoavam seus corações, sua capacidade de desolação e desejo. Nada no falso encantamento de amor que sentira por Grace chegava perto daquilo. Sua mente lhe dissera que seu coração estava partido, mas ele não *sentira* isso, não sentira todos os pedaços afiados de esperança estilhaçada como cacos de vidro dentro do peito.

Ele pensou em Dante: *Não há sofrimento maior do que se lembrar com tristeza de quando fomos felizes.* Ele jamais percebera o quanto isso era verdade. Cordelia rindo, dançando com ele, seu olhar determinado enquanto segurava uma peça de xadrez marfim, a aparência dela no dia do casamento, vestida de dourado... Todas essas memórias o atormentavam. Ele temia magoá-la se implorasse para que entendesse o que realmente acontecera, que ele jamais amara Grace. James temia ainda mais não tentar, condenar-se a uma vida sem ela.

Controle a respiração, disse ele a si mesmo. Estava grato por todo o treinamento que Jem lhe dera ao longo dos anos: treinamento para controlar a si mesmo e suas emoções e medos. Parecia ser a única coisa evitando que ele desmoronasse.

Como não percebera? A carta de Matthew para James — dobrada demais e lida com frequência, enfiada no bolso de seu casaco — o atingira como um raio. Ele não fazia ideia dos sentimentos de Matthew e ainda não conhecia os de Cordelia. *Como* pudera ser tão ignorante? Sabia que em parte fora pelo feitiço da pulseira, mas na sala de estar ele percebera como Lucie olhara para Jesse e soubera que a irmã estava apaixonada pelo rapaz havia muito tempo. No entanto, não tivera nenhuma suspeita de qualquer coisa acontecendo com Lucie e nem, pelo visto, com seu *parabatai* ou sua esposa. Como as pessoas que ele mais amava no mundo eram aquelas de quem ele menos sabia?

— 88 —

CASSANDRA CLARE

Depois de embolar por completo as cobertas, James jogou de lado a manta de lã e se levantou. O luar brilhava pela janela, e sob o brilho pálido ele avançou pelo quarto até onde seu paletó estava pendurado em um gancho. Em seu bolso ainda estavam as luvas de Cordelia. Ele pegou uma delas, passando os dedos na pelica cinza macia com o padrão de folhas. James conseguia vê-la apoiando o queixo na mão enluvada, conseguia ver o rosto dela à sua frente, seus olhos brilhantes, escuros e infinitos. Conseguia vê-la dirigindo aquele olhar para Matthew, as bochechas coradas, os lábios entreabertos. James sabia que estava se torturando, como se estivesse passando a ponta fina e afiada de uma adaga sobre a pele. No entanto, não conseguia parar.

Um súbito lampejo de movimento o distraiu. Alguma coisa cruzou o luar, uma pausa na luminosidade prateada. James recolocou a luva no bolso do casaco e foi até a janela. Dali podia ver as rochas pontudas de Chapel Peak, os pedregulhos esculpidos pelo vento descendo em cascata até um mar preto-prateado.

Uma figura estava de pé na beira dos penhascos, onde a pedra tinha a borda de gelo. A figura era alta, esguia, e usava uma túnica branca — não, não era branca. Da cor de osso ou pergaminho, com Marcas gravadas na bainha e nas mangas.

Jem.

Ele sabia que era o tio. Não poderia ser outra pessoa. Mas o que ele estava fazendo ali? James não o havia chamado, e se Jem quisesse que todos soubessem de sua presença, de certo teria batido e despertado a casa? Movendo-se silenciosamente, James tirou o casaco do gancho, calçou os sapatos e desceu de fininho.

O frio o atingiu assim que saiu pela porta. Não tinha nevado, mas o ar estava cheio de dolorosas partículas de gelo. James enxergava apenas parcialmente quando contornou a casa e alcançou o penhasco onde Jem estava. Ele usava a túnica fina, e suas mãos estavam expostas, mas frio e calor não tocavam os Irmãos do Silêncio. Ele se virou quando James apareceu, mas não disse nada, aparentemente satisfeito que os dois ficassem de pé e olhassem para além da água.

— Você estava nos procurando? — perguntou James. — Achei que mamãe teria contado a você aonde fomos.

Corrente de Espinhos

Não foi preciso. Seu pai mandou uma carta na noite em que partiram de Londres, explicou Jem, silenciosamente. *Mas eu não podia esperar por seu retorno para falar com você.* Ele parecia sério, e embora os Irmãos do Silêncio sempre parecessem sérios, havia algo no comportamento de Jem que fez o estômago de James se revirar.

— Belial? — sussurrou James.

Para sua surpresa, Jem negou.

Grace.

Ah.

Como você sabe, começou Jem, *ela está na Cidade do Silêncio desde pouco depois de você partir.*

— Ela está mais segura lá — retrucou James. E então, com um rancor inesperado, acrescentou: — E o mundo está mais seguro com ela sob cautelosa observação.

Ambas as coisas são verdade, prosseguiu. Depois de um breve silêncio, ele acrescentou: *Há algum motivo pelo qual não contou aos seus pais sobre o que Grace fez com você?*

— Como sabe que não contei? — perguntou. Jem olhou para ele silenciosamente. — Deixa pra lá — resignou-se James. — Poderes de Irmão do Silêncio, imagino.

E uma compreensão geral do comportamento humano, acrescentou Jem. *Se Will soubesse o que Grace fez com você antes de deixar Londres, a carta dele teria soado muito diferente. E eu suspeito que você não tenha contado a ele desde então.*

— Por que suspeita disso?

Eu conheço você bem, James, seu tio afirmou. *Sei que não gosta que sintam pena de você. E é isso o que acredita que aconteceria se contasse a verdade sobre o que Grace e a mãe dela fizeram a você.*

— Porque é verdade — afirmou James. — É exatamente isso que aconteceria. — Ele encarou o oceano. Ao longe, como faíscas contra a escuridão, estavam as luzes de barcos afastados. Não conseguia imaginar como deveria ser solitário, lá fora, na escuridão e no frio, sozinho nas ondas de uma minúscula embarcação. — Mas suponho que não tenha muita escolha. Principalmente se Grace for a julgamento.

— 90 —

CASSANDRA CLARE

Na verdade, corrigiu Jem, *os Irmãos do Silêncio decidiram que o poder de Grace deve permanecer em segredo, por enquanto. Ainda não queremos que Tatiana Blackthorn saiba que a filha não é mais sua aliada e não queremos que ela tome ciência do que nós sabemos. Não até que possa ser questionada com a Espada Mortal.*

— Muito conveniente para Grace — disparou James, surpreendendo a si mesmo com a amargura na própria voz.

James, chamou Jem. *Por acaso eu pedi que não revele a verdade sobre o que Grace e Tatiana fizeram com você? Os Irmão do Silêncio querem a verdade escondida da Clave, mas eu entendo que você talvez precise contar à sua família, para aliviar sua consciência e a deles. Mas confio que se o fizer, vai enfatizar que não deveria se tornar de conhecimento geral ainda.* Ele hesitou. *Era minha impressão que talvez você não quisesse que ninguém soubesse. Que se sentiria aliviado se isso permanecesse em segredo.*

James reprimiu o que ia falar. Porque ele *estava* aliviado. Podia imaginar a pena que recairia sobre ele, o desejo de entender, a necessidade de discutir aquilo, quando a verdade viesse à tona. James precisava de tempo antes disso, tempo para se acostumar com a verdade antes que todos a descobrissem. Ele precisava de tempo para aceitar que tinha vivido uma mentira durante anos, sem nenhum propósito.

— Acho estranho — admitiu ele — que você esteja falando com Grace. Que você talvez seja a única pessoa no mundo a realmente ter uma conversa sincera com ela sobre o que... o que ela fez. — Ele mordeu o lábio inferior. Ainda não conseguia chamar aquilo de *"o encantamento"*, ou de *"o feitiço de amor"*. Era mais suportável dizer *"o que ela fez"* ou até mesmo *"o que ela fez comigo"* sabendo que Jem entenderia. — Não acho que ela sequer tenha contado ao irmão. Jesse não parece saber nada a respeito disso.

O vento gélido despenteou os cabelos de James, soprando-os em seus olhos. Ele estava com tanto frio que conseguia sentir o roçar trêmulo dos próprios cílios contra a pele, úmidos como estavam com os respingos do mar.

— Ele certamente jamais mencionou nada sobre o poder de Grace para Lucie, disso eu tenho certeza absoluta. — Lucie jamais teria conseguido se segurar. Ela teria abraçado James na hora que o visse, revoltando-se contra Grace, furiosa por conta dele.

— 91 —

Ele não sabe. Pelo menos Grace jamais contou a ele. Ela jamais contou a ninguém, na verdade.

— A ninguém?

Até a confissão dela, ninguém além da mãe sabia, explicou Jem. *E Belial, evidente. Acho que ela sentia vergonha, se isso ajuda em alguma coisa.*

— Não muito — confessou James, e Jem assentiu como se entendesse.

É minha tarefa como Irmão do Silêncio, prosseguiu, *adquirir maior compreensão. Qualquer que seja o plano de Belial, não acredito que seu interesse em nós tenha acabado. Em você. Belial procurou você de muitas formas. Por meio de Grace. Mas quando descobrir que aquela porta está fechada, seria melhor saber para onde vai se voltar em seguida.*

— Duvido que Grace saiba — falou James, com a voz pesarosa. — Ela não sabia do plano dele para Jesse. Para ser justo, não acho que ela teria concordado. Acho que Jesse pode ser a única coisa no mundo com a qual Grace realmente se importa.

Eu concordo, disse Jem. *E embora Grace talvez desconheça os segredos de Belial, conhecer os dela pode nos ajudar a encontrar falhas na armadura dele.* Jem inclinou a cabeça para trás, deixando o vento agitar seus cabelos escuros. *Mas não vou falar com você sobre ela de novo, a não ser que eu precise.*

— Como você disse — observou James cautelosamente —, há poucos para quem eu sinto que deveria contar. Que merecem saber. — Jem não respondeu, apenas esperou. — Cordelia está em Paris. Eu gostaria de contar a ela primeiro, antes que mais alguém saiba. Devo isso a ela. Ela foi... mais afetada do que qualquer outro, além de mim mesmo.

A história é sua para contar, afirmou Jem. *Mas se contar a Cordelia... ou aos outros, agradeceria se me avisasse quem são. Pode me chamar sempre que desejar.*

James pensou na caixa de fósforos em seu bolso, cada um deles um tipo de sinal de luz que, quando aceso, convocava Jem até ele. James não sabia como aquela magia funcionava e não achava que Jem revelaria, mesmo que pedisse.

Não é fácil para mim, confessou Jem. A expressão dele não se alterara, mas suas mãos pálidas se moveram, entrelaçando-se. *Sei que preciso ouvir de maneira imparcial o relato de Grace. Mas quando ela fala do que foi feito*

CASSANDRA CLARE

a você, meu coração silencioso grita: isso foi errado, sempre foi errado. Você ama como seu pai: por completo, sem condições ou hesitação. Usar isso como arma é blasfêmia.

James olhou de volta para a casa de Malcolm, então para o tio. Ele jamais o vira tão agitado.

— Quer que eu acorde meu pai? — perguntou James. — Gostaria de vê-lo?

Não. Não o acorde, respondeu Jem, e embora seu discurso fosse silencioso, havia uma bondade na forma como ele *pensava* em Will que era reservada para Will apenas. James pensou em Matthew, sem dúvida dormindo em algum lugar em Paris, e sentiu uma terrível mistura de amor e raiva como um veneno em seu sangue. Matthew *fora* para ele o que Will fora para Jem. Como ele o havia perdido? Como o havia perdido sem nem saber?

Sinto muito por ter lhe contado tudo isso. Não é um fardo que você deveria carregar.

— Não é um fardo saber que há alguém na Cidade do Silêncio que ouve tudo isso e não pensa que foi um simples feitiço, mas algo que teve um custo real — respondeu James, baixinho. — Mesmo que você sinta pena de Grace, mesmo que precise ser imparcial como juiz, você não se esquece de mim, da minha família. Cordelia. Isso significa muito. Que você não esquece.

Jem afastou o cabelo de James da testa, uma leve bênção. *Jamais*, garantiu ele, e então, entre o quebrar de uma onda e outra, ele se foi, desfazendo-se nas sombras.

James voltou para a casa, arrastando-se para a cama com o casaco ainda no corpo. Podia sentir o frio em seu âmago e quando dormiu, teve um sono agitado: ele sonhou com Cordelia, em um vestido vermelho-sangue, de pé sobre uma ponte feita de luzes, e embora olhasse diretamente para ele, estava evidente que não fazia ideia de quem ele era.

Havia uma mancha no teto acima da cabeça de Ariadne que tinha o formato parecido com o de um coelho.

Ariadne pensara que cairia imediatamente em um sono exausto assim que se deitasse. Em vez disso, ali estava ela, ainda acordada, a mente ace-

Corrente de Espinhos

lerada. Sabia que deveria estar pensando nos papéis perturbadores que encontrara no escritório do pai. Em sua mãe, às lágrimas, lhe dizendo que se ela simplesmente admitisse que não era verdade, se ela apenas retirasse as palavras que dissera, ela não precisaria partir. Poderia ficar.

Mas sua mente estava em Anna. Anna, dormindo a alguns metros de distância, seu corpo longo e elegante jogado sobre o sofá violeta. Ariadne conseguia visualizá-la nitidamente: o braço atrás da cabeça, o cabelo preto cacheando na bochecha, o colar de rubi brilhando na cavidade esculpida de seu pescoço.

Ou talvez Anna não estivesse dormindo. Talvez estivesse acordada, como Ariadne. Talvez estivesse se levantando, apertando o cinto da camisola conforme pisava silenciosamente no chão, a mão na porta do quarto...

Ariadne fechou os olhos, mas seu corpo inteiro permaneceu desperto, com tensão e expectativa. Ela sentiria Anna se sentando na cama ao lado dela, sentiria o colchão afundar sob seu peso. Sentiria Anna se inclinar sobre ela, o calor de seu corpo, a mão dela na alça de sua camisola, deslizando-a lentamente sobre o ombro. Os lábios dela na pele nua de Ariadne...

Ariadne virou de lado com um arquejo abafado. Óbvio, nada do tipo tinha acontecido. Da última vez que as duas se viram, ela pedira categoricamente a Anna que ficasse longe dela, e não era do feitio de Anna estar onde não queriam a sua presença. Ela fitou o quarto com tristeza: um espaço pequeno com um armário despejando roupas e prateleiras e mais prateleiras de livros.

Não que Ariadne pudesse pensar em ler agora, não quando cada célula de seu corpo parecia gritar o nome de Anna. Dissera a si mesma que havia expurgado seu desejo, que entendia que Anna jamais poderia lhe dar o que ela desejava. Mas no momento tudo o que desejava era Anna: as mãos de Anna, as palavras sussurradas de Anna aos seus ouvidos, o corpo de Anna moldado contra o seu.

Ariadne se virou sobre o cotovelo e estendeu o braço para a jarra de água na mesa de cabeceira. Havia uma prateleira de madeira fina na parede acima dela, e a manga de sua roupa ficou presa em um objeto apoiado ali, o qual caiu na mesa de cabeceira ao lado da jarra. Ao pegar o objeto, Ariadne viu que era uma boneca do tamanho de uma palma. Ela se sentou, curiosa — não imaginara que Anna, mesmo quando criança, gostasse de bonecas.

— 94 —

Aquela era do tipo que se encontrava em lojas especializadas em bonecas, braços e pernas preenchidos com algodão, o rosto de porcelana branca. Era a boneca de um cavalheiro, do tipo que costumava vir com uma esposa e um minúsculo bebê de porcelana em um berço em miniatura.

Ariadne tivera bonecas semelhantes quando criança: nada diferenciava de fato as bonecas masculinas e femininas, exceto as roupas minúsculas cuidadosamente costuradas que usavam. Ariadne imaginou Anna brincando com aquele pequeno brinquedo, com seu elegante terno listrado e cartola. Talvez, na mente de Anna, a boneca *fosse* a senhora da casa, mas no tipo de roupa que Anna sentia que a senhora preferiria. Talvez a boneca tivesse sido uma boêmia libertina, compondo infinitos poemas com uma caneta em miniatura.

Sorrindo, Ariadne colocou a boneca cuidadosamente de volta na prateleira. Uma coisa tão pequena, mas um lembrete de que ali estava ela, pela primeira vez, na casa de Anna, entre as coisas de Anna. Que mesmo que ela não tivesse Anna, seus pés estavam agora dispostos no mesmo caminho de independência que Anna escolhera anos antes. Era a vez de Ariadne agarrar aquela liberdade e escolher o que fazer a respeito. Ela se enroscou na cama e fechou os olhos.

—

Cornwall Gardens não ficava a uma pequena caminhada da casa de Thomas — levava facilmente de quarenta e cinco minutos a uma hora se a pessoa parasse para aproveitar o parque pelo caminho —, mas Thomas não se importava. Era um raro dia de inverno ensolarado em Londres, e embora ainda estivesse frio, o ar estava limpo e claro, parecendo colocar cada minúsculo detalhe da cidade em alto-relevo, desde as propagandas coloridas nas laterais dos coches até as sombras disparadas dos minúsculos pardais.

As sombras disparadas dos minúsculos pardais, pensou ele. *Thomas, você parece um idiota*. Droga. O que Alastair pensaria se ele aparecesse em Cornwall Gardens com um sorriso ridículo no rosto, chilreando sobre pássaros? Ele mandaria Thomas embora na mesma hora. Nem mesmo esse pensamento acabou com o bom humor de Thomas. Seus pensamentos pareciam um turbilhão e era preciso voltar ao início para organizá-los.

Corrente de Espinhos

No café da manhã, quando ele estava tranquila e inocentemente comendo uma torrada, um mensageiro tinha vindo até ele com uma mensagem. Seus pais ficaram surpresos, mas não tão surpresos quanto Thomas.

A mensagem era de Alastair.

Levou cinco minutos inteiros para Thomas digerir o fato de que a mensagem era de Alastair — *Alastair Carstairs, não um outro Alastair* — e que continha a seguinte informação: Alastair queria se encontrar com Thomas em Cornwall Gardens, o mais rápido possível.

Mensagem digerida, Thomas disparou para o andar de cima tão rápido que derrubou uma chaleira e deixou os pais confusos encarando Eugenia. A irmã apenas deu de ombros como se para dizer que jamais se poderia esperar realmente desvendar o belo mistério que era Thomas.

— Mais ovos? — sugeriu ela, estendendo um prato para o pai.

Thomas, enquanto isso, entrara em pânico por causa do que vestir, apesar de ser difícil encontrar roupas que coubessem em alguém de sua altura e largura, e que, como resultado, ele possuía um armário relativamente entediante de marrons, pretos e cinza. Lembrando-se de que Matthew dissera que uma camisa verde em particular ressaltava seus olhos cor de avelã, ele a vestiu, penteou os cabelos e saiu da casa, apenas para retornar um momento depois por ter esquecido sua echarpe, seus sapatos e a estela.

Agora, conforme os tijolos vermelho-barro de Knightsbridge — a ponte lotada de pessoas fazendo compras — se transformavam lentamente nas silenciosas ruas e respeitáveis edifícios brancos de South Kensington, Thomas se lembrou de que só porque Alastair lhe enviara uma mensagem, não necessariamente significava alguma coisa. Era possível que Alastair quisesse algo traduzido para o espanhol ou que precisasse de alguém muito alto para opinar sobre algum assunto, embora Thomas não pudesse imaginar por que esse seria o caso. Era até mesmo possível que ele quisesse, por algum motivo, falar sobre Charles. Essa ideia fez a pele de Thomas parecer se contorcer. Quando chegou à casa dos Carstairs, Thomas estava contido, pelo menos até virar para o caminho da entrada e ter um lampejo de Alastair, os cabelos embaraçados e vestindo uma camisa de manga comprida, de pé do lado de fora da porta da frente, segurando uma espada bastante familiar.

— 96 —

CASSANDRA CLARE

A expressão de Alastair era sombria. Ele levantou o rosto quando Thomas se aproximou. Thomas imediatamente notou duas coisas: primeira, que Alastair, com sua pele marrom-clara lisa e porte gracioso, ainda estava irritantemente belo. E segunda, que os braços de Alastair estavam cobertos de arranhões terríveis, sua camisa manchada com borrões pretos de aspecto ácido.

Icor demoníaco.

— O que aconteceu? — Thomas parou subitamente. — Alastair... Um demônio? No meio do dia? Não me diga... — *Não me diga que eles voltaram.* Eles haviam sido assolados alguns meses atrás com demônios capazes de aparecer à luz do dia, mas isso acontecera graças à influência de Belial. Se estivesse acontecendo de novo...

— Não — apressou-se em dizer Alastair, como se sentisse a preocupação de Thomas. — Eu fui, muito estupidamente, até o estábulo procurar uma coisa. Estava escuro lá dentro, e um dos demônios parecia ter decidido ficar de tocaia.

— Um de *quais* demônios? — perguntou Thomas.

Alastair gesticulou despreocupado com a mão.

— Ainda bem que eu estava com Cortana — observou ele, e Thomas, novamente surpreso, falou:

— Por que você *está* com Cortana?

Cortana era a espada de Cordelia, passada de geração em geração na família Carstairs. Era uma herança preciosa, forjada pelo mesmo ferreiro Caçador de Sombras que havia criado Durendal para Roland, e Excalibur para o rei Arthur. Thomas quase nunca via Cordelia sem ela.

Alastair suspirou. Thomas se perguntou se ele estava com frio ali, de pé com as mangas enroladas, mas decidiu não mencionar, porque Alastair tinha antebraços esguios e musculosos. E talvez o frio não o incomodasse.

— Cordelia a deixou quando foi a Paris. Achou que deveria renunciar à espada por causa da coisa de paladino.

— É estranho — arriscou Thomas —, não é, Cordelia ir a Paris com Matthew?

— É estranho — concordou Alastair. — Mas os assuntos de Cordelia dizem respeito a Cordelia. — Ele virou Cortana na mão, deixando que a

— 97 —

luz do sol reluzisse da lâmina. — Enfim, venho mantendo a espada o mais perto possível de mim. O que é bom durante o dia, mas nem tanto depois que o sol se põe. Sempre que eu saio os malditos demônios parecem correr feito enxames até ela como se fosse um farol.

— Tem certeza de que estão atacando você *por causa* da espada?

— Está sugerindo que seja pela minha personalidade? — perguntou Alastair. — Eles não estavam me atacando assim antes de Cordelia me entregar a espada, e ela me deu por que não queria que ninguém soubesse onde estava. Desconfio que essas criaturas demoníacas e irritadiças sejam espiãs, enviadas por alguém que procura por Cortana. Lilith, Belial... Na verdade, há um chocante panteão de vilões entre os quais escolher.

— Então quem quer que seja, quem quer que esteja procurando por ela, sabe que você a tem?

— Eles certamente suspeitam — confirmou Alastair. — *Acho* que matei todos os demônios antes que eles pudessem enviar um relatório. Nada mais desagradável apareceu para me atacar ainda, de qualquer forma. Mas não tem como ficar vivendo assim por muito tempo.

Thomas trocou o peso do corpo entre os pés.

— Você, hã, me chamou aqui para ajudar? — perguntou. — Porque eu ficaria feliz em ajudar. Nós poderíamos montar uma guarda. Christopher e eu poderíamos nos revezar, e Anna com certeza ajudaria...

— Não — interrompeu Alastair.

— Só estava tentando ser útil — falou Thomas.

— Não chamei você aqui para me ajudar. Foi coincidência você aparecer aqui depois... — Alastair fez um gesto que aparentemente pretendia abarcar demônios escondidos em estábulos, então deslizou Cortana de volta para a bainha em sua cintura. — Eu *chamei* você aqui porque queria saber por que me mandou uma mensagem me chamando de estúpido.

— Eu não mandei — começou Thomas, indignado, então se lembrou, em um instante apavorante, do que escrevera no laboratório de Henry. *Caro Alastair, por que você é tão estúpido e tão frustrante, e por que eu penso em você o tempo todo?*

Ah, não. Mas como...?

— 98 —

CASSANDRA CLARE

Alastair tirou um pedaço de papel queimado do bolso e o entregou a Thomas. A maior parte do papel havia sido chamuscada além de qualquer legibilidade. O que restava dizia:

Caro Alastair,
por que você é tão estúpido
eu escovo os dentes
não contar a ninguém
— Thomas

— Não sei *por que* você não quer que ninguém saiba que você escova os dentes — acrescentou Alastair —, mas eu vou, evidentemente, manter essa informação na mais rigorosa confidência.

Thomas estava dividido entre uma humilhação terrível e uma empolgação estranha. É *óbvio* que essa seria a única vez que o experimento ridículo de Christopher funcionaria parcialmente. Mas, por outro lado, funcionara parcialmente. Mal podia esperar para contar a Kit.

— Alastair — falou. — Esse bilhete não passa de bobagem. Christopher me pediu para rabiscar umas palavras para um experimento que ele estava fazendo.

Alastair pareceu desconfiado.

— Se você está dizendo...

— Olha — continuou Thomas. — Mesmo que você não tenha me chamado aqui para ajudar, eu quero. Eu... — *Eu detesto a ideia de você estar em perigo.* — Não acho uma boa ideia você ser constantemente atacado por demônios, e duvido que Cordelia deixaria a espada com você se achasse que isso iria acontecer.

— Verdade — concordou Alastair.

— Por que não a escondemos? — sugeriu Thomas. — Cortana, quero dizer.

— Sei que essa é a solução racional — começou Alastair. — Mas parece mais seguro mantê-la aqui comigo, mesmo que continuem vindo atrás de mim. Se estivesse escondida, eu viveria preocupado que quem quer que a estivesse procurando, de fato, a *encontrasse.* E, então, o que eu diria a

Corrente de Espinhos

Cordelia? Além disso, e se o demônio que a quer a usasse para destruir o mundo ou algo assim? Eu ficaria horrorizado. Não consigo pensar em um esconderijo seguro o bastante.

— Hum. E se eu tivesse um esconderijo que *seria* seguro o bastante? Alastair ergueu as sobrancelhas escuras e arqueadas.

— Lightwood, como sempre, você é cheio de surpresas. Diga o que está pensando.

Thomas contou.

—

Cordelia saiu do quarto usando seu vestido de passeio listrado e encontrou Matthew passando manteiga em um croissant à mesa do café da manhã. O dia estava claro, a luz do sol amarelo-margarida entrando pelas janelas arqueadas altas e transformando o cabelo de Matthew em um halo de ouro trançado.

— Não pretendia acordar você — explicou —, pois nós *ficamos* acordados até bem tarde ontem à noite. — Ele se encostou na cadeira novamente. — Café da manhã?

A mesa estava coberta com uma variedade espantosa de croissants, manteiga, marmelada, geleias de fruta, mingau, bacon e batatas assadas, bolinhos, arenque, ovos mexidos e chá.

— Que exército vamos alimentar? — perguntou Cordelia, deslizando para a cadeira diante dele.

Matthew deu de ombros em um gesto sutil.

— Não sabia o que você queria comer, então pedi tudo.

Cordelia sentiu o coração derreter. Matthew estava visivelmente nervoso, embora escondesse bem. Ela ficara muito abalada na noite anterior. Lembrou--se dos braços de Matthew envolvendo-a enquanto estava de pé sob o poste a gás no Boulevard de Clichy, *fiacres* roncando como trens. Cordelia dissera a Matthew que ele não fora nada além de carinhoso com ela, e era verdade.

Conforme ela servia uma xícara de chá, Matthew disse:

— Pensei que hoje poderíamos visitar o Musée Grévin. Tem esculturas de cera e um salão de espelhos que lembra o interior de um caleidoscópio...

— 100 —

— Matthew — interrompeu ela. — Esta noite eu gostaria de voltar ao Cabaret de l'Enfer.

— Não achei...

— Que eu tivesse me divertido? — Ela brincou com a colher. — Suponho que não exatamente, mas se... se era mesmo meu pai, quero saber a verdade. Gostaria de fazer uma pergunta a Madame Dorothea que apenas meu pai saberia responder.

Ele balançou a cabeça, desarrumando os cachos loiros.

— Não posso dizer não a você — disse Matthew, e Cordelia se sentiu corar. — Porém, apenas se pudermos passar o dia nos divertindo, e *não* pensando em fantasmas ou avisos agourentos. Combinado?

Cordelia concordou, e eles passaram o dia fazendo passeios turísticos. Matthew insistiu para que levassem a pequena câmera Brownie que ele havia comprado, então, no Musée Grévin, Cordelia prestativamente posou com versões de cera do papa, Napoleão, Victor Hugo, Maria Antonieta e várias figuras em salas montadas com cenas da Revolução Francesa — algumas das quais eram tão realistas que parecia estranho caminhar entre elas.

Matthew anunciou que precisava de ar fresco, então eles sinalizaram para um *fiacre* levá-los ao Bosque de Bolonha.

— Tudo é melhor em Paris — afirmou ele enquanto passavam pela Ópera e lentamente seguiram pela Rue Saint-Lazare —, exceto o tráfego, talvez.

Cordelia teve que concordar: conforme eles passaram pelo Arco do Triunfo e se aproximaram do Bosque de Bolonha, o que pareciam ser centenas de carruagens jorraram como uma torrente na direção da entrada, misturadas com carros buzinando, cavaleiros montados, grupos de ciclistas e multidões e mais multidões de pedestres. O *fiacre*, preso no tumulto, foi empurrado lentamente por uma alameda cujas árvores acabavam à beira de um lago, onde um grupo animado e barulhento de estudantes estava determinado a fazer um piquenique apesar do tempo frio.

Conforme eles saltaram, agradecidos, para fora da carruagem, Cordelia não conseguiu deixar de pensar no piquenique em Regent's Park que fora sua apresentação aos Ladrões Alegres. Pensou em Christopher comendo tortas de limão, no sorriso tranquilo de Thomas e na risada de Anna, na curiosidade de Lucie, em James...

Corrente de Espinhos

Mas ela não pensaria em James. Cordelia não conseguiu evitar um olhar melancólico para os estudantes fazendo piquenique, embora lhe parecessem muito jovens — mais jovens do que ela e os amigos, ainda que provavelmente estivessem na universidade. Eles não conheciam o Mundo das Sombras, não o viam, não imaginavam o que espreitava além do espesso véu de ilusão que os separava de um universo mais sombrio.

Cordelia os invejava.

Por fim, ela e Matthew encontraram um banco desocupado no parque e se acomodaram nele. Matthew virou o rosto para a pálida luz de inverno, e Cordelia pôde ver o quanto ele parecia cansado. Matthew tinha a delicadeza da pele extremamente pálida que combinava com seus cabelos claros e denunciava cada hematoma e sombra — e, naquele momento, as meias-luas sob seu olhos estavam escuras, como se tivessem sido pintadas. Lógico, ele *havia* ficado acordado metade da noite, lembrou-se Cordelia, com uma pontada de culpa, segurando a mão dela conforme ela adormecia e despertava em um sono inquieto.

— Matthew — chamou.

— Hum? — murmurou ele, ainda sem abrir os olhos.

— Achei que talvez deveríamos falar — começou ela — sobre os nossos irmãos.

Matthew não abriu os olhos, mas enrijeceu.

— Alastair e Charles? O que tem eles?

— Bem — continuou Cordelia —, você deve ter notado...

— Notei. — Ela não achou que já tivesse ouvido a voz de Matthew tão fria antes, de certo não quando direcionada a ela. Cordelia se lembrou da primeira vez que o conheceu propriamente, de como se perguntou se ele desgostava dela, de como ele a encantara mesmo assim. *Cabelos claros, olhares de esguelha, um sorriso que era um borrão.* — Não sou tolo. Já vi como Charles olha para seu irmão e como seu irmão não olha para ele. Amor não correspondido. — Agora ele abriu os olhos. Estavam com um tom muito claro de verde sob o sol. — E para ser justo, duvido que meu irmão tenha feito alguma coisa para merecer o tipo de amor que ele mesmo visivelmente sentia.

— Sério? Você acha que Charles sentia tudo isso por Alastair? Era ele quem queria manter em segredo.

— Ah, por causa da *carreira* dele, sem dúvida. — Matthew falou com aspereza. — Suponho que dependa da sua definição de amor. Amor que não renuncia a nada, amor que se está disposto a sacrificar por uma vida mais confortável, não é amor, na minha opinião. Amor deveria vir acima de todas as outras coisas.

A intensidade das palavras espantou Cordelia. Ela as sentiu como um tipo de acusação: será que deveria estar disposta a renunciar a mais coisas, sacrificar mais por James? Por Lucie? Pela própria família?

— Não importa — prosseguiu Matthew, em um tom mais suave. — Creio que Alastair não nutra mais sentimentos por Charles, então tudo vai se dissipar com o tempo. E acho que estou com dor de cabeça. Deveríamos falar sobre outra coisa.

— Vou lhe contar uma história, então — disse Cordelia. — Talvez alguma coisa do *Shahnameh*? Gostaria de ouvir sobre a derrota de Zahhāk, o maligno rei serpente?

Os olhos de Matthew se iluminaram.

— Absolutamente — respondeu ele, acomodando-se no banco. — Me conte uma história, minha cara.

—

James se levantou ainda cansado, como se mal tivesse dormido. Foi até o lavabo e jogou água gelada no rosto, o que o despertou de imediato. Levou um momento para se olhar no espelho — olhos cansados, caídos nos cantos; cachos pretos, molhados; uma queda acentuada nos cantos da boca que ele não se lembrava de ter antes.

Não é à toa que Cordelia não quer você.

Ele ordenou a si mesmo, ferozmente, que parasse com aquilo, e foi se vestir. Conforme abotoava os punhos da camisa, ouviu um farfalhar do lado de fora do quarto, como se um rato curioso estivesse no corredor. Alcançou a porta em dois passos e a escancarou. Sem nenhuma surpresa, James encontrou Lucie em um vestido azul com borda de renda, parecendo pronta para um dia de verão, de pé logo atrás da porta, olhando de cara feia para ele.

Corrente de Espinhos

— Ora, se não é a Princesa Secreta Lucie — disse ele, descontraidamente. — Vindo visitar sua terrível família.

Lucie colocou a mão no peito dele e o empurrou de volta para o quarto, fechando a porta com um chute.

— Precisamos conversar antes de descermos.

— Cuidado — advertiu James. — Você está igualzinha à mamãe antes de nos passar um sermão sobre uma coisa ou outra.

Lucie abaixou a mão com um gritinho.

— *Não* estou, não — protestou ela. — Mas, por falar em pais, você lembra de quando compramos aquele enorme porquinho-da-índia? E quando mamãe e papai descobriram nós dissemos a eles que era um presente especial do Instituto de Lima?

— Ah, sim, o Manchinhas — confirmou James. — Eu me lembro bem dele. Ele me mordeu.

— Ele mordia todo mundo — observou Lucie. — Tenho certeza de que a intenção dele era lisonjeira. A questão é: aquela mentira deu certo porque você e eu tínhamos a *mesma* história e estávamos trabalhando a partir das *mesmas* informações.

— Verdade — concordou James. Ele ficou feliz ao perceber que, por mais arrasado que se sentisse, ainda conseguia provocar a irmã. — Memórias idílicas de um passado de ouro.

— *E* — continuou Lucie, impacientemente — não faço ideia de quanto você já disse ao papai sobre qualquer coisa, embora você saiba tudo o que eu disse, o que, de toda forma, não é justo. Ou sequer uma boa ideia.

— Bem, contei quase tudo ao papai e Magnus, acho. — James se sentou na cama. — Tudo o que eu sabia, pelo menos. Quaisquer que sejam as lacunas que eu possa ter deixado no conhecimento deles, espero que tenham sido preenchidas pelos eventos da noite passada.

— *Tudo?* — Lucie exigiu saber.

— Nada sobre Cordelia — admitiu James. — Nada sobre Lilith ou paladinos, ou... nada daquilo.

— Que bom. — Lucie relaxou levemente. — Não acho que podemos contar a eles, podemos? É um segredo de Cordelia. Não seria justo com ela.

CASSANDRA CLARE

— Concordo — falou James. — Olha, Luce, por que nunca me contou sobre Jesse? Não sobre tentar ressuscitá-lo — acrescentou rapidamente, quando Lucie começou a protestar. — Eu entendo não me contar sobre isso. Você sabia que eu não iria gostar, e sabia que eu não iria gostar do fato de que você estava trabalhando com Grace.

— Você não iria gostar — repetiu Lucie.

— E ainda não gosto — admitiu James —, mas entendo por que você sentiu que precisava fazer isso. Mas por que nunca me contou que podia ver Jesse ou que ele sequer existia?

Lucie, com uma timidez pouco costumeira, chutou um montinho de poeira com a ponta do sapato.

— Acho que... eu sabia que havia algo incomum em conseguir vê-lo. Algo sombrio e estranho. Algo do qual as pessoas não iriam gostar.

— Luce, eu sei melhor do que ninguém o que significa ter um poder que outros acham desconcertante. Até mesmo grotesco.

Ela ergueu o rosto rapidamente.

— Você não é *grotesco*, Jamie, ou horrível, ou nada do tipo...

— Nossos poderes vêm do mesmo lugar — prosseguiu ele. — Belial. Quem entenderia melhor do que eu como lidar com isso? Preciso acreditar que posso fazer o bem mesmo com um poder obscuro. Acredito nisso por mim mesmo, e acredito por você também.

Lucie piscou rapidamente, então se sentou ao lado de James na cama. Eles permaneceram ali por um momento, em um silêncio confortável, os ombros se tocando.

— James — disse ela, por fim. — Jesse vai precisar de você. Há coisas com as quais você pode ajudá-lo que... que eu não posso. Ser possuído por Belial, carregar na pele as Marcas de Caçadores de Sombras mortos. Isso o está corroendo. Consigo ver em seus olhos.

Eu também, pensou James.

— Posso falar com ele. Quando voltarmos para Londres.

Lucie sorriu. Foi um tipo de sorriso maduro e comedido, um pouco triste, um sorriso que James não associava à sua irmã mais nova. Mas ela havia mudado, ponderou. Todos haviam mudado.

Corrente de Espinhos

— Papai me contou — revelou Lucie. — Sobre Cordelia. E Matthew. Que eles foram até Paris juntos. Ele pareceu achar que você não se importava, mas eu... — Ela se virou para encarar o irmão. — Você se *importa*?

— Desesperadamente — confessou James. — Mais do que jamais achei que me importaria com qualquer coisa.

— Então você não ama Grace?

— *Não*. Não — disparou James. — Acho que jamais amei. Eu... — Por um momento ele estava em um precipício, querendo contar a verdade à irmã. *Era um feitiço, eu nunca gostei dela, aqueles sentimentos foram forçados em mim.* Mas não adiantaria contar a Lucie antes de contar a Cordelia. Cordelia precisava saber primeiro. — Você acha que Cordelia o ama? Matthew, quero dizer. Se ela ama...

— Eu sei — interrompeu Lucie. — Se ela amar, você não vai criar caso e vai deixá-los serem felizes. Acredite em mim, estou bastante familiariza-da com a natureza martirizante dos homens Herondale. *Mas*, se ela sente alguma coisa por Matthew, jamais deu qualquer sinal disso para mim, nem falou nada a respeito. Mesmo assim...

James tentou não parecer curioso demais.

— Mesmo assim — retomou Lucie. — Paris é um lugar romântico. Se eu fosse você, iria até lá dizer a Cordelia como realmente se sente, o mais rápido possível. — Para enfatizar, ela deu um soco no ombro dele. — *Não* demore.

— Você me bateu — observou James. — Você *precisava* enfatizar com um soco?

Uma batida soou à porta, e Magnus se inclinou para dentro pela porta aberta.

— Detesto interromper este momento de linda amizade fraterna — disse ele —, mas Malcolm gostaria de falar com todos nós lá embaixo.

⚊

Malcolm estava sentado em uma poltrona ao lado da lareira quando Lucie e James desceram. Em seu colo repousava um enorme livro, encadernado com couro preto e reforços de metal nos cantos. O feiticeiro ainda usava as mesmas roupas da noite anterior.

CASSANDRA CLARE

Magnus e Jesse estavam no sofá, enquanto Will caminhava lentamente de um lado para o outro atrás deles, a testa enrugada enquanto refletia. Jesse deu a Lucie um sorriso breve. Ela sabia que Jesse queria confortá-la, mas sua preocupação era evidente. Lucie queria poder atravessar a sala e abraçá-lo, mas sabia que isso apenas escandalizaria seu irmão, seu pai e os dois feiticeiros presentes. Ela precisaria esperar.

Quando estavam todos acomodados, Malcolm pigarreou.

— Passei a noite inteira ponderando sobre a questão levantada ontem à noite e acredito ter uma resposta. Penso que Jesse deveria voltar a Londres, e que deveria fazer isso como um Blackthorn.

Will fez um murmúrio de surpresa.

— Ele sem dúvida se parece com um Blackthorn — acrescentou Malcolm —, e não acho que vai poder fingir ser nada diferente. Ele se parece tanto com o pai que é como se fosse a cópia de um artista.

— De fato — concordou Will, impacientemente —, mas já discutimos que será um problema Jesse reaparecer como ele mesmo. Não somente isso levanta questões sobre necromancia, mas da última vez que alguém na Clave ouviu falar de Jesse, ele era um cadáver possuído por um demônio determinado a matar Caçadores de Sombras.

Jesse encarou as mãos, a Marca de Vidência que um dia pertencera a Elias Carstairs. Ele afastou a mão esquerda como se mal suportasse olhar para ela.

— Sim, repassamos tudo isso — disse Malcolm, rispidamente. — Não estou sugerindo que ele se apresente como *Jesse* Blackthorn. Quantas pessoas o viram, viram de fato, como ele é agora, depois que foi possuído?

Houve um breve momento de silêncio. James falou:

— Lucie, é óbvio. Eu, Matthew, Cordelia. Os Irmãos do Silêncio que prepararam o corpo dele...

— A maioria do Enclave ouviu a história sobre o que aconteceu — interrompeu Malcolm. — Mas não *viram Jesse*.

— Não — confirmou Will. — Não viram.

— Vocês precisam entender, eu tenho laços com a família Blackthorn que nenhum de vocês possui — garantiu Malcolm. — Fui tutelado por eles, tutelado por Felix e Adelaide Blackthorn, há cem anos.

— 107 —

Corrente de Espinhos

— Eles criaram você? — perguntou James.

A boca de Malcolm se contraiu em uma linha severa.

— Não é como eu chamaria. Para eles eu era uma propriedade, e pelo privilégio de ser alimentado e vestido e abrigado por eles, eu era forçado a fazer magia sob suas ordens.

Will falou:

— Alguns Caçadores de Sombras sempre foram desprezíveis. Minha família sabe bem.

Malcolm o ignorou.

— Não considero todos os Nephilim responsáveis pelas ações dos Blackthorn. Eles são os únicos que deveriam responder por tais ações. Para o propósito *desta* discussão, o importante é apenas que Felix e Adelaide tinham quatro filhos: Annabel, Abner, Jerome e Ezekiel.

— Que nomes horrorosos as pessoas tinham antigamente — murmurou Lucie —, simplesmente horrorosos.

— As crianças tinham... atitudes diferentes dos pais — continuou Malcolm —, com relação ao tratamento aos membros do Submundo. Ezekiel, particularmente, achava o preconceito e a crueldade deles tão desagradável quanto eu. Quando alcançou a maioridade, renunciou à família e se virou sozinho. Você não vai encontrar na Cidade do Silêncio registros de Ezekiel deixando herdeiros ao morrer, mas eu sei que isso não é verdade.

Jesse levantou o rosto.

— Por acaso eu sei — prosseguiu o feiticeiro — que Ezekiel *teve* filhos. Que ele foi para a América, na época uma nação bastante nova onde Caçadores de Sombras eram pouquíssimos em número, e se casou com uma mundana. Eles criaram os filhos como mundanos, mas, obviamente, o sangue Nephilim perdura, e os descendentes deles são Caçadores de Sombras tanto quanto vocês.

"Eu proponho, então, que Jesse se apresente como um dos netos de Ezekiel, que veio se reunir aos Nephilim em busca de seus primos. Que quando descobriu a verdade sobre sua origem, desejou ser um Caçador de Sombras e se apresentou a Will no Instituto. Afinal de contas, a história de Will não é tão diferente disso."

CASSANDRA CLARE

Era verdade o suficiente, pensou Lucie. O pai dela se considerava mundano até descobrir a verdade, quando partira do País de Gales para Londres a fim de se juntar ao Enclave. Ele tinha apenas doze anos.

— Um excelente plano — elogiou Lucie, embora Will e Magnus ainda parecessem reticentes. — Nós chamaremos Jesse de Hezekiah Blackthorn.

— Não chamaremos, não — discordou Jesse.

— Que tal Cornelius? — sugeriu James. — Sempre gostei de Cornelius.

— De jeito nenhum — protestou ele.

— Deveria ser algo com "J" — disse Will, de braços cruzados. — Alguma coisa que seja fácil para Jesse lembrar e responder. Como Jeremy.

— Então vocês concordam com Malcolm? — perguntou Magnus. — Esse será o plano? Jesse será Jeremy?

— Você tem um plano melhor? — Will parecia cansado. — Além de deixar Jesse se defender sozinho no mundo? No Instituto, nós poderemos protegê-lo. E ele *é* um Caçador de Sombras. É um de nós.

Magnus assentiu, pensativo. James falou:

— Podemos pelo menos contar a verdade aos Lightwood? Gabriel e Gideon, Sophie e Cecily? Eles são a família de Jesse, afinal de contas, e ele nem mesmo os conhece.

— E minha irmã — disse Jesse. — Grace precisa saber a verdade.

Lucie viu o rosto de James se contrair.

— É claro — acatou Will. — Mas, Jesse, não sei se você soube a verdade, mas...

— Grace está na Cidade do Silêncio — interrompeu James, com a voz fria. — Sob a custódia dos Irmãos.

— Depois da descoberta do que sua mãe fez com você, ela foi até lá — explicou Will, rapidamente. — Os Irmãos do Silêncio estão se certificando de que nenhum tipo de magia sombria semelhante tenha sido feito nela.

Jesse pareceu chocado.

— Na Cidade do Silêncio? Grace deve estar apavorada. — Ele se virou na direção de Will: — Preciso vê-la. — Lucie podia ver que ele se esforçava para demonstrar mais calma do que sentia. — Sei que os Irmãos do Silêncio são nossos colegas Caçadores de Sombras, mas você precisa entender: nossa mãe nos criou para vê-los como inimigos.

Corrente de Espinhos

— Tenho certeza de que podemos arranjar uma visita — assegurou Will.
— E quanto a pensar nos Irmãos do Silêncio como inimigos... Se um Irmão do Silêncio tivesse feito seus feitiços de proteção em vez de Emmanuel Gast, você não teria sido ferido como foi.

— Os feitiços de proteção! — Lucie se aprumou. — Eles precisam ser refeitos. Até que sejam, Jesse estará vulnerável à possessão demoníaca.

— Vou falar com Jem sobre isso — informou Will, e Lucie viu uma expressão fugaz surgir no rosto de James. — Não podemos seguir com essa farsa sem a cooperação dos Irmãos. Vou contar a eles.

— Malcolm, alguém além de você tem acesso a essa informação sobre o lado americano dos Blackthorn? — perguntou Magnus. — Se alguém suspeitasse...

— Nós deveríamos organizar o plano — sugeriu James. — Sentar e pensar em tudo que pode dar errado, todas as dúvidas que alguém poderia ter sobre a história de Jesse, e pensar em respostas. Essa precisa ser uma farsa completa, sem pontas soltas.

Houve um coro de anuência. Apenas Jesse não se juntou. Depois de um momento, quando o silêncio recaiu, ele falou:

— Obrigado. Obrigado por fazerem isso por mim.

Magnus fingiu erguer um copo na direção dele.

— Jeremy Blackthorn — cumprimentou ele. — Bem-vindo, de antemão, ao Enclave de Londres.

───

Naquela noite, Cordelia colocou o vestido de veludo vermelho e sua capa com bainha de pele, além de um par de luvas de cetim até os cotovelos, e se juntou a Matthew em um *fiacre* a caminho de Montmartre. Paris deslizava do lado de fora das janelas conforme eles avançavam, passando pela Rue de la Paix, as luzes brilhando das vitrines de lojas enfileiradas, quadrados de iluminação no escuro.

Matthew tinha combinado seu colete e as polainas com o vestido de Cordelia — veludo escarlate que reluzia como rubis conforme eles passavam

── 110 ──

sob a ocasional luz de postes a gás. As luvas dele eram pretas, seus olhos, muito sombrios conforme ele a observava.

— Há outros clubes noturnos que poderíamos investigar — começou ele, conforme a carruagem chacoalhava pela igreja de Sainte-Trinité com sua enorme janela rosa. — Há o Rat Mort...

Cordelia o olhou achando graça.

— O Rato Morto?

— O próprio. Batizado em homenagem a um roedor abatido por irritar os clientes e exibindo seu corpo mumificado. — Ele sorriu. — Um lugar popular para comer lagosta às quatro da manhã.

— Nós certamente podemos ir... *depois* de l'Enfer. — Ela ergueu o queixo. — Sou bastante determinada, Matthew.

— Estou vendo. — A voz dele estava tranquila. — Todos temos aqueles com quem desejamos nos comunicar, de qualquer forma possível. Alguns são separados de nós pela morte, outros, pela recusa em escutar ou por nossa incapacidade de falar.

Impulsivamente, ela pegou a mão de Matthew, entrelaçando os dedos nos dele. Suas luvas pretas eram impressionantes contra as luvas escarlates de Cordelia. Preto e vermelho, como as peças de um tabuleiro de xadrez. Cordelia falou:

— Matthew, quando voltarmos para Londres, pois um dia voltaremos, você *precisa* falar com seus pais. Eles vão perdoar você. São sua família.

Os olhos dele pareceram mais pretos do que verdes quando disse:

— Você perdoa seu pai?

A pergunta magoou.

— Ele jamais pediu meu perdão — respondeu ela. — Talvez se tivesse... E talvez seja isso o que espero ouvir, talvez seja esse o motivo de eu querer falar com ele mais uma vez. Pois eu desejo ser capaz de perdoá-lo. É um fardo pesado a carregar, a amargura.

A mão de Matthew apertou a dela.

— E eu gostaria de poder aliviar o fardo para você.

— Você já carrega o suficiente. — A carruagem começou a reduzir a velocidade até finalmente parar diante do cabaré. Luz se derramava das

Corrente de Espinhos

portas abertas da boca do demônio. Cordelia apertou a mão de Matthew e puxou a sua de volta. Haviam chegado.

O mesmo guarda barbudo de ombros robustos estava ao lado da porta do cabaré quando Cordelia se aproximou. Matthew estava poucos passos atrás dela, tendo parado para pagar o condutor. Quando se aproximou da entrada, Cordelia viu o guarda negar com a cabeça.

— Você não pode entrar — anunciou ele, seu inglês com um sotaque pesado. — *Paladino.*

6

ATRAVÉS DE SANGUE

Que corações partirei? Que mentira devo sustentar?
Em que ânimo avançar?

— Arthur Rimbaud, "Uma temporada no Inferno"

O sangue de Cordelia congelou. *Mas ninguém sabe*, pensou ela. *Ninguém sabe.* Era um segredo Cordelia estar ligada a Lilith. Ela e Matthew falaram de Cortana ali, na noite anterior, mas não mencionaram a Mãe dos Demônios, nem a palavra "paladino". Ela disse:

— Deve ser um engano. Eu...

— *Non. Je sais ce que je sais. Vous n'avez pas le droit d'entrer* — afirmou o guarda. *Eu sei o que sei. Você não pode entrar.*

— O que está acontecendo? — perguntou Matthew, em francês, aproximando-se da porta. — Está proibindo nossa entrada?

O guarda retorquiu. Eles falaram tão rápido em francês que Cordelia teve dificuldade de acompanhar. O guarda continuava proibindo. Matthew dizia a ele que devia ser um engano, um erro de identificação. Cordelia era uma Caçadora de Sombras de boa reputação. O guarda balançava a cabeça teimosamente. *Eu sei o que sei,* era tudo o que dizia.

Cordelia uniu as mãos tentando acalmar o tremor.

Corrente de Espinhos

— Só quero falar com Madame Dorothea — explicou, a voz interrompendo a discussão dos homens. — Talvez você possa entregar uma mensagem a ela...

— Ela não está aqui esta noite. — Um rapaz que entrava na boate indicou a programação anexada à porta. De fato, o nome de Madame Dorothea não estava ali. Em vez disso, um encantador de cobras era anunciado como a atração da noite. — Lamento desapontar uma *mademoiselle* tão bela.

Ele inclinou o chapéu antes de entrar na boate, e Cordelia viu o luar brilhando dourado em seus olhos. *Lobisomem.*

— Veja bem — insistiu Matthew, prestes a recomeçar com o guarda, agitando a bengala de um modo dramático, do qual ele provavelmente gostava pelo menos um pouco, mas Cordelia colocou a mão no braço dele.

— Não adianta — falou. — Não se ela não estiver aqui. Matthew, vamos.

Paladino. A palavra ecoava nos ouvidos de Cordelia muito depois de Matthew e ela terem entrado em um *fiacre.* Mesmo depois de eles saírem chacoalhando rapidamente de Montmartre, ela ainda sentia como se estivesse na porta do cabaré, ouvindo o guarda proibir sua entrada. *Eu sei o que eu sei. Você não pode entrar.*

Porque você está corrompida por dentro, um sussurro ecoou em sua mente. *Porque você pertence a Lilith, Mãe dos Demônios. Por causa da sua estupidez, você está amaldiçoada. Ninguém deveria ficar perto de você.*

Ela pensou em Alastair. *Nós nos tornamos aquilo que tememos ser, Layla.*

— Cordelia? — A voz preocupada de Matthew parecia distante. — Cordelia, por favor. Fale comigo.

Cordelia tentou olhar para cima, olhar para ele, mas a escuridão pareceu rodopiar ao seu redor, visões de expressões acusatórias e vozes desapontadas ecoando em sua mente. Era como se ela tivesse sido atirada de volta naquela noite em Londres, aquela noite em que seu coração se partiu em mil pedaços, levando-a para fora, na noite e na neve. Os terríveis sentimentos de perda, de um desapontamento esmagador consigo mesma, surgiram como uma onda. Ela levantou as mãos como se pudesse afastá-los.

— Não consigo respirar. Matthew...

A janela se abriu, deixando o ar frio entrar. Ela ouviu Matthew bater à janela do condutor, gritar instruções em francês. Os cavalos pararam

— 114 —

imediatamente, fazendo o *fiacre* balançar. Cordelia escancarou a porta e quase saltou para fora, por pouco não tropeçando na pesada bainha do vestido. Ela ouviu Matthew se atrapalhar para acompanhá-la, pagando às pressas o condutor.

— *Ne vous inquiétez pas. Tout va bien.* — Não se preocupe, está tudo bem. Ele correu para alcançá-la conforme Cordelia dava alguns passos antes de parar indistintamente contra um poste.

— Cordelia. — Ele apoiou a mão nas costas dela conforme Cordelia se esforçava para respirar. O toque de Matthew era suave. — Está tudo bem. Você não fez nada de errado, querida...

Matthew parou, como se não tivesse a intenção de que o termo carinhoso escapasse de sua boca. Cordelia estava longe de se importar. Ela disse:

— Eu fiz. Escolhi me tornar paladino dela. Todos vão descobrir. Se aquele guarda sabe, em breve todos saberão...

— De jeito nenhum — afirmou Matthew. — Mesmo que haja rumores no Submundo, isso não significa que vai se espalhar entre os Caçadores de Sombras. Você viu o pouco interesse que os Nephilim têm sobre fofoca do Submundo. Cordelia, *respire.*

Cordelia respirou fundo. Então de novo, forçando o ar para os pulmões. Os pontos que permeavam sua visão começaram a sumir.

— Não posso esconder isso deles o tempo todo, Matthew. É maravilhoso estar aqui com você, mas não podemos ficar para sempre...

— Não podemos — interrompeu ele, parecendo subitamente cansado —, e só porque eu não quero pensar no futuro não quer dizer que não sei que *há* um futuro. Ele vai nos alcançar em breve. Por que correr atrás dele?

Cordelia deu uma risada estrangulada.

— É tão terrível assim? Nosso futuro?

— Não — respondeu Matthew —, mas não é em Paris com você. Aqui, venha comigo.

Matthew estendeu a mão e Cordelia a aceitou. Ele a levou para o centro da Pont Alexandre. Passava da meia-noite, e a ponte estava deserta. Na margem esquerda do Sena, Cordelia conseguia ver Les Invalides, com seu domo dourado, erguendo-se contra o céu noturno. Na margem direita, o Grand e o Petit Palais brilhavam intensamente com luz elétrica. O luar se derramava

Corrente de Espinhos

sobre a cidade como leite, fazendo a ponte brilhar feito uma barra de ouro branco disposta sobre o rio. Estátuas de bronze-dourado de cavalos alados, sustentadas por altos pilares de pedra, vigiavam aqueles que atravessavam. Sob a extensão da ponte, a água do rio reluzia como um tapete de diamantes, tocada pela luz das estrelas ao longo de suas correntes agitadas pelo vento.

Ela e Matthew estavam em pé, de mãos dadas, observando o rio correr sob a ponte. O Sena fluía dali, ela sabia, perfurando o coração de Paris como uma flecha dourada da mesma forma que o Tâmisa fazia em Londres.

— Não estamos aqui apenas para esquecer — falou Matthew —, mas também para nos lembrar de que há coisas boas e belas neste mundo, sempre. E erros não as tiram de nós, nada as tira de nós. Elas são eternas.

Cordelia apertou a mão enluvada de Matthew.

— Matthew, você está se ouvindo? Se acredita no que está dizendo, lembre-se de que serve para você também. Nada pode tirar de você as coisas boas do mundo. E isso inclui o quanto seus amigos e sua família o amam, e sempre amarão.

Matthew abaixou o rosto para ela. Os dois estavam próximos. Cordelia sabia que qualquer um que os visse presumiria que eram amantes procurando um lugar romântico para se abraçar. Ela não se importava. Podia ver a dor no rosto de Matthew, em seus olhos verde-escuros. Então ele disse:

— Você acha que James...

Matthew se interrompeu. Nenhum dos dois mencionara o nome de James desde que chegaram a Paris. Rapidamente, ele prosseguiu:

— Você se importaria de voltar caminhando para o hotel? Acho que o ar desanuviaria nossas mentes.

Um lance de degraus de pedra levava da ponte até o *quai*, o calçadão diante do rio que acompanhava o Sena. Durante o dia, parisienses pescavam nas margens. Agora, barcos estavam amarrados nas laterais, oscilando suavemente na correnteza. Ratos disparavam de um lado para o outro das calçadas, procurando migalhas. Cordelia desejou ter algum pão para jogar para eles. Ela disse isso a Matthew, que opinou que ratos franceses eram provavelmente esnobes terríveis que só aceitavam comer queijos franceses.

Cordelia sorriu. As piadas de Matthew, os cenários de Paris, o próprio bom senso dela... Ela desejava que qualquer uma dessas coisas pudesse

CASSANDRA CLARE

aliviar o peso em seu coração. Não conseguia parar de pensar em como seria quando sua mãe descobrisse a verdade sobre seu pacto com Lilith. Quando o Enclave descobrisse. Quando Will e Tessa descobrissem. Sabia que eles não estavam destinados a serem seus sogros por muito mais tempo, mas Cordelia percebeu que se importava terrivelmente com o que pensavam dela.

E Lucie. Lucie seria a mais afetada. Elas sempre planejaram ser *parabatai*, agora ela a abandonaria, deixaria Lucie sem uma parceira de luta, uma irmã na batalha. Cordelia não conseguia parar de pensar que seria melhor se Lucie jamais a tivesse conhecido — que vida diferente ela poderia ter tido, uma *parabatai* diferente, chances diferentes.

— Daisy — Matthew falou com a voz baixa, apertando a mão dela. — Sei que você está perdida em pensamentos. Mas... *ouça*.

Havia urgência na voz dele. Cordelia afastou os pensamentos de Lilith, dos Herondale, do Enclave. Ela se virou para olhar atrás deles, pelo longo túnel do *quai*: o rio de um lado, a parede de contenção de pedra se elevando do outro, a cidade acima deles como se tivessem se retirado para o subterrâneo.

Shhhh. Não o vento nos galhos desfolhados, mas um sibilo e um ciciar. Um cheiro acre, levado pelo vento.

Demônios.

Matthew deu um passo para trás, colocando-se diante dela. Um ruído de uma arma sendo sacada, um feixe de luar sobre metal. Parecia que a bengala de Matthew ocultava de maneira engenhosa uma lâmina na madeira oca. Ele chutou a bengala vazia de lado no momento em que as criaturas emergiram das sombras, deslizando e rastejando pela calçada.

— Demônios Naga — sussurrou Cordelia. Eles eram longos e baixos, os corpos feito chicotes cobertos com escamas pretas oleosas, como imensas cobras d'água. Mas quando abriram a boca para sibilar, ela conseguiu ver que as cabeças deles eram mais como a boca de um crocodilo: longas e triangulares e cheias de dentes pontiagudos que brilhavam amarelados à luz da rua.

Uma maré cinza passou disparada por ela, passos ligeiros de pés minúsculos e acelerados. Os ratos que ela vira mais cedo, fugindo conforme os demônios Naga avançavam contra os Caçadores de Sombras.

Matthew tirou o sobretudo, deixando-o cair na calçada, e avançou. Cordelia ficou parada, congelada, observando conforme ele cortava a cabeça de um demônio, então de outro, as mãos dela fechadas em punhos. Ela *odiava* aquilo. Ficar para trás enquanto uma luta acontecia ia de encontro a toda sua natureza. Mas se pegasse em um arma, ela estaria vulnerável a Lilith — vulnerável para Lilith exercer sua vontade através de Cordelia.

Matthew mergulhou sua lâmina e errou. Um demônio Naga avançou, fechando sua mandíbula de dentes afiados no tornozelo dele. Matthew gritou:

— Minhas *polainas*! — Então golpeou para baixo. Icor jorrou para o alto e acima dele. Matthew se virou, a lâmina girando. Um demônio caiu na calçada com um ruído aquoso, sangrando, a cauda açoitando a esmo. Com um grito de dor, Matthew cambaleou para trás, a bochecha sangrando de um longo corte.

Tudo a respeito daquilo estava errado. Cordelia deveria estar ali, ao lado de Matthew, com Cortana na mão, rabiscando sua assinatura preto e dourada no céu. Sem conseguir se impedir, ela tirou a capa, agarrou a bengala que Matthew havia descartado e avançou em direção à luta.

Cordelia ouviu Matthew gritar seu nome, mesmo conforme ele recuava. Devia restar dez demônios Naga. Ele não poderia matar todos, pensou Cordelia, mesmo enquanto Matthew gritava para que ela recuasse, para que se protegesse. *De Lilith*, pensou, mas de que adiantava se proteger se ela deixasse algo acontecer a Matthew?

Ela bateu a bengala de madeira com força na cabeça do demônio Naga, ouviu o crânio dele se estilhaçar e ele desabar quando seu corpo sumiu, sugado de volta para sua dimensão de origem. Matthew, desistindo de impedi-la, traçou um arco largo com sua lâmina, cortando um demônio Naga perfeitamente em dois. Cordelia atacou com a bengala, fazendo um buraco no corpo de outro. Ele também sumiu, uma maré de icor se derramando no chão. Cordelia atacou de novo, e hesitou. Os demônios Naga tinham começado a recuar para longe dos dois Caçadores de Sombras.

— Nós conseguimos — disse Matthew ofegante, levando a mão à bochecha ensanguentada. — Nós nos livramos daqueles desgraçados...

Ele congelou. Não por surpresa ou cautela. Simplesmente congelou, a lâmina na mão, como se tivesse sido transformado em pedra. Cordelia olhou para cima, o coração batendo descontrolado, conforme os demônios Naga abaixavam a cabeça aos seus pés, os queixos raspando o chão.

— *Mãe* — sibilaram. — *Mãe*.

O coração de Cordelia se revirou no peito. Caminhando na direção dela pelo *quai*, usando um vestido de seda preta, estava Lilith.

O cabelo dela estava solto, soprado pelo vento e ondulando como uma bandeira. Seus olhos eram imensos e totalmente pretos, sem a parte branca visível. Estava sorrindo. Sua pele era muito branca, o pescoço se elevava como uma coluna de marfim a partir do decote do vestido. Certa vez Lilith fora bela o bastante para seduzir anjos e demônios. Parecia jovem como sempre, embora Cordelia não pudesse deixar de se perguntar se Lilith havia mudado ao longo das eras, com amargura e perda. Sua boca era uma linha rígida, mesmo enquanto olhava para Cordelia com um prazer mortal.

— Sabia que você não conseguiria resistir, pequena guerreira — disse ela. — A necessidade de lutar está em seu sangue.

Cordelia atirou a bengala que segurava. O objeto quicou na calçada, parando aos pés de Lilith. A madeira estava manchada com icor.

— Eu estava protegendo meu amigo.

— O belo menino Fairchild. Sim. — Lilith voltou um olhar para ele, então estalou os dedos. Os demônios Naga saíram rastejando de volta para as sombras. Cordelia não tinha certeza se estava aliviada. Ela sentia muito mais medo de Lilith do que dos demônios sob seu comando. — Você tem muitos *amigos*. Isso facilita manipular você. — Ela inclinou a cabeça para o lado. — Mas ver você, minha paladino, lutando com esse... esse pedaço de madeira. — Ela chutou a bengala com desprezo. — Onde está Cortana?

Cordelia sorriu.

— Eu não sei.

E não sabia mesmo. Dera Cortana a Alastair e pedira a ele que a escondesse. Tinha certeza de que o irmão o fizera. Estava feliz por não saber mais.

— Eu me certifiquei de que não saberia — acrescentou — para não poder contar a você. Não importa o que faça comigo.

— Quanta coragem — comentou Lilith, com algum interesse. — Foi por isso, afinal de contas, que escolhi você. Esse coraçãozinho corajoso que bate em seu peito. — Ela deu um passo adiante. Cordelia se manteve firme no lugar. Qualquer medo que sentia era por Matthew. Será que Lilith faria mal a ele apenas para exibir seu poder a Cordelia?

Corrente de Espinhos

Ela prometeu a si mesma que se Lilith o fizesse, ela, Cordelia, dedicaria sua vida a encontrar um jeito de ferir Lilith de volta.

Lilith olhou de Matthew para Cordelia, e seu sorriso se abriu.

— Não vou fazer mal a ele — disse. — Ainda não. Ele sozinho já se faz mal o bastante, não acha? Você é leal, fiel a seus amigos, mas às vezes acho que é inteligente demais.

— Não há nada de inteligente — falou Cordelia — em fazer o que *você* quer. Você quer a espada para poder matar Belial...

— O que você também deseja — ressaltou Lilith. — Você vai ficar feliz em saber que aqueles dois ferimentos que causou a ele ainda o fazem sofrer. Ele está em uma eterna agonia.

— Nós podemos desejar a mesma coisa — admitiu Cordelia. — Mas isso não torna *inteligente* dar a você o que quer... Um paladino, uma arma poderosa. Você não é *melhor* do que Belial. Você apenas também o odeia. E se eu aceitasse você, se me tornasse seu verdadeiro paladino, esse seria meu fim. O fim da minha vida ou de qualquer parte dela que valha a pena ser vivida.

— E, do contrário, uma vida longa e feliz a espera? — Os cabelos de Lilith farfalharam. Talvez fossem as serpentes de que ela gostava tanto, rastejando pela massa escura que eram suas mechas. — Acha que o perigo já passou? O maior perigo está adiante. Belial não interrompeu seus planos. Eu também ouvi os sussurros: *"Eles despertam."*

Cordelia teve um sobressalto.

— O que...? — começou, mas Lilith apenas riu, desaparecendo em seguida. O *quai* estava vazio de novo, apenas as manchas de icor e os casacos e as armas dela e de Matthew caídos no chão indicavam que alguma coisa havia acontecido.

Matthew. Cordelia se virou, então o viu de joelhos. Disparou até ele, mas Matthew já se levantava, seu rosto pálido, o corte em sua bochecha se destacando nítido e vermelho.

— Eu escutei — disse ele. — Não conseguia me mexer, mas conseguia ver... Eu ouvi tudo. *"Eles despertam."* — Matthew a encarou. — Você está bem? Cordelia...

— Desculpe. — Ela arrancou as luvas e pegou a estela. Já começava a tremer devido à adrenalina e ao frio. — Me deixe... Você precisa de *iratzes*.

— 120 —

CASSANDRA CLARE

— Ela afastou o punho da camisa dele e começou a traçar a Marca de cura com a ponta da estela. — Sinto muito por você estar ferido. Eu sin...

— Pare de se desculpar — interrompeu Matthew, com a voz baixa. — Ou vou começar a gritar. *Isso não é culpa sua.*

— Eu me deixei ser enganada — murmurou Cordelia. O interior do antebraço de Matthew estava pálido, com veias azuis e marcado com desenhos brancos semelhantes à renda onde antigas Marcas haviam desbotado. — Eu queria acreditar que Wayland, o Ferreiro tinha me escolhido. Eu fui uma tola...

— Cordelia. — Ele a segurou com tal força que sua estela caiu no chão. O corte na bochecha dele já estava cicatrizando, seus ferimentos, sumindo. — Fui eu quem acreditou quando uma fada me disse que o que eu estava comprando era uma inofensiva poção da verdade. Fui eu quem quase assassinou a própria... — Ele respirou fundo, como se doesse dizer as palavras. — Você acha que eu não entendo como é ter tomado uma decisão errada acreditando que estava tomando a certa? Acha que alguma outra pessoa conseguiria imaginar como é isso melhor do que eu?

— Eu deveria arrancar minhas mãos para jamais poder empunhar uma arma de novo — sussurrou ela. — O que foi que eu fiz?

— Não. — A mágoa na voz dele a fez erguer o olhar. — Não fale sobre se ferir. O que fere você, fere a mim. Eu te amo, Daisy, eu...

Matthew se interrompeu abruptamente. Cordelia sentiu como se estivesse flutuando em um sonho. Sabia que tinha soltado a capa, que o ar frio penetrava o tecido de seu vestido. Sabia que estava em um tipo de choque, que apesar de tudo o que sabia, ela não tinha esperado que Lilith realmente aparecesse. Sabia que o desespero estava presente, estendendo seus longos e sombrios dedos para ela como uma sereia, ansioso para puxá-la para baixo, para afogá-la em tristeza, no sussurro de vozes que diziam: *Você perdeu James. Sua família. Seu nome. Sua* parabatai. *O mundo vai dar as costas a você, Cordelia.*

— Cordelia — falou Matthew. — Me desculpe.

Ela espalmou as mãos no peito dele. Respirou fundo. Então disse:

— Matthew. Me abrace.

Sem uma palavra, ele a puxou para perto. O futuro era frio e sombrio, mas Matthew estava quente contra ela, um escudo contra as sombras. Ele tinha cheiro de ar noturno e de suor e colônia e sangue. *Você é tudo que eu tenho. Mantenha a escuridão afastada. Mantenha as memórias afastadas. Me abrace.*

— Matthew — começou ela. — Por que você não tentou me beijar desde que viemos a Paris?

As mãos dele, que estavam acariciando as costas de Cordelia, pararam. Matthew falou:

— Você me disse que me considerava apenas um amigo. Você ainda é uma mulher casada, na verdade. Posso ser um bêbado e um traste, mas tenho meus limites.

— Acredito que já somos um escândalo deplorável em Londres.

— Não me importo com escândalo — afirmou Matthew —, como deve ficar evidente em cada coisa que faço. Mas tenho meus limites para... mim mesmo. — A voz dele falhou. — Você acha que não quis beijar você? Eu quis beijar você a cada momento de cada dia. Eu me controlei. Sempre vou me controlar, a não ser... — Havia voracidade na voz dele. Um desespero. — A não ser que me diga que não preciso mais.

Ela deixou seus dedos agarrarem o tecido da camisa de Matthew. Puxando-o para mais perto, falou:

— Eu gostaria que você me beijasse.

— Daisy, não brinque...

Cordelia ficou na ponta dos pés. Roçou os lábios nos dele. Por um momento, a memória lampejou na escuridão de sua mente: a Sala dos Sussurros, a lareira, James a beijando — o primeiro beijo de sua vida —, acendendo uma chama inimaginável. *Não*, Cordelia censurou a si mesma. *Esqueça. Esqueça.*

— Por favor — pediu ela.

— Daisy — sussurrou Matthew, em uma voz estrangulada, antes que o controle parecesse abandoná-lo. Com um gemido, ele a puxou para si, abaixando a cabeça para cobrir a boca de Cordelia com a dele.

—

Quando o Irmão Zachariah veio informar que ela tinha uma visita, Grace sentiu o coração disparar. Não conseguia pensar em ninguém que pudesse visitá-la e que trouxesse boas notícias. Não poderia ser Jesse. Se fosse de conhecimento público que Lucie o tinha ressuscitado... Se ele estivesse em Londres, certamente Zachariah teria dito a ela, não? E se fosse Lucie... Bem, àquela altura James já teria contado à irmã a verdade sobre a pulseira. Lucie não teria motivo para vê-la a não ser para repreendê-la e culpá-la. Ninguém teria.

Por outro lado... Grace perdera a noção de há quantos dias estava na Cidade dos Ossos. Achou que seria por volta de uma semana, mas a falta de luz do sol e a irregularidade das exigências dos Irmãos pelo tempo dela tornavam difícil saber. Grace dormia quando se cansava, e quando estava com fome, alguém levava algo para ela comer. Era uma prisão confortável, mas uma prisão, ainda assim. Uma prisão onde nenhuma voz humana rompia o silêncio. Às vezes Grace queria gritar apenas para ouvir *alguém*.

Quando viu a sombra descendo pelo corredor em direção à sua cela, ela se sentiu resignada. Provavelmente seria um encontro desagradável — mas seria um alívio daquele tédio terrível. Ela se sentou na cama estreita, alisando o cabelo. Preparando-se para...

— *Christopher?*

— Oi, Grace — cumprimentou Christopher Lightwood. Ele usava seu habitual traje manchado de tinta e ácido, e seu cabelo castanho-claro estava bagunçado pelo vento. — Soube que estava aqui e pensei em ver como tem passado.

Grace engoliu em seco. Ele não *sabia?* Será que James não contara a Christopher o que ela fizera? Mas ele a encarava com sua costumeira e leve curiosidade. Não havia raiva em seu rosto.

— Há quanto tempo — disse Grace, quase como um sussurro — eu estou aqui?

Christopher, para a surpresa dela, corou.

— Uma semana, mais ou menos — respondeu. — Teria vindo antes, mas Jem falou que eu deveria lhe dar tempo para se ajustar.

Christopher estava de pé diante da porta com barras. Grace percebeu, chocada, que ele achava que ela o estava *acusando* de algum tipo de negligência por não ter vindo antes.

— Ah — suspirou. — Não, eu não quis dizer... Fico feliz por você estar aqui, Christopher.

Ele sorriu, aquele sorriso carinhoso que iluminava seus olhos de cores incomuns. Christopher não era exatamente bonito, e Grace sabia bem que havia muita gente, a mãe dela inclusive, que não o teria achado atraente. Mas Grace conhecera incontáveis homens bonitos e sabia que beleza exterior não garantia bondade, ou inteligência, ou qualquer tipo de bom coração.

— Eu também — concordou ele. — Queria ver como você estava. Achei incrivelmente corajoso da sua parte se entregar aos Irmãos do Silêncio e deixar que eles estudassem você. Para ver se sua mãe... tinha feito alguma coisa terrível com você.

Ele realmente não sabe. E Grace soube, naquele momento, que não contaria a ele. Ainda não. Sabia que era desonesto, que ia de encontro à sua promessa a si mesma de ser mais verdadeira. Mas Zachariah não tinha dito que estavam planejando manter seu poder em segredo? Ela não estava fazendo o que os Irmãos do Silêncio desejavam?

Christopher trocou o peso do corpo.

— Tudo bem — prosseguiu ele. — Eu *vim* porque queria ver se você estava bem. Mas não *apenas* por causa disso.

— Ah?

— Sim — continuou ele. Subitamente, Christopher enfiou a mão no bolso da calça e tirou um maço de páginas, cuidadosamente dobradas em quatro. — Então, eu venho trabalhando nesse novo projeto, um tipo de amálgama de ciência e magia de Caçadores de Sombras. A intenção é mandar mensagens à distância, sabe. Consegui progredir, mas agora houve alguns retrocessos e estou num impasse, e... Ah, nossa, minhas metáforas estão ficando todas misturadas.

A ansiedade de Grace tinha rapidamente se dissipado assim que ela viu as páginas, cobertas com os garranchos ilegíveis de Christopher. Agora ela percebeu que estava até mesmo sorrindo um pouco.

— E você tem uma mente científica — continuou Christopher —, e tão poucos Caçadores de Sombras *têm*, sabe. E Henry anda ocupado demais para ajudar, e acho que meus outros amigos estão cansados das coisas deles pegando fogo. Então estava me perguntando se você poderia ler isso e me dar a honra de sua opinião sobre onde posso estar errando.

Grace sentiu que sorria ainda mais. Provavelmente a primeira vez que realmente sorria desde... Bem, desde a última vez que vira Christopher.

— Christopher Lightwood — afirmou ela —, não tem absolutamente nada que eu gostaria mais.

—

Quando eles se tocaram, tudo sumiu para Cordelia — preocupações, medos, frustrações, desespero. A boca de Matthew era quente contra a dela, e ele cambaleou para trás contra um poste. Matthew a beijou fervorosamente, de novo e de novo, entrelaçando os dedos no cabelo de Cordelia. Cada beijo era mais ardente, mais intenso do que o anterior. Ele tinha um gosto doce e açucarado, como bala.

Cordelia deixou suas mãos percorrerem Matthew, o corpo esguio, os braços que ela admirara antes, o peito por cima da camisa, a pele de Matthew ardendo com fervor ao seu toque. Ela mergulhou os dedos no cabelo espesso dele, mais grosso do que o de James, e segurou o rosto de Matthew entre as mãos.

Ele descartara as luvas e a tocava também, as mãos contra o veludo grosso do vestido dela. Cordelia gemeu baixinho e sentiu o corpo inteiro dele estremecer. Matthew enterrou o rosto na lateral do pescoço dela. A pulsação dele estava acelerada como fogo selvagem.

— Nós precisamos voltar para o hotel, Daisy — sussurrou ele, beijando o pescoço de Cordelia. — Precisamos voltar, meu Deus, antes que eu desgrace a mim mesmo e a você diante de toda Paris.

Cordelia mal se lembrou da caminhada. Eles pegaram os casacos, deixaram a arma de Matthew e voltaram em um tipo de transe. Pararam várias vezes para se beijar sob a sombra das portas. Matthew a segurou com tanta força que chegou a doer, as mãos dele no cabelo de Cordelia enrolando mechas nos dedos.

Era como um sonho, pensou Cordelia, conforme passavam pelo funcionário na recepção do hotel. Ele pareceu tentar gesticular para os dois, mas Matthew e Cordelia entraram em um dos elevadores dourados e com cristais, e permitiram que os carregasse para cima. Cordelia não conseguiu

conter uma risada quase histérica quando Matthew pressionou as costas dela contra a parede espelhada, beijando seu pescoço. Com os dedos no cabelo dele, Cordelia se olhou no espelho oposto. Estava corada, quase embriagada, a manga do vestido vermelho rasgada. Na luta, talvez, ou por Matthew. Ela não tinha certeza.

A suíte estava escura quando eles chegaram. Matthew fechou a porta com um chute, arrancando o casaco com mãos trêmulas. Ele também estava corado, seu cabelo como ouro embaraçado pelos dedos de Cordelia. Ela o puxou para si. Os dois ainda estavam na entrada, mas a porta estava trancada. Estavam sozinhos. Os olhos de Matthew eram do mais escuro verde, quase pretos, quando ele tirou a capa dos ombros. Ela caiu farfalhando em uma pilha macia aos pés de Cordelia.

As mãos de Matthew eram habilidosas. Dedos longos se fecharam na nuca de Cordelia, e ela ergueu o rosto para ser beijada. *Que ele não ache que James nunca me beijou*, pensou ela, e o beijou de volta, desejando que os pensamentos em James saíssem de sua mente. Cordelia passou os braços em volta do pescoço de Matthew. O corpo dele era magro e rígido contra o dela, e sua boca, macia. Ela passou a língua pelo lábio inferior de Matthew, sentindo-o tremer. A mão livre dele desceu pela manga do vestido, expondo o ombro. Ele beijou a pele descoberta, e Cordelia se ouviu arquejar.

Quem era essa, pensou ela, essa moça ousada beijando um rapaz em um hotel parisiense? Não podia ser ela, Cordelia. Devia ser outra pessoa, alguém despreocupado, alguém corajoso, alguém cujas paixões não eram direcionadas a um marido que não a amava de volta. Alguém que era *desejado*, desejado de verdade — ela sentia isso na forma como Matthew a segurava, na forma como ele dizia o nome dela, na forma como tremia quando a puxava para perto, como se não pudesse acreditar na própria sorte.

— Matthew — sussurrou. Suas mãos estavam sob o casaco de Matthew, e Cordelia conseguia sentir o calor dele pelo algodão fino da camisa, sentir o tremor em seu corpo quando ela tocava em sua barriga. — Nós não podemos... Não aqui... Seu quarto...

— Está uma bagunça. Vamos para o seu — disse ele, e a beijou com vontade, erguendo-a nos braços. Matthew a carregou pelas portas francesas até a sala de estar, a única luz era um filete de iluminação pela janela. Uma

Corrente de Espinhos

mistura de luz da lua e da rua, tornando as sombras um cinza escuro. Matthew tropeçou contra uma mesa baixa, soltou um palavrão e então colocou Cordelia momentaneamente no chão.

— Doeu? — sussurrou ela, segurando firme a frente da camisa dele.

— *Nada* dói — assegurou Matthew, puxando-a para perto para um beijo tão voraz, tão ardente de desejo, que Cordelia o sentiu até os dedos dos pés.

Era um alívio tão grande *sentir*, se perder em uma sensação, deixar o peso da memória cair de seus ombros. Ela esticou a mão para tocar o rosto dele, uma sombra na escuridão, no momento em que as luzes se acenderam.

Cordelia piscou por um momento, seus olhos se ajustando à nova iluminação. Alguém tinha acendido a luminária Tiffany no canto de leitura. Alguém que estava sentado na poltrona de veludo felpudo sob a luminária, alguém usando um traje de viagem preto, o rosto pálido como um borrão branco entre a camisa e o cabelo preto como azeviche. Alguém com olhos da cor da luz de uma lâmpada e fogo.

James.

7
FRUTA AMARGA

É loucura adorar aquilo que carrega apenas o fruto amargo?
Eu o arrancarei de meu seio, ainda que meu coração esteja no meio.

— Alfred, Lord Tennyson, "Locksley Hall"

Thomas jamais liderara uma missão secreta antes. Normalmente, era James quem planejava as missões secretas, pelo menos as importantes — Matthew costumava planejar as missões secretas que eram completamente frívolas. Era uma experiência conflitante, decidiu, conforme ele e Alastair desciam os degraus da escada externa do Instituto. Por um lado, ele se sentia culpado por ter enganado a gentil tia Tessa sobre o motivo da visita deles. Por outro, era satisfatório ter um segredo, principalmente um segredo compartilhado com Alastair.

Principalmente, pensou Thomas, um segredo que não era carregado de emoção, de desejo e ciúme e intrigas familiares. Alastair parecia sentir o mesmo. Embora não estivesse exatamente animado, ele estava quieto, sem seu habitual mau humor. Aquele mau humor, Thomas pensara, era como um reflexo para Alastair, como se fosse necessário pontuar qualquer coisa boa com uma irritação para manter o equilíbrio.

Alastair parou na base da escada do Instituto e enfiou as mãos nos bolsos.

— É um bom esconderijo, Lightwood — elogiou, sem o tom rabugento que normalmente usava para esconder seu bom humor. — Jamais teria pensado nisso.

Os dois estavam agasalhados para se proteger do frio, Thomas usando um sobretudo de *tweed* que lhe fora dado anos antes por Barbara, e Alastair usando um paletó azul-escuro justo que delineava o contorno de seus ombros. Enrolada em seu pescoço havia uma echarpe verde-escura. Devido ao inverno e ao fugaz sol inglês, a pele de Alastair estava alguns tons mais clara do que o normal, o que fazia os cílios dele parecerem ainda mais escuros. Eles emolduravam seus olhos pretos como as pétalas de uma flor.

Pétalas de uma flor? CALE A BOCA, THOMAS.

Thomas virou o rosto.

— Então, o que acontece se demônios vierem procurar a espada agora? Você diz que não está com ela e eles vão embora?

Alastair riu.

— Acho que podem sentir onde ela está, sentir sua presença de alguma forma. Se eles continuarem aparecendo lá em casa e não a sentirem, vão parar. Pelo menos é o que eu acho. O que é bom — acrescentou ele —, porque a última coisa de que minha mãe precisa agora são demônios saltitando pelos canteiros de ervas dela.

Thomas também conseguia ouvir o tom da preocupação genuína na voz de Alastair por baixo do desdém. Sona Carstairs estava grávida, prestes a dar à luz. Estava sendo uma gravidez difícil, e a morte do pai de Alastair apenas algumas semanas atrás não ajudara.

— Se eu puder fazer mais alguma coisa para ajudar — dispôs-se Thomas —, por favor, me avise. Gosto de ser útil. — *E no momento não há ninguém a quem ser útil, exceto Christopher, que me considera mais uma de suas ferramentas de laboratório.*

Alastair franziu a testa para Thomas.

— Esse casaco está enorme em você — observou ele. — Seu pescoço deve estar congelando.

Para surpresa de Thomas, Alastair tirou a própria echarpe e a passou pelo pescoço de Thomas.

CASSANDRA CLARE

— Aqui — ofereceu. — Pegue isso emprestado. Pode me devolver da próxima vez que nos virmos.

Thomas não conseguiu evitar um sorriso. Ele sabia que aquela era a forma de Alastair agradecer. A echarpe tinha o cheiro de Alastair, de sabonete caro, refinado. Alastair, que ainda segurava as pontas da echarpe e olhava diretamente nos olhos de Thomas, a expressão resoluta.

Um vento leve soprou neve em volta deles. Alguns flocos ficaram presos no cabelo de Alastair e nos cílios. Os olhos dele eram tão pretos que as pupilas quase se perdiam na escuridão suave das íris. Ele sorriu um pouco, um sorriso que fazia o desejo latejar no sangue de Thomas como uma pulsação. Thomas queria puxar Alastair contra si, bem ali na frente do Instituto, e enroscar as mãos nos cabelos escuros dele. Queria beijar a boca repuxada para cima de Alastair, queria explorar o formato dela com a sua, aquelas pequenas curvas nos cantos dos lábios de Alastair, como vírgulas invertidas.

Mas havia Charles. Thomas ainda não fazia ideia do que estava acontecendo entre Alastair e Charles. Alastair não tinha visitado Charles ontem mesmo? Ele hesitou, e Alastair, sensível como sempre ao mais leve indício de rejeição, abaixou a mão, mordendo o lábio inferior.

— Alastair — falou Thomas, sentindo-se quente e frio e vagamente doente de uma só vez —, preciso saber, se...

Um ruído estalado partiu o ar. Thomas e Alastair saltaram para longe um do outro, pegando as armas, no momento em que um Portal começou a se abrir no centro do pátio — um Portal imenso, muito maior do que o normal. Thomas olhou na direção de Alastair e reparou que ele havia se colocado em posição de luta, uma lâmina curta estendida à sua frente. Thomas sabia que ambos estavam pensando a mesma coisa: da última vez que algo surgiu subitamente no pátio do Instituto, tinha sido um Príncipe do Inferno com tentáculos.

Mas não houve nenhuma descarga repentina de água do mar, nenhum uivo de demônios. Em vez disso, Thomas ouviu o estampido de cascos de cavalos e um grito de aviso, e então a carruagem do Instituto surgiu estrondosa pelo Portal, mal permanecendo sobre as quatro rodas conforme avançava. Balios e Xanthos pareciam muito satisfeitos consigo mesmos conforme a carruagem girava no ar e aterrissava, com um baque estridente, ao pé da

— 131 —

Corrente de Espinhos

escada. Magnus Bane estava no banco do condutor, usando um dramático cachecol branco estilo ópera e segurando as rédeas com a mão direita. Parecia ainda mais satisfeito consigo mesmo do que os cavalos.

— Sempre me perguntei se seria possível conduzir uma carruagem através de um Portal — disse ele, saltando para fora de seu assento. — Pelo visto, é. Maravilha.

As portas da carruagem se abriram, e de forma bastante instável, Will, Lucie e um rapaz que Thomas não conhecia desembarcaram. Lucie acenou para Thomas antes de encostar na lateral da carruagem — ela estava com um tom levemente esverdeado.

Will contornou a carruagem para soltar a bagagem enquanto o rapaz desconhecido, alto e magro, com os cabelos pretos lisos e um rosto bonito, colocou a mão no ombro de Lucie. O que era surpreendente — era um gesto íntimo, um que seria considerado inapropriado a não ser que as pessoas em questão fossem amigas próximas ou parentes, ou se estivessem comprometidas. Parecia, no entanto, improvável que Lucie pudesse estar comprometida com alguém que Thomas jamais vira antes. Ele até se irritou com a ideia, como um irmão mais velho faria. James não parecia estar ali, então alguém precisava se irritar por ele.

— Eu disse que funcionaria! — exclamou Will na direção de Magnus. O feiticeiro estava ocupado levitando as malas soltas até o alto dos degraus, faíscas azuis disparando como vaga-lumes das pontas de seus dedos enluvados. — Deveríamos ter feito isso quando estávamos indo!

— Você *não* disse que funcionaria — corrigiu Magnus. — Você disse, pelo que me lembro: "Pelo Anjo, ele vai matar todos nós."

— Jamais — replicou Will. — Minha fé em você é inabalável, Magnus. O que é bom — acrescentou, balançando-se levemente para a frente e para trás — porque o resto de mim se sente bastante abalado, de fato. — Ele se virou para Thomas, parecendo ter absoluta certeza de que o encontraria vagando pelas escadas do Instituto. — Oi, Thomas! Que bom ver você aqui. Alguém deveria subir para avisar a Tess que chegamos.

Thomas piscou. Will não tinha cumprimentado Alastair, o que Thomas achou bastante grosseiro, até que olhou em volta e percebeu que Alastair não

— 132 —

CASSANDRA CLARE

estava mais ali. Ele havia escapulido em algum momento entre a chegada da carruagem e agora.

— Eu vou — respondeu Thomas —, mas... onde está James?

Will trocou um olhar com Magnus. Por um momento, Thomas sentiu um espasmo de puro horror. Ele não achava, depois de Barbara, depois de tudo que tinha acontecido, que conseguiria aguentar se James...

— Ele está bem — afirmou Lucie, rapidamente, como se interpretando o olhar de Thomas.

— Ele foi até Paris — informou o rapaz desconhecido. Ele também olhava para Thomas com simpatia, o que Thomas achou um pouco exagerado. Ele nem mesmo sabia quem *era* aquele estranho, muito menos desejava sua preocupação.

— Quem é você? — indagou ele, seco.

Houve um momento de hesitação, compartilhado por Magnus, Will, Lucie e o estranho, uma hesitação que pareceu excluir Thomas. Ele sentiu seu estômago se revirar no momento em que Will falou:

— Thomas. Vejo que devemos uma explicação a você. Acho que devemos uma explicação a todos aqueles próximos a nós. Vamos entrar. Está na hora de fazermos uma reunião.

Cordelia congelou. Por um momento pensou que ainda estivesse no sonho, que James fosse uma visão, um horror que sua mente estava conjurando. Mas não... Ele estava ali. Estava impossivelmente ali, na suíte deles, seu rosto inexpressivo além do inferno que queimava em seus olhos dourados. E Matthew também o vira.

Matthew soltou Cordelia. Eles se afastaram um do outro, mas Matthew não se apressou. Não ia fingir que outra coisa estava acontecendo. E, de fato, de que adiantaria? Era humilhante. Cordelia se sentiu tola, exposta, mas certamente James não se *importava*, não é?

Ela estendeu a mão e pegou a de Matthew, entrelaçando seus dedos nos dele. Ele estava gelado, mas falou, com bastante cordialidade:

— James. Não achei que encontraria você aqui.

Corrente de Espinhos

— Não — respondeu James. Sua voz era monótona, seu rosto, inexpressivo, mas ele estava branco como giz. Sua pele parecia ter sido esticada demais sobre os ossos. — Obviamente que não. Eu não achei... — Ele balançou a cabeça. — Que interromperia alguma coisa.

— Recebeu minha carta? — perguntou Matthew. Cordelia olhou para ele com rispidez. Era a primeira vez que ouvia falar de uma carta para James. — Eu expliquei...

— Recebi, sim. — James falou lentamente. Seu casaco tinha sido jogado na cadeira atrás dele. Estava de camisa e calça, um dos lados do suspensório caindo pelo ombro. Parte de Cordelia desejava dar um passo adiante e arrumar para ele, afastar o cabelo embaraçado de sua testa. Ele estava segurando alguma coisa, uma garrafa verde, a qual girava nas mãos.

— Aconteceu alguma coisa? — perguntou Cordelia. Ela pensou subitamente, com uma pontada de medo, em sua mãe. No bebê prestes a nascer. Mas sem dúvida ela teria ouvido de Alastair se alguma coisa tivesse acontecido, não é? Alastair sabia onde ela estava hospedada. — Para você viajar até Paris...

— Eu teria vindo antes — interrompeu James, a voz baixa. — Teria vindo na noite em que você partiu, não fosse por Lucie.

— Lucie? — A boca de Cordelia secou. — O que poderia... Ela está bem? James se empertigou para a frente.

— Ela partiu de Londres na mesma noite que vocês — informou ele com cautela — por causa de Jesse Blackthorn. Meu pai me levou para ajudar a trazê-la para casa. Ela está bem — acrescentou, estendendo a mão — e ansiosa para ver vocês dois. Como eu estava.

— Fugiu por causa de Jesse Blackthorn? — perguntou Cordelia. — Por causa da morte dele? Para onde ela foi?

James negou com a cabeça.

— Não posso dizer. É a história de Lucie para contar.

— Mas não estou entendendo — admitiu Matthew, a testa se franzindo. — Você disse que teria vindo até aqui na noite em que partimos, não fosse por Lucie... Mas nós presumimos...

— Que você estaria com Grace. — Doía dizer as palavras, e Cordelia respirou, apesar da estaca invisível em seu coração.

— 134 —

James sorriu. Cordelia jamais o vira sorrir daquele jeito antes: um sorriso que era todo amargura, cheio de desprezo interior.

— *Grace* — repetiu ele. — Não tenho interesse em passar sequer um minuto com ela. Eu a desprezo. Se dependesse de mim eu jamais a veria de novo. Cordelia, Effie me contou o que você viu...

— Sim — disse Cordelia. Ela sentiu como se estivesse fora do próprio corpo, olhando para baixo. Matthew, ao lado dela, estava com a respiração entrecortada. — Você não parecia odiá-la na ocasião, James. Você a abraçou. Você disse...

— Eu sei o que eu disse.

— Isso foi na noite em que eu parti — gritou Cordelia —, *na mesma noite*. Você não pode dizer que teria me seguido até aqui.

A voz de James soou rouca, tão desolada quanto o mundo de Belial:

— Eu vim assim que pude. Atrás de vocês dois. Achei que se pudesse explicar...

— James — interrompeu Matthew. A voz dele vacilou. — Você não a *queria*.

— Eu fui um tolo — admitiu James. — Admito isso. Estava errado a respeito dos meus sentimentos. Estava errado a respeito do meu casamento. Não achava que era real. *Era* real. A coisa mais real na minha vida. — Ele olhou diretamente para Cordelia. — Eu quero consertar as coisas. Reconstruí-las. Eu quero...

— Não importa o que *eu* quero? — Cordelia segurou a mão de Matthew com mais força. — Não importam todas as vezes que fomos a festas e reuniões, e você fitou Grace em vez de olhar para mim? Que você a beijou enquanto nós éramos casados? Se eu magoei você por vir aqui com Matthew, peço desculpas. Mas não achei que você se importaria.

— Que eu não me importaria — repetiu James, e abaixou o rosto para a garrafa em sua mão. — Eu fiquei aqui durante horas, sabe, antes de vocês entrarem. Achei que pudesse tentar me embebedar com essa coisa, achei que manteria minha coragem elevada, mas parece um veneno. Só consegui tomar um gole. Como você aguenta isso, Math, eu não faço ideia.

Ele apoiou a garrafa meio vazia na mesa ao lado, e Cordelia, pela primeira vez, viu o rótulo verde: ABSINTHE BLANQUI.

Corrente de Espinhos

A mão de Matthew na de Cordelia parecia gelo.

— Isso não é de Matthew — disse ela.

James pareceu surpreso.

— Estava no quarto dele...

Não, pensou Cordelia, mas James só pareceu confuso.

— Você entrou no meu quarto? — indagou Matthew, e qualquer pensamento que Cordelia pudesse ter tido sobre aquilo ter sido um engano, sobre a garrafa não ser dele, sumiu com suas palavras.

— Eu estava procurando por você — explicou James. — Vi isso, e o brandy de cereja... Acho que não devia ter tomado, mas parece que não sou muito bom em usar bebida para ter coragem. Eu... — Ele olhou de Matthew, branco como papel, para Cordelia. — O que foi?

Cordelia pensou no gosto de Matthew quando o beijou. Doce, como bala. *Brandy de cereja*. Ela soltou a mão de Matthew, levando a própria mão para a frente do corpo. Entrelaçou os dedos trêmulos. Era uma tola. Uma tola que não tinha aprendido nada com a vida e a morte do próprio pai.

Cordelia poderia censurar Matthew agora, supôs. Gritar com ele na frente de James por ter mentido para ela. Mas ele parecia tão chocado e frágil, seus olhos fixos em algum ponto distante, um músculo no maxilar se contraindo.

— Eu não deveria ter vindo — anunciou James. Ele olhava para os dois, para Matthew e Cordelia, raiva e amor e esperança e desespero, tudo visível em seus olhos, e Cordelia desejou poder confortá-lo, e odiou ter desejado isso. — Cordelia, me diga o que você quer. Se for Matthew, eu vou embora, eu me retiro da sua vida. Jamais tive a intenção de magoar nenhum de vocês...

— Você *sabia* — sussurrou Matthew. — Eu contei a você na carta que amava Cordelia. E mesmo assim você veio até aqui como esse anjo sombrio, Jamie, contar a Cordelia que você a *quer*...

— Você disse como se sentia — interpelou James, pálido como um cadáver. — Só preciso ouvir de Cordelia também.

— Pelo Anjo! — exclamou Matthew, jogando a cabeça para trás. — Não há e jamais haverá uma saída, não é? Nunca nada melhor...

— *Parem*. — Cordelia se sentiu subitamente exausta. Era o tipo de exaustão que às vezes a invadia depois de uma batalha, uma onda de sombras avançando sobre ela, como se tivesse caído bem fundo no mar e flutuasse ali, incapaz de subir até a superfície. — Não serei motivo de briga entre vocês. Não quero isso. Qualquer que seja a discussão entre vocês, se resolvam. Vou fazer minhas malas e amanhã retornarei a Londres. Lamento por você ter feito a viagem em vão, James. E, Matthew, lamento ter vindo a Paris com você. Foi um erro. Boa noite.

Ela saiu da sala de estar. Tinha acabado de entrar no quarto quando ouviu Matthew dizer, parecendo mais derrotado do que jamais o ouvira:

— Maldito seja, James.

Um momento depois, a porta da suíte bateu. Matthew tinha saído.

—

James precisou de vários momentos para reunir coragem e bater à porta de Cordelia.

Quando chegou ao hotel, havia sido muito fácil conseguir o número da suíte de Matthew e Cordelia com o recepcionista, alegando que desejava deixar uma mensagem. Uma viagem para cima no elevador, uma Marca de Abertura e lá estava ele, do lado de dentro, andando de um quarto para o outro, verificando se estavam ali.

Fora primeiro ao quarto de Matthew, que nem mesmo tentara esconder as garrafas de brandy e absinto. A maioria estava vazia, mas algumas estavam cheias. Estavam todas alinhadas nas janelas como sentinelas de vidro verde. As roupas dele estavam por toda parte: sobre o encosto das cadeiras, no chão, coletes e polainas abandonados desleixadamente.

James passara apenas um momento no quarto de Cordelia. Tinha o cheiro do perfume dela, do sabonete dela: especiarias e jasmim. Aquilo evocou lembranças angustiantes de Cordelia. Ele escapou para a sala de estar com uma das garrafas de absinto de Matthew, embora não pudesse tomar mais do que um único gole. Fogo amargo, o líquido queimou sua garganta.

Ele se lembrou de se sentir aliviado por Matthew e Cordelia terem quartos separados. Disse a si mesmo que não deveria se sentir surpreso: Matthew era um cavalheiro, por mais que tivesse sentimentos fortes por Cordelia. Ele poderia conversar com os dois sobre isso, explicar os próprios sentimentos. As coisas poderiam ficar bem.

— 137 —

Corrente de Espinhos

Então ele ouvira a porta se abrir. Ouvira os dois antes de vê-los, risadas baixas, o som de tecido caindo. O luar os tinha transformado em sombras móveis conforme eles entravam no quarto, nenhum dos dois percebendo que James estava ali. Matthew amparando Cordelia, suas mãos nela, percorrendo as curvas do corpo dela, e ela retribuindo o beijo, sua cabeça inclinada, as mãos no cabelo de Matthew... E James se lembrou, dolorosamente, de como era beijar Cordelia, mais ardente e melhor do que qualquer fogo. Ele se sentiu enjoado e envergonhado e desesperado e nem mesmo se lembrava de ter levado a mão à corda da luminária.

Mas tinha, e ali estavam eles. Matthew havia ido embora, e James sabia que precisava falar com Cordelia. Precisava contar a ela a verdade, não importava o quanto as circunstâncias fossem estranhas. Elas não se tornariam menos estranhas se ele escondesse o motivo pelo qual estava ali.

James bateu uma, duas vezes, então abriu a porta. O quarto estava decorado com tons pastel que lembravam a James do tipo de vestidos que Cordelia costumava usar quando chegou a Londres. O papel de parede e as cortinas da cama eram verde-água, o tapete listrado de verde-sálvia e dourado. O papel de parede exibia um padrão de flor-de-lis e faixas de marfim. Os móveis tinham moldura dourada, e uma pequena escrivaninha estava disposta ao lado da grande janela arqueada através da qual ele conseguia ver as luzes da Place Vendôme.

No centro do quarto estava Daisy, no processo de carregar um vestido listrado do armário para a cama, onde o restante de suas roupas estava disposto. Ela parou quando o viu, paralisada no meio do movimento.

Cordelia arqueou as sobrancelhas para ele, mas não disse nada. Seu cabelo havia sido preso em algum tipo de coque complicado, que já estava frouxo. Longas mechas de vermelho-fogo desciam em torno do rosto dela. Ela usava um vestido quase do mesmo vermelho-fogo. James jamais o vira antes, e ele achou que conhecia a maioria das roupas dela. Esse era de veludo, justo nos seios e na cintura, abrindo-se a partir do quadril e das coxas como um trompete invertido.

Uma onda de desejo cresceu no interior de James, misturando-se ao nó de ansiedade em seu peito. Não estivera tão perto dela desde que se dera conta do que realmente sentia. James queria fechar os olhos para se proteger

— 138 —

da dor e do prazer daquilo — seu corpo, ao que parecia, era tolo demais para saber quando não era exatamente bem-vindo. Estava reagindo como se James estivesse faminto e um prato da mais deliciosa iguaria tivesse sido colocado à sua frente. *Vá em frente, seu idiota*, era o que parecia dizer. *Pegue-a nos braços. Beije-a. Toque-a.*

Como Matthew fez.

Ele respirou profundamente.

— Daisy — chamou. — Eu queria dizer... Eu jamais pedi desculpas.

Ela se virou, colocou o vestido listrado na cama. Ficou ali, brincando com os botões.

— Pelo quê?

— Por tudo — falou James. — Por minha estupidez, por ter magoado você, por ter deixado você pensar que eu amava a *ela*, quando nunca foi amor. Não era minha intenção.

Cordelia ergueu o olhar ao ouvir isso. Seus olhos estavam bem escuros, as bochechas, coradas.

— Sei que não foi sua intenção. Você jamais sequer pensou em mim.

A voz dela estava baixa. A voz que tinha lido *Layla e Majnun* para ele tanto tempo atrás. Ele se apaixonara por ela ali. E a amara desde então, mas não soubera disso. Mesmo sob o encantamento, no entanto, a voz dela lançava arrepios inquietantes por sua espinha.

— Eu pensei em você o tempo todo — confessou James. Era verdade: ele *havia* pensado nela, sonhado com ela. A pulseira tinha sussurrado para ele que nada daquilo significara nada. — Eu queria você comigo. O tempo todo.

Cordelia se virou para encará-lo. Seu vestido tinha deslizado parcialmente por um ombro, expondo a pele marrom contra o carmesim do tecido. Tinha um brilho parecido com cetim e uma maciez da qual ele se lembrava com uma sensação quase dolorosa de desejo. Como tinha vivido com ela, na mesma casa, durante semanas, sem beijá-la, tocá-la, todos os dias? Ele morreria por essa chance de novo.

— James — disse ela. — Você me teve. Nós éramos casados. Você podia ter dito tudo isso a qualquer momento, mas não disse. Você disse que amava Grace, agora está dizendo que me quer. O que devo pensar disso, a não ser que você só quer o que não pode ter? Grace foi até você, eu a vi, e... — A voz

Corrente de Espinhos

dela estremeceu levemente. — E agora você decidiu que não sente nada por ela, mas me quer. Como eu poderia acreditar que você é sincero no que diz? Me diga. Diga alguma coisa que me faça sentir que isso é real.

Este é o momento, pensou James. Era quando ele deveria dizer: *Não, escute, eu estava enfeitiçado. Achei que amava Grace, mas era apenas magia sombria. Não podia contar a você antes porque não sabia, mas agora tudo isso ficou para trás e...*

Ele conseguia ouvir como aquilo soava. Inacreditável, para começo de conversa, embora soubesse que eventualmente poderia convencê-la, ainda mais depois que voltassem para Londres. Não é que ele não pudesse fazê-la acreditar. Era mais do que isso.

A imagem de Cordelia e Matthew abraçados retornou a ele. James ficara arrasado com um tipo terrível de choque ao vê-los daquele jeito. Não sabia o que estava esperando, e alguma parte dele tinha sentido um tipo de felicidade obtusa ao vê-los novamente — sentira tanta saudade dos dois —, que foi rapidamente engolida por um ciúme profundo e terrível. Aquela intensidade o assustara. James sentira vontade de quebrar alguma coisa.

Ele pensou em Matthew batendo a porta ao sair. Talvez James *tivesse* quebrado alguma coisa.

Mas havia mais a lembrar. Evocá-la doía como cortar a própria pele com uma lâmina. Mas James o fez e, na lembrança, além da sua raiva e da tristeza, ele viu como os dois *pareciam*: mais felizes do que os vira em muito tempo. Mesmo quando ele e Cordelia tinham sido felizes juntos, nas memórias às quais ele se agarrara na última semana, havia uma melancolia nos olhos escuros dela.

Talvez ela não sentisse aquela melancolia com Matthew. Talvez tendo certeza de que James nunca a amaria, de que o casamento deles jamais seria nada além de uma mentira, Cordelia tivesse encontrado a felicidade com alguém que podia dizer a ela francamente que a amava, sem rodeios ou negações.

James tinha vindo até Paris determinado a contar a Cordelia a verdade sobre Grace e sobre a pulseira. Revelar que Cordelia possuía seu coração e alma inteiros, e sempre possuíra. Ele percebia agora que isso seria como acorrentá-la. Ela era boa, sua Daisy, do tipo que chorava por causa de um

— 140 —

gatinho ferido na rua. Cordelia sentiria pena dele e de seu amor aprisionado, pena pelo que Grace e Belial haviam feito a ele. Ela se sentiria obrigada a ficar ao lado de James, a voltar para o casamento deles, por causa daquela pena e daquela bondade.

Por um momento, a tentação estava diante dele: contar a verdade a ela, aceitar a bondade e a pena de Cordelia e deixar que elas a acorrentassem a ele. Deixar que isso a levasse de volta a Curzon Street com ele. Seria como antes: eles jogariam xadrez e caminhariam e conversariam e jantariam juntos e eventualmente ele a reconquistaria, com presentes e palavras e devoção.

James permitiu que a imagem pairasse em sua mente: os dois no escritório, diante da lareira, Cordelia sorrindo, de cabelos soltos. Os dedos dele sob o queixo dela, virando o rosto de Cordelia em sua direção. *Em que está pensando, meu amor?*

Ele afastou o pensamento rispidamente, como se estivesse estourando uma bolha de sabão. Pena e bondade não eram amor. Apenas livre escolha era amor. Se não tivesse aprendido nada mais com o horror da pulseira, aprendera isso.

— Eu amo você — confessou. James sabia que não bastava, sabia mesmo antes de ela fechar os olhos, como se estivesse terrivelmente cansada. — Posso ter acreditado que amava Grace, mas ela não era a pessoa que eu imaginava. Acho que também não queria acreditar que eu podia estar tão errado, principalmente a respeito de algo tão importante. O tempo em que estive casado com você, Daisy, foi... o mais feliz da minha vida.

Pronto, pensou ele, miseravelmente. Era parte da verdade, se não a verdade inteira.

Ela abriu os olhos lentamente.

— Isso é tudo?

— Não exatamente — admitiu ele. — Se você ama Matthew, então me fale agora. Eu vou parar de importunar você. Vou deixar que seja feliz.

Cordelia balançou a cabeça. Pela primeira vez, ela pareceu um pouco hesitante ao dizer:

— Eu não... Eu não sei, James. Preciso de tempo para pensar nisso tudo. Não posso dar nenhum tipo de resposta a você agora.

Corrente de Espinhos

Cordelia havia levado a mão ao pescoço, um gesto inconsciente, e James percebeu subitamente o que estava ali acima do decote do vestido dela: o pingente dourado em forma de globo que ele lhe dera.

Alguma coisa se acendeu dentro dele. Uma pequena e inexplicável faísca de esperança.

— Mas você não vai me deixar — arriscou ele. — Não quer o divórcio?

Ela deu um sorriso fraco.

— Não, ainda não.

Mais do que qualquer outra coisa, ele queria puxá-la para si, pressionar a boca de Cordelia contra a dele, mostrar a ela com lábios e mãos o que as palavras não poderiam provar. Ele havia lutado contra Belial, pensou James. Por duas vezes enfrentara um Príncipe do Inferno, mas aquela era a coisa mais difícil que já fizera: assentir, se afastar de Cordelia e deixá-la sem mais nenhuma pergunta, nenhuma palavra.

James o fez mesmo assim.

8
CONTRA A PAZ

De uma vez por todas; eu tinha a dolorosa consciência, muitas vezes, ainda que nem sempre, de que eu amava [Estella] apesar da razão, apesar das probabilidades, apesar da minha paz, apesar das minhas esperanças, apesar da minha felicidade, apesar de tudo aquilo que me desanimava. De uma vez por todas; eu não a amava menos por saber o que sabia.

— Charles Dickens, *Grandes esperanças*

Ariadne jamais tinha acordado na cama de outra pessoa antes e, quando piscou para afastar o sono, se perguntou se era sempre tão estranho. Estava desorientada, primeiro pelos feixes de luz através das janelas, em ângulos e tons diferentes daqueles em seu quarto. E então a constatação de que estava no quarto de *Anna* lhe ocorreu, e por um instante ela se permitiu simplesmente estar no lugar, no momento. Estava dormindo onde Anna dormia, onde ela deitava a cabeça toda noite, onde sonhava. Ariadne sentiu como se estivesse perto de Anna, como se fossem duas mãos pressionadas em lados diferentes do mesmo vidro. Ariadne se lembrou das mãos delas se entrelaçando na Sala dos Sussurros, Anna lentamente entremeando a fita de cabelo de Ariadne entre seus dedos...

Corrente de Espinhos

E então, óbvio, a realidade desabou sobre ela, e Ariadne se repreendeu por se permitir tanto romantismo. Era apenas porque acabara de acordar, disse a si mesma.

Anna desistira do amor, como dissera, e Ariadne precisava acreditar nela. Ela acabara com uma parte de si mesma, para se proteger, e Ariadne não podia resgatar essa parte de Anna, não podia trazê-la de volta.

A água na jarra sobre a pia tinha uma fina camada de gelo. Ariadne lavou o rosto às pressas, trançou o cabelo e então colocou o vestido que estava usando ao chegar. Estava amassado e sujo, mas não trouxera mais nada. Ela precisaria comprar coisas novas.

Cautelosamente, ela apareceu na sala de estar, sem querer acordar Anna caso ela ainda estivesse dormindo. Não apenas Anna não estava dormindo, como tinha companhia. À mesa do café da manhã estavam sentados o irmão de Anna, Christopher, e ninguém menos do que Eugenia Lightwood. Os três pareciam estar terminando o café da manhã. Eugenia, que Ariadne achava agradável, mas não alguém com quem necessariamente trocaria confidências, lhe deu um breve aceno e um sorriso. O que quer que Anna tivesse dito a ela sobre as circunstâncias da presença de Ariadne, Eugenia não parecia incomodada.

— Ah, Ariadne. Não quis te acordar — saudou Anna, animada. — Quer tomar o café da manhã? Só tenho chá e torrada, infelizmente. Christopher, abra espaço!

Christopher diligentemente obedeceu, espalhando migalhas ao se arrastar de lado sobre um sofá de matelassê que tinha sido arrastado para formar um lado dos assentos da mesa. Ariadne afundou ao lado dele, pegou uma fatia de torrada da grelha e começou a passar manteiga. Anna, parecendo tranquila, serviu uma xícara de chá a ela.

— Nunca entendi grelhas para torradas — murmurou Eugenia. — Só servem para garantir que a torrada esfrie o mais rápido possível.

— Anna — falou Christopher —, andei fazendo um pequeno projeto e, bem, com sua permissão, eu gostaria de escrever umas pequenas Marcas na base da sua chaleira antes que você a coloque no fogo, para poder...

— Não, Christopher — interrompeu Anna, dando tapinhas no ombro dele. — Ariadne, como você pode ver, eu reuni uma equipe para a nossa missão hoje.

— 144 —

Ariadne piscou.

— Que missão?

— A missão de recolher suas coisas e fazer sua mudança da casa dos seus pais, óbvio.

Ariadne piscou mais algumas vezes.

— Nós vamos fazer isso *hoje?*

— É tão emocionante! — exclamou Eugenia, os olhos escuros brilhando. — Adoro missões!

— Sua mãe, como todos nós sabemos — prosseguiu Anna —, ficará muito transtornada por sua única filha se mudar, então estaremos lá para suavizar a transição. Eugenia, como sabemos, goza de toda a confiança da Sra. Bridgestock — Eugenia levou a mão ao peito e fez uma reverência —, e a acalmará. Eu, por outro lado, sou uma presença desconcertante e vou abalar sua mãe para que ela não possa começar a chorar copiosamente ou lembrar de sua infância, ou os dois.

— Ambos parecem prováveis — suspirou Ariadne. — E Christopher?

— Christopher, à exceção de fornecer a segurança de uma figura mas-culina autoritária...

— Eu mesmo! — acrescentou ele, parecendo satisfeito.

— ... é meu irmão mais novo e precisa fazer o que eu mando — concluiu Anna.

Ariadne comeu uma torrada pensativamente. Era um plano inteligente, de fato. A mãe dela sempre procurava cumprir ao máximo as regras de eti-queta, e seria educada ao extremo com visitantes inesperados. Entre eles, os Lightwood reunidos a manteriam ocupada de tal forma que se notasse Ariadne retirando suas coisas da casa, ela jamais seria grosseira com con-vidados a ponto de fazer um escândalo na presença deles.

A outra esperteza do plano, constatou, era que isso as impedia de precisar pensar em Ariadne acordando na cama de Anna, ou em como ou Anna, ou Ariadne se sentiam a respeito daquilo.

— Infelizmente — anunciou Christopher — precisaremos ser rápidos. Nós três somos esperados no Instituto mais tarde esta manhã.

Eugenia revirou os olhos.

— É apenas tio Will querendo designar tarefas para a festa de Natal.

Corrente de Espinhos

— A festa está mantida? — perguntou Anna, surpresa. — Com tudo o que está acontecendo?

— Nada vai impedir a festa de Natal dos Herondale — afirmou Christopher. — Até mesmo um Príncipe do Inferno hesitaria diante da capacidade do tio Will de festejar. Além do mais, é bom para todos ter alguma coisa pela qual ansiar, não é?

Ariadne não podia deixar de se perguntar o que Eugenia pensava disso. Foi em uma festa do Instituto, durante o verão, que a irmã de Eugenia, Barbara, tinha desmaiado e morrido, não muito tempo depois, vítima de veneno demoníaco.

Mas se a lembrança voltou a Eugenia, ela não demonstrou. Eugenia permaneceu animada e determinada no percurso entre saírem do apartamento e entrarem na carruagem dos Lightwood.

Foi na carruagem, trotando pela Percy Street em direção a Cavendish Square, que Ariadne percebeu que, se recolhessem as suas coisas hoje, não haveria lugar para ela levar seus baús a não ser de volta para a casa de Anna. Mas isso sem dúvida já deveria ter ocorrido a ela, certo? Ariadne tentou encontrar os olhos de Anna, mas a garota estava envolvida em uma conversa com Eugenia sobre bairros onde Ariadne poderia encontrar o tipo certo de apartamento para uma jovem solteira ocupar.

Então Anna não esperava que Ariadne permanecesse em seu apartamento por muito tempo. Certamente não o bastante para que a situação se tornasse estranha, embora Anna não demonstrasse sinais de inquietude. Estava linda e luminosa como sempre, com um espetacular colete listrado cor-de-rosa e verde como balas de fita — o qual Ariadne teve certeza de que Anna afanou de Matthew. Os olhos dela eram de um azul tão escuro quanto amores-perfeitos. *E em breve você vai dizer a si mesma que os anjos cantam quando ela ri*, censurou-se Ariadne. *Pare de ser tão sentimental.*

Logo eles chegaram à casa dos Bridgestock. À porta da frente, Ariadne hesitou, pensando em mil coisas que poderiam dar errado com o plano. Mas Anna a encarava com expectativa, aparentemente cheia de confiança de que Ariadne seria capaz de lidar com a situação. Era uma expressão que empertigava a coluna de Ariadne e reforçava sua determinação. Com um sorriso no rosto, ela usou a chave para abrir a porta, entrou no corredor e falou com animação forçada:

— Mãe, olha só quem encontrei pelo caminho esta manhã!

A mãe apareceu no alto das escadas. Flora ainda estava com o mesmo vestido que usara no dia anterior, e tinha visivelmente passado a noite em claro. Seus olhos estavam com olheiras profundas, o rosto marcado pela tensão. Quando seu olhar recaiu sobre a filha, Ariadne pensou ter visto um lampejo de alívio nas feições da mãe.

Será que ela estava preocupada *comigo?*, perguntou-se Ariadne, mas Flora tinha visto Anna, Christopher e Eugenia passando pela entrada, e já ostentava um sorriso forçado no rosto.

— Eugenia, querida — cumprimentou ela, carinhosamente, descendo as escadas. — E jovem mestre Lightwood, e Anna, evidente... — Era imaginação de Ariadne ou havia certa frieza no modo como Flora Bridgestock olhava para Anna? — Como estão seus estimados pais?

Eugenia se lançou imediatamente em uma longa história envolvendo a busca de Gideon e Sophie por uma nova empregada doméstica — a última foi descoberta passeando a torto e a direito de coche pela cidade enquanto um grupo de fadinhas locais fazia toda a arrumação.

— Terrível — Ariadne ouviu Flora dizer, e — Que tempos desafiadores — conforme Eugenia a levava habilidosamente para a sala de estar, com Anna e Christopher ao encalço. Ela subestimara Eugenia, pensou. A jovem daria uma excelente espiã.

Ariadne trocou um breve olhar com Anna, então correu escada acima até o quarto, onde pegou um baú e começou a encher com seus pertences. Que difícil, pensou, empacotar uma vida tão rapidamente. Roupas e livros, lógico, e velhos tesouros: um sári que tinha sido de sua primeira mãe, um *pata* que pertencera ao seu primeiro pai, uma boneca que sua mãe adotiva lhe dera, com um dos olhos de botão faltando.

Do andar de baixo, ela ouviu Anna dizer em voz alta:

— Christopher nos entreteve a manhã inteira com seu último trabalho científico! Christopher, conte à Sra. Bridgestock o que estava nos dizendo mais cedo.

Isso significava que Flora estava ficando inquieta, Ariadne notou. Ela tinha pouco tempo.

Ariadne acabara de dobrar seu uniforme e colocava o *pata* no alto da pilha de roupas do baú quando Anna surgiu à porta.

— 147 —

Corrente de Espinhos

— Quase pronta? — perguntou. — Em algum momento sua mãe vai tentar começar a falar para interromper Christopher, sabe.

Ariadne se levantou, limpando as mãos na saia. De maneira obstinada, ela se recusou a olhar ao redor do quarto, para a mobília familiar, o cobertor que sua mãe tricotara para ela antes que ela sequer tivesse chegado da Índia.

— Estou pronta.

Juntas, elas carregaram o baú para baixo até a entrada, conseguindo não o bater em *todos* os degraus. Conforme passaram pela porta da sala de estar, Ariadne viu a mãe olhar de Christopher, no sofá, para ela. Seu rosto estava pálido e tenso. Ariadne precisou reprimir a vontade de ir até ela, de perguntar se estava bem, de pegar uma xícara de chá para a mãe como costumava fazer em tempos difíceis.

O condutor subiu a escada correndo para pegar o baú, e Ariadne voltou para a casa. Conseguia ouvir Eugenia agraciando sua mãe com mais um conto doméstico e se perguntou se era possível que os Lightwood conseguissem mantê-la distraída por tempo suficiente para que ela fosse apressada até o jardim de inverno e pegasse a gaiola de Winston.

Tecnicamente, a ave era dela, afinal de contas. Um presente de seus pais. E embora Anna não tivesse especificamente *concordado* com um papagaio em seu pequeno apartamento, Ariadne — e portanto Winston — deveria ser apenas uma hóspede temporária ali, até encontrar o próprio lugar.

Ela estava prestes a correr até Winston quando um guincho alto soou do lado de fora. Anna deu um grito agudo de alerta. Ariadne se virou de volta para a porta e viu uma carruagem contratada, conduzida à toda velocidade, parar a centímetros de bater na carruagem dos Lightwood. A porta da carruagem se abriu, revelando um homem vestindo um casaco de viagem imundo, um chapéu amassado enfiado de lado na cabeça. Ele atirou um punhado de moedas para o condutor antes de seguir direto para a porta de entrada dos Bridgestock.

Ariadne não reconheceu o casaco, o chapéu ou o andar manco, mas reconheceu o homem, embora seu rosto ostentasse meia semana de barba branca por fazer e ele parecesse anos mais velho do que da última vez que o vira.

— Pai? — sussurrou ela. Ariadne não tivera a intenção de falar, a palavra deixou sua boca por conta própria.

Anna a olhou surpresa. Estava óbvio que ela também não reconhecera o Inquisidor.

— 148 —

CASSANDRA CLARE

— Maurice? — A mãe de Ariadne tinha corrido até a porta, Eugenia e Christopher atrás dela, estampando expressões idênticas de surpresa e preocupação. Ela segurou a mão de Ariadne e a apertou uma vez, com força, então correu degraus abaixo para abraçar o marido, que permaneceu congelado, imóvel como uma árvore velha retorcida, mesmo enquanto sua mulher soluçava: — O que *aconteceu*? Por onde você andou? Por que não nos avisou...

— Flora — disse ele, e sua voz era áspera, como se ele a tivesse desgastado com gritos ou urros. — Ah, Flora. É pior do que você poderia imaginar. É muito pior do que qualquer um de nós poderia imaginar.

Na manhã seguinte, o maior medo de Cordelia era precisar encontrar James ou Matthew ao sair do quarto. Ela atrasou o máximo possível, demorando para se vestir, embora pudesse ver pelo ângulo do sol através das janelas que já era o fim da manhã.

Ela dormira mal. Vez após vez, ao fechar os olhos, via o rosto de James, ouvia as palavras dele. *Eu estava errado a respeito do meu casamento. Não achava que era real. Era real. A coisa mais real na minha vida.*

James dissera que a amava.

Era tudo que Cordelia achava que queria. Mas ela percebia agora que aquilo não tocou seu coração. Não sabia o que o motivava — pena, talvez, ou até mesmo arrependimento pela vida que tinham compartilhado em Curzon Street. Ele *disse* que tinha sido feliz. E ela jamais achou que Grace o fizesse feliz, apenas amargurado, mas era uma amargura da qual ele parecia gostar. E sentimentos são demonstrados com ações. Cordelia acreditava que James gostava dela, até a desejava, mas se ele a *amasse*...

Ele teria se afastado de Grace.

Depois de amarrar as botas, Cordelia foi até a suíte apenas para encontrá-la vazia, sem ninguém. A porta do quarto de Matthew estava fechada, e James não estava em lugar nenhum.

A garrafa de absinto ainda estava na mesa. Cordelia pensou em Matthew, em sua boca na dela, e então na forma como ele havia empalidecido quando perguntou se James tinha entrado em seu quarto.

— 149 —

Corrente de Espinhos

Cordelia sentiu um aperto no peito conforme seguia pelo corredor azul e dourado. Ela viu que o mensageiro do hotel acabava de sair de outro quarto.

— *Monsieur!* — gritou, e correu até ele. Pelo menos poderia tentar comer algo antes do início da viagem. — Gostaria de saber sobre o café da manhã...

— Ah, madame! — exclamou o mensageiro. — Não se preocupe. Seu companheiro já pediu o café da manhã. Deve ser entregue logo.

Cordelia não tinha certeza a qual companheiro ele se referia, James ou Matthew. Ela não tinha certeza se queria tomar o café da manhã com algum deles, e certamente não com os dois, mas parecia complicado demais explicar *isso* ao mensageiro. Ela agradeceu ao homem e estava prestes a se virar quando hesitou.

— Posso lhe fazer mais uma pergunta? — disse ela. — Você trouxe uma garrafa de absinto para nossa suíte ontem à noite?

— *Non*, madame. — O mensageiro pareceu confuso. — Eu trouxe uma garrafa ontem de manhã. Seis horas.

Agora era Cordelia quem estava confusa.

— Por que faria isso?

O mensageiro pareceu ainda mais surpreso.

— Eu trago uma garrafa toda manhã, logo após o alvorecer. A pedido do *monsieur* Fairchild. Brandy ou absinto. — Ele deu de ombros. — Quando ele se hospedou aqui antes, queria à noite. Nesta visita, de manhã cedo. Não faz diferença para mim, eu disse a ele, 6 horas toda manhã então.

— Obrigada — Cordelia conseguiu dizer, e deixou o mensageiro fitando-a conforme seguia aos tropeços pelo corredor.

Depois de entrar na suíte, ela se recostou na parede, de olhos fechados. Matthew realmente mentira para ela. Ele jurara não beber, e não bebera... quando estavam juntos. Mas o mensageiro lhe trouxera uma nova garrafa de bebida *todas as manhãs*. Será que Matthew estivera bebendo a todo momento que não estava com ela? Certamente era o que parecia.

Essa mentira fora o estopim, pensou. Agora Cordelia não aguentava mais. Haviam mentido para ela de novo e de novo, todos com quem se importava. Sua família mentira sobre a bebedeira do pai. James mentira sobre Grace, sobre ela, sobre a premissa do casamento deles. Lucie, que deveria ser sua amiga mais próxima, a quem conhecia melhor do que ninguém, mantivera em segredo seu relacionamento com Jesse Blackthorn e fugira de Londres sem nenhuma palavra ou aviso a Cordelia.

Cordelia achou que Matthew seria diferente, exatamente porque ele não acreditava em nada, porque já desistira da moralidade como a maioria das pessoas a viam, da virtude e dos princípios. Ele só se importava com beleza e arte e significado, como faziam os boêmios. Foi por isso que acreditara que Matthew não mentiria para ela. Porque se ele fosse beber, *ele diria*.

Mas ele a olhara nos olhos e prometera que, se ela o acompanhasse até Paris, ele só beberia socialmente. Matthew permitira que Cordelia acreditasse que ele não havia sequer tocado em uma bebida. Mas o mensageiro estava entregando brandy diariamente desde o dia em que chegaram. Cordelia pensara que, ainda que Paris não pudesse salvá-la, pelo menos poderia salvar Matthew. Mas parecia que não era possível alguém mudar a si mesmo ao mudar de ares, por mais que desejasse isso. Nenhum dos dois deixara os problemas para trás, apenas os carregaram consigo.

Quando voltou para a suíte, James a encontrou intocada, como se ninguém tivesse acordado ainda. As portas de ambos os quartos estavam fechadas. Balançando a cabeça, ele bateu à porta de Matthew. Quando nada aconteceu, ele bateu de novo, um pouco mais forte, e foi recompensado com um resmungo de algum lugar lá dentro.

— Café da manhã — gritou. Houve outro resmungo, agora mais alto. — Levante, Matthew — ordenou ele, sua voz mais ríspida do que ele próprio esperava. — Precisamos conversar.

Houve uma série de ruídos de baques e quedas, e depois de cerca de um minuto, Matthew escancarou a porta, piscando para James. Ele parecia completamente exausto, e James se perguntou a que horas ele voltara na noite anterior. James só soube que Matthew retornara por causa do casaco amassado no chão da suíte e outras duas garrafas vazias ao lado. Certamente, qualquer que tenha sido a hora que Matthew retornara, fora depois que James dormira, o que teria sido realmente tarde. O próprio James ficara deitado no sofá, acordado pelo que pareceram horas, encarando o escuro em um estado de total desespero. Magnus lhe dera um tapinha nas costas e desejara sorte antes de enviá-lo pelo Portal até Paris, mas nenhuma quantidade de sorte, ao que parecia, teria ajudado.

Corrente de Espinhos

No que parecera um instante, ele perdera não uma, mas duas das pessoas mais importantes em sua vida.

Quando finalmente cochilou, seu sono foi estranho e perturbado. Não tivera sonhos, pelo que se lembrava. Houve apenas um tipo de ruído aleatório e inóspito. Estranho, pensou, ainda mais estranho do que os sonhos sombrios que Belial lhe enviara no passado. Era um som como o rugir do oceano, mas desagradável e metálico. Um som que o fez sentir como se seu coração tivesse se partido e soltado um grito que apenas ele conseguia ouvir.

Matthew ainda usava as roupas da noite anterior, até mesmo o colete de veludo vermelho que combinava com o vestido de Cordelia. Mas as roupas estavam amassadas e manchadas agora. Atrás dele, o quarto estava um desastre. Seu baú tinha sido revirado, derramando roupas, e pratos e garrafas vazios jaziam espalhados como os cacos de vidro e louça que apareciam nas margens do Tâmisa.

Os olhos de Matthew estavam vermelhos, e seus cabelos, despenteados.

— Eu — resmungou ele — estava dormindo.

Sua voz era inexpressiva.

James contou até dez em silêncio.

— Math — falou. — Precisamos voltar para Londres.

Matthew encostou-se à porta.

— Ah. Você e Cordelia vão voltar para Londres? Façam uma viagem segura, vocês dois, ou eu deveria dizer *bon voyage*? Você age rápido, James, mas, por outro lado, suponho que eu tenha entregado o jogo a você, não é? — Ele esfregou os olhos com a manga de punho rendada, piscando para afastar o sono. — Não vou lutar por ela — afirmou Matthew. — Seria indigno.

Esse, pensou James, era o momento em que Christopher ou Thomas ou Anna teriam dado as costas. Quando Matthew estava com uma rara disposição para brigar, era geralmente melhor deixar que ele se acalmasse sozinho. Mas James jamais dera as costas, não importava o quão afiadas as palavras de Matthew se tornassem.

James podia ver, mesmo agora, o leve tremor nas mãos de Matthew, a mágoa no fundo de seus olhos. Mais do que qualquer outra coisa, James queria abraçar Matthew, abraçá-lo forte, dizer ao amigo que ele era amado.

Mas o que James poderia dizer para confortá-lo? *Cordelia ama você?* Três palavras que pareciam estacas enterradas em seu próprio coração. Três

— 152 —

CASSANDRA CLARE

palavras cuja verdade não podia confirmar: ele não sabia como Cordelia se sentia.

James esfregou a têmpora, que havia começado a latejar.

— Não é assim, Math — disse ele. — Não é um jogo. Se eu tivesse alguma ideia antes da semana passada que você tinha sentimentos por Cordelia...

— O quê? — interrompeu Matthew, a voz ríspida. — Você teria o quê? Não se casado com ela? Casado com Grace? Porque, Jamie, é isso que eu não entendo. Você amou Grace durante anos, amou-a quando achou que fosse impossível. Amou-a, como disse Dickens? *"Apesar da razão, apesar das probabilidades, apesar da minha paz, apesar das minhas esperanças, apesar da minha felicidade, apesar de tudo aquilo que me desanimava."*

— Eu nunca amei Grace — disse James. — Eu só achei que a amava.

Matthew pareceu estar abatido.

— Queria conseguir acreditar nisso — retrucou ele. — Porque o que parece é que assim que Cordelia partiu, você decidiu que não suportava ser abandonado. Acho que ninguém jamais o deixou, não é? Todos sempre amaram você. — Matthew disse isso de uma maneira tão direta que foi chocante. — Exceto, talvez, Grace. Talvez por isso você a quisesse, para início de conversa. Não acho que ela seja capaz de amar ninguém.

— *Matthew...* — James conseguia sentir o peso da pulseira de prata como se ainda envolvesse seu pulso, embora soubesse muito bem que estava quebrada e em Curzon Street. Queria protestar, explicar a própria inocência, mas como poderia fazer isso quando ainda não tinha contado a Cordelia? Ela merecia saber a verdade primeiro. E a ideia de contar para ela, de receber a pena dela, ainda era insuportável. Melhor que sintam ódio a pena... Daisy, Matthew... Embora a ideia de ser odiado por seu *parabatai* o deixasse enjoado.

Alguma coisa estalou alto na sala atrás dele, como se uma lâmpada tivesse caído e se espatifado. James se virou a tempo de ver um Portal se abrir na parede da sala.

Magnus entrou na suíte. Ele, óbvio, estava elegantemente vestido com um terno listrado, e conforme observava James e Matthew, espanou um grão de poeira da frente da camisa imaculada.

Do outro lado da suíte, a porta se escancarou, e Cordelia apareceu, já completamente arrumada em roupas de viagem. Ela encarou Magnus chocada.

— 153 —

Corrente de Espinhos

— *Magnus!* — exclamou. — Não estava esperando... Quer dizer, como diabos sabia onde estávamos hospedados?

— Porque ele me mandou pelo Portal ontem à noite — respondeu James. — Sei onde Matthew gosta de ficar quando está em Paris.

Matthew deu de ombros.

— Não sou nada além de previsível.

— E o gerente noturno daqui é um feiticeiro — acrescentou Magnus. — Honestamente, quem mais teria escolhido essas cortinas? — Quando ninguém respondeu, ele olhou de James para Cordelia, ambos, imaginou James, visivelmente tensos, e então para Matthew, amarrotado e manchado de vinho.

— Ah — murmurou Magnus, bastante triste. — Vejo que um drama interpessoal está acontecendo aqui. — Ele estendeu a mão. — Não sei o que é e nem quero saber. James, você chegou ontem à noite, não foi?

James assentiu.

— E já contou a Cordelia e Matthew sobre Lucie... e Jesse?

James suspirou.

— Apenas que eles estão bem. Ainda não tive a oportunidade de explicar os detalhes.

Tanto Cordelia quanto Matthew começaram a perguntar sobre Lucie. Magnus ergueu a mão novamente, como se fosse o maestro de uma orquestra rebelde.

— Vocês vão ouvir a história toda em Londres — explicou ele. — É imperativo que retornemos agora...

— Minha mãe. — Cordelia se apoiou à porta. — Ela está bem? O bebê...

— Sua mãe está bem — respondeu Magnus, não de forma indelicada, mas sua expressão era sombria. — Mas a situação em Londres é grave, e provavelmente vai piorar.

— Há outro Príncipe do Inferno com tentáculos ameaçando o Instituto, então? — perguntou Matthew, cansado. — Porque preciso confessar, se houver, meu instinto é deixar passar desta vez.

Magnus lançou a ele um olhar severo.

— O Inquisidor voltou, e a notícia que ele trouxe é devastadora. Tatiana Blackthorn escapou da Cidadela Adamant e uniu forças com Belial. Vocês precisam voltar comigo para Londres imediatamente. Temos muito a discutir.

9

SE OURO ENFERRUJA

Se ouro enferruja, o que, então, pode fazer o ferro?

— Geoffrey Chaucer, *Contos da Cantuária*

Considerando a forma sombria com que Magnus deu a notícia, Cordelia tinha em parte esperado que o Portal que ele havia criado se abrisse em uma cena de caos — uma batalha, uma multidão, pessoas assustadas gritando umas para as outras.

Em vez disso, o Portal se abriu para uma escuridão fria e o cheiro de pedra gelada. Cordelia piscou para afastar a tontura, sabendo que estavam no subterrâneo, na cripta do Instituto, onde um Portal permanente residia.

Cordelia olhou rapidamente para seus companheiros. Da última vez que estivera ali, ela e Matthew estavam discutindo com James conforme ele se preparava para atravessar o Portal até Idris e frustrar os planos de Tatiana. *E por causa de Grace,* disse uma vozinha na mente dela. *Ele fez isso por Grace.*

Aquele fora o ponto de virada em sua vida, pensou. James atravessara, e ela e Matthew o seguiram. A Mansão Blackthorn queimara. James fora acusado, e Cordelia se manifestara em sua defesa. James propusera salvar a reputação dela, e tudo mudara para sempre.

— 155 —

Corrente de Espinhos

Cordelia já não era a mesma, pensou, quando Magnus fez um gesto e as lâmpadas de cobre que ocupavam as paredes se acenderam, projetando um tom dourado incomum nas paredes de pedra. Ela aprendera tanto desde então. Sobre o que as pessoas eram capazes de fazer, sobre o que ela mesma era capaz de fazer. E aprendera que as coisas não podiam ser mudadas por simplesmente desejar que elas fossem diferentes. Sonhos, esperanças, desejos, não passavam disso. A força residia em se apegar à realidade, mesmo que fosse como fechar a mão em uma lâmina afiada.

Os quatro subiram a escada de pedra até o andar térreo do Instituto. Pelas janelas, Londres os recebeu de volta com uma neve cinza, soprando espirais e redemoinhos contra o vidro, e um céu de aço desbotado.

Nem James, nem Matthew olhavam para ela, ou um para o outro. James exibia uma expressão que Cordelia batizara de a Máscara — inexpressiva e fixa, que ele adotava quando não queria que seus sentimentos transparecessem —, e Matthew, notou, possuía uma máscara igualmente severa à sua própria maneira: uma expressão distante, levemente divertida, como se estivesse assistindo a uma peça não muito bem escrita. Ela sentiu a força do silêncio obstinado deles como o silêncio entre o relâmpago e o trovão.

Sua redenção foi Magnus, que caminhou ao seu lado assim que saíram do Portal. Ele fez isso tão graciosamente que Cordelia achou, a princípio, que estava apenas sendo educado. Ela percebeu um momento depois que o feiticeiro obviamente havia percebido o desconforto da situação ao chegar ao Le Meurice. *Drama,* dissera ele, em tom entediado, mas a empatia em seus olhos quando a encarou foi sincera.

Cordelia não tinha certeza do motivo. Em breve todos saberiam que ela havia fugido até Paris com Matthew sem que James soubesse. Quando fugiu, Cordelia não pensou na volta, à exceção de que voltaria, se mudaria de volta para a casa da mãe e tentaria reconstruir a vida. Redimir-se dos erros tolos que cometera tomando conta da irmãzinha ou do irmãozinho. Não havia considerado como aquilo pareceria, não apenas para todo o Enclave fofoqueiro, mas para seus amigos: Lucie e Thomas, Christopher e Anna... Eles eram amigos de James primeiro, e Lucie era a irmã dele. Seriam leais a ele e a desprezariam.

CASSANDRA CLARE

Cordelia se perguntou se os mesmos pensamentos tinham ocorrido a Matthew. Se ele estava preocupado com o que os amigos diriam, com o que pensariam. Mas ele era um homem. As pessoas tratavam os homens de forma diferente.

— Chegamos — anunciou Magnus, arrancando Cordelia dos devaneios. Eles haviam chegado ao escritório de Will. Quer dizer, uma sala com menos livros do que a biblioteca do Instituto, mais livros do que a maioria das outras salas e uma cadeira alta de ripas de madeira que podia deslizar sobre rodas em torno das prateleiras. Também tinha algumas poltronas confortáveis espalhadas, e levantando-se dessas poltronas estavam Will, Tessa, Charles e o Inquisidor.

Cordelia se deixou ficar para trás conforme Will e Tessa vieram abraçar James. Se Tessa notou que ele parecia desarrumado e desleixado, não demonstrou. Apenas beijou o filho na testa de uma forma que fez Cordelia sentir falta da própria mãe, e de Alastair.

— Matthew — falou Charles, sem cruzar a sala para encontrar o irmão. — Atrasado como sempre, pelo que vejo. Levou esse tempo todo para atravessar a cidade?

— Eu estava em *Paris*, Charles — respondeu Matthew, descontraído.

— Estava? — perguntou Charles, vagamente. — Eu me esqueci. Bem, você se desencontrou com mamãe. Ela esteve aqui mais cedo, mas voltou para casa se sentindo mal. E todos vocês perderam a história de Maurice. Tenho certeza de que Will e Tessa vão inteirar vocês dos detalhes que precisarem saber.

— Sem dúvida que seria melhor para eles escutarem isso do próprio Inquisidor — comentou Magnus, tranquilo.

— O Inquisidor já contou a história várias vezes hoje — disse Charles. — Depois de tantas atribulações, ele precisa descansar. Como nenhum de vocês é um membro superior do Enclave, e você, feiticeiro, não é sequer um Caçador de Sombras, isso não parece necessário. — Ele se virou para o Inquisidor: — Não acha?

— De fato — concordou Maurice Bridgestock. Ele *parecia* um pouco abatido, Cordelia tinha que admitir, com hematomas cicatrizando no rosto. O Inquisidor segurava o braço direito cuidadosamente, como se tivesse sido

— 157 —

Corrente de Espinhos

ferido, apesar de que deveria ter recebido Marcas de cura, certo? — Will, confio que você tomará todas as medidas que discutimos. Tessa... — Ele assentiu rispidamente na direção dela, e saiu da sala sem mais uma palavra, com Charles em seu encalço.

Magnus fechou a porta atrás deles. Sua expressão era tensa, e Cordelia mal podia culpá-lo.

— Que bom que Charles achou alguém novo para adotá-lo — resmungou Matthew, vermelho de raiva. Cordelia suspeitava de que havia certa surpresa e mágoa ali também. Matthew e o irmão tinham um relacionamento complicado, normalmente antagonista, mas ela achava que os dois tinham deixado as coisas em termos melhores. Charles parecia ter retornado à sua personalidade antiga e desagradável, mas por quê?

— E vocês todos — acrescentou Will, jogando-se em uma poltrona —, sentem-se. Estão parecendo pássaros pairando, e não gosto disso.

Depois que as poltronas foram ocupadas, Will olhou para todos.

— Infelizmente — começou —, recebi a tarefa de lhes comunicar uma história emocionante e cheia de drama. Uma responsabilidade terrível que recaiu sobre mim.

James fez um murmúrio de incredulidade.

— Por favor, você mal consegue esconder sua satisfação. Vá em frente, então. Conte.

Will esfregou as mãos e falou:

— Como sabem — prosseguiu ele —, viajar para a Cidadela Adamant não é fácil, e Bridgestock levou um dia inteiro pelo Instituto de Reykjavík para chegar até lá. Quando chegou, solicitou uma audiência com as Irmãs, e várias delas foram encontrá-lo na planície que dá na própria Cidadela, pois, como vocês sabem, apenas mulheres podem cruzar as portas. Elas contaram a ele que Tatiana não estava lá, mas, quando ele protestou, as Irmãs explicaram que aquilo não era incomum, que Tatiana costumava sair para longas caminhadas nas planícies vulcânicas.

— Por que diabos a deixariam fazer isso? — indagou Cordelia, chocada.

Will deu de ombros.

— A Cidadela Adamant não é uma prisão. Não há nada além de rocha vazia por quilômetros de distância e lugar nenhum para Tatiana ir, nada

CASSANDRA CLARE

para fazer, ninguém que pudesse encontrar. As Irmãs de Ferro esperavam que ela estivesse usando essas caminhadas para refletir sobre suas próprias escolhas e meditar sobre seu novo papel como membro da ordem delas.

James fez um ruído de escárnio.

— Bridgestock parece ter exigido que as Irmãs de Ferro levassem algo de Tatiana que ele pudesse usar para Rastreá-la. As Irmãs encontraram uma faixa de uma das túnicas dela, e ele conseguiu usá-la... até certo ponto. — Will franziu a testa, reflexivo. — Ele alega que podia sentir muito nitidamente que a Marca estava conectada a ela. Não era como Rastrear alguém que morreu, onde há apenas um vazio. A Marca de Rastreamento o mandava com urgência atrás dela, mas em círculos, dizendo a ele frequentemente que estava próximo, mas nunca próximo o suficiente, e mudando de direção de tempos em tempos, mais rápido que qualquer pessoa poderia ter se movido. Era como se a Marca sequer funcionasse, embora isso parecesse impossível, principalmente tão perto de uma das fortalezas dos Nephilim.

"Bridgestock acampou nas planícies, o que eu pessoalmente não consigo imaginar, mas parece ter acontecido. Talvez ele tenha montado uma tenda. Não podia ficar na própria Cidadela, embora elas tivessem fornecido a ele um cavalo islandês que podia lidar com o terreno acidentado.

"Na calada da noite, Bridgestock ouviu uma voz que veio pelo vento frio e lhe disse para voltar para casa, para deixar de procurar o que ele buscava. O Inquisidor ignorou o aviso e continuou a busca pelas planícies vulcânicas no dia seguinte, embora a voz tivesse retornado várias vezes. Então, naquela noite, conforme o sol se punha atrás das montanhas, ele se viu do lado de fora dos portões dourados das Tumbas de Ferro."

Cordelia conhecia bem as Tumbas de Ferro. Era o local de enterro das Irmãs de Ferro e dos Irmãos do Silêncio, que não morriam como Caçadores de Sombras comuns, mas viviam por séculos antes de suas almas viajarem para fora dos corpos. Esses corpos não se decompunham — eles permaneciam intactos e eram preservados nas Tumbas de Ferro, um lugar proibido para a maioria dos Caçadores de Sombras.

— Bridgestock chacoalhou os portões — continuou Will —, mas ninguém veio em resposta, porque ninguém nas Tumbas de Ferro está vivo, o que era de pensar que ele teria concluído pelo nome do lugar. Enfim, ele deu um belo de

Corrente de Espinhos

um chilique até ser arrancado da sela pela mão invisível de alguém. Mas, em vez de colidir com o chão, ele se viu cercado por uma escuridão rodopiante. Uma escuridão terrível e infinita, do tipo que se estende além da imaginação, do tipo que pode tirar o juízo de um homem com apenas um olhar...

— Will — interrompeu Tessa. — Não precisa dramatizar tanto.

Will suspirou e prosseguiu.

— Ele ouviu um som terrível como uma serra arranhando madeira ou osso. Pelas sombras, Bridgestock conseguiu ver terra estéril, e desconfiou de que não estivesse mais na Islândia, ou sequer em nosso mundo, mas ele não tinha certeza. E então... uma figura monstruosa se ergueu diante dele, duas vezes maior do que um homem, com olhos como carvão em brasa. E falou com ele.

Cordelia esperou que Tessa ralhasse com Will, mas ela permaneceu calada. Aparentemente, não havia exagero ali.

— Um demônio? Ele se identificou? — perguntou James, atento, inclinando-se para a frente na cadeira.

— De acordo com Bridgestock — respondeu Will lentamente —, ele sempre achou que um anjo seria uma criatura de tal beleza e infinitude que ele mal conseguiria estar em sua presença. Ainda assim, sempre desejou ver um. Nós somos, afinal, guerreiros angelicais.

— Está dizendo que Bridgestock viu um anjo? — disse Matthew.

— Um anjo caído — respondeu Tessa, com um tremor na voz. — Um Príncipe do Inferno em toda sua glória. Era ao mesmo tempo lindo e horrível. A escuridão fluía dele como uma luz invisível. Ele parecia vestido em escuridão, mas Bridgestock podia ver dois grandes ferimentos em seu peito, dos quais sangue escorria constantemente, embora isso não parecesse incomodá-lo.

— Belial — sussurrou Cordelia. Não que houvesse muita dúvida, mas havia apenas um Príncipe do Inferno que ela ferira duas vezes com Cortana.

— Ele contou a Bridgestock quem era. Apresentou-se e exigiu que o Inquisidor interrompesse a busca por Tatiana. Fez ameaças, as quais Bridgestock não quis compartilhar. Imagino que fossem genéricas: chuva de fogo, destruição do Enclave, mas também provavelmente pessoais, relacionadas à família de Bridgestock.

— Ele disse uma coisa desconcertante, porém — acrescentou Tessa.

— Ah, sim, eu quase me esqueci — disse Will. — A última coisa que ele disse antes de sumir. Eu anotei. "Se estiverem pensando em mandar seu paladino atrás de mim, trarão grande tragédia para o mundo."

Uma terrível lança de gelo perfurou a espinha de Cordelia. Ela sentiu o sangue ser drenado de seu rosto e se perguntou se alguém havia notado. James e Matthew, para crédito deles, nem mesmo olharam para ela. Magnus ergueu as sobrancelhas. Will e Tessa apenas pareceram perplexos.

— E depois disso, Bridgestock fugiu para casa? — indagou Magnus.

— Não se pode culpá-lo — respondeu Will. — E acreditem em mim, eu falo como alguém que não tem apreço pelo homem. Mas ele não é páreo para Belial. E há a questão de que, quando acordou, ele encontrou a insígnia de Belial queimada em seu antebraço.

Não é à toa que ele segurava o braço daquela maneira estranha, pensou Cordelia.

— Ele *encontrou*? — James quis saber. — Você a viu?

— Sim, uma coisa horrível — afirmou Will. — Imagino que o homem estivesse apavorado. Maurice passa a maior parte do tempo punindo outros Caçadores de Sombras, não enfrentando Príncipes do Inferno em uma planície assolada.

— *Era* uma planície assolada? — insistiu James.

— Em minha mente, sim — confirmou Will —, provavelmente coberta de rochas retorcidas em formas sinistras. Podemos imaginar apenas em sonhos.

— O que aconteceu com o cavalo? — perguntou Matthew.

— Fugiu — respondeu Will. — Provavelmente de volta para a Cidadela Adamant. Cavalos têm intuição. Balios jamais teria tolerado um absurdo desses.

Tessa suspirou.

— Charlote já redigiu uma ordem para todos os Institutos ficarem atentos a Tatiana.

— Duvido que ela será encontrada — falou Magnus. — Ela tem todos os reinos do Inferno onde se esconder.

— E desde que permaneça neles, não tem problema — disse Will. — Se ela retornar com Belial ou se estiver esperando, de alguma forma, facilitar a passagem dele para este mundo...

Corrente de Espinhos

— Não vejo como poderia — observou Cordelia. — Ela ainda é apenas uma mulher. Seu poder vem do próprio Belial. Ela não pode fazer o que ele mesmo não consegue.

— Belial não pode entrar neste mundo, não por muito tempo — lembrou James. — Ele precisa possuir uma pessoa viva para fazer isso, mas sua presença destruiria qualquer corpo humano comum. Ele poderia possuir meu corpo sem destruí-lo, pois temos o mesmo sangue, mas eu teria de estar disposto a permitir isso, e não estou. Belial tem os mesmos problemas que sempre teve. Não vejo como Tatiana poderia ajudá-lo.

— Ainda assim — ponderou Magnus —, não é bom sinal que ele tenha retornado tão rápido. Ele colocou sua insígnia no braço de Bridgestock não porque se importa com Bridgestock, mas para mandar a mensagem de que esteve aqui. De que deveríamos temê-lo. Da última vez ele ficou longe durante meses, agora, só faz mais ou menos uma semana. E o que é essa história de paladino? Que paladino? Não há um paladino entre os Nephilim desde os dias de Jonathan Caçador de Sombras.

— É difícil jurar servir a um anjo — observou Tessa — quando não parece haver nenhum por perto.

— Príncipes do Inferno não são como nós — falou James. — Para ele provavelmente não se passou muito tempo desde que paladinos existiram. Seria bom não levarmos tão a sério.

— Vamos nos certificar de que a Clave esteja alerta a qualquer sinal de Tatiana — disse Will. — Não há muito mais que possamos fazer. Ainda assim... — Ele apontou para James, Cordelia e Matthew. — Vocês, que ainda não são adultos, embora possam achar o contrário. Vocês três precisam ficar perto de casa. De preferência, gostaríamos que ficassem aqui no Instituto, pelo menos à noite.

— Não vou sair depois do escurecer, se esse é o problema — garantiu Matthew. — Mas vou ficar no meu apartamento.

— Eu vou ficar aqui — afirmou James, sem fazer menção a Cordelia. — E Lucie também, eu presumo?

— Sim, evidente, e... — Will olhou para Tessa. — Precisamos contar a eles, querida. Sobre Jesse.

— 162 —

CASSANDRA CLARE

Cordelia trocou um olhar confuso com Matthew.

— Jesse? — perguntou ela, para o silêncio. — Jesse *Blackthorn?*

—

— Não acredito que você não nos *contou* — disse Matthew, quando ele, Cordelia e James deixaram o escritório de Will com instruções para encontrar Lucie e Jesse no salão de baile.

— Vocês vão se acostumar com ele — dissera Will. — Tenho quase certeza de que está aqui para ficar.

— Não houve muito tempo, não é? — rebateu James, tenso.

— Realmente não houve — disse Cordelia, esperando aliviar a situação. — É uma história bastante estranha, que precisa de muitas explicações. Eu... — Ela balançou a cabeça. — Eu não fazia ideia de nada disso.

— Lucie manteve tudo em absoluto sigilo — explicou James. — Parece que temia ser rejeitada se a extensão de seus poderes fosse descoberta. Até mesmo os feiticeiros veem a magia da morte com maus olhos.

— É compreensível — concordou Matthew, conforme eles subiam as escadas. — Necromancia costuma ter resultados muito desagradáveis.

— Bem — começou James, em um tom que sugeria que ele não queria discutir o assunto —, não neste caso.

Matthew deu de ombros.

— Pelo Anjo, Charles é detestável. Sei que uma semana atrás eu estava preocupado se ele viveria ou morreria, mas certamente não me lembro do *motivo.*

James sorriu de leve.

— Ele parece ter se apegado bastante a Bridgestock. Só Raziel sabe por quê. Desde que terminou o noivado com Ariadne, achei que Bridgestock o odiava.

— Bridgestock gosta que puxem o seu saco — disse Matthew, rispidamente. — E Charles é muito bom nisso...

Matthew parou. Estavam se aproximando da porta do salão de baile e, do outro lado, Cordelia conseguiu ouvir uma risada animada e familiar.

— 163 —

Lucie. Quando tinha sido a última vez que ouvira Lucie rir daquele jeito?

Até James parou à porta, antes de olhar para Matthew e Cordelia com um franzir sarcástico dos lábios.

— Lucie e Jesse — começou ele. — É uma... situação estranha. Muito estranha. Mas ela está feliz, então...

— Tentem não parecer chocados? — presumiu Cordelia.

— Exatamente — confirmou James, e abriu a porta.

O salão de baile estava completamente iluminado. Tinha sido despido de decorações e preparado para o próximo evento: as cortinas estavam escancaradas, e nenhuma mobília permaneceu na sala, exceto por um grande piano, pintado de verniz preto e tão brilhante quanto uma carruagem nova.

Ao piano sentava-se Jesse Blackthorn. Seus dedos repousavam levemente nas teclas: ele não as tocava como um especialista, mas Cordelia imaginou que tivesse recebido alguma instrução, sem dúvida quando era muito jovem.

Lucie estava encostada no piano, sorrindo para ele. Nenhum dos dois pareceu notar a chegada dos outros. Lucie parecia ler de um pedaço de papel.

— Jeremy Blackthorn — anunciou ela. — Quando sua família voltou com você para a Bela Inglaterra?

— Eu era muito jovem — respondeu Jesse, tamborilando uma ligeira sequência de notas agudas. — Sete anos, talvez. Então isso teria sido em... 1893.

— E o que aconteceu com seus pais?

— Uma tenda de circo desabou sobre eles — respondeu Jesse. — Por isso tenho medo de listras.

Lucie bateu de leve no ombro dele. Jesse tocou uma nota grave de protesto no piano.

— Você *precisa* levar isso a sério — censurou ela, mas estava rindo. — Vão fazer todo tipo de perguntas a você, sabe. Um novo membro da Clave... Isso é incomum.

Eles parecem tão felizes juntos, pensou Cordelia, reflexiva. *Como James e eu costumávamos ser... E, no entanto, eu não sabia nada sobre esse lado de Lucie. Não sabia que isso estava acontecendo.*

— Jeremy Blackthorn — afirmou Jesse, com um tom pomposo. — *Quem é a jovem mais bela do Enclave?* É uma pergunta muito importante...

Diante disso, antes que o flerte avançasse, Cordelia pigarreou alto.

— O salão de baile está lindo! — exclamou. — Vai ser decorado para a festa de Natal?

— Muito sutil — observou Matthew, com um repuxar no canto da boca. Tanto Jesse quanto Lucie se viraram. Lucie sorriu.

— James, você voltou! Cordelia e Matthew, venham conhecer Jesse!

Cordelia pôde ver na mesma hora que Jesse estava muito diferente daquele possuído por Belial. Quando se levantou e foi cumprimentá-los, Cordelia achou que ele parecia de alguma forma mais *nítido* do que quando o vira antes, como uma pintura restaurada. Usava roupas que estavam um pouco curtas — seu paletó nitidamente repuxado nos ombros, os tornozelos visíveis entre os sapatos e a bainha da calça. Mas ele era inegavelmente bonito, com um rosto anguloso e expressivo, e olhos verdes de cílios longos muitos tons mais claros do que os de Matthew.

Enquanto trocavam apresentações e cumprimentos, Cordelia viu Lucie olhar de um lado para outro entre Matthew e James e franzir a testa. Lógico, ela os conhecia tão bem que perceberia qualquer estranheza entre os dois. Mesmo assim, uma pequena ruga surgiu entre suas sobrancelhas, e permaneceu.

Foi Matthew quem falou:

— O que é essa coisa de Jeremy, então?

— Ah, sim — começou Lucie. — Depois que voltamos da Cornualha, tivemos uma reunião com Charlotte e todas as tias e os tios, e decidimos... que apresentaremos Jesse como Jeremy Blackthorn, primo distante dos Blackthorn, descendente da parte da família que se mudou para a América há cem anos.

Cordelia franziu a testa.

— Os Irmãos do Silêncio não têm registros de quem pertence a qual família?

— Eles não costumam manter registros muito precisos daqueles que deixaram a Clave — explicou Jesse. — Como meu avô Ezekiel fez. E além do mais, um sujeito muito prestativo chamado Irmão Zachariah também estava na reunião.

Corrente de Espinhos

— Óbvio que teria o dedo do Irmão Zachariah nisso tudo — constatou Matthew. — Bem, que jamais se diga que nós não somos, como um grupo, inclinados a uma farsa. O Inquisidor sabe?

Lucie estremeceu.

— Céus, não. Imagina só. Ainda mais depois de, ao que parece, ele ter acabado de esbarrar com Belial nas planícies perto da Cidadela Adamant. Ele não deve estar se sentindo muito inclinado a ser simpático com os Blackthorn, ou, bem, com Caçadores de Sombras fazendo qualquer tipo de magia.

Todos tinham evitado perguntar a Lucie exatamente *como* ela havia ressuscitado Jesse. James parecia saber, mas Cordelia percebeu que era apenas mais uma coisa sobre Lucie que ela desconhecia e sentiu uma tristeza no peito. Não era diferente da tristeza que sentia por James, mas ali estava ela: tão perto de alguém que amava, e, no entanto, se sentindo a milhões de quilômetros de distância.

— É uma pena que não podemos contar a verdade — lamentou Matthew —, pois é uma história muito emocionante. Ter alguém que voltou dos mortos entre os nossos parece um motivo de orgulho para o Enclave, se querem saber minha opinião.

— Eu não me incomodaria se fosse por mim — afirmou Jesse. Ele tinha uma atitude calma, amena, embora Cordelia pudesse imaginar correntezas mais profundas sob a superfície. — Mas eu detestaria que Lucie fosse punida por tudo o que fez por mim, ou Grace. Sem as duas, eu não estaria aqui agora.

— Grace? — ecoou Cordelia, confusa.

Lucie corou e estendeu as mãos para Cordelia.

— Eu deveria ter contado a você. Tive medo de que fosse ficar chateada comigo...

— Você trabalhou com Grace? — perguntou James, em tom incisivo. — E não contou a nenhum de nós?

Jesse olhou de um lado para o outro entre eles, para o rosto pálido de James e para Cordelia, que ainda não tinha segurado as mãos de Lucie. Para Matthew, cujo sorriso havia sumido.

— Tem alguma coisa errada — observou ele. — Alguma coisa sobre minha irmã...?

— Ela não foi exatamente unanimidade com o Enclave enquanto esteve entre nós. Por exemplo, ela rompeu o noivado do meu irmão Charles com Ariadne, pareceu desejar se casar com ele e então o abandonou sem explicação em uma carta enviada da Cidade do Silêncio — falou Matthew.

Era uma pequena parte da história, mas os olhos de Jesse ficaram sombrios de preocupação.

— Não posso pedir perdão pelo que minha irmã fez — começou. — Ela terá de fazer isso sozinha. Sei que foi por insistência da minha mãe que ela foi atrás de Charles. Minha mãe sempre viu Grace como um caminho para o poder. E eu acredito que, ao se entregar aos Irmãos do Silêncio, minha irmã mostrou que não deseja mais ser uma ferramenta da minha mãe. Espero que isso conte para alguma coisa quando ela retornar para o Enclave.

Por um momento houve silêncio. Cordelia olhou para James e viu com tristeza que ele havia se retirado para trás da Máscara. Era sua armadura, sua proteção.

Lucie esteve apaixonada por Jesse esse tempo todo, e eu nunca soube, pensou Cordelia. *Agora eles estão juntos de vez, e isso só vai aproximá-la de Grace. Talvez Grace se torne cunhada dela e, enquanto isso, eu sequer posso ser sua* parabatai. *Vou perder Lucie para Grace, assim como perdi James.*

— Fico feliz por você, Lucie — disse ela. — E por você, Jesse. Mas estou muito cansada e preciso voltar para casa para ver minha mãe. Ela não está muito bem, e eu a deixei por tempo demais.

Ela se virou para ir embora.

— Cordelia — chamou Lucie. — Poderíamos ter pelo menos um momento a sós... Para conversar...

— Agora não — respondeu Cordelia ao se afastar do grupo. — Parece que há muito que eu não sabia. Sinto muito, mas preciso de um tempo para refletir sobre a natureza da minha própria ignorância.

—

James alcançou Cordelia nos degraus da entrada do Instituto.

Ele tinha corrido atrás dela sem pensar duas vezes — o que foi rude, ele sabia, mas tudo que vira foi Cordelia partindo infeliz, e precisava fazer alguma coisa a respeito imediatamente.

Corrente de Espinhos

Tinha parado de nevar, embora a neve tenha salpicado uma cobertura branca nos degraus da frente e nas lajes do pátio. Cordelia estava no topo da escada, seu fôlego se condensando em torno dela como nuvens brancas, as mãos sem luvas, unidas. O cabelo era uma chama forte contra a brancura do inverno, como uma papoula entre um campo de lírios.

— Daisy... — começou James.

— Não — interrompeu ela, baixinho, olhando para os portões do Instituto com sua frase em latim: PULVIS ET UMBRA SUMUS. — Não me chame assim.

James conseguia ver onde as pontas dos dedos dela estavam vermelhas de frio. Ele queria cobrir as mãos de Cordelia com as dele, fechá-las dentro do casaco da forma como vira seu pai fazer com as mãos da sua mãe. Com o autocontrole que anos de treinamento com Jem tinham incutido em si, James se conteve.

— Cordelia — falou. — Você teria contado a Lucie? Eu sei que não poderia, não teve a chance, mas... teria? Que me viu... com Grace, antes de partir para Paris?

Cordelia negou com a cabeça.

— Não, eu não teria. Jamais contei nada a ela sobre nossas discussões sobre Grace ou sobre nossos acordos com relação a ela. — Cordelia ergueu o queixo e o encarou, os olhos escuros brilhando como escudos. — Não permitiria que sentissem pena de mim. Ninguém.

Nisso somos iguais, James quis dizer. Ele sequer conseguia contar a alguém sobre a pulseira e sobre o feitiço. Não suportava que sentissem pena pelo que Grace fizera a ele. James pretendia contar a Cordelia, mas tinha imaginado um tipo de reunião muito diferente entre eles.

James afastou os pensamentos dela nos braços de Matthew.

— Desculpe — pediu ele. — Jamais quis colocar você em uma posição em que precisasse mentir para Lucie. Vejo agora que isso criou uma distância entre vocês duas. Não foi minha intenção. Meu orgulho nunca valeu tanto. — Ele se permitiu olhar para Cordelia. Sua expressão tinha se suavizado levemente. — Vamos para casa.

Incapaz de se conter, ele esticou o braço para afastar uma mecha de cabelo ruivo caída no rosto dela. As pontas dos dedos de James roçaram a pele macia da bochecha de Cordelia. Para sua surpresa, Cordelia não levantou a mão para impedi-lo. Mas também não disse: *Sim, vamos para casa em Curzon Street*. Ela não disse absolutamente nada.

— Aquela casa é nosso lar — insistiu James, no mesmo tom baixo. — *Nosso* lar. Não é nada para mim sem você nela.

— Era para ser seu lar com Grace — observou Cordelia, balançando a cabeça. — Você jamais fingiu que não seria dela eventualmente. Nós deveríamos ficar casados por apenas um ano, James, você e eu...

— Nunca pensei em morar lá com ela — disse James. Era verdade: ele não tinha. O feitiço não funcionava assim: ele forçava a mente dele para longe de pensamentos sobre o futuro, de qualquer escrutínio dos próprios sentimentos. — Cordelia — sussurrou ele. James tocou a bochecha dela. Cordelia fechou os olhos, seus cílios tremendo, uma franja de cobre escuro. Ele queria tanto beijá-la que chegava a doer. — Venha para casa. Não precisa significar que você me perdoa. Eu vou pedir desculpas cem vezes, mil vezes. Nós podemos jogar xadrez. Sentar diante da lareira. Podemos conversar. Sobre Paris, sobre Matthew, Lucie... qualquer coisa que você quiser. Nós sempre fomos capazes de conversar...

Nisso, os olhos de Cordelia se abriram. James sentiu seu estômago despencar. Não conseguiu evitar: mesmo melancólicos e semifechados, as profundezas dos olhos escuros dela jamais deixavam de desarmá-lo por completo.

— James — falou Cordelia. — Nós nunca *realmente* conversamos sobre nada.

Ele se afastou dela.

— Nós...

— Me deixe terminar — pediu ela. — Nós conversamos, mas jamais contamos a verdade um ao outro. Não a verdade completa, de toda forma. Apenas as partes que eram fáceis.

— *Fáceis?* Daisy... Cordelia, eu contei coisas a você que jamais contei a outra pessoa na vida. Eu confiei em você com tudo que tenho. Ainda confio.

Mas ele podia ver que a vulnerabilidade momentânea dela sumira. O rosto de Cordelia estava recomposto, com linhas determinadas.

— 169 —

Corrente de Espinhos

— Não acho que seria uma boa ideia eu retornar a Curzon Street — respondeu. — Vou voltar para casa em Cornwall Gardens. Preciso ver minha mãe, e Alastair. Depois disso...

James sentiu como se tivesse engolido chumbo fervendo. Ela chamara Cornwall Gardens de *casa* — ficou evidente que não pensava na casa deles em Curzon Street daquela forma. E, no entanto, ele não podia culpá-la. Nenhuma parte daquilo era culpa dela. Os dois tinham concordado: um casamento apenas no nome, que durasse um ano...

Um ano. Eles mal tiveram um mês. A ideia de isso ser todo o tempo que teria com Cordelia era como uma ferida. James falou, mecanicamente:

— Me deixe pegar a carruagem. Eu posso levar você até Kensington.

Cordelia deu um passo para trás. Por um momento, James se perguntou se tinha dito algo que a chateou. Então acompanhou o olhar dela e viu Matthew, fechando as portas da frente do Instituto atrás de si. Ele não usava paletó, apenas o casaco de veludo, rasgado no pulso. Ele disse a Cordelia:

— A carruagem da Consulesa também está à sua disposição, se preferir. Não estarei nela — acrescentou. — Apenas Charles. Pensando bem, essa não é uma oferta muito atraente, é?

Cordelia olhou para ele solenemente. James não conseguia parar de pensar na expressão no rosto de Cordelia quando ela percebeu que Matthew estivera bebendo em Paris. Sabia como ela se sentia pois era o mesmo que ele.

— É gentil da parte de vocês — disse ela. — Mas não há necessidade. Alastair veio me buscar. Olhem.

Ela apontou, e, de fato, uma carruagem contratada entrava pelos portões do Instituto. O veículo chacoalhou pelos paralelepípedos e parou diante dos portões, vapor subindo pelos flancos cobertos dos cavalos.

A porta se abriu e o próprio Alastair Carstairs desceu. Ele usava um pesado sobretudo azul, suas mãos embrulhadas em luvas de couro. Ele andou escada acima até a irmã e falou, sem olhar para James ou Matthew:

— Onde estão suas coisas, Layla?

Layla. O som daquele nome doía. Trazia de volta o poema, a história cujo fio tinha unido James e Cordelia, invisivelmente, ao longo dos anos. *O prazer daquele coração, um único olhar os nervos dele ao frenesi levava, um único olhar atordoava cada pensamento... Layla, ela se chamava.*

— Magnus diz que os enviou — respondeu Cordelia. — Algum tipo de feitiço. Meu baú deve aparecer na casa. Senão...

— É melhor aparecer — interrompeu Matthew. — Tem todas as suas belas coisas de Paris.

Todas as suas belas coisas. Como o vestido de veludo vermelho que ela usara na noite anterior. Coisas que Matthew, sem dúvida, tinha ido comprar com ela. O estômago de James se revirou.

— Vamos lá, vamos embora, *shoma mitavanid tozieh bedid, che etefagi brayehe in ahmagha mioftad vagti ma mirim* — chamou Alastair. *Você pode explicar o que está acontecendo com esses idiotas quando partirmos.* Aparentemente lhe escapou que James andara aprendendo persa.

— Vá na frente. Vou me juntar a você em um instante — informou Cordelia. Alastair assentiu e se retirou para a carruagem. Cordelia se virou para encarar Matthew e James.

— Eu não sei como me sinto — começou ela. — Tem muita coisa acontecendo, muitas complicações. De algumas maneiras, estou com raiva de vocês dois. — Ela os encarou com seriedade. — De outras, sinto que magoei a ambos, que fui injusta com vocês. Essas são coisas que precisam ser resolvidas com a minha própria consciência.

— Cordelia... — começou Matthew.

— Não — interrompeu ela. — Estou *muito* cansada. Por favor, apenas entendam. Eu me importo com vocês dois.

Ela foi na direção da carruagem e estendeu a mão, e Alastair a segurou para ajudar a irmã a subir os degraus. Quando a porta se fechou, James conseguiu ouvir Alastair perguntando a Cordelia se ela estava bem ou se ele precisava bater em alguém por ela. A carruagem saiu chacoalhando, deixando Matthew e James na própria companhia, e um silêncio onde Cordelia estivera.

James se virou para encarar Matthew. Seu *parabatai* estava quase exangue de tão pálido, os olhos pareciam manchas verde-escuras de tinta em seu rosto pálido.

— Math — disse ele. — Nós não deveríamos brigar.

— Não vamos brigar — retrucou Matthew, ainda olhando para o lugar onde a carruagem estivera. — Já disse que entregaria o jogo a você.

— 171 —

Corrente de Espinhos

— Mas essa escolha não é sua — ressaltou James. — Nem minha. É de Cordelia. Sempre será dela.

Matthew esfregou os olhos com a mão enluvada.

— Acho que ela odeia a nós dois — observou ele. — Talvez isso nos coloque em pé de igualdade. — Ele olhou para James. — Eu não sabia — murmurou. — Não fazia ideia quando fui a Paris com Cordelia que você se incomodaria. Não achei que você a amasse. Jamais teria ido se achasse isso.

— Algo muito justo de pensar, considerando meu comportamento — falou James. — Mas... eu queria que você tivesse me perguntado.

— Eu deveria. Eu estava com raiva. Estava prestes a partir sozinho, e então Cordelia apareceu no meu apartamento, e ela estava aos prantos, e... — Ele balançou a cabeça. — Achei que você a tivesse magoado. Agora eu não sei o que pensar. Grace está na prisão. Você parece satisfeito com isso. Não posso dizer que lamento por ela estar lá, mas estou confuso.

— Grace foi até minha casa na noite em que você partiu para Paris — explicou James. — Eu a entreguei aos Irmãos do Silêncio. Quando percebi que Cordelia tinha ido embora, corri atrás dela. Até o seu apartamento, e então Waterloo. Eu estava na plataforma quando seu trem partiu.

Matthew encostou na porta.

— James...

— *Matthew* — disse James, em voz baixa. — Eu estou apaixonado por Cordelia, e ela é minha esposa. Você precisa entender, vou fazer o possível para consertar as coisas entre nós.

— Por que nunca contou a ela? — questionou Matthew. — Por que ela precisou fugir para descobrir?

— Eu deveria ter contado — admitiu James. — Eu queria ter contado. — Ele hesitou. — Por que nunca me disse que *você* a amava?

Matthew o encarou.

— Porque ela é sua esposa, e eu tenho *alguns* escrúpulos, sabe. O que você viu, o beijo, aquilo foi tudo. De qualquer coisa... física... entre nós.

James sentiu uma onda de alívio constrangedora.

— E se eu não tivesse interrompido vocês? — Ele estendeu a mão. — Não importa. Você acreditava que meu casamento com Cordelia era uma farsa. Eu entendo.

— Mas eu sabia... — Matthew se impediu de continuar com o que estava prestes a dizer, e suspirou pesadamente. — Sabia que depois que vocês vivessem juntos, depois que você passasse tanto tempo com ela, você passaria a amá-la também. E, além do mais, quando você descobre que está apaixonado pela esposa do seu melhor amigo, não *conta* a ninguém. Você se afoga em bebida, sozinho em Londres ou em Paris, até que ou isso te mate, ou os sentimentos sumam.

James sabia que não deveria dizer, mas não conseguiu se conter.

— Mas você não estava sozinho em Paris, estava?

Matthew suspirou.

— É uma doença. Achei que se Cordelia estivesse comigo, eu não precisaria da bebida. Mas parece ser tarde demais para isso. A bebida precisa de mim.

— Eu preciso mais — disse James. — Math, me deixe ajudar você...

— Ah, pelo amor de Deus, James! — exclamou Matthew, angustiado. — Como você pode ser tão *bom*? — Ele se afastou da porta. — Eu não suportaria neste momento — continuou — ser ajudado por você.

Antes que James pudesse dizer mais, ele ouviu Charles chamar, com sua voz estrondosa:

— *Aí* está você, Matthew! Quer uma carona de volta para casa? Ou poderia voltar comigo e ver seus pais. Tenho certeza de que adorariam saber como foi em Paris.

Matthew exibiu uma expressão que James conhecia bem: *dai-me paciência.*

— Só um instante — gritou em resposta. Matthew se virou de volta para James e colocou a mão no ombro dele. — O que quer que aconteça, não me odeie, James. Por favor, não acho que eu aguentaria.

James sentiu vontade de fechar os olhos. Ele sabia que atrás deles veria dois meninos correndo por um gramado verde em Idris, um de cabelos claros e outro de cabelos escuros.

— Eu jamais poderia odiar você, Math.

Quando Matthew foi até o irmão, deixando James sozinho na escada, James pensou: *Eu jamais poderia odiar você, pois todo meu ódio está reservado para mim mesmo. Não sobra nada para mais ninguém.*

10
ANDARILHO

Ele viu uma sombra preta: um grande corvo havia pousado,
imóvel, fitando Majnun, olhos brilhando como lâmpadas.
"Trajando luto, ele é um andarilho como eu", pensou Majnun,
"e em nossos corações nós provavelmente sentimos o mesmo."

— Nizami Ganjavi, *Layla e Majnun*

Sempre surpreendeu Cordelia como Londres podia ser ao mesmo tempo nublada, e até chuvosa, e iluminada o suficiente para ferir os olhos. De dentro da carruagem com Alastair ela piscou para se proteger do brilho do céu branco-leitoso, e pensou no sol de Paris. Sua estadia lá já estava começando a parecer distante, como a memória de um sonho.

Eles ficaram sentados em silêncio conforme o condutor navegava pelo tráfego da Strand. Um ano atrás, Alastair teria uma torrente de perguntas. Ele agora parecia satisfeito em esperar que Cordelia falasse.

— Alastair — começou ela, conforme eles viravam para a Mall com suas fachadas de sacadas. — Imagino que Magnus tenha informado a você que viesse me buscar, certo?

Alastair franziu a testa para ela.

— 175 —

Corrente de Espinhos

— Cordelia, coloque luvas. Está frio. E sim, Magnus me contou que você tinha acabado de atravessar um Portal até Londres. Disse que parecia exausta depois de tanta viagem e que poderia apreciar ser recolhida.

— *Recolhida* — murmurou Cordelia. — Falando assim parece até que sou uma bagagem. E eu não trouxe luvas. Devo tê-las deixado no hotel.

Com um suspiro exagerado, Alastair retirou as próprias luvas e começou a enfiá-las nas mãos de Cordelia. Eram ridiculamente grandes, mas muito quentes, principalmente porque ele as estivera usando. Cordelia flexionou os dedos, agradecida.

— Eu fiquei surpreso — revelou Alastair. — Teria apostado que você voltaria para sua casa em Curzon Street. Você se lembra dela? A casa onde mora com James Herondale? Seu marido?

Cordelia olhou pela janela. Carruagens e coches estavam amontoados em torno de um grande arco de pedra adiante — algum tipo de monumento, embora ela não se lembrasse de qual. Acima, o condutor reclamava do tráfego.

— Eu estava preocupada com *Mâmân* — respondeu ela. — Não deveria ter viajado com o bebê tão perto de nascer. Na verdade, acho que vou ficar em Cornwall Gardens pelo menos até o parto.

— Sua devoção à família é admirável — comentou Alastair, sarcasticamente. — Tenho certeza de que não tem relação com você ter simplesmente fugido para Paris com o *parabatai* do seu marido.

Cordelia suspirou.

— Eu tive meus motivos, Alastair.

— Tenho certeza que sim — concordou ele, surpreendendo-a novamente. — Gostaria que você me contasse quais são. Está apaixonada por Matthew?

— Não sei — admitiu Cordelia. Não que ela não tivesse coisas passando pela cabeça, mas não sentia vontade de compartilhá-las com Alastair no momento.

— Está apaixonada por James então?

— Bem. Nós *somos* casados.

— Isso não é exatamente uma resposta — observou Alastair. — Eu não gosto muito de James — acrescentou ele —, mas, por outro lado, também não gosto muito de Matthew. Então, veja bem, estou dividido.

— Ora, como isso deve ser difícil para você — disparou Cordelia, irritada. — Não posso imaginar como vai encontrar forças para seguir em frente.

Ela fez um gesto de desdém, que foi arruinado quando Alastair caiu na gargalhada.

— Desculpe — falou ele. — Mas essas luvas estão *enormes* em você.

— Humph! — bufou Cordelia.

— Sobre James...

— Somos o tipo de família que discute nossos relacionamentos agora? — perguntou Cordelia. — Talvez você queira conversar sobre Charles?

— Não exatamente. Charles parece estar se recuperando e, além de me certificar que não morra, não tenho mais nenhum interesse no que acontece com ele — explicou Alastair. — Na verdade, minha preocupação com a sobrevivência dele chegou até a vacilar em alguns momentos. Charles sempre exigia que eu ajustasse seus travesseiros. "E agora o travesseiro do *pé*, Alastair" — o irmão recitou, com uma voz esganiçada que, para ser justa, não soava nada como o verdadeiro Charles. Alastair era terrível com imitações.

— Eu não recusaria um travesseiro para pés — comentou Cordelia. — Parece bem legal.

— Você está visivelmente em um estado emotivo, então vou ignorar seus balbucios — retrucou Alastair. — Olha, você não precisa discutir comigo seus sentimentos em relação a James, Matthew ou qualquer outro harém de homens que possa ter adquirido. Eu só quero saber se você está bem.

— Não, você quer saber se algum deles fez alguma coisa horrível comigo para poder sair atrás deles em minha defesa — corrigiu Cordelia, séria.

— Posso querer as duas coisas — defendeu-se Alastair. Eles tinham saído do trânsito, finalmente, e estavam chacoalhando por Knightsbridge, além da Harrods, enfeitada com decorações natalinas, e ruas tumultuadas com meninos com carrinhos de mão vendendo castanhas e tortas quentes.

— Eu ando realmente preocupada com *Mâmân* — insistiu Cordelia.

A expressão de Alastair suavizou.

— *Mâmân* está bem, Layla, à exceção do cansaço. Ela dorme bastante. Quando está acordada, fica de luto por nosso pai. É o luto que a cansa, acho, não a gravidez.

— Ela está brava comigo? — Cordelia não tinha percebido que diria essas palavras até elas já terem saído de sua boca.

— Por ir até Paris? Não, de jeito nenhum. Ela ficou bastante calma quando recebemos seu recado. Mais calma do que eu teria previsto, devo admitir.

Corrente de Espinhos

Disse que se seus sonhos tinham levado você a Paris, então ela ficava feliz. Não me lembro de ninguém jamais dizer isso sobre mim quando *eu* fui a Paris — acrescentou ele. — É um fardo terrível, ser o mais velho.

Cordelia suspirou.

— Eu não deveria ter ido, Alastair. Se não tivesse sido por *ela*, por Lilith, eu não acho que teria. Mas sou *inútil*. Não posso proteger ninguém. Não posso nem mesmo pegar minha espada.

— Cortana. — Ele olhou para ela, uma expressão estranha nos olhos escuros. Ela sabia que os dois tinham os mesmos olhos pretos apenas um tom mais claro do que a pupila, mas em Alastair, Cordelia reconhecia que a luz deles transformava seu rosto, suavizando a severidade. Que eles eram impressionantes. Cordelia jamais tinha pensado nos próprios olhos, apenas supôs que as pessoas não pensavam em si mesmas daquela forma. — Layla, preciso lhe dizer uma coisa.

Ela ficou tensa.

— O que foi?

— Eu não pude manter Cortana em casa — revelou ele — e nem comigo, por conta de uns visitantes bastante... inconvenientes.

Estavam passando por Hyde Park, que era um borrão verde do lado de fora da janela de Cordelia.

— Demônios?

Alastair assentiu.

— Ravener — explicou. — Demônios espiões. Eu poderia ter dado conta deles sozinho, mas com *Mâmân*... Não se preocupe — acrescentou Alastair, às pressas, ao ver a expressão da irmã. — Thomas me ajudou a escondê-la. Não vou lhe contar onde, mas está segura. E não vejo um Ravener desde que a trancafiei.

Cordelia queria desesperadamente perguntar onde Alastair a escondera, mas sabia que não podia. Era besteira, mas ela sentia falta de Cortana terrivelmente. *Eu mudei tanto*, pensou ela, *que não sei se Cortana me escolheria de novo, mesmo que eu não fosse mais paladino de Lilith*. Era um pensamento desolador.

— Thomas ajudou você? — perguntou, em vez disso. — Thomas Lightwood?

— Ah, veja, chegamos — anunciou Alastair, e abriu a porta da carruagem, saltando para fora antes que ela tivesse parado de andar.

— 178 —

CASSANDRA CLARE

— *Alastair!* — Cordelia saltou atrás do irmão, que não parecia abalado pela ação e já pagava o condutor.

Cordelia observou a casa. Ela gostava do lugar, da fachada branca pacífica, do lustroso 102 preto pintado na pilastra mais à direita. Gostava daquela rua de Londres, silenciosa e arborizada. Mas não era seu *lar*, pensou ela, ao acompanhar o irmão até a porta da frente. Era a casa da mãe dela — um refúgio, mas não um lar. Seu lar era em Curzon Street.

Cordelia suspeitava de que Risa estivesse olhando pela janela, pois ela apareceu imediatamente para abrir a porta da frente e acompanhar os dois para dentro. Risa apontou de modo acusatório para o baú de Cordelia, largado no meio da entrada.

— Ele simplesmente apareceu — reclamou ela, abanando-se com um pano de prato. — Em um momento, não estava ali, então, *poof!* Me deu um baita susto, devo dizer. *Tekan khordam.*

— Desculpe, Risa, querida — disse Cordelia. — Tenho certeza de que Magnus não teve a intenção de assustar você.

Risa murmurou quando Alastair levantou o baú e começou a puxá-lo escada acima.

— O que você comprou em Paris? — reclamou ele. — Um francês?

— Fala baixo, ele está dormindo — brincou Cordelia. — Ele não fala inglês, *mas* sabe cantar "Frère Jacques" e faz um excelente *crêpe suzette.*

Alastair riu com escárnio.

— Risa, não vai me ajudar com isso?

— Não — respondeu Risa. — Vou levar Layla para *khanoom* Sona. Ela vai ficar muito mais feliz depois de ver a filha.

Cordelia tirou o casaco e acenou uma despedida culpada para Alastair antes de seguir Risa pelo corredor até o quarto da mãe. Risa levou um dedo aos lábios antes de olhar para dentro. Um momento depois ela entrou com Cordelia no espaço pouco iluminado e fechou a porta atrás de si.

Cordelia piscou, seus olhos se ajustando à luz fraca da lareira e do lampião na cabeceira. Sona estava sentada na cama, apoiada em uma montanha de travesseiros coloridos, um livro nas mãos. A barriga parecia mais redonda do que quando Cordelia a vira, apenas uma semana antes, e seu rosto estava inchado e cansado, embora sorrisse animada para Cordelia.

Ela sentiu uma terrível onda de culpa.

— 179 —

Corrente de Espinhos

— *Mâmân!* — exclamou, e correu até a cama para abraçar a mãe com cuidado.

— Bem-vinda de volta — cumprimentou Sona, acariciando o cabelo da filha.

— Sinto muito, *Mâmân*. Eu não deveria ter ido...

— Não se preocupe. — Sona apoiou o livro. — Eu disse a você que a coisa mais importante era fazer o que a deixava feliz. Então você foi a Paris. Que mal há nisso? — Os olhos dela percorreram o rosto de Cordelia. — Eu costumava achar que o mais importante era aguentar firme, permanecer forte. Mas a infelicidade, com o passar do tempo, envenena a vida.

Cordelia se sentou na cadeira ao lado da cama e segurou a mão de Sona.

— Foi realmente tão terrível assim com Baba?

— Eu tive você e Alastair — respondeu Sona —, e isso sempre me fez feliz. Quanto ao seu pai... Só posso ficar de luto pela vida que não tivemos, a que poderíamos ter tido caso ele... Caso as coisas tivessem sido diferentes. Mas não se pode consertar ninguém, Cordelia — acrescentou ela. — No fim, se a pessoa tiver conserto, ela precisará consertar a si mesma.

Cordelia suspirou e olhou para as chamas crepitando na lareira.

— Quando eu nos trouxe para Londres — prosseguiu Sona —, foi para salvar nossa família. Salvar seu pai. E salvamos. *Você* salvou. E eu sempre terei orgulho de você por isso. — Ela deu um sorriso melancólico. — Mas o que nos trouxe até aqui acabou. Acho que talvez seja hora de considerarmos deixar Londres.

— Voltar para Cirenworth? — Cirenworth era a casa de campo deles em Devon, agora fechada e inabitada, com lençóis por cima da mobília e cortinas blecaute nas janelas. Era estranho pensar em voltar para lá.

— Não, Layla, para Teerã — corrigiu Sona. — Tenho estado afastada de minhas tias e meus primos de lá há muito tempo. E como seu pai se foi...

Cordelia só conseguiu encarar a mãe. Teerã, onde Sona nascera. Teerã, cujo idioma e história ela conhecia tão bem quanto as próprias mãos, mas um lugar do qual não tinha lembranças de ter vivido, com cujos costumes não estava familiarizada.

— Teerã? — repetiu Cordelia. — Eu... Mas nós vivemos *aqui*. — Ela estava quase chocada demais para falar. — E não poderíamos ir *agora*. O Enclave precisa de nós...

— 180 —

CASSANDRA CLARE

— Você já fez bastante pelo Enclave — interrompeu Sona. — Pode ser uma poderosa Caçadora de Sombras na Pérsia também, se é o que deseja. Eles são necessários em todos os lugares. — *Dito como uma verdadeira mãe*, pensou Cordelia. — Layla, não estou dizendo que você precisa ir para Teerã. Você tem um marido aqui. Obviamente seria esperado que ficasse.

Cordelia sentiu que a mãe pisava em ovos, sendo cautelosa ao falar do casamento da filha. Ela se perguntou, consternada, o que a mãe *pensava* que teria acontecido entre ela e James. Ou talvez ela só tivesse sentido algum tipo de problema? Estava oferecendo a Cordelia uma saída, de toda forma.

— Alastair já disse que irá — falou Sona. — E Risa, obviamente. Com o bebê, vou precisar da ajuda dos dois.

— Ele disse? — Cordelia ficou chocada. — Para Teerã? E cuidar do bebê? — Ela tentou imaginar Alastair fazendo um bebê arrotar e não conseguiu de maneira alguma.

— Não é preciso repetir tudo o que eu digo, Layla. E você não precisa decidir agora. Não estou em condições de me mover milhares de quilômetros esta noite. Primeiro, preciso trazer este aqui ao mundo. — Sona deu tapinhas na barriga, os olhos se fechando de cansaço. — Então você poderá decidir o que quer.

Ela fechou os olhos. Cordelia beijou a testa da mãe e saiu para o corredor, onde encontrou Alastair espreitando. Ela estreitou os olhos para ele.

— Você sabia sobre isso? Você *concordou* em se mudar para Teerã sem me contar?

— Bem, você estava em Paris. Além do mais, achei que *Mâmân* deveria contar a você, não eu. — Ali, no corredor escuro, Cordelia não podia ver a expressão dele. — Eu não tenho nada que me prenda aqui, não de verdade. Talvez você tenha, mas nossas situações são diferentes.

Cordelia só conseguiu olhar para ele em silêncio. Não teve coragem de contar ao irmão como sentia tudo escapando dela: James, Matthew, Lucie. Seu propósito como Caçadora de Sombras, a portadora de Cortana. Como seria para ela perder tudo aquilo, e sua família também, e ainda permanecer em Londres?

— Talvez não — disse ela, por fim. — Talvez sejam mais parecidas do que pensa.

— 181 —

Corrente de Espinhos

Assim que a carruagem da Consulesa sumiu, James se dirigiu para Curzon Street, com o vento frio açoitando seu casaco.

A caminhada entre o Instituto e a casa dele era de pouco mais de três quilômetros, mas James queria um tempo sozinho para refletir. Londres girava em volta dele com toda sua vivacidade. A própria Fleet Street, com os jornalistas e advogados e homens de negócios, até Leicester Square, onde centenas faziam fila do lado de fora do Teatro Alhambra por ingressos para o balé de inverno. Turistas erguiam taças uns para os outros nas janelas brilhantes da *brasserie* do Hotel de l'Europe. Quando chegou a Picadilly Circus já estava escurecendo, e as luzes em torno da estátua de Eros tinham anéis luminosos formados por nuvens de flocos de neve rodopiantes. O tráfego estava tão tumultuado que havia parado por completo. Um mar revolto de compradores de Natal passou por ele vindo da Regent Street, apinhados de pacotes de papel pardo. Um homem de rosto corado que carregava uma girafa de pelúcia gigante e obviamente tinha visitado a Hamleys esbarrou nele, pareceu prestes a dizer algo grosseiro, então viu a expressão de James e recuou às pressas.

James não tinha usado feitiço de disfarce, já que as roupas de inverno cobriam suas Marcas. Ele não tinha como culpar o homem por sair correndo, no entanto: quando viu seu reflexo nas vitrines conforme passava, viu um homem com um rosto pálido e severo que parecia ter acabado de receber notícias terríveis.

A casa em Curzon Street parecia ter sido abandonada por meses em vez de dias. James chutou gelo e neve das botas na entrada, onde o papel de parede colorido lembrava a ele da primeira vez que tinha levado Cordelia até ali. *Tão lindo*, dissera ela. *Quem escolheu?*

E James sentiu um momento de orgulho quando revelou que ele mesmo havia escolhido o papel de parede. Orgulho por ter escolhido algo de que ela gostava.

James caminhou pelos quartos, acendendo as lâmpadas a gás, pela sala de jantar e além do escritório, onde ele e Cordelia tinham jogado tantas partidas de xadrez.

CASSANDRA CLARE

Pelo canto do olho, ele notou um lampejo de luz. Ainda de casaco, desceu até a cozinha, onde estava completamente despreparado para ser recebido por um grito de gelar o sangue.

Um momento depois, tinha uma adaga na mão e estava encarando Effie no balcão da cozinha. Ela empunhava uma colher de madeira feito uma gladiadora, seu topete grisalho se agitando.

— Aff! — exclamou ela, relaxando ao reconhecê-lo. — Eu não estava esperando *você* de volta.

— Bem, não vou ficar muito tempo — falou James, guardando a adaga. — Terei que ficar no Instituto por alguns dias. Coisa de Caçador de Sombras.

— E a Sra. Herondale? — perguntou Effie, parecendo curiosa. Ela ainda segurava a colher.

— Vai ficar na casa da mãe. Até o bebê nascer.

— Bem, ninguém *me* contou — reclamou Effie. — Ninguém me conta nada.

James estava começando a sentir dor de cabeça.

— Tenho certeza de que ela apreciaria se você pudesse preparar um baú com algumas de suas coisas. Alguém virá buscá-lo amanhã.

Effie saiu apressada da cozinha. James pensou que ela pareceu aliviada por ter uma tarefa específica a cumprir. Ou talvez estivesse apenas feliz por se afastar do seu patrão empunhador de facas. Ele estava realmente conquistando apoio popular aquele dia.

James continuou pela casa, acendendo lâmpadas conforme caminhava. Tinha escurecido do lado de fora, e a luz brilhava contra os vidros das janelas. Sabia que deveria fazer a própria mala, embora tivesse roupas e armas no Instituto — coisas que tinha deixado em seu antigo quarto —, mas não conseguia decidir se deveria levar também alguns itens de valor sentimental. Ao mesmo tempo que não queria ficar sem eles, não queria contemplar a ideia de que não voltaria em breve para Curzon Street, para viver ali com Cordelia.

Tudo o lembrava dela. James já sabia, lá no fundo, mas agora estava evidente que cada decisão que tinha tomado na decoração da casa havia sido feita com a esperança de agradá-la, imaginando o que lhe traria prazer. O tabuleiro de xadrez na sala de estar, as miniaturas persas, o painel entalhado sobre a lareira que incorporava o brasão dos Carstairs. Como pôde não ter

— 183 —

Corrente de Espinhos

percebido na época? Desde o início eles concordaram em ficar casados por apenas um ano — ele acreditara estar apaixonado por Grace —, mas na decoração da casa que ele supostamente esperara que os dois compartilhassem um dia, James sequer pensara em Grace.

O domínio da pulseira tinha sido sutil. Era provável que ele *tivesse* se perguntado na época por que Grace já não habitava mais sua mente. Mas a pulseira teria se certificado de que tais pensamentos lampejassem brevemente e fossem logo extintos. James não podia recriar agora a forma como tinha pensado as coisas na época. Era estranho ter estado alheio aos próprios sentimentos na ocasião e muito irritante estar ciente deles agora, quando era tarde demais.

James se viu de pé diante da lareira na sala de estar. Acima da lareira estavam as partes quebradas da pulseira de prata. Effie devia tê-las recolhido do chão onde James as deixara.

Ele não conseguia pensar em tocar nelas. Permaneceram caídas onde estavam, com um cinza esmaecido à luz da vela. A frase gravada do lado de dentro, LOYAULTÉ ME LIE, tinha sido cortada ao meio junto com a pulseira. As duas luas crescentes combinando pareciam apenas uma bijuteria quebrada, incapazes de destruir a vida de alguém.

E, no entanto, tinham destruído a sua. Quando pensava no que *sentira* por Grace — e houvera sentimentos, físicos e nada naturais — e, ainda pior, no que ele *acreditava* que sentia, James ficava enjoado, bem no fundo, de uma forma que era selvagem e abusiva. Seus sentimentos, deturpados; seu amor, direcionado à pessoa errada; sua ingenuidade, transformada em uma arma contra ele.

James pensou em Grace, na Cidade do Silêncio. No escuro, sozinha. *Que bom. Espero que apodreça lá,* desejou, com uma amargura que era totalmente incomum para si. Uma amargura que, sob outras circunstâncias, o teria deixado envergonhado.

Um brilho laranja como a chama de uma vela apareceu subitamente e flutuou pela janela aberta. Era um pedaço de papel, dobrado como uma carta, mas pegando fogo e sendo rapidamente consumido. O objeto aterrissou suavemente sobre o piano, onde a toalha de renda sob ele imediatamente pegou fogo também.

Christopher, pensou James na mesma hora.

Ele apagou o fogo e limpou as cinzas das bordas do papel. Quando o virou, apenas duas palavras ainda estavam legíveis. James estava quase certo de que diziam *porta da frente.*

Curioso, ele foi até a porta da frente e a abriu. De fato, ali estava Christopher, espreitando nos degraus e parecendo constrangido.

— Isso é seu? — perguntou James, segurando o pedaço de papel queimado. — E o que você tem contra campainhas?

— O que eu faço — defendeu-se Christopher —, eu faço em nome do avanço da ciência. Como funcionou, aliás?

— Bem, a maior parte da mensagem está queimada, e você me deve uma toalha de renda — respondeu.

Christopher assentiu solenemente e retirou um pequeno caderno e um lápis do paletó. Ele começou a escrever algo.

— Será acrescentado à lista de posses de amigos que preciso substituir, devido às exigências da...

— Ciência. Eu sei — interrompeu. — Bem, entre, então. — Não conseguiu evitar um sorriso quando Christopher entrou e pendurou o casaco um pouco maltrapilho nos punhos, onde tinha sido queimado e manchado com vários compostos ácidos. Seus cabelos castanho-claros estavam grudados na cabeça como a penugem de um filhote de pato. Ele parecia completamente familiar e inalterado, como luz em um mundo sombrio.

— Cordelia está aqui? — perguntou Christopher quando James o levou para a sala de estar. Os dois desabaram nas poltronas, Christopher guardando o caderninho de volta no paletó.

— Não — respondeu James. — Ela decidiu continuar na casa da mãe por enquanto. Até o bebê nascer, pelo menos.

Ele se perguntou quantas vezes precisaria repetir aquelas mesmas frases. Já estavam começando a irritá-lo.

— Certo, certo — disse Christopher, com firmeza. — Isso faz sentido. Seria estranho, na verdade, se ela *não* estivesse com a mãe, tão perto do nascimento do irmão. É do meu entendimento que, quando um bebê está para nascer, o máximo de pessoas possível precisa se reunir para, ah, bem. Você sabe.

James ergueu uma sobrancelha.

Corrente de Espinhos

— Enfim — prosseguiu Christopher, antes que James pudesse responder —, eu estava conversando com Thomas e nós nos perguntamos... Quer dizer, *ele* pensou, e *eu* concordei, que... Bem, Matthew tinha mandado um recado dizendo que estava se divertindo com Cordelia em Paris e que explicaria quando voltasse. E agora você e Matthew e Cordelia estão *todos* de volta, mas Cordelia não está aqui e...

— Christopher — interrompeu James, calmamente. — Onde está Thomas?

As orelhas de Christopher ficaram vermelhas.

— Ele foi falar com Matthew.

— Entendo — comentou James. — Você ficou comigo, e Thomas, com Math. A melhor estratégia para arrancar informações de pelo menos um de nós.

— Não é assim — negou Christopher, parecendo arrasado, e James se sentiu um babaca. — Nós somos os Ladrões Alegres, um por todos, e todos por um...

— Acho que isso é sobre os Três Mosqueteiros — observou James.

— *Havia* quatro mosqueteiros, se você contar com D'Artagnan — o amigo o corrigiu.

— Christopher...

— Nós nunca brigamos — prosseguiu ele. — Quero dizer, não entre nós, pelo menos nada sério. Se você teve um desentendimento com Math... Nós queremos ajudar a consertar.

Apesar de não querer, James ficou comovido. Por mais que ele e Christopher tivessem sido próximos durante anos, ele entendia que o amigo raramente, talvez jamais, estaria disposto a conversar sobre algo tão irracional quanto *sentimentos*.

— Nós precisamos uns dos outros — continuou, simplesmente. — Ainda mais agora.

— Ah, Kit. — James sentiu os olhos arderem. Uma vontade de agarrar Christopher e abraçá-lo o invadiu, mas sabendo que isso apenas deixaria o amigo alarmado, ele permaneceu onde estava. — Math e eu não estamos pulando no pescoço um do outro nem nada disso. Assim como nenhum de nós está com raiva de Cordelia ou ela de nós. As coisas só estão... complicadas.

— Nós precisamos de Cordelia também — acrescentou ele. — E de Cortana. Eu andei lendo sobre paladinos...

CASSANDRA CLARE

— Você ouviu sobre o Inquisidor, presumo? Do que aconteceu quando foi atrás de Tatiana?

— Estou sabendo de tudo — afirmou Christopher. — Parece que Belial pode fazer sua próxima incursão em breve, e sem Cordelia ou a espada dela...

— Lilith também odeia Belial — observou James. — Ela não a impediria de usar Cortana contra ele se chegasse a esse ponto. Mesmo assim, Cordelia não quer agir enquanto Lilith segura as rédeas, e não posso culpá-la.

— Não — concordou Christopher. — Pelo menos Belial não tem um corpo para possuir, como fez com Jesse Blackthorn.

— Você sabe sobre Lucie e Jesse, certo?

— Ah, sim — confirmou. — Eu o conheci no encontro de ontem à noite. Parece um sujeito bem legal, embora não me deixe fazer experimentos nele, o que é uma pena.

— Não posso imaginar o porquê.

— Talvez quando as coisas se acalmarem, ele reconsidere.

— Talvez — falou James, duvidando muito. — Enquanto isso, nós precisamos fazer uma reunião, aqueles de nós que sabem sobre Cordelia e Lilith, e discutir o que pode ser feito.

Christopher franziu a testa.

— Jesse sabe sobre Cordelia e Lilith? Porque Lucie vai querer que ele vá a qualquer reunião que fizermos.

— E ele deveria — disse James. — Ele conhece Belial de um jeito que nenhum de nós conhece. Nem mesmo eu. — Ele esfregou os olhos. Sentia-se exausto, como se tivesse voltado de Paris de trem em vez de Portal. — Vou contar a ele.

— E eu vou enviar várias das minhas mensagens de fogo para todos que serão chamados à reunião — anunciou Christopher, animado.

— Não! — protestou James, e então, quando Christopher pareceu preocupado, ele acrescentou: — Podemos simplesmente mandar mensageiros.

— *E* mensagens de fogo — acrescentou Christopher.

James suspirou.

— Tudo bem. Vou avisar os mensageiros. E a brigada de incêndio.

Corrente de Espinhos

Thomas não teve problemas para encontrar o apartamento de Matthew. Já estivera ali antes, mas mesmo que não tivesse estado, qualquer um que conhecesse Matthew, se tivesse lhe sido pedido que adivinhasse em que prédio de Marylebone ele teria escolhido morar, teria apontado a monstruosidade barroca cor-de-rosa na esquina com Wimpole Street.

O porteiro deixou Thomas entrar e disse a ele que o Sr. Fairchild estava, de fato, em casa, mas que não gostava de perturbá-lo. Thomas revelou sua chave extra e foi diligentemente enviado para cima na gaiola dourada que era o elevador do prédio de Matthew. Ele bateu à porta algumas vezes e, não recebendo resposta, entrou.

Estava frio na sala, tão frio que a pele de Thomas ficou arrepiada. Havia lâmpadas acesas, mas apenas algumas, e muito fracas. Thomas quase caiu por cima do baú de Matthew a caminho da sala.

Levou um momento para que ele visse Matthew, que estava sentado no chão diante da lareira, sem chapéu e sem sapato, as costas contra o sofá. Ele encarava a grelha fria, onde as cinzas estavam empilhadas em pequenos montes.

Matthew segurava uma garrafa de vinho em uma das mãos, aninhada contra o peito. Oscar estava deitado ao lado dele, choramingando e lambendo a outra mão de Matthew, como se pudesse ver que algo estava terrivelmente errado.

Thomas atravessou a sala. Ele pegou alguns troncos do suporte, abriu a grelha da lareira, então começou a acender o fogo. Depois que estava crepitando, ele se virou e olhou para Matthew. À luz da lareira, ele conseguia ver que as roupas de Matthew estavam amassadas. Seu colete de veludo escarlate estava desabotoado por cima de uma camisa que exibia o que Thomas pensou serem manchas de sangue antes de perceber que eram respingos de vinho.

Os olhos de Matthew estavam vermelhos, o verde das íris quase preto. Outra garrafa de vinho, essa vazia, estava enfiada entre as almofadas do sofá atrás dele. Ele estava obviamente muito embriagado.

— Então — disse Thomas, depois de um longo momento. — Como foi Paris?

Matthew permaneceu calado.

CASSANDRA CLARE

— Particularmente, eu sempre gostei de Paris — prosseguiu Thomas, em tom amistoso. — Uma bela cidade antiga. Fiz uma refeição no Au Chien Qui Fume da qual não me esquecerei tão cedo. O melhor pato que já comi.

Sem tirar os olhos do fogo, Matthew disse, lentamente:

— Não quero falar sobre malditos patos. — Ele fechou os olhos. — Mas da próxima vez que estiver lá, se gosta de patos... de comê-los, quero dizer, você precisa ir ao La Tour d'Argent. É ainda melhor, eu acho. Eles lhe dão um cartão para celebrar o pato específico que você devorou. É deliciosamente mórbido. — Ele abriu os olhos de novo. — Deixe-me adivinhar — disse Matthew. — Christopher foi designado a James, e você a mim.

— De maneira nenhuma — protestou Thomas. Matthew ergueu uma sobrancelha. — Tudo bem, certo. — Ele se sentou ao lado de Matthew no chão. — Nós tiramos no palitinho.

— Você perdeu, suponho. — Matthew respirou fundo. — Lucie falou com você?

Thomas disse:

— Ela nos avisou que vocês tinham voltado. E talvez tenha demonstrado certa preocupação em relação ao seu bem-estar, mas a ideia de vir falar com vocês foi nossa.

Matthew inclinou a cabeça para trás e tomou um gole da garrafa em sua mão. Estava parcialmente vazia. Thomas conseguia sentir o cheiro avinagrado do vinho.

— Olha — começou Thomas —, o que quer que esteja acontecendo, Math, eu quero ajudar. Quero entender. Mas, acima de tudo, você precisa preservar sua amizade com James. Ou consertá-la, ou o que quer que seja necessário. Vocês são *parabatai*, e isso é muito mais do que eu jamais seria capaz de entender. Se vocês perderem um ao outro, perderão algo que nunca poderão substituir.

— *"Implore-me para não te deixar"* — recitou Matthew, sua voz cansada. — Tom, não estou com raiva de James. — Ele esticou a mão e acariciou a cabeça de Oscar por um momento. — Estou apaixonado por Cordelia. Me sinto assim já faz um tempo. E acreditei, acreditei de verdade, e acho que você também, que o casamento dela com James fosse uma farsa, e que o amor de James fosse apenas e eternamente para Grace Blackthorn.

— 189 —

Corrente de Espinhos

— Bem, sim — falou Thomas. — Não é esse o caso?

Matthew deu uma risada sem humor.

— Cordelia veio até mim dizendo que para ela bastava, que não aguentava mais o fingimento, que tinha se tornado insuportável. E eu achei... — Ele deu uma risadinha sarcástica. — Achei que talvez essa fosse a nossa chance de sermos felizes. De *todos* nós sermos felizes. James poderia ficar com Grace, como sempre quis, e Cordelia e eu iríamos para Paris, onde seríamos felizes. Mas então James foi até lá — prosseguiu Matthew — e, como sempre, ao que parece, eu estava errado em relação a tudo. James não ama Grace, segundo ele. Jamais amou. Ele ama Cordelia. Não quer abrir mão dela.

— Foi isso o que ele falou? — perguntou Thomas. Ele manteve a voz calma, embora por dentro estivesse espantado. Era chocante o que as pessoas podiam esconder umas das outras, mesmo dos amigos mais próximos. — E Cordelia sabia?

— Não parecia saber — respondeu Matthew. — Pareceu tão chocada quanto eu. Quando James chegou, nós estávamos...

— Não tenho certeza se quero saber — disparou Thomas.

— Nós nos beijamos — revelou Matthew. — Só isso. Mas foi como alquimia, só que com tristeza transformada em felicidade, em vez de chumbo em ouro.

Thomas pensou que sabia exatamente do que Matthew estava falando, e também que não podia dizer isso de jeito nenhum.

— Eu conheço Cordelia muito bem — falou ele — para saber que ela não teria beijado você se não quisesse. Parece, para mim, que se vocês dois a amam...

— Nós concordamos em respeitar qualquer que seja a decisão que ela venha a tomar — falou Matthew, sem emoção. — No momento, a decisão dela é que não quer ver nenhum de nós. — Ele apoiou a garrafa e olhou para a mão. Estava tremendo visivelmente. Emoção e bebida, pensou Thomas, com uma empatia terrível. Se algo assim tivesse acontecido com ele próprio, Thomas teria sufocado seus sentimentos, mas Matthew jamais fora capaz de fazer isso. Sentimentos se derramavam dele como sangue de um corte.

— Eu estraguei tudo — desabafou ele. — Realmente achei que James não a amasse. Eu realmente achei que minha decisão fosse a melhor para todos nós, mas só machuquei os dois. O rosto de Cordelia quando ela o viu no quarto de hotel... — Ele se retraiu. — Como posso ter me enganado tanto?

Thomas deslizou para o lado de Matthew de forma que os ombros deles se tocassem.

— Todos erramos às vezes — consolou ele. — Todos cometemos erros.

— Eu pareço cometer erros particularmente terríveis.

— Ao que me parece — observou Thomas — você e James estão guardando segredos um do outro há bastante tempo. Os dois. E mais ainda do que a questão de Cordelia, isso é o que vocês precisam discutir.

Matthew tentou pegar novamente a garrafa de vinho, mas Oscar soltou um lamento alto, e ele puxou a mão de volta.

— É difícil saber, quando se tem um segredo... Será que contar vai trazer cura? Ou apenas mais mágoa? Não é egoísmo eu desabafar apenas para aliviar a minha própria consciência?

Thomas estava prestes a protestar: *Não, é claro que não*, mas hesitou. Afinal, ele mesmo tinha um segredo que escondia de Matthew, James e Christopher. Se ele desabafasse o *seu* segredo para Matthew, isso melhoraria as coisas? Ou será que Matthew pensaria na dor que Alastair tinha causado a ele, que tinha causado aos seus amigos, e pensaria que Thomas não se importava com isso?

Por outro lado, como ele poderia incitar Matthew a contar a verdade se ele mesmo não a contaria?

— Math — chamou ele. — Tenho uma confissão a fazer.

Matthew olhou para ele. Assim como Oscar, que parecia igualmente curioso.

— Sim?

— Eu não gosto de meninas — revelou Thomas. — Bem, eu *gosto* delas. Elas são ótimas pessoas, e Cordelia e Lucie e Anna são excelentes amigas...

— *Thomas* — interrompeu Matthew.

— Eu sinto atração por homens — explicou Thomas. — Mas não como você. *Apenas* homens.

Matthew sorriu ao ouvir aquilo.

— Eu já imaginava — respondeu ele. — Não tinha certeza. Você poderia ter me dito antes, Tom. Por que eu me importaria? Não é como se eu estivesse sentado, esperando você escrever um manual intitulado *Como seduzir mulheres.*

— Porque — disse Thomas, bastante arrasado — o primeiro menino que eu... Aquele que eu ainda... — Ele respirou fundo. — Estou apaixonado por Alastair. Alastair Carstairs.

Oscar rosnou. Parecia que ele não aprovava a palavra *Alastair.*

— Ah. — Matthew fechou os olhos. — Você... — Ele hesitou, e Thomas podia ver que Matthew tentava pensar com cautela através da névoa do álcool. Lutando para não reagir impulsivamente. — Não posso julgar você — disse ele, por fim. — O Anjo sabe que já cometi erros demais, feri pessoas demais. Não tenho certeza se sou o mais adequado para julgar alguém. Nem mesmo Alastair. Mas... Alastair sabe como você se sente?

— Ele sabe — confirmou Thomas.

— E ele foi gentil com você a respeito disso? — Os olhos de Matthew se abriram. — Ele... Vocês estão...?

— Ele não aceita ficar comigo — admitiu Thomas, baixinho. — Mas não por maldade. Ele acha que seria ruim para mim. Eu acho... de certa forma... ele acredita que não merece ser feliz. Ou talvez ele seja infeliz, e acredite que é um tipo de mal contagioso que pode se espalhar.

— Disso eu entendo — falou Matthew, um pouco pensativo. — Quanto amor as pessoas se negaram ao longo das eras porque acreditavam que não mereciam. Como se a perda de amor não fosse a maior tragédia. — Os olhos dele eram de um verde muito escuro enquanto olhava para Thomas. — Você o ama?

— Mais do que tudo — confessou Thomas. — É só... É tudo tão complicado.

Matthew deu uma risada. Thomas se aproximou e puxou a cabeça de Matthew para seu ombro.

— Vamos resolver isso — disse Thomas. — Todos os nossos problemas. Ainda somos os Ladrões Alegres.

— Isso é verdade — concordou Matthew. Depois de um longo silêncio, ele disse: — Eu provavelmente preciso parar de beber tanto.

Thomas assentiu, encarando o fogo crepitante.

— Isso também é verdade.

11

PALADINO DO DIABO

Na forca escura, adorável maneta
Dancem, dancem, paladinos
Os magros paladinos do diabo
Os esqueletos de Saladine.

— Arthur Rimbaud, "Baile dos Enforcados"

— Alastair — falou Cordelia. Ela estava com as mãos espalmadas nas costas do irmão e o empurrava, ou pelo menos tentava, na direção da carruagem. Infelizmente, era como tentar mover uma rocha. Ele continuou imóvel. — Alastair, *entre* na carruagem.

Os braços do irmão estavam cruzados, sua expressão era tempestuosa. *Em um mundo de caos*, pensou Cordelia, exasperada, *pelo menos algumas coisas permanecem consistentes.*

— Eu não quero — disse ele. — Ninguém me quer nessa confabulação desmiolada mesmo.

— Eu quero — respondeu Cordelia, pacientemente —, e *eles* também querem, e a prova está aqui por escrito. — Ela sacudiu o papel dobrado diante dele. Tinha sido entregue naquela manhã depois do café da manhã por um mensageiro chamado Neddy, o Irregular mais regular dos Ladrões Alegres.

— 193 —

Corrente de Espinhos

Requeria a presença tanto de Cordelia quanto de Alastair na Taverna do Diabo naquela tarde, em nome dos Ladrões Alegres, "para discutir a situação em curso". Cordelia precisava admitir ter se sentido aliviada ao receber aquilo: não tinha percebido até aquele momento o quanto estivera preocupada de ter sido excluída das atividades dos amigos. Pelo crime de maltratar James, ou maltratar Matthew, ou ser grosseira com Lucie. Mas não, ela fora convidada, e com bastante animação, com Alastair também requisitado pelo nome.

— Não consigo imaginar por que qualquer um deles iria me querer lá — resmungou Alastair.

— Talvez Thomas os tenha convencido — presumiu Cordelia, o que fez Alastair esquecer que deveria resistir às tentativas dela de puxá-lo para fora. Ele soltou a estrutura da porta, e os dois quase caíram escada abaixo. Cordelia ouviu Risa, agasalhada em cobertores de pele e empoleirada no banco do condutor da carruagem, rir sozinha.

Eles entraram aos tropeços na carruagem e partiram, Alastair parecendo um pouco chocado, como se não conseguisse acreditar que estava indo. Ele levava suas lanças e sua adaga preferida, já que Cordelia permanecia desarmada, para evitar que se esquecesse e acidentalmente convocasse Lilith. Ela odiava isso. Era uma Caçadora de Sombras, e sair sem armas era como sair nua, só que mais perigoso.

— Por que você fica mencionando Thomas para mim? — perguntou Alastair. Eles estavam passando por fileiras de casas brancas, muitas com guirlandas de azevinho presas à porta da frente. Risa tinha evidentemente decidido pegar ruas menos conhecidas para chegar à Taverna do Diabo, evitando o tráfego em Knightsbridge no auge da época das compras de Natal.

Cordelia ergueu uma sobrancelha para ele.

— Thomas Lightwood — explicou ele, puxando a echarpe.

— Não achei que você estava falando de Santo Tomás de Aquino — replicou Cordelia. — E eu fico mencionando Thomas porque não sou uma completa idiota, Alastair. Você apareceu muito subitamente no Instituto no momento em que ele foi preso para dizer a todos que sabia que ele era inocente porque o estava seguindo por aí havia dias.

CASSANDRA CLARE

— Não percebi que você sabia de tudo isso — resmungou Alastair.

— Matthew me contou. — Ela esticou a mão para dar tapinhas na bochecha do irmão com a mão enluvada. — Não há vergonha em se importar com alguém, Alastair. Mesmo que isso doa.

— *"A ferida é por onde a luz entra em você"* — recitou Alastair. Era a citação de Rumi preferida dela. Cordelia olhou rapidamente pela janela.

Ela disse a si mesma que não fosse tola, que não chorasse, não importava o quão gentil Alastair fosse. Pela janela, ela conseguia ver as ruas lotadas de Piccadilly, onde vendedores empurravam carrinhos de mão com guirlandas de azevinho e hera e brinquedos de madeira. Coches passavam, as laterais deles anunciando latas de biscoitos e torradas natalinas.

— Ver James não vai ser um problema? — perguntou Alastair. — Isso não vai incomodar você?

Cordelia puxou a renda na saia. Estava usando um vestido claro cor de lavanda que sua mãe tinha comprado para ela assim que chegaram em Londres, com franzidos e babados demais. Suas únicas outras escolhas eram os vestidos elegantes que havia comprado em Paris, mas quando abriu o baú e tocou a seda e o veludo, tão cuidadosamente embrulhados em papel de seda, sentiu apenas uma onda de tristeza. Seu tempo em Paris agora parecia manchado com sombras, como o escurecimento de uma fotografia antiga.

— Eu o deixei, Alastair — respondeu ela. — Não o contrário.

— Eu sei — insistiu ele —, mas às vezes nós deixamos as pessoas para nos proteger, não é? Não porque não queremos estar com elas. A não ser, é óbvio — acrescentou ele —, que você esteja apaixonada por Matthew e, nesse caso, é melhor você me dizer agora, e não surgir do nada com isso mais tarde. Estou preparado, acho que posso aguentar.

Cordelia fez uma careta.

— Eu já disse a você — respondeu ela. — Simplesmente não sei o que sinto...

A carruagem parou com um solavanco. Eles tinham chegado rápido passando pelo parque e cruzando Trafalgar Square. Ali estavam, na Taverna do Diabo. Quando Cordelia e Alastair desceram da carruagem, Risa gritou que estaria esperando por eles na esquina de Chancery Lane, onde o tráfego era mais tranquilo.

— 195 —

Corrente de Espinhos

O térreo da Taverna estava fervilhando como sempre. A variedade habitual de clientes preenchia o espaço de pé-direito alto, e um breve grito de boas-vindas de Pickles, o kelpie bêbado, veio do canto mais afastado conforme eles fechavam a porta ao passar. Alastair pareceu atônito quando Ernie, o atendente do bar, recebeu Cordelia pelo nome. Cordelia sentiu uma pequena onda de orgulho — era sempre gratificante surpreender Alastair, não importava o quanto já não fossem crianças.

Ela os levou pela multidão até a escada nos fundos. No caminho, eles passaram por Polly, que carregava uma bandeja precariamente cheia de bebidas acima da cabeça.

— Todos os seus Ladrões já estão lá em cima — informou ela a Cordelia com um aceno de cabeça, então se virou para observar Alastair de olhos arregalados. — Uau, quem diria que os Caçadores de Sombras estavam escondendo o mais belo deles até agora. Qual é o *seu* nome, querido?

Alastair, calado pelo choque, pela primeira vez, deixou que Cordelia o levasse direto escada acima.

— Aquilo foi... Ela realmente...

— Não se preocupe — tranquilizou Cordelia, com um sorriso. — Vou ficar de olho caso ela tente colocar em risco a sua virtude.

Alastair a olhou com raiva. Eles tinham chegado ao alto da escada, e à porta familiar, acima da qual estava cravado *Não importa como um homem morre, mas como ele vive. S.J.*

Alastair leu isso com certo interesse. Cordelia o cutucou na lateral do corpo.

— Quero que você seja bonzinho lá dentro — disse ela, séria. — Não quero ouvir nenhum comentário sobre como a mobília está desleixada e o busto de Apolo está com o nariz quebrado.

Alastair arqueou uma sobrancelha.

— Minha preocupação jamais é com o desleixo da mobília — afirmou ele, despreocupado —, mas o desleixo da companhia.

Cordelia soltou um murmúrio de frustração.

— Você é *impossível* — resmungou ela, e abriu a porta.

A pequena sala ali dentro estava apinhada. Parecia que todo mundo já tinha chegado: James, Matthew, Thomas e Christopher, certamente, mas

CASSANDRA CLARE

também Lucie e Jesse, Anna e até mesmo Ariadne Bridgestock. Toda a mobília disponível do quarto adjacente havia sido arrastada para dentro, de modo que houvesse lugar para todos — contando com o parapeito da janela, onde Lucie tinha sentado —, mas estava apertado. James e Matthew não estavam sentados ao lado um do outro, mas Cordelia ficou aliviada pelo fato de os dois terem vindo e não parecerem estar trocando olhares de raiva.

Um coro de cumprimentos se elevou quando Alastair e Cordelia entraram. Thomas se afastou do braço da cadeira de Anna e foi até eles, seus olhos cor de avelã brilhando.

— Você veio — disse ele a Alastair.

— Bem, eu fui convidado — respondeu Alastair. — Isso foi coisa sua?

— Não — protestou Thomas. — Bem, quero dizer, você é o atual portador de Cortana, você *deveria* estar aqui, e é o irmão de Cordelia. Não faria sentido deixá-lo de fora...

Cordelia decidiu que estava na hora de sair de cena. Ela sorriu sem jeito para Lucie, que sorriu de volta com igual desconforto, e foi se sentar no sofá, onde se viu ao lado de Ariadne.

— Ouvi falar que você estava em Paris — comentou Ariadne. Parecia haver algo de diferente a respeito dela, pensou Cordelia, embora não conseguisse identificar o quê. — Eu sempre quis ir. Foi maravilhoso?

— Paris é linda — respondeu. Era verdade: Paris era maravilhosa. Nada do que acontecera lá tinha sido culpa da cidade.

Cordelia encontrou o olhar de Matthew, que sorriu um pouco triste. Ela notou com uma pontada no coração que a sua aparência estava terrível — bem, terrível para Matthew. Seu colete não combinava com o paletó, o cadarço tinha se soltado em uma de suas botas, e o cabelo estava despenteado. Aquele era o equivalente de Matthew a aparecer em uma festa com uma adaga despontando do peito.

Pensamentos terríveis encheram sua cabeça: será que ele estava embriagado? Andara bebendo naquela manhã? Ele tinha mantido as aparências em Paris, o que significava que não estivesse fazendo isso agora? Pelo menos ele estava *aqui*, disse a si mesma.

Quanto a James, ele parecia normal. Centrado, calmo, a Máscara firmemente no lugar. Ele não olhou para ela, mas Cordelia já o conhecia bem o

— 197 —

bastante para sentir sua tensão. Ele não estampava sua angústia abertamente, como Matthew, se é que de fato sequer sentia angústia.

— E você — disse Cordelia, para Ariadne —, você está bem? E seus pais? Sinto muitíssimo por saber o que aconteceu com seu pai, embora pelo menos ele esteja ileso.

Ariadne disse, calmamente:

— Acho que meus pais estão muito bem. Não estou morando com eles no momento, mas com Anna.

Ah. Cordelia olhou para Anna, que ria de alguma coisa que Christopher dissera. Ariadne estava interessada em Anna, Anna resistia... Isso significava que Anna tinha finalmente cedido? O que diabos estava acontecendo com elas? Talvez Lucie soubesse.

Thomas reapareceu para retomar seu lugar no braço da cadeira de Anna. Alastair tinha se posicionado ao lado da lareira em desuso. Cordelia não deixou de notar que Thomas usava algo novo, uma longa echarpe verde que ela reconhecia como de Alastair. Será que Alastair tinha dado a echarpe de presente a Thomas?

Um estalo alto silenciou a sala, e Cordelia virou a cabeça e viu que foi Christopher, batendo com um pequeno martelo na mesa.

— Declaro aberta esta reunião! — gritou ele.

— Isso é um *martelo*? — perguntou Thomas. — Não é só na América que os juízes usam isso?

— Sim — respondeu Christopher —, mas encontrei em uma loja de quinquilharias, e como podem ver, já se provou muito útil. Nós nos reunimos aqui esta tarde para discutir... — Ele se virou para James e falou com a voz mais baixa: — Qual é a pauta do dia mesmo?

James olhou em torno da sala com olhos dourado-escuros. Aqueles olhos tinham um dia conseguido derreter o coração de Cordelia e deixar o estômago todo revirado de nervosismo. *Não mais*, disse ela a si mesma com firmeza. *Certamente não.*

James falou:

— Primeiro, vamos discutir o problema de Lilith. Especificamente, que ela enganou Cordelia para que se tornasse seu paladino, e que para o bem dela e o nosso, precisamos encontrar um modo de quebrar o vínculo entre as duas.

Cordelia piscou, surpresa. Não imaginava que a reunião seria concentrada inteiramente nela, em vez de em Tatiana ou Belial.

— Para ser sincera — confessou Ariadne —, eu jamais sequer ouvi falar de um paladino até Anna me contar o que aconteceu. Aparentemente é um termo muito antigo?

Christopher bateu o martelo de novo. Quando conseguiu a atenção de todos, ele colocou a mão para baixo da mesa e puxou um enorme tomo antigo, a capa de madeira de entalhe complexo. Ele o soltou na mesa com um estalo.

Matthew falou:

— Então você trouxe um martelo *e* o livro?

— Eu acredito em estar sempre preparado — falou Christopher. — Já tinha ouvido o termo "paladino" antes, na Academia, mas apenas de passagem. Então pesquisei.

Todos aguardaram com expectativa.

— E então o que aconteceu? — indagou Alastair, por fim. — Ou essa é a história completa?

— Ah, sim, desculpem — falou Christopher. — Um *paladino* é simplesmente um nome para um guerreiro que jurou serviço a um poderoso ser sobrenatural. Há histórias sobre paladinos Caçadores de Sombras, jurados a Raziel ou às vezes a outros anjos, que remontam à época dos primeiros Caçadores de Sombras. Mas não existe um há centenas de anos. Na verdade, a referência mais recente que encontrei, já com quinhentos anos, menciona paladinos como "de uma época mais antiga" e "que não se encontram mais entre nós".

Lucie franziu a testa.

— Houve paladinos que fizeram juramentos a demônios?

— Não entre Caçadores de Sombras — respondeu Christopher —, pelo menos não nos registros que temos.

— Deve ter acontecido — sugeriu Alastair. — Mas estavam provavelmente envergonhados demais para relatar. — Cordelia lançou a ele um olhar frio. — O quê? — indagou ele. — Você sabe que estou certo.

— 199 —

Corrente de Espinhos

Christopher pigarreou e falou:

— *Há* registros de alguns mundanos que se tornaram paladinos de Demônios Maiores. Normalmente eles são descritos como guerreiros terríveis que matavam por prazer e não tinham misericórdia.

— E permaneceram paladinos até a morte? — perguntou James.

— Sim — confirmou Christopher, lentamente —, mas eles não eram o tipo de pessoa que morria na cama. Quase todos morreram violentamente em uma batalha ou outra. O problema, vejam bem, é que todos eles realmente *queriam* ser paladinos de um demônio.

— Algum deles fez juramento a Lilith especificamente? — Cordelia quis saber.

— Acho que não — respondeu Christopher. — Creio que você tenha dito que Lilith procurou você como paladino porque ela perdeu seu reino, Edom. Dizem ser um lugar terrível, um deserto assolado com um sol escaldante.

— Então por que ela o quer tanto? O que há de tão importante nele? — perguntou Ariadne.

— Demônios são muito apegados aos seus reinos — explicou James. — Funcionam como uma fonte de poder, com o reino sendo quase uma extensão do próprio demônio. — Ele franziu a testa. — Se ao menos pudéssemos descobrir uma forma de afastar Belial de Edom, talvez Lilith libertasse Cordelia.

— Duvido que seja fácil fazer isso — observou Christopher, triste. — Embora eu aprecie o seu instinto aventureiro, James. Edom é um mundo que um dia não foi tão diferente do nosso. Até teve Caçadores de Sombras e uma cidade capital, Idumea, muito parecida com a nossa Alicante. Mas os Nephilim de lá foram aniquilados por demônios. Alguns dos antigos textos falam dos Príncipes do Inferno se referindo a Edom como um local de grande vitória, onde as esperanças de Raziel foram esmagadas. Imagino que no quesito reinos ele seja um tipo de troféu... Percebo que as mentes de vocês estão vagando, então vou apenas dizer que pretendo pesquisar mais sobre o assunto. *E* pretendo fazer todos vocês me ajudarem — acrescentou ele, agitando o martelo na direção dos amigos.

Todos pareciam esperar Cordelia dizer alguma coisa. Ela falou:

— 200 —

CASSANDRA CLARE

— Entendo por que vocês todos acham que acabar com o controle de Lilith sobre mim deveria ser seu foco. Se eu puder empunhar Cortana de novo, ela ainda seria nossa melhor defesa contra Belial.

— Não seja ridícula — protestou Lucie, em voz alta. — É nosso foco porque você está em perigo, e nós nos importamos com você.

Cordelia se sentiu corar, muito satisfeita.

James falou:

— Se me permitem... Lucie está certa, mas Cordelia também. Ficou evidente que Belial jamais nos deixará em paz. Talvez se minha família estivesse morta...

— *James* — censurou Lucie, o rosto pálido. — Nem pense nisso.

— ... mas mesmo assim, Tatiana permaneceria à solta, causando problemas. Com Cortana, talvez seja possível acabar com a vida de Belial.

— Isso é algo que não entendo — anunciou Anna. — Príncipes do Inferno deveriam ser eternos, não é verdade? Mas nos foi dito muitas vezes que Cortana pode matar Belial. Ele pode ser morto ou não?

— Muito da linguagem a respeito de Belial, Lilith e os Príncipes do Inferno é poético. Simbólico — explicou Jesse, e o timbre intenso e suave de sua voz espantou Cordelia. Ele parecia muito confiante para alguém que havia passado tantos anos parcialmente vivo e escondido, e sorria para os olhares surpresos que recebia. — Eu li muito quando era um fantasma. Sobretudo quando percebi que minha mãe estava profundamente envolvida com demônios poderosos. Houve uma época — prosseguiu — em que pesquisas sobre Príncipes do Inferno e seus poderes eram bastante populares. Infelizmente, os monges, magos e outros fazendo essa pesquisa tinham o terrível hábito de aparecerem mortos, pregados a troncos de árvores.

Todos estremeceram.

— Como resultado, os livros contendo tais informações são poucos e antigos. E não resolvem o paradoxo. Estão cheios desses enigmas. Lúcifer vive, mas não vive. Belial não pode ser morto, mas Cortana pode acabar com Belial com três golpes mortais. — Jesse deu de ombros. — Belial sem dúvida parece *temer* Cortana. Acho que precisamos confiar que isso significa alguma coisa.

— Talvez um terceiro golpe da espada o coloque em um sono profundo e permanente? — sugeriu Thomas.

Corrente de Espinhos

— Do qual ele será despertado por um beijo dos tentáculos pegajosos do Leviatã? — arriscou Matthew, e houve um coro de resmungos.

— E quanto aos seus sonhos, James? — perguntou Anna. — Você sempre teve algum poder de ver o que Belial estava tramando no passado.

James balançou a cabeça.

— Não houve nada — respondeu. — Na verdade, houve tanto nada que isso começou a me preocupar. Nenhum sonho, nenhuma visão, nenhuma voz. Sequer um indício de Belial em minha mente... Bem, desde que eu estive na Cornualha. — Ele franziu a testa. — Eu sonhei que via uma longa estrada vazia, com demônios disparando no céu acima dela, e ouvi a voz de Belial. Nada desde então. É como se eu costumasse ser capaz de ver através de uma porta e agora... a porta está fechada.

— Você ouviu a voz dele? — insistiu Anna. — O que ele disse?

— "Eles despertam" — respondeu James.

Cordelia sentiu como se estivesse descendo um lance de escadas e tivesse pulado um degrau. O mesmo tremor, o mesmo peso no estômago. Os olhos dela encontraram os de Matthew, que também parecia chocado, mas quando ela balançou a cabeça, ele assentiu. Eles não diriam nada, ainda.

— Mas o que isso significa? — refletiu Anna em voz alta. Ela se virou para Jesse: — Belial já disse algo parecido a você? "Eles despertam"?

Jesse gesticulou, confuso.

— Não acho que minha possessão foi como a de uma pessoa viva. Durante o tempo que Belial habitava meu corpo, eu não tinha ciência da presença dele ou qualquer lembrança de meu corpo estar longe de Chiswick. Toda vez que vocês devem tê-lo encontrado enquanto ele estava em mim, eu estava totalmente inconsciente de tudo. E não estive ciente da sua presença ou tive qualquer tipo de visão dele ou de nada desde então.

— Talvez isso seja uma boa notícia? — sugeriu Thomas. — Talvez ele tenha sido afastado por enquanto e nós tenhamos ganhado algum tempo?

— Talvez — disse James, incerto. — Mas não estou dizendo que as coisas têm sido *normais*. Não estou sonhando com Belial, mas não estou sonhando com mais nada. Em noites recentes, sequer um sonho, apenas um vazio branco onde eles deveriam estar.

— 202 —

CASSANDRA CLARE

— Tem ainda a questão de Tatiana — lembrou Lucie. — Belial apareceu diante do Inquisidor para coagi-lo a não procurar por ela.

Christopher falou:

— James, você acha que Belial está se escondendo de você de propósito?

James deu de ombros.

— É possível.

Matthew deu uma risada seca.

— Muito frustrante, não é mesmo? Tudo o que você quer é que Belial deixe você em paz, e agora ele finalmente deixou, logo quando queremos ver o que ele está tramando.

— Considerando tudo isso — ponderou Anna —, talvez precisemos investigar os problemas com Lilith e Belial em caminhos paralelos. Vamos voltar para Cordelia. Nossa melhor arma contra Belial, caso ele apareça, é Cortana, e quem empunha Cortana? Você, querida. Precisamos de você.

Cordelia olhou para Alastair, preocupada, mas Alastair estava assentindo.

— É verdade — concordou ele. — Cortana escolheu Cordelia há muito tempo. Eu não me tornei o portador dela quando Cordelia a entregou a mim. Eu a usei como se usa qualquer espada, mas ela não se iluminou na minha mão como faz na da minha irmã.

— Então — anunciou Christopher —, para resumir: Cortana está escondida. Cordelia continua presa a Lilith, embora apenas nós dez saibamos.

— E Belial — murmurou James. — Ele disse ao Inquisidor que deveríamos manter nosso paladino longe dele, mas obviamente Bridgestock não sabia do que ele estava falando. — Seus olhos se fixaram brevemente em Ariadne, então se afastaram.

Anna, no entanto, percebeu.

— Ariadne não está mais falando com o Inquisidor — explicou, com um floreio. — Ela é parte do nosso grupo agora. — Anna olhou ao redor, como se desafiasse qualquer um a questionar aquilo, mas ninguém o fez.

— Se Bridgestock investigar o que Belial quis dizer com essa história de paladino — observou Cordelia —, vai ser apenas uma questão de tempo até que seja descoberto.

— Belial talvez saiba que você é paladino de Lilith, mas ele jamais poderá saber que você não vai empunhar uma arma em nome dela — falou

— 203 —

Corrente de Espinhos

James. — Se Belial está dizendo a Bridgestock para manter você longe dele, provavelmente teme Cortana mais do que nunca.

— Você acha que Tatiana sabe? — perguntou Thomas. — Sobre Cordelia ser paladino?

— Eu não ficaria surpreso se Belial não tivesse contado a ela — respondeu James. — Ela não é sua confidente, sua comparsa. Belial não tem isso. Ele tem capachos e acólitos... — Ele hesitou.

— Ah, nossa — disse Christopher. — Sinto muito, Jesse. Isso pode estar sendo desconfortável para você.

Jesse abanou as mãos.

— Não tem problema — garantiu.

— Você pode esperar na escada — sugeriu Christopher, gentilmente — enquanto conversamos sobre como derrotar sua mãe e acabar com os planos dela. Se quiser.

Jesse sorriu ao ouvir isso.

— Eu sei que seria útil se eu tivesse alguma ideia de onde está minha mãe. Ela escondeu a maior parte disso de mim enquanto eu estive com ela, tanto quando eu estive vivo quanto depois, embora eu tenha feito o possível para juntar as peças. Vou falar com Grace na Cidade do Silêncio amanhã, mas duvido que ela tenha um palpite melhor do que o meu sobre onde nossa mãe está.

— Jesse — falou Lucie, cutucando o ombro dele com o dela. — Conte a eles a sua ideia.

Jesse disse:

— Eu ia sugerir que, enquanto está vazia, nós deveríamos fazer uma busca completa na Casa Chiswick. Posso não saber onde ela está no momento, mas conheço muitos dos esconderijos da minha mãe pela casa.

Matthew disse, cansado:

— O Enclave já vasculhou a Casa Chiswick a esta altura. Muitas vezes. Se não encontraram nada...

— Talvez seja porque não há nada para encontrar — concluiu Jesse. — Mas talvez seja porque minha mãe esconde *bem* as coisas. Eu a vi fazer isso, e ela geralmente não sabia quando eu estava observando.

CASSANDRA CLARE

— Tudo bem — concordou James —, então iremos amanhã. Há bastante de nós para formarmos uma boa equipe de busca. — Ele hesitou. — Depois que você visitar Grace, lógico.

Ariadne falou:

— Nós poderíamos ir agora mesmo. Estou ansiosa por fazer alguma coisa. Vocês não?

— Eu não posso — disse James. — Nem Lucie, nem, mais importante, Jesse. Só conseguimos convencer meus pais a nos deixarem vir até aqui porque ainda está claro. Se não voltarmos para o jantar, vão mandar a própria equipe de busca atrás de nós.

— E embora Chiswick não seja o *primeiro* lugar em que vão olhar — observou Lucie —, provavelmente será o terceiro ou o quarto. Fazer uma busca em Chiswick *é* uma boa ideia — acrescentou ela. — Mas deve haver alguma coisa que possamos fazer para ajudar Cordelia também. Não acho que vamos encontrar nada sobre Lilith ou paladinos entre as coisas de Tatiana.

Cordelia respirou fundo.

— Ela ainda está me vigiando muito atentamente. Mandou demônios nos atacarem em Paris. Para que eu revidasse e a convocasse.

— *O quê?!* — exclamaram Alastair e James ao mesmo tempo. Eles se entreolharam irritados por um momento, antes de Alastair indagar: — Com que propósito? O que ela queria?

— Ela presumiu que eu ainda teria Cortana — explicou Cordelia. — Quando percebeu que eu não tinha, virou praticamente provocações e ameaças.

— Sabemos de alguma coisa que possa ferir Lilith? — perguntou Thomas. — Cortana certamente poderia, mas não é uma opção.

Lucie se animou.

— Ora, o revólver de James, lógico. Foi assim que a banimos da última vez.

— Só pareceu feri-la temporariamente — observou Cordelia. — Ela partiu, mas não pareceu sequer ferida quando eu a vi em Paris.

Christopher disse:

— O revólver foi abençoado com o nome de três anjos: Sanvi, Sansanvi e Semangelaf. São inimigos de Lilith. Quer dizer, suponho que *todos* os

Corrente de Espinhos

anjos sejam inimigos de Lilith. Mas eles são particularmente inimigos dela. Talvez pudéssemos usar o poder desses anjos de alguma outra forma para exterminá-la?

Para a surpresa de Cordelia, Alastair interveio:

— Ou talvez pudéssemos tentar encontrar e convocar o verdadeiro Wayland, o Ferreiro? Ele deve ser um dos mais poderosos seres vivos, *se* ainda estiver vivo. Certamente ficaria furioso ao saber que um demônio se fez passar por ele.

— Uma boa ideia — elogiou James, e Alastair pareceu um pouco surpreso por receber a aprovação de James. Thomas sorriu para ele, mas Alastair estava olhando para os pés e não pareceu notar.

— E precisamos ter em mente — acrescentou Jesse — que Belial e minha... que Belial e Tatiana estão usando um ao outro. Ela o está usando para encontrar uma forma de obter vingança contra aqueles que odeia: Herondale, Lightwood, Carstairs, Fairchild. Até mesmo os Irmãos do Silêncio. Para que Belial a está usando, ainda não sabemos. Mas imagino que seja uma parte importante de seu plano.

Houve um breve silêncio. Então:

— Acho — disparou Christopher, animado — que isso pede uma *pesquisa significativa!*

Isso pareceu encerrar a reunião e imediatamente a conversa se transformou em burburinhos. Christopher começou a tentar recrutar colegas pesquisadores, enquanto Lucie passou a organizar quem iria para a Casa Chiswick e quando eles se encontrariam. Apenas Matthew permaneceu sentado onde estava, os olhos fechados, parecendo enjoado. Ressaca, pensou Cordelia, triste. Ela desejou... Mas não importava o que ela desejava. Ela aprendera mais uma vez isso em Paris.

O mais discretamente possível, ela saiu de seu lugar para se aproximar de James. Ele estava de pé diante de uma das prateleiras de livros, passando o dedo pelas lombadas, visivelmente procurando alguma coisa.

— James... preciso falar com você em particular — disse ela, em voz baixa.

Ele olhou para ela. Seus olhos dourados pareceram arder em seu rosto pálido, determinado. Por um momento, não havia ninguém na sala a não ser eles dois.

— Mesmo?

Cordelia percebeu, tardiamente, que James pensou que ela desejava falar sobre o casamento deles. Ela conseguia sentir suas bochechas corando.

— É sobre algo que ouvi — explicou. — Em Paris. Achei que seria melhor conversarmos no Instituto antes de alarmarmos todos. Lucie deveria participar também — acrescentou ela.

Ele permaneceu imóvel por um momento, sua mão em um espesso livro de demonologia. Então falou:

— Certo — concordou ele, afastando-se das prateleiras. — Podemos conversar no Instituto. E se você quiser, pode ficar para o jantar.

— Obrigada. — Cordelia observou conforme James se afastava para dizer algo a Christopher e Matthew. Ela se sentiu travada, desconfortável, e era quase insuportável se sentir desconfortável perto de James. Logo James...

Seu coração parecia um retalho, espremido, mas ainda saturado com um amor teimoso e inextirpável. Cordelia não podia deixar de se perguntar: se jamais tivesse existido uma Grace, será que James teria se apaixonado por ela? Será que ela e James teriam sido felizes juntos, uma felicidade simples e direta que agora estava para sempre fora de alcance? Mesmo em seus sonhos mais impossíveis, ela não conseguia imaginar como teria sido aquele final feliz. Talvez ela devesse ter aprendido algo com isso antes de tudo acontecer. Se não era possível sequer imaginar uma coisa, então certamente isso indicava que tal coisa jamais estava destinada a acontecer, não é?

12

Os observadores

E você o conhece de sua origem,
Diga-me; e um tão incomum menino de rua
Ele deve ter sido para os poucos observadores
Um tanto apavorante, ouso dizer,
Descobrir um mundo com seus olhos de homem,
Assim como outro rapaz poderia ver uns pintassilgos.

— Edwin Arlington Robinson, "Ben Jonson
Entertains a Man from Stratford"

Conforme caminhavam de volta para o apartamento de Anna, as botas chutando neve derretida, ela manteve um olho atento em Matthew.

Matthew sempre fora seu companheiro na boêmia. Poderia jurar que se lembrava de quando tinha dois anos e o bebê Matthew tinha sido colocado em seu colo e ela decidira bem ali que eles seriam melhores amigos.

Houve uma época, dois anos antes, que uma escuridão tinha passado a habitar o fundo dos olhos de Matthew. Uma sombra onde sempre houvera luz do sol. Ele jamais tinha se sentido disposto a conversar sobre aquilo, e depois de um tempo, a sombra sumira, substituída por uma animação um pouco mais selvagem e mais frágil. Ela atribuíra aquilo à estranheza do

— 209 —

Corrente de Espinhos

crescimento dos meninos, afinal de contas, James não tinha ficado estranho e distante mais ou menos na mesma época?

Mais cedo, na Taverna do Diabo, Anna tinha visto que a sombra estava de volta aos olhos de Matthew. Ela não era tão tola a ponto de não presumir que tinha algo a ver com a lamentável situação a respeito de Cordelia e James. Se Matthew estava infeliz, e isso era óbvio, ele estava infeliz o bastante para ter ficado doente por conta disso. As sombras sob seus olhos pareciam os hematomas esmaecidos de um boxeador.

Então Anna o convidara para voltar para casa com ela e tomar um chá. Ele pareceu bastante disposto, principalmente depois que ficou evidente que Cordelia estava voltando para o Instituto com James e Lucie. Ele falou pouco durante a caminhada até Percy Street: Matthew estava sem chapéu e sem luvas, como se sentindo algum prazer com o ar frio a ponto de machucar.

Depois que entraram no apartamento, Ariadne pediu licença para trocar de vestido, pois uma carruagem na Tottenham Court Road tinha espirrado neve lamacenta na bainha. Anna ofereceu comida a Matthew, que ele recusou, e chá, que ele aceitou. Suas mãos tremiam conforme ele levava a xícara à boca.

Anna ralhou com ele para que tirasse o paletó encharcado e entregou a Matthew uma flanela para secar o cabelo molhado. Ele havia terminado o chá, então ela serviu mais uma xícara e acrescentou um pouco de brandy. Matthew pareceu prestes a protestar, o que era estranho pois ele jamais protestara contra brandy no chá, mas se impediu. O cabelo dele estava arrepiado em macios espetos dourados, e Matthew pegou a xícara e voltou os olhos para o quarto de Anna.

— Então Ariadne está morando com você agora?

Podia-se confiar em Matthew para fofocar apesar de qualquer circunstância.

— Temporariamente — respondeu Anna. — Ela não podia permanecer com os Bridgestock.

— Mesmo como uma medida temporária — ponderou Matthew, um gole do chá com brandy parecendo ter estabilizado suas mãos —, você acha que é uma ideia sábia?

— 210 —

— E quem é você, exatamente, para ter algo a dizer sobre sabedoria? — retrucou Anna. — *Sua* ideia mais recente foi fugir para Paris com a esposa de James.

— Ah, mas já sou bastante famoso por ter apenas ideias terríveis, enquanto você é vista como dotada de bom senso e razão.

— Bem, aí está — disse Anna. — Se esta não fosse uma boa ideia, eu não a estaria fazendo, pois só tenho boas ideias.

Matthew começou a protestar, mas Anna o calou levantando um dedo de aviso; Ariadne tinha retornado agitada para a sala de estar usando um vestido diurno cor de pêssego. Anna conhecia poucas pessoas que teriam ficado bem naquele tom de coral, mas pareceu fazer a pele de Ariadne brilhar de dentro para fora. O cabelo dela estava solto, parecendo seda preta sobre os ombros.

Havia preocupação nos olhos de Ariadne quando ela olhou para Matthew, mas, sabiamente, ela não falou nada, apenas ocupando um lugar ao lado dele no sofá de estofado roxo.

Ótimo, não mostre a ele que está preocupada, pensou Anna. *Ele só vai empacar como um pônei teimoso.*

Mas Ariadne tinha sido bem treinada em etiqueta pela mãe. Ela provavelmente conseguiria jogar conversa fora sobre o tempo com alguém cuja cabeça estivesse em chamas.

— Pelo que soube, Matthew — começou ela, aceitando uma xícara de Earl Grey —, você tem seu próprio apartamento. Você, assim como Anna, prefere morar sozinho. É verdade?

— Não tenho certeza se foi preferência ou necessidade — admitiu Matthew. — Mas eu *gosto* de onde moro — acrescentou ele —, e talvez você goste também. Os apartamentos são mobiliados e tenho quase certeza de que eu poderia combater um demônio no saguão e o porteiro seria educado demais para fazer perguntas. — Ele olhou para Anna. — Foi por isso que me chamou aqui? Por conselhos sobre apartamentos?

Anna não disse nada. A ideia de Ariadne partindo a inquietava de uma forma que não era capaz de definir. Certamente ela desejava sua privacidade de volta, pensou, a calma e conforto do apartamento, o refúgio que fornecia, inabitado a não ser por ela mesma...

Ariadne apoiou a xícara.

— 211 —

Corrente de Espinhos

— De maneira nenhuma. Nós queríamos sua opinião sobre algo que encontrei.

Matthew ergueu as sobrancelhas, visivelmente curioso agora. Ariadne pegou a carta de cima da lareira e a entregou a Matthew. Ele a desdobrou e leu rapidamente, os olhos se arregalando.

— Onde encontrou isto? — perguntou ele ao terminar. Anna ficou satisfeita ao ver que ele parecia mais atento, mais concentrado.

— No escritório do meu pai — respondeu Ariadne. — E é obviamente dele. A letra dele, a assinatura dele.

— Mas ele não enviou — falou Matthew. — Então ou seu pai está chantageando alguém, ou ele está *planejando* chantagear, mas não teve a oportunidade antes de partir para a Cidadela Adamant. Ele reparou que sumiu?

Ariadne mordeu o lábio.

— Eu... não sei. Acho que ele pretendia queimá-la... Eu a encontrei na lareira, então não acho que procuraria pela carta quando voltasse. Mas não conversamos desde que ele voltou.

— A questão é — observou Anna —, quem o Inquisidor iria querer chantagear, e por quê.

— Não faço ideia — respondeu Ariadne. — Ele já está em uma posição de poder. Por que precisaria usar algo contra alguém? Se um Caçador de Sombras estivesse violando a Lei, ele teria toda autoridade para confrontá-lo diretamente.

Matthew ficou calado por um momento.

— É esta carta o motivo pelo qual você sente que precisa se mudar? — perguntou ele, por fim. — Por que é uma... necessidade você ir embora?

— Eu sempre fui criada para ser uma Caçadora de Sombras exemplar — disse Ariadne, baixinho. — Sou a filha do Inquisidor. É o trabalho do meu pai fazer todos os Nephilim seguirem o padrão impossivelmente alto da Lei de Raziel, e ele impõe à família um padrão tão rígido quanto. Fui criada para ser uma filha obediente, treinando para ser uma esposa obediente. Eu faria o que eles mandassem, me casaria com quem eles quisessem...

— Charles, por exemplo — interrompeu Matthew.

— Isso. Mas era tudo besteira no fim das contas, não era? Meu pai aparentemente não segue, *ele mesmo*, seus altos padrões. — Ariadne balançou

— 212 —

a cabeça e olhou pela janela. — A hipocrisia foi o estopim, suponho. — Ela olhou diretamente para Matthew, e quando falou, Anna sentiu, contrariada, uma onda de orgulho da jovem. — Eu disse à minha mãe que não me casaria com o homem que eles escolhessem para mim. Que, na verdade, eu não me casaria com homem nenhum. Que eu não amava homens, mas mulheres.

Matthew enroscou um cacho do cabelo no indicador, um cacoete que sobrara da infância.

— Você sabia — disse ele, lentamente — que estava dizendo uma coisa que ela não queria ouvir? Uma coisa que você achou que poderia fazer com que ela deserdasse você? Talvez até que... odiasse você?

— Sabia — confirmou Ariadne. — Mas eu faria de novo. Tenho certeza de que minha mãe está de luto pela filha que jamais teve. Mas se ela me ama, e eu acredito que ama, acho que ela precisa amar quem eu sou de verdade.

— E quanto ao seu pai?

— Ele estava em choque quando voltou da Islândia — explicou Ariadne. — Não tive notícias dele por quase um dia, e então recebi uma carta. Ele obviamente sabia que eu estava hospedada com Anna e disse que eu poderia voltar para casa se pedisse desculpas à minha mãe e retirasse o que havia dito.

— O que você não vai fazer — concluiu Matthew.

— O que eu não vou fazer — confirmou Ariadne. O sorriso dela era melancólico. — Pode ser difícil para você entender. Seus pais são tão particularmente gentis.

Matthew estremeceu. Anna pensou com uma pontada de dor na época em que os Fairchild tinham sido uma das famílias mais unidas que ela conhecia, antes de Charles ter se tornado tão frio e Matthew, tão triste.

— Bem, eles certamente não estão chantageando ninguém — afirmou Matthew. — Eu notei algo aqui na carta: "Sua família se beneficiou dos espólios [borrão de tinta] mas tudo será perdido se sua casa não estiver organizada." E se ele quiser dizer "espólios" bem literalmente?

Ariadne franziu a testa.

— Mas é ilegal tomar espólios de membros do Submundo desde que os Acordos foram assinados.

Anna estremeceu. *Espólios.* Era uma palavra horrível, um conceito horrível. Espólios tinham sido a prática comum de confiscar posses de membros

Corrente de Espinhos

inocentes do Submundo antes do histórico tratado de paz entre o Submundo e os Caçadores de Sombras, agora chamado de Acordos. Comum, e normalmente impune. Muitas antigas famílias de Caçadores de Sombras tinham enriquecido dessa forma.

— Pode não se referir a crimes sendo cometidos agora. Quando os Acordos foram assinados em 1872 — acrescentou Anna —, Caçadores de Sombras deveriam devolver os espólios que tinham tomado. Mas muitos não devolveram. Os Baybrook e os Pounceby, por exemplo. A riqueza deles veio originalmente de espólios. Todo mundo sabe disso.

— O que é terrível — falou Ariadne —, mas não é uma desculpa para chantagem.

— Eu duvido que a chantagem seja por um motivo de revolta moral — falou Matthew. — É mais provável que seja por conveniência. Ele deseja chantagear essa pessoa, e encontrou uma desculpa para fazer isso. — Matthew esfregou os olhos. — Pode ser qualquer um que ele deseje controlar. Pode ser Charles.

Ariadne pareceu surpresa.

— Mas meu pai e Charles sempre estiveram em bons termos. Mesmo depois que nosso noivado acabou, não demoraram a se resolver. Charles sempre quis ser exatamente o tipo de político que meu pai é.

— O que acha que Charles fez que poderia deixá-lo vulnerável à chantagem? — perguntou Anna.

Matthew balançou a cabeça. O cabelo, agora seco, começava a cair sobre os olhos.

— Nada. Apenas uma ideia. Eu me perguntava se os espólios poderiam ser considerados espólios de poder político, mas concordo: vamos investigar Baybrook e Pounceby primeiro. — Ele se virou para Ariadne: — Você se importaria de me entregar a carta? Vou confrontar Thoby, eu o conheço melhor. E ele jamais foi bom em resistir a interrogatórios. Uma vez ele roubou a cesta de comida de outra pessoa na Academia, mas cedeu rapidíssimo quando foi interrogado.

— Sim — falou Ariadne. — E eu sou amiga de Eunice. Acho que ela estaria disposta a se encontrar comigo e nem vai notar que está sendo interrogada. Ela só pensa nela mesma.

CASSANDRA CLARE

Matthew se levantou, um soldado se preparando para voltar ao campo.

— Preciso ir — anunciou. — Oscar deve estar uivando à minha espera.

Anna o acompanhou até a porta da frente. Quando Matthew a abriu, ele olhou para cima das escadas, onde Ariadne permanecia.

— Ela é corajosa — disse ele. — Mais corajosa do que qualquer um de nós dois, acho.

Anna apoiou a mão na bochecha dele.

— Meu Matthew — suspirou ela. — O que você tanto teme contar aos seus pais?

Matthew fechou os olhos, balançando a cabeça.

— Eu... eu não posso, Anna. Não quero que você me odeie.

— Eu jamais odiaria você — afirmou Anna. — Nós somos todos criaturas imperfeitas. Como diamantes são imperfeitos, cada distinta imperfeição nos torna únicos.

— Talvez eu não queira ser único — confessou Matthew. — Talvez eu só queira ser feliz e comum.

— Matthew, querido, você é a pessoa menos comum que eu conheço, além de mim mesma, e isso é parte do que *faz* você feliz. Você é um pavão, não um pato.

— Vejo que você herdou da sua mãe o ódio dos Herondale por patos — comentou Matthew, com o mais leve sorriso. Ele olhou para o céu, preto intenso, salpicado de estrelas. — Não posso deixar de sentir que algo terrivelmente sombrio se aproxima. Mesmo em Paris, não conseguimos escapar dos avisos. Não é que eu tema o perigo ou a batalha. É uma sombra maior do que isso, projetando-se sobre todos nós. Sobre Londres.

Anna franziu a testa.

— O que quer dizer? — perguntou, mas Matthew, parecendo sentir que tinha falado demais, não elaborou. Ele apenas ajeitou o casaco e partiu, uma figura esguia seguindo pela Percy Street, despercebido pelos transeuntes.

— Você poderia passar a noite no Instituto, Daisy — sugeriu Lucie, quando ela, Jesse, Cordelia e James seguiram pela Fleet Street. Os postes tinham

Corrente de Espinhos

sido acesos, cada um iluminando um círculo de luz onde pequenos flocos de neve rodopiavam como enxames de mosquitos gelados. O vento estava mais forte, e mais uma vez soprava rajadas de gelo em ondas nebulosas em torno dos quatro, algo de que apenas Jesse parecia gostar, seu rosto voltado para cima, para a noite, conforme eles caminhavam. Não sentira calor ou frio durante anos, explicara o rapaz, e extremos de temperaturas ainda o encantavam. Aparentemente, certa vez Jesse se aproximara tanto da lareira da sala de estar do Instituto que chamuscara o paletó antes de Lucie o puxar.

— Quero dizer, olhe toda essa neve.

— Talvez — falou Cordelia. Ela olhou de esguelha para James, que estivera calado durante a caminhada, as mãos escondidas no fundo dos bolsos do casaco. Flocos pálidos estavam agarrados ao seu cabelo escuro.

Cordelia não concluiu o pensamento pois eles tinham chegado ao Instituto. Depois de entrar, eles bateram a neve dos sapatos na entrada e penduraram os casacos ao lado de jaquetas de uniforme e uma variedade de armas em ganchos próximos à porta da entrada. James tocou um dos sinos dos empregados, provavelmente para avisar a Will e Tessa que tinham voltado, e falou:

— Nós deveríamos ir para um dos quartos. Para ter privacidade.

Se eles estivessem em Curzon Street certamente não haveria necessidade de se preocuparem com Will e Tessa entreouvindo. Mas James havia prometido ficar no Instituto enquanto Tatiana estivesse à solta e, de qualquer forma, Cordelia não achava que conseguiria encarar Curzon Street.

— O seu — falou Lucie prontamente. — O meu está uma bagunça.

O quarto de James. Cordelia não entrara nele muitas vezes. Ela tinha uma vaga lembrança de chegar para ver James, com uma cópia de *Layla e Majnun* na mão, e encontrá-lo no quarto com Grace. Se ao menos tivesse desistido dele na ocasião, não tivesse deixado aquela farsa se estender por tanto tempo. Ela ficou calada quando eles passaram pela capela: estava apagada agora, desprovida de decorações. Apenas algumas semanas antes, ela e James tinham se casado ali, guirlandas de flores claras enfeitando os bancos, derramando-se pelo corredor do altar. Conforme se aproximava do altar, ela caminhara sobre pétalas esmagadas de forma que exalassem seu perfume em uma nuvem de creme e angélicas.

— 216 —

CASSANDRA CLARE

Cordelia olhou de esguelha para James, mas ele parecia perdido em pensamentos. Certamente não poderia esperar que ele sentisse o mesmo que ela em relação àquele lugar. Não seria como uma faca no coração para ele.

James os levou para seu quarto. Estava muito mais organizado do que quando James tinha morado ali, provavelmente porque estava praticamente vazio, a não ser pelo baú aberto ao pé da cama. No baú, Cordelia reconheceu as roupas de James, trazidas da casa onde moravam, e algumas quinquilharias... Aquilo era um lampejo de marfim? Antes que ela pudesse olhar com mais atenção, James chutou o baú para fechá-lo. Ele se virou para Jesse:

— Pode trancar a porta?

Jesse hesitou antes de se virar para Cordelia, para a sua surpresa:

— Cordelia — disse ele. — Eu ouvi Lucie falar tanto de você que sinto como se já a conhecesse. Mas, na verdade, sou quase um estranho para você. Se preferir falar com James e Lucie a sós...

— Não. — Cordelia tirou as luvas, enfiando-as nos bolsos. Ela olhou do rosto preocupado de Lucie para o determinado de James, e de volta para Jesse. — Nós todos fomos tocados por Belial, de uma forma ou de outra — disse ela. — Lucie e James, porque compartilham o sangue dele. Você, por causa da maneira monstruosa com que ele o controlou. E eu, porque empunho Cortana. Ele teme e odeia todos nós. Você é tão parte disso quanto qualquer um de nós.

Jesse a encarou. Cordelia podia entender por que Lucie se sentira atraída por ele, pensou. Ele era atraente, mas não era só isso. Havia uma intensidade nele, um foco, como se tudo que Jesse visse, ele considerasse cuidadosamente. Fazia uma pessoa querer ser considerada por ele.

— Tudo bem — falou Jesse. — Vou trancar a porta.

Eles se acomodaram um pouco desconfortavelmente pelo quarto: James no baú, Cordelia na cadeira, Lucie na cama de James e Jesse sentado no parapeito da janela, as costas contra o vidro frio. Todos olharam com expectativa para Cordelia.

— Foi o que você disse sobre o seu sonho — explicou ela. — Que ouviu Belial dizer "Eles despertam".

— Não faço ideia do que ele quis dizer — respondeu James. — Mas vovô gosta de um enigma. Tenha ele uma solução ou não.

— 217 —

— Ugh! — exclamou Lucie. — Não o chame de vovô. Faz parecer que ele levou a gente nas costas de cavalinho quando éramos crianças.

— Tenho certeza de que ele teria — falou James —, contanto que estivesse nos levando de cavalinho até um vulcão para nos sacrificar para Lúcifer.

— Ele jamais sacrificaria você — retrucou Lucie com acidez. — Ele precisa de *você*.

Jesse pigarreou.

— Eu acho — falou ele — que Cordelia estava tentando nos contar alguma coisa?

James voltou seus olhos para ela, mas Cordelia notou que eles desviaram rapidamente, como se ele não suportasse olhar diretamente para ela.

— Daisy?

— Sim — confirmou ela, e contou a eles sobre o Cabaret de l'Enfer, Madame Dorothea e as palavras que tinham vindo, em tese, do pai dela. — "Eles despertam" — disse ela, e estremeceu. — E eu poderia ter achado que não passava de besteira, mas quando nós fomos atacados por Lilith, ela repetiu as mesmas palavras. Não tenho certeza se ela sequer sabia o que significavam — acrescentou Cordelia. — Ela disse: "Belial não interrompeu seus planos. Eu também ouvi os sussurros: *Eles despertam*."

Quando ela terminou, Lucie suspirou.

— Por que pronunciamentos proféticos são sempre tão *vagos*? Por que não um pouco de informação sobre quem desperta ou por que deveríamos nos importar?

— Mas Belial queria que eu ouvisse — disse James. — Ele falou: "Está ouvindo, meu neto? Eles despertam." E tenho quase certeza de que ele não estava se referindo a uma ninhada de cachorrinhos em algum lugar de Oxfordshire.

— Deveria deixar você com medo. O medo é o objetivo — disse Jesse. Todos olharam para ele. — É um método de controle. Minha mãe usava com frequência. Faça isso ou aquilo, ou tema as consequências.

— Mas não há ordens aqui, nenhuma exigência — falou James. — Apenas o aviso.

— Eu não acho que Belial sinta medo — argumentou Jesse. — Não como nós sentimos. Ele quer agarrar e possuir, e sente raiva quando sua vontade

— 218 —

é frustrada. Mas para ele, medo é uma emoção humana. Ele sabe que faz com que os mortais se comportem de formas irracionais. Ele pode sentir que ao nos assustar, nós vamos ficar apavorados e sem saber para onde ir, facilitando que ele realize — Jesse suspirou — o que quer que planeje realizar.

— Belial tem medo de uma coisa — anunciou James. — Ele tem medo de Cordelia.

Jesse assentiu.

— Ele não deseja morrer, então, se teme alguma coisa, suponho que seja Cortana, na mão de Cordelia.

— Talvez ele simplesmente queira dizer que uma horda de demônios despertou — arriscou Lucie —, como se esperaria. Demônios que ele pretende enviar contra nós.

— Ele poderia ter criado um exército de demônios a qualquer momento — observou James. — Por que agora?

— Talvez eles precisassem de treinamento militar — sugeriu Lucie. — Não são exatamente *disciplinados*, a maioria deles, não é? Mesmo com um Príncipe do Inferno dando ordens.

Cordelia tentou imaginar Belial submetendo uma horda de demônios a exercícios militares básicos, mas não conseguiu.

— Lucie — disse ela, e hesitou. — Com seus poderes, nós poderíamos... Bem, você acha que seria sábio... tentar falar com meu pai através de você? Para descobrir se ele sabe mais?

Lucie pareceu desconfortável.

— Não acho que deveríamos. Eu já conjurei um fantasma que não queria ser chamado antes, e é... desagradável. É como torturá-los. — Ela balançou a cabeça. — Eu não gostaria de fazer isso com seu pai.

— Pode nem ter sido seu pai quem falou com você — comentou Jesse. — As palavras "eles despertam" indicam que foi um espírito que sabia quem você era. Mas esse espírito poderia estar se passando pelo seu pai.

— Eu sei — falou Cordelia. *Mas eu quero tanto que tenha sido meu pai. Eu não consegui me despedir dele, não direito.*

— Se você pudesse se comunicar, Lucie — começou ela. — Não para atraí-lo de volta, mas apenas para ver se ele é um espírito, pairando por algum lugar do mundo...

Corrente de Espinhos

— Eu *já fiz isso*, Cordelia — disse Lucie. — Eu *procurei*... E não, não senti nada. Seu pai não parecia estar em nenhum lugar que eu pudesse... alcançar.

Cordelia teve um sobressalto, um pouco como se tivesse levado um tapa na cara. O tom de Lucie foi tão frio, embora não mais frio, supôs ela, do que seu próprio tom de voz quando fora grossa com Lucie no salão de baile. Os rapazes, também, pareceram sobressaltados, mas antes que alguém pudesse falar, houve uma súbita batida alta à porta — menos uma batida e mais o som de alguém que tivesse esmurrado a porta com um martelo. Todos levaram um susto, exceto James, que revirou os olhos.

— Bridget — gritou ele. — Eu já *falei* para você...

— Seus pais me mandaram buscar vocês para o jantar — disparou Bridget. — Vejo que trancou sua porta. Só o Senhor sabe o que estão tramando aí dentro. E onde está sua irmã?

— Lucie também está aqui — respondeu James. — Estamos tendo uma conversa *privada*.

— Hunf! — exclamou Bridget. — Eu já cantei para você a canção sobre o jovem príncipe que não vinha jantar quando seus pais chamaram?

— Ah, céus — murmurou Lucie. — Uma canção, não.

Um rapaz ossudo era o jovem Edward o príncipe
Com a elegância sempre vestido.
Mas certo dia sombrio ele não desceu para jantar
Mesmo os pais tendo pedido.

Jesse ergueu as sobrancelhas.

— Isso é *realmente* uma música?

James acenou com a mão.

— Você vai se acostumar com Bridget. Ela é... excêntrica.

Bridget continuou cantar:

Seu pai chorou, sua mãe lamentou
Mas Edward os ignorou.
Naquela noite um ladrão de estrada o pegou
E suas orelhas cortou.

CASSANDRA CLARE

Cordelia não conseguiu deixar de rir, mesmo preocupada. James olhou para ela e sorriu, aquele sorriso verdadeiro dele que a deixava toda derretida. *Droga.*

— Acho que você ficaria bem sem as orelhas, James — disse Lucie, quando Bridget saiu batendo os pés pelo corredor. — Você poderia simplesmente deixar o cabelo crescer e cobrir os buracos.

— Conselho maravilhoso da minha querida irmã — retrucou James, levantando-se do baú em que estivera sentado. — Cordelia, você quer ficar para o jantar?

Cordelia negou com a cabeça. Seria apenas doloroso ficar perto de Will e Tessa. E havia a tensão com Lucie, o que dificilmente seria resolvido quando eles estivessem cercados por outros.

— É melhor eu voltar para a minha mãe.

James apenas acenou.

— Vou acompanhar você até lá fora, então.

— Boa noite — disse Lucie, não exatamente para Cordelia. — Jesse e eu vamos segurar as pontas na sala de jantar.

Depois de um olhar cauteloso pelo corredor, James acompanhou Cordelia escada abaixo. Mas a escapada secreta deles não deu certo: Will apareceu subitamente na plataforma da escada, enquanto ajeitava as abotoaduras, e sorriu satisfeito ao ver Cordelia.

— Querida — saudou ele. — Um prazer ver você. Veio de Cornwall Gardens? Como está sua mãe?

— Ah, muito bem, obrigada — respondeu Cordelia, então percebeu que se a mãe dela realmente *estivesse* muito bem, ela não teria motivos para ficar longe de James e do Instituto. — Bem, ela anda bem cansada, e, evidentemente, estamos todos cuidando para que ela recupere as energias. Risa vem tentando animá-la de novo com muitas... sopas.

Sopas? Cordelia não tinha certeza de por que dissera isso. Talvez porque a mãe sempre tivesse dito a ela que *ash-e jo*, uma sopa de cevada azeda, podia curar tudo.

— Sopas?

— Sopas — disse Cordelia, decidida. — Os cuidados de Risa são muito completos, embora, naturalmente, minha mãe me deseje ao lado dela o máximo possível. Eu tenho lido para ela...

— 221 —

Corrente de Espinhos

— Ah, alguma coisa interessante? Estou sempre procurando um novo livro — comentou Will, tendo terminado com as abotoaduras. Eram incrustadas com topázio amarelo. Da cor dos olhos de James.

— Ah... não — negou Cordelia. — Apenas coisas muito chatas. Livros sobre... ornitologia. — As sobrancelhas de Will se ergueram, mas James já havia se intrometido na conversa.

— Cordelia realmente precisa voltar para casa — anunciou ele, colocando a mão nas costas dela. Era um gesto entre pessoas casadas, completamente comum, nada notável. Pareceu para Cordelia que ela fora atingida por um raio entre as omoplatas. — Vejo você em um momento, pai.

— Bem, Cordelia, todos esperamos que você volte em breve — disse Will. — James está absolutamente cabisbaixo sem você por aqui. Incompleto sem sua cara-metade, hein, James? — Ele se foi, subindo as escadas e pegando o corredor, assoviando.

— Bem — disse James depois de um longo silêncio. — Eu achei que, quando tinha dez anos e meu pai mostrava para todos os desenhos que eu havia feito de mim mesmo como Jonathan Caçador de Sombras matando um dragão, aquilo era o máximo que meus pais podiam me humilhar. Mas parece não ser mais o caso. Há um novo campeão.

— Seu pai é um romântico, só isso.

— Então você notou? — James ainda estava com a mão nas costas dela, e Cordelia não seria capaz de pedir que ele a removesse. Ela deixou que James a guiasse para baixo, onde pegou o casaco na entrada enquanto ele pedia a Davies, um dos cocheiros do Instituto, que trouxesse a carruagem.

Cordelia se juntou a ele no degrau da entrada. James não tinha colocado um casaco, e o vento frio agitava as mechas do seu cabelo escuro onde elas tocavam as bochechas e a nuca dele. Quando James viu Cordelia sair, ele suspirou, uma fumaça branca, e enfiou a mão no bolso.

Para a surpresa de Cordelia, ele tirou de dentro um par de luvas. Luvas *dela*. Pelica cinza pálida com um padrão de folhas, embora agora estivessem muito amassadas, e até mesmo um pouco manchadas, como se gotas de chuva tivessem caído nelas.

— Você deixou isso — disse James, a voz muito calma — quando foi a Paris. Eu queria devolver a você. Peço desculpas, estive carregando-as esse tempo todo, e queria ter devolvido antes para você.

— 222 —

CASSANDRA CLARE

Cordelia pegou as luvas dele, confusa.

— Mas... por que andou carregando-as?

Ele passou as mãos pelo cabelo, um gesto característico.

— Quero ser sincero com você — respondeu James. — Muito sincero, porque acho que é a única esperança que temos de superar isso. E ainda tenho esperança, Daisy. Não vou incomodar você com isso, com a gente, mas também não vou desistir de nós.

Ela olhou para ele surpresa. Apesar de toda a brincadeira na escada sobre ter sido humilhado, havia apenas uma determinação silenciosa em seu rosto, em seus olhos. Até mesmo um tipo de orgulho. Ele não tinha vergonha de nada que sentia, isso estava evidente.

— Fui atrás de você naquela noite — disse ele. — Na noite em que você partiu. Segui você até a casa de Matthew, e então para a estação de trem. Eu estava na plataforma, vi você entrar no trem. Teria ido atrás de você, mas meu pai tinha me Rastreado até Waterloo. Lucie havia sumido, e eu precisei ir atrás dela.

Ela olhou para as luvas na mão.

— Você estava lá? Na plataforma da estação de trem?

— Sim — respondeu James. Ele esticou o braço e fechou a mão dela sobre as luvas. As mãos dele estavam vermelhas de frio, as unhas roídas até o sabugo. — Eu queria que você soubesse. Fui atrás de você assim que soube que tinha partido. Não esperei até que o orgulho ferido se assentasse nem nada do tipo. Eu percebi que você estava partindo e corri atrás de você, porque quando uma pessoa que você ama está indo embora, tudo o que se consegue pensar é em reconquistá-la.

Uma pessoa que você ama. O rosto de James estava a centímetros do dela. Cordelia pensou: *Se eu ficasse na ponta dos pés eu poderia beijá-lo. Ele me beijaria de volta. Eu poderia soltar o peso terrível que estou carregando, essa cautela que diz: Tome cuidado. Você pode se machucar de novo.*

Mas então a imagem de Matthew lampejou em sua mente. Matthew e as luzes de Paris, e todos os motivos pelos quais ela havia fugido. Cordelia ouviu o ranger das rodas da carruagem conforme ela avançava pelo pátio, e como o relógio da meia-noite da Cinderela, o feitiço foi quebrado.

— Obrigada — disse ela. — Pelas luvas.

— 223 —

Cordelia se virou para descer os degraus, sem olhar para trás para ver se James a observava descer.

Conforme a carruagem se afastou do Instituto e para o anoitecer roxo e cinza de Londres, Cordelia pensou: *Se James me viu entrar naquele trem, ele não deve ter passado mais do que uma hora com Grace, provavelmente menos. E então... ele fugiu dela? Mas o que poderia ter feito seus sentimentos mudarem tão subitamente assim?*

—

Será que alguma coisa pareceria familiar de novo? James não tinha certeza. Ali estava ele, jantando com a família na sala de jantar onde comera milhares de refeições antes, mas as experiências das últimas semanas tinham tornado tudo estranho. Ali estava o armário de porcelana com as portas de painel de vidro e delicada marchetaria floral. Ele se lembrava da mãe encomendando da Shoolbred's para substituir a horrível monstruosidade vitoriana que estivera ali antes. Ali estavam as finas e elegantes cadeiras da sala de jantar com os espaldares entalhados com o formato de samambaias que Lucie, quando mais nova, gostava de fingir que eram navios piratas em guerra, e o papel de parede verde-claro, e as lâmpadas de vidro branco com formato de lírios de cada lado do vaso de porcelana canelado na lareira que Tessa mantinha cheio de flores frescas toda semana, até mesmo no inverno.

Nada disso havia mudado. Foi James que mudou. Ele havia partido, afinal de contas. Tinha se casado, se mudado para a própria casa. Muito em breve chegaria à maioridade, e a Clave o reconheceria como adulto. Mas agora ele sentia como se as circunstâncias o tivessem forçado de volta para roupas infantis apertadas, uma fantasia que havia muito ele tinha superado.

— E o que acha, James? — perguntou Tessa.

James olhou para cima, sentindo-se culpado. Não estivera prestando atenção em nada.

— Desculpe, o que disse?

Lucie falou:

— Estávamos falando sobre a festa de Natal. Faltam só três dias. — Lucie deu a James um olhar malicioso, como se para dizer: *Eu sei muito bem que*

CASSANDRA CLARE

você não estava prestando atenção, e nós não estávamos falando justamente sobre isso mais cedo?

— Sério? — James franziu a testa. — Todos ainda planejam participar?

Os pais deles eram extremamente dedicados à tradição da festa de Natal do Instituto. Havia começado com Charlotte e Henry, os quais, explicaram Will e Tessa, tinham decidido que não importava que Caçadores de Sombras não comemorassem o feriado mundano. Era tão predominante em Londres, presente em cada canto da cidade durante todo o mês de dezembro, que eles tinham percebido o valor de ter algo festivo pelo qual o Enclave poderia ansiar durante os longos e frios meses de inverno. Os Herondale tinham continuado a tradição de um baile no fim de dezembro. Na verdade, James sabia que havia sido em uma das festas de Natal do Instituto que seus pais tinham noivado.

— *É estranho* — admitiu Tessa. — Mas os convites foram todos enviados no início do mês, antes de qualquer um dos problemas que estamos enfrentando. Achamos que talvez os convidados fossem cancelar, mas não cancelaram.

— É importante para o Enclave — acrescentou Will. — E o Anjo sabe que não é algo ruim manter os ânimos em alta.

Lucie direcionou seu olhar questionador para o pai.

— Sim, um ato completamente altruísta, manter a festa que você ama mais do que qualquer outra festa.

— Minha querida filha, fico ofendido com tal insinuação — falou Will. — Todos se voltarão para o Instituto como exemplo e para demonstrar que, como os guerreiros escolhidos do Anjo, os Caçadores de Sombras seguirão adiante, uma frente unida contra as forças do Inferno. "Meia légua, meia légua, meia légua..."

— Will! — censurou Tessa. — O que eu falei?

Will pareceu repreendido.

— Nada de "Carga da Brigada Ligeira" à mesa.

Tessa deu tapinhas no pulso dele.

— Isso mesmo.

Jesse falou:

— Tem alguma coisa particularmente perigosa em realizar a festa?

— 225 —

Era uma pergunta sensata. James tinha notado que esse era o jeito de Jesse. Em geral, ele costumava ficar quieto e raramente dava sua opinião, mas quando o fazia, atingia o cerne da questão.

— Não no que diz respeito a Belial — respondeu James. — O Instituto é o local mais seguro de Londres quando se trata de demônios. Se por algum motivo ele atacasse, o Enclave inteiro viria para cá como protocolo.

— Imagino — falou Jesse, ainda com a mesma voz calma — que eu estivesse me referindo à minha mãe. Uma festa dessas, com tantos de vocês reunidos em um só lugar, poderia atraí-la, chamá-la até aqui.

Will olhou para Jesse pensativamente.

— E então ela faria o quê?

Jesse balançou a cabeça.

— Não sei. Ela é imprevisível, mas certamente odeia todos vocês, e tem um ódio particular pela festa de Natal. Ela falava frequentemente comigo sobre ter sido humilhada em uma, certa vez, e que o Enclave não fez nada.

Will suspirou.

— Isso é culpa minha. Eu li o diário dela em voz alta em uma festa de Natal há muito tempo. Eu tinha doze anos. E fui muito severamente punido, então, na verdade, o Enclave *estava* do lado dela.

— Ah — suspirou Jesse. — Quando eu era criança, achei que fosse terrível que ela tivesse sido tão injustiçada. Depois passei a entender que minha mãe via tudo como uma injustiça contra ela. Ela *colecionava* ressentimentos, como se fossem miniaturas de porcelana. Gostava de relembrá-los e falar sobre eles, examinando-os de novo e de novo em busca de novas facetas de maldade e traição. Ela se apegava a eles mais do que se apegou aos filhos.

— Da próxima vez que ela agir, a Clave não será tão leniente com ela — replicou Will, tenso. — Dessa vez as Marcas dela serão removidas.

— *Pai* — censurou Lucie, olhando expressivamente na direção de Jesse.

— Não tem problema — assegurou Jesse. — Acredite em mim. Depois do que ela fez comigo... — Ele abaixou o garfo, balançando a cabeça. — Eu tento não pensar em vingança. Não sinto prazer nisso, mas sei o que é necessário e que precisa ser feito. Ela fez muito contra mim, contra minha irmã, para receber outra chance.

CASSANDRA CLARE

Grace. Por um momento, James não conseguiu dizer nada. Sua garganta havia se fechado. Pensar em Grace era como cair em um infinito abismo, um poço revestido de espelhos, cada um refletindo de volta uma visão dele mesmo se retraindo, tolo, humilhado.

James viu Lucie olhar para ele, seus olhos azuis arregalados com preocupação. Sabia que ela não podia entender, mas estava óbvio que a irmã sentia sua inquietação. Ela disse, em voz alta:

— Eu estava pensando, já que *vamos* dar a festa, que seria a melhor oportunidade para apresentar Jesse ao restante do Enclave. Como Jeremy Blackthorn, evidente.

Ela conseguira com sucesso atrair a atenção dos pais de James. Will desenhou um círculo preguiçoso no ar com a ponta da colher.

— Bem pensado, *cariad.*

— Tenho certeza de que todos vão gostar dele — acrescentou Lucie.

Jesse sorriu.

— Eu me contentaria em não ser deixado para apodrecer na Cidade do Silêncio.

— Ah, besteira — falou Tessa, com bondade. — A Clave me aceitou, eles vão aceitar você também.

— Ele precisa de algo novo para vestir — apontou Lucie. — Não pode continuar com as roupas velhas de James. Estão curtas demais. — Isso era verdade. Jesse era mais alto do que James, embora também mais magro. — E metade delas está puída, e todas têm pastilhas de limão nos bolsos.

— Eu não me incomodo com as pastilhas de limão — falou Jesse, casualmente.

— Lógico! — exclamou Will. — Um novo guarda-roupa para um novo homem. Precisamos levar você para o Sr. Sykes...

— O Sr. Sykes é um lobisomem — explicou Lucie.

— Ele faz um excelente trabalho — garantiu Will. — Em vinte e sete de cada trinta dias. Nos demais ele fica um pouco descontrolado com as cores e os cortes.

— Não precisamos de Sykes — sussurrou Lucie, dando tapinhas no braço de Jesse. — Vamos entrar em contato com Anna. Ela vai ajudar você.

Corrente de Espinhos

— Se vou ser apresentado ao Enclave... — Jesse pigarreou. — Eu gostaria de usar a sala de treinamento. Sei muito pouco sobre combate, e poderia ser muito mais forte do que sou. Não preciso dominar todas as habilidades. Sei que sou velho para começar a aprender, mas...

— Eu treino com você — falou James. O poço sombrio havia recuado: ele estava de volta à mesa com a família. Alívio e gratidão agitaram os seus sentimentos de empatia. Ele queria ajudar Jesse. E se parte disso era por querer alguém para treinar que não fosse Matthew, preferiu não pensar nisso no momento.

Jesse pareceu satisfeito. Will estava olhando para os dois com uma expressão que parecia dizer que pretendia muito em breve começar a cantar uma música galesa. Para a sorte de todos os presentes, Bridget apareceu subitamente, fazendo uma careta ao bater a porta atrás de si. Ela se aproximou de Will e murmurou algo ao ouvido dele.

Os olhos de Will se iluminaram.

— Minha nossa! Temos uma ligação.

Tessa pareceu confusa.

— Uma ligação?

— Uma ligação! — confirmou Will. — No *telefone*. Traga-o, Bridget.

James havia se esquecido daquilo. Alguns meses antes, Will instalara um dos "telefones" mundanos no Instituto, embora James soubesse que Magnus fizera bastante uso de magia para conseguir fazê-lo funcionar. Mas agora poderia ser usado para que os Institutos ligassem uns para os outros. James tinha quase certeza de que telefones mundanos em geral se conectavam com algum tipo de cabo, e que esse não estava, mas ele não quisera mencionar.

Bridget entrou segurando uma pesada máquina de madeira. Ela a segurou com o braço esticado, como se pudesse explodir, enquanto de algum lugar ali dentro um sino tocava continuamente, como um despertador.

— Ele não para de tocar — reclamou Bridget, apoiando-o na mesa com um estampido. — Não consigo fazer parar.

— É o que deveria fazer — falou Will. — Apenas deixe-o aqui, obrigado.

Ele levantou uma espécie de cone preto preso à caixa de madeira. Imediatamente, uma voz, parecendo gritar do outro lado de um túnel, urrou:

— Identifique-se!

CASSANDRA CLARE

Will segurou o cone afastado da cabeça, parecendo estar com dor.

James e Lucie trocaram olhares. A voz era facilmente identificável: Albert Pangborn, o diretor do Instituto da Cornualha. Lucie gesticulou como se suas mãos se colassem, para a confusão de Jesse e um olhar de reprovação de Tessa.

— Aqui é Will Herondale. — Will falou lenta e nitidamente no receptor. — E *você* ligou para *mim*.

Albert gritou de volta:

— Aqui é Albert Pangborn!

— Sim, Albert — falou Will, com o mesmo tom cauteloso —, do Instituto da Cornualha. Não precisa gritar.

— Eu queria! Contar a você! — gritou Albert. — Encontramos aquela moça! Que sumiu!

— Que moça foi essa, Albert? — perguntou Will. James ficou fascinado. Era uma ocasião rara testemunhar uma conversa na qual o pai era o participante calmo e silencioso.

— Aquela QUE SUMIU! — urrou Albert. — Da Cidadela Adamant!

Jesse ficou paralisado como se seu sangue tivesse virado gelo. Pelo canto do olho, James viu Lucie empalidecer. Will ficou subitamente atento, curvado sobre o receptor do telefone.

— Albert — disse ele. — Repita isso. Você encontrou *qual* mulher desaparecida?

— Titania Greenthorpe! — gritou Albert.

— Quer dizer Tatiana Blackthorn, Albert?

— Qualquer que seja o nome dela! — retrucou Albert. — Ela não pode responder por conta própria, entende?

— O quê? — perguntou Will. — O que quer dizer?

— Nós a encontramos nos pântanos! — informou Albert. — Um de nós, quero dizer, não eu mesmo! Foi o jovem Polkinghorn que a encontrou!

— Nos pântanos? — indagou Will.

— Nos Pântanos Bodmin! — explicou Albert. — Durante a patrulha! Ela estava apagada quando a encontramos! Ainda não acordou! Gravemente ferida, ouso dizer!

Devia ser muito estranho, pensou James, um pouco confuso, patrulhar pântanos vazios em vez de cidades cheias de mundanos. Albert ainda gritava:

— 229 —

Corrente de Espinhos

— A princípio pensamos que estivesse morta, verdade seja dita! Ela estava toda cortada! Nem mesmo quisemos colocar *iratzes* nela! Não sabia se ela aguentaria!

— Onde ela está agora? — perguntou Will.

— Santuário — respondeu Albert, acalmando-se um pouco. — Achei que seria melhor.

Will assentiu, embora, óbvio, Pangborn não pudesse vê-lo.

— É. Mantenha-a ali, Albert. — Tessa estava freneticamente gesticulando desenhos no braço. Will acrescentou: — Não coloque nenhuma Marca nela, no entanto. Não sabemos quanta magia demoníaca pode haver nela.

— Fascinante o que os jovens fazem hoje em dia, hein, Will? — disse Pangborn. — Sabe do que estou falando! Os jovens! Descontrolados!

— Eu sou um ano mais velho do que Tatiana — observou Will.

— Ora, mas você não passa de um menino! — gritou Albert. — Olhe, eu não faço ideia de como vocês fazem as coisas em Londres, mas prefiro não abrigar criminosos no Santuário do meu Instituto! Alguém vai vir buscar essa mulher?

— Sim — confirmou Will. — Os Irmãos do Silêncio estarão a caminho em breve, para examiná-la. Mantenha-a no Santuário até então. Nada de Marcas, e mínimo contato. Fique longe dela, se puder.

— Dar o que a ela de colher? — gritou Albert, mas Will já estava desligando. Sem mais uma palavra, ele se abaixou para beijar Tessa, que parecia tão chocada quanto todos, e saiu da sala.

Para contatar Jem, evidente. James nem precisava se perguntar. Ele conhecia o pai.

Houve silêncio. Jesse estava sentado como uma estátua, o rosto branco, encarando a parede oposta. Por fim, Tessa falou:

— Talvez ela tenha se desentendido com Belial. Pode ter... resistido a ele, ou discordado dele, e ele a abandonou.

— Seria muito pouco habitual da parte dela fazer isso — observou Jesse, e havia uma amargura em sua voz. James não conseguia deixar de pensar que também seria muito habitual da parte de Belial fazer isso: se Tatiana se voltasse contra ele, certamente ele a mataria sem pensar duas vezes.

— 230 —

CASSANDRA CLARE

— Sempre há esperança para as pessoas, Jesse — falou Tessa. — Ninguém é uma causa perdida, nem mesmo a sua mãe.

Jesse olhou para ela, espantado, e James pensou, *Jesse jamais teve qualquer tipo de figura materna na vida.* Ele jamais conhecera uma mãe que lhe desse esperança em vez de desespero ou medo. Agora ele empurrava a cadeira para longe da mesa e se levantava com um pequeno aceno de cabeça.

— Acho melhor ficar sozinho um tempo — disse ele, a voz calma. — Vou precisar contar a Grace essa notícia quando a vir amanhã. Mas eu agradeço muito pelo jantar. E pelas palavras gentis — acrescentou ele, e saiu.

Lucie falou:

— Vocês acham que eu deveria ir atrás dele?

— Não neste momento — respondeu Tessa. — Às vezes as pessoas simplesmente precisam ficar um tempo a sós. Pobre Tatiana — acrescentou ela, para a surpresa de James. — Não posso deixar de me perguntar se Belial simplesmente tomou o que queria dela, durante todos esses anos, e quando acabou, deixou-a para morrer.

James se perguntou se Tessa ainda pensaria "pobre Tatiana" se soubesse o que Tatiana tinha causado ao filho dela através de Grace. O que ela pensaria de como James se sentia agora — a queimação ácida da amargura em sua garganta, a terrível sensação de quase prazer pelo sofrimento de Tatiana, o que o envergonhava mesmo conforme ele sentia.

Ele cerrou os punhos, contendo-se. Não importava o quanto desejasse, não podia contar aos pais sobre a pulseira. Sua mãe sempre pensava o melhor de todos, e olhando para o rosto dela, cheio de uma preocupação compassiva por uma mulher detestável que sempre lhe desejara nada além do mal, ele não conseguia estragar aquilo.

13
APENAS OS ANJOS

Paredes de pedra uma prisão não fazem,
Nem barras de ferro uma jaula:
Mentes inocentes e caladas tomam
Isso por uma ermida.
Se eu tenho liberdade em meu amor,
E em minha alma sou livre,
Apenas os anjos, que voam acima,
Desfrutam de tal liberdade.

— Richard Lovelace, "Para Althea, da Prisão"

Cordelia semicerrou os olhos para a página à luz da vela que esmaecia.

Estava aconchegada na cama em Cornwall Gardens, sob o beiral, lendo alguns dos livros sobre paladinos que Christopher lhe dera. O bater suave de lufadas de neve contra o telhado fazia o quarto parecer mais acolhedor, mas ainda não era um lar. Era mais como um quarto na casa de um parente bondoso que se visitava.

Cordelia não ignorava o fato de que não tinha desfeito completamente as malas, nem as roupas de Paris, nem as coisas que James tinha mandado para ela de Curzon Street. Ela estava vivendo em um tipo de limbo, não

Corrente de Espinhos

exatamente aqui, nem ali, um espaço onde ainda não precisava tomar uma decisão definitiva.

Ela pensava no bebê que nasceria em breve. Não *muito* em breve, esperava Cordelia. Não enquanto ela, a irmã mais velha, estava indecisa quanto a todos os aspectos da vida, e pior: enquanto estava amaldiçoada a ser paladino de um demônio. Cordelia voltou para o livro e, à luz combinada do fogo e do pavio em sua mesa de cabeceira, mal conseguia discernir as palavras.

As palavras não eram encorajadoras. A maioria dos paladinos queria ser paladino e jamais tentaria quebrar o vínculo com o mestre. Havia muito que um paladino *podia* fazer que parecia atrativo: lutar mais arduamente, pular mais alto, sobreviver a ferimentos que matariam outras pessoas. Ela até mesmo encontrara um relato de um paladino que tinha esfaqueado um amigo devido a um caso de erro de identidade, mas então conseguiu magicamente curá-lo com sua "lâmina de paladino". Tudo isso parecia muito improvável. O que sequer significava *curá-lo com sua lâmina*? Mas era apenas uma anedota entre uma na qual um único paladino havia derrotado um exército que avançava, e outra em que dois *parabatai* tinham se tornado paladinos juntos.

Tum, Cordelia ouviu o barulho da neve contra a janela. Quase pareceu um pássaro batendo no vidro. Ela não conseguia deixar de se lembrar de quando Matthew tinha entrado pela sua janela usando polainas laranja, trazendo percepções alarmantes. *Esse pode ser um casamento falso,* dissera ele, *mas você está realmente apaixonada por James.*

Ela pensou em James, e no que ele dissera aquela noite, sobre segui-la até Waterloo. A ideia de que ele estivera na plataforma de trem era quase demais para suportar...

Tum. Dessa vez, mais alto, mais insistente. *Tum, tum, tum,* e a janela se abriu, junto com uma lufada de neve branca. Cordelia se levantou da cama, soltando o livro, prestes a gritar por Alastair, quando percebeu que a pessoa subindo pela janela, de botas nevadas e cabelo castanho solto, era Lucie.

Ela voltou a se sentar na cama, sem reação, quando Lucie fechou a janela atrás de si e correu até a lareira. Ela usava uma capa pesada por cima do uniforme, seu cabelo escapando das fitas e no meio das costas, entrelaçado com fios de gelo.

— 234 —

— Lucie — Cordelia conseguiu dizer —, você deve estar *congelando*. O que diabos está fazendo entrando pela janela? Risa teria deixado você subir, poderia ter usado a porta da frente...

— Eu não queria — interrompeu Lucie, irritada. Ela estava estendendo as mãos para o fogo, deixando o calor trazer cor de volta às pontas brancas dos dedos.

— Bem, venha aqui, então — chamou Cordelia. — Não posso empunhar uma arma, mas ainda consigo usar uma estela. Você precisa de uma Marca de Calor...

Lucie se virou. O cabelo dela esvoaçou de maneira dramática quando ela falou:

— As coisas não podem continuar como estão.

Cordelia tinha quase certeza de que sabia do que Lucie estava falando. Mesmo assim, ela disse:

— Como assim?

— Quando você se casou com James — começou Lucie —, eu achei que isso nos deixaria mais próximas. Mas nos afastou mais.

— Lucie. — Cordelia uniu as mãos no colo. Ela se sentia malvestida. Lucie estava de uniforme, e ali estava ela, de camisola com a bainha um pouco puída e o cabelo trançado. — A distância entre nós... não é culpa de James. Não é culpa de nosso casamento...

— Você acha que não? Cordelia, ele está com o coração partido por sua causa. Ele está tão arrasado...

— Bem, suponho que possa causar atritos — Cordelia falou friamente — se você escolher um lado. Eu sei que você adora seu irmão. Também sei que você está ciente de que ele estava apaixonado por Grace Blackthorn até semana passada. E esse é exatamente o tipo de conversa que nós *não* deveríamos ter. Não quero magoar James, mas não quero, eu mesma, ficar magoada, e James só se sente culpado...

— Não é só culpa — protestou Lucie. — Eu sei a diferença...

— Você sabia a diferença quando escolheu fazer amizade com Grace pelas minhas costas, e jamais me contar?

Era provavelmente a coisa mais ríspida que Cordelia já dissera à melhor amiga. Lucie pareceu chocada.

Corrente de Espinhos

— Eu fiz isso para salvar Jesse — disse Lucie, sussurrando.

— Eu sei como é estar apaixonada — falou Cordelia. — Você acha que eu não teria entendido? Você não confiou em mim.

— O que eu estava fazendo — atrapalhou-se Lucie — era tão proibido, tão terrível, que eu não queria colocar você em nenhum dos problemas que eu teria tido se fosse descoberta.

— Besteira — disse Cordelia. — Você queria fazer as suas coisas sem que eu ficasse te perturbando por causa de Grace. — Alguma parte dela parecia ter saído do próprio corpo e observava horrorizada conforme ela atacava Lucie com palavras como se fossem facas, com a intenção de fatiar e cortar. Parte dela sentia um tipo de alívio desesperado porque, por mais que tivesse sido magoada, ela não precisava mais guardar aquilo, podia dizer: *Você me magoou. Jamais sequer pensou em mim, e isso é o que mais dói.* — *Parabatai* devem contar tudo um ao outro — falou Cordelia. — Quando eu estava com o pior problema da minha vida, tendo descoberto que estava jurada a Lilith, eu *contei* a você.

— Não, não contou — discordou Lucie. — Eu descobri junto de você. Não teria como ter escondido de mim.

— Eu te contei a história toda...

— Ah, é mesmo? — Os olhos azuis de Lucie se encheram de lágrimas. Cordelia quase nunca vira a amiga chorar, mas ela estava chorando agora, e, no entanto, parecia furiosa. — Nós deveríamos contar tudo uma à outra? Bem, eu tenho algumas perguntas para você sobre o fato de que assim que meu irmão foi atrás de mim na Cornualha, você fugiu para Paris com o melhor amigo dele! Você nunca disse nada para mim sobre Matthew...

— Essa — falou Cordelia, com uma voz fria como a neve do lado de fora — não é exatamente a ordem dos eventos da maneira que eles aconteceram. E seu irmão não é inocente, mas vou deixar que ele conte a você o que se passou naquela noite.

— Eu não sei o que você acha que ele fez — disse Lucie, limpando as lágrimas com as mãos. — Mas eu sei como ele está. Como se quisesse morrer sem você. E você espera que eu acredite que você fugiu com Matthew apenas como amigos, e que nada de romântico aconteceu entre vocês?

— 236 —

— E você me culparia se tivesse? — Cordelia sentiu um fogo intenso de ódio e dor se acender sob suas costelas, quase a sufocando. — Você sabe como é estar em um casamento de fachada em que você é a única pessoa que sente alguma coisa? James nunca sentiu nada por mim, ele nunca me olhou do jeito que Matthew olha para mim. Estava ocupado demais olhando para Grace, sua nova melhor amiga. Por que você não pergunta a James se ele beijou Grace enquanto estávamos casados? Melhor ainda, por que não pergunta a ele *quantas vezes* ele beijou Grace enquanto estávamos casados?

— Vocês ainda estão casados. — Lucie balançava a cabeça. — E... eu não acredito em você.

— Então você está me chamando de mentirosa. E talvez essa seja a distância entre nós. É a mesma distância entre James e eu. E tem nome e sobrenome: Grace Blackthorn.

— Eu não sabia o quanto eu trabalhar com ela magoaria você — confessou Lucie. — Eu duvido que James soubesse também. Você jamais demonstrou que sentia alguma coisa por ele. Você... você é tão *orgulhosa*, Cordelia.

Cordelia ergueu o queixo.

— Talvez eu seja. O que importa? Nós não seremos *parabatai* no fim das contas, então não precisamos saber os segredos uma da outra. Isso não está em nosso futuro.

Lucie prendeu o fôlego.

— Você não sabe disso. Ou está dizendo que não quer ser minha *parabatai*, mesmo que você quebre seu vínculo com Lilith?

— Ah, Lucie — disse Cordelia, desesperada. — É como se você não vivesse no mundo real. Você vive em um mundo de histórias. A bela Cordelia, que pode fazer tudo de que gosta. Mas no mundo real, não conseguimos tudo o que queremos. E talvez não devêssemos.

Naquele momento, Cordelia viu o coração de Lucie se partir. O rosto dela inteiro desabou, e ela se virou, como se pudesse esconder sua reação de Cordelia, mas estava em cada linha de seus ombros trêmulos, os braços envolvendo-a como se ela pudesse conter a dor.

— Luce. — A voz de Cordelia falhou. — Eu não...

Corrente de Espinhos

Mas Lucie tinha disparado até a janela. Ela a escancarou e praticamente se atirou para fora. Cordelia gritou e se levantou com um salto, correndo para segui-la. Lucie não deveria estar subindo telhados cobertos de gelo, não no estado em que se encontrava, mas quando chegou à janela, só viu escuridão do lado de fora, e a neve rodopiante.

—

Lucie tinha chorado tanto no caminho de volta para o Instituto que quando finalmente se esgueirou de volta para dentro e subiu para o quarto, encontrou seu cabelo congelado contra as bochechas em filetes cristalinos de sal.

Ela se limpou o melhor que pôde, colocou uma camisola limpa e se sentou à escrivaninha. Suas lágrimas haviam se esgotado. Ela sentia apenas um vazio terrível, uma terrível falta de Cordelia e o reconhecimento da própria culpa. Ela *escondera* seu relacionamento — amizade ou o que fosse — com Grace. Escondera toda a existência de Jesse.

Mas. Cordelia também tinha escondido coisas. Como ela se sentia em relação a James, para início de conversa — o que normalmente não teria sido da conta de Lucie, mas agora ela sentia que era sim, e muito. Ela amava o irmão. Sempre que Cordelia dava as costas a ele, e a angústia no rosto de James se tornava evidente, Lucie queria bater o pé e gritar.

No passado, ela teria desabafado os sentimentos através da caneta, mas desde o retorno de Jesse, não conseguira escrever uma palavra. E agora era pior: ela ficava ouvindo a voz de Cordelia em sua mente. *É como se você não vivesse no mundo real. Você vive em um mundo de histórias.* Como se isso fosse algo terrível.

Ela se jogou de volta na cadeira.

— Eu não sei o que fazer — disse ela em voz alta, para ninguém. — Eu simplesmente não sei.

— Você poderia comandar os mortos para resolver seus problemas — respondeu uma voz familiar, irritadiça. Jessamine, a fantasma residente do Instituto, estava sentada no alto do guarda-roupa de Lucie, as longas saias descendo em uma transparência indiscernível. — É o que você sempre faz, não é?

— 238 —

CASSANDRA CLARE

Lucie suspirou.

— Eu já pedi desculpas a você, Jessamine. — Isso era verdade. Assim que Lucie voltou para o quarto depois de retornar da Cornualha, ela direcionou um extenso e sincero pedido de desculpas por ter controlado os mortos contra a vontade deles. Houve muito farfalhar, e ela estava certa de que Jessamine a ouvira.

Jessamine cruzou os braços transparentes.

— Seu poder é perigoso demais, Lucie. Mesmo nas mãos de alguém racional, causaria problemas, e você é a pessoa menos racional que eu conheço.

— Então você vai ficar feliz em saber que não tenho intenção de usá-lo de novo.

— Só isso não basta. — Jessamine balançou a cabeça. — Uma coisa é planejar usar seu poder novamente, mas esse é o problema com o poder, não é? Há sempre um motivo para abrir uma exceção, só dessa vez. Não, você precisa se livrar dele.

Lucie abriu a boca para protestar, mas a fechou novamente. Jessamine estava, pensou ela com uma pontada desconfortável, provavelmente certa.

— Eu não sei como — disse ela, sendo sincera.

Jessamine empinou o nariz e começou a fazer uma saída dramática pela parede.

— Espere — pediu Lucie. — Se eu dissesse a você "Eles despertam", isso significaria alguma coisa?

— Certamente não. — Jessamine fungou. — O que eu poderia saber sobre alguém despertando? Que tipo de pergunta tola é essa?

Lucie apagou sua pedra de luz enfeitiçada, se levantou e pegou o robe.

— Já cansei disso — disse ela. — Vou ver Jesse.

— Você não *pode*! — Escandalizada, Jessamine seguiu Lucie para fora do quarto e pelo corredor. — Isso é uma desgraça! — gritou ela, dando piruetas perto do teto. — Uma moça *jamais* deve ver um rapaz no quarto dele, sozinha!

Irritada, Lucie falou:

— Pelo que ouvi dos meus pais, você saía de fininho *repetidas vezes* para ver um único cavalheiro quando era uma moça solteira, *à noite*. E ele se revelou ser meu tio malvado. O que com certeza não será o caso com Jesse.

— 239 —

Corrente de Espinhos

Jessamine arquejou. Ela arquejou de novo quando a porta de Jesse se abriu, e ele saiu para o corredor, aparentemente alertado pela algazarra. Ele só estava de calça e uma camisa com as mangas puxadas para cima, o que colocava muito de seus admiráveis antebraços à mostra.

— Você era um *fantasma* — falou Jessamine, parecendo um pouco maravilhada, embora Lucie tivesse certeza de que ela já estava ciente do retorno de Jesse. Ainda assim, devia ser muito estranho para Jessamine vê-lo de pé diante dela, tão completamente vivo.

— As pessoas mudam — disse Jesse, descontraído.

Jessamine, aparentemente percebendo que Lucie pretendia levar a cabo seu plano escandaloso de entrar no quarto de Jesse, deu um grasnido e sumiu.

Jesse estava segurando a porta aberta. Lucie se abaixou sob o braço dele e na mesma hora percebeu que nunca havia entrado ali, não desde o momento em que Jesse tinha escolhido o quarto, junto com ela e sua família inteira.

Ainda estava vazio, pois não houvera muito tempo para decorá-lo. Era um quarto padrão do Instituto, com um armário, uma escrivaninha, uma prateleira de livros e uma cama com dossel. Pedacinhos de Jesse eram visíveis, no entanto. O paletó que ele tinha usado no jantar, pendurado no encosto de uma cadeira. Os livros na mesa de cabeceira. A espada Blackthorn, que tinha sido resgatada do Santuário, estava apoiada na parede. O pente dourado de Lucie que ele afanara na noite da festa de Anna, o que parecia ter sido havia tanto tempo, tinha um lugar de destaque sobre a cômoda.

Ela afundou na cama de Jesse quando ele foi trancar a porta. Lógico que ele fez isso, Jesse sempre parecia sentir quando Lucie precisava ficar sozinha, ou sozinha com ele, para se sentir segura.

— Qual é o problema? — perguntou, virando-se para ela.

— Tive uma briga terrível com Cordelia.

Jesse ficou calado. Ela se perguntou se, comparado com tudo o mais, o problema dela parecia bobo. Ele permaneceu à porta, visivelmente ansioso. Lucie pensou que aquela *era* a primeira vez que ficava sozinha com Jesse no quarto dele, e não lhe dera nenhum aviso.

Lucie esperava que quando ela e Jesse voltassem para o Instituto, para morar ali juntos, eles ficassem entrando e saindo do quarto um do outro o tempo todo. Mas Jesse tinha sido irredutível e escrupulosamente educado,

— 240 —

despedindo-se dela toda noite e jamais vindo bater à porta de Lucie. Ela vira mais de Jesse à noite quando ele era um fantasma.

Lucie se empertigou, percebendo também que estava usando apenas uma camisola fina de linho branco, com um robe transparente de renda. As mangas do robe eram largas e tendiam a escorregar por seus ombros. Ela olhou para Jesse.

— Estou deixando você desconfortável?

Ele exalou.

— Fico feliz que você esteja aqui. E você está... — O olhar dele se deteve nela. O peito de Lucie pareceu se encher de calor. — Mas eu fico pensando em...

— Sim?

— Em seus pais — disse ele, em tom de desculpas. — Eu não iria querer que eles pensassem que eu estava tirando vantagem da hospitalidade deles. Da extrema bondade deles.

Lógico. A adorável, carinhosa e irritante família dela. Lucie já vira o jeito como Jesse estava ficando mais feliz sob a atenção de Will e Tessa, tornando-se mais ele mesmo. Jesse jamais vivenciara uma família na qual as pessoas eram afeitas umas às outras e se amavam. Agora que ele estava em tal ambiente, tinha ficado paralisado pelo medo de estragar aquilo. E embora ela pudesse reconhecer que isso era bom para Jesse, significava que ele fazia tudo ao seu alcance para garantir a Will — mesmo que Will não estivesse ali — que suas intenções em relação a Lucie eram honráveis, o que ela não queria que fossem.

— Meus pais — falou ela — fizeram as coisas mais escandalosas de que se pode imaginar quando tinham a nossa idade. Acredite em mim quando digo que não vão expulsar você se descobrirem que eu vim até aqui em busca de apoio e me sentei na beirada da sua cama.

Ele ainda parecia preocupado. Lucie enroscou uma mecha de cabelo em um dedo e olhou para ele com os olhos arregalados. Virando-se um pouco de lado, ela deixou uma das mangas deslizarem pelo ombro.

Jesse fez um tipo de ruído incoerente. Um momento depois, ele afundou na cama ao lado dela, embora não perto *demais*. Ainda assim, uma pequena vitória.

Corrente de Espinhos

— Luce — disse ele. Sua voz era calorosa e intensa e gentil. — O que aconteceu entre você e Cordelia?

Ela contou a ele rapidamente: tudo desde sua visita a Cordelia até a silenciosa volta para casa em uma carruagem contratada depois de quase cair do telhado dos Carstairs.

— É como se ela jamais quisesse ser *parabatai* — concluiu Lucie. — Não há nada mais importante para mim no mundo, e ela simplesmente... está jogando tudo fora.

— Pode ser mais fácil — disse Jesse — se comportar como se ela quisesse jogar fora do que reconhecer que está sendo tomado dela contra sua vontade.

— Mas se ela queria, se ela queria ser minha *parabatai*...

— Ela não pode, Lucie. Enquanto for paladino de Lilith, Cordelia não pode ser sua *parabatai*. Então, como você, ela compartilha a perda do vínculo *parabatai*, mas, diferente de você, ela sabe que a culpa é dela.

— Se ela se importasse — protestou Lucie, sabendo que estava sendo teimosa —, ela lutaria por isso. É como se estivesse dizendo que jamais fomos importantes uma para a outra. Nós só fomos amigas comuns. Não como... não como eu pensava.

Jesse afastou o cabelo do rosto dela, seus dedos carinhosos. Cuidadosos.

— Minha Lucie — ele suspirou. — Você sabe que são as pessoas que mais amamos que podem nos ferir mais.

— Eu sei que ela está chateada. — Lucie pressionou a bochecha na mão dele. Eles tinham se aproximado um do outro. De alguma forma, ela estava quase no colo de Jesse. — Eu sei que ela sente que eu guardei segredos dela, e eu *escondi*. Mas ela guardou segredos de mim. É difícil explicar, mas quando uma pessoa é sua *parabatai*, ou quase, e você se sente distante dela, é como se uma parte do seu coração tivesse sido arrancada. — Ela mordeu o lábio. — Não quero ser dramática.

— Não é dramático. — Como se fascinado, Jesse traçou os dedos pela bochecha de Lucie, até os lábios dela. Ele tocou a boca de Lucie com as pontas dos dedos e ela viu os olhos dele ficarem escuros. — É assim que me sinto quando estou longe de você.

Ela levou a mão até a fita que amarrava seu robe. Com os olhos fixos em Jesse, ela puxou lentamente a fita até que se desamarrasse, até que o robe escorregasse por seus ombros e caísse na cama, uma poça de renda e cetim. Ela só estava de camisola agora, sua pele toda arrepiada, todos os seus pensamentos um sussurro silencioso: *quero esquecer. Leve tudo embora, toda a dor, toda a perda.*

Foi como se ele conseguisse ouvi-la. Jesse segurou o rosto dela e levou a boca de Lucie até a dele, cuidadosa e reverentemente, como se estivesse bebendo do Cálice Mortal. Seus lábios se tocaram levemente a princípio, e então com crescente pressão, ele a beijou de novo e de novo conforme sua respiração acelerava, seu coração disparado. Lucie conseguia senti-lo contra ela, o coração vivo e pulsante dele, e aquilo a fez querer sentir ainda mais.

Ela abandonou o decoro. Lucie abriu a boca contra a de Jesse, acompanhou o lábio inferior dele com a ponta da língua, agarrou a frente da camisa dele, seu corpo se arqueando contra o dele até que Jesse se derretesse contra ela. Até que ela tivesse certeza de que medo nenhum de seus pais, nenhum senso equivocado de dever o afastaria.

Lucie caiu para trás no travesseiro de Jesse e ele passou para cima dela. O olhar dele era de encanto, voracidade. Ela tremia: não conseguia imaginar como era essa torrente de sensações para ele, que tinha sentido tão pouco por tanto tempo.

— Posso tocar em você? — sussurrou Lucie.

Ele fechou os olhos com força.

— Sim. Por favor.

Ela deslizou as mãos por ele, pelos braços e os ombros, pela extensão esguia do seu torso. O calor dele, febril sob o toque de Lucie. Jesse estremeceu e beijou o pescoço de Lucie, fazendo-a arquejar como uma mocinha em um romance. Ela começava a entender por que as mocinhas nos romances faziam as coisas que faziam. Tudo valia a pena por experiências como aquela.

— Minha vez — anunciou ele, segurando as mãos dela. — Me deixe tocar em você. Me diga para parar... — ele beijou o canto da boca de Lucie — se quiser que eu pare.

Os dedos dele, longos e pálidos e sábios, traçaram as linhas do rosto dela, pela boca, descendo pelo pescoço, dançando pelas clavículas, segurando os ombros nus de Lucie. O verde dos olhos dele tinha ardido até se tornar preto. Jesse traçava o formato do corpo dela com as mãos, passando pelas curvas

Corrente de Espinhos

suaves dos seios, a depressão da cintura, até que as mãos dele estivessem fechadas no tecido dos quadris de Lucie.

— Eu sonhei tanto com isso — revelou Jesse. — Com poder tocar você. Tocar de verdade. Eu só conseguia sentir você em parte, e imaginei como seria... Eu me torturava com isso...

— É como você imaginou? — sussurrou Lucie.

— Eu acho que isso pode acabar comigo — confessou ele, e se esticou acima dela. — Você pode acabar comigo, Lucie. — Jesse a beijou, ardente e exigente. Abrindo os lábios dela, sua língua acariciando a dela, fazendo-a arquear o corpo contra ele em seu desespero de sentir as batidas do coração de Jesse perto das suas próprias.

— Ah, Deus — sussurrou ele, contra a boca de Lucie, e ela pensou: *É claro, ele jamais aprendeu a exclamar pelo Anjo, como nós fazemos.* — Ah, Deus, Lucie. — Ela queria se desfazer em pedacinhos para que Jesse pudesse se encaixar ainda mais perto dela, quis se partir para ser remontada com ele.

E então a escuridão desceu. Aquela mesma escuridão que ela sentira antes, a sensação de perder o chão, de cair longe do mundo. Uma descida descontrolada, o estômago de Lucie despencando, a luta para ressurgir por um mar de pura escuridão. Ao seu redor havia vozes chorando em desespero, sombras irregulares esticando o braço para ela, gritando porque tinham sido perdidas, de alguma forma exiladas e vagando. Alguma coisa tinha sido tirada delas, alguma coisa preciosa. Lucie parecia ver o brilho de uma silhueta familiar, mas tinha sido distorcida até ser impossível de reconhecer...

— *Lucie! Lucie!* — Ela se sentou, arquejando, seu coração disparado. Estava na cama de Jesse, e ele estava ajoelhado sobre ela, seu rosto pálido de medo. — Lucie, o que aconteceu? Por favor, me diga que eu não feri você...

— Não — sussurrou ela. — Não foi você, nem nada que você fez...

— Só pode ter sido — replicou Jesse, a voz com uma súbita inflexão de ódio contra si mesmo. — Porque eu não sou natural, porque eu estava morto...

Ela segurou a mão dele. Lucie sabia que devia estar esmagando os dedos dele, mas não conseguiu evitar.

— *Não* — repetiu ela, com a voz mais firme. — É algo em *mim*. Posso sentir. — Ela olhou para ele ansiosa. — Quando eu beijo você, ouço... — Ela balançou a cabeça. — Vozes gritando. Elas parecem me contar sobre algo terrível, algo horrível que está acontecendo muito longe, talvez em outro mundo. — Os olhos dela queimaram. — Algum lugar longe de onde eu, ou qualquer um, deveria poder ver.

— Malcolm me contou que você caminhou nas sombras quando me trouxe de volta — disse Jesse, baixinho. — É possível, suponho, que parte daquela sombra ainda esteja agarrada a você. Mas não pode ser apenas você. Eu vivi perto demais do limiar da morte, por muito tempo, e você sempre foi capaz de cruzar esse limite. Deve ser nós dois combinados, de alguma forma. Alguma coisa ampliada quando nos tocamos.

— Então é melhor eu contatar Malcolm. — Lucie se sentiu terrivelmente cansada. Ela esperava que essa parte da sua vida tivesse ficado para trás: acordos com feiticeiros, conversas desesperadas sobre Jesse, a sombra da morte tocando tudo que ela fazia ou era. — Talvez ele saiba se há uma forma de fazer isso parar. — Ela jogou a cabeça para trás determinada. — Porque não vou abrir mão de você. Agora não.

— Não. — Jesse pressionou os lábios contra os cabelos dela. — Eu não acho que suportaria que você abrisse mão de mim, Lucie Herondale. Acho que eu seguiria você, mesmo que ordenasse que eu fosse embora. Estou vivo por sua causa, mas não apenas porque você me ordenou que eu vivesse. Estou vivo porque tenho você na minha vida.

Os olhos de Lucie arderam, mas lágrimas pareciam fúteis. Inúteis. Em vez disso, ela beijou Jesse, rápido, na bochecha, e deixou que ele a envolvesse em seu robe, os braços permanecendo em torno dela, antes de voltar de fininho pelo corredor.

Lucie mal se lembrava de voltar para o quarto. Estava quase escuro, o fogo queimando fraco na lareira. Ainda assim, havia um luar pálido entrando pelas janelas. Era o suficiente. Sentando-se à escrivaninha, Lucie pegou uma caneta e começou a escrever.

14

JAMAIS SIMPLES

A verdade raramente é pura e jamais é simples.

— Oscar Wilde, A *importância de ser prudente*

Entre sessões de interrogatório, Grace lia as anotações de Christopher.
A caligrafia dele era firme, cuidadosa, uma mistura de pensamentos e equações que brilhavam pelas páginas soltas como uma chuva de estrelas cadentes. Ao lê-las, Grace sentiu como se estivesse lendo um livro em outra língua, uma que ela falava *quase* fluentemente. Houve momentos em que ela se sentava, eufórica por entender, e momentos em que se desesperava por não entender nada.

O Irmão Zachariah tinha sido gentil o suficiente para lhe trazer um caderno e uma caneta para que ela pudesse fazer as próprias anotações. Grace se viu distraída o suficiente para, com frequência, se surpreender quando era hora de ser levada da cela até as Estrelas Falantes para seu interrogatório pelos Irmãos.

Não havia nenhuma tortura, nenhum tormento. Apenas o interminável sussurro de vozes dentro da sua cabeça, forçando-a a revelar memórias há muito enterradas e há muito ignoradas. *Quando sua mãe a levou para a floresta pela primeira vez? Quando soube a respeito do seu poder e do que ele*

Corrente de Espinhos

podia fazer? Quando percebeu que estava fazendo a vontade de um demônio? Por que não fugiu?

E desde que Tatiana havia escapado da Cidadela Adamant, tinha ficado pior. *Para onde acha que sua mãe pode ter ido? Sabe se sua mãe tinha algum esconderijo? Ela está com o demônio Belial?*

Não havia resposta que Grace pudesse dar, nada na mente a não ser o que não sabia, que sua mãe jamais a considerara digna de confidência. Que ela desejava mais do que qualquer um que sua mãe pudesse ser capturada e punida, aprisionada em algum lugar seguro onde jamais pudesse ferir alguém de novo.

Depois de cada interrogatório, o que deixava Grace fraca como um trapo, o Irmão Zachariah a acompanhava de volta para a cela. Ele se sentava, silenciosamente, em uma cadeira do lado de fora da porta com barras, até que Grace não mais estivesse aninhada na cama, trêmula. Quando ela conseguia respirar de novo, ele partia, deixando-a sozinha, do jeito que ela preferia.

Sozinha, para pensar em equações mágicas e pesos químicos, em matemática que desafiava as leis da física, e tabelas que pareciam pairar acima de sua cama conforme ela esperava para o sono chegar, traçadas contra as paredes de pedra em linhas brilhantes.

Grace estava à mesa, lidando com um cálculo particularmente difícil, quando o Irmão Zachariah surgiu à sua porta. Ele se movia silenciosamente pela Cidade, mas para benefício dela, ele tendia a bater às grades para avisar a Grace que estava ali antes de assustá-la ao falar.

Você tem um visitante, Grace.

Ela se sentou, quase soltando a caneta, avaliando rapidamente o que estava vestindo: um vestido marfim simples, o cabelo preso para trás com uma fita. Apresentável o suficiente.

— É Christopher?

Houve uma pausa momentânea. Zachariah falou: *É seu irmão, Grace. É Jesse. Ele veio até aqui do Instituto de Londres.*

Grace percebeu que estava completamente gelada, apesar do xale. *Não pode ser*, pensou ela. *Eu tive tanto cuidado para não perguntar... Não sobre Lucie, e não sobre...*

— Jesse? — sussurrou ela. — Por favor... Ah, por favor, traga-o aqui.

CASSANDRA CLARE

Zachariah hesitou, então se foi. Grace se levantou trêmula. *Jesse*. Ele tinha sido real para ela, e apenas ela, por tanto tempo. Agora Jesse estava vivo, alguém que estivera no Instituto de Londres, alguém que podia viajar *de lá* até *aqui*.

Pedra de luz enfeitiçada dançava pelas paredes, iluminando sua cela. Um momento depois, acompanhando a luz, veio Jesse.

Grace segurou a borda da escrivaninha para não cair. Ela esperara que Lucie o tivesse trazido de volta. Tivera fé. Mas vê-lo assim, exatamente como ele era no dia antes de sua terrível cerimônia de Marcas, jovem e alto e saudável e *sorrindo*...

Ela encarou Jesse conforme ele se aproximava da porta, apoiando a tocha de pedra de luz enfeitiçada que carregava em um suporte na parede. Ele estava igual, porém diferente — ela não se lembrava de olhos tão curiosos ou uma curva tão irônica e pensativa na boca do irmão.

Ele passou a mão esquerda pelas grades da porta. A mão estampando a Marca preta de Vidência.

— Grace — disse ele. — Grace. Sou eu. *Funcionou*.

Grace Blackthorn não chorava, ou pelo menos não chorava *de verdade*. Essa foi uma das primeiras lições que sua mãe lhe ensinara. "As lágrimas de uma mulher", dissera Tatiana, "são uma das poucas fontes de seu poder. Não devem ser livremente derramadas, assim como um guerreiro não deve atirar sua espada em um rio. Se você precisar derramar lágrimas, deve saber, desde o início, seu propósito em fazê-lo."

Então, quando ela sentiu o gosto de sal na boca, aquilo a surpreendeu. Fazia muito tempo. Ela pegou a mão do irmão e a segurou firme, e quando ele disse: "Grace, vai ficar tudo bem, Grace", ela se permitiu acreditar.

***

Era bom, Ariadne não podia deixar de notar, subir os degraus do prédio de Anna até a porta do apartamento dela, pegar a chave de Anna em sua bolsa de contas, entrar em um espaço aconchegante e charmoso que tinha cheiro de couro e rosas. *Não se acostume com isso*, lembrou a si mesma, conforme se abrigava do frio no saguão do prédio. Esse caminho só levava ao desespero.

Corrente de Espinhos

Ela sabia muito bem àquela altura o perigo de se permitir cair em outra fantasia sobre uma vida com Anna. Ela estava voltando de sua busca pelo próprio apartamento, afinal de contas, e isso era o melhor para as duas.

Encontrar um apartamento decente no centro de Londres estava se revelando mais difícil do que encontrar um demônio Naga escondido em um cano hidráulico. Nada acessível era habitável, e nada habitável era acessível. Ela recebia a mesma remuneração que qualquer outro Caçador de Sombras, mas como estava morando com os pais, dera tudo a eles para as despesas da casa, então não tinha nada guardado.

E quanto aos apartamentos que ela *podia* pagar, se vendesse suas joias, eram todos igualmente terríveis. Havia o apartamento no porão de uma casa cujo dono anunciou casualmente que passaria nu com frequência pela sala de estar e não esperava precisar bater ou anunciar sua presença de antemão. Havia aquele cheio de ratos, os quais eram, segundo a proprietária, bichos de estimação. Os outros que viu eram cheios de mofo e umidade, torneiras quebradas e gesso rachado. Pior: o que quer que os mundanos pensassem de uma mulher da idade e aparência de Ariadne procurando pelo próprio apartamento, não era lisonjeiro, e a maioria não tinha problemas em deixar isso evidente.

— Vou precisar ir até Whitechapel — murmurou ela para si mesma conforme subia as escadas. — Vou encontrar um bando de gângsteres empunhando facas e me juntar a eles para ganhar algum dinheiro. Talvez eu suba até o topo e me torne uma chefona do crime.

Ariadne estampou um sorriso no rosto e empurrou a porta do apartamento. Dentro, encontrou Anna olhando para sua prateleira parcialmente vazia, livros empilhados em todas as superfícies próximas. Ela estava equilibrada em uma cadeira que se inclinava perigosamente, usando uma camisa larga e um colete de seda com botões dourados.

— Estou organizando-os por cor — informou ela, indicando os livros. — O que acha, querida?

— Como você vai encontrar alguma coisa? — perguntou Ariadne, sabendo que não deveria se deixar afetar por aquele *querida*. Anna chamava todos assim. — Ou você se lembra da cor de todos os seus livros?

— É lógico que me lembro — respondeu Anna, saltando para fora da cadeira. O cabelo preto dela estava arrepiado e com musse, a calça de risca

CASSANDRA CLARE

justa no quadril obviamente tinha sido feita para as curvas esguias dela. Ariadne suspirou. — Todo mundo lembra, não? — Anna olhou com mais atenção para Ariadne. — O que foi? Como foi a busca por apartamentos?

Metade de Ariadne queria despejar todos os problemas dela aos pés de Anna. No mínimo, elas poderiam rir do proprietário nu de Holborn. Mas ela prometera que sairia do apartamento de Anna o mais rápido possível. Certamente Anna estava ansiosa para tê-lo de volta, não?

— Foi tudo bem — respondeu ela, indo pendurar o casaco. *Não posso apenas ficar aqui?*, ela se impediu de dizer. — Encontrei um lugar lindo em Pimlico.

— Esplêndido! — Anna guardou um livro verde com um alto *tunc*, um pouco mais forte do que Ariadne teria esperado. — Quando vai poder se mudar?

— Ah, no primeiro dia do mês! — exclamou Ariadne. — Ano-Novo, recomeço, como dizem.

— Dizem isso? — perguntou Anna. — Enfim, como ele é?

— É muito bonito — falou Ariadne, ciente de que estava se enterrando ainda mais na mentira, mas incapaz de parar. — É bem arejado e tem, hã, arandelas decorativas. — Então agora ela não só precisava encontrar um apartamento em Pimlico nos próximos dez dias, mas precisava ser "arejado". Com "arandelas decorativas". Ela nem mesmo tinha certeza se sabia o que eram arandelas. — Winston vai amar.

— Winston! — repetiu Anna. — Por que não o pegamos quando fomos para a casa dos seus pais?

Ariadne suspirou.

— Eu tentei, mas não houve chance. Eu me sinto péssima. Como se o tivesse abandonado. Ele não vai entender nada.

— Bem, ele é *seu* — falou Anna. — Winston foi um presente, não foi? Você tem todo direito de pegar aquele papagaio de volta.

Ariadne suspirou e se sentou no sofá.

— A carta dos meus pais diz que eles trocaram as fechaduras. Não posso nem entrar na casa. Pelo menos mamãe gosta de Winston. Ela vai cuidar dele.

— Isso é terrivelmente injusto com Winston. Ele vai sentir a sua falta. Papagaios ficam muito apegados aos donos, e eles podem viver mais de cem anos, eu ouvi dizer.

Ariadne ergueu uma sobrancelha.

Corrente de Espinhos

— Eu não sabia que você era uma ávida defensora dos sentimentos dos pássaros.

— Papagaios são muito sensíveis — explicou Anna. — Vai muito além de piratas e biscoitos. Eu sei que vamos encontrar os outros em Chiswick esta tarde, *mas* acontece que eu também sei que seus pais estarão na casa da Consulesa esta noite. O que nos dá a oportunidade perfeita de libertar Winston para que ele possa se juntar a você em sua nova vida.

— Você acabou de pensar nessa ideia? — perguntou Ariadne, impressionada.

— De maneira nenhuma — afirmou Anna, jogando um volume da poesia de Byron no ar. — Eu passei de duas a três horas pensando nisso nos últimos dias. E bolei um *plano*.

—

— A princípio eles não queriam me deixar ver você — falou Jesse, sorrindo. Ele puxara a cadeira do corredor para perto da porta da cela, o mais próximo que conseguiu chegar, e Grace arrastara a cadeira da escrivaninha para o outro lado. Ela se sentou segurando os dedos de Jesse conforme ele contava a ela tudo que acontecera, desde que partira de Londres com Lucie e Malcolm até aquele exato momento. Conforme ele falava, Grace se maravilhava com o quanto ele parecia comum e vivo. — Mas eu me recusei a receber os feitiços de proteção, a não ser que me deixassem ver você. Quero dizer, não faria o menor sentido eu vir até a Cidade do Silêncio e *não* visitar você, certo?

— Às vezes me pergunto se *alguma coisa* faz sentido — confessou Grace. — Mas... fico tão feliz que você esteja aqui. E feliz por Lucie ter feito o que fez.

— Vou agradecer a ela por você. — Ele sorriu um pouco ao pensar em Lucie, aquele sorriso apaixonado que Grace frequentemente vira nos rostos de seus próprios pretendentes. Ela precisou afastar uma pequena pontada. Tantas vezes sua mãe dissera que se Jesse um dia se apaixonasse, ele não teria mais tempo para a mãe e a irmã. Mas sua mãe estivera errada sobre muitas coisas. Além disso, não era como se o relógio pudesse voltar atrás e desfazer o que ele sentia. E ele parecia *feliz*. Ela não iria querer desfazer isso se pudesse.

CASSANDRA CLARE

— E vocês dois estão a salvo — falou Grace. — A Clave não suspeita de Lucie ou... nada?

— Grace — disse Jesse. — Não se preocupe.

Mas ela não tinha como evitar. Era improvável que a Clave fosse entender, ou se dar ao trabalho de entender, a distinção entre necromancia e o que Lucie havia feito. Jesse precisaria fingir ser esse primo Blackthorn desconhecido, e ela precisaria fingir isso também, por enquanto. Talvez para sempre. Ainda valeria a pena.

— Na noite passada — falou Jesse —, mamãe foi recapturada. Ela foi encontrada nos Pântanos Bodmin. Presumo que Belial tenha se cansado dela e a abandonado. — O lábio dele se comprimiu. — Estava fadado a acontecer. Ela estava procurando lealdade em um demônio.

— Recapturada? — Grace estava quase chocada demais para falar. — Então... vão levá-la para Idris? Julgá-la com a Espada Mortal?

Jesse assentiu.

— Você sabe o que isso significa, não sabe? Você não precisa ficar aqui, Gracie. Foi corajoso da sua parte se entregar aos Irmãos do Silêncio para ver se mamãe tinha feito alguma coisa a você como fez comigo, mas eles teriam descoberto algo a esta altura se fosse o caso, não é? E tenho certeza de que aqui parecia ser um lugar mais seguro, também — acrescentou ele, baixando a voz —, mas se você voltar para o Instituto comigo...

— Mas você é Jeremy Blackthorn agora — falou Grace, a mente dando voltas. — Você não deveria sequer me conhecer.

— Dentro das paredes do Instituto, ainda sou Jesse — explicou ele. — Ainda sou seu irmão. E quero você comigo. Você vai estar segura...

— Serei motivo de fofocas — disparou Grace. — A filha de Tatiana. Todos no Enclave vão me encarar.

— Você não pode passar o resto da vida na Cidade do Silêncio porque está preocupada com fofocas cruéis — respondeu Jesse. — Eu sei que há coisas que mamãe forçou você a fazer das quais você tem vergonha, mas as pessoas entenderão...

Grace sentiu como se seu coração tivesse começado a martelar no estômago. A mente dela estava cheia de um terror intenso e distorcido. Ir até o Instituto, ver James todo dia. James, que tinha olhado para ela como se ela

— 253 —

fosse o pior monstro que ele já vira. James, a quem ela magoara inacreditavelmente. E havia Cordelia, Charles, Matthew... e Lucie...

Talvez eles não soubessem a verdade ainda. Parecia que James estava guardando o segredo. Mas eles saberiam em breve.

— Não posso — disse Grace. — Preciso ficar aqui.

— Grace, eu também carrego as marcas das coisas terríveis que nossa mãe me forçou a fazer. Literalmente. Mas essa é a família da Lucie. Eles *vão* entender...

— Não — afirmou Grace. — Eles não vão.

Os olhos verdes e inteligentes de Jesse se semicerraram.

— Os Irmãos do Silêncio descobriram alguma coisa? — perguntou ele, baixinho. — *Ela* fez alguma coisa com você...?

Grace hesitou. Ela poderia mentir para ele, pensou. Poderia esconder a verdade apenas um pouco mais. Mas Jesse era a pessoa mais importante em sua vida. Grace precisava que ele a conhecesse de verdade. Tudo. Se ele não entendesse não apenas pelo que ela havia passado, mas o que ela fizera, ele jamais a conheceria de verdade.

— É pior do que isso — admitiu ela.

E Grace contou a ele. Tudo, sem poupar detalhes, desde a floresta até a pulseira, até Charles, até a exigência de James de que ela fosse presa. Ela poupou o irmão de apenas uma coisa: o último pedido de sua mãe, para que ela usasse seu poder para encantar Jesse também, e fazê-lo obedecer à vontade de Belial.

Conforme ela falava, Jesse encostava lentamente na cadeira, retirando a mão da dela. Trêmula, ela fechou os punhos no colo, quando sua voz finalmente diminuiu. A história havia acabado. Ela sentia como se tivesse cortado os pulsos na frente do irmão, e tivesse saído veneno, em vez de sangue.

— Você — falou Jesse, e pigarreou. Ele estava tremendo, Grace conseguia ver, embora ele tivesse enfiado as mãos nos bolsos do casaco. — Você fez essas coisas com James? E com outros, também, Matthew e Charles e... Christopher?

— Christopher, não — falou Grace. — Eu jamais usei meu poder nele.

— É mesmo? — Havia uma frieza na voz de Jesse que ela jamais ouvira antes. — Lucie disse que você tinha ficado amiga dele. Não vejo de que outra

CASSANDRA CLARE

forma isso poderia ter acontecido. Como você pôde, Grace? Como pôde ter feito tudo isso?

— Como eu não poderia? — sussurrou ela. — Mamãe me disse que era um ótimo dom. Ela disse que eu era uma arma na mão dela, que se eu apenas fizesse o que ela dizia, juntas traríamos você de volta...

— Não me use como desculpa — disparou Jesse.

— Eu senti como se não tivesse escolha.

— Mas você tinha — afirmou ele. — Você tinha uma escolha.

— Eu sei disso agora. — Ela tentou olhar nos olhos dele, mas Jesse não se virava para ela. — Não fui forte o bastante. Estou tentando ser forte o bastante agora. Por isso estou aqui. E por isso não vou sair. Eu contei a verdade a James...

— Mas você não contou a mais ninguém. Lucie não sabe disso. E Cordelia... O que você fez com o *casamento* deles, Grace...

James não contou a ela?, pensou Grace, surpresa, mas estava quase entorpecida. Estava apática, como se um membro tivesse sido arrancado e ela estivesse no choque inicial do ferimento.

— Não posso contar a ninguém — disse ela. — Eu não deveria ter contado a você. É um segredo. Os Irmãos do Silêncio desejam manter oculto para poderem usar a informação contra nossa mãe quanto ao que eles sabem...

— Eu não acredito em você — disse Jesse, inexpressivamente. — Você está tentando me tornar parte da sua farsa. Não vou permitir.

Grace balançou a cabeça, cansada.

— Pergunte a James — disse ela. — Ele vai contar a você exatamente o que eu contei. Fale com ele antes de falar com mais alguém... Ele tem o direito...

Jesse se levantou, derrubando a cadeira. Ela caiu no piso de pedra.

— Você deveria ser a última pessoa — disse ele — a me dar sermão sobre os direitos de James. — Jesse pegou a pedra de luz enfeitiçada da parede. Os olhos dele brilharam no reflexo. Aquilo eram lágrimas?

— Eu preciso ir — afirmou ele. — Me sinto enjoado.

E sem mais uma palavra, ele se foi, levando consigo a luz.

Corrente de Espinhos

Thomas teria preferido ir até a Casa Chiswick a ajudar Christopher na biblioteca do Instituto, por mais que gostasse de Kit. Ele tinha uma curiosidade ávida pelo lugar abandonado que um dia pertencera à sua família, é óbvio, mas também sentia que James e Matthew precisavam do apoio emocional dele mais do que Christopher, que parecia otimista como sempre. Embora às vezes Thomas se perguntasse se estava fornecendo o apoio emocional forte e silencioso que pretendia ou se estava apenas encarando os amigos de um jeito alarmante do qual eles provavelmente comentavam em sua ausência.

No fim, o fator decisivo foi, como sempre parecia ser nos últimos tempos, Alastair. Ele tinha ido direto até Christopher depois da reunião na Taverna do Diabo e dito:

— Posso ajudar você na biblioteca com a pesquisa, se quiser.

As sobrancelhas de Christopher se ergueram, mas ele apenas falou:

— Você lê persa, não lê?

— E sânscrito — informou Alastair. — Urdu, um pouco de malai, tâmil, grego e um pouco de cóptico. Se isso for útil.

Christopher pareceu ter recebido de alguém uma caixa com gatinhos usando laços.

— Maravilha! — exclamou ele. — Vamos nos encontrar na biblioteca amanhã de manhã. — Os olhos dele se desviaram para Thomas, que fez um esforço para que a expressão em seu rosto se mantivesse em uma impassividade absoluta. — Thomas, você ainda está disposto a se juntar a mim também?

E então Thomas não teve outra opção a não ser dizer que sim. Uma coisa era desapontar Christopher, outra era fazer parecer que ele tinha mudado de ideia com relação a ajudar Christopher na biblioteca simplesmente porque Alastair estaria lá.

Thomas não era alguém que costumava dar muita atenção às suas roupas. Se não fossem bizarras e não tivessem buracos ou marcas de queimadura, estava ótimo para ele. Mas ele trocou de paletó pelo menos seis vezes naquela manhã antes de encontrar um verde-oliva escuro que ressaltava o verde de seus olhos. Ele penteou o cabelo cor de areia de quatro ou cinco formas diferentes antes de descer para encontrar Eugenia, sozinha na sala de café da manhã, passando manteiga na torrada.

A irmã olhou para ele.

— Vai sair usando *isso*? — perguntou ela.

Thomas a encarou horrorizado.

— O quê?

Ela riu.

— Nada. Você está bonito, Tom. Vá se divertir com Alastair e Christopher.

— Você é má — disse ele à irmã. — Terrivelmente má.

Thomas estava repassando várias observações mordazes que podia ter feito a Eugenia, se tivesse pensado nelas na hora, quando chegou ao Instituto e subiu as escadas dois degraus por vez para chegar à biblioteca. Ficou imediatamente evidente que ele foi o último a chegar. Conforme seguia pelo corredor central da biblioteca e suas pesadas escrivaninhas de carvalho, ele viu Christopher no fim das estantes, onde tinha organizado cuidadosamente uma pilha de livros em um banquinho para poder alcançar outra coisa no alto de uma prateleira. Ele se virou ao ouvir os passos de Thomas, quase desabou da pilha, se salvou com um heroico agitar dos braços e então deu um salto para cumprimentar Thomas.

Alastair estava um pouco mais longe na sala, sentado a uma das mesas de estudo, uma lâmpada verde brilhando e uma pilha assustadora de volumes encapados em couro ao seu lado. Christopher levou Thomas até ele.

— Lightwood — cumprimentou Alastair, assentindo para Christopher, então para Thomas: — Outro Lightwood.

— Ora, isso *vai* ser muito confuso — observou Christopher, enquanto Thomas se irritava silenciosamente por ser chamado de Outro Lightwood. — Mas não importa. Estamos aqui para descobrir sobre paladinos.

— E mais especificamente — acrescentou Alastair —, para ajudar minha irmã a deixar de ser um. — Ele suspirou. — Eu andei lendo estes — falou, dando tapinhas na pilha de livros na mesa, uma mistura de volumes em línguas que eram familiares para Thomas, como grego, latim, espanhol, inglês arcaico, e muitas que não eram.

— Você é um homem mais corajoso do que eu — falou Christopher. Para a expressão confusa de Thomas, ele acrescentou: — Livros de Feitos. Os Caçadores de Sombras costumavam relatar lutas notáveis contra demônios para seus registros. Extensivamente.

— 257 —

Corrente de Espinhos

— Ou, com mais frequência — disse Alastair —, lutas muito chatas, absolutamente comuns, contra demônios e travadas por *pessoas* notáveis. Diretores de Instituto, esse tipo de coisa. E, muito tempo atrás, paladinos.

— O que você encontrou? — perguntou Christopher.

— Um monte de nada — respondeu Alastair, bruscamente. — Todos os paladinos que encontrei permaneceram paladinos até morrerem em suas camas.

Thomas falou:

— Eu não imaginei que Caçadores de Sombras paladinos iriam *querer* deixar de ser paladinos.

Alastair fez uma careta.

— Não é só isso. Você acha que se um Caçador de Sombras deixasse de ser paladino de um anjo, e o anjo não o matasse, eles permaneceriam um Caçador de Sombras? A Clave certamente removeria suas Marcas e o expulsaria.

— Porque um Caçador de Sombras paladino está unido a um anjo — falou Thomas. — Então esses votos são sagrados. Deixar o serviço do anjo seria profano. — Alastair assentiu. — E se ele violasse os votos? Fizesse alguma coisa que levasse o anjo a quebrar a conexão com *ele*?

— Aonde quer chegar? — Alastair olhou para ele, olhos escuros e curiosos. Eles eram de um castanho-aveludado um pouco mais claro do que preto. Por um momento, Thomas se esqueceu do que deveria dizer até Christopher o cutucar nas costelas.

— Quero dizer — falou Thomas — que se você é o paladino de um anjo, mas faz coisas terríveis, comete pecados terríveis, o anjo pode rejeitar você. Mas e se Cordelia fizer muitas boas ações? Ótimas boas ações, quero dizer. Alimentar os doentes, vestir os necessitados, lavar os pés de pedintes? Posso ver pela cara de vocês que não veem muito mérito na ideia, mas acho que deveríamos considerar.

— Cordelia já faz apenas coisas boas e generosas — disse Alastair, rispidamente. — Bem — acrescentou ele —, excluindo a última semana, suponho.

Christopher pareceu alarmado, uma expressão que Thomas suspeitava fortemente que estivesse espelhada em seu próprio rosto.

— Ah, o quê? — disparou Alastair. — Todos deveríamos fingir que Cordelia não fugiu para Paris com Matthew porque James a deixou arrasada, sempre de olho naquela sem graça da Grace Blackthorn? E agora os três voltaram, e todos parecem arrasados. Mas que confusão.

— 258 —

— Não é culpa de James — disse Thomas, irritado. — Ele e Cordelia tinham um acordo, ela sabia...

— Eu não preciso ouvir isso — disparou Alastair, ferozmente. Thomas sempre amara em segredo a expressão maldito-seja de Alastair, com os olhos escuros se semicerrando e aquela curva severa da boca macia. No momento, porém, ele queria gritar de volta, queria defender James, mas, ao mesmo tempo, não tinha como não entender como Alastair se sentia. Eugenia podia ser uma pessoa má e comedora de torradas, mas Thomas precisava admitir que não pensaria bem de nenhum homem que se casasse com ela e então ficasse suspirando pelos cantos por outra pessoa.

Mas Thomas nem conseguiu chegar a dizer nada disso, óbvio, porque Alastair já tinha arrancado um livro da mesa e saía caminhando na direção da privacidade das estantes.

Thomas e Christopher se entreolharam sombriamente.

— Suponho que ele tenha razão — admitiu Christopher. — É uma confusão.

— Você descobriu alguma coisa quando falou com James na outra noite? — perguntou Thomas. — Sobre Grace ou...

Christopher se sentou à mesa que Alastair tinha abandonado.

— Grace — repetiu ele, com certa estranheza na voz. — Se James a amou um dia, já não a ama mais. Ele ama Cordelia, e eu acho que para James não estar com ela é o mesmo que eu ter de abrir mão da ciência e de aprender coisas. — Ele olhou para Thomas. — O que você descobriu com Matthew?

— Ele também ama Cordelia, infelizmente — informou Thomas. — E ele também está arrasado, exatamente como James. Inclusive ele está arrasado, em parte, *por causa* de James. Sente falta dele, e sente como se tivesse falhado com ele, e, ao mesmo tempo, se sente injustiçado. Matthew acha que se James tivesse contado a ele que amava Cordelia, jamais teria se permitido se apaixonar por ela. E agora é tarde demais.

— Eu me pergunto — disse Christopher. — Você acha que Matthew realmente ama Cordelia?

— Eu acho que para ele Cordelia é um tipo de absolvição — respondeu Thomas. — Matthew acha que, se ela o amasse, isso consertaria tudo quebrado em sua vida.

— 259 —

Corrente de Espinhos

— Não acho que o amor funcione assim — comentou Christopher, franzindo o cenho. — Acho que algumas pessoas combinam uma com a outra, enquanto outras, não. Como Grace e James não combinavam um com o outro. James e Cordelia fazem um par muito melhor. — Ele levantou um pesado Livro de Feitos, segurando-o no alto para poder examinar a lombada dourada desbotada.

Thomas disse:

— Acho que nunca pensei muito se James e Grace combinavam. Eu mal a conheço, para ser sincero.

— Bem, ela foi trancafiada como Rapunzel em uma torre pela mãe durante todos esses anos — observou Christopher. — Mas apesar de tudo isso, ela possui uma bela mente científica.

— É *mesmo?* — questionou Thomas, arqueando uma sobrancelha.

— Ah, sim. Nós tivemos conversas excelentes sobre meu trabalho nas mensagens de fogo. E ela compartilha minha visão sobre o pó de mariposa ativado.

— Christopher — falou Thomas. — Como você sabe tanto sobre Grace? Os olhos de Christopher se arregalaram.

— Eu sou observador — respondeu ele. — Sou um cientista. Nós *observamos.* — Ele estreitou novamente os olhos para o livro em sua mão. — Isso não vai ser útil. Preciso devolvê-lo à prateleira da qual foi retirado.

Com essa afirmação estranhamente formal, ele se levantou da mesa e desapareceu nas sombras do lado leste da biblioteca.

Thomas seguiu para o lado oposto, onde Alastair havia sumido em meio às sombras entre as lâmpadas brancas intercaladas sobre as mesas. As janelas curvas de vidro colorido projetavam diamantes de escarlate e dourado aos pés de Thomas conforme ele virava uma esquina e se deparava com Alastair sentado no chão, a cabeça apoiada na parede, um livro pendendo da mão.

Ele se sobressaltou ao ver Thomas, mas não mudou de lugar quando o rapaz se sentou ao seu lado. Por um longo momento, eles simplesmente se sentaram juntos, lado a lado, olhando para o anjo pintado na parede da biblioteca.

— Desculpe — falou Thomas, depois de um instante. — A questão entre James e Cordelia... Eu não deveria ter opinado sobre isso. James é meu amigo há muito tempo, mas eu nunca entendi o interesse dele por Grace. Nenhum de nós entendeu.

— 260 —

CASSANDRA CLARE

Alastair se virou para encarar Thomas. O cabelo dele havia crescido desde que tinha vindo para Londres e agora caía sobre seus olhos, macio e escuro como uma nuvem de fumaça. O desejo de tocar o cabelo de Alastair, de esfregar as mechas entre seus dedos, era tão forte que Thomas cerrou as mãos em punhos.

— Tenho certeza de que eles diriam o mesmo sobre você e eu — disse Alastair —, se soubessem.

Thomas só conseguiu gaguejar.

— Você... e eu?

— Grace é um mistério para os Ladrões Alegres, ao que parece — comentou Alastair —, mas eu sou conhecido e odiado. Só estou dizendo que eles sem dúvida achariam igualmente confuso que você e eu tivemos...

Thomas não aguentou mais. Ele segurou o colarinho de Alastair e o puxou para beijá-lo. Alastair obviamente não esperava aquilo. O livro que estava segurando caiu, e ele apoiou a mão hesitante no braço de Thomas, equilibrando-se.

Mas não se afastou. Ele avançou para o beijo, e Thomas relaxou as mãos e deixou que elas encontrassem seu caminho até o cabelo de Alastair, que era como seda em seus dedos. Ele teve uma deliciosa sensação de alívio. Queria aquilo havia muito tempo, e o que acontecera entre eles no Santuário apenas piorara tudo. E então o alívio se transformou em calor, correndo por suas veias como fogo líquido. Alastair o beijava intensamente, cada beijo abrindo sua boca um pouco mais, as línguas deles se tocando em uma dança. Entre beijos, Alastair murmurava palavras suaves em persa: *"Ey pesar, nik ze hadd mibebari kar-e jamal."* Sua língua percorreu o lábio inferior de Thomas. O rapaz estremeceu, pressionou o corpo contra ele, seu fôlego arquejando a cada beijo, cada movimento do corpo de Alastair. *"Ba conin hosn ze to sabr konam?"*

E então, tão abruptamente quanto tinha começado, acabou. Alastair recuou, sua mão ainda no braço de Thomas, o rosto corado.

— Thomas — sussurrou ele. — Isso não é algo que eu possa fazer.

Thomas fechou os olhos.

— Por que não?

— A situação não mudou — disse Alastair, em uma voz mais parecida com seu tom habitual, e Thomas conseguiu sentir o feitiço se quebrando,

— 261 —

Corrente de Espinhos

dissipando-se, como se jamais tivesse existido. — Seus amigos me odeiam. E eles estão certos em fazer isso...

— Eu contei a Matthew — anunciou Thomas.

Os olhos de Alastair se arregalaram.

— Você o quê?

— Contei a Matthew — repetiu ele. — Sobre mim. E que eu... que nós... que eu gostava de você. — Ele pigarreou. — Ele já sabia sobre você e Charles.

— Bem, Charles é o irmão dele — observou Alastair, com uma voz estranhamente sem emoção. — E Matthew é, ele mesmo... diferente. Mas seus outros amigos...

— Christopher não vai se importar. Quanto a James, ele é casado com a sua *irmã*. Alastair, você já é parte de nós, parte do nosso grupo, queira você ou não. Não pode usar meus amigos como desculpa.

— Não é uma *desculpa*. — Alastair ainda estava segurando o paletó de Thomas, ainda inclinado na direção dele. Thomas conseguia sentir o cheiro de Alastair: fumaça e tempero e couro. Desejo ardeu no fundo de seu estômago como um carvão engolido, mas ele sabia que não fazia diferença. Alastair estava balançando a cabeça. — Eu aprendi, com Charles, que as coisas não podem ser apenas momentos roubados. Mas também não podemos machucar os outros ao perseguir desenfreadamente o que queremos...

— Então você me quer — constatou Thomas, sentindo um tipo de felicidade amarga.

Os olhos de Alastair ficaram sombrios.

— Como você sequer pode perguntar...

Houve um *bang* e os dois ergueram o rosto e viram Christopher, carregando uma enorme pilha de livros, um dos quais acabara de cair com um ruído no chão. Ele pareceu encantado ao ver os dois, como se fosse perfeitamente normal que Thomas e Alastair estivessem sentados no chão, com Alastair agarrando a manga de Thomas.

— Chega de bobagens, vocês dois! — exclamou Christopher. — Tive uma ideia. Precisamos ir imediatamente a Limehouse.

— 262 —

15

Velhas vozes

O dia todo dentro da casa sonhadora,
As portas em suas dobradiças rangendo;
A mosca azul cantando no vidro; o rato
Atrás do revestimento de madeira mofado gritava,
Ou da fenda observava.
Velhos rostos reluziam através das portas
Velhos passos pisavam nos andares acima,
Velhas vozes a chamavam de fora.

— Alfred, Lord Tennyson, "Mariana"

Cordelia tinha se atrasado para sair e se viu na Casa Chiswick depois que os outros já tinham chegado. Ela desceu da carruagem, acenando para Anna e Ariadne, que esperavam na escada. A carruagem do Instituto já havia encostado na entrada da garagem circular. Cordelia podia ver algumas figuras ao longe, onde James, Jesse e Lucie pareciam ter ido checar os jardins.

O dia estava revigorante, tão frio que fazia seu peito arder ao respirar. Cordelia olhou ao redor ao vestir as luvas. À noite, a casa e o terreno pareciam uma ruína clássica, como uma vila romana negligenciada: mármore

Corrente de Espinhos

e tijolo lascados e sem reparos, tinta descascando, jardins formais agora arbustos espinhentos emaranhados e cercas-vivas invadindo o espaço um do outro. Ela se lembrava de achar tudo bastante gótico, com Grace o retrato da donzela pálida definhando atrás das paredes escuras.

Mas ali, sob o sol branco de inverno, a casa parecia apenas abandonada e descuidada. Nada romântico espreitava ali, pensou ela. Apenas o resultado de décadas de terror doméstico, negligência e crueldade.

Quando foi se juntar a Ariadne e Anna, os demais se aproximaram — James, pálido, porém calmo; Jesse, aparentemente distraído; e Lucie, animada e amigável ao cumprimentar Ariadne e Anna, mas tomando o cuidado de não olhar na direção de Cordelia.

Cordelia não tinha esperado nada diferente. Provavelmente fora esse o motivo pelo qual ela se atrasara para se vestir aquela manhã, mas ainda doía que Lucie a ignorasse. Não que ela não merecesse isso, pensou.

Pelo menos todos eles usavam roupas comuns, o que era um alívio para Cordelia. Ela se perguntou se deveria vestir o uniforme, mas acabou optando por um vestido simples e botas robustas. Não era como se ela pudesse lutar, de toda forma, pensou, com amargura, se a situação surgisse. Cordelia precisaria se jogar atrás de outra pessoa para se proteger, como o tipo de heroína vitoriana de quem ela particularmente desgostava.

Anna olhou ao redor com olhos azuis lânguidos.

— Acho que estamos todos aqui — constatou ela. Anna usava um casaco de caça Norfolk por cima da calça enfiada dentro da bota. Em seu pescoço havia uma echarpe de seda de estampa colorida enfiada no colarinho da camisa. Abaixo da peça pendia o colar de rubi que ela sempre usava, o qual detectava a presença de demônios. Em qualquer outra pessoa, a combinação teria sido estranha, mas em Anna era deslumbrante.

Cordelia falou, sem pensar:

— E quanto a Matthew? — Então viu James virar o rosto rapidamente.

— Ele não veio — respondeu Ariadne. — Temo que hoje ele esteja fazendo um favor para mim.

Isso era um pouco surpreendente, mas, lembrou-se Cordelia, Ariadne *tinha* sido noiva do irmão de Matthew. E Matthew e Anna eram muito

CASSANDRA CLARE

próximos. Ela se sentiu um pouco excluída. Tinha sentido falta de Anna ultimamente, e agora ainda mais já que ela e Lucie tinham se desentendido.

— Ouso dizer que nós seis deveríamos ser mais do que o suficiente — disse James. — Sugiro nos dividirmos em dois grupos.

— Excelente — respondeu Anna. — Cordelia, faria a bondade de se juntar a Ariadne e eu?

Cordelia sentiu uma pontada de gratidão. Anna estava sendo gentil, afastando Cordelia de qualquer interação potencialmente desconfortável com James.

— Com prazer — concordou Cordelia.

— Jesse — disse Ariadne, e Jesse pareceu surpreso. Ela hesitou. — Eu só queria ter certeza... Quero dizer, todos sabemos que é para um bem maior, mas você está confortável com a gente, você sabe, vasculhando sua casa?

Jesse olhou para o céu. James falou, um pouco surpreso:

— Você se *importa*?

— Não é isso — respondeu Jesse. — Eu só ia dizer... Vocês podem muito bem vasculhar a minha casa, porque eu já estive na de todos vocês.

— Mas que incrível! — exclamou Anna, encantada. — E por quê?

— Nada de indecente — disse ele. — Eu jamais olhei nenhum de vocês no banho ou nada assim. É que nós, fantasmas, tendemos a pairar por aí. Não obedecemos a leis de propriedade. Mas agora eu obedeço — acrescentou —, e estou perfeitamente bem com vocês vasculhando esses escombros desprezíveis. Não consigo imaginar que eu um dia gostaria de morar aqui, mesmo que a herde. Considerando que sou Jeremy Blackthorn agora, quem sabe com quem ela vai acabar? Eu diria que deveria voltar para os Lightwood, mas duvido que vocês queiram ser amaldiçoados com o lugar.

— Você acha que pode ter algum demônio ou algo assim por aí? — perguntou Lucie, curiosa.

— Parece improvável — respondeu James —, considerando quantas vezes o Enclave revistou o lugar. Mas suponho que jamais se pode ter certeza.

— Não no que diz respeito à minha mãe — afirmou Jesse. — Consigo pensar em alguns lugares em que ela pode ter escondido coisas. Sugiro que Anna, Ariadne e Cordelia vasculhem o interior, e o restante de nós, os

— 265 —

Corrente de Espinhos

jardins e a estufa. Quando terminarmos, podemos nos encontrar de novo nestes degraus.

James assentiu. Os olhos dourado-escuros dele vasculharam o horizonte.

— Difícil pensar que sua mãe gostava de morar aqui, com o lugar neste estado — comentou ele.

— Ela gostava assim — respondeu Jesse. — Foi ela quem quebrou todos os espelhos e parou os relógios. Para ela, o lugar era um lembrete de que era uma vítima, e que as suas famílias eram as culpadas.

— Algumas pessoas gostam de ser miseráveis — observou Lucie, encarando acima da cabeça de Cordelia. — Algumas pessoas simplesmente se recusam a fazer qualquer coisa agradável para si ou para os outros.

— Lucie — disse Anna —, não faço ideia do que você está falando. O que deveríamos procurar?

— Qualquer coisa que pareça incomum: poeira mexida no chão, fotos penduradas estranhamente, qualquer indício de atividade demoníaca que possa ativar seu colar — falou Jesse.

Aqueles que tinham relógios, James e Anna, os verificaram para marcar o tempo, então partiram. Lucie seguiu em frente sem nem olhar para Cordelia, indo atrás do irmão e de Jesse para os jardins. Ela colocou a mão no cotovelo de James para se equilibrar conforme descia um lance de degraus de pedra rachados, um gesto amigável e carinhoso, e Cordelia sentiu uma terrível pontada de ciúmes. Se ela estava com ciúmes de Lucie ou de James, não tinha certeza. Isso só piorava as coisas.

━

Mesmo em uma tarde iluminada, a estufa na Casa Chiswick ainda era um lugar escuro e triste. Da última vez que James estivera ali, ele tinha passado pelo mundo de Belial e chegado sufocando em cinzas no meio de uma briga entre Cordelia e um demônio Cérbero. Hoje, a poeira tinha sumido e não restava sinal de nenhuma atividade demoníaca. O que quer que tivesse sido cultivado ali tinha, havia muito tempo, sido tomado pelos arbustos espinhentos e as cercas-vivas dos jardins do lado de fora, o que lentamente

CASSANDRA CLARE

estendeu os galhos e as gavinhas delas um pouco mais a cada ano, até por fim puxar a própria estufa de volta para um estado selvagem.

James não achava que Tatiana tivesse escondido nada ali. O local estava tão úmido e coberto de vegetação que ela jamais conseguiria encontrar alguma coisa uma segunda vez — isso se não tivesse sido destruído pelas plantas, pela chuva e pelos insetos primeiro. Mas eles estavam determinados em sua busca. Jesse, especialmente, achava que os jardins podiam conter alguns segredos.

Do outro lado da estufa, James viu o brilho da pedra de luz enfeitiçada de Lucie quando ela e Jesse surgiram de trás de uma parede em ruínas. Jesse andava calado e inquieto desde que voltara da visita a Grace na Cidade do Silêncio naquela manhã.

Parte de James estava desesperada para saber o que Jesse tinha descoberto. Será que Grace havia contado a ele a verdade sobre seu poder, sobre o que fizera? Embora James esperasse que Jesse olhasse para *ele* diferente caso soubesse, não parecia o caso. Ele, na verdade, parecia ter se retraído, por mais que se esforçasse para parecer otimista.

Talvez tivesse sido simplesmente ver a irmã na prisão da Cidade do Silêncio que o abalara. Para Jesse, Grace representava esperança: a esperança de família, a esperança dos órfãos se unindo quando os pais estavam mortos ou perdidos. Mas para James pensar em Grace ainda significava pensar em escuridão, uma queda eterna nas sombras, como Lúcifer caindo do céu. Sendo banido.

Ele não tinha coragem de perguntar. E então forçou o rosto a assumir uma expressão de neutralidade conforme Jesse e Lucie se aproximavam. Havia manchas de terra no rosto de Jesse, que parecia desanimado.

— Não tem nada aqui — informou.

— Ou melhor, *havia* um demônio Cérbero aqui — corrigiu Lucie —, até alguns meses atrás, quando James o matou.

— Você matou Balthazar? — perguntou Jesse, horrorizado.

— Era um *demônio* — começou James, e parou quando Jesse sorriu. James tinha que admitir que Jesse estava sendo bastante convincente sobre fingir que as coisas estavam bem.

— Desculpe — disse Jesse. — Só uma piadinha. Nunca fui amigo de nenhum demônio. Não conhecia o, hã, antigo... ocupante.

Lucie olhou para Jesse. Com cautela, ela disse:

— 267 —

Corrente de Espinhos

— Vamos tentar a... outra estrutura?

O sorriso de Jesse sumiu imediatamente. Ele olhou para uma construção de tijolos baixa um pouco afastada, difícil de ver por trás de toda a vegetação crescida do jardim. Parecia um banheiro externo, e podia ter sido um dia, mas agora o telhado tinha sumido. Uma porta de madeira bamba pendia aberta de um lado.

— Sim — concordou Jesse. — Imagino que precisamos, não é?

Lucie pegou a mão dele. James notou o gesto, mas não disse nada. Não havia vergonha em precisar de apoio, mas nem todos os Caçadores de Sombras, do sexo masculino principalmente, foram criados para achar isso. James tinha sido criado por Will, cujo princípio central na vida era que ele estaria morto em uma vala aos catorze anos se não fosse por Jem. Ele sempre encorajara James a contar com os amigos, a contar com seu *parabatai*. Era algo que ele amava a respeito do pai, mas também significava que não poderia conversar com ele a respeito de Matthew e Cordelia. Não poderia admitir para o pai que estava com raiva de Matthew. James tinha certeza de que Will jamais havia ficado com raiva de Jem na vida.

James seguiu Lucie e Jesse pela vegetação crescida até o galpão de tijolos. Jesse entrou primeiro, e os outros o seguiram. Assim que James entrou, ele congelou. O cômodo estava vazio, exceto pela mesa no centro, na qual havia um caixão de madeira entalhada. Subitamente, James soube o que era aquele lugar, e por que Lucie apenas o chamara de a *outra estrutura*.

O caixão, agora aberto, era o de Jesse. Aquele era seu sarcófago.

James podia ver onde chuva e umidade tinham empenado a madeira do caixão ao longo dos anos, uma consequência de a construção não ter telhado. Ganchos se estendiam da parede, como se algo — uma espada, talvez — tivesse estado pendurado ali em algum momento. Uma das paredes estava escurecida devido à fumaça, as cinzas espalhadas no solo congelado.

— Sombrio, não é? — falou Jesse, com um sorriso tenso. — Minha mãe parecia sentir que este era o lugar mais seguro para me deixar. Ela estava sempre com medo de que o Enclave vasculhasse a casa.

— Mas não o terreno? — perguntou James, em voz baixa. Ele não conseguiria descrever o olhar no rosto de Jesse, metade dor, metade horror. Aquele lugar devia lembrá-lo de tudo que tinha perdido. Todos os anos e o tempo.

— 268 —

— Suspeito, embora ela tenha dito o contrário, de que me queria bem longe dela — falou Jesse. — Suspeito de que a presença do meu... cadáver... a tenha feito se sentir culpada. Ou talvez apenas horrorizada.

— Ela *deveria* se sentir culpada — Lucie falou, determinada. — Ela jamais deveria ter outro momento de paz depois do que fez com você.

— Não acho que ela tenha muita paz — falou James, pensando nos olhos selvagens de Tatiana, no ódio ardendo neles. — Você acha?

Jesse parecia prestes a responder, mas antes que conseguisse, James arquejou. Alguma coisa disparou por sua visão, um filete de escuridão, como se ele estivesse olhando por uma janela rachada no reino de sombras de Belial. Alguma coisa estava terrivelmente errada. Alguma coisa próxima.

Cordelia, pensou ele, e correu de volta na direção da casa sem mais uma palavra.

—

Os andares superiores da Casa Chiswick estavam mais vazios do que Cordelia teria esperado. A maioria dos cômodos não tinha quadros, tapetes ou mobília. Cordelia sabia que Tatiana quebrara cada espelho da casa quando Rupert Blackthorn morrera, mas não tinha percebido que eles ainda pendiam das paredes, molduras arruinadas de vidro afiado.

Havia uma sala de treinamento sem armas, apenas teias de aranha e ratos. Um quarto, simples, porém mobiliado, contendo uma pequena penteadeira, com um conjunto prateado para escovar os cabelos ainda disposto. Havia uma cadeira de aparência desconfortável, e uma cama de ferro quase vazia, com lençóis rasgados ainda em cima. Na mesa de cabeceira repousava uma xícara, em cujo fundo algo antigo — chocolate? Chá com leite? — tinha endurecido e virado uma sujeira verde mofada.

Com um sobressalto, Cordelia percebeu que aquele lugar sem alegria devia ser o quarto de Grace. Que tipo de sonhos ela devia ter sonhado naquela tábua que servia como sua cama? Cercada pela escuridão daquela casa mofada e amarga?

Não é possível que eu esteja com pena de Grace, pensou Cordelia, e se espantou quando ouviu alguém gritar. Ela levou a mão até Cortana, a mão encontrando tecido. Sua espada não estava ali.

Corrente de Espinhos

Cordelia afastou a pontada de dor, correndo para o corredor e subindo um lance de escadas, seguindo o som do grito. Ela irrompeu em um grande salão de baile onde os resquícios de um imenso lustre, com facilmente 2,5 metros de diâmetro, se espalhavam no meio da sala onde havia caído em algum momento. Parecia uma imensa aranha cravejada de joias que tinha perdido uma briga para uma aranha ainda maior.

Ariadne, no centro da sala, lançou um olhar culpado para Cordelia.

— Ah, droga — disse ela. — Não era minha intenção fazer você vir correndo.

— Ariadne pode ter achado que era uma aranha de verdade — explicou Anna. — Uma aranha gigante de verdade.

Anna pretendia provocar, Cordelia sabia, mas o tom da voz dela era... carinhoso. Mais carinhoso do que tanto Anna quanto Ariadne percebiam, suspeitava Cordelia. As duas estavam sorrindo conforme Ariadne provocava Anna sobre se o lustre de aranha ficaria bonito no apartamento dela, e talvez até ser um amigo de Percival, a cobra empalhada.

Cordelia foi examinar o resto da sala. Havia muitas tábuas de piso quebradas, cada uma das quais ela testou para ver se estava solta e talvez escondendo alguma coisa por baixo. Após provocar uma série de espirros ao revirar a poeira, ela foi até uma janela para respirar.

Um momento depois, Anna se juntou a ela. Ariadne estava do outro lado da sala, examinando o elevador da cozinha, cuja porta ela tinha conseguido desemperrar com uma nuvem de poeira e tinta lascada. Por um longo momento, Anna e Cordelia ficaram paradas lado a lado, olhando pela janela rachada para o gramado verde que descia até o Tâmisa.

— Anna — disse Cordelia, com a voz baixa. — Matthew está mesmo fazendo um favor para Ariadne?

— Ele está, de fato — respondeu ela. Anna tocou com um longo dedo o vidro da janela, fazendo uma mancha na poeira. — Por que pergunta?

Cordelia se sentiu corar.

— Acho que estava preocupada. E não tem mais ninguém para quem eu possa perguntar. Ele está bem?

Anna parou enquanto puxava uma cortina.

— Ele tem motivo para não estar?

CASSANDRA CLARE

— Só achei — prosseguiu Cordelia — que, como você é próxima dele, poderia saber de alguma coisa sobre o seu estado mental.

— Minha querida — disse Anna, carinhosamente. — O estado mental de Matthew é que ele ama você. Ele ama você e está de luto por esse amor ser impossível. Ele teme que você o odeie, que todos odeiem. Esse é o estado mental dele, e é de fato difícil.

Cordelia lançou um rápido olhar para Ariadne, que, ainda bem, estava com a cabeça parcialmente enfiada no elevador da cozinha e não poderia ter ouvido. Então ela se sentiu tola por se preocupar com isso. *Minha vida amorosa em frangalhos é evidentemente o segredo mais mal guardado do Enclave, então talvez eu deveria desistir de tentar manter minha dignidade.*

— Eu não odeio Matthew — sussurrou Cordelia. — Eu me arrependo de ter ido a Paris, e, no entanto, não me arrependo de tudo. Ele estendeu a mão para mim quando eu estava desesperada. Ele me tirou do meu desespero. Eu nunca, jamais, poderia odiá-lo.

— Ele precisa de ajuda agora — afirmou Anna, em parte para si mesma. — Do tipo que eu temo não poder dar a ele, porque ele vai recusar. Eu me preocupo... — Ela parou, balançando a cabeça. — Cordelia, o que aconteceu em Paris?

— Foi lindo a princípio. Nós fomos a museus, costureiras, ao teatro. Era como brincar de faz de conta, como as crianças fazem. Nós fingimos que éramos outras pessoas, livres de problemas, pessoas que podiam fazer o que quisessem.

— Ah — disse Anna, delicadamente. — Você... Não tem chance de você estar grávida, tem, Cordelia?

Cordelia quase caiu da janela.

— *Não* — respondeu ela. — Nenhuma. Nós nos beijamos, só isso. E então James apareceu no meio, e viu tudo.

— Um gesto muito romântico, ele ir correndo até Paris — observou Anna —, mas o momento deixa a desejar.

— Exceto — acrescentou Cordelia — por James estar apaixonado por Grace há anos, antes de eu sequer vir para Londres. Ele esteve apaixonado por Grace durante todo o nosso casamento. Ele deixou isso evidente.

— Os sentimentos das pessoas mudam.

— 271 —

Corrente de Espinhos

— Será que mudam? — perguntou Cordelia. — Eu não fugi para Paris por diversão, sabe. Eu deixei nossa casa porque Grace apareceu lá. E embora não soubesse que eu podia ver, eu o encontrei no vestíbulo, abraçado a ela. Tão apaixonados como nunca, até onde todos podiam ver.

— Ah, coitada, querida — disse Anna. — O que posso dizer? Isso deve ter sido terrível. Mas as coisas nem sempre são o que parecem a princípio.

— Eu sei o que eu vi.

— Talvez — insistiu Anna. — E talvez você devesse perguntar a James o que realmente aconteceu naquela noite. Pode ser o que você teme. Mas sou uma excelente leitora de expressões faciais, Daisy. E quando observo James olhando para Grace, não vejo absolutamente nada. Mas quando o vejo olhando para você, ele se transforma. Nós todos carregamos uma luz dentro de nós. Ela queima com a chama de nossas almas. Mas há outras pessoas em nossas vidas que acrescentam as próprias chamas às nossas, criando uma conflagração mais luminosa. — Ela olhou rapidamente para Ariadne, e então de volta para Cordelia. — James é especial. Ele sempre queimou forte. Mas quando ele olha para você, a luz dele se intensifica como uma fogueira.

— Mesmo? — sussurrou Cordelia. — Anna, eu não sei...

Anna se sobressaltou, levando a mão ao peito, onde seu colar de rubi piscava como um olho. Naquele momento, Ariadne gritou, recuando do elevador da cozinha, o qual tinha começado a tremer e chacoalhar dentro da parede.

— *Demônio!* — gritou ela. — *Cuidado!*

❧

O galpão parecia intocado desde o dia em que Lucie e Gracie tinham se deparado com o caixão aberto e Jesse sumido, sem saber que a noite terminaria com a ressurreição dele e com Grace se entregando e muito mais acontecendo. Estranho — ela teria esperado que a Clave fosse atrás dele, ou Tatiana, pelo menos, mas se alguém tinha vindo, não tinha deixado vestígios. Não tinham sequer fechado a tampa do caixão. Lucie achava perturbador estar de volta ali. Será que passara mesmo tanto tempo naquele cômodo horrível e mórbido?

CASSANDRA CLARE

Apesar do sol e do telhado faltando, as altas paredes de tijolos projetaram sombras sobre o cômodo, que parecia escuro e pequeno agora que Jesse estava de pé nele, seu rosto voltado para o céu. Quando Lucie e Grace estavam trabalhando para trazê-lo de volta, tinha parecido dramático para ela — uma cripta secreta de um romance gótico, a masmorra de um castelo. Agora ela o reconhecia como um lugar no qual Jesse tinha sido aprisionado, onde ele tinha sido terrivelmente controlado. Ela estava feliz por James ter saído do cômodo, sentindo que estar de volta ali seria tenso para Jesse, e até para ela.

— É difícil estar aqui? — perguntou ela.

Jesse olhou em volta: para o espaço pequeno, as paredes úmidas, as cinzas onde ela e Grace tinham queimado tantos ingredientes ineficientes para feitiços inúteis. Com um esforço visível, ele se virou para Lucie e falou:

— Eu nunca realmente tive ciência de estar aqui. Então o que isso me lembra é quanto trabalho você teve para me trazer de volta.

— Grace ajudou — disse Lucie, mas a expressão de Jesse apenas ficou mais tensa. Ele se virou e foi até o caixão. Tirando a luva, ele levou a mão para dentro. Lucie se moveu para se juntar a ele. Não havia nada no interior. Jesse parecia passar a mão exposta sobre o revestimento de veludo preto, que agora começava a manchar de mofo devido à exposição aos elementos.

— Jesse — chamou Lucie. — Aconteceu alguma coisa quando você foi ver Grace na Cidade do Silêncio, não aconteceu?

Ela sentiu um arrepio na espinha.

— O que foi?

— Eu... — Jesse tirou os olhos do caixão, seus olhos verdes sombrios. — Eu não vou mentir para você, Lucie. Mas tudo o que posso dizer é que o segredo não é meu para contar.

— Mas se há um perigo... Para o Enclave ou para alguém...

— Não é nada assim. E os Irmãos do Silêncio sabem. Se houvesse qualquer perigo, eles teriam compartilhado.

— Ah — murmurou Lucie. A parte curiosa dela queria bater os pés e exigir saber. A parte dela que tinha sido mudada por tudo que havia acontecido no último ano, a parte que tinha começado a entender o significado de paciência, venceu. — Confio que você vai me contar quando puder.

— 273 —

Corrente de Espinhos

Jesse não respondeu. Ele estava encostado no caixão, rasgando o revestimento de veludo...

— Ah! — Ele se virou para ela, segurando uma pequena caixa de madeira. — Eu sabia! — exclamou, quase selvagemente. — Há um fundo falso no caixão, sob o revestimento. Onde mais minha mãe esconderia algo se não com sua posse mais preciosa?

— Você não era posse dela — replicou Lucie. — Você jamais pertenceu a ela.

— Não era nisso que ela acreditava. — Jesse franziu a testa ao abrir a caixa e tirar de dentro um objeto. Ele o ergueu para mostrar a Lucie: um espelho de mão. O cabo era de cristal lapidado, mas era preto. Não *adamas* preto. Pelo menos ela achava que não, mas era difícil dizer. E em torno do próprio espelho de aspecto octogonal, ela podia ver minúsculos entalhes que pareciam girar e se contorcer à luz.

— O que é isso? — perguntou Lucie. — Você reconhece?

— Sim — Jesse assentiu. — É o único espelho que resta em Chiswick. — Havia uma expressão estranha no rosto dele. — E acho que sei onde mais deveríamos procurar.

Cordelia se virou e viu algo do tamanho de um cão pequeno explodir do elevador da cozinha, destruindo-o junto com uma boa porção da parede. O demônio tinha o rosto como o de um rato, com longos dentes amarelos. Estava coberto de escamas e possuía vários membros esquálidos, chicoteando em fúria, cada um com uma garra em gancho na ponta. Um demônio Gamigin, pensou Cordelia, embora jamais tivesse visto um pessoalmente.

Ariadne sacou uma lâmina do cinto, mas a criatura era rápida demais. Um dos membros magricela disparou, o gancho na ponta da garra se enterrando nas costas do casaco de Ariadne. Ele a jogou longe. Ariadne escorregou pelo chão empoeirado conforme Anna gritava:

— *Ari!*

E Anna entrou em ação, correndo pelo cômodo, seu chicote subitamente na mão. O demônio estava agachado sobre Ariadne, a boca com dentes amarelos se escancarando. Ela gritou quando saliva preta de demônio espirrou em seu pescoço e rosto. Então Anna estava ali, o chicote arqueando pelo ar, um fio de chama dourada.

Com um grito, o demônio saltou para longe. Anna caiu de joelhos. Ariadne convulsionava no chão, e o demônio, sibilando, disparou pelo chão na direção de Cordelia.

O tempo pareceu desacelerar. Cordelia conseguia ouvir Anna implorando a Ariadne que ficasse parada, e o demônio estava avançando pelo cômodo na direção dela, deixando um rastro de icor preto, e Cordelia sabia que se ela sequer erguesse uma tábua quebrada do chão para se defender, isso traria Lilith, mas ela não tinha escolha...

O demônio a alcançou. Ele avançou, e Cordelia o chutou o mais forte que conseguiu, sua bota colidindo com a silhueta densa e flácida da criatura. O demônio uivou, girando de costas, mas os uivos não eram apenas barulho, percebeu Cordelia. Eram palavras.

— *Eles despertam* — sibilou o demônio. — *Logo eles serão invencíveis. Nenhuma lâmina serafim poderá feri-los.*

— O quê? — Ignorando a cautela, Cordelia correu na direção do demônio onde ele estava agachado no chão. — Quem está despertando? Me diga!

O demônio levantou o rosto para ela e congelou. A boca de presas tremeu, ele se encolheu para longe dela, cobrindo o corpo com algumas das pernas.

— *Paladino* — sussurrou ele. — *Ah, perdoe-me. Teu é o poder, teu e de tua Senhora. Perdoe-me. Eu não sabia...*

Um estalo agudo soou. Alguma coisa socou o corpo do demônio. Cordelia pensou ter visto um buraco se abrir entre os olhos dele, um buraco preto com borda de fogo. O demônio teve espasmos, as pernas se contraindo. Então ele derreteu até virar fumaça.

O fedor de icor no ar estava misturado com o cheiro forte de pólvora. Cordelia sabia o que veria mesmo antes de olhar: James, de rosto pálido, pistola na mão. Ainda estava apontada infalivelmente para o lugar em que o demônio estivera.

— Daisy. — Abaixando a arma, ele se apressou até ela. O olhar de James a percorreu, buscando ferimentos, hematomas. — Você está ferida? Ele...

Corrente de Espinhos

— Você não precisava ter atirado nele — disse Cordelia. — Eu o estava interrogando. Ele falou "Eles despertam", e eu...

Com as mãos ainda nos ombros dela, a expressão de James se tornou incrédula.

— Você não pode interrogar um demônio, Daisy. Ele vai simplesmente mentir.

— Eu estava *me virando*. — O choque agora se tornara uma fúria incandescente nas veias de Cordelia, uma fúria que parecia ter fincado as garras nela, mesmo conforme uma pequena parte da mente dela continuava olhando, chocada. — Eu não precisava da sua ajuda...

Os olhos dourados dele se estreitaram.

— Mesmo? Porque você não pode empunhar uma arma, Cordelia, caso tenha se esquecido...

— Parem. Vocês dois. — Era Anna, falando mais seriamente do que Cordelia tinha imaginado que ela seria capaz. Ela e Ariadne tinham atravessado a sala até eles. Cordelia, com a atenção fixa em James, não tinha notado. Ela se perguntou quanto elas tinham ouvido. Anna segurava a estela, e Ariadne, ao lado dela, exibia sulcos vermelhos do lado esquerdo do rosto, onde a saliva ácida do demônio a tocara. Havia uma Marca de cura recentemente aplicada no pescoço dela. — O que quer que esteja acontecendo entre vocês pode não ser da minha conta, mas não vou permitir que briguem no meio de uma missão. Isso coloca todos nós em perigo.

Cordelia se sentiu terrivelmente envergonhada. Anna estava certa.

— James — disse ela, olhando diretamente para ele. Era doloroso como pressionar um alfinete afiado na mão. Ele era lindo, exatamente como estava, respirando com dificuldade, o cabelo preto nos olhos, uma camada fina de suor nas clavículas. Ela desejou poder se fazer imune à beleza de James, mas isso parecia impossível. — Sinto muito, eu...

— Não se desculpe. — A Máscara tinha surgido. James estava inexpressivo. — Na verdade, preferiria que não o fizesse.

Um estrondo veio do andar de baixo, e um grito. *Lucie*, pensou Cordelia, e um momento depois, estavam todos correndo degraus abaixo na direção do piso principal da casa.

CASSANDRA CLARE

Cordelia, James, Anna e Ariadne correram de volta escada abaixo apenas para encontrar Jesse e Lucie na sala de estar. Mais especificamente, Lucie estava na sala: Jesse estava a meio caminho do alto da chaminé, sujando-se de fuligem.

— O que aconteceu? — indagou James. — O que foi aquele estrondo?

Lucie, também coberta de fuligem, disse:

— Alguma coisa caiu da lareira em cima da grelha. Jesse? — chamou ela. — Jesse, você pegou?

Um momento depois, Jesse surgiu, a metade superior do corpo dele quase coberta de fuligem. Parecia ter chovido tinta preta nele. Em uma das mãos, ele segurava um espelho sujo. Na outra, o que parecia ser um livro com uma corda de couro amarrando a capa, o qual guardava um monte de papéis soltos.

— Anotações — disse ele, tossindo. — Anotações da minha mãe e trechos de diários antigos. Eu me lembrei de vê-la olhando para cima da chaminé com isto. — Ele ergueu o espelho, o qual James percebeu que não estava tão sujo, mas que era feito de um material preto reluzente e reflexivo. — Percebi então que ela possuía um esconderijo ali em cima que só se podia ver caso você apontasse o espelho para o alto da chaminé. Algum tipo de sinal de farol mágico. Por isso o Enclave não encontrou.

— Isso serve para outra coisa? — perguntou Anna, olhando para o espelho com curiosidade. — Além de apontar o caminho para o esconderijo da chaminé?

— Posso ver? — perguntou James, e com um gesto de ombros, Jesse entregou. James conseguia ouvir os outros discutindo o demônio que tinham encontrado lá em cima, Jesse se perguntando havia quanto tempo estava vivendo no elevador da cozinha, mas a concentração de James estava toda no espelho.

Antes que ele sequer tocasse o cabo do espelho, ele sentiu como se estivesse em sua mão: macio e frio ao toque, zunindo com poder. Parecia feito de *adamas* preto ou alguma coisa muito próxima a isso, cercando um círculo de vidro escuro. E em torno da borda do vidro havia Marcas, obviamente demoníacas, embora não em uma língua que James reconhecesse.

Ele tocou o vidro. Quando seu dedo fez contato, no entanto, houve um súbito clarão, como uma brasa inesperadamente saltando de uma fogueira. Ele respirou fundo.

— 277 —

Corrente de Espinhos

— Belial — disse James, e todos pareceram se sobressaltar. Ele estava ciente de que Cordelia o encarava com olhos arregalados, mais escuros do que o vidro do espelho. James se obrigou a não a encarar. — Eu... Não sei dizer o que o espelho faz, não faço ideia, na verdade. Mas juraria por minha vida que Belial o deu a Tatiana. Eu sinto o toque dele aqui.

— Parece exatamente com o *pithos* — observou Lucie. — A coisa tipo estela que Belial usava para roubar Marcas dos corpos das vítimas. Talvez Belial tenha dado a Tatiana todo um kit de beleza?

— Tente tocar nele você, Luce — sugeriu, e depois de um momento, Lucie estendeu a mão e deslizou pela superfície do espelho.

Dessa vez, houve um lampejo dentro do espelho, como uma chama dançando. Era fraco, mas continuava brilhando enquanto Lucie o tocava.

Ela puxou a mão de volta, mordendo o lábio.

— Realmente — concordou ela, a voz contida. — Tem a aura de Belial.

— Duvido que tenha sido apenas um presente — comentou Cordelia. — Não acho que Belial o teria dado a Tatiana a não ser que tivesse algum propósito mais sombrio.

— Mais do que apenas para o alto de chaminés — concordou Ariadne.

— Nós deveríamos levar o livro e o espelho de volta para o Instituto — sugeriu Jesse. — Analisá-los com mais atenção. Vou tentar decifrar as anotações da minha mãe. Estão escritas em um tipo de código, mas não parece complicado.

James assentiu.

— E eu concordo com voltar para o Instituto. Está protegido, o mais importante, e eu também preferiria que nós não ficássemos em Chiswick depois de escurecer, considerando tudo. Quem sabe o que mais pode perambular pela propriedade?

16
BADALADAS À MEIA-NOITE

Nós ouvimos as badaladas à meia-noite, Mestre Shallow.

— Shakespeare, *Henrique IV, Parte 2*

Cordelia estava nervosa ao se aproximar da Hell Ruelle, conside-rando o que tinha acontecido no cabaré de Paris, mas o guarda — um sujeito atarracado de ombros largos com mandíbula quadrada e olhos de sapo sem pálpebras — dera a ela apenas um olhar de relance antes de deixá-la entrar. Parecia que ela era uma visitante conhecida, um fato que Cordelia não tinha certeza se deveria agradá-la. Ela não tinha visitado a Ruelle *tantas* vezes assim, pensou, mas parecia que tinha causado uma impressão.

Aquela era a primeira vez que ia até o salão do Submundo sozinha. Não contara a ninguém o que planejava. Ela se sentia um pouco culpada com relação a isso, afinal Anna fora tão boa com ela, e Alastair passara o dia todo com Christopher e Thomas na biblioteca do Instituto procurando formas de ajudá-la. Quando ela deixou a Casa Chiswick e voltou para o Instituto com os demais, encontraram os três esperando por eles na capela. Aparentemente, Christopher acabara de voltar de Limehouse, onde comprara um amuleto da loja de magia de Hypatia Vex.

Corrente de Espinhos

— Parece que há muitos desses — explicara ele, passando o objeto para Cordelia. Era prateado, redondo como uma moeda, com um alfinete atrás que permitia que fosse usado como um broche. — Amuletos de proteção contra Lilith, especificamente. Até mesmo mundanos costumavam usá--los, e Caçadores de Sombras usaram antes de os rituais de proteção serem inventados. Gravados nele estão o nome dos três anjos que se opõem a Lilith, aqueles que abençoaram a arma de James. Sanvi, Sansanvi, Semangelaf. — Ele traçou as letras em hebraico com os dedos antes de entregar o amuleto a Cordelia. — Não vão fazer você deixar de ser paladino, mas pode desencorajar Lilith de se aproximar de você.

Naquela noite, depois do jantar, ela o prendera à manga do vestido azul--escuro antes de sair pela janela, com um pedido de desculpas silencioso para Alastair, mas era inútil dizer a ele aonde ia: Alastair apenas ficaria preocupado. Então correu para chamar uma carruagem contratada na rua.

Cordelia estivera preocupada demais com Matthew para conseguir dormir. As palavras de Anna continuavam ecoando em sua mente: *Ele precisa de ajuda agora. Do tipo que temo não poder dar a ele, porque ele vai recusar.* Será que Anna sabia sobre a bebedeira de Matthew? E independentemente de ela saber ou não, Cordelia *sabia*, e não falara com ele sobre isso desde que voltaram para Londres. Ela estava com raiva demais, absorta demais em se proteger contra o tipo de dor que o pai tinha causado a ela.

Mas Matthew merecia — precisava — de amigos. E o instinto disse a ela que se Cordelia iria encontrá-lo, seria ali.

O lugar estava tumultuado, como sempre. Naquela noite, o salão principal estava decorado com um tipo de tema invernal intenso, com paredes de um azul profundo, e esculturas de papel machê de árvores carregadas de neve pendendo do ar. O piso estava coberto com um tipo de neve falsa brilhante, feita do que pareciam ser minúsculas pérolas. A ponta das botas de veludo pretas de Cordelia as espalhavam enquanto ela caminhava, mudando de cor conforme subiam no ar e refletindo arco-íris em miniatura. Em todo lugar havia imagens estampadas da lua, em diversas fases — cheia, minguante, crescente — em tinta dourada.

Cordelia ficou surpresa. Não parecia haver muito tempo desde que estivera ali pela última vez, quando o tema tinha sido uma celebração a Lilith, o que precisara suportar. Ficou aliviada ao ver a mudança e tentou olhar em volta discretamente, procurando o lampejo de uma cabeça familiar de cachos loiros.

Como sempre, havia sofás e divãs baixos espalhados pelo salão, e membros do Submundo os ocupavam, a maioria envolvida em conversas. Havia vampiros com rosto branco como pó, e lobisomens usando paletós largos. Fadas vestidas como criadas, com cachos de algas marinhas despontando sob os chapéus plissados, moviam-se entre os convidados, carregando bandejas de bebidas. Um feiticeiro desconhecido com orelhas de gato se sentava diante de um gnomo redondo em um terno de risca de giz, discutindo sobre a Guerra dos Boêres.

Mas ela não viu Matthew. Cordelia suspirou, frustrada, no momento em que a própria Hypatia Vex se dirigiu até ela. A mulher usava um vestido prateado que se abria como uma poça aos seus pés, mas de alguma forma não agarrava nas coisas conforme ela caminhava — magia, certamente — e, no alto da cabeça, uma imensa tiara azul-meia-noite, no centro da qual havia uma pérola branca, do tamanho de um prato, e lapidada no formato da lua.

— Caçadora de Sombras — cumprimentou Hypatia, agradavelmente —, se você insiste em frequentar meu salão, eu agradeceria se você se sentasse. Não posso lhe dizer o quanto ter Nephilim perambulando inquieta meus clientes.

Quando conheceu Hypatia, Cordelia achou a mulher aterrorizante. Agora ela apenas sorriu educadamente.

— Boa noite, Hypatia. Sua tiara combina com seus olhos.

Os olhos da feiticeira, cujas pupilas tinham o formato de estrela, brilharam um pouco. Cordelia conhecia Hypatia havia tempo suficiente para reconhecer que um pouco de elogio era útil quando se tratava dela.

— Obrigada. Foi um presente de um sultão. Não me lembro qual.

— Eu não tenho intenção nenhuma de ficar e incomodar seus clientes — explicou Cordelia. — Só vim ver se Matthew Fairchild estava aqui.

As sobrancelhas perfeitamente aparadas de Hypatia se elevaram.

— Me incomoda que Caçadores de Sombras tenham decidido que o lugar em que mais provavelmente encontrariam membros desgarrados do Enclave seria meu salão.

Corrente de Espinhos

— Ele não é um membro desgarrado do Enclave — protestou Cordelia. — Ele é *Matthew*.

— Hunf — bufou Hypatia, mas Cordelia pensou ter visto um lampejo de simpatia em seus olhos brilhantes. — De qualquer forma, foi bom você ter vindo. Queria mesmo falar com você.

— Comigo? — Cordelia ficou perplexa. — Sobre o quê?

— Um assunto particular. Venha comigo — chamou Hypatia, em um tom que não permitia discussão. — Tom Redondo pode cuidar do salão enquanto estivermos fora.

Sem fazer ideia de quem Tom Redondo poderia ser, Cordelia seguiu Hypatia pelo salão, tentando não tropeçar na cauda prateada dela conforme a roupa escorregava e deslizava pela neve falsa.

Hypatia levou Cordelia por uma porta arqueada até uma pequena sala circular, onde duas poltronas felpudas estavam viradas uma para a outra de cada lado de uma mesa na qual havia um tabuleiro de xadrez. Uma caixa de pau-rosa com as peças de xadrez tinha sido colocada de lado, e uma prateleira alta, que estranhamente não continha livros, repousava contra a parede mais afastada.

Hypatia se sentou e indicou que Cordelia se sentasse do outro lado da mesa. Cordelia esperava muito que Hypatia não quisesse jogar uma partida de xadrez. Xadrez era algo que Cordelia associava a James: a noites domésticas aconchegantes em Curzon Street, onde eles se sentavam juntos no sofá à luz da lareira...

— Pare de sonhar acordada, menina — disse Hypatia. — Minha nossa, era de pensar que você tinha me ouvido. Eu falei: "Então você se tornou paladino?"

Cordelia se sentou com tanta força que pareceu ter caído em vez de ter se sentado. Ah, Raziel. Ela fora uma tola, não fora?

— O Cabaret de l'Enfer — murmurou ela. — Contaram a você, não foi? Hypatia assentiu, a pérola em sua tiara reluzindo.

— De fato. Há uma grande rede de fofocas entre os membros do Submundo, como você deve saber. — Ela deu a Cordelia um olhar de avaliação. — Magnus sabe desse negócio de paladino?

— 282 —

— Ele não sabe. E eu pediria que você não contasse a ele, mas sei que talvez conte, de qualquer forma. Ainda assim estou pedindo.

Hypatia não respondeu ao pedido de Cordelia. Em vez disso, ela falou:

— Houve paladinos Caçadores de Sombras antes, é óbvio, mas...

Cordelia ergueu o queixo. Poderia muito bem adiantar o que Hypatia ia falar.

— Mas eu sou diferente?

— Não há uma luz divina em você — continuou Hypatia. Ela olhou para Cordelia, seus olhos estrelados infinitos. — Eu já vi os vazios entre os mundos e o que caminha ali. Conheci os anjos caídos da guerra celestial, e os admirei por seu orgulho irredutível. Não sou alguém que dá as costas para sombras. É possível encontrar beleza no mais sombrio dos lugares, e Lúcifer foi o mais lindo dos anjos do Céu certa vez. — Ela se inclinou para a frente. — Eu entendo a ânsia de alcançar tal beleza sombria e tal poder. Não a trouxe aqui para julgá-la.

Cordelia não disse nada. Podia ouvir as risadas baixas do salão à distância, mas sentia como se estivesse acontecendo em outro planeta. Aquilo *era* um tipo de xadrez, percebeu ela, um jogo de xadrez sem peças, jogado com palavras e insinuação. Hypatia não tinha mencionado Lilith pelo nome, mas Cordelia sabia que a feiticeira estava muito interessada em Lilith, de fato.

— Você está certa. Não estou jurada a um anjo — confirmou Cordelia. — Mas você não sabe para quem eu *fiz* um juramento, e não estou disposta a dizer.

Hypatia deu de ombros, embora Cordelia suspeitasse de que ela estivesse, no mínimo, desapontada.

— Então você não deseja dizer nomes. Vou descobrir eventualmente, imagino. Pois quando os Caçadores de Sombras descobrirem o que você fez, será um escândalo que abalará as fundações do mundo Nephilim. — Ela sorriu. — Mas imagino que você saiba disso, e não se importe. Como paladino, é mais poderosa do que qualquer um deles agora.

— Não era um poder que eu queria — admitiu Cordelia. — Fui enganada a fazer o juramento. Ludibriada.

— Um paladino *relutante*? — indagou Hypatia. — Isso é bastante singular.

Corrente de Espinhos

— Você não acredita em mim — observou Cordelia. — Mas estou desesperada para quebrar esse vínculo. Há muito que eu faria por qualquer um que pudesse me contar como deixar de ser paladino.

Hypatia se sentou de novo na cadeira, o olhar pensativo.

— Bem — começou ela. — Deixar de ser paladino é muito fácil. O difícil é fazer isso e sobreviver. Um paladino pode ser rejeitado por aquele a quem serve, por certo. Mas se essa rejeição deixaria você viva depois... Bem, eu não apostaria nisso.

Cordelia exalou pesadamente.

— Não acho que aquele a quem estou ligada me rejeitaria — comentou ela. — Meu mestre sabe que eu não busquei isso. Que eu sirvo involuntariamente. Que eu ando desarmada, que não posso sequer erguer uma arma a serviço do demônio que me enganou.

— *Minha nossa!* — exclamou Hypatia, parecendo entretida com o drama da situação. — Quanto comprometimento. Uma Caçadora de Sombras que não luta. — Ela balançou a cabeça. — A maioria dos paladinos jurados a demônios tem servido de bom grado. E aqueles que se recusaram foram dilacerados por seus mestres como um aviso. Você tem tido sorte. Por enquanto.

Cordelia estremeceu.

— Então o que você quer dizer é que não pode ser desfeito? — indagou.

— O que quero dizer é que é perda de tempo investigar como quebrar o vínculo — a feiticeira explicou. — Em vez disso você deveria pesquisar como transformar esse poder em algo bom.

— Nenhum bem pode vir de um poder maligno — rebateu Cordelia.

— Eu discordo — afirmou Hypatia. — Você enfrentou o que, uma dúzia de demônios Naga em Paris? E mais demônios aqui em Londres. Você realmente poderia se tornar a maior e melhor Caçadora de Sombras de que já se ouviu falar.

— Mesmo que eu estivesse disposta a empunhar minha espada em nome de um demônio — falou Cordelia —, outros demônios me reconhecem como paladino. Eles fogem de mim. Aconteceu hoje mesmo.

— Então convoque-os. Eles não poderão fugir. — Hypatia pareceu entediada. — Você é um paladino. Simplesmente encontre um lugar, de

CASSANDRA CLARE

preferência um que contenha uma história sombria, um lugar de morte e horror, marcado pela tragédia, e diga as palavras *cacodaemon invocat*, e...

— Pare! — Cordelia estendeu as mãos. — Não vou fazer isso. Não vou fazer nada que convoque *demônios*...

— Tudo bem então — disse Hypatia, visivelmente ofendida. — Foi apenas uma *ideia*. — Ela olhou para Cordelia atentamente, mas antes que pudesse dizer alguma coisa, a estante de livros deslizou para o lado como uma porta secreta, e Magnus surgiu, elegante, vestido em azul-marinho.

— Hypatia, minha cara — cumprimentou ele. — Está na hora de partirmos se quisermos chegar a Paris a tempo da apresentação desta noite. — Ele piscou para Cordelia. — Sempre um prazer ver você, minha querida.

— Paris? — repetiu Cordelia. — Não sabia que vocês estavam indo... Quero dizer, tenho certeza de que se divertirão.

— Pensei em trocar uma palavrinha com Madame Dorothea, no Cabaret de l'Enfer — explicou ele. — Uma feiticeira que alega poder se comunicar com os mortos... Bem, tantos desses são charlatões ou farsas.

— Você jamais vai me encontrar perto de um local tão imundo — falou Hypatia, e se levantou da cadeira. — Mas há muitas outras coisas na Cidade das Luzes que me tentam. — Ela inclinou a cabeça na direção de Cordelia. — Cuide-se, pequena guerreira. — Ela indicou a sala principal do salão. — Seu menino está aqui. Ele chegou há pouco, mas eu estava gostando demais da nossa conversa para mencionar. Peço desculpas.

Com isso, Hypatia se virou e seguiu Magnus de volta pela fenda da estante de livros, a qual deslizou e se fechou atrás deles. Cordelia foi em direção ao salão principal, onde viu Matthew sozinho a uma mesa, usando veludo verde-escuro e bebendo espumante de uma taça alta.

Ele estava encarando a bebida, girando e girando a taça, como se fosse uma tigela de adivinhação na qual pudesse ver o futuro. Apenas quando Cordelia se aproximou, Matthew ergueu a cabeça.

Ela pôde ver imediatamente por que Anna estava preocupada. Havia círculos amarelo-esverdeados escuros sob os olhos dele, e hematomas nos cantos da boca. As mãos dele tremeram quando ele as estendeu para a taça. Suas unhas estavam roídas, o que ela jamais vira antes. Matthew normalmente mantinha as mãos imaculadas.

Corrente de Espinhos

— Cordelia? — disse ele, espantado. — O que está fazendo aqui, na Ruelle?

Ela ocupou o assento diante dele. De alguma forma, ele havia sujado a mão de tinta dourada, da taça que segurava, e um pouco tinha manchado sua bochecha também. Parecia estranhamente animado, destoante do quanto ele parecia mal.

— Vim porque achei que você estaria aqui — respondeu ela.

— Achei que não quisesse me ver.

Matthew estava certo. Ela *dissera* aquilo porque era a coisa racional, porque não o ver, nem a James, era o caminho sensato. Mas nada em sua vida era sensato agora.

— Fiquei preocupada com você — admitiu ela. — Quando não veio para Chiswick hoje. Ariadne disse que estava fazendo um favor a ela, mas eu me perguntei...

— Eu *estava* fazendo um favor a ela — interrompeu Matthew. — Um pouco de trabalho investigativo. Não sou completamente inútil, sabe.

— Acho que eu estava preocupada não só com você, mas que você não quisesse me ver. Que tivesse sido esse o motivo de não ter ido.

— Certamente — disse ele — não vamos entrar em uma discussão sobre qual de nós não quer ver o outro. Não parece produtivo.

— Não quero entrar em discussão nenhuma — falou Cordelia. — Eu quero... — Ela suspirou. — Quero que você pare de beber — afirmou ela. — Quero que conte à sua família a verdade sobre o que aconteceu dois anos atrás. Quero que se reconcilie com seus pais, e com James. Quero que você seja brilhante e maravilhoso, o que você é, e *feliz*, o que você não é.

— Apenas mais uma maneira que desapontei você — murmurou ele.

— Você precisa parar de pensar nisso dessa forma — disse Cordelia. — Você não está me desapontando, não está desapontando sua família. Está desapontando a si mesmo.

Impetuosamente, ela estendeu a mão. Ele a aceitou, fechando os olhos conforme entrelaçava os dedos deles. Matthew estava mordendo o lábio inferior, e Cordelia se lembrou naquele momento de como era beijá-lo, do gosto de cereja e da maciez de sua boca. Como tinha feito com que ela

— 286 —

CASSANDRA CLARE

esquecesse todo o resto, como ela se sentira como a bela Cordelia, uma princesa em uma história.

Ele pressionou o polegar na palma da mão dela. Traçou círculos ali, a ponta macia do dedo contra a pele sensível lançando uma descarga pelo braço dela. Cordelia estremeceu.

— Matthew...

Ele abriu os olhos. O paletó de veludo os deixava de um verde muito escuro, da cor de folhas de samambaia ou musgo de floresta. *Meu lindo Matthew,* pensou ela, mais lindo ainda por estar tão quebrado.

— Raziel — disse ele, sua voz falhando. — Isso é tortura.

— Então deveríamos parar — sugeriu Cordelia, com a voz baixa, mas não retirou a mão.

— É uma tortura que eu gosto — admitiu ele. — O melhor tipo de dor. Eu não senti nada por muito tempo, mantive afastadas todas as experiências e paixões. Então você...

— Não — interrompeu Cordelia, baixinho.

Mas ele prosseguiu, olhando não para ela, mas internamente, como se para uma cena imaginada.

— Costumavam fazer um tipo de adaga achatada, sabe, uma coisa estreita que podia deslizar pelas fendas das armaduras.

— Uma *misericorde* — falou Cordelia. — Com o propósito de desferir o golpe fatal em um cavaleiro ferido. — Ela olhou para ele quase que alarmada. — Você está dizendo...?

Matthew riu um pouco sem fôlego.

— Estou dizendo que com você eu não tenho armadura. Sinto tudo. Para o bem ou para o mal.

— Nós não deveríamos estar falando assim — observou Cordelia. Ela apertou a mão dele, forte, então puxou a dela de volta, unindo as mãos para evitar dá-las a ele de novo. — Matthew, você precisa contar a James...

— Contar o que a ele? — disparou Matthew. Ele estava pálido, uma camada de suor sobre sua testa e nas bochechas. — Que eu amo você? James sabe disso. Eu contei a ele. Não há nada a se ganhar com isso.

— Quero dizer contar a ele sobre o que aconteceu — explicou Cordelia. — No Mercado das Sombras. A fada, a poção... Será mais fácil contar a ele do

— 287 —

Corrente de Espinhos

que aos seus pais, e então James poderá ajudar você a contar a *eles*. Matthew, esse segredo é como veneno no seu sangue. Você precisa expurgá-lo. Você me contou, deve conseguir...

— Eu contei a você porque você não fazia parte da situação — disse Matthew. — James conhece minha mãe a vida inteira. Ela é a madrinha dele. — A voz de Matthew estava inexpressiva. — Eu sinceramente não sei se ele poderia me perdoar por fazer mal a ela.

— Eu acho que ele perdoaria você por qualquer coisa.

Matthew se levantou, quase derrubando a taça. Ele ficou de pé um momento, segurando-se no encosto da cadeira. Seu cabelo estava grudado na testa com suor, seus olhos pareciam vítreos.

— Matthew — chamou Cordelia, aflita. — Matthew, o que...

Ele disparou para fora do salão. Segurando a saia de lã, Cordelia correu atrás dele, sem se dar ao trabalho de pegar o casaco.

Ela encontrou Matthew do lado de fora da Ruelle, em Berwick Street. A luz forte das lamparinas feriu seus olhos, projetando Matthew em contraste com as carruagens cobertas de gelo que passavam sacolejando. Ele estava de joelhos, vomitando na sarjeta, seus ombros tremendo.

— *Matthew!* — Cordelia avançou horrorizada, mas ele gesticulou para ela recuar.

— Fique longe — disse ele, rouco. Matthew estava tremendo, abraçando-se conforme seu corpo tinha espasmos. — Por favor...

Cordelia ficou para trás conforme transeuntes desviavam dela, nenhum deles olhando duas vezes para Matthew. Ele não estava com feitiço de disfarce, mas um cavalheiro vomitando nas sarjetas do Soho estava longe de ser um acontecimento raro.

Por fim ele ficou de pé e foi até um poste. Matthew encostou as costas nele e, com mãos trêmulas, tirou um frasco de dentro do paletó.

— Não... — Cordelia avançou na direção dele.

— É água — explicou Matthew. Ele tirou um lenço de linho do bolso do peito e limpou as mãos e o rosto. Seu cabelo encharcado de suor caía nos olhos. Havia algo intensamente doloroso a respeito de observá-lo, pensou Cordelia. A respeito do contraste entre suas roupas caras e o lenço monografado e os olhos roxos e as mãos trêmulas.

— 288 —

CASSANDRA CLARE

Matthew guardou o frasco, amassou o lenço e o atirou na sarjeta. Ele levantou os olhos verdes injetados para ela.

— Eu sei o que você disse lá dentro. Que queria que eu parasse de beber. Bem, eu tenho tentado. Não ingeri nenhum álcool desde... desde ontem.

— Ah, Matthew — disse Cordelia, querendo ir até ele, querendo colocar a mão no braço dele. Mas alguma coisa a respeito da postura irritadiça e defensiva de Matthew a deteve. — Não acho que seja tão simples assim. Não se pode simplesmente *parar.*

— Sempre achei que podia — comentou ele, vagamente. — Achei que poderia parar a hora que quisesse. Então tentei, em Paris, no nosso primeiro dia. E fiquei terrivelmente mal.

— Você escondeu bem — observou ela.

— Eu mal consegui aguentar doze horas — confessou ele. — Eu soube, mesmo naquelas condições, que era inútil para você. Não é uma desculpa, mas foi por isso que menti a respeito de parar. Não tinha levado você a Paris para que passasse tempo me observando ter convulsões e ficar prostrado no chão.

Cordelia sabia que podia dizer a ele o quanto isso tinha sido tolice, como ela teria preferido segurar a mão dele conforme ele gritava por brandy a que ele mentisse para ela. Mas agora não parecia o momento. Seria como chutar Oscar.

— Vamos voltar para o seu apartamento — sugeriu Cordelia. — Eu sei de coisas que podem ajudar... Eu me lembro das vezes que meu pai tentou parar...

— Mas ele jamais foi bem-sucedido, não é? — rebateu Matthew, amargamente. O ar frio bagunçou seu cabelo quando Matthew deixou a cabeça encostar no poste. — Vou para casa — anunciou, cansado. — Mas... sozinho.

— Matthew...

— Não quero que me veja assim — disse ele. — Nunca quis. — Ele balançou a cabeça, os olhos fechados. — Não suporto. Cordelia. Por favor.

No fim, tudo que ele a deixou fazer foi chamar uma carruagem contratada e observar conforme ele entrava. Quando o veículo partiu, Cordelia viu, iluminado por lâmpada a gás, que ele estava curvado, o rosto nas mãos.

— 289 —

Cordelia se virou de volta para a Hell Ruelle. Ela precisava encontrar um mensageiro para entregar um recado — vários recados, na verdade — o mais rápido possível.

—

Jesse não estava no jantar naquela noite. O que, disseram Will e Tessa, era completamente esperado: ele tinha feito a cerimônia de proteção naquele dia, na Cidade do Silêncio, e embora Jem tivesse dito que tudo correra bem, era natural que estivesse cansado.

Mas Lucie ainda parecia preocupada, embora tentasse esconder, e James teve ainda mais certeza de que o humor de Jesse tinha algo a ver com Grace. Ele brincou distraidamente com a comida conforme as vozes de sua família se elevavam e baixavam ao seu redor: a árvore de Natal tinha sido colocada no lugar errado por Bridget, e ela e Tessa estavam verificando todos os armários do Instituto, um a um. Além disso, Tessa e Will concordavam que Alastair Carstairs era um rapaz muito educado; e também relembraram quando ele e James precisaram lidar com aquela questão desagradável no casamento de James e Cordelia, carregando um Elias embriagado para longe da festa antes que ele causasse um escândalo. O que apenas lembrou a James de Cordelia, como tudo fazia ultimamente.

Quando o jantar terminou, James voltou para o quarto. Ele tirou o paletó do jantar e estava desamarrando as botas quando viu um pedaço de papel preso no canto do espelho.

James o puxou, franzindo a testa. Alguém havia rabiscado a palavra *TELHADO* com letras maiúsculas, e ele tinha uma ideia relativamente boa de quem tinha sido. James pegou um casaco de lã e seguiu para as escadas.

Para chegar ao telhado do Instituto era preciso subir pelo sótão e abrir um alçapão. O telhado tinha uma inclinação íngreme na maioria dos lugares; apenas ali, no alto das escadas, havia um espaço achatado e retangular cercado por uma grade de ferro, cuja decoração terminava em uma flor-de-lis pontiaguda. Encostado contra a grade escura estava Jesse.

Era uma noite limpa, as estrelas brilhavam como diamantes feitos de gelo. Londres se estendia sob uma lua prateada, a fumaça de chaminés su-

CASSANDRA CLARE

bindo em colunas pretas até manchar o céu. Horizontes de telhados estavam polvilhados com neve.

Jesse estava com o paletó que usava no jantar — um dos antigos de James, que estava curto demais nele, as mangas terminando no meio do antebraço —, e nenhum casaco ou cachecol. Ali, o vento soprava do Tâmisa, trazendo consigo um ar frio, mas se Jesse reparou, não deu indícios.

— Você deve estar congelando — comentou James. — Quer meu casaco?

Jesse negou com a cabeça.

— Estou congelando, acho. Ainda é difícil saber, às vezes, exatamente o que meu corpo está sentindo.

— Como sabia sobre o telhado? — perguntou James, aproximando-se para ficar ao lado de Jesse, perto da cerca.

— Lucie me mostrou — respondeu ele. — Gosto de subir aqui. Me faz sentir como se eu estivesse como um dia estive: viajando livremente pelo ar acima de Londres. — Ele olhou para James. — Não me leve a mal. Não desejo ser um fantasma de novo. É a coisa mais solitária que se pode imaginar. A cidade inteira sob seus pés, girando em torno de você, mas você não pode tocá-la, afetá-la. Você não pode falar com as pessoas pelas quais passa. Apenas os mortos respondem, e aqueles poucos, como sua irmã, que podem ver os mortos. Mas a maioria não é como Lucie. A maioria teme e nos expulsa. Avistar um de nós é, para elas, uma maldição.

— E, no entanto, você sente falta dessa pequena parte — observou James.

— Isso é compreensível. Quando eu dormia, costumava sentir Belial. Ver os reinos sombrios que ele habita. Agora, quando durmo, não vejo nada. E isso me assusta, esse nada. As pessoas deveriam sonhar.

Jesse olhou na direção do rio. Havia algo contido a respeito dele, pensou James, como se ele tivesse passado por tanta coisa que seria preciso muito para chocá-lo ou transtorná-lo agora.

— Eu vi Grace esta manhã — anunciou Jesse. — Ela me contou tudo.

James sentiu suas mãos agarrarem a grade com força. Ele tinha imaginado, no entanto...

— Tudo? — perguntou ele, baixinho.

— Sobre a pulseira — explicou Jesse. — O poder dela. Sobre o que ela fez a você.

— 291 —

Corrente de Espinhos

O metal da cerca estava gelado, mas James percebeu que não podia soltá-lo. Ele tinha trabalhado tanto para controlar quem sabia sobre o que acontecera com ele. Tinha noção de que aconteceria um dia, sabia que qualquer relacionamento que pudesse ter com Cordelia dependia de ela saber. No entanto, quando ele pensava em dizer as palavras *Grace me controlou, me fez sentir coisas, fazer coisas,* sentia vontade de vomitar. Jesse devia achar que ele era deplorável, fraco.

James ouviu a própria voz como se de longe.

— Você contou a alguém?

— É lógico que não — disse Jesse. — É seu segredo para compartilhar como quiser. — Ele olhou de volta para a cidade. — Considerei não contar a você — prosseguiu ele. — Que Grace confessou para mim. Mas isso parecia outra traição, mesmo que pequena, e você merece a verdade. Você precisa decidir como contar aos seus amigos, sua família, no seu tempo.

Com grande esforço, James relaxou os punhos em torno da grade de ferro. Ele os balançou, tentando recuperar a sensibilidade na ponta dos dedos.

— Eu não contei a ninguém — admitiu ele. — Suponho que Grace tenha dito a você que os Irmãos do Silêncio desejam manter esse fato em segredo...

Jesse assentiu.

— ... mas isso vai ser apenas um alívio temporário para mim.

— Um alívio? — Jesse pareceu surpreso. — Você não deseja contar aos seus amigos, sua família?

— Não — respondeu James, baixinho. — Para mim parece que contar a eles seria como reviver cada momento do que aconteceu. Eles teriam perguntas, e sentiriam pena, e eu não suportaria nenhum dos dois.

Houve um longo silêncio. Jesse olhou para a lua, visível por uma abertura entre as nuvens.

— Belial usou minhas mãos para matar pessoas. Para matar Caçadores de Sombras. Digo a mim mesmo repetidas vezes que não havia nada que eu pudesse ter feito, mas ainda acredito que, de alguma forma, no meu coração, eu poderia ter impedido.

— É óbvio que não poderia — garantiu James. — Você estava sendo controlado.

— Sim — respondeu Jesse, e James ouviu as próprias palavras novamente, ecoadas de volta para ele. *Você estava sendo controlado.* — Você sente pena de mim?

— Não — respondeu James. — Pelo menos... Não é pena, eu sinto raiva por você ter sido injustiçado. Mágoa pelo sofrimento que foi causado a você. Admiração pela forma com que você enfrentou isso.

— Não pense tão pouco de seus amigos — observou Jesse —, e de Cordelia, a ponto de imaginar que eles vão sentir algo diferente disso. — Ele olhou para as mãos. — Eu sei que ficarão com raiva — continuou. — De Grace. Estou furioso com ela. Enojado pelo que ela fez. E mesmo assim...

— Mesmo assim, ela é sua irmã. Ninguém culparia você se... você a perdoasse.

— Eu não sei — admitiu Jesse. — Por tantos anos, ela foi a única pessoa em minha vida que me amou. Ela era minha irmã mais nova. Eu sentia como se tivesse nascido para protegê-la. — Ele deu um sorriso fraco. — Você deve saber o que quero dizer.

James pensou em todas as enrascadas que Lucie tinha se metido ao longo dos anos, nas muitas vezes que ele precisou resgatá-la das aventuras subindo em árvores que foram longe demais, barcos a remo virados, e patos beligerantes, e assentiu.

— Mas como posso perdoar Grace por fazer com você o que Belial fez comigo? — perguntou Jesse, arrasado. — E quando Lucie descobrir... Ela adora você, sabe. Ela sempre disse que não poderia ter pedido por um irmão melhor. Ela vai querer matar Grace, e não vai ficar feliz comigo por ficar em seu caminho.

— As leis da Clave contra assassinato vão atrapalhá-la — falou James, percebendo que, apesar de tudo, conseguia sorrir. — Lucie é tempestuosa, mas tem noção. Ela vai saber que você jamais teria aprovado o que Grace fez.

Jesse olhou na direção da fita prateada que era o Tâmisa.

— Eu esperava que fôssemos amigos, você e eu — confessou Jesse. — Eu imaginava a gente treinando juntos, talvez. Não imaginava isso. No entanto...

James sabia o que ele queria dizer. Era algo como um vínculo, essa conexão peculiar: os dois tinham tido as vidas deturpadas e distorcidas por Belial e Tatiana. Ambos estampavam as cicatrizes. Ele quase sentiu como

Corrente de Espinhos

se devesse apertar a mão de Jesse — parecia o tipo de coisa masculina a se fazer, selar o acordo de que seriam amigos dali em diante. É lógico que se fosse Matthew, ele não teria dado a mínima para convenções masculinas. Matthew teria simplesmente abraçado James ou o jogado no chão ou feito cócegas até estar sem fôlego.

Mas Jesse não era Matthew. Ninguém era. Matthew tinha trazido uma alegria anárquica para a vida de James, como luz para um lugar escuro. Com Matthew, James sentiu a felicidade inominável que vinha de ser o *parabatai* de alguém, uma felicidade que transcendia todas as outras coisas. Sem Matthew... A imagem da Casa Chiswick retornou à sua mente sem ser convidada, com os espelhos quebrados e relógios parados. O símbolo da tristeza congelado no tempo, infinito.

Pare, disse James a si mesmo. *Concentre-se no presente. No que você pode fazer para Jesse.*

— Venha comigo amanhã — disse ele, muito subitamente, e viu Jesse erguer uma sobrancelha. — Não vou lhe dizer para onde, vai precisar confiar em mim, mas acredito que você vai achar gratificante.

Jesse riu.

— Tudo bem — concordou ele. — Confio em você, então. — Ele franziu a testa para as próprias mãos. — E acho que você estava certo. Eu *estou* congelando. Meus dedos estão ficando azulados.

Eles se arrastaram de volta pelo alçapão e atravessaram o sótão, o qual James suspeitava que não tinha mudado muito desde que seus pais eram jovens. Jesse voltou para o próprio quarto, e James para o seu, apenas para descobrir que Bridget tinha deslizado um envelope um pouco amassado até a metade da porta dele. Parecia que, enquanto ele estava no telhado, Neddy tinha vindo até o Instituto com uma mensagem para ele.

Uma mensagem de Cordelia.

⸺

Pelo visto o plano de Anna, o qual Ariadne presumira que envolvia uma complexa série de manobras que de alguma forma fariam surgir Winston, o papagaio, consistia nelas usando uma Marca de Abertura para entrar na casa dos Bridgestock por uma entrada dos fundos e iniciando uma busca rápida pela casa na qual Ariadne vivera desde que se mudara para Londres.

Ela descobriu que até estava gostando da situação. Ariadne levou Anna imediatamente para o jardim de inverno, onde a gaiola dourada de Winston costumava ocupar um lugar de destaque. Seu estômago se revirou quando ela viu que não estava li. E se seus pais, irritados com ela, tivessem vendido Winston ou dado o pássaro?

— Ele provavelmente está em outro cômodo — sussurrou Anna. As duas estavam sussurrando desde que tinham entrado na casa, embora Ariadne soubesse que estava vazia e que os criados, em seus aposentos no andar de baixo, provavelmente não ouviriam nada. *E* as duas usavam Marcas de Silêncio. Mesmo assim, havia alguma coisa a respeito da casa escura que as fazia terem vontade de sussurrar.

Elas vasculharam o térreo, Anna apontando sua pedra de luz enfeitiçada para cada canto. Sem encontrar nada, elas passaram para o andar de cima, seguindo de fininho pelo piso de carpete até o quarto de Ariadne.

Ao entrar em seu antigo quarto, Ariadne notou várias coisas. A primeira foi Winston, empoleirado em sua gaiola, a qual tinha sido colocada na mesa. Um pequeno prato de nozes e sementes estava ao lado. Winston bateu as asas alegremente ao vê-la.

— *Aí* está você — disse Anna, olhando para Ariadne, que *estava* aliviada, mas... A segunda coisa que ela notou foi o estado de seu quarto. Ela esperava que estivesse vazio, destituído de tudo que pudesse fazer seus pais se lembrarem dela. Em vez disso, estava tudo exatamente no lugar. As joias que ela não tinha levado estavam em uma caixa de veludo aberta em sua penteadeira, junto com seus cosméticos e seu pente. O restante de suas roupas estava no guarda-roupa, todas passadas. A cama dela estava perfeitamente arrumada.

Estão mantendo as aparências, constatou ela. *Para eles mesmos, não para mais ninguém. Estão mantendo a fantasia de que eu posso voltar a qualquer momento.* Ariadne podia imaginar o cenário que os pais visualizavam: ela se mudando de volta para Cavendish Square, as lágrimas de arrependimento nas bochechas, sua mãe fazendo alvoroço ao seu redor conforme ela contava aos pais sobre o mundo gigante e suas crueldades, sobre as crenças que

Corrente de Espinhos

tinha alimentado e que sabia agora estarem erradas. Ora, ela não conseguia *imaginar* como ela *sequer* chegara a pensar que amava...

— Passarinho fofo — chamou Winston, esperançoso.

— Ah, Winston — murmurou Ariadne, e passou um amendoim com casca pelas barras da gaiola. — Fique tranquilo, não esqueci de você. Você vem com a gente. — Ela olhou em volta. Ah, ali estava seu xale roxo, dobrado ao pé da cama. Ela o pegou para desdobrar.

Winston olhou para Anna, que tinha se jogado na cama de Ariadne e observava o reencontro deles com divertimento.

— Anna — disse ele.

— Isso mesmo — falou Ariadne, satisfeita. Normalmente quando Winston olhava para as pessoas ele dizia: "Castanha-do-pará?"

— Encrenca — continuou Winston, agora olhando de esguelha para Anna. — Anna. Encrenca.

— Winston! — censurou Ariadne, e agora ela podia ver que Anna estava se esforçando para não rir. — Isso é algo muito grosseiro de dizer. Ela está me ajudando a resgatar você para podermos ficar juntos de novo. É para o apartamento dela que levaremos você, então é melhor se comportar.

— Ariaaaadne — chamou Winston, em uma imitação quase assustadoramente perfeita da mãe de Ariadne a chamando. — Passarinho fofo? Castanha-do-pará?

Ariadne revirou os olhos e jogou o xale sobre a gaiola dele.

— Passarinho — disse Winston, pensativo, sob o tecido, e então se calou.

Ela balançou a cabeça ao se virar de novo para Anna, e então parou ao perceber que a expressão de Anna tinha perdido sua malícia. Ela parecia muito séria, agora, como se perdida em pensamentos.

— O que foi? — perguntou Ariadne.

Anna ficou calada um momento, e então falou:

— Eu só estava me perguntando... Você ainda quer ser chamada de Ariadne? É o nome que seus... Bem, você sabe, que Maurice e Flora deram a você. E você também foi Kamala. Que é um nome muito bonito. Não que Ariadne não seja também um lindo nome. — A boca de Anna se repuxou de novo. — Deveria ser sua escolha, acho. Como você quer ser chamada.

Corrente de Espinhos

Ariadne estava comovida, e um pouco espantada. Era algo que ela mesma tinha considerado, mas não teria esperado que Anna pensasse naquilo.

— É uma boa pergunta — observou ela, recostada na cômoda. — Os dois nomes me foram dados, como os nomes geralmente são. Eles representam um tipo de presente, mas também, acho, um conjunto de expectativas. Minha primeira família achou que eu seria um tipo de garota, que não sou. Minha segunda também teve expectativas sobre quem eu me tornaria, o que também não me tornei. Mas esses nomes ainda são uma parte de quem eu sou. Acho que eu gostaria de ser chamada de algo novo, que una os dois. Eu pensei — disse ela, timidamente —, Arati. Era o nome da minha primeira avó. Ela sempre disse que se referia a fogo divino, a louvar o Anjo com uma chama na mão. Isso me faz pensar em ser uma luz na escuridão. E isso é algo que eu gostaria de ser. Eu pediria para ser chamada de Ari — acrescentou ela —, pois isso honra o nome que eu tenho pelos últimos doze anos.

— Ari — testou Anna. Ela estava apoiada nas mãos, o rosto erguido para Ariadne, seus olhos azuis muito atentos. Seu colarinho estava frouxo, os cachos escuros levemente tocando a nuca. A curva de seu corpo era graciosa, suas costas levemente arqueadas, as curvas de seus pequenos e empinados seios sutilmente visíveis sob a camisa. — Bem. Esse nome não deve ser difícil de lembrar, considerando que eu chamo você assim há bastante tempo. *Ari* — repetiu ela, e o som foi diferente de como era antes, uma carícia.

Um futuro pareceu se abrir diante de Ari naquele momento. Um futuro mais verdadeiro, um no qual ela era quem desejava ser. Naquele momento, ela sabia que estava atravessando um tipo de ponte, da vida antiga para a nova, e Anna estava naquele meio-termo com ela. Um lugar de transformação, onde não havia comprometimento, nenhum juramento ou promessa, apenas uma compreensão de que tudo estava mudando.

Ela afundou na cama ao lado de Anna, que se virou em sua direção com uma pergunta no olhar. Ari esticou o braço e acariciou a curva da bochecha de Anna. Ela sempre amara os contrastes do rosto de Anna: os ossos ressaltados, angulosos, a boca vermelha farta.

O azul dos olhos de Anna escureceu quando Ari traçou a linha da mandíbula, então o pescoço, repousando no botão do alto da camisa. Ari se inclinou para a frente e beijou o pescoço de Anna, beijou o ponto da pulsação

— 298 —

trêmula dela, lambendo ousadamente a depressão na base do pescoço. Ela achou que Anna tinha gosto de chá, escuro e agridoce.

Anna segurou a cintura de Ari, puxando-a para perto. E disse, a respiração irregular:

— Ari, nós deveríamos...?

— Não precisa significar nada — sussurrou Ari. — Só precisa ser porque nós queremos. Nada mais.

Anna pareceu quase se retrair, e então as mãos dela se enterraram no cabelo de Ari, sua boca encontrando a dela, mordiscando o lábio inferior, as línguas das duas se enroscando. Ari sempre deixara que Anna tomasse as rédeas antes, mas agora, elas afundaram na cama juntas, Ari abrindo a camisa de Anna, as mãos alisando a pele macia e pálida, o subir e o descer e as curvas esguias, Anna arquejando contra sua boca.

Os braços de Anna se ergueram para se fechar em torno de Ari, e todo o resto — os pais de Ari, o futuro dela no Enclave, seu apartamento imaginário — foi esquecido na maré de fogo que varreu sua pele conforme ela se deleitava com o toque e a sensação de Anna, as mãos de Anna, o prazer compartilhado entre elas, tão forte e reluzente e delicado quanto uma chama.

17

LÂMPADA NOTURNA

No fundo dos olhos dela a lâmpada noturna
Queima com uma chama secreta,
Onde passam sombras que não têm visão,
E fantasmas que não têm nome.

— James Elroy Flecker,
"Destroyer of Ships, Men, Cities"

Do lado de fora das Mansões Whitby, aquele enorme bolo de casa-
mento cor-de-rosa que era o prédio que abrigava o apartamento de Matthew,
James olhou para o alto, para suas torres e arabescos, e sentiu um lembrete
doloroso da última vez que estivera ali. Ele tinha vindo correndo, certo de
que Cordelia estava lá, apenas para ouvir do porteiro que Matthew e Cordelia
já tinham partido para a estação de trem. Em direção a Paris.

E seu mundo inteiro se desfizera, estilhaçando-se como sua pulseira
amaldiçoada. Apesar de não ter se quebrado em duas metades perfeitas,
mas em um tipo de pilha de pedaços pontiagudos, os quais ele tentava
remendar desde então.

Dessa vez, o porteiro mal reparou nele, apenas acenou quando James
anunciou que estava ali para ver o Sr. Fairchild. James pegou o elevador para

cima e, por intuição, tentou a maçaneta antes de sequer se dar ao trabalho de bater. Estava aberta, e ele entrou.

Para sua surpresa, a primeira coisa que viu foi Thomas, ajoelhado diante da lareira. O fogo queimava alto e o apartamento estava mais quente do que era confortável, mas Thomas simplesmente continuou alimentando as chamas e deu de ombros para James.

Diante da lareira tinha sido disposta uma pilha de espessos cobertores de pena. Enroscado nos cobertores estava Matthew, com a camisa desalinhada e de calça, os pés descalços. Seus olhos estavam fechados. James sentiu uma pontada no peito: Matthew parecia tão jovem. O queixo dele estava em seu punho, os longos cílios fechados. Ele parecia dormir.

— Cordelia chamou você também, pelo que vejo — disse James a Thomas, com a voz baixa.

Thomas assentiu.

— Todos nós, acho. Seus pais deixaram você sair da casa?

— Eles entenderam que era importante — explicou James, distraído. Ele foi se sentar no sofá. Matthew tinha começado a tremer, enterrando-se no cobertor quando seu corpo estremeceu. — Ele não pode estar com frio.

Thomas olhou para Matthew.

— Não é a temperatura. Matthew... não está bem. Ele não quer comer. Tentei fazê-lo comer carne, mas não ficou no estômago. Ele bebeu um pouco de água, pelo menos.

Houve um ruído de algo raspando, o que James percebeu depois de um momento que deveria ser Oscar, trancado no quarto de Matthew. Como se ele soubesse que James estava olhando em sua direção, o cão ganiu triste atrás da porta fechada.

— Por que Oscar está ali? — indagou James.

Thomas suspirou e esfregou a mão na testa dele.

— Matthew me pediu para trancá-lo. Não sei por quê. Talvez esteja preocupado que Oscar faça barulho e incomode os outros moradores.

James duvidava que Matthew estivesse preocupado com os outros moradores, mas não disse nada. Em vez disso, levantou, chutou longe os sapatos, e entrou no cobertor com Matthew.

CASSANDRA CLARE

— Não o acorde — avisou Thomas, mas James podia ver a fina meia-lua verde visível sob as pálpebras de Matthew.

— Acho que ele está acordado — falou James, sabendo que Matthew *estava* acordado, mas desejando permitir que ele continuasse fingindo se quisesse. — E eu estava pensando... Às vezes um *iratze* ajuda com a ressaca. Pode valer a pena tentar. Como sou o *parabatai* dele...

Matthew esticou o braço da pilha de cobertores. As mangas da camisa dele já estavam desabotoadas nos punhos, e o material solto balançou dramaticamente em torno de seu pulso.

— Vá em frente — anunciou ele. Sua voz era rouca, embora, considerando o quanto estava quente e seco no apartamento, isso não fosse surpreendente.

James assentiu. Thomas cutucou a lareira, observando com curiosidade James puxar o braço de Matthew sobre seu colo. Ele pegou a estela do paletó e aplicou cuidadosamente a Marca de cura na pele de veias azuis do antebraço de Matthew.

Quando terminou, Matthew exalou e flexionou os dedos.

— Ajudou? — perguntou James.

— Minha cabeça lateja com um pouco menos de intensidade — respondeu Matthew. Ele se apoiou nos cotovelos. — Olhe, não pedi a Cordelia para mandar vocês para cá. Não quero ser um fardo.

— Você não é um fardo — afirmou James. — Você pode ser um traste, mas não é um fardo.

Um ruído de pés se aproximando soou à porta. Christopher tinha chegado, trazendo uma maleta de médico preta e com uma expressão determinada.

— Ah, que bom — disse ele, sem preâmbulo. — Estão todos aqui.

— Bem, onde mais eu estaria? — questionou Matthew. O cabelo claro dele estava grudado com suor na testa e nas bochechas. Ele permaneceu apoiado nos cotovelos conforme Christopher se aproximava e se ajoelhava nos cobertores perto de James. Ele apoiou a maleta e começou a vasculhá-la.

— Por que a lareira está tão forte? — perguntou Christopher.

— Eu estava com frio — explicou Matthew. Ele parecia prestes a fazer beicinho, como uma criança rebelde.

Christopher ajustou seus óculos tortos.

— 303 —

Corrente de Espinhos

— É possível — começou ele — que isso seja algo com que os Irmãos do Silêncio possam ajudar...

— Não — interrompeu Matthew, inexpressivamente.

— Eu o arrastaria para a Cidade do Silêncio pessoalmente se achasse que isso ajudaria — falou James. — Mas eles não puderam fazer nada pelo pai de Cordelia.

— Eu não sou... — Matthew se interrompeu, puxando o cobertor. James sabia o que ele queria dizer: *Não sou como o pai de Cordelia.* Talvez fosse melhor que ele não conseguisse terminar a frase, no entanto. Talvez ele estivesse começando a entender que Elias Carstairs não era seu presente, mas seria seu futuro se as coisas não mudassem.

— Sou um cientista, não um médico — falou Christopher. — Mas li sobre... dependência.

Ele olhou para Thomas, e James não conseguiu evitar pensar no quanto Thomas e Christopher deviam ter discutido isso antes, quando Matthew e James não estavam com eles. Quando eles achavam que James, também, não aguentava saber a verdade.

— Não se pode simplesmente parar de beber de uma vez. É uma tentativa nobre, mas é perigosa — explicou Christopher. — Seu corpo acredita que precisa de álcool para sobreviver. Por isso você se sente tão acabado. Quente e frio e doente.

Matthew mordeu o lábio. As sombras sob seus olhos eram azuladas.

— O que posso fazer?

— Isso não é apenas sobre desconforto ou dor — continuou Christopher. — O álcool se tornou necessário para você. Seu corpo vai lutar por ele, e talvez matar você no processo. Você vai tremer, ficar doente, seu coração vai bater rápido demais. Você vai ficar febril, e por isso está com frio. Pode ter convulsões...

— Convulsões? — repetiu James, alarmado.

— Sim, e até mesmo insuficiência cardíaca. Por isso ele não deveria ficar sozinho. — Christopher falou, sério. — Não consigo enfatizar o suficiente, Matthew. Você precisa tentar parar de fazer isso sozinho. Deixe que a gente te ajude.

— 304 —

CASSANDRA CLARE

À luz tremeluzente da lareira, as depressões do rosto de Matthew pareciam cavernosas.

— Eu não quero — afirmou ele. — Fiz isso comigo mesmo sozinho. Eu deveria ser capaz de desfazer da mesma maneira.

James se levantou. Ele queria gritar, queria sacudir Matthew, gritar com ele que não estava apenas machucando a si mesmo, estava machucando todos eles, que ao se arriscar, arriscava James também.

— Vou soltar Oscar — avisou ele.

— Não — respondeu Matthew, esfregando os olhos. — Ele estava choramingando. Não entende qual é o problema.

— Ele quer ajudar você — falou James, seguindo até a porta do quarto. Assim que a porta se abriu, Oscar disparou pela sala até Matthew. Por um momento, James ficou preocupado que ele tentaria pular e lamber o rosto do dono, mas ele apenas se deitou ao lado de Matthew e ofegou baixinho.

— Está vendo? — disse James. — Ele já se sente melhor.

— Ele vai pegar todos os cobertores — reclamou Matthew, mas esticou a mão livre para coçar Oscar atrás das orelhas.

— Ele ama você — disse James, e Matthew ergueu o rosto para ele, seus olhos muito escuros na palidez macilenta de seu rosto. — Animais são inocentes. Ter a confiança deles é uma honra. Ele vai ficar arrasado a não ser que o deixe ficar com você, ajudar você. Você não o está salvando de um fardo ao mantê-lo afastado. Apenas partindo seu coração.

Matthew olhou para James por um longo momento antes de se virar para Christopher.

— Tudo bem, Kit — cedeu ele, com um tom tímido. — O que precisa que eu faça?

Kit revirou a maleta.

— Quando foi a última vez que você bebeu?

— Hoje de manhã — respondeu Matthew. — Apenas um pouco de brandy.

— Onde está seu cantil?

— Eu perdi o prateado — respondeu Matthew. — Talvez tenha deixado em Paris. Tenho usado este aqui para beber água.

Corrente de Espinhos

Do bolso, ele tirou um cantil simples de alumínio com uma rolha de cortiça. Ele o entregou a Christopher, que abriu a tampa, levou a mão à sua maleta de médico e tirou de dentro uma garrafa. Ele começou a derramar o conteúdo da garrafa no cantil de Matthew, franzindo a testa ao fazê-lo, como se estivesse medindo quantidades mentalmente.

— O que *é* isso? — perguntou Thomas, encarando. O líquido tinha uma cor de chá aguado.

— Água e álcool, misturados com ervas sedativas. Os sedativos vão evitar convulsões, muito provavelmente.

— Muito provavelmente? — murmurou Matthew. — É por isso que ninguém gosta de cientistas, Christopher. Muita precisão e pouco otimismo.

— Todo mundo gosta de cientistas — retrucou Christopher, com confiança extrema, e entregou o cantil agora cheio para Matthew. — Beba.

Matthew pegou o frasco de Christopher e o levou cautelosamente aos lábios. Ele engoliu, tossiu e fez careta.

— Terrível — afirmou ele. — Como uma mistura de alcaçuz e sabão.

— Isso é bom — observou Christopher. — Não deveria ser agradável. Pense nisso como remédio.

— Então como funciona? — James quis saber. — Ele simplesmente bebe essa lama sempre que tiver vontade?

— Não é lama, e não — respondeu Christopher. Ele se virou para Matthew: — Vou trazer uma nova garrafa para você toda manhã, com menos a cada vez. Você vai beber um pouco de manhã e um pouco à tarde, e cada dia menos, e, por fim, vai se sentir melhor e não vai querer mais o cantil.

— Quanto tempo isso deve levar? — perguntou Thomas.

— Cerca de duas semanas.

— Isso é tudo? — falou Matthew. Ele já parecia melhor, pensou James. Alguma cor tinha voltado para seu rosto, e as mãos estavam firmes quando ele afastou o cantil. — E então estará acabado?

Houve um silêncio breve. Christopher pareceu incerto: quando o assunto já não era dosagens e tempo, ele estava em território desconhecido. James só podia pensar em Elias e no que Cordelia tinha dito sobre ele: as muitas vezes que tentara parar, a forma como recaía depois de meses sem uma bebida.

Foi Thomas quem quebrou o silêncio.

CASSANDRA CLARE

— O que quer que tenha feito você beber, para início de conversa — começou Thomas —, ainda vai estar aí.

— Então você está dizendo que eu ainda vou *querer* beber — constatou Matthew lentamente —, mas não vou *precisar* beber.

James estendeu o braço e bagunçou o cabelo suado de Matthew.

— Você deveria descansar — recomendou ele.

Matthew se inclinou na direção do toque de James.

— Eu descansaria. Mas não quero que vocês vão embora. É egoísta, mas...

— Vou ficar — afirmou James.

— Eu também — concordou Thomas.

Christopher fechou a maleta de médico com um estalo.

— Ficaremos todos — afirmou.

E foi assim que eles acabaram dormindo aninhados no cobertor diante da lareira, como uma ninhada de filhotes. Matthew caiu no sono quase imediatamente, e os demais logo depois. James, com as costas voltadas para as de Matthew, não pensou que dormiria, mas o estalo da lenha na lareira e a respiração suave dos outros Ladrões Alegres o aquietou até um estado de sonolência exausta. Apenas Oscar não dormiu: ele caminhou a uma pequena distância e se sentou, vigiando o grupo noite adentro.

Cordelia estava acordada, revirando-se na cama. Estava sentindo falta de Curzon Street. Sentia falta da cama de lá, sentia falta de saber que James estava a apenas um quarto de distância. Ali, ela estava com Alastair e a mãe, mas não era o mesmo. Voltar para Cornwall Gardens era como tentar virar uma chave em uma fechadura na qual ela já não se encaixava mais.

Sem parar, ela ouviu Hypatia dizendo: *Você realmente poderia se tornar a maior e melhor Caçadora de Sombras de que já se ouviu falar.* Mas a que preço? O preço de aceitar a escuridão, de aceitar Lilith como sua mestre. E não tinha sido um desejo por grandeza que a levara por aquele caminho? Mas ainda assim, como poderia ser errado querer ser uma excelente Caçadora de Sombras? Como poderia ser errado querer proteger o mundo de Belial?

— 307 —

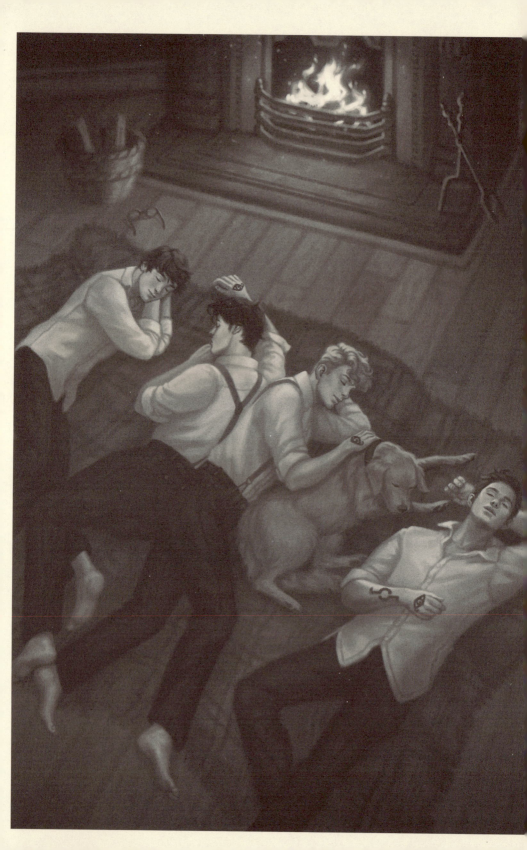

CASSANDRA CLARE

E não apenas o mundo, ela sabia. Lucie e James. Eles eram alvos, e a vulnerabilidade deles perfurava o coração dela. Talvez Lucie a odiasse agora, e talvez ela tivesse perdido James, mas Cordelia não queria nada além de protegê-los.

Ela se perguntou o que James tinha pensado quando recebeu a sua mensagem pedindo que fosse até a casa de Matthew. Cordelia esperava que ele tivesse ido. Ele e Matthew precisavam desesperadamente um do outro, por mais que os dois fossem teimosos.

Ela se virou, jogando o travesseiro no chão. Seu cabelo estava embaraçado, os olhos ardendo de cansaço. Hypatia lhe dissera que lutasse a serviço de Lilith. Mas isso ela jamais faria. Mesmo assim, a memória do demônio Gamigin em Chiswick retornou a ela. Cordelia tinha certeza de que se pudesse interrogá-lo mais, teria descoberto sobre os planos de Belial.

Ela se sentou, fitando sem enxergar na escuridão. Certamente que para *interrogar* um demônio não seria preciso uma arma. E como já era paladino de Lilith, Cordelia podia tirar vantagem do medo que os demônios tinham dela. Seria uma forma de fazer bom uso de seu horrível vínculo com Lilith. Uma forma de ajudar Lucie, James e os demais.

Simplesmente encontre um lugar de morte ou horror, marcado pela tragédia, dissera Hypatia. E Cordelia conhecia o lugar perfeito.

———

Thomas foi acordado ao alvorecer, por Oscar.

Os outros rapazes ainda estavam dormindo, jogados em uma pilha no tapete diante da lareira, agora sem fogo. Feixes da luz matinal rastejavam pelos vidros das janelas, iluminando a curva do ombro de James, o reflexo dos óculos de Christopher e o cabelo claro de Matthew.

Oscar estava choramingando e agitado, disparando entre a porta e Matthew, as unhas estalando no piso de madeira. Thomas se abaixou sobre Matthew; ele estava dormindo pesado, mas respirando regularmente, sua mão fechada no pulso de James. Se não estivesse tão exausto, teria sido acordado por Oscar, e era melhor que continuasse descansando.

Deixando Matthew descansar, Thomas se levantou. Olhou de cara feia para Oscar, que o encarou de volta com olhos castanhos arregalados, e disse:

— 309 —

Corrente de Espinhos

— Por que eu? — baixinho, então foi pegar o casaco.

Oscar vestiu animado a coleira, eles desceram, passando pelo balcão vazio do porteiro. Do lado de fora, Thomas olhou diligentemente para longe enquanto Oscar fazia o que precisava sob um plátano.

O alvorecer começava a iluminar o céu. Era um tipo de alvorecer rosa--escuro, com manchas de vermelho mais escuro cortando as nuvens mais baixas. Marylebone ainda não tinha começado a despertar. Não havia sequer o som de um carrinho de leite distante chacoalhando pelas ruas para perturbar o silêncio.

No alvorecer avermelhado, as Mansões Whitby pareciam ainda mais cor-de-rosa. Na esquina, Thomas notou que uma sombra escura espreitava.

— Alastair? — chamou, e a sombra escura se sobressaltou e se virou para ele. Alastair estava encostado no prédio e parecia ter cochilado. Ele esfregou os olhos, encarou Thomas e Oscar, e murmurou algo baixinho.

— Alastair. — Thomas se aproximou dele, Oscar trotando alegremente ao seu lado. — O que diabos você está fazendo?

— Não acho que esse cachorro goste de mim — falou Alastair, olhando para Oscar desconfiado.

— Isso não responde exatamente a pergunta, não é?

Alastair suspirou. Ele estava usando um paletó azul-escuro e um cachecol cinza. Seu cabelo preto espesso tocava o colarinho, e os olhos escuros estavam cansados, as pálpebras caindo pesadas de uma forma que era quase sedutora, embora Thomas soubesse perfeitamente bem que era apenas exaustão.

— Tudo bem — cedeu ele. — Cordelia me contou o que aconteceu. E acredite ou não, eu fiquei preocupado.

— Com Matthew? — Oscar se agitou ao ouvir o nome do dono. — Não tenho certeza se acredito em você.

— Thomas — disse Alastair, com paciência exagerada. — Eu tenho muita experiência com alcoólatras. Sei o que significa quando param de beber de repente. Como ficam mal. Meu pai quase morreu algumas vezes.

— Ah — disse Thomas. — Bem, por que não tocou a campainha então? Por que não subiu?

— 310 —

— Eu cheguei — falou Alastair —, e percebi que minha presença poderia não ser exatamente bem-vinda. Fui muito impulsivo. — Ele pareceu surpreso quando Oscar se sentou sobre as patas. — Por que ele está fazendo isso?

— Porque ele *gosta* de você. Ele gosta de todo mundo. É um cachorro. Então você decidiu que não queria entrar, e simplesmente ficou aqui fora a noite inteira?

— Pensei em ficar aqui fora até que um de vocês saísse e eu pudesse perguntar como Matthew estava. Poderia ao menos voltar com notícias para Cordelia. Ela está angustiada. — Ele deu tapinhas hesitantes na cabeça de Oscar. — Admito que esperava que fosse você. Tem uma coisa que eu queria... que precisava... contar a você.

O coração de Thomas deu uma batida traiçoeira. Ele olhou ao redor, e então se lembrou de que os dois estavam com feitiços de disfarce. Nenhum mundano podia vê-los, e as patrulhas dos Caçadores de Sombras tinham se encerrado com o nascer do sol. Ele deu um passo em direção a Alastair, então outro, até que ele, Oscar e Alastair estivessem amontoados sob o arco de uma porta falsa.

— Tudo bem — disse Thomas. — O que é?

Alastair olhou para ele, seus olhos sonolentos, sensuais. Ele umedeceu os lábios, e Thomas pensou no beijo deles na biblioteca, na deliciosa fricção dos lábios deslizando juntos, e Alastair falou:

— Vou embora de Londres em breve. Vou me mudar para Teerã.

Thomas deu um passo para trás, acidentalmente colocando o pé na pata de Oscar. O cão ganiu magoado, e Thomas se abaixou para colocar a mão na cabeça dele. Isso propiciou uma boa oportunidade para esconder sua expressão.

— Minha mãe vai se mudar para Teerã com o bebê — prosseguiu Alastair —, e não posso deixá-la ir sozinha. Se eu não a acompanhar, Cordelia vai se oferecer, mas Cordelia precisa ficar aqui. É ela que tem amigos, uma futura *parabatai* e um marido. Tudo o que eu tenho é você.

Thomas se empertigou. O coração parecia ter congelado no peito.

— E eu não sou o bastante?

— Você não pode ser minha única razão para ficar — sussurrou Alastair. — Eu não posso esperar que você carregue esse peso. Não é justo com você.

Corrente de Espinhos

— Eu queria — falou Thomas, surpreso pela frieza em sua própria voz — que você parasse de me dizer qual é a melhor coisa para mim. Você fica dizendo que há todos esses motivos pelos quais acredita que eu amar você seria ruim para mim.

O peito de Alastair subiu e desceu rapidamente.

— Eu não disse nada sobre amor.

— Bem, eu *disse* — bradou Thomas. — Você veio até *aqui*, até mesmo disse que foi porque esperava falar comigo. Você é quem fica me perseguindo, me dizendo para deixar você em paz.

— Não está vendo? É porque eu sou uma pessoa desprezível e egoísta, Thomas. Não é bom para você sair comigo, que a gente se encontre, mas eu *quero* ver você. Eu quero ver você a cada maldito momento de todo santo dia, então passei a noite em pé do lado de fora desse prédio cor-de-rosa horroroso na esperança de ver você, e agora que eu vi, sou lembrado de todos os motivos pelos quais isso é uma má ideia. Acredite em mim — disse ele, com uma risada amarga —, se eu fosse uma pessoa melhor, teria simplesmente mandado um recado.

— O único motivo que você me deu para que isso seja uma má ideia — observou Thomas, teimoso — foi porque você acredita que é uma pessoa desprezível e egoísta.

— Isso não *basta*? — perguntou Alastair, com uma voz sofrida. — Você é a única pessoa que acha que eu não sou, e se estivéssemos em um relacionamento, eu desapontaria você, e você deixaria de ser a única pessoa que pensa bem de mim.

— Não vá para Teerã — pediu Thomas. — Não quero que você vá.

Eles se encararam e, por um momento, Thomas pensou ter visto algo que sabia ser uma impossibilidade: o brilho de lágrimas nos olhos de Alastair. *Não consigo alcançá-lo*, pensou ele, arrasado. *Se ao menos eu tivesse o charme de Matthew ou o dom de James para as palavras, talvez eu pudesse fazê-lo entender.*

— Alastair — disse ele, baixinho, e então Oscar choramingou, movendo-se inquieto ao lado da perna de Thomas. Um precursor, Thomas sabia, de o cão soltar um uivo de lamento. — Ele sente falta de Matthew — explicou Thomas. — É melhor eu voltar com ele. Vou dizer a Matthew que você

— 312 —

passou aqui — acrescentou, mas Alastair, torcendo o material do cachecol em uma das mãos, apenas assentiu.

— Não fale nada — Alastair pediu, e depois de um momento, Thomas deu de ombros e voltou para dentro.

—

Cordelia já tinha planejado o suficiente e agora estava pronta para agir. Mesmo assim, precisou esperar o pôr do sol. Ela sabia que deveria estar lendo os livros sobre paladinos e vínculos mágicos que Christopher lhe dera, mas não conseguia se concentrar.

Era sempre assim quando ela tinha um plano: conforme a hora de agir se aproximava, seus pensamentos giravam em redemoinho, parando de vez em quando para se concentrar neste ou naquele aspecto de sua maquinação. *Primeiro vá aqui, então ali. Isso é o que vou dizer a Alastair. É assim que voltarei sem ser notada.*

Chega. Ela conversou com a mãe até Sona cair no sono. Então ficou perturbando Risa na cozinha enquanto ela fazia *khoresh-e fesenjoon,* e até mesmo foi ver o que Alastair estava fazendo, o que se revelou ser lendo na poltrona do quarto. Ele ergueu o rosto quando Cordelia entrou.

— Ah, não — resmungou ele. — Por favor, me diga que não está vindo para exigir que eu participe de algum esquema insensato que seus amigos inventaram. *Kachalam kardan.* — *Eles me tiram do sério.*

— Não mesmo — respondeu Cordelia, e pensou ter visto um lampejo de decepção no rosto do irmão. Houve uma época, não muito tempo atrás, em que Alastair jamais teria tolerado que sua irmã invadisse seu quarto, e ela jamais teria pensado em pedir conselhos a ele. Os dois tinham guardado sua privacidade muito cuidadosamente, e Cordelia estava feliz que não era mais assim. — Eu só queria ver você.

Alastair fechou o livro, marcando a página com o dedo fino.

— O que foi, *moosh?* — O que significava *camundongo*; era algo de que ele não chamava Cordelia desde que ela era bem pequena. Ele parecia cansado. Estava com olheiras, e uma curva nos ombros que entristecia Cordelia. — Se você está se perguntando a respeito de Matthew, todos os

Corrente de Espinhos

amigos dele *foram* até o apartamento ontem. Na verdade, eles passaram a noite lá.

Cordelia exalou, profundamente, aliviada.

— Mesmo? James também? Fico tão feliz.

— Sim. — Ele olhou para ela, sério. — Acha que Matthew vai ficar com raiva de você? Por ter contado a eles?

— Não sei — admitiu Cordelia. — Mas eu faria tudo de novo. Ele precisava dos amigos. Não estava disposto a se desesperar ou passar mal na minha frente. Mas na frente deles, acho que ele sabe que não é fraqueza ou vergonha. Eu espero.

— Espero também. — Alastair olhou para a parede onde suas adagas estavam dispostas, uma delas faltando, o que era estranho. Alastair era cuidadoso com suas coisas. — A doença que ele tem, que nosso pai teve... é uma doença de vergonha, assim como um vício e uma necessidade. Vergonha envenena você. Torna você incapaz de aceitar ajuda porque você não acredita que merece.

— Acho que isso é verdade sobre muitas coisas — disse Cordelia, baixinho. — Rejeitar amor porque não acredita que o merece, por exemplo.

Alastair fez uma careta para ela.

— Você simplesmente não vai parar de me incomodar por causa de Thomas, vai?

— Eu não entendo — admitiu Cordelia. — Ariadne está morando com Anna. Certamente não seria o fim do mundo se você e Thomas se amassem.

— Pergunte a *Mâmân* — retrucou Alastair, sombrio.

Cordelia precisava admitir que não fazia ideia de como sua mãe reagiria ao descobrir que o interesse romântico de Alastair era por homens.

— Nossas mais profundas ilusões, e as mais frágeis, são aquelas a que nos agarramos com relação a nossos amigos e familiares. Thomas acredita que nossas famílias seriam felizes contanto que nós fôssemos felizes, eu olho para os Bridgestock e sei que não é sempre o caso. Thomas acredita que os amigos dele me aceitariam de braços abertos, eu acredito que eles prefeririam abandonar a *ele*. E que situação terrível isso seria para mim. Eu não poderia permitir.

— 314 —

CASSANDRA CLARE

— Isso — disse Cordelia — é lindo e nobre. E muito estúpido. E não é você que vai *permitir* que Thomas faça nada. Ele tem os próprios sentimentos, e esses sentimentos dizem respeito a ele.

— Thomas poderia ter qualquer um — disse Alastair, com um ar melancólico. — Ele poderia ter alguém melhor do que eu.

— Não tenho certeza se escolhemos quem amamos — comentou Cordelia, virando-se para a porta. — Prefiro pensar que amor é uma coisa como um livro escrito apenas para nós, um tipo de texto sagrado que nos é dado para interpretar. — Ela parou à porta, olhando por cima do ombro. — E você se recusa a ler o seu.

— É mesmo? — retrucou Alastair. — O que o *seu* diz? — Cordelia olhou para ele, que recuou, gesticulando um pedido de desculpas com a mão. — Você vai a algum lugar, Layla?

— Só para Curzon Street — respondeu Cordelia. — A maioria das minhas roupas ainda está lá... Preciso pegar algo que possa usar para a festa de Natal amanhã.

— Não acredito que ainda vão fazer isso — resmungou Alastair, abrindo o livro. — Só... volte antes de escurecer, tudo bem?

Cordelia apenas acenou com a cabeça antes de sair de fininho pela porta. Ela não tinha a menor intenção de voltar antes do anoitecer: seu plano requeria que ela estivesse fora depois do pôr do sol. Mas um aceno não era exatamente uma mentira, era?

⬩

Letty Nance tinha sido empregada pelo Instituto da Cornualha desde os doze anos. A Visão vinha de sua família, o que, para seus pais — que tinham ambos trabalhado para o Instituto da Cornualha antes dela —, sempre fora uma honra. Para Letty, parecia uma piada cruel que o Senhor tivesse escolhido deixá-la ver a magia do mundo, mas não permitir que fosse parte dela.

Ela achou que o Instituto seria um lugar emocionante e maravilhoso de trabalhar. Infelizmente, não era. Ao longo dos anos, ela passara a entender que nem todos os Nephilim eram como o velho Albert Pangborn, rabugento demais para ser gentil com os empregados, e pão-duro demais para sequer

Corrente de Espinhos

manter as barreiras devidamente erguidas em torno do Instituto. Fadinhas locais estavam sempre vagando pela propriedade, e praticamente o único contato dela com magia de verdade na maioria das semanas era perseguir as criaturinhas com um ancinho e afastá-las do jardim conforme gritavam xingamentos para Letty.

Finalmente alguma coisa empolgante estava acontecendo, no entanto, com os eventos de duas noites atrás. Pangborn costumava patrulhar a área com um grupo de Caçadores de Sombras mais jovens. Até onde Letty sabia, patrulhar significava cavalgar em busca de membros do Submundo, ver se eles estavam tramando alguma coisa e voltar para o Instituto para beber quando se revelava que não estavam. Alguns dos Caçadores de Sombras, como Emmett Kelynack e Luther Redbridge, não eram tão feios, mas nenhum deles olharia duas vezes para uma mundana, nem mesmo uma com Visão.

Mas duas noites atrás eles tinham trazido a velha, ou pelo menos ela parecia velha para Letty. Não tanto quanto Pangborn, afinal, ninguém era tão velho quanto Pangborn, mas ela era esquálida, o cabelo castanho-claro grisalho, e a pele de um tom pálido doentio.

O estranho era que a mulher era uma Caçadora de Sombras. Ela possuía Marcas, como os outros, pinturas pretas de escritura angelical. No entanto, eles a levaram diretamente para o Santuário e a trancafiaram lá.

O Santuário era uma grande cripta de pedra onde os membros do Submundo às vezes vinham quando queriam falar com Pangborn. Também servia como uma prisão improvisada. Depois que a velha foi trancafiada, Pangborn levou Letty para o lado e disse:

— Verifique como ela está duas vezes por dia, Srta. Nance, e certifique-se de que ela seja alimentada. Não fale com ela, mesmo que ela fale com você. Com alguma sorte, ela vai estar fora daqui em um ou dois dias.

Tudo isso era um tanto emocionante, pensou Letty. Uma Nephilim que tinha feito algo tão terrível que a jogaram na prisão, e ela, Letty, era responsável pela prisioneira.

Ela tentara levar o jantar para o Santuário, e o café da manhã no dia seguinte, mas a mulher permaneceu sem reação, deitada na cama e indiferente a quaisquer das tentativas de Letty ou sequer cutucadas com o dedo.

— 316 —

CASSANDRA CLARE

Letty havia deixado a comida na mesa e então tinha vindo recolhê-la, horas depois. A mulher continuava dormindo. Letty esperava que aquela manhã fosse melhor — certamente não era bom dormir durante uma noite e um dia — e que a mulher fosse acordar e comer. Ela precisava manter as forças, considerando os ferimentos.

Letty usou a maior das chaves no aro em sua cintura para abrir o Santuário. Do lado de dentro, quatro degraus desciam para o piso de pedra, e conforme descia, ela viu que a mulher, Tatiana Blackthorn — esse era o seu nome —, estava acordada, sentada na cama, as pernas abertas diante dela de uma forma muito indecorosa. Ela estava murmurando, com uma voz baixa demais para Letty entender palavras. O jantar da noite anterior permanecia na mesa, intocado.

— Eu trouxe um mingau para você, dona — informou Letty, com o cuidado de manter a voz lenta e clara. Os olhos de Tatiana a seguiram conforme ela se dirigia até a mesa. — Um mingau simples e um pouco de leite e açúcar.

Letty levou um susto e quase derrubou a bandeja quando Tatiana falou. A voz dela estava rouca, mas bastante nítida:

— Eu fui... traída. Abandonada por meu mestre.

Letty encarou.

— Ele me prometeu tudo. — A rouquidão se tornou um choro baixo. — Poder e vingança. Agora não tenho nada. Agora preciso temê-lo. E se ele vier atrás de mim?

— Eu não sei nada sobre isso — disse Letty com empatia ao apoiar a bandeja de café da manhã. — Mas pelo que sei o lugar mais seguro é esse Santuário aqui. Por isso tem esse nome, afinal de contas.

O tom de voz da mulher se alterou, e quando ela voltou a falar, havia um resquício de astúcia.

— Eu quero ver meus filhos. Por que não posso ver meus filhos?

Letty piscou. Ela não se parecia muito com alguém que *tivesse* filhos. Não o que Letty imaginava que fosse uma mãe. Mas ela estava visivelmente caminhando para a insanidade. Talvez tivesse sido diferente um dia.

— Você precisará perguntar ao Sr. Pangborn sobre isso — informou ela. — Ou... eu sei que um Irmão do Silêncio chegará em breve. Talvez um

Corrente de Espinhos

deles possa ajudar você a ver seus filhos. — *Através de grades*, pensou ela, mas era inútil dizer isso.

— Sim. — A mulher então sorriu, um sorriso peculiar, inquietante, que pareceu se estender por metade de seu rosto. — Um Irmão do Silêncio. Eu gostaria muito de vê-lo quando ele vier.

—

Cordelia não estava ansiosa para ir até Curzon Street. Ela imaginou algo sombrio e fantasmagórico, uma sombra do lugar que tinha sido, com lençóis sobre a mobília.

Mas não foi nada assim. Foi como voltar para a casa que tinha deixado. As luzes estavam acesas — coisa de Effie, sem dúvida —, e a casa estava limpa e varrida. Conforme perambulava pelos cômodos, ela viu que flores frescas tinham sido colocadas nas mesas em vasos de cristal lapidado. A mesa de xadrez estava montada no escritório, como se esperando por um jogo, embora ela não suportasse olhar para o cômodo por muito tempo. Uma fogueira queimava fraca na lareira.

Talvez isso fosse pior do que lençóis nos móveis, pensou ela, passando para a sala de jantar. Das paredes pendiam as miniaturas persas: uma retratava uma cena de *Layla e Majnun*, com Layla de pé à porta de uma tenda, olhando para fora. Cordelia sempre gostou da expressão dela, ávida, buscando. Procurando por Majnun, talvez, ou procurando por sabedoria ou respostas para seus problemas.

Cordelia conseguia sentir o desejo de Layla em seu próprio anseio por aquela casa. Ficou parada ali, do lado de dentro, e, no entanto, foi como se fosse um lugar perdido. Tudo ali a chamava; tudo tinha sido escolhido por James com tanto cuidado e atenção, tanta certeza do que ela gostaria.

O que ele estava *pensando*? Cordelia se perguntou conforme subia a escada para aquele que tinha sido seu quarto. Será que ele estava planejando se livrar de tudo aquilo quando Grace se tornasse a senhora da casa? As miniaturas, o conjunto de xadrez, os painéis dos Carstairs acima da lareira? Ou seria verdade, o que ele dissera, que jamais realmente planejara uma vida com Grace?

CASSANDRA CLARE

Mas essa era uma estrada perigosa para percorrer. Cordelia encontrou o quarto, como todo o resto, muito parecido com como o deixara. Pegou do armário um vestido de seda cor de champanhe, afinal, precisaria voltar com *alguma coisa* para sustentar a história que tinha contado a Alastair. Ela o levou para baixo antes de perceber que carregar um pesado vestido de pedraria não a ajudaria em sua próxima tarefa. Ela o deixaria ali, na mesa perto da porta, e voltaria para buscá-lo quando terminasse.

O frio lá fora pareceu mais intenso em comparação com o calor dentro da casa. Ela se perguntou distraída onde Effie estaria — dormindo lá embaixo ou talvez nem estivesse em casa. Podia muito bem ser o seu dia de folga.

Cordelia tocou o amuleto de proteção contra Lilith no pescoço como garantia ao chegar ao final da rua e entrar em um beco, o qual a levou para as ruas estreitas cercadas de tijolos de Shepherd Market. Tudo estava incomumente quieto: estava tarde demais para fazer compras, cedo demais para os mundanos que espreitavam aquela rua à noite. Adiante dela se elevava o Ye Grapes, a luz se derramando de suas janelas. Dentro do pub, alguns frequentadores se sentavam e bebiam, ignorando o fato de que bem do lado de fora estava o lugar em que o pai dela tinha sido assassinado.

Um lugar de morte e horror, marcado pela tragédia.

Cordelia sabia onde havia acontecido. James tinha lhe contado. Ele tinha visto acontecer. Ela se abaixou em uma rua estreita ao longo do pub. Estava escuro ali, nenhum poste a gás para quebrar a escuridão. Apenas uma lua cor de leite pincelada com nuvens entremeadas, que mal começava a subir acima dos prédios.

Ela quase esperava ver o fantasma do pai, mas isso não era incomum. De vez em quando Cordelia se imaginava se virando e vendo-o, sorrindo para ele, dizendo *Baba joon*, como fazia quando era muito nova. E de pensar que ele tinha morrido ali, naquele lugar escuro que fedia à miséria humana.

Ela se empertigou, semicerrou os olhos e pensou em Rostam, que tinha matado o Div-e Sepid, o Demônio Branco.

Respirando fundo, ela disse em voz alta, a voz ecoando das pedras ao redor:

— *Te invoco a profundus inferni... Daemon, esto subjecto voluntati meae!*

— 319 —

Corrente de Espinhos

Ela repetiu, de novo e de novo, chamando das profundezas do Inferno, até que as palavras começaram a se unir e perder o significado. Ela percebeu um silêncio estranho, abafado, como se tivesse sido colocada por um momento sob um jarro de vidro e não conseguisse mais ouvir os sons habituais de Londres: o chacoalhar de rodas de carruagens, o bater de pés na neve, o tilintar de selas de cavalos.

E então, cortando o silêncio, veio o sibilar.

Cordelia se virou. Ele estava diante dela, sorrindo. O demônio era humanoide, tão mais alto quanto mais magro do que qualquer humano. Estava usando uma capa da cor de fuligem, longa e rasgada. O crânio tinha formato de ovo, com pele queimada e enrugada esticada sobre ele. As cavidades dos olhos estavam vazias e cobertas com pele, e a boca era um corte, um ferimento no rosto com uma fileira de dentes escarlates afiados como alfinetes.

— Ora, ora — disse o demônio em uma voz como metal raspando contra pedra. — *Você nem mesmo desenhou um pentagrama, nem carrega uma lâmina serafim.* — Quando ele falou de novo, um líquido cinza escorreu de sua boca. — *Um erro tão tolo, pequena Caçadora de Sombras.*

— Não é um erro. — Cordelia falou em seu tom mais arrogante. — Não sou uma Caçadora de Sombras qualquer. Sou paladino de Lilith, Mãe dos Demônios, noiva de Sammael. Se colocar um dedo em mim, ela o fará se arrepender.

O demônio cuspiu, uma bolota de *alguma coisa* cinza. O fedor no beco era nauseante.

— *Você mente.*

— Sabe que não — insistiu Cordelia. — Certamente consegue senti-la ao meu redor.

A boca do demônio se abriu, e uma língua roxa acinzentada que lembrava o fígado de um bezerro surgiu por entre os dentes vermelhos dele. A língua sugou o ar, como se o provasse. Cordelia congelou: não tinha percebido o quanto aquilo seria repugnante. Sua ânsia de colocar as mãos em uma lâmina, de matar a *coisa* diante dela, era primordial, cultivada em seu sangue. Ela sentiu as mãos se fecharem.

— *Você é um paladino* — constatou ele. — *Ora, então, paladino, por que você me convocou do Inferno? O que a Mãe dos Demônios deseja?*

— 320 —

— Ela busca conhecimento sobre os feitos do Príncipe Belial — afirmou Cordelia, o que era verdade suficiente.

— *Eu seria um tolo de trair Belial* — retrucou o demônio. Cordelia não sabia se já tinha ouvido um demônio parecer *hesitante* antes.

— Você seria um tolo de contrariar Lilith — rebateu ela. Cordelia cruzou os braços e encarou o demônio. Foi tudo o que conseguiu fazer. Não tinha sequer uma agulha de tricô com a qual combater o demônio se precisasse. Mas o demônio não sabia disso. — E Belial não sabe que estou perguntando isso a você. *Lilith* sabe.

Depois de um momento, o demônio falou:

— *Sua senhora odeia Belial porque ele ocupa o reino dela, Edom. "Lá deverá Lilith repousar, e encontrar para ela um lugar para descansar"* — recitou ele, com a voz aguda. Era inquietante ouvir um demônio citar um texto sagrado. — *Mas Edom não é o objetivo dele. Ele está se movendo, sempre se movendo. Ele constrói um exército.*

— Eles despertam — falou Cordelia, e o demônio sibilou entre os dentes escarlates.

— *Então você sabe* — disse o demônio. — *Belial os encontrou, receptáculos vazios. Ele os encheu com seu poder. Eles despertam e se levantam e fazem a vontade dele. E os Nephilim acabarão.*

Um calafrio percorreu a coluna de Cordelia.

— Receptáculos vazios? O que isso quer dizer?

— *Os mortos* — respondeu o demônio, parecendo estar se divertindo — *que não estão mortos. Eu não direi mais.*

— Você vai responder... — Cordelia se interrompeu. Ela pegou a pedra de luz enfeitiçada do bolso e a ergueu, luz se derramando entre seus dedos. À iluminação, ela viu um bando de sombras se esgueirando. Pequenos demônios, talvez com duas vezes o tamanho de um gato comum. Cada um tinha um corpo de casca grossa, com mandíbulas angulosas e projetadas. Eles corriam em garras afiadas. Um seria uma chateação, mas um grupo poderia arrancar a carne de um ser humano em menos de um minuto.

Demônios Paimonite.

Eles tinham bloqueado a entrada da rua. Cordelia começou a se arrepender de não ter levado nenhuma arma. Realmente não queria que Lilith aparecesse, mas era provavelmente um resultado preferível a ser despedaçada por Paimonites.

O primeiro demônio gargalhou.

— *Você realmente achou que só tinha convocado a mim?* — ronronou ele. — *Você chamou o Inferno, e o Inferno respondeu.*

Cordelia estendeu a mão como se para conter os Paimonites.

— Parem — ordenou ela. — Sou o paladino de Lilith, Mãe dos Demônios...

O primeiro demônio falou:

— *Esses são burros demais para entender você* — anunciou. — *Nem todo demônio joga o Grande Jogo, sabe. Muitos são simplesmente soldados de infantaria. Aproveite sua batalha.*

A boca dele se esticou de uma maneira impossivelmente mais larga, sorrindo e sorrindo conforme os Paimonites avançavam. Mais se juntavam a eles, subindo pela parede vizinha, despejando-se no beco como besouros pretos por um buraco sujo no chão.

Cordelia ficou tensa. Ela precisaria correr. Não tinha escolha. Ou ela teria que ser mais rápida do que os demônios Paimonites, ou morreria. Havia muitos deles para lutar.

Um Paimonite se soltou do bando e correu para ela. Cordelia desviou para o lado, desferindo nele um chute poderoso. A criatura voou contra a parede conforme o primeiro demônio gargalhava, e Cordelia começou a correr, mesmo conforme os outros Paimonites se aproximavam como um rio escuro em movimento...

Um disparo de arma de fogo ecoou, tremendamente alto. Um Paimonite explodiu, espirrando icor verde e preto. Houve um segundo disparo, e dessa vez Cordelia viu a força dele atingindo um dos Paimonites atrás, onde ele bateu contra a parede do Ye Grapes e se desintegrou.

Os outros demônios começaram a entrar em pânico. Outro disparo, e mais um, explodindo os Paimonites como insetos esmagados. Eles começaram a se dissipar, chilreando com terror, e Cordelia ergueu a pedra de luz enfeitiçada.

Das sombras saiu James, um anjo vingador empunhando uma pistola. Ele estava sem casaco, e sua arma parecia quase brilhar no frio límpido, a inscrição da lateral brilhando: Lucas 12:49. Ela conhecia o versículo de cor. *Vim trazer fogo à terra, e quem dera já estivesse aceso.*

James segurava a pistola apontada agora para o demônio alto, que se moveu rapidamente para colocar Cordelia entre ele e James. James olhou para além da criatura, para Cordelia, seus olhos comunicando uma mensagem silenciosa.

Cordelia se jogou no chão. Ela caiu como tinha sido treinada para fazer, deixando as pernas cederem sob o corpo, apoiando-se em pés e mãos, virando-se, pronta para saltar. Ela viu o demônio abrir a boca de dentes escarlates em surpresa, exatamente quando James puxou o gatilho. O olhar de surpresa permaneceu quando uma bala atravessou a boca do demônio. Ele explodiu, sumindo em cinzas.

Silêncio. Não o silêncio que tinha recaído depois que Cordelia disse o encantamento de convocação. Ela conseguia ouvir os sons de Londres de novo. Em algum lugar distante havia três mundanos, já bastante embriagados, gritando com vozes arruaceiras a intenção deles de ficarem "totalmente bêbados" no Ye Grapes.

Mas James estava em silêncio. Quando ela se levantou, ele não se moveu para ajudá-la, apenas a encarou com olhos incandescentes. Seu rosto estava pálido; a mandíbula dele estava rígida com uma expressão que Cordelia conhecia como uma rara emoção para James: absoluto e incandescente ódio.

18

Um falso espelho

Mas agora dois espelhos de sua magnífica semelhança
Estão rachados em pedaços por morte maligna,
E eu como conforto tenho apenas um falso espelho,
Que me causa luto quando vejo minha vergonha nele.

— William Shakespeare,
Ricardo III

James estava andando à frente de Cordelia, voltando pelo Shepherd Market até o fim do beco, passando por Curzon Street para a casa deles — ou de quem quer que fosse a casa agora. Cordelia se apressou atrás dele, sentindo-se irritada por precisar correr atrás de James, mas era uma irritação que estava misturada com culpa. Ele *tinha* salvado sua vida, e ela *fizera* algo incrivelmente arriscado. Se pudesse ao menos explicar...

James avançou degraus acima, permitindo que Cordelia passasse por ele para entrar. Quando eles estavam dentro, James bateu a porta atrás de si, enfiando a pistola em um coldre no cinto.

— Olá? — A voz de Effie flutuou do andar de baixo, parecendo queixosa. Bem, isso respondia *àquela* pergunta.

Corrente de Espinhos

— Não é nada, Effie! — gritou James. Ele segurou o braço de Cordelia, o aperto era firme, mas não a machucava, e quase a arrastou pelo corredor até o escritório.

Depois de entrarem, ele empurrou a porta do escritório para fechá-la. Não havia outra luz no cômodo além da fogueira que Cordelia notara mais cedo, e as sombras nos cantos estavam profundas e pretas. James se virou para Cordelia, o rosto pálido de fúria:

— O que — disse ele, entre os dentes trincados — *diabos* você achou que estava fazendo?

Cordelia ficou chocada. Ela jamais vira James daquela forma. Ele parecia querer rasgar alguma coisa com as próprias mãos; a pulsação em seu pescoço denunciando a palpitação de seu coração.

— Eu...

— Eu *ouvi* você — disse ele, tenso. — Não foi como se você simplesmente saísse passeando noite afora, o que já teria sido tolice o suficiente, e por acaso encontrasse um grupo de demônios. *Você os convocou.*

— Eu precisei! — exclamou Cordeia. Ela deu um passo para trás, quase batendo na mesa de xadrez deles. — Eu precisava perguntar a eles... sobre Belial...

— Você perdeu o juízo? Acha que é a primeira Caçadora de Sombras a pensar em capturar e interrogar demônios? Eles *mentem*. E vão atacar se tiverem a mais ínfima oportunidade.

— Mas eu sou um *paladino* — gritou Cordelia. — É terrível, eu odeio isso... Não pense que sinto outra coisa que não seja ódio por essa coisa que me une a Lilith. Mas eles me *temem* por causa disso. Não ousam me atacar...

— Ah, eles não ousam atacar você? Não foi o que pareceu — bradou ele.

— O demônio na Casa Chiswick... estava prestes a me contar alguma coisa sobre Belial antes de você atirar nele.

— Ouça a si mesma, Cordelia! — gritou James. — *Você está sem Cortana!* Não pode sequer empunhar uma arma! Sabe o que significa para mim que você não possa se proteger? Entende que eu estou *apavorado*, a cada momento de cada dia e noite, por causa da sua segurança?

Cordelia congelou, sem reação. Não tinha ideia do que dizer. Ela piscou e sentiu algo quente contra a bochecha. Ela levou a mão rapidamente ao local — não poderia estar *chorando,* não é mesmo? — e a mão voltou vermelha.

— 326 —

— Você está sangrando — disse James. Ele encurtou a distância entre eles com dois passos. James segurou o queixo dela e o ergueu, o polegar acariciando a bochecha de Cordelia. — Apenas um arranhão — sussurrou ele. — Você está machucada em algum outro lugar? Daisy, me diga...

— Não. Estou bem. Eu juro — garantiu ela, a voz falhando conforme o olhar dourado e determinado dele se derramava sobre ela, procurando por sinais de ferimentos. — Não é nada.

— Você não poderia estar mais enganada — disse James, rouco. — Pelo Anjo, quando eu percebi que você tinha saído, à noite, desarmada...

— O que você estava fazendo aqui? Achei que estivesse no Instituto.

— Vim buscar uma coisa para Jesse — explicou James. — Eu o levei para fazer compras com Anna... Ele precisava de roupas, mas esquecemos de abotoaduras.

— Ele precisa mesmo de roupas — concordou Cordelia. — Nada do que ele tem parece caber.

— Ah, não — falou James. — Nós não vamos *jogar conversa fora*. Quando eu entrei, vi seu vestido no corredor, e Effie me disse que tinha visto de relance você saindo. Não entrando em uma carruagem, apenas perambulando na direção de Shepherd Market...

— Então você me Rastreou?

— Não tive escolha. E então vi... Você tinha ido até onde seu pai morreu — disse ele, depois de um momento. — Eu achei... Eu estava com medo...

— De que eu quisesse morrer também? — sussurrou Cordelia. Não tinha ocorrido a ela que James poderia pensar isso. — James. Eu posso ser tola, mas não sou autodestrutiva.

— E eu pensei, será que eu deixei você tão desolada assim? Eu cometi tantos erros, mas nenhum foi calculado para magoar você. E então eu vi o que você estava fazendo, e pensei, sim, ela quer morrer. Ela quer morrer e foi essa a maneira que escolheu para fazer isso. — Ele estava respirando com dificuldade, quase arquejando, e Cordelia percebeu o quanto da fúria de James era desespero.

— James — disse ela. — Foi uma coisa tola de fazer, mas em nenhum momento eu desejei morrer...

Ele a segurou pelos ombros.

— 327 —

Corrente de Espinhos

— Você não pode se ferir, Daisy. Você não *deve*. Me odeie, me bata, faça o que quiser comigo. Corte meus ternos e ateie fogo aos meus livros. Despedace meu coração, espalhe os cacos por toda a Inglaterra. Mas não faça mal a você mesma... — Ele a puxou para si, subitamente, pressionando os lábios contra o cabelo de Cordelia, contra a bochecha dela. Cordelia o pegou pelos braços, os dedos se enterrando nas mangas, segurando-o contra si. — Juro pelo Anjo — disse James, com a voz abafada — que eu morro se você morrer. E eu vou te assombrar! Você nunca terá paz...

Ele a beijou. Talvez tivesse a intenção de ser um beijo rápido, mas ela não conseguiu se segurar: Cordelia beijou *de volta*. E foi como respirar depois de ficar soterrada por semanas, como emergir para a luz do sol depois da escuridão.

James a segurou pela cintura, puxou-a firme contra o corpo, sua boca se inclinando sobre a dela. Cordelia já o beijara antes, e sempre tinha sido intenso, uma experiência que destruía todos os seus sentidos. Mas havia algo de diferente naquele beijo. Ela nunca sentira um desespero tão descontrolado nele, uma chama tão arrebatadora de desejo e fúria e amor, um redemoinho que parecia girá-la até o alto da atmosfera, onde ela mal conseguia respirar.

Os dois caíram para trás contra a parede. As mãos dela se enroscaram no cabelo preto de James, macio e familiar. Ele mordeu o lábio inferior de Cordelia, lançando um tremor de intensidade perfeita por ela antes de James acalmar o ardor com a língua. Ela mergulhou na boca de James; o calor doce era como mel quente, e o gemido que ela arrancou de James foi pura gratificação. Beijá-lo era como viajar, emocionante e desconhecido, e ao mesmo tempo era como chegar em casa. Era tudo.

— Daisy — sussurrou ele, contra a boca de Cordelia, lançando tremores deliciosos por ela, um coro de faíscas cascateando. — Você tem alguma ideia de como me afetaria se alguma coisa acontecesse com você? Você tem?

— Ah, minha *nossa*! — Era Effie, seu topete grisalho balançando com choque. Cordelia e James se afastaram com um sobressalto. A expressão de James era contida, mas Cordelia tinha certeza de que estava corando escarlate.

— Effie — disse James. — A porta estava *fechada*.

CASSANDRA CLARE

— Bem, tenho *certeza* — disparou Effie. — Eu achei que você queria manter a corrente de ar fora. Além disso, tem alguém na porta da frente. — Ela bufou, irritada. — Gente casada se comportando dessa forma. Bem, *sinceramente*, por tudo o que é mais sagrado, sinceramente. *Hunf!*

Ela saiu batendo os pés. James se virou para Cordelia, todo desalinhado: corado, o cabelo despenteado, a boca vermelha dos beijos.

— Daisy... Não vá... Eu vou me livrar de quem quer que seja, você pode esperar lá em cima...

Mas ela já estava recuando, balançando a cabeça. Ela mantivera tudo que sentia por James trancado por tanto tempo, e agora que abrira aquela porta apenas um tantinho ondas de emoção já a invadiam.

— Preciso lhe dizer uma coisa — falou ele, sua voz trêmula. — Mostrar algo a você.

— É demais — sussurrou Cordelia. — Demais agora, não posso... — O rosto dele se fechou. Cordelia respirou fundo. Queria *James* tão desesperadamente que beirava a insanidade. O corpo inteiro dela gritava: *Fique com ele, toque nele, deixe-o amar você.*

Mas no andar de cima, à espera, foi onde estivera quando o viu com Grace. Ela não podia reviver aquilo. E não podia confiar no próprio corpo. Cordelia sabia muito bem disso.

— Amanhã — disse ela. — Na festa... Nos falaremos lá.

Ele apenas assentiu. Cordelia segurou a saia e correu para fora da sala, quase derrubando um Jesse Blackthorn muito surpreso na entrada ao fugir da casa.

⚊

— Jesse — falou James. — Eu, ah... Bem. Oi. Não estava esperando por você.

Jesse apenas ergueu as sobrancelhas. James tinha ficado para trás por alguns instantes antes de deixar o escritório, recompondo-se. Ele ainda conseguia sentir Cordelia em seus braços, ainda sentia o cheiro do perfume de temperos e jasmim dela. Ele se sentia exausto, distorcido por camadas de emoção: medo, então raiva, então desespero, então desejo. E esperança, rapidamente desfeita. Esperança desgastava a alma, mais do que qualquer outro sentimento.

— 329 —

Corrente de Espinhos

Ele deixou que o controle que Jem tinha lhe ensinado tomasse conta antes sair do escritório e caminhar até o corredor para encontrar Jesse parecendo espantado no saguão. Effie tinha sumido para continuar reclamando em outro lugar, o que era provavelmente melhor. Jesse estava agasalhado com o novo casaco verde-oliva que Anna o ajudara a escolher, e na mão ele segurava um maço de folhas de pergaminho amareladas encadernadas com couro frágil. James as reconheceu imediatamente: as anotações de Tatiana da Casa Chiswick.

— É um momento ruim? — perguntou Jesse.

Sim, pensou James, mas não era como se fosse capaz de trazer Cordelia de volta. E Jesse parecia muito preocupado. James se sentiu subitamente gelado, e não apenas devido ao ar noturno.

— Lucie está bem?

— Sim — falou Jesse. — Isso não é a respeito dela.

James sorriu.

— Você não deveria ficar no Instituto à noite?

Jesse disse:

— E *você*, não?

— Eu só vim buscar umas abotoaduras — explicou James.

— Bem, eu vim falar com você — disse Jesse — onde não poderíamos ser ouvidos. Sobre os papéis da minha mãe.

— Ah! — exclamou Effie, que, ao que parecia, não tinha sumido para reclamar em outro lugar, no fim das contas, e tinha aparecido atrás de James sem avisar. E estava fitando além dele, para Jesse. — Boa noite, senhor.

Será que Effie estava... corando? James jamais a vira com aquela aparência antes. Ela estava quase chilreando.

— Sinto muito, senhor, eu só corri para pegar uma toalha para a neve em seu cabelo. Eu deveria ter levado seu casaco e cachecol primeiro, lógico, só falta eu esquecer onde está minha cabeça. Que casaco lindo e tão adequado para um rapaz tão bonito.

Quando Jesse entregou o casaco e o cachecol, Effie os agarrou contra o corpo como tesouros. Ela olhou para Jesse, que olhou de volta com confusão crescente.

— Effie — disse James. — Que tal um pouco de chá?

— Ah! Sim, é claro. Vou servir na sala de estar, e acender a lareira também. — Ela saiu, ainda segurando o casaco de Jesse.

— Ela parece legal — disse Jesse, quando James o levou pelo corredor até a sala de estar. James pensou consigo mesmo que Effie jamais antes demonstrara o mínimo interesse em nenhuma das visitas dele. Parecia que ela gostava da aparência de Jesse. Afinal, Effie devia gostar da aparência de *alguém*. Não era assim com todo mundo?

Na sala de estar, eles se acomodaram em poltronas, Jesse ainda agarrando o maço de papéis antigos, com um cheiro de fuligem, azedo, como brasas e podridão.

— Eu os estive lendo — anunciou ele, sem preâmbulos. Sua expressão era sombria. — Todos eles. Foi preciso decifrar um pouco, mas não era exatamente um código. A chave era o nome do meu pai, Rupert.

— Imagino pela sua expressão que você não gostou muito do que encontrou — respondeu James.

— Eu sempre soube que minha mãe era amarga — afirmou Jesse. — Presumi que ela atacava você simplesmente devido ao ódio por seus pais. Mas parece que você foi crucial para os planos de Belial, de Belial e da minha mãe, o tempo todo.

— Eu sei — replicou James. Ele jamais tivera muita certeza do quanto *Jesse* sabia, mas as anotações pareciam fornecer uma educação rápida e severa. — O objetivo de Belial sempre foi me possuir, viver em meu corpo, que é o único que pode sustentá-lo na Terra sem queimar.

— Ele quase conseguiu com o meu, mas significava que precisava abrir mão de metade do dia — acrescentou Jesse. — Eu não sei se minha mãe procurou Belial primeiro ou se ele a procurou, mas, de toda forma, os interesses deles estão muito mais alinhados do que eu tinha percebido. Mas é mais do que isso. Possuir você não é o fim do plano de Belial. É um passo para causar uma destruição muito maior. Mas que tipo de destruição, que forma assumirá, eu não sei dizer.

James fez um ruído de frustração.

— No passado, eu tinha um vínculo com Belial. Desde a primeira vez que caí nas sombras. Foi terrível, mas pelo menos eu podia ver pelos olhos dele, ter vislumbres do seu reino e de suas ações. Agora eu sinto como se

Corrente de Espinhos

tivesse sido vendado. Estou tateando no escuro, buscando algum sinal do próximo passo nos planos dele.

— Eu sei — disse Jesse, relutante. — Por isso eu queria mostrar isso a você. Nas anotações, eu descobri como minha mãe foi capaz de se comunicar com Belial durante todos aqueles anos. Ela usou o espelho que encontramos.

— O espelho? E você está querendo dizer que poderíamos usá-lo da mesma forma? — indagou James, empertigando-se, e então balançou a cabeça antes que Jesse pudesse responder. — Não acho que uma *comunicação* com Belial seria uma boa ideia. No passado, ele estava alheio à minha presença. E — ele sorriu sarcasticamente — eu preferiria manter assim.

— Acho que você está certo. Mas tem mais. Em algum momento, Belial disse à minha mãe que destruísse o espelho. Ele não queria que houvesse provas unindo os dois que pudessem ser encontradas pela Clave.

— Mas ela não o destruiu.

— Não. — O rosto de Jesse se revirou com um nojo intenso. — Ela o guardou... Ela olhava no espelho, e observava Belial sem que ele soubesse. Isso dava a ela algum tipo de... prazer. Não... não consigo pensar muito nisso.

— Como a Rainha Má de *A Branca de Neve* — observou James. Ele apoiou os cotovelos nos joelhos e seu corpo inteiro pareceu tenso. — Ela explicou como funcionava? Como ela conseguia espionar Belial sem que ele percebesse?

Jesse assentiu.

— Sim. Está detalhado nas anotações.

— E é algo que poderíamos fazer?

— Talvez. É algo que não *deveríamos* fazer...

Mas James já tinha se levantado da cadeira e seguido para a escrivaninha mais próxima. Ele precisava de caneta e papel, precisava de algumas moedas para Neddy, precisava pensar no que dizer. Jesse o observava calado, com o ar de alguém que entregara uma notícia que desejava não saber.

Tendo encontrado uma caneta, James começou a rabiscar três recados.

— Jesse, você vem para a Taverna do Diabo amanhã? Para discutir tudo isso com os Ladrões Alegres?

— Nós vamos mesmo falar sobre isso? — perguntou Jesse. — Ou você simplesmente vai em frente e usar o espelho?

James olhou para Jesse por cima do ombro.

— E aqui estava você, preocupado em se encaixar no Enclave de Londres. — Apesar de não querer, apesar de tudo, ele sentiu que sorria. — É como se nos conhecesse há anos.

O dia irrompeu ensolarado e muito frio. A fogueira no quarto de Letty tinha se apagado em algum momento da noite, e ela acordou enrolada sob o fino cobertor de lã. Ela tremia, não apenas devido ao frio. Na noite anterior, o Irmão do Silêncio tinha chegado, e a presença dele a inquietava além das expectativas. Os Caçadores de Sombras tinham dito a ela o que esperar, mas não eram sequer a boca e os olhos costurados que mais a perturbavam. Era uma sensação terrível e esquisita, como a de cair, que pairava em torno dele.

Ele havia chegado com uma lufada de ar frio, e estava de pé imóvel no saguão gelado enquanto Pangborn explicava o que estava acontecendo, e que Tatiana Blackthorn estava aprisionada no Santuário.

Letty sabia que os Caçadores de Sombras podiam ouvir os Irmãos do Silêncio falar em suas mentes, mas que os mundanos não conseguiam. Ela presumiu que Pangborn pudesse ouvir o Irmão Lebahim de seu modo estranho e silencioso. Pangborn deu de ombros e apontou o caminho para o Santuário, e o Irmão do Silêncio sumiu pelo corredor sem fazer nenhum barulho.

Letty olhou timidamente para o Sr. Pangborn.

— O que ele disse? Na sua cabeça, quero dizer?

— Nada — respondeu o velho. — Absolutamente nada. — Ele olhou severamente para Letty. — Fique longe disso — acrescentou. — É assunto de Caçador de Sombras.

Estranho, pensou Letty. Tão estranho que uma hora depois ela desceu de fininho até o Santuário e colocou a cabeça contra a espessa porta de carvalho. Através dela, Letty podia ouvir ruídos abafados: devia ser a mulher falando, pensou ela, balbuciando como tinha feito no dia anterior.

Mas quanto mais atentamente ela ouvia, mais estranhos eram os ruídos. Eles não pareciam sons que uma voz humana pudesse fazer. Eram ásperos,

Corrente de Espinhos

guturais, e pareciam *pulsar*, como se cada palavra fosse a batida de um coração exposto.

Trêmula e enjoada, Letty recuou o mais rápido possível para a segurança de seu quarto. O Sr. Pangborn estava certo. Melhor se manter longe do assunto todo e deixar os Caçadores de Sombras fazerem o que quer que achassem melhor. Sim. Melhor se manter longe.

⟨⟩

Naquela manhã, James e Jesse andaram do Instituto até a Taverna do Diabo juntos, sob um céu carregado com a promessa de chuva. Mundanos corriam de um lado para o outro, chapéus puxados sobre os olhos, ombros curvados contra a tempestade que se aproximava. Trechos de céu azul podiam ser vistos entre nuvens pretas gigantescas, e o ar tinha um leve sabor de ozônio e fuligem.

— Como está Matthew? — perguntou Jesse, delicadamente, conforme eles adentravam a taverna. Um lobisomem estava sentado ao bar parecendo triste, o cabelo todo arrepiado graças à eletricidade estática no ar. Pickles boiava semiconsciente em seu tonel de gim.

— Não o vejo há duas noites. Temos nos revezado para cuidar dele — explicou James. Anna, Ariadne e Lucie tinham assumido turnos no edifício Mansões Whitby também, e era sem dúvida como Jesse sabia sobre a condição de Matthew. Apenas Cordelia não estava envolvida. Matthew tinha pedido, explicitamente, que ela não o visse no estado em que se encontrava.

— É corajoso da parte dele enfrentar a doença. Muitos não o fariam — comentou Jesse conforme eles chegavam à velha porta arranhada que guardava o santuário interior dos Ladrões Alegres.

James não teve oportunidade de responder ou concordar, pois a porta já estava entreaberta. Ele a empurrou para abri-la e encontrou Christopher e Thomas sentados no sofá desgastado ao lado da lareira. Matthew estava sentado em uma das poltronas em frangalhos, a qual um dia fora de brocado caro.

Ele ergueu o rosto e encontrou o olhar de James. Exausto, pensou James. Matthew parecia exausto, algo mais profundo do que cansaço. Suas roupas estavam limpas e sem vincos, mas eram simples: cinza e preto, o cantil de

— 334 —

bronze manchado se projetando do bolso do peito era a única cor em seus trajes.

James se lembrou subitamente de uma noite de verão, as janelas de seu quarto escancaradas, o ar macio como as patas de um gatinho, e Matthew rindo, animado, levando a mão ao vinho: *Isso é uma garrafa de bebida barata que vejo diante de mim?*

Parecia que um abismo tinha surgido entre aquele Matthew e o de agora: James não podia suportar pensar naquilo, mas se virou apenas quando Jesse trouxe a pilha de papéis da mãe e os colocou na mesa redonda no centro da sala. Christopher se levantou imediatamente para examiná-los, e Thomas o seguiu um momento depois, puxando uma cadeira e se sentando. James os observou, mas foi se apoiar na cadeira de Matthew. Jesse, por sua vez, foi até a janela e olhou para fora, como se quisesse colocar distância física entre ele e a prova das ações de Tatiana.

— Vejo que é hora de derrotar o mal — observou Matthew. — Vamos em frente.

— Matthew — disse Thomas, levantando o rosto. — Como você está se *sentindo*?

— Bem — respondeu Matthew —, toda manhã eu sinto como se tivesse sido colocado dentro deste frasco aqui, e então sacudido vigorosamente. E então, a cada noite, o mesmo. Então, no todo, eu diria que as coisas têm seus altos e baixos.

— Ele está melhor — afirmou Christopher, sem tirar os olhos dos papéis. — Pode não querer admitir, mas está.

Matthew sorriu para James, que conteve a vontade de bagunçar seu cabelo. Era um reflexo fraco do Sorriso pelo qual ele era famoso, mas ali estava.

— Ouviu isso? — perguntou Matthew, cutucando James com o cotovelo. — Um cientista disse que eu estou melhor.

— Está mesmo — falou James, baixinho. — Você vai para a festa de Natal esta noite?

Ficara pensando a respeito e sentira vontade de perguntar, mas ao mesmo tempo ficara com medo. Uma festa de Natal significava quentão e brandy temperado. Significava pessoas brindando à saúde umas das outras. Significava bebida. Significava tentação.

Corrente de Espinhos

A expressão de Matthew se fechou. Se os olhos eram as janelas da alma, ele tinha cerrado as cortinas dos seus. Matthew se virou para longe de James, dizendo sem muita emoção:

— Vou ficar bem. Não estou tão sob o comando da maldita garrafa que não consiga ver uma bacia de ponche sem me atirar dentro dela.

— Jesse, espero que me perdoe por dizer. — Christopher tinha se sentado ao lado de Thomas à mesa e olhava para os papéis de Tatiana pelos óculos. — Mas creio que sua mãe não seja uma pessoa muito boa.

— Disso — respondeu Jesse — eu estou bastante ciente. — Ele olhou para James. — Você os trouxe?

James tinha usado seu casaco mais volumoso — Oscar costumava se esconder nos bolsos quando era um filhote. Ele sacou o espelho de mão que tinham levado de Chiswick e então um par de algemas que encontrara aquela manhã no Santuário.

— Algemas — observou Matthew quando Thomas e Christopher trocaram um olhar alarmado. — Isso parece prenunciar algo muito perigoso ou muito escandaloso. Ou ambos?

— As algemas são para me proteger — falou James. — De...

Christopher franziu a testa.

— Diz aqui que Tatiana usou o espelho para contatar Belial. Você não está...

— Ele *está*. — Matthew se empertigou, seus olhos verdes brilhando. — James, você vai contatar Belial?

James balançou a cabeça e tirou o casaco, jogando-o no sofá.

— Não, vou tentar *espionar* Belial.

— O que diabos faz você achar que isso vai dar certo? — perguntou Thomas.

Jesse suspirou e atravessou a sala para se recostar na lareira. James já o convencera na noite anterior, embora Jesse tivesse ressaltado que ele já estava farto de pessoas se metendo com Belial.

— Minha mãe usou esse espelho para falar com Belial — informou Jesse, e prosseguiu explicando que depois que Belial a instruíra a destruir o objeto, ela o guardara em vez disso, usando-o como um tipo de cristal de vidência para espionar o Príncipe do Inferno.

— 336 —

CASSANDRA CLARE

Thomas pareceu perplexo.

— Ela gostava de observá-lo? Apenas... observá-lo?

— Minha mãe é uma mulher muito estranha — falou Jesse.

— Catoptromancia — falou Christopher, animado. — O uso de espelhos na magia. Data da Grécia antiga. — Ele assentiu pensativamente. — Espelhos eram a forma que Tatiana usava para contatar Grace.

— É estranho você saber disso — observou Matthew.

Christopher se ocupou em folhear os papéis. Matthew tinha tocado em um bom ponto, pensou James, mas não parecia o tipo de questionamento que eles deveriam fazer agora.

Thomas franziu a testa.

— Ainda parece perigoso. Talvez Tatiana acreditasse que Belial não soubesse que ela estava observando, mas só temos a palavra dela sobre isso. E ela não é confiável.

— Você não está errado, Tom — falou James. — Essa é uma medida desesperada. Mas esses são tempos desesperados. — Ele olhou ao redor da sala para os Ladrões Alegres. Para Jesse, que tinha levado essa informação até ele contra seu bom senso, contra até mesmo sua vontade de não ser lembrado das ações da mãe. — Jamais me dei conta da importância da minha conexão com Belial antes. Estava tão concentrado em controlá-la, em mantê-la longe. Somente quando se foi eu me dei conta: se não fosse pelo conhecimento que adquiri por meio daquela conexão, cada um de nossos confrontos anteriores com ele teria acabado em tragédia. Se Belial rompeu o vínculo que tínhamos foi porque é melhor para ele que seja partido. O que significa que seria melhor para *nós* se pudéssemos ao menos *ver* o que ele estava fazendo.

Thomas esfregou a nuca.

— Você já *tentou* se transformar em sombra ultimamente?

— Tentei — respondeu James —, mas não deu certo. Seja lá o que Belial tenha feito para me bloquear também impede que eu me transforme em sombra. Deve haver alguma coisa que ele não quer que eu veja. Se eu puder ter um lampejo do que é, valeria o esforço.

— Ele é sempre tão inconsequente assim? — perguntou Jesse a Thomas.

— Você se acostuma — falou Thomas.

— 337 —

Corrente de Espinhos

— Sempre considerei como sendo — observou Christopher, lealmente — admiravelmente heroico.

James assentiu. Se o único apoio que receberia seria o de alguém que regularmente se explodia, ele aceitaria.

— Obrigado, Christopher.

Thomas apoiou as mãos na mesa.

— Então — disse ele. — Presumo que você saiba como funciona o espelho?

— Sim — respondeu James. — Há instruções nas anotações de Tatiana.

— Então... parece válido tentar — falou Thomas.

— *Não!* — exclamou Matthew, rispidamente. James se virou, surpreso. Matthew estava empertigado, os braços cruzados, as bochechas pálidas coradas de raiva. — Por que sequer estamos considerando uma ideia tão perigosa? James, você não pode se arriscar assim. Se Belial está deixando você em paz, então *permita que ele deixe você em paz!*

Houve um silêncio espantado. De todos eles, James era provavelmente o mais surpreso. Ele teria esperado um protesto de Matthew alguns meses atrás, até mesmo algumas semanas atrás, mas a pura fúria e a negação na voz de Matthew o chocava agora.

— Math — falou James. — Belial virá atrás de mim. Talvez não hoje, mas em breve. Não seria melhor *vê-lo* a caminho e ter alguma ideia de seus planos?

— Quando ele vier atrás de você, vamos protegê-lo — protestou Matthew. — Não vamos deixar que o alcance.

— Não sou apenas eu. Muita gente pode sofrer se ele conseguir.

— Muita gente sofre o tempo todo — disparou Matthew. — Mas elas não são *você*.

— Eu sei — respondeu James. — Mas eu sou o único que pode fazer isso. O único que tem uma chance de fazer isso funcionar. Não *queria* que fosse dessa forma, Math. Apenas é.

Matthew respirou fundo.

— Explique, então. Como usar o espelho.

— Vou colocar as costas contra a parede — explicou James, em voz baixa. — Vamos me algemar a alguma coisa relativamente resistente. A grade da

— 338 —

lareira, por exemplo. Provavelmente não foi movida em séculos. Então eu olho para o espelho e imagino a insígnia de Belial na minha mente. Não *sei* se as algemas serão necessárias, mas não quero ser atraído para os reinos das sombras. São uma precaução.

— Tudo bem — disse Matthew. — Tudo bem... Com uma condição.

— Certo. Qual é?

— Eu vou segurar você — afirmou Matthew — o tempo todo.

Ele se empertigou, sem se encostar na cadeira, o rosto vermelho. Ele lembrou a James do Matthew a quem ele se vinculara na cerimônia *parabatai* deles havia tanto tempo, um Matthew que parecia não temer nada: nem sombra, nem fogo.

— Sim — concordou James. — Isso nós podemos fazer.

No fim, James acabou sentado no chão ao lado da lareira, as pernas cruzadas de um jeito estranho. Matthew se sentou ao lado dele, sua mão entrelaçada no cinto de James. Jesse segurou o espelho enquanto Thomas fixava as algemas de forma que uma argola envolvesse o pulso de James, e a outra passasse pela grade da lareira.

Jesse olhou uma última vez para o espelho antes de inclinar o corpo para a frente e entregá-lo a James. As mãos deles se tocaram. Jesse olhou dentro dos olhos de James, e viu refletidos seus próprios olhos muito sombrios. Ele estava demonstrando imensa força, pensou James, ao se dispor a participar de um ritual que envolvesse o demônio que um dia o possuíra.

Jesse se sentou de volta com Thomas e Christopher, que estavam no chão encarando James e Matthew. Christopher deu um leve aceno de cabeça, como se para dizer: *Comecem*.

James olhou para o espelho. Era pesado, mais pesado do que metal e vidro deveriam ser. Parecia exercer um peso na sua mão, como se seu braço estivesse sendo forçado para baixo por uma mão de ferro.

Não deixava de ser belo, no entanto. O metal escuro que cercava o espelho tinha o próprio brilho sombrio: ele absorvia luz e a retinha, e as inscrições entalhadas nele brilhavam como vidro.

O espelho refletiu o rosto dele, de maneira sinistra: uma versão de sombras dele com uma curva ríspida na boca. Conforme James olhava para o seu reflexo, ele pensava em Jem, no que Jem lhe ensinara sobre controlar

Corrente de Espinhos

seus pensamentos. Ele imaginou a insígnia de Belial, o sinal do poder dele, e se concentrou nisso, focando toda sua atenção no símbolo, permitindo que a imagem preenchesse o vidro.

O espelho começou a zumbir e zunir em sua mão. O vidro pareceu se transformar em mercúrio, uma substância líquida, prateada. Sombra se despejou dele, expandindo e subindo, até que James ainda conseguisse sentir a mão de Matthew agarrando o seu cinto, mas não podia mais *ver* Matthew. Ele só conseguia ver sombras, sempre crescentes, até que olhou para um mundo de sombras, iluminado pela luz de estrelas alienígenas.

E nas sombras estava Belial. Ele se sentava em um trono que James já vira antes: um trono de marfim e ouro, imenso, de forma que até mesmo Belial parecesse pequeno em comparação. Embora tivesse sido obviamente criado para um anjo, Belial o profanara com sua insígnia: o símbolo, pontiagudo e de aparência cruel, estava riscado em todo o marfim e mármore, e para baixo dos degraus dourados que levavam ao trono.

James respirou fundo e sentiu a mão de Matthew se apertar ao seu lado. O que Matthew estava vendo?, perguntou-se ele. O que isso parecia para os demais? James ainda estava na Taverna do Diabo, ainda acorrentado, mas no reino de Belial ao mesmo tempo.

Belial não era o único demônio nas sombras. Cercando-o, rastejando em torno de seus pés, batendo com as patas ao pé do trono dele havia um enxame de demônios do tamanho de porquinhos: com aspecto de vermes, curvados e rastejantes, a pele deles cinza e quase sem feições, exceto pelos olhos verdes brilhando.

Demônios Quimera.

Belial se levantou e desceu os degraus do trono. Não parecia saber que James estava observando. Ele estremecia ao andar, a mão pressionada sobre o lado esquerdo, onde os ferimentos que Cortana desferira nele ainda sangravam. Erguendo a mão manchada com seu próprio sangue preto, Belial desenhou um arco no ar.

Foi como se ele tivesse cortado um pedaço da noite. Luz fraca brilhou pelo arco, e os demônios Quimera saltaram e brincaram agitados. James não ouvia nenhum som, apenas um tipo de rugido nos ouvidos como o quebrar

CASSANDRA CLARE

de ondas, mas ele viu os lábios de Belial se moverem, viu Belial mandando os demônios passarem pelo arco aberto, então Belial se virou, uma careta de desprezo no rosto, e olhou na direção de James.

Escuridão o engoliu. Ele estava caindo, embora ainda conseguisse sentir a mão de Matthew. Ele foi pego por um redemoinho de estrelas desconhecidas, o ar arrancado de sua garganta, tirando-lhe a voz. Ele não estava mais no silêncio. James conseguia ouvir gritos, os terríveis gritos de alguém, alguma coisa, que era *invadida*, tomada...

James arquejou em busca de ar. Ele perderia a consciência em breve, ele sabia, se não se libertasse das sombras: ele se obrigou a se concentrar, a pensar nas lições de Jem, na voz de Jem, calma e firme, treinando-o para recuperar o controle de si mesmo. *Você precisa encontrar o lugar interior onde nada de fora consegue alcançar. O lugar além dos sentidos, além até mesmo dos pensamentos. Você não precisa aprender como chegar lá: você já está lá, sempre. Só precisa aprender a se lembrar disso. Você está dentro de você mesmo. Você é James Herondale, completa e inteiramente.*

E com um puxão que pareceu estirar cada músculo de seu corpo, James atingiu o solo. O piso, na verdade, da Taverna do Diabo. Ele arquejou, inalando o ar almiscarado como se tivesse sido resgatado de afogamento. Ele tentou se mover, se sentar, mas estava exaurido: sua camisa estava colada no corpo com suor, e suas mãos...

— Você está sangrando? — perguntou Christopher. Estavam todos em torno dele, percebeu James: Thomas e Jesse, Christopher e Matthew, cercando-o, os rostos chocados e incrédulos.

— O espelho — observou Jesse. James olhou para baixo e viu que o vidro tinha se fragmentado em mil pedaços, e suas mãos estavam salpicadas de minúsculos cortes como linhas vermelhas pontudas.

— Apenas arranhões — respondeu ele, sem fôlego. Através da exaustão, ele percebeu Matthew ao seu lado, Matthew segurando seu braço, o toque da estela de Matthew. — Eu vi...

— Está tudo bem, James — interrompeu Jesse, trabalhando para abrir a algema em torno do pulso esquerdo de James. — Não precisa falar. Apenas respire.

— 341 —

Mas a dor diminuía, e a energia retornava às veias de James conforme Matthew desenhava uma Marca atrás da outra em sua pele. Ele deixou a cabeça encostar na parede e falou:

— Eu vi Belial. Ele estava... cercado por demônios. Demônios Quimera. Estava dando ordens a eles, enviando-os por algum tipo de Portal. Não sei dizer para onde.

Ele fechou os olhos, quando Christopher disse, em tom confuso:

— Mas demônios Quimera são simbióticos. Eles precisam possuir alguém para conseguir acessar seu poder completo.

— Eles são fáceis de derrotar — ressaltou Thomas. — Por que criar um exército *deles*?

James pensou nos gritos que tinha ouvido no vazio: na agonia deles, na terrível sensação de invasão.

— Acho que ele *está* mandando os demônios para possuírem alguém — explicou James. — Pareceu que muitos alguéns. — Ele olhou para os amigos. — Mas quem poderiam ser?

—◦—

Tinha se passado um dia inteiro desde que o Irmão do Silêncio havia chegado, e Letty Nance não conseguia dormir.

O quarto dela era pequeno, sob os beirais do Instituto, e quando o vento soprava, ela conseguia ouvi-lo sussurrando pelas telhas quebradas. Sua pequena lareira costumava estar entupida de fuligem, e fumaça era bufada para dentro do quarto como sopro de dragão.

Mas nada disso era o motivo pelo qual ela estava acordada. Sempre que fechava os olhos, ouvia as vozes que tinha discernido pela porta do Santuário. As palavras baixas, sibilantes e pulsantes que não entendia. *Ssha ngil ahrzat. Bhemot abliq ahlel. Belial niquaram.*

Ela virou, pressionando as mãos sobre os olhos. Sua cabeça latejava.

Belial niquaram.

O piso sob seus pés estava frio. Ela se viu caminhando para a porta, virando a maçaneta. Ela rangeu ao se abrir e Letty foi atingida pelo ar frio do corredor.

CASSANDRA CLARE

Ela não sentiu. Desceu as escadas, as quais se curvavam em círculo. Mais e mais para baixo, para a nave escura e sem iluminação da velha igreja. Descendo os degraus da cripta.

Belial niquaram. Letty niquaram. Kaal ssha ktar.

Venha, Letty. Eu chamo você, Letty. A porta está aberta.

E, de fato, a porta do Santuário estava destrancada. Letty a escancarou e entrou.

Ela se deparou com uma estranha cena: o Irmão do Silêncio estava de pé sob a luz de um candeeiro, a cabeça dele voltada para trás em um ângulo pouco natural. Sua boca estava tão aberta quanto podia, forçando contra os fios que a seguravam costurada, e dela emanavam mais daquelas *palavras*, daquelas palavras ásperas e terríveis que se fixavam e a *puxavam* para mais perto, como se ela estivesse presa em piche.

Ssha ngil ahrzat. Bhemot abliq ahlel. Belial niquaram. Eidolon.

Aos pés dele estava o corpo de Albert Pangborn. Ele morrera em seus trajes de dormir, a frente da camisa rasgada, exibindo carne vermelha e osso branco, como uma boca escancarada. Havia poças de sangue sob o seu corpo.

E mesmo assim, Letty não conseguia correr.

Na cama de metal estava a velha mulher, Tatiana Blackthorn. Os olhos dela, pretos como nanquim, se fixaram em Letty, e ela começou a sorrir. Letty observou conforme a boca de Tatiana se abria... e se abria, distendendo-se muito além de qualquer mandíbula humana.

Da velha mulher agora vinha um ruído baixo de rangido. Parecia que ela estava rindo, bem no fundo do peito.

Preciso fugir, pensou Letty, uma ideia distante e abafada. *Preciso sair deste lugar.*

Mas ela não conseguia se mover. Nem mesmo quando a pele da velha se abriu, o corpo dela se transformando e mudando tão rapidamente que foi como se ela estivesse derretendo e se refazendo em outra coisa. Alguma coisa pálida e alta, de membros esquálidos, careca, sem pelos, com pele como uma queimadura enrugada. Alguma coisa com as costas curvadas e que saltava e rastejava. Alguma coisa pegajosa e branco-pálida que avançou em Letty tão rápido que ela não teve tempo de sequer gritar.

343

19

MARCAS DE DOR

Vagueio por estas ruas violadas,
Do violado Tâmisa ao derredor,
E noto em todas as faces encontradas
Sinais de fraqueza e sinais de dor.

— William Blake, "Londres"

Grace suspeitava de que era noite. Não tinha realmente como saber, exceto pela natureza variável das refeições que lhe eram trazidas: mingau de aveia para o café da manhã, sanduíches para o almoço e o jantar, o qual, naquela noite, tinha sido cordeiro com geleia de groselha. Era tudo muito melhor do que a mãe costumava lhe oferecer.

Ela também recebera dois vestidos de linho simples, de uma cor parecida com osso, não diferente das túnicas que os Irmãos usavam. Imaginou que pelos Irmãos poderia ficar na cela totalmente nua que eles não dariam a mínima, mas ela se vestia com cuidado todos os dias e trançava o cabelo mesmo assim. Parecia que não fazer isso era desistir de alguma coisa, e naquela noite ela estava feliz por ter feito, pois passos suaves indicaram um visitante.

Ela se sentou na cama, o coração acelerado. *Jesse?* Será que ele a perdoara? Retornara? Havia tanto que ela queria dizer, explicar a ele...

— 345 —

Corrente de Espinhos

— Grace. — Era Christopher. O gentil Christopher. As tochas queimando no corredor, colocadas ali para ela pelo Irmão Zachariah, já que os Irmãos não precisavam de luz, mostravam a ela que Christopher estava sozinho, sem casaco e com uma sacola de couro por cima do ombro.

— Christopher! — sussurrou ela. — Você entrou escondido?

Ele pareceu confuso.

— Não, é lógico que não. Irmão Zachariah me perguntou se eu conhecia o caminho e eu confirmei que sabia, então ele foi cuidar de outros assuntos. — Christopher segurou alguma coisa que brilhava. Uma chave. — Ele também disse que eu podia entrar na cela e visitar você. Ele diz que confia que você não vai tentar fugir, o que é ótimo.

Entrar na cela? Grace não estivera perto de outro ser humano sem grades entre eles pelo que parecia uma eternidade. *Era* gentileza de Zachariah permitir que um amigo entrasse na cela dela, pensou Grace, quando Christopher destrancou a porta e a abriu, as dobradiças rangendo. Gentileza ainda a pegava desprevenida, deixando-a confusa e quase desconfortável.

— Lamento haver apenas uma cadeira — falou Grace. — Então vou permanecer sentada na cama, se não tiver problema. Sei que não é adequado.

— Não acho que as regras normais de etiqueta britânica se aplicam aqui — falou Christopher, sentando-se com a sacola no colo. — A Cidade do Silêncio não fica em Londres, fica em toda parte, não é? Poderíamos sair pela porta e estar no Texas ou em Malacca. Então podemos improvisar qualquer regra de educação que quisermos.

Grace não conseguiu evitar um sorriso.

— Isso faz surpreendente sentido. Mas, por outro lado, você sempre faz. Veio discutir as anotações pessoalmente? Eu tive algumas ideias, formas como o processo pode ser refinado ou experimentos que poderiam ser tentados...

— Não precisamos falar sobre as anotações — interrompeu Christopher. — É a festa de Natal do Instituto hoje à noite, sabe. — Ele começou a vasculhar a sacola. — E eu pensei, já que você não pode ir, que eu poderia tentar trazer um pouco da festa até você. Lembrar a você de que, embora esteja aqui, não é para sempre, e em breve você será novamente alguém que vai a festas. — Como se realizando um truque de mágica, ele sacou uma garrafa

— 346 —

de vidro verde. — Champanhe — anunciou. — E taças para champanhe. — Essas ele também tirou da sacola, e apoiou na pequena mesa de madeira ao lado da cama de Grace.

Havia uma sensação no estômago de Grace que ela não reconhecia, um tipo de borbulhar, como o próprio champanhe.

— Você é um rapaz muito estranho.

— Eu sou? — perguntou Christopher, parecendo legitimamente surpreso.

— Você é — respondeu Grace. — Você é bastante sensível para um cientista.

— É possível ser os dois — falou Christopher, descontraído. A bondade dele, como a de Zachariah, a deixava quase preocupada. Ela jamais teria esperado aquilo, não de um dos amigos de James, que tinha todos os motivos para não gostar dela. Mas ele parecia determinado em seu desejo de se certificar de que Grace não se sentisse completamente abandonada ou esquecida.

E, no entanto, era tudo baseado em uma farsa. Grace sabia disso agora, pela reação de Jesse ao que ela dissera. Ele teria descoberto sozinho, de toda forma, Grace tinha certeza; mas se ela não tivesse contado a ele, cada parte do relacionamento deles teria sido uma mentira. Agora, pelo menos, se ele a perdoasse...

Com um *pop* sonoro, Christopher removeu a rolha do alto da garrafa. Ele serviu duas taças, colocou a garrafa em uma prateleira e estendeu uma delas para Grace: era uma coisa estranhamente bela na cela melancólica, o líquido de cor dourada brilhando.

— Christopher — falou Grace, aceitando a taça. — Tem algo que preciso contar a você.

Seus olhos cor de lavanda — uma cor tão bela e peculiar — se arregalaram.

— O que aconteceu?

— Não é exatamente assim. — Solenemente, Christopher tilintou a taça contra a dela. Ela tomou um longo gole, e o líquido fez seu nariz coçar. Grace precisou segurar um espirro. Era melhor do que ela se lembrava. — É algo que fiz... com alguém. Uma coisa terrível, secretamente.

A testa dele se franziu.

— Foi alguma coisa que você fez comigo?

— Não — disse ela, apressada. — De jeito nenhum. Não tem nada a ver com você.

— Então provavelmente — observou ele — não é para mim que você precisa confessar, mas para a pessoa a quem você fez.

A voz dele era séria. Grace olhou para Christopher, para seu rosto gentil e sério, e pensou: *Ele suspeita. Não sei como, e talvez ele apenas especule, mas... ele imagina algo bem próximo da verdade.*

— Grace — disse ele. — Tenho certeza de quem quer que você tenha prejudicado vai perdoar você. Se explicar como aconteceu, e por quê.

— Eu já confessei — admitiu ela, baixinho. — Para aquele que prejudiquei. Não posso dizer que ele me perdoou nem que mereço seu perdão. — Ela mordeu o lábio. — Não tenho o direito de pedir — acrescentou, lentamente. — Mas se você pudesse me ajudar...

Christopher olhou para ela com seu olhar fixo de cientista.

— Ajudar você com o quê?

— Tem outra pessoa — continuou ela — que foi muito magoada pelas minhas ações sem ter qualquer culpa. Alguém que merece saber a verdade. — Ela respirou fundo. — Cordelia. Cordelia Carstairs.

—

Lucie jamais teria admitido em voz alta, mas ela estava satisfeita que a festa de Natal ainda fosse acontecer. Ela se reencontrara com Jesse no baile do Instituto, mas ele era um fantasma e ela era a única que podia vê-lo: tinha sido impactante, mas não exatamente *romântico*. Essa era sua primeira chance de dançar com ele como um homem vivo, que respirava, e Lucie estava animada e nervosa.

O clima do lado de fora estivera elétrico o dia todo, carregado com a promessa de uma tempestade que ainda não caíra. Lucie estava sentada à penteadeira conforme o sol mergulhava mais baixo do lado de fora da janela, incendiando o horizonte com escarlate enquanto sua mãe dava os toques finais em seu cabelo. Tessa tinha crescido sem uma criada e aprendera cedo a fazer o próprio cabelo. Era excelente em ajudar Lucie com o dela, e algumas das melhores lembranças de Lucie eram da mãe trançando seu cabelo enquanto recitava para ela o enredo de um romance que acabara de ler.

— 349 —

Corrente de Espinhos

— Você pode prender meu cabelo com isso, mamãe? — pediu Lucie, estendendo o pente dourado. Jesse lhe dera mais cedo naquele dia, dizendo apenas que gostaria de vê-la o usando de novo.

— É claro. — Tessa habilmente colocou uma mecha do topete francês de Lucie no lugar. — Está nervosa, meu amor?

Lucie tentou dar uma resposta negativa sem mover a cabeça.

— Por causa de Jesse? Acho que ele vai se sair bem como Jeremy. Ele precisou fingir muito na vida. E ainda será um Blackthorn.

— Por sorte — disse Tessa —, os Blackthorn têm uma reputação longeva por serem todos parecidos. Cabelo preto, olhos azuis ou verdes. Sinceramente, imagino que todos vão ficar simplesmente encantados por ter alguém novo para perturbar e sobre quem fofocar. — Ela deslizou alguns grampos de ouro e marfim no cabelo de Lucie. — Ele é um menino encantador, Lucie. Sempre perguntando o que pode fazer para ajudar. Acho que não está acostumado com gentileza. Ele está lá embaixo no salão de baile com seu pai, ajudando com a árvore. — Ela piscou um olho. — E está muito bonito.

Lucie riu.

— Espero que esteja falando de Jesse, não do papai.

— Seu pai também está muito bonito.

— Tudo bem para você achar isso — ressaltou Lucie. — Eu posso achar a ideia aterrorizante.

— Por que não nos contou sobre Jesse? Antes, quero dizer? — Tessa pegou um par de brincos de Lucie, gotas cinza-gelo incrustadas em ouro, e entregou a ela. A única outra joia de Lucie era o medalhão Blackthorn em volta do pescoço.

— Quer dizer quando ele era um fantasma? Porque ele era um fantasma — respondeu Lucie, com um sorriso. — Achei que você teria reprovado.

Tessa deu uma risada baixa.

— Lucie, meu amor, eu sei que para você eu sou a sua velha mãe chata, mas eu tive minhas aventuras quando era mais jovem. E — acrescentou ela, com uma voz mais séria — eu sei que não tem como eu embrulhar você em lã de algodão e protegê-la de todo perigo, por mais que eu queira. Você é uma Caçadora de Sombras. E eu tenho orgulho de você por isso. — Ela prendeu

— 350 —

CASSANDRA CLARE

a última mecha do cabelo de Lucie com o pente dourado e se afastou para admirar seu trabalho. — Pronto. Acabei.

Lucie se olhou no espelho. Sua mãe tinha deixado o penteado frouxo, com cachos caindo de cada lado de seu rosto. Grampos de marfim quase invisíveis seguravam a estrutura toda no lugar e combinavam com a borda de renda marfim do seu vestido de seda cor de lavanda. As Marcas se destacavam pretas e nítidas em sua pele: Agilidade, na clavícula, e a Marca de Vidência, na mão.

Lucie se levantou.

— Essa é uma das minhas partes preferidas da festa de Natal, sabe — disse ela.

— Qual é? — perguntou Tessa.

— A parte em que você faz meu cabelo antes — respondeu Lucie, e beijou a mãe na bochecha.

Thomas olhou com raiva para a cesta de frutas, e a cesta de frutas olhou de volta.

Ele estava de pé na calçada diante de Cornwall Gardens havia quase dez minutos e tinham acabado suas desculpas para seu fracasso em bater à porta. Além disso, ele tinha pisado em uma poça fria ao sair da carruagem e suas meias estavam molhadas.

A cesta de frutas era para a mãe de Alastair, Sona. Eugenia era quem devia entregá-la, mas algum tipo de emergência surgira na qual cabelo fora queimado em uma tentativa de cacheá-lo, e a casa fora dominada pelo caos. De alguma forma, Thomas, apenas parcialmente vestido para a festa, se vira sendo enfiado em uma carruagem pelo pai, com a cesta em mãos. Gideon Lightwood tinha encostado na carruagem e dito solenemente:

— É uma coisa muito, muito melhor a fazer do que as que já fez antes. — O que não pareceu nada engraçado para Thomas. Depois disso, seu pai fechou a porta da carruagem.

Thomas abaixou o rosto para a cesta de novo, mas o objeto insistia em não lhe oferecer conselhos. Parecia conter algumas laranjas, e uma lata

— 351 —

de biscoito e alguns doces de festas bem embrulhados. Era realmente um gesto carinhoso da sua família, lembrou-se ele, e nada com que devesse se preocupar. E ele já havia verificado que a carruagem dos Carstairs não estava ali para se certificar de que Alastair e Cordelia já tinham saído para a festa. Dizendo a si mesmo que estava sendo ridículo, Thomas ergueu a mão e bateu com firmeza à porta.

A qual foi atendida imediatamente por Alastair.

— O que você está *fazendo* aqui? — perguntou Thomas, indignado.

Alastair olhou para ele, as sobrancelhas escuras erguidas.

— Eu *moro* aqui — observou ele. — Thomas, você me trouxe uma cesta de frutas?

— Não — respondeu Thomas, irritado. Ele sabia que era injusto, mas não podia deixar de sentir que Alastair tinha pregado uma peça nele ao estar em casa quando Thomas não esperava. — É para a sua mãe.

— Ah. Bem, entre, então — convidou Alastair, abrindo a porta. Thomas cambaleou para dentro e apoiou a cesta na mesa da entrada. Ele se virou para Alastair e imediatamente se lançou no discurso que preparara no caminho:

— A cesta é da minha mãe e da tia Cecily. Elas estavam preocupadas de sua mãe se sentir esquecida, pois todos vão estar na festa hoje à noite. Queriam que ela soubesse que estavam pensando nela. E por falar nisso — acrescentou ele antes de conseguir se impedir —, por que você não está no Instituto?

Ele olhou Alastair de cima a baixo — Alastair não estava vestido como alguém planejando ir a uma festa. Ele estava usando camisa, o suspensório pendurado em volta do quadril, os pés em chinelos. Parecia emburrado, irritado e feroz, como um príncipe persa de um conto de fadas.

Um príncipe persa de um conto de fadas? CALE A BOCA, THOMAS.

Alastair deu de ombros.

— Se eu vou partir para Teerã em breve, não parece que vale a pena socializar com o Enclave. Achei que poderia passar uma noite produtiva em casa, lendo alguns dos livros da Cordelia sobre paladinos. Ver se conseguia encontrar alguma coisa que pudesse ajudar.

— Então Cordelia foi à festa sozinha?

— Com Anna e Ari. Ela saiu um pouco mais cedo para buscá-las.

Uma pausa desconfortável recaiu sobre a entrada. Thomas sabia que o certo a dizer era algo como: *Bem, eu preciso ir.* Em vez disso, ele falou:

— Então o seu plano é ficar emburrado em casa sozinho a noite toda? Em vez de ir a uma festa com seus amigos?

Alastair lançou a ele um olhar azedo.

— Eles não são meus amigos.

— Você diz esse tipo de coisa com frequência — falou Thomas. — Quase como se, caso repetisse bastante, se tornasse verdade. — Ele cruzou os braços sobre o peito largo. Estava usando seu melhor casaco preto, o qual repuxava na costura sobre os ombros. — Se você não for, também não vou. Vou ficar em casa, e o meu desespero não conhecerá limites.

Alastair piscou.

— Não há motivo para isso — observou ele. — Você tem todo motivo para ir...

— Mas não vou — garantiu Thomas. — Vou permanecer em casa, desesperado, me lamentando. A escolha é sua.

Alastair levantou um dedo por um momento, como se fosse falar, então pensou melhor.

— Ora. Maldito seja, Lightwood.

— Alastair? — veio uma voz tranquila da sala. Sona; lógico que a teriam trazido para baixo, para evitar que ela precisasse subir as escadas todos os dias. — *Che khabare? Che kesi dame dar ast?* — *O que está acontecendo? Quem está à porta?*

Alastair olhou sombriamente para Thomas.

— Tudo bem — cedeu ele. — Vou para sua festa idiota. Mas você vai precisar entreter minha mãe enquanto eu me visto.

E com isso, ele se virou e subiu.

Thomas jamais tinha ficado sozinho com a mãe de Alastair. Antes que pudesse perder a compostura de vez, Thomas pegou a cesta de frutas e a levou para a sala.

Sona estava sentada, apoiada em um divã por cerca de mil almofadas de várias cores intensas. Ela usava um robe de brocado e estava agasalhada com um espesso cobertor, o qual se elevava como uma montanha sobre a sua barriga. Sem saber para onde olhar, Thomas cuidadosamente colocou

Corrente de Espinhos

a cesta na mesa ao lado dela. Ele explicou a natureza do presente enquanto Sona sorria encantadoramente.

— Ah, nossa! — exclamou ela. — Isso foi tão atencioso delas. Eu me *sinto* cuidada, e só isso é um presente adorável.

— *Ghâbel nadâre* — falou Thomas. *De nada*. Era um risco... Ele tinha estudado persa sozinho, e também ajudara James com o idioma. Sabia que a frase significava *Não é digno de você*, e era algo comum de dizer ao presentear alguém. Também não tinha certeza se estava pronunciando corretamente, e tinha quase certeza de que as pontas de suas orelhas estavam ficando vermelhas.

Os olhos de Sona brilharam.

— Tantos jovens aprendendo persa ultimamente — comentou ela, como se achasse graça. Ela se inclinou para a frente. — Diga-me, onde está meu filho? Espero que ele não tenha abandonado você na porta da frente.

— De jeito nenhum — falou Thomas. — Eu consegui convencê-lo a ir à festa de Natal. Ele foi trocar de roupa.

— Você *conseguiu convencê-lo* — repetiu Sona, como se Thomas tivesse alegado ter velejado pelo mundo de canoa. — Bem, eu — ela olhou para Thomas com atenção — fico feliz que Alastair tenha um amigo que vai zelar pelos interesses dele, mesmo quando ele não fizer isso. Não como aquele *ahmag* do Charles — acrescentou Sona, como se para si mesma. Mas ela estava olhando para Thomas com ainda mais atenção do que antes.

— Charles? — ecoou Thomas. Não tinha como Sona não fazer ideia...

— Charles jamais se importou com Alastair — disse Sona. — Não da forma como ele merece que se importem com ele. Alastair merece ter alguém em sua vida que entenda como ele é realmente maravilhoso. Que sofra quando ele sofre, que fique feliz quando ele está feliz.

— Sim — concordou Thomas —, ele merece. — E sua mente acelerou. Será que Sona sabia que ele queria ser essa pessoa para Alastair? Será que ela sabia que Alastair e Charles tinham se envolvido romanticamente? Será que ela estava dando a Alastair e Thomas sua bênção? Será que ele estava inventando coisas em sua mente febril? — Eu acho — disse ele, por fim, mal percebendo o que estava dizendo — que a pessoa que mais se coloca entre Alastair e a felicidade é o próprio Alastair. Ele é corajoso, é leal, e seu

— 354 —

coração... — Ele percebeu que estava corando. — Suponho que eu deseje que Alastair tratasse a *ele mesmo* como merece ser tratado.

Sona sorria para dentro da cesta de frutas.

— Eu concordo. Quando criança, Alastair era sempre carinhoso. Somente quando ele foi para aquela escola...

Ela parou quando Alastair entrou apressado na sala. Ninguém poderia adivinhar que ele tinha se arrumado às pressas. Alastair estava impressionantemente elegante de preto e branco, os olhos luminosos e profundos. A curva de seu pescoço tão graciosa quanto a asa de um pássaro.

— Muito bem, Thomas — disse ele. — Se já terminou de perturbar a minha mãe com frutas, nós podemos muito bem seguir nosso caminho.

Thomas não disse nada quando Alastair atravessou a sala para beijar a bochecha da mãe; eles conversaram em persa rápido demais para Thomas entender. Ele apenas observou Alastair: Alastair sendo carinhoso, Alastair sendo amoroso, o Alastair que Sona conhecera, mas que Thomas tão raramente via. Quando Alastair se despediu da mãe, Thomas não deixou de se perguntar: se Alastair estava tão completamente determinado a esconder de Thomas essa parte de si, será que *importava* que Thomas soubesse que ela sequer existia?

———

O salão de baile tinha se tornado uma floresta de inverno dos contos de fadas, de guirlandas de azevinho e hera, frutas silvestres vermelhas contra verde--escuro e visco branco pendurado acima de todas as ombreiras de portas.

Para Lucie, parecia adequado. Afinal de contas, ela e Jesse tinham se conhecido em uma floresta, a Floresta Brocelind, em Idris, onde fadas montavam armadilhas ardilosas, e flores brancas que brilhavam à noite cresciam entre o musgo e as cascas de árvores.

A festa ainda não tinha começado oficialmente, mas a correria para aprontar tudo antes que os convidados chegassem estava à toda. O problema da árvore de Natal faltando havia sido resolvido por Tessa, que tinha convencido Magnus a criar uma escultura em formato de árvore com uma variedade de armas antes de ele partir para Paris. O tronco da árvore era

Corrente de Espinhos

feito de espadas: espadas de ganchos e alfanges, espadas longas e katanas, todas unidas por fio demoníaco. No alto da árvore havia uma estrela dourada, da qual pendiam lâminas menores: adagas e *zafar takieh, bagh nakh*, e *cinquedeas, jambiyas* e *belawas* e punhais incrustados de joias.

Bridget e uma equipe menor de empregados e criados estavam correndo de um lado para outro, montando as mesas de refrescos com as tigelas de prata de ponche e vinho com especiarias, pratos com groselha e molhos para pão ao lado de pudins de ameixa e ganso assado recheado com maçãs e castanhas. Velas brilhavam de cada alcova, iluminando a sala com luz suave. Fitas douradas e correntes de papel pendiam de ganchos nas paredes. Lucie conseguia ver seus pais perto das portas do salão de baile, absortos em conversa: o cabelo de Will estava cheio de folhas de pinheiro, e conforme Lucie observava, a mãe esticou a mão e tirou uma com um sorriso tímido. Will a recompensou com um olhar de tanta adoração que Lucie desviou rapidamente o olhar.

Ao lado da árvore de armas estava uma escada alta, na qual Jesse estava empoleirado, tentando colocar uma miniatura de Raziel no alto da estrela dourada. Quando ele a viu, sorriu, seu sorriso intenso e lento que a fazia pensar em chocolate amargo, forte e doce.

— Espere — pediu ele. — Vou descer, mas vai levar um momento, essa escada está unida por Marcas antigas e um espírito de otimismo.

Ele desceu e se virou para Lucie. Jesse não sorria agora, embora a mãe dela não estivesse errada. Ele *estava* lindo em suas novas roupas fornecidas por Anna e James. Elas cabiam nele, acompanhando as linhas de seu corpo esguio, o colarinho de veludo esmeralda de sua sobrecasaca realçando o verde de seus olhos e emoldurando o elegante formato de seu rosto.

— Lucie — disse ele, puxando-a um pouco para trás da árvore de armas. Ele a olhava de uma forma que fez Lucie sentir-se aquecida, como se o corpo inteiro dela estivesse corado. Uma forma que dizia que ele sabia que não deveria olhar para ela daquele jeito, mas que não podia evitar. — Você está... — Ele levantou a mão como se para tocar o rosto dela, então a baixou rapidamente, seus dedos se fechando em frustração. — Eu quero fazer um discurso romântico...

— Bem, você deveria — falou Lucie. — Eu o encorajo firmemente.

CASSANDRA CLARE

— Não posso. — Ele se aproximou. Lucie conseguia sentir o cheiro de Natal nele, o cheiro de pinheiro e neve. — Tem algo que preciso dizer a você — falou ele. — Você procurou Malcolm, não foi? Sobre o que estava acontecendo quando... Com a gente?

Ela assentiu, confusa.

— Como você sabia?

— Porque ele me mandou uma mensagem — respondeu Jesse, olhando para Will e Tessa como se, embora estando bastante distantes, os dois pudessem ouvir. — Ele está no Santuário, e quer ver você.

———

Entrar no Santuário não fazia parte dos planos de Lucie para a noite, e ela ficou cada vez mais infeliz por estar ali quando percebeu que ainda estava decorado para os ritos funerários de Jesse. Havia a maca fúnebre em que seu corpo tinha sido colocado, com a mortalha de musselina e o círculo de velas. Lá também estava a venda de seda branca que havia sido amarrada em seus olhos, descartada no chão ao lado da maca. Ela tinha certeza de que ninguém no Instituto, funcionário ou residente, sabia o que fazer com a venda. Ela jamais ouvira falar de uma que tivesse sido usada em um corpo, mas não cremada com ele.

Malcolm, todo de branco, estava sentado em uma cadeira perto de um candelabro apagado. O terno dele parecia brilhar à luz fraca das janelas altas.

— Nephilim jamais limpam a sujeira deles, ao que parece — disse ele. — Suponho que seja muito adequado.

— Vejo que recebeu minha mensagem. — Lucie inclinou a cabeça para o lado. — Embora não tenha necessidade para esse tipo de subterfúgio. Você poderia simplesmente visitar. Você é o Alto Feiticeiro de Londres.

— Mas então eu precisaria prestar meu respeito, conversar com seus pais. Fingir que eu tinha outros assuntos que precisavam de atenção. Nesse caso, eu vim falar apenas com você. — Malcolm se levantou e seguiu para a maca. Ele apoiou a mão longa na mortalha de musselina amassada em cima. — O que você fez aqui — disse ele, a voz baixa. — Realmente maravilhoso. Um milagre.

— 357 —

Corrente de Espinhos

E subitamente Lucie viu como se estivesse acontecendo de novo: Jesse se sentando, o peito tremendo quando ele tomou o primeiro fôlego em sete anos, seus olhos se virando para olhar para ela em choque e confusão. Lucie conseguia sentir o arquejo das respirações desesperadas e vorazes dele. Conseguia sentir o cheiro da pedra fria e das chamas das velas. Conseguia sentir o clangor no chão quando...

— Tem alguma coisa errada — disse ela. — Quando eu estou perto de Jesse, quando nos beijamos ou nos tocamos...

Malcolm pareceu alarmado.

— Talvez essa seja uma conversa para ter com a sua mãe — disse ele. — Certamente ela já, hã, contou a você como essas coisas funcionam...

— Eu sei sobre *beijar* — disse Lucie, irritada. — E isso não é nada normal. A não ser que *normal* seja levar seus lábios aos de outra pessoa e sentir como se você estivesse caindo... mais e mais rápido na direção de uma escuridão infinita e escancarada. Uma escuridão que está cheia de silhuetas reluzentes como constelações estrangeiras, sinais que parecem familiares, mas estão modificados de jeitos estranhos. E vozes gritando... — Ela respirou fundo. — Só dura até o contato com Jesse cessar. Então estou de volta em chão firme outra vez.

Malcolm se abaixou para pegar a venda de seda. Ele a passou entre os dedos, sem dizer nada. Provavelmente imaginava que ela estava sendo ridícula, pensou Lucie, uma menina tola que ficava atordoada quando um garoto se aproximava dela.

Com a voz baixa, ele disse:

— Não gosto de como isso soa.

Lucie sentiu seu estômago tremer e despencar. Talvez ela tivesse *esperado* que Malcolm dispensasse o assunto como se não fosse nada.

— Eu suspeito — prosseguiu Malcolm — de que ao ressuscitar Jesse você tenha usado seu poder de uma forma como jamais usou antes. E esse poder vem das sombras, você sabe disso tão bem quanto eu. É possível que ao forçá-lo até o limite, você tenha forjado um canal entre você mesma e seu avô demônio.

Lucie percebeu que estava sem fôlego.

— Será que o meu... Será que Belial sabe disso?

CASSANDRA CLARE

Malcolm ainda estava olhando para a venda nas mãos.

— Não saberia dizer. Você sente como se ele estivesse tentando se comunicar?

Lucie balançou a cabeça.

— Não.

— Então acho que podemos presumir que ele ainda não está ciente. Mas você deveria evitar atrair a atenção dele. Pode muito bem haver uma forma de partir essa conexão. Vou me dedicar a descobrir. Enquanto isso, não apenas você deveria evitar beijar Jesse, mas deveria deixar de sequer tocar nele. E deveria evitar convocar ou comandar fantasmas. — Ele olhou para cima, seus olhos roxo-escuros quase pretos na escuridão. — Pelo menos não precisa se preocupar sobre eu não estar motivado para ajudar você. Apenas depois que for seguro para você interagir com a magia da vida e da morte você poderá chamar Annabel das sombras.

— Sim — respondeu Lucie, lentamente. Era melhor que ele estivesse pessoalmente investido, de fato. Mas ela não gostava da expressão nos olhos do feiticeiro. — Vou ajudar você a se despedir de Annabel, Malcolm. Eu prometi, e pretendo manter essa promessa.

— Me despedir — repetiu ele, baixinho. Havia uma expressão no rosto dele que Lucie não vira antes, mas logo sumiu. No entanto, ele disse, com calma: — Vou consultar minhas fontes e voltarei assim que tiver respostas. Enquanto isso...

Lucie suspirou.

— Evitar tocar em Jesse. Eu sei. Preciso voltar — acrescentou ela. — Se você quiser vir para a festa, será bem-vindo.

Malcolm inclinou a cabeça, como se pudesse ouvir a música pelas paredes. Talvez pudesse.

— Os Blackthorn tinham uma tradicional festa de Natal quando eu era menino — disse ele. — Eu nunca fui convidado. Annabel saía de fininho durante as festividades, e nós nos sentávamos juntos, olhando para o oceano, compartilhando os bolos com glacê que ela contrabandeava nos bolsos do casaco. — Ele fechou os olhos. — Tente não colecionar nenhuma lembrança dolorosa, Lucie — aconselhou. — Não se apegue demais a nada nem a ninguém, pois se os perder, as lembranças vão te corroer como um veneno incurável.

— 359 —

Corrente de Espinhos

Não parecia haver nada a responder a isso. Lucie observou Malcolm sumir para fora do Santuário, e ela se recompôs para subir de novo. Lucie se sentia completamente gélida. Já era ruim o bastante saber que tocar o garoto que amava poderia conectá-la ainda mais com Belial, o demônio que um dia o torturara, mas como diabos ela poderia explicar isso a Jesse?

—

Quando James chegou ao salão de baile, um bom número de convidados já estava lá. Havia família — suas tias e seus tios, embora ele ainda não tivesse visto os primos, ou Thomas. Eugenia estava lá, parecendo furiosa e usando um gorro de veludo amarelo por cima do que parecia ser cabelo levemente chamuscado. Esme Hardcastle estava discursando para os Townsend sobre a diferença entre Natais mundanos e dos Caçadores de Sombras, e os Pounceby admiravam a árvore de armas, junto com Charlotte, Henry e Charles. Thoby Baybrook e Rosamund Wentworth chegaram juntos, usando trajes combinando de veludo cor-de-rosa, que estranhamente ficavam melhor em Thoby do que em Rosamund.

Aqueles que *estavam* ali estavam em menor número do que aqueles — Cordelia, Anna, Ari e Matthew — que ainda não tinham chegado. O que era confuso, no entanto, era a ausência de Lucie. Jesse estava à porta com Will e Tessa, presumivelmente sendo apresentado aos convidados que chegavam como "Jeremy Blackthorn", mas Lucie não estava à vista, e não era do feitio dela deixar Jesse para encarar a festa sozinho.

James se perguntou se deveria pegar uma taça de champanhe. Sob circunstâncias normais, ele teria, mas com tudo que acontecera com Matthew, a ideia de aplacar o nervosismo com álcool tinha perdido seu apelo. E ele *estava* nervoso. Sempre que as portas do salão de baile se abriam, ele virava a cabeça, torcendo por um lampejo de cabelo escarlate, um relance de olhos escuros. Cordelia. Ele tinha algo que precisava desesperadamente contar a ela, e embora não fosse exatamente o cerne de seu segredo, estava bem próximo.

Ele sabia muito bem que deveria estar pensando no que tinha acontecido naquela tarde. No espelho, na visão de Belial, nos demônios Quimera.

A questão de quem Belial estava possuindo. Mundanos? Seria uma tarefa inútil, no entanto, enviar mundanos, mesmo possuídos, atrás de Caçadores de Sombras. Mas da última vez que vira Cordelia, ela tinha dito: *"Amanhã, na festa. Nos falaremos lá"*, e não importa o número de Príncipes do Inferno, aquilo era praticamente tudo em que ele conseguia pensar.

Praticamente. As portas do salão de baile se abriram. Dessa vez era Matthew, usando uma sobrecasaca que rivalizava com um rei. Havia brocados de violeta, verde e prata, e uma franja dourada com borlas. Em qualquer outra pessoa teria parecido uma fantasia, mas em Matthew parecia vintage. Eram folhas brilhando em seus cabelos? Matthew parecia um pouco como se estivesse prestes a interpretar Puck de *Sonho de uma noite de verão*.

James começou a sorrir no momento em que sua tia Cecily avançou até ele. Ela segurava o Alex de três anos por uma das mãos. Alex usava um terno de marinheiro em veludo azul, com um chapéu combinando de fita branca.

— A estreia dele, pelo que vejo — comentou James, olhando para Alexander, que estava de cara fechada. Ele não parecia gostar do terno de marinheiro, e James não o culpava.

Cecily pegou Alex nos braços com um sorriso.

— E por falar em estreias, eu acho que aquele menino Blackthorn que vocês todos adotaram pode precisar de resgate.

Isso se revelou verdade. Os músicos tinham chegado, o que requeria que Will e Tessa mostrassem a eles onde colocar os instrumentos. Na confusão resultante, Jesse tinha ficado preso em uma alcova ao lado de Rosamund Wentworth. Ela obviamente já fora apresentada a Jesse, ou, pelo menos, James esperava que tivesse sido, considerando o quão intensamente falava com ele. Conforme James se aproximou dos dois, Jesse lançou a ele um olhar de súplica.

— Jeremy, Rosamund — cumprimentou James. — Que bom ver vocês. Jeremy, estava me perguntando se você estaria interessado em um jogo de cartas no salão de jogos...

— Ah, não seja um *estraga-prazeres*, James — reclamou Rosamund. — Está cedo demais para os cavalheiros se retirarem para o salão de jogos. E eu acabei de conhecer Jeremy.

— 361 —

Corrente de Espinhos

— Rosamund, ele agora é parte do Enclave de Londres. Você vai se encontrar com ele de novo — falou James, conforme Jesse gesticulava para James como alguém sendo salvo de um navio afundando.

— Mas veja os *olhos* dele. — Ela suspirou, como se Jesse não estivesse, de fato, presente. — Não são absolutamente de *morrer*? Ele não é *divino*?

— Excruciantemente — respondeu James. — Às vezes me dói só de olhar para ele.

Jesse lançou um olhar sombrio para James. Rosamund puxou a manga de Jesse.

— Eu achei que seria apenas os mesmos chatos de sempre, então, que surpresa agradável que você é! — exclamou Rosamund. — Onde disse que cresceu?

— Quando meus pais voltaram para a Inglaterra, eles se estabeleceram em Basingstoke — respondeu Jesse. — Eu morei lá até descobrir que era um Caçador de Sombras, e decidi voltar para o campo de batalha.

— Uma história trágica, de fato — disse Matthew, que tinha aparecido ao lado de James.

— Não é nada trágica — resmungou Rosamund.

— Ser de Basingstoke é uma tragédia por si só — insistiu Matthew.

James sorriu. Eles *tinham* escolhido Basingstoke porque era um lugar chato o bastante para não inspirar muitas perguntas.

— Rosamund — disse Matthew —, Thoby está procurando por você em toda parte.

Aquilo era óbvia e descaradamente uma mentira. Thoby estava cutucando a árvore de armas, uma caneca de sidra na mão, conversando com Esme e Eugenia. Rosamund franziu a testa desconfiada para Matthew, mas saiu para se juntar ao noivo.

— As pessoas são sempre assim nas festas? — perguntou Jesse logo que ela se foi.

— Grosseiras e estranhas? — observou James. — Na minha experiência, cerca de metade do tempo.

— E há aquelas que são charmosas e espetaculares — ressaltou Matthew —, embora eu precise admitir que há menos de nós do que do outro tipo.

— 362 —

CASSANDRA CLARE

— Ele estremeceu, então, e tocou a cabeça como se doesse. James e Jesse trocaram um olhar de preocupação.

— Então — falou James, tentando manter a voz tranquila —, suponho que a pergunta seja quem você deseja conhecer primeiro: as pessoas mais agradáveis, as desagradáveis, ou uma mistura das duas?

— É necessário conhecer pessoas desagradáveis? — perguntou Jesse.

— Infelizmente, sim — respondeu Matthew. Ele não estava mais segurando a cabeça, mas parecia pálido. — Para você poder estar mais bem preparado para se proteger contra as astúcias delas.

Jesse não respondeu, ele estava olhando para a multidão. Não, percebeu James, ele estava olhando para alguém abrindo caminho entre a multidão: Lucie, parecendo élfica em um vestido claro cor de lavanda. O medalhão dourado em volta do pescoço brilhava como um farol. Ela sorriu para Jesse, e Matthew e James trocaram um olhar.

Um momento depois, eles tinham se dispersado, e Lucie e Jesse estavam sussurrando juntos na alcova. James tinha total confiança de que Lucie podia facilmente mostrar o lugar a Jesse *e* afastar as Rosamund Wentworth do mundo.

Ele estava menos confiante de que Matthew estivesse bem. James o levou para uma das pilastras enroscadas em festão metálico no canto do salão, tentando avaliar o rosto dele. Matthew parecia aflito, e havia um tom esverdeado em sua pele; os olhos dele estavam injetados.

— Eu presumo que não esteja me encarando porque está hipnotizado pela minha beleza ou minha *haute couture* — observou Matthew, recostando na pilastra.

James esticou o braço e tirou uma das folhas do cabelo de Matthew. Era verde-pálido, com as bordas douradas: não uma folha de verdade, mas esmaltada. Beleza pintada ocupando o lugar de algo vivo.

— Math. Você está bem? Está com a coisa que Christopher te deu?

Matthew bateu no bolso do peito.

— Sim. Eu estou dosando como instruído. — Ele olhou para o outro lado da sala. — Eu sei o que estaria fazendo em uma festa normal — disse ele. — Perambulando, entretendo. Escandalizando Rosamund e Catherine. Brincando com Anna. Sendo engraçado e charmoso. Ou pelo menos eu

Corrente de Espinhos

achava que era engraçado e charmoso. Sem o álcool, eu... — A voz dele sumiu. — É como se eu estivesse vendo bonecos mecânicos interpretando seus papéis em uma casa de bonecas. Nada parece real. Ou talvez eu não seja real.

James notou que Thomas e Alastair tinham chegado, curiosamente juntos, e que Alastair estava olhando para eles, os olhos estreitados.

— Eu conheço você há muito tempo, Matthew — afirmou James. — Você era engraçado e charmoso muito antes de começar a beber. Você vai ser engraçado e charmoso de novo. É pedir demais de si mesmo justo neste momento.

Matthew olhou para ele.

— James — chamou ele. — Você sabe quando eu comecei a beber?

E James percebeu: ele não sabia. Não tinha visto, por causa da pulseira. Não tinha sentido mudanças em Matthew, e então tinha parecido tarde demais para perguntar.

— Deixa pra lá — falou Matthew. — Foi um processo gradual, é uma pergunta injusta. — Ele se retraiu. — Eu sinto como se houvesse um gnomo dentro da minha cabeça, batendo em meu crânio com um machado. Eu deveria dar a ele um nome. Alguma coisa legal e gnomesca. Snorgoth, o Esmaga-Crânio.

— Ora — disse James, — *isso* foi engraçado e charmoso. Pense em Snorgoth. Pense nele atacando com um machado pessoas de quem você não gosta. O Inquisidor, por exemplo. Talvez isso possa ajudar você a suportar a festa. Ou...

— Quem é Snorgoth? — Era Eugenia, que tinha se aproximado deles, o gorro amarelo torto sobre o cabelo preto. — Esqueçam. Não estou interessada nos seus amigos chatos. Matthew, dança comigo?

— Eugenia. — Matthew olhou para ela com uma afeição cansada. — Não estou com ânimo para dançar.

— *Matthew.* — Eugenia pareceu arrasada. — Piers fica pisando nos meus pés, e Augustus está espreitando como se quisesse valsar, o que eu *não* tenho condição de fazer. Uma dança — persuadiu ela. — Você é um excelente dançarino, e eu gostaria de me divertir um pouco.

Matthew pareceu terrivelmente sofrido, mas permitiu que Eugenia o levasse até a pista de dança. Conforme eles assumiam as posições para a próxima dança, uma de dois passos, Eugenia olhou para James. Ela desviou o olhar para as portas do salão de baile como se para dizer: *Olhe para lá*, antes de deixar Matthew puxá-la para a dança.

James seguiu o olhar de Eugenia e viu que seus pais estavam cumprimentando Anna e Ari, que tinham acabado de chegar — Anna com uma elegante sobrecasaca azul com fechos ornamentais dourados. Com elas estava Cordelia.

O cabelo incandescente dela estava preso em espirais trançadas em torno da cabeça, como se fosse uma deusa romana. Ela usava um vestido de um preto acetinado contrastante, as mangas curtas exibindo seus longos braços marrons até o cotovelo, a frente e as costas com decotes tão profundos que estava nítido que ela não usava corpete. Nenhum vestido pálido da moda, coberto de renda ou tule branco, poderia se comparar ao dela. Um trecho de um poema que James tinha lido um dia lampejou em sua mente: *vendo o formato da escuridão e do prazer*.

Ela olhou para James. Seu vestido destacava a profundidade de seus olhos. Em torno do pescoço brilhava sua única joia: o cordão com o globo que James dera a ela.

Cordelia pareceu ver que ele estava sozinho e levantou a mão para convidá-lo a se juntar a ela e aos pais dele à porta. James cruzou o salão em poucos passos, a mente acelerada: fazia sentido que ele devesse se juntar à sua esposa quando ela chegasse. Talvez Cordelia só estivesse pensando nas aparências.

Mas, disse aquela voz distante e esperançosa que ainda vivia em seu coração, a voz do menino que tinha se apaixonado por Cordelia durante um acesso de febre escaldante, *ela disse que deveríamos conversar. Na festa.*

— James — disse Will, animado —, fico feliz por você ter aparecido. Preciso da sua ajuda.

— Mesmo? — James olhou em volta da sala. — Tudo parece estar indo bem.

— *Will* — ralhou Tessa. — Você nem mesmo deixou que ele cumprimentasse Cordelia!

— Bem, os *dois* podem ajudar — anunciou Will. — O trompete de prata, James, aquele que foi dado à sua mãe pelo Instituto de Helsinki? Aquele que sempre usamos como arranjo de mesa no Natal? Ele sumiu.

— 365 —

Corrente de Espinhos

James trocou um olhar intrigado com Tessa. Ele estava prestes a perguntar ao pai do que diabos ele estava falando quando Will acrescentou:

— Tenho quase certeza de que foi deixado na sala de estar. Você e Cordelia podem pegar para mim?

Cordelia sorriu. Era um sorriso completamente sábio, o tipo que não revelava nada do que ela estava pensando.

— Certamente podemos.

Bem, pensou James, conforme ele e Cordelia atravessaram o salão de baile, *ou ela acredita na história sobre o trompete, ou aceitou que meu pai é uma pessoa excêntrica que precisa ser agradada.* Mais provavelmente, ele precisava admitir, era a última opção.

Ele seguiu Cordelia até a sala de estar e fechou as portas de correr atrás deles. James precisava admitir que raramente pensava muito na sala de estar. Ela costumava ser usada no fim das festas, quando as damas que estavam cansadas demais para dançar, mas não cansadas o suficiente para ir para casa, buscavam um lugar para conversar e fofocar e jogar cartas enquanto os homens se retiravam para a sala de jogos. Era antiquada, com cortinas pesadas cor de creme, e delicadas cadeiras com encosto de ripas e moldura dourada em torno de pequenas mesas dispostas para se jogar uíste e bridge. Decantadores de vidro lapidado reluziam sobre a lareira.

Cordelia se virou para fitar James.

— Não existe trompete de prata — disse ela —, existe?

James sorriu.

— Você conhece bem a minha família.

Cordelia prendeu uma mecha de cabelo rebelde atrás da orelha. O gesto lançou um lampejo de calor por James. Um gesto tão simples, um que ele desejava poder ele mesmo fazer. James desejava poder sentir a maciez do cabelo dela, da sua pele.

— É adorável que seu pai queira que fiquemos a sós — disse ela. — Mas também é verdade que precisamos conversar. — Ela ergueu a cabeça para olhar para James. — Na casa... Você disse que tinha algo a me mostrar.

E Cordelia corou. Apenas levemente, mas era encorajador mesmo assim. Ela parecia tão calma, vestida em sua elegância, quase intocável. Era um alívio saber que ela também se sentia inquieta.

— 366 —

CASSANDRA CLARE

— Sim — confirmou ele —, mas para eu mostrar a você, você vai precisar se aproximar.

Ela hesitou por um momento, então deu um passo na direção de James, e outro, até que ele conseguisse sentir o cheiro do perfume de Cordelia. Ela estava respirando rápido, as contas pretas que contornavam o decote de seu vestido brilhando conforme os seios dela subiam e desciam. A boca de James estava seca.

James esticou a mão, capturando o pingente dourado que pendia em volta do pescoço dela, o globo minúsculo que ele lhe dera. Aquele que Cordelia ainda usava, apesar de tudo.

— Sei que você acredita que eu só quero você agora que não posso tê-la — disse ele. — Mas não é verdade.

Ele bateu no pingente com o polegar. Houve um leve clique e o globo se abriu, e os olhos de Cordelia se arregalaram. De dentro, ele tirou um pequeno pedaço de papel, cuidadosamente dobrado.

— Você se lembra de quando eu dei isto a você?

Ela assentiu.

— Nosso aniversário de duas semanas, acredito — respondeu.

— Eu não contei a você na ocasião o que havia dentro — disse ele —, não porque não queria que soubesse, mas porque eu mesmo não conseguia encarar a verdade. Escrevi essas palavras e as dobrei e coloquei onde estariam perto de você. Fui egoísta. Eu queria dizê-las a você, mas não enfrentar as consequências. Mas aqui. — Ele ofereceu o pedaço de papel. — Leia agora.

Sua expressão se alterava enquanto ela lia. Eram familiares, frases de Lord Byron.

Há ainda duas coisas em meu destino
Um mundo pelo qual vagar e um lar com você.
Sendo o primeiro nada, tivesse eu ainda o segundo,
Seria o refúgio de minha felicidade.

— *"Um mundo pelo qual vagar"* — sussurrou Cordelia. — Por isso você escolheu este colar. O formato do mundo. — Ela fixou o olhar no dele. — Significa...

— 367 —

Corrente de Espinhos

Os olhos dela estavam profundos e arregalados, e dessa vez ele se permitiu tocar a bochecha dela, sua palma contra a pele macia de Cordelia, seu corpo inteiro ardendo com até mesmo aquele pequeno toque.

— Significa que eu preferiria ter um lar com você a ter o mundo todo — disse ele, determinado. — Se não acredita em mim agora, acredite no James que deu a você esse colar, muito antes de você partir para Paris. Meu Deus, que outro motivo eu poderia ter para colocar esses versos aqui, exceto que amava você, mas era covarde demais para admitir?

Cordelia apoiou a bochecha contra a mão dele e ergueu o olhar para James.

— Então você amava a mim e a Grace ao mesmo tempo. É o que está me dizendo?

Ele sentiu seu coração se apertar no peito. Ela oferecia a ele uma saída, ele sabia, uma forma de explicar seu comportamento passado. Uma forma de dizer: *Sim, eu amava vocês duas, mas então percebi que amo mais você.*

Aquilo fazia mais sentido do que a história que ele oferecera a ela até agora. E talvez ela até mesmo aceitasse aquilo, perdoasse. Mas jamais seria algo que ele poderia aceitar para si mesmo. Ele tirou a mão do rosto dela e falou:

— Não, eu *nunca* amei Grace. Jamais.

A expressão dela mudou. Antes estava questionadora e curiosa. Agora pareceu se fechar como um leque. Ela assentiu uma vez e disse:

— Tudo bem. Se me dá licença, James. Tem algo que preciso fazer.

E ela saiu da sala, abrindo as portas de correr ao passar. James a seguiu, mas hesitou à porta. Ele podia ver Cordelia, que tinha parado para falar com o irmão e Thomas. James não conseguia parar de olhar para ela, para a elegante linha de sua coluna, a coroa de seu cabelo vermelho-chama. *Por que você não podia simplesmente mentir?* Perguntou ele a si mesmo, severamente. *Se não consegue reunir coragem de contar a verdade a ela...*

Mas houvera mentiras o suficiente entre eles. Ele dera a Cordelia mais um pedaço de verdade, um pedaço que ele suportava dar. Estava nas mãos dela o que fazer com aquilo.

— James? — Ele quase saltou para fora da própria pele. Espreitando ao lado da porta da sala de estar estava Esme Hardcastle, com uma caneta e um bloco de anotações na mão. Ela olhou para James de olhos arregalados.

— Sinto muito interrompê-lo — acrescentou ela, dando batidinhas com a caneta nos dentes da frente —, mas como você sabe, estou trabalhando em uma árvore genealógica, e seria extremamente útil saber: você e Cordelia estão planejando ter filhos, e se estão, quantos? Dois? — Ela inclinou a cabeça para o lado. — Seis ou sete?

— Esme — disse James —, essa árvore genealógica vai ser bastante imprecisa se esse é o jeito como você está abordando as coisas.

Parecendo bastante ofendida, Esme fungou.

— De maneira nenhuma — disse ela. — Você vai ver.

—

Eventos como a festa de Natal eram o ambiente ideal para Anna. Não havia nada de que gostasse mais do que observar as peculiaridades do comportamento humano: a forma como jogavam conversa fora, os gestos, a forma como se levantavam e riam e sorriam. Ela começou a fazer isso quando era nova, tentando adivinhar o que os adultos estavam sentindo enquanto os observava conversar nas festas. Anna rapidamente descobriu que era muito boa nisso, e costumava fazer Christopher rir ao dizer a ele o que essa ou aquela pessoa estava secretamente pensando.

Às vezes, óbvio, os alvos dela tornavam as coisas mais fáceis, como naquele momento, quando estava observando James olhar para Cordelia como se estivesse olhando para a lua. Cordelia *estava* espetacular — devia ter comprado aquele vestido na fatídica viagem a Paris. Ele tinha as características de uma moda mais ousada do que costumava ser visto em Londres. Em vez de babados ostensivos, ele se curvava em redemoinhos em torno do quadril de Cordelia. Em vez de renda, o decote profundo era contornado por contas pretas que brilhavam contra a pele marrom-clara dela. Cordelia estava conversando com Alastair e Thomas agora, conforme Thomas jogava um delicado e risonho Alex para o alto. Embora Anna soubesse perfeitamente bem que Cordelia tinha muito em que pensar, não era possível dizer ao olhar para ela.

Ao lado de Anna, Ari riu. As duas estavam na mesa de bebidas, descaradamente comendo as miniaturas de bolo da rainha com glacê. Cada um estava decorado com o brasão de uma família de Caçadores de Sombras.

— 369 —

— Você *gosta* de observar as pessoas, não é?

— Hum — murmurou Anna. — É sempre tão deliciosamente revelador.

Ari correu os olhos pelo salão.

— Me conte um segredo sobre alguém — pediu ela. — Me conte o que deduziu.

— Rosamund Wentworth está pensando em deixar Thoby — informou Anna. — Ela sabe que será um escândalo, mas não suporta que ele esteja na verdade apaixonado por Catherine Townsend.

Os olhos de Ari se arregalaram.

— *Sério?*

— Espere só para ver... — começou Anna, e se interrompeu devido à expressão de Ari. Ela ficara muito imóvel e olhava além de Anna, o rosto tenso. Anna se virou na direção da porta e viu quem tinha acabado de chegar, embora já tivesse deduzido. É claro. Maurice e Flora Bridgestock.

Anna fechou a mão em torno da dobra do cotovelo de Ari. Era um gesto automático, uma necessidade de ajudar Ari a se manter de cabeça erguida.

— Lembre-se — disse ela, guiando Ari suavemente para longe da mesa de bebidas. — Se eles quiserem fazer um escândalo, essa decisão é deles. Não se reflete em você.

Ari assentiu, mas não tirou os olhos dos pais, e Anna conseguia sentir a mão dela tremendo levemente. Foi Flora quem viu a filha primeiro. Ela se moveu na direção delas, parecendo esperançosa. Antes que conseguisse chegar a seis metros delas, Maurice deslizou para trás da mulher, colocou a mão na cintura dela e a guiou firmemente para longe. Flora disse algo ao marido, que pareceu irritado ao responder. Anna achou que eles podiam estar discutindo.

Ari os observou com um olhar que partiu o coração de Anna.

— Não acho que eles vão fazer um escândalo — murmurou ela. — Não acho que se importem o suficiente para isso.

Anna se virou para encará-la. Ari, que tinha sido seu primeiro amor, que tinha aberto e então partido seu coração. Mas também Ari que dormia na sua cama, que gostava de lavar a louça, mas guardava tudo no lugar errado. Ari, que cantava para Percy, a cobra empalhada, quando achava que não tinha ninguém ouvindo. Ari, que usava os grampos de cabelo como marcadores de livros e colocava açúcar demais no chá, de forma que quando Anna a beijava, ela sempre tinha um gosto doce.

— Dance comigo — pediu Anna.

Ari a olhou surpresa.

— Mas... você sempre disse que não dançava.

— Eu gosto de quebrar regras — falou Anna. — Até as que eu mesma criei.

Ari sorriu e estendeu a mão.

— Então vamos dançar.

Anna a levou para a pista de dança, sabendo muito bem que os pais de Ari estavam observando. Com uma das mãos no ombro de Ari e a outra na cintura, ela a guiou pelos passos da valsa. Ari começou a sorrir conforme elas giravam pela pista de dança, seus olhos brilhando e, pela primeira vez, a necessidade de Anna de observar o resto da festa — as interações, os gestos, as conversas — se dissipou. O mundo se encolheu até apenas Ari: as mãos dela, os olhos, o sorriso. Nada mais importava.

20
CORAÇÃO DE FERRO

Com vossa permissão posso olhar, eu me levanto novamente;
Mas nosso antigo sutil inimigo tanto me tenta,
Que nem por uma hora consigo me sustentar;
Vossa graça pode me levar para prevenir a artimanha dele,
E vós, como adamant, atraís meu coração de ferro.

— John Donne, "Vós a mim fizestes,
e deverá vosso trabalho se decompor?"

Cordelia estava procurando por Matthew.

De vez em quando ela levantava a mão e tocava o cordão em volta do pescoço. Agora que conhecia o segredo do objeto, parecia diferente, como se o metal estivesse quente contra sua pele, embora ela soubesse que isso era ridículo. O colar não tinha mudado, o que mudara fora seu conhecimento sobre ele.

Ela continuava vendo James, de pé à sua frente, os olhos dourados escuros e fixos nela. A sensação de quando ele abrira o colar, seus dedos roçando no pescoço. Aquela sensação ofegante e trêmula que deixava a sua pele arrepiada.

Então você amou a mim e a Grace ao mesmo tempo, perguntara ela a James, pensando que ele aproveitaria a deixa, assentindo agradecido pela

Corrente de Espinhos

compreensão dela. Mas o olhar que percorreu o rosto de James foi de desespero amargo, autodepreciação.

Eu nunca a amei. Jamais.

Não fazia sentido, não quando comparado com o comportamento dele, e, no entanto, ela sentia como se sua realidade tivesse se virado no eixo. James a amava de verdade. Ele a *amara*. Se isso bastava, ela não sabia, mas Cordelia conhecia a profundidade de sua própria reação ao ler as palavras que ele escondera dentro do colar. Cordelia sentira como se seu coração estivesse bombeando luz, não sangue, nas veias.

Seu estômago se revirava agora: confusão misturada com uma esperança que ela não ousara sentir antes. Se alguém, se Lucie, tivesse perguntado a ela naquele momento como Cordelia se sentia, ela teria dito: *Não sei, não sei*, mas ela sabia o bastante: seus próprios sentimentos eram fortes demais para serem ignorados. Havia coisas que precisavam ter um fim, antes que ocorresse um estrago verdadeiro.

Cordelia finalmente encontrou Matthew na pista de dança, sendo rodopiado energicamente por Eugenia. Ela se deteve em meio à multidão esperando pela próxima dança e viu Eugenia olhar para ela e sorrir com tristeza. Para Cordelia, seu sorriso dizia: *Por favor, não o magoe,* embora talvez fosse a imaginação dela. Ou seu próprio medo.

Quando a música acabou, Eugenia deu tapinhas no ombro de Matthew e apontou para Cordelia. O rosto dele se iluminou, e Matthew saiu andando da pista de dança para se juntar a ela, esfregando o ombro. Ele estava mais magro, observou ela, com uma pontada de dor, e isso, combinado com o casaco chamativo e as folhas esmaltadas no cabelo dele, o fazia parecer um príncipe das fadas.

— Está me resgatando de Eugenia? — perguntou ele. — Ela é uma boa moça, mas dança com as pessoas como se fossem bonecas de pano. Juro que vi através das barreiras de Londres até um mundo novo e terrível.

Cordelia sorriu. Ele *parecia* bem, pelo menos.

— Podemos conversar? — pediu ela. — Talvez na sala de jogos?

Alguma coisa se acendeu nos olhos dele: esperança resguardada.

— É claro.

CASSANDRA CLARE

A sala de jogos tinha sido preparada. Era uma tradição, conforme a festa chegava ao fim, que alguns dos convidados, na maioria homens, se reunissem ali para vinho do porto e charutos. A sala tinha cheiro de cedro e pinho, das paredes pendiam coroas de azevinho com frutas vermelhas. Sobre a mesa de canto tinham sido dispostas garrafas de xerez, brandy e todo tipo de uísque. As janelas estavam prateadas com gelo, e uma fogueira alta queimando atrás da grade iluminava os retratos emoldurados nas paredes.

Era aconchegante, e mesmo assim Cordelia estava arrepiada. Tudo nela queria evitar magoá-lo agora, naquela noite. O resto dela sabia que aquilo não ficaria mais fácil, e quanto mais ela esperasse, pior ficaria.

— Obrigado por mandar os Ladrões cuidarem de mim na outra noite — agradeceu Matthew. — Foi muita bondade. E... — Ele a olhou com atenção. — Estou melhorando, Daisy. Christopher me colocou no regime dele, um pouco menos a cada dia, e ele diz que logo meu corpo não vai mais depender da coisa. Eu poderei parar.

Cordelia engoliu em seco. Em todo esse discurso, pensou ela, ele não dissera uma vez as palavras "álcool" ou "bebida". Ela queria dizer: *Vai ser bom quando seu corpo não quiser mais a coisa, mas você ainda vai querer. Sempre que estiver infeliz, vai querer abafar essa dor com álcool. Sempre que estiver entediado ou se sentir vazio, vai querer preencher esse vazio, e essa vai ser a parte difícil, tão mais difícil do que você imagina.*

— Eu me lembro desse vestido — falou Matthew, tocando na manga do vestido suavemente. Havia um pouco de hesitação na voz dele, como se Matthew se perguntasse sobre o silêncio dela. — Você estava preocupada que fosse tão simples que não ficaria bem em você, mas ficou — afirmou ele. — Com seu cabelo, você parece uma chama escura, emoldurada por fogo.

— Foi você que me convenceu — disse Cordelia. Ela se permitiu lembrar da loja dourada, das ruas de Paris, dos elegantes telhados se elevando e descendo como notas musicais. — E fico feliz que tenha feito isso. Você tem a habilidade de Anna de ver beleza em potencial.

Matthew fechou os olhos. Quando voltou a abri-los, estavam fixos nela. Cordelia conseguia ver cada detalhe nas íris de Matthew, as partes douradas misturadas com o verde.

Corrente de Espinhos

— Você pensa em Paris como eu? — A voz dele estava um pouco áspera.

— Mesmo agora, quando abro os olhos de manhã, por um instante penso em um dia inteiro de aventuras em Paris com você. Tem tanta coisa que não tivemos a chance de fazer. E depois de Paris, podíamos ter ido a Veneza. É um palácio de água e sombra. Há bailes de máscaras...

Ela colocou as mãos no peito dele. Cordelia conseguiu sentir a inspiração profunda de Matthew. E, tão perto assim, ela conseguia sentir o cheiro da colônia dele, límpida como água do oceano, não misturada, pela primeira vez, com brandy ou vinho.

— Não podemos fugir para sempre.

Em resposta a isso ele a beijou. E, por um momento, ela se permitiu se perder no beijo, na delicadeza carinhosa dele. Não havia nada do fogo que houvera da primeira vez, nascido do desespero e do desejo e da vontade irracional. Havia *Matthew* no beijo, a quem ela amava: sua mente brilhante e aguçada, sua vulnerabilidade, sua beleza e fragilidade. Havia amor, mas não paixão.

Raziel, que ela não o magoasse! Não muito. Cordelia ficou de pé com as mãos contra o peito de Matthew, sentindo as batidas do coração dele, seus lábios roçando os dela com a mais leve pressão, até que ele se afastou, olhando para Cordelia com expressão confusa.

Então ele também tinha sentido, a diferença.

— Cordelia? Tem alguma coisa errada?

— Matthew — disse ela. — Ah, meu querido Matthew. Nós precisamos *parar.*

Ele ficou tenso sob as mãos dela, seu corpo gracioso subitamente rígido como pedra.

— Parar o quê? De viajar? Eu entendo — acrescentou ele, mais tranquilamente. — Eu não quis dizer para abandonarmos a luta aqui em Londres. Precisamos ficar, defender nossos amigos e nossa cidade, separar você de Lilith...

— E depois? E se tudo for resolvido? Então o que aconteceria?

Com a voz hesitante, ele falou:

— Eu sei que pareço... péssimo agora. Mas Christopher diz que estarei bem em duas semanas. Isso vai ficar para trás, poderei seguir em frente...

— Parar a vontade física não basta — falou Cordelia. — Você ainda vai querer beber.

— 376 —

CASSANDRA CLARE

Ele se retraiu.

— Não. Eu odeio. Eu odeio no que isso me transforma. *Você* sabe — acrescentou ele — o motivo pelo qual eu comecei. Você pode me ajudar, Daisy. Pode ir comigo contar aos meus pais o que eu fiz. Sei que isso não vai consertar as coisas, mas é a ferida no centro de tudo que aconteceu desde então.

Cordelia estava quase sem fôlego. Ela conseguia sentir o coração dele acelerado. Depois de um momento, quase impacientemente, ele falou:

— O que foi? Por favor, diga alguma coisa.

Havia uma fragilidade na pergunta que apavorava Cordelia. Ela precisava confortá-lo, pensou. Precisava mostrar a ele que jamais o abandonaria.

— Eu vou com você contar aos seus pais, Matthew — disse Cordelia. — O que quer que aconteça, eu estarei lá sempre que você se sentir culpado, para lembrá-lo de que você é uma boa pessoa que é digna de perdão e amor.

— Então... — Os olhos dele percorreram o rosto dela. — Se você vai sempre estar comigo...

— Quando eu me casei com James, deveria ser por apenas um ano. Era tudo que eu achava que poderia ter — admitiu Cordelia. — Todo mundo achou que eu estava sendo altruísta, mas não estava. Eu disse a mim mesma que poderia ter apenas um ano com James, apenas um ano, e seria algo que eu guardaria pelo resto da vida, e estimaria, aquele tempo com o rapaz que eu amava desde que tinha catorze anos...

— *Daisy.* — Ela podia ver que as palavras o tinham magoado, e desejou não as ter dito. Mas ele precisava ver, entender. — Você jamais deveria... Você vale mais do que isso. Merece mais do que isso.

— E você também — garantiu Cordelia, sussurrando. — Matthew, o que eu sinto por James não mudou. Não tem nada a ver com você. Você deveria ser adorado acima de todas as coisas porque você é maravilhoso. Você deveria ter o coração inteiro de alguém. Mas eu não tenho um coração inteiro para dar a você.

— Porque você ainda ama James — constatou Matthew, inexpressivo.

— Eu sempre o amei — revelou Cordelia, com um sorriso fraco. — Sempre amarei. Não é uma escolha. É parte de mim, como meu coração ou minha alma ou... ou Cortana.

Corrente de Espinhos

— Eu posso esperar até que você mude de ideia. — Matthew parecia estar se afogando.

— Não — afirmou Cordelia, e sentiu como se estivesse quebrando alguma coisa, alguma coisa frágil, delicada, feita de gelo ou vidro. — Não posso e jamais poderei amar você da forma como você deseja ser amado, Math. Da forma como você *merece* ser amado. Eu não sei o que vou fazer a respeito de James. Eu não tenho planos, não tomei nenhuma decisão. Mas disso eu sei. Sei que não devo — e aqui havia lágrimas nos olhos dela — deixar que haja falsas esperanças entre nós.

Matthew ergueu o queixo. Em seus olhos havia uma expressão terrível, o tipo de olhar que o pai dela exibia quando havia perdido muito à mesa de jogo.

— Eu sou tão difícil assim de amar? — perguntou Matthew.

— *Não!* — exclamou Cordelia, desesperada. — É tão fácil amar você. Tão fácil, que causou essa confusão toda.

— Mas você não me ama. — Havia uma amargura genuína na voz dele agora. — Eu entendo, você explicou bem o bastante. Sou um bêbado e sempre serei...

— Isso *não* é verdade, e não se trata disso — falou Cordelia. — Minha decisão não tem nada a ver com você beber, nada mesmo...

Mas ele já estava se afastando dela, balançando a cabeleira loira. Espalhando folhas verde-douradas.

— Isso é insuportável — falou Matthew. — Não aguento mais.

E com alguns passos, ele sumiu porta afora, deixando Cordelia sozinha, o coração martelando no peito como se ela tivesse acabado de correr cem quilômetros.

Thomas esperava que assim que eles chegassem à festa, Alastair se afastaria para se juntar ao seu grupo habitual: Piers Wentworth, Augustus Pounceby e os outros rapazes que tinham se formado com ele na Academia dos Caçadores de Sombras.

Para sua surpresa, Alastair ficou ao seu lado. Ele não devotou a atenção inteira a Thomas — eles pararam diversas vezes para cumprimentar todos,

CASSANDRA CLARE

de James a Eugenia, que olhou de Thomas para Alastair e abriu um enorme sorriso, até Esme Hardcastle, que tinha uma longa lista de perguntas para Alastair sobre os parentes persas dele.

— Minha árvore genealógica precisa ser *detalhada* — explicou ela. — Agora, é verdade que sua mãe foi casada com um Caçador de Sombras francês?

— Não — respondeu Alastair. — Meu pai foi o primeiro e único marido dela.

— Então ela não envenenou o francês para ficar com o dinheiro dele? Alastair parecia furioso.

— Ela o assassinou por um motivo *diferente*? — perguntou Esme, a caneta pairando no papel.

— Ele fazia perguntas demais — afirmou Alastair, sombriamente. Depois disso ele foi arrastado por Thomas, que, para sua surpresa, foi capaz de convencê-lo a se juntar à brincadeira com seu primo Alex. O bebê sempre gostara de ser colocado sobre os ombros de Thomas, pois isso lhe dava uma excelente vista. No fim das contas, ele também gostava quando Alastair o pegava e fazia cócegas nele. Quando Thomas ergueu as sobrancelhas, Alastair falou: — Melhor ir treinando, não é? Em breve terei meu próprio irmãozinho ou irmãzinha. — Os olhos escuros de Alastair brilharam. — Olha só — disse ele, e Thomas se virou e viu que Anna e Ari estavam valsando na pista de dança, os braços em volta uma da outra, aparentemente alheias ao mundo. Alguns membros do Enclave encaravam, como os Baybrook, os Pounceby, Ida Rosewain, o próprio Inquisidor, olhando à distância com raiva. Mas a maioria estava simplesmente cuidando da própria vida. Até mesmo a mãe de Ari estava olhando para elas melancolicamente, sem raiva ou julgamento no rosto.

— Está vendo — disse Thomas, com a voz baixa. — O mundo não acabou.

Alastair colocou Alex no chão, e Alex caminhou até a mãe, puxando a saia azul dela. Alastair indicou que Thomas deveria segui-lo, e Thomas, se perguntando se tinha irritado Alastair e, se sim, o quanto, o seguiu para trás de uma urna decorativa que estava explodindo com galhos de teixo cobertos de frutas vermelhas. De trás dela, Thomas conseguiu ver apenas lampejos do salão de baile.

— 379 —

Corrente de Espinhos

— Vamos lá — falou Thomas, esticando os ombros. — Se está com raiva de mim, diga.

Alastair piscou.

— Por que eu estaria com raiva de você?

— Talvez você esteja irritado porque eu fiz você vir para a festa. Talvez prefira estar com Charles...

— Charles está aqui? — Alastair pareceu sinceramente surpreso.

— Ele está ignorando você — reparou Thomas. — Muito grosseiro da parte dele.

— Eu não tinha notado. Não me importo com Charles — afirmou Alastair, e Thomas ficou surpreso com o nível de alívio que sentiu. — E eu não sei por que você quer que ele fale comigo também. Talvez você precise entender o que você *quer*.

— Alastair, você é a última pessoa...

— Você viu que estamos debaixo do azevinho? — perguntou Alastair, os olhos pretos brilhando com malícia. Thomas olhou para cima. Era verdade: alguém tinha pendurado um galho das frutas brancas cerosas em um gancho no alto da parede.

Thomas deu um passo adiante. Alastair instintivamente recuou um passo, as costas contra a parede.

— Gostaria que eu fizesse alguma coisa a respeito? — falou Thomas.

O ar entre eles pareceu subitamente tão denso quanto o ar do lado de fora, carregado com a promessa de uma tempestade. Alastair apoiou a mão no peito de Thomas. Os longos cílios dele desceram para esconder seus olhos, sua expressão, mas sua mão deslizou para baixo, por cima da barriga definida de Thomas, o polegar fazendo pequenos círculos, incendiando cada um dos nervos de Thomas.

— Aqui? — perguntou ele, enganchando os dedos no cós da calça de Thomas. — Agora?

— Eu beijaria você bem aqui — afirmou Thomas, com um sussurro rouco. — Eu beijaria você na frente do Enclave. Não tenho vergonha de nada do que sinto por você. Você é que parece não querer.

Alastair inclinou o rosto para cima, e Thomas podia ver o que seus olhos estavam escondendo: o desejo que queimava lentamente em seus olhos.

— 380 —

— Eu quero — admitiu ele.

E Thomas estava prestes a se inclinar para a frente, estava prestes a colar seus lábios nos de Alastair, prestes a sugerir que, por mais que quisesse reivindicar Alastair na frente do Enclave todo, eles precisavam ir para algum lugar, qualquer lugar, onde pudessem ficar sozinhos, quando um grito quebrou o silêncio. O grito de alguém em dor agonizante.

Alastair se empertigou. Thomas recuou, o coração palpitando no peito. Ele conhecia aquele grito. Era de sua tia Cecily.

—

James parou a meio caminho do corredor, o coração batendo forte. Não tivera a intenção de seguir Cordelia e Matthew até a sala de jogos. Fora até lá para pegar um charuto que Anna pedira inocentemente, mas ao se aproximar da porta, ouvira as vozes. A de Matthew, grave e intensa; a de Cordelia, nitidamente aflita. A mágoa na voz dela o deixou paralisado, mesmo sabendo que deveria recuar. Ele tinha *começado* a recuar quando ouviu Cordelia dizer:

— Não posso e jamais poderei amar você da forma como você deseja ser amado, Math. Da forma como você *merece* ser amado. Eu não sei o que vou fazer a respeito de James. Eu não tenho planos, não tomei nenhuma decisão. Mas disso eu sei. Sei que não devo deixar que haja falsas esperanças entre nós.

James achou que se sentiria aliviado, mas parecia que uma estaca tinha sido enfiada em seu coração: ele sentiu a dor de Matthew, quase se afogou nela. E então ele deu as costas, não ficando para ouvir o que Matthew respondeu. Não poderia suportar.

James se viu caminhando mecanicamente de volta para o salão de baile. Ele mal conseguia notar os demais convidados, e quando seu pai tentou chamar sua atenção, ele fingiu não notar. James entrou de fininho em uma das alcovas e fitou a árvore de Natal. Ele mal conseguia respirar. *Eu não sei o que vou fazer a respeito de James*, dissera ela. Talvez os dois fossem perdê-la, ele e Matthew. Talvez fosse melhor assim. Eles poderiam compartilhar a dor, ajudar um ao outro. Mas uma pulsação fraca e traiçoeira batia em seu peito, repetindo sem parar que ela não tinha dito que não queria mais nada com ele, apenas que não sabia o que faria. Era o bastante para a es-

Corrente de Espinhos

perança, uma esperança que conflitava com culpa, e um sentimento mais sombrio que pareceu se apertar como um elástico no peito, dificultando a sua respiração.

A festa girou diante dele, uma torrente de cores e som. E no entanto, através dela, ele pareceu ver uma corrente de sombras. Alguma coisa escura, elevando-se como fumaça: uma ameaça que ele conseguia sentir no ar.

Aquilo não era tristeza ou preocupação, percebeu James. Aquilo era perigo.

E então ele ouviu o grito.

———

Lucie sabia que devia ter chamado Jesse imediatamente para contar o que Malcolm lhe dissera, mas não teve coragem.

Jesse parecia estar se divertindo de verdade. A primeira ocasião social da qual participara como um adulto vivo. Os olhares de admiração disparados na direção dele o deixavam perplexo, mas Lucie estava radiante por ele. Estava orgulhosa da forma como ele se portava, e do real interesse que demonstrava nas pessoas, e ela não suportaria estragar aquilo.

Certa vez lera em um livro de etiqueta que quando se apresentava duas pessoas, era de bom tom acrescentar um pequeno detalhe sobre uma delas que pudesse iniciar a conversa. Então ela disse a Ida Rosewain: "Este é Jeremy Blackthorn. Ele coleciona antigos jarrinhos de leite em formato de vaca", enquanto informou a Piers que Jeremy era um astrônomo amador, e contou aos Townsend que ele tinha passado catorze dias morando no cesto de um balão de ar quente. Jesse acompanhava muito bem todas as histórias, e até mesmo as floreava: Lucie quase engasgou quando ele disse aos Townsend que suas refeições no balão eram levadas até ele por gaivotas treinadas.

Por fim, conforme convidados deixaram de chegar e mais pessoas se juntaram à dança, Lucie apertou a mão de Jesse — ela estava de luvas, assim como ele, então isso não contava como *tocar* — e disse:

— Há apenas algumas pessoas que você ainda não conheceu. Quer se aventurar com o Inquisidor e a mulher dele? Vai precisar conhecê-los em algum momento.

CASSANDRA CLARE

Ele abaixou o rosto para ela.

— Por falar em inquisições — disse Jesse, com uma leve curva debochada na boca —, notei que você tem evitado me contar o que Malcolm disse no Santuário.

— Você é esperto demais para seu próprio bem.

— Se preferir me contar depois, poderíamos dançar...

Ela mordeu o lábio.

— Não — recusou Lucie, em voz baixa. — Venha comigo. Precisamos conversar.

Ela olhou em volta para ver se alguém estava observando — ninguém parecia estar — antes de levá-lo até as portas francesas que davam na longa sacada de pedra do lado de fora do salão de baile. Lucie deslizou por entre elas, com Jesse ao encalço, e foi até o parapeito.

A neve não tinha sido retirada, e gelava seus pés através dos sapatos: não era esperado que ninguém fosse até ali durante a época mais fria do ano. Além do parapeito estava uma Londres tomada pelo frio, um Tâmisa vagaroso com água gélida, o cheiro constante de madeira e carvão queimando.

— Não podemos ter uma noite agradável? — reclamou Lucie, olhando para a cidade da gelada balaustrada de pedra. — Não posso me recusar a contar a você o que Malcolm falou?

— Lucie — disse Jesse. Ele havia se juntado a ela no parapeito. O frio já fazia seu rosto pálido ficar corado. Lucie sabia que ele gostava daquilo, gostava dos extremos de calor e frio, mas Jesse não parecia estar se divertindo agora. — Seja o que for, você precisa me contar. Não estou acostumado a ter um coração mortal, um que bate. Ele está fora de forma. Não pode aguentar esse tipo de pânico.

— Não tive a intenção de deixar você em pânico — murmurou Lucie. — É que... Jesse... eu não posso tocar em você. E você não pode tocar em mim.

Ela resumiu o que Malcolm tinha dito. Quando terminou, Jesse apoiou a mão na pedra fria do parapeito e falou:

— Por tanto tempo, como fantasma, você era a *única* em quem eu podia tocar. E agora que estou vivo, você é a única em quem não posso. — Ele olhou para as estrelas no céu limpo acima deles. — Melhor ter ficado como estava.

— 383 —

Corrente de Espinhos

— Não diga isso — censurou Lucie, baixinho. — Tem tanta coisa boa em estar vivo, e você é maravilhoso nisso, e Malcolm *vai* encontrar uma solução. Ou nós encontraremos. Encontramos soluções para problemas piores. Ele quase sorriu.

— Maravilhoso em estar vivo? Isso *é* um elogio. — Ele ergueu a mão como se para tocar a bochecha de Lucie, então a puxou de volta, os olhos ficando sombrios. — Não gosto de pensar que me ressuscitar tornou você mais vulnerável a Belial.

— Eu ressuscitei você — afirmou Lucie. — Não perguntei a você. Comandei você. A responsabilidade recai sobre mim.

Mas ela podia ver que isso não o confortara. O olhar dele tinha se voltado para dentro, sombrio. O olhar do menino que se retraía facilmente para si mesmo, porque por tanto tempo ele não tinha sido visto, não tinha sido ouvido.

— Jesse — chamou ela. — A sombra de Belial sempre pairou sobre meu irmão e eu. Você não trouxe isso até nós. Se tornou cada vez mais evidente ao longo do último ano que sempre foi o plano dele voltar sua atenção para nós, que qualquer que seja seu objetivo, seus descendentes de sangue são parte disso.

— Então você está dizendo que a única coisa a ser feita é acabar com Belial. Mesmo que digam que ele não pode ser morto.

— Mas também dizem que Cortana pode matá-lo. — Ela pensou, com uma solidão aguda, em Cordelia. — Precisamos acreditar que isso é verdade.

Ele abaixou o rosto para ela. Jesse tinha a aparência de Natal e inverno: olhos verde-escuros, pele branca como a neve, cabelo preto como carvão.

— Então o que faremos?

— Pensaremos nisso amanhã — respondeu Lucie, baixinho —, mas não hoje à noite. Hoje à noite há uma festa de Natal, e você está vivo, e eu vou dançar com você da única forma que podemos. — Ela estendeu as mãos. — Aqui. Deixe-me mostrar a você.

Lucie se aproximou de Jesse, tanto que conseguia sentir o calor dele, embora os dois não estivessem se tocando. Ela ergueu a mão, e ele fez o mesmo, de forma que eles ficassem com as palmas diante uma da outra, separados por um centímetro do ar frio de inverno. Ele curvou o outro braço em torno da cintura dela, com o cuidado de não fazer contato, nem mesmo de roçar a pele de Lucie.

Ela virou o rosto para o dele. Lucie poderia ter ficado na ponta dos pés e beijado a boca de Jesse. Em vez disso, ela encontrou o olhar dele. Os olhares se prenderam como seus corpos não podiam, e juntos eles dançaram. Ali na sacada, sob as estrelas, com os telhados de Londres como as únicas testemunhas. E embora Lucie não pudesse tocar nele, a presença de Jesse a aquecia, a cercava, a acalmava. Ela sentiu uma pressão na garganta: por que ninguém jamais lhe contou o quanto a felicidade se aproximava de lágrimas?

E então ouve um estrondo, um som como um lustre caindo e se espatifando no chão. E de dentro do salão de baile, um grito.

—

As mãos de Cordelia estavam molhadas de lágrimas.

Ela se demorara na sala de jogos tanto quanto pôde depois que Matthew saiu. Sabia que estava chorando, mesmo quase sem fazer barulho, mas as lágrimas quentes continuavam descendo, escorrendo por suas bochechas, manchando a seda do vestido.

Magoar Matthew tinha sido uma das coisas mais difíceis que já fizera. Cordelia desejava ter conseguido fazê-lo entender que ela não se arrependia do tempo deles em Paris, que muito do que tinha acontecido era bom, até mesmo maravilhoso. Que Matthew lhe ensinara que havia vida para ela mesmo que não fosse mais uma Caçadora de Sombras. Que mesmo nos momentos mais sombrios, humor e luz podiam brilhar.

Parte dela queria correr atrás de Matthew e retirar tudo, mas então eles só estariam de volta aonde estavam antes. Ela contara a verdade a ele. Fora honesta ao dizer que não sabia o que faria a respeito de James.

Mas o colar... O colar tinha mudado as coisas. Ela o tocava agora com dedos úmidos. Cordelia percebeu que não havia mais gotas quentes de água salgada caindo em sua clavícula. Ela não podia se esconder ali por muito tempo. Anna e Ari viriam atrás dela, assim como Alastair. Com um olhar rápido no espelho acima da lareira, ela prendeu o cabelo no lugar e voltou para o salão de baile.

CASSANDRA CLARE

Cordelia passou os olhos rapidamente pelo salão — se estava preocupada que alguém fosse notar seu desaparecimento com Matthew, não parecia ser o caso — antes de perceber por quem estava procurando. Lucie. Que ela não viu em lugar nenhum, ou Jesse, mas mesmo que Lucie *estivesse* ali, Cordelia não poderia simplesmente ir até ela atrás de conforto. As coisas estavam complicadas demais para isso.

A festa estava uma torrente de cor e brilho e calor, e então o som de vidro quebrando perfurou tudo.

Ela se lembrou do estrondo em seu casamento, quando seu pai tinha desabado, embriagado, no chão, derrubando pratos e louça ao cair, e pensou: *Alguém quebrou alguma coisa.*

E então veio o grito. Um grito terrível, de gelar o coração. Um lampejo de movimentos. A queda de instrumentos quando os músicos fugiram de seu pequeno palco. O tinir de uma corda de violino arrebentando. Uma confusão quando Caçadores de Sombras recuaram da pista de dança, alguns pegando armas, embora a maioria tenha vindo desarmada.

A lâmina de uma voz afiada e familiar, cortando o barulho e o movimento como uma faca.

— *PAREM!* — gritou Tatiana Blackthorn. Ela estava de pé no alto do palco, usando um vestido desbotado manchado de sangue, o cabelo desgrenhado, um embrulho aninhado contra o peito. Sua voz fluía como se fosse ampliada de maneira sobrenatural. — Vocês vão parar neste instante. Parem de se mover, parem de falar e soltem todas as armas. Ou a criança morre.

Pelo Anjo. O embrulho era uma criança. O grito tinha sido de Cecily Lightwood. Agarrado nos braços de Tatiana estava o pequeno Alexander Lightwood, seu terninho azul de veludo amassado, uma lâmina de prata afiada contra seu pescoço.

Fez-se um silêncio absoluto. Cecily estremeceu silenciosamente nos braços de Gabriel Lightwood, sua mão cobrindo a boca, o corpo tremendo violentamente com o esforço para não gritar. Anna estava parada na pista de dança, o rosto pálido, a mão de Ari em seu braço, amparando-a.

James, Thomas, Alastair. Os Lightwood, os Fairchild, os Herondale. O Inquisidor e a esposa. Todos pararam, encarando, tão impotentes quanto

— 387 —

Corrente de Espinhos

Cordelia. Ela ainda não conseguia ver Lucie ou Jesse em lugar nenhum. *Que bom*, pensou ela. Era melhor que Tatiana não visse Jesse.

Todos estavam calados. O único som era o choro de Alexander, até que...

— Tatiana! — gritou Will, com a voz ressonante. — Por favor! Ouviremos o que você tiver a dizer, mas solte a criança!

A mente de Cordelia disparou. Tatiana não fora encontrada sangrando e ferida na Cornualha havia apenas alguns dias? Os Irmãos do Silêncio não disseram que ela estava fraca demais para arriscarem movê-la? E, no entanto, ali estava ela, não apenas curada, mas parecendo nunca sequer ter estado ferida. Não havia nem mesmo um arranhão em seu rosto. E o vestido ensanguentado, embora rasgado, era seu antigo traje, o que ela gostava de usar.

— Nenhum de vocês jamais ouviu! — bradou Tatiana, e Alexander começou a soluçar. — Apenas tomando algo de vocês eu posso conseguir sua atenção!

— Tatiana — falou Gideon, alto, mas calmo. — Somos seus irmãos. Seus amigos. Vamos ouvir você agora. O que quer que você precise, nós podemos ajudar...

— *Ajudar?* — cuspiu Tatiana. — Nenhum de vocês jamais ajudou. Nenhum de vocês jamais *teria* me ajudado. Aqui reunidos estão os Lightwood, Herondale, Carstairs, nenhum dos quais ofereceu a mão para me ajudar em meus momentos mais difíceis...

— Isso não é verdade! — exclamou uma voz, e Cordelia se virou, surpresa ao ver que era James, os olhos dourados brilhando como fogo. — Acha que não lemos suas anotações? Que não sabemos com que frequência foi oferecida ajuda a você? Quantas vezes você desdenhou dela?

— Era sempre *veneno* — sibilou ela. — Quando meu filho morreu, eu esperava que em reconhecimento pela perda que eu havia sofrido, pela terrível tragédia da perda dele, meus colegas Caçadores de Sombras poderiam me apoiar. Poderiam me *ajudar*. Mas se tivesse dependido de vocês, o corpo dele teria sido queimado em dias! Antes que qualquer coisa pudesse ser feita!

A resposta a isso, que a morte não devolvia o que tinha levado, era tão óbvia que ninguém sequer se deu ao trabalho de dizer.

— Eu procurei ajuda nos lugares que vocês proibiram para mim — prosseguiu Tatiana. — Sim. Vocês me expulsaram e eu tive que buscar ajuda entre demônios. — Ela correu o olhar por todo o Enclave reunido à sua frente. — Por fim, o Príncipe Belial ouviu minhas súplicas, e quando implorei pela vida do meu filho de volta, ele a prometeu para mim. Mas ainda assim, os Nephilim se ressentiram de que eu pudesse ter alguma coisa, *qualquer coisa* que não fosse fracasso nesta vida. E quando descobriram sobre minhas infelizes tentativas de ajudar meu filho, vocês me atiraram na Cidadela Adamant para fazer as próprias armas com as quais vocês me mantêm presa.

"E todo esse tempo!" Tatiana esticou um dedo, apontando-o diretamente para... Tessa. Todos os olhos se viraram para ela. Tessa permaneceu imóvel, encarando o olhar fulminante de Tatiana. "Todo esse tempo, esses Herondale têm sido os aliados de Belial. Todo esse tempo, desde muito antes de eu sequer conhecê-lo. *Tessa Gray é filha dele*", gritou ela, sua voz se elevando até um clímax triunfante, "e enquanto eu sou punida por simplesmente *falar* com ele, os Herondale prosperam!"

Houve um silêncio terrível. Até mesmo Alexander tinha parado de chorar. Ele só emitia ruídos de engasgos ofegantes que eram, de alguma forma, piores do que soluços.

Alguém, Eunice Pounceby, pensou Cordelia, disse com a voz baixa:

— Sra. Herondale, isso é verdade?

Will olhou exasperado.

— É preciso perguntar? Não, óbvio que os Herondale jamais estiveram *aliados* com nenhum demônio, a noção toda é...

— É verdade — interrompeu o Inquisidor, com uma voz que lembrava a todos presentes que ele *era* o Inquisidor — que Tessa é filha do Príncipe do Inferno? Belial?

Will e Tessa se entreolharam. Nenhum dos dois falou. Cordelia se sentiu enjoada. O silêncio deles era tão condenatório quanto qualquer confissão, e ali estava, testemunhado por todo o Enclave.

Para o alívio de Cordelia, Charlotte deu um passo à frente.

— Jamais foi segredo — disse ela — que Tessa Gray é uma feiticeira, e qualquer feiticeiro deve ter um pai demônio. Mas também não foi segredo, ou questionado, que ela é igualmente uma Caçadora de Sombras. Essas questões foram debatidas e resolvidas, *anos* atrás, quando Tessa veio até

Corrente de Espinhos

nós pela primeira vez. Não vamos reconsiderá-las de novo agora só porque uma mulher insana exige!

— A prole de um Príncipe do Inferno — cuspiu Tatiana, com desprezo — liderando o Instituto de Londres! A raposa no galinheiro! A víbora no seio da Clave!

Tessa se virou, as mãos sobre o rosto.

— Isso é ridículo — protestou Gideon. — Tessa é uma *feiticeira*. Ela não está mais *aliada* ao seu progenitor demônio do que qualquer outro feiticeiro. A maioria dos feiticeiros jamais sabe, nem quer saber, que demônio é responsável por seu nascimento. Aqueles que sabem *desprezam* tal demônio.

Tatiana gargalhou.

— Tolos. O Anjo Raziel viraria o rosto, envergonhado.

— Ele viraria o rosto, envergonhado — disparou James —, se visse *você*. Olhe para você. Uma faca no pescoço de um bebê, e ousa lançar acusações contra *minha* mãe? Minha mãe, que sempre foi boa e gentil com todos que já conheceu? — Ele se virou para os Caçadores de Sombras reunidos: — Quantos de vocês ela ajudou? Emprestou dinheiro, trouxe remédio quando estavam doentes, ouviu seus problemas? E vocês duvidam dela agora?

— Mas — disse Eunice Pounceby, os olhos inquietos — se ela soube todos esses anos que seu pai era um Príncipe do Inferno e não disse nada... Então ela mentiu para nós.

— Ela não soube todos esses anos! — Era Lucie. Cordelia sentiu uma onda de alívio ao vê-la. Lucie estava sozinha, e Jesse não estava à vista. — Ela acabou de descobrir! Não sabia o que dizer...

— Mais mentiras daqueles que enganaram vocês! — replicou Tatiana. — Perguntem isto a si mesmos! Se os Herondale são tão inocentes, por que teriam mantido essa linhagem um segredo de todos vocês? De toda a Clave? Se eles realmente não tinham nenhuma ligação com Belial, por que temeriam falar dele? Apenas para se esconder atrás de portas fechadas, mancomunados com Belial e obedecendo a ordens dele. E os Lightwood e os Fairchild não são melhores — prosseguiu ela, aparentemente deliciando-se com o público cativo. — É evidente que sabiam da verdade esse tempo todo. Como não poderiam? E eles esconderam o segredo, protegeram os Herondale, para não serem manchados e suas carreiras e influência não serem prejudicadas pelo

— 390 —

conhecimento da prole infernal que colocaram como responsáveis por todos vocês. A feiticeira que muda de forma e os filhos dela, que têm os próprios poderes, sabem! Ah, sim! Os filhos também herdaram poderes sombrios do avô. E perambulam livremente, enquanto minha própria filha apodrece na Cidade do Silêncio, aprisionada, embora ela não tenha feito nada de errado...

— Nada de errado? — Era James, para a surpresa de Cordelia. Seu rosto estava vermelho de raiva, uma intensidade mortal em sua voz. — Nada de errado? Você sabe melhor do que isso, sua monstruosa e cruel...

Tatiana gritou. Foi um ruído sem palavras, um longo e terrível uivo, como se talvez alguma parte dela percebesse que a pessoa que falava com ela tinha mais motivo do que qualquer outro para saber o que ela realmente era. Ela gritou...

E Piers Wentworth correu na direção de Tatiana.

— *Não!* — bradou Will, mas foi tarde demais. Piers estava disparando para a frente, atirando-se no palco. Ele estendeu o braço para Tatiana, cuja boca estava aberta como um terrível buraco, os dedos dele a centímetros de Alexander...

Cordelia sentiu uma descarga de alguma coisa fria percorrer a sala. Atrás de Tatiana, as janelas do salão de baile se escancararam, pendurando-se nas dobradiças. Piers caiu de joelhos, gritando de raiva, as mãos se fechando em ar vazio.

Tatiana tinha sumido, e Alexander com ela.

❧

Lucie viu como se estivesse acontecendo em câmera lenta: aquele idiota do Wentworth avançando contra Tatiana. A explosão de vidro quando uma janela foi soprada para fora. O som terrível feito por Cecily quando Tatiana sumiu com Alexander. Anna abrindo caminho pela multidão, correndo até a mãe. O Enclave imóvel se colocando em ação.

E Jesse... Jesse tinha entrado pela sacada, onde Lucie implorara a ele, persuadira e exigira que ele ficasse longe do salão de baile. Se Tatiana o visse, argumentou, seria capaz de qualquer coisa. Poderia ferir Alexander. Relutantemente, ele concordou em permanecer do lado de fora, mas sem

Corrente de Espinhos

dúvida vira tudo o que acontecera. Ele estava pálido como um pesadelo, a mão gelada envolvendo a de Lucie.

— Pensei que ela estivesse na Cornualha — disse ele. — Ela deveria estar aprisionada. Deveria ter sido mantida longe.

— Não era ela — sussurrou Lucie. Ela não sabia por que sentia com tanta certeza, apenas sentia. — Nunca foi ela na Cornualha. Foi uma distração. Ela sabia sobre a festa. Ela planejou isso. Ela e Belial planejaram isso.

— Para sequestrar seu primo? — perguntou Jesse.

— Para contar a todos — corrigiu Lucie. Ela se sentiu entorpecida. Tinha finalmente acontecido: todos no Enclave sabiam a verdade sobre a família dela. Sobre Belial. — Sobre nós.

Ela em parte esperava que, assim que Tatiana desaparecesse, o Enclave se voltaria contra ela e sua família. Mas Tatiana tinha cometido um erro tático: ao levar Alexander, tinha atrasado até mesmo o interesse do Inquisidor em qualquer coisa que não fosse encontrá-la e tirar a criança de perto dela. Era como se um acordo silencioso tivesse sido feito entre todos: a questão de Belial precisaria esperar. Resgatar Alexander vinha primeiro.

Os adultos começaram a se mover em um tipo de onda. Eles avançaram na árvore de armas e começaram a desmontá-la, todos pegando uma lâmina. Eugenia reivindicou uma *fuscina* de três pontas, enquanto Piers pegou uma espada longa, Sophie pegou uma besta, e Charles, um martelo de batalha de aparência brutal. Eles começaram a sair como uma torrente do salão de baile, pelas portas, alguns até mesmo pela janela quebrada, para as ruas lá fora, espalhando-se para procurar por Tatiana.

Antes que James e Lucie sequer pudessem avançar na direção da árvore de armas, Will se colocou na frente deles. Ele empunhava uma lâmina curva em uma das mãos.

— Subam — ordenou ele. Will estava pálido, a mandíbula cerrada. — Vocês dois. Levem seus amigos e subam.

— Mas queremos ajudar — protestou Lucie. — Queremos ir com você, e Anna já tem idade bastante, e Thomas...

Will balançou a cabeça.

— Eles podem ter idade — disse ele. — Mas Cecily acabou de ter um de seus filhos sequestrado. Ela não pode entrar em pânico também por causa

— 392 —

CASSANDRA CLARE

da filha. Anna deveria ficar com vocês. Thomas, também. — Ele olhou em volta. — Onde está Christopher?

— Ele não gosta de festas. Disse a Anna para não esperar a presença dele porque "tinha ciência para fazer". Imagino que esteja no laboratório de Henry — respondeu Lucie. — Mas, pai, por favor...

Estava evidente que não havia súplica nem persuasão que o fizesse mudar de ideia.

— Não — afirmou ele. — Já tenho muito em que pensar, Lucie. Sua mãe está com Cecily, tentando confortá-la. Eu sei que vocês querem ajudar. Eu iria querer fazer o mesmo em seu lugar. Mas preciso que fiquem aqui, fiquem seguros, ou vocês e sua mãe serão a única coisa em que vou conseguir pensar. Não em Tatiana. Não em trazer Alex de volta.

— Como ela chegou aqui? — perguntou James. — Tatiana. Pensei que ela estivesse no Santuário da Cornualha.

— Falaremos disso mais tarde — respondeu Will. Havia rugas em sua boca. — Subam e fiquem lá. Entenderam?

— Entendemos — respondeu James com calma. — Vamos cuidar da situação.

E ele cuidou. Lucie viu por que os Ladrões Alegres sempre o chamavam de líder do grupo. Com uma calma que não incitava discussões, ele reuniu todos — Alastair e Cordelia, Anna e Ari e Matthew, Thomas e Jesse —, e embora cada um deles tivesse protestado, James os guiou para fora do salão de baile, agora quase vazio, até o andar de cima. Eles tinham chegado ao segundo andar quando Anna começou a protestar.

— James — disse ela, a voz um sussurro áspero. — Eu deveria estar com minha mãe...

— Eu entendo — falou James. — E se você escolher ficar lá, deveria. Mas achei que você gostaria da chance de ir atrás de Alexander.

Anna inspirou.

— James? Do que está falando?

James virou à esquerda no patamar da escada e começou a levá-los pelo corredor. Lucie conseguia ouvir os demais murmurando confusos, mas ela estava começando a ter uma ideia de para onde seu irmão os levava. James falou:

— 393 —

Corrente de Espinhos

— Jesse, conte a eles o que você me contou.

— Acho que sei para onde minha mãe levou a criança — informou Jesse.

— Alexander — corrigiu Anna, um tom selvagem na voz. — O nome dele é Alexander.

— Anna — chamou Ari, gentilmente. — Jesse está tentando ajudar.

— Então por que não contar a todos? — perguntou Thomas a Jesse. Ele não parecia hostil, apenas confuso. — Por que não contar a Will e deixá-lo espalhar a notícia de que você sabe o que sua mãe faria?

— Porque ninguém sabe quem Jesse realmente é — explicou Alastair quando James parou diante de uma grande porta de ferro. — Eles acham que ele é *Jeremy* Blackthorn.

— De fato — concordou Matthew. — Se Will alegar ter conhecimento adquirido com o filho de Tatiana, tudo isso vem por água abaixo.

— Não é só isso — disse Jesse, rapidamente. — Eu sacrificaria minha identidade em um instante. Mas eu posso estar errado. É um palpite, uma sensação, não uma certeza. Não posso mandar todos no Enclave atrás de uma *crença* que tenho. E se todos se dirigirem para um único local, mas for o lugar errado? Então quem estaria procurando por Alexander em outro lugar?

Ele está certo, Lucie quis dizer, mas seria visto como uma atitude pouco imparcial. Todos sabiam como ela se sentia em relação a Jesse.

Foi Cordelia quem falou.

— Jesse está certo — afirmou ela. — Mas James... Você jurou para seu pai que ficaríamos aqui, não foi?

O rosto de James estava determinado.

— Vou precisar implorar pelo perdão dele depois — disse James, e abriu as portas. Além delas estava a sala de armas. Só tinha crescido desde que Will havia assumido o Instituto, e agora se estendia por duas câmaras de machados e espadas longas, martelos e argolas e *shuriken* que reluziam como estrelas, arcos e flechas, chicotes e maças e armas de bastão cobertos com Marcas. Havia armaduras: uniformes e cotas de malha, luvas e protetores de canelas. Na mesa ampla no centro da sala, lâminas serafim estavam alinhadas como fileiras de estacas de gelo, prontas para serem nomeadas e usadas.

— Todos que quiserem vir, e não há vergonha em permanecer aqui, armem-se — orientou James. — Sua arma de preferência pode não estar

CASSANDRA CLARE

disponível — acrescentou ele, olhando para Thomas —, mas não temos tempo para pegá-las. Peguem algo que achem que conseguirão usar, e qualquer equipamento de que precisarem. Façam isso rápido. Temos pouco tempo a perder.

—

— Então você acha que ela iria para Bedford Square? — perguntou Anna, quando partiram pelas ruas escuras. James os guiara para fora do Instituto por um caminho dos fundos e deu a volta pelas ruas estreitas com cautela para minimizar a chance de esbarrar em uma patrulha do Enclave. Eles não podiam arriscar serem imediatamente mandados de volta. — Para a casa dos meus pais?

O tom de medo na voz dela fez o coração de Ari doer. Não que Anna fosse *demonstrar* seu medo. Ela costumava ser tranquila e despreocupada como um gato ronronando, mas agora espreitava as ruas como um tigre nas florestas Odisha: elegante e mortal.

— Sim — confirmou Jesse. Ele tinha se armado com a espada Blackthorn. Estava presa às costas dele em uma bainha de couro gravado e o fazia parecer um Caçador de Sombras na ativa havia anos em vez de dias. — Não posso ter certeza absoluta, mas é meu instinto, depois de conhecê-la e ouvi-la por anos.

— Como pode não saber... — começou Anna, mas Ari pegou a mão dela e apertou.

— Ele está sendo sincero, Anna — disse ela. — Isso é melhor do que falsa esperança.

Mas Anna não retribuiu o aperto. Ari não podia culpá-la. Ela só podia imaginar o terror que Anna sentia no momento, o terror de que ela estivesse a um passo de desmoronar. Ela desejava poder carregar parte daquilo em seu próprio coração, poder suportar o medo por Anna, compartilhá-lo com ela para que o fardo fosse amenizado, mesmo que um pouco.

— Mas por quê? — perguntou Thomas, ajustando os ombros. O casaco do uniforme que ele usava estava pequeno demais, mas na sala de armas não tinha nenhum que lhe coubesse. — Por que a casa do tio Gabriel? Ela não esperaria que fosse encontrada lá?

— 395 —

Corrente de Espinhos

— Não antes de... — Jesse parou, mas Thomas podia deduzir o que ele quase dissera. *Não antes de ela matar Alexander.* — Não imediatamente — falou Jesse. — Duvido que alguém vá procurar lá primeiro, a não ser nós.

Eles estavam em High Holborn. Estava tudo quieto àquela hora, embora nenhuma rua de Londres jamais estivesse completamente deserta, não importava quão tarde fosse. À noite, os trechos úmidos na calçada congelavam, e as botas deles esmagavam o gelo conforme caminhavam. Carruagens contratadas passavam, molhando-os com gelo sujo da sarjeta. Eles tentavam ficar bem afastados do meio-fio, pois eram invisíveis para os condutores.

Jesse falou:

— Minha mãe vai querer infligir o máximo de dor possível. Ela vai querer uma vingança simbólica e visível.

— Então ela vai levar Alexander para a casa dele? — indagou Lucie.

— Tudo que aconteceu comigo quando eu era criança — explicou Jesse —, aconteceu na minha casa. Foi lá que minha mãe me entregou para Belial. Onde a cerimônia da Marca quase me matou. Ela falava frequentemente comigo sobre como tinha sido violada no próprio lar, meu pai e avô mortos no terreno da casa onde cresceu. Vai parecer, para ela, um tipo tenebroso de reparação.

A mão de Thomas que segurava a *Zweihänder* tinha ficado suada. Ele se sentiu enjoado. *Desculpe*, ele quis dizer. *Desculpe por tudo que minha família, ou qualquer de nossas famílias, possa ter feito para causar isso.*

Mas ele não disse. Quase todos eles ali vinham de famílias que Tatiana acreditava terem lhe causado sofrimento, e embora ele pudesse assumir culpa pela própria parte, não podia assumir pelos outros. Thomas sabia, logicamente, que James — caminhando à frente deles, sem chapéu, determinado — não podia ser culpado por aquilo, nem Anna, nem Matthew, ou Cordelia, ou...

— Não é culpa sua — disse Alastair, caminhando ao lado de Thomas. Ele se perguntou fazia quanto tempo o rapaz estava ali. Alastair não tinha se dado ao trabalho de vestir o uniforme, embora usasse luvas e suas lanças preferidas estivessem seguras dentro do casaco. — Nada disso é culpa sua. Benedict Lightwood trouxe crueldade sobre a própria família, e Tatiana não conseguiu aceitar a responsabilidade dele, nem a dela.

— Parece algo muito sábio — comentou Thomas. Por um momento, foi como se ele e Alastair estivessem sozinhos na rua, cercados pela cobertura gélida de Londres no inverno, o próprio frio um tipo de círculo protetor em torno deles.

— Culpa é um dos sentimentos mais doentios que existe — prosseguiu Alastair. — A maioria das pessoas faz qualquer coisa para evitá-la. Eu sei que eu... — Ele respirou fundo. — Ou se nega a aceitá-la, empurrando-a para longe e culpando outros, ou se assume a responsabilidade, suportando o peso insuportável.

Ele parecia exausto.

— Eu sempre quis suportá-lo com você — confessou Thomas, em voz baixa.

— Sim — disse Alastair. Os olhos dele estavam brilhando com o frio. — Só Raziel sabe, mas talvez seja esse o motivo pelo qual eu mesmo não acabei como Tatiana. Você me mantém humano, Tom.

❖

— Matthew — chamou James, baixinho. — Math. Venha cá.

Eles estavam se aproximando da casa dos Lightwood, passando por lares mundanos escuros cujas portas tinham sido decoradas com guirlandas de azevinho e teixo. James conseguia ver Bedford Square adiante. A maioria das casas tinha cortinas puxadas sobre as janelas, e o pequeno parque no centro, a grama invernal contornada por uma cerca de ferro, estava escuro e sem iluminação.

Matthew estava andando sozinho, calado. Tinha trocado o casaco de brocado por um casaco de uniforme com luvas de combate de couro. Meia dúzia de *chalikars* envolvia seu antebraço como pulseiras, brilhando sob o luar gélido.

Ele estava quieto. Enquanto todos se preparavam na sala de armas, James tinha observado seu *parabatai*. Ele observou quando Matthew cambaleou contra a mesa, mantendo-se firme no lugar ao segurar a beirada, respirando com dificuldade como se estivesse tentando não passar mal nem desmaiar.

Corrente de Espinhos

E ele tinha observado Matthew conforme eles deixavam o Instituto. Matthew tinha se mantido um pouco afastado do grupo, mesmo de Lucie e Thomas. James não podia deixar de sentir que era porque ele não queria que ninguém o visse caminhar com cuidado *demais*, cada passo deliberado a ponto de ser exagerado.

Matthew se aproximou dele, e James soube, soube pelas próprias observações, e simplesmente pela sensação no peito. Era como se um pequeno barômetro tivesse sido inserido ali durante a cerimônia *parabatai* deles, um que media o estado de Matthew.

— James — falou Matthew, um pouco cauteloso.

— Você está bêbado — afirmou James. Ele disse sem acusar ou culpar. Matthew começou a protestar, mas James apenas negou com a cabeça. — Não vou ficar com raiva de você, ou culpar você, Matthew.

— Você poderia se quisesse — disse Matthew, amargamente. — Você achou que eu teria problemas com a festa, e eu ignorei.

James não disse, não podia dizer, o que estava pensando. *Eu não sabia o que aconteceria com Cordelia. Eu sei que você estava sóbrio quando falou com ela. Mas se ela tivesse dito para mim o que falou a você, e eu depois tivesse me encontrado em uma festa rodeado por bebidas alcoólicas, duvido que tivesse me segurado também.*

— Se eu soubesse que precisaria lutar — continuou Matthew —, eu jamais teria...

— Eu sei. Math, não é uma questão de ser perfeito. O que você está tentando fazer é incrivelmente difícil. Talvez você deslize de vez em quando. Mas eu não acredito que um momento de fraqueza seja fracasso. Não contanto que você continue tentando. Enquanto isso, me deixe ajudar você.

Matthew exalou uma nuvem branca suave.

— O que quer dizer?

— Podemos estar prestes a entrar em uma batalha juntos — explicou James. Ele mostrou a Matthew sua mão direita, na qual segurava a estela. — Sou seu *parabatai*. É meu dever proteger você, e o seu é me proteger. Agora, me dê sua mão, enquanto estamos andando. Não quero parar nem que os outros fiquem vendo.

— 398 —

CASSANDRA CLARE

Matthew murmurou e tirou a luva da mão esquerda. Ele esticou a mão para James, que desenhou um *iratze* na palma, seguida por duas Marcas de Energia. Ele normalmente não daria mais de uma nem a Matthew, nem a ninguém, mas elas agiriam como facas, cortando qualquer névoa no cérebro de Matthew.

Ele xingou baixinho, mas manteve a mão firme. Quando James terminou, ele a apertou como se tivesse sido escaldada. Estava respirando com dificuldade.

— Eu sinto como se fosse vomitar — disse ele.

— É para isso que servem as calçadas da cidade — respondeu James, sem arrependimento, recolocando a estela no bolso. — E você já está caminhando com mais firmeza.

— Eu realmente não sei por que as pessoas dizem que você é o mais legal de nós dois — comentou Matthew. — Obviamente, não é verdade.

Sob outras circunstâncias, James teria sorrido. Ele quase sorriu agora, apesar de tudo, ao ouvir Matthew soar como ele mesmo.

— Ninguém diz isso. O que dizem é que eu sou o mais bonito.

— Isso — falou Matthew — também é obviamente falso.

— E o melhor dançarino.

— James, esse terrível hábito de mentir parece ter surgido em você do nada. Estou preocupado, muito preocupado...

Atrás deles, Anna gritou. James se virou e a viu de pé com a mão no peito. Seu pingente Lightwood estava pulsando com fortes clarões vermelhos, como fogo intermitente.

Só podia significar uma coisa. *Demônios.*

21
SOB A LUA DO DRAGÃO

Lembra quando nos aventuramos
Sob a lua do dragão,
Em meio ao breu vulcânico da noite
Caminhamos por onde batalharam a luta desconhecida
E vimos árvores pretas no auge da batalha
Espinho preto em Ethandune?

— G. K. Chesterton, "A balada do cavalo branco"

Cordelia viu sete ou oito demônios Mantis, chilreando ao saltarem por cima da cerca de metal que contornava o jardim central da praça. As pernas serrilhadas estavam dobradas contra o peito, embora Cordelia soubesse que eles eram capazes de atacar com agilidade impressionante, cortando o que encontrassem pela frente como navalhas afiadas. Suas cabeças eram triangulares, com mandíbulas longas tilintando, os olhos vazios, ovais e brancos.

James puxou a pistola do cinto, engatilhou e mirou.

— Cordelia, Jesse, Anna — chamou em tom de voz baixo e calmo. — Vão até a casa. Nós cuidamos deles.

Cordelia hesitou. Parte dela suspeitava que James estava apenas tentando tirá-la do meio da batalha. Ela havia sido a única que não se equipara na

Corrente de Espinhos

sala de armas do Instituto. Sabia que não podia correr esse risco, não podia arriscar invocar Lilith, independentemente do quanto odiasse a ideia de fugir de uma luta.

E Jesse, lógico, por mais que estivesse armado, não tinha o treinamento adequado. No entanto, ele não parecia preocupado. Olhou para Lucie de soslaio, que já brandia um machado, antes de se virar e correr ao lado de Cordelia e Anna na direção da casa dos Lightwood.

A princípio parecia que todas as janelas estavam escuras, mas um brilho fraco lampejou em um dos lados da casa, como o reflexo de um feixe de luar. Anna se enrijeceu e gesticulou para que os outros a seguissem silenciosamente.

Enquanto se esgueiravam, mantendo-se sob o abrigo das sombras projetadas pela parede, Cordelia conseguia ouvir os ruídos da luta na praça. Metal arranhando pedra, grunhidos e sibilos, o som pesado de uma lâmina colidindo com carne de demônio, tudo pontuado a cada poucos minutos pelos disparos de uma arma de fogo.

Eles contornaram a casa e chegaram aos fundos, quase contra a cerca que separava a propriedade dos Lightwood da de seus vizinhos. Uma janela em arco estava iluminada por um brilho suave e, sob ele, Cordelia vislumbrou a fúria brutal no rosto de Anna. A casa de seus pais, o lugar onde crescera, havia sido invadida.

Os três Caçadores de Sombras se reuniram ao redor do peitoril e espiaram o interior. Viram a sala de estar de Gabriel e Cecily, a mesma de sempre, com mantas dobradas dentro de um cesto ao lado do sofá de aparência confortável e um abajur Tiffany banhando o cômodo com um brilho quente.

Diante da lareira agora fria estava Tatiana, sentada em uma poltrona com Alexander aninhado em seus braços. Os lábios dela se moviam. O estômago de Cordelia revirou. A mulher estava *cantando* para o menino?

Alexander se debatia, mas debilmente. O aperto de Tatiana parecia firme. Com uma das mãos ela puxou o paletó do pequeno terno da criança, depois a camisa, enquanto com a outra... Com a outra mão, segurando uma estela, *começou a desenhar uma Marca no peito nu dele.*

Cordelia sufocou um gemido de horror. Não se podia gravar runas em um bebê de três anos. Seria traumático, doloroso e muito provavelmente colocaria em risco a sobrevivência da criança. Era um ato brutal de crueldade infligir dor apenas porque se podia.

Alexander berrou. Ele se revirava e se debatia contra o aperto de Tatiana, mas a mulher não o soltou, a estela cortando a pele como um bisturi. Cordelia, sem pensar, cerrou em punho a mão enluvada e socou a janela com toda a força.

A mão colidiu contra a vidraça, que rachou e se estilhaçou como uma teia de aranha, alguns cacos de vidro caindo para o lado de fora. Cordelia sentiu o braço ardendo de dor, e Jesse a amparou, puxando-a para o lado enquanto Anna, com uma expressão tensa, terminava de quebrar a janela com o cotovelo. Rachado como estava, ele ruiu em enormes estilhaços, e Anna subiu no peitoril, mergulhando para dentro através da abertura irregular.

Jesse a seguiu, virando-se em seguida para puxar Cordelia para dentro. Ele pegou suas mãos e a ergueu, e Cordelia mordeu o lábio para não gritar de dor. A luva não havia sido feita para atravessar uma vidraça e estava rasgada na área das articulações, a mão lacerada sangrando vigorosamente.

Ela aterrissou em um tapete persa desgastado. À sua frente, Anna brandia uma espada longa, atingindo o ombro de Tatiana, que berrou, lançando Alexander, que também gritava, para longe.

Anna deixou a arma cair, saltando para amparar o irmão mais novo. Tatiana rosnou, virou-se e fugiu pela porta aberta mais próxima.

Anna, de joelhos, aninhava um Alexander soluçante contra o peito, acariciando os cabelos dele de maneira desesperada.

— Bebê, meu bebezinho — murmurou para acalmá-lo antes de se virar angustiada para Jesse e Cordelia. — Vão atrás de Tatiana! *Detenham-na!*

Cordelia correu pela casa com Jesse. Estava quase escuro demais para conseguirem enxergar. Ela tirou uma pedra de luz enfeitiçada do bolso do casaco com alguma dificuldade e deixou que o brilho branco iluminasse o espaço. Jesse a seguiu em uma corrida desenfreada pelos corredores, passando pela cozinha deserta até alcançarem a biblioteca. Ele parou para espiar as sombras do cômodo enquanto Cordelia irrompia pela porta seguinte, entrando em uma sala de música mal iluminada, onde encontrou Tatiana sentada, impassível, no banco diante do piano.

Corrente de Espinhos

A ferida que Anna causara na mulher estava sangrando. Vermelho escarlate ensopava o ombro do vestido já previamente manchado de sangue. Tatiana não parecia se incomodar. Ela segurava a afiada adaga de prata e murmurava uma melodia suave e sinistra.

Cordelia sentiu Jesse ao seu lado. Ele havia entrado depois dela, movendo-se silenciosamente, e encarava a mãe sob o brilho da pedra de luz enfeitiçada de Cordelia.

Tatiana ergueu a cabeça e olhou de relance para Cordelia antes de dirigir sua atenção a Jesse.

— Então ela ressuscitou você — constatou Tatiana. — Aquela maldita Herondale. Achei mesmo que fosse tentar. Mas não achei que você fosse permitir.

Jesse enrijeceu. Cordelia mordeu a língua antes que pudesse dizer *ela o ressuscitou com a ajuda de Grace.* Aquilo não tornaria a situação mais fácil para ninguém.

— Achei que era o que você queria, mãe — respondeu Jesse. Cordelia podia sentir como ele se esforçava para controlar a voz. Tentando ganhar tempo até os outros chegarem para cercar Tatiana. — Eu, vivo outra vez.

— Não se significasse que você ficaria nas mãos dessa gente desgraçada — rosnou a mãe. — Os Herondale, os Carstairs... Você sabe melhor do que ninguém como eles nos trataram mal. Como me traíram. Não sabe, meu doce e inteligente filho?

Sua voz se tornara nauseantemente suave, e a expressão de Jesse era de nojo quando Tatiana desviou seu olhar perverso na direção de Cordelia. *Se você vier para cima de mim, sua bruxa, vou usar uma perna de piano quebrada para te atacar e lidar com o que quer que Lilith faça comigo,* pensou Cordelia.

Ouviu-se um chiado. Jesse desembainhara uma espada — a espada Blackthorn. Os espinhos no guarda-mão reluziam sob a luz da pedra enfeitiçada.

Tatiana sorriu. Estava *contente* por ver o filho brandindo a arma da família? Depois de tudo o que acabara de dizer?

— Você está doente, mãe. Mentalmente doente. Todas essas ideias de que está sendo perseguida, de que essas pessoas, essas famílias, estão tentando fazer mal a você, são o pretexto que encontrou para não precisar lidar com seu luto pela morte do meu pai. E a morte do seu próprio pai...

— Isso é *mentira* — disse Tatiana. — Não estou doente! Eles tentaram me arruinar!

— Não é verdade — replicou Jesse, baixinho. — Eu os conheço bem agora. Existe uma verdade muito mais cruel, uma que suspeito que você também conheça. Eles não tentaram acabar com você todos esses anos. Não planejaram sua ruína. *Eles sequer pensaram em você.*

Tatiana se retraiu, um movimento genuíno, a guarda baixa, e naquele momento Cordelia viu algo verdadeiro na expressão dela, algo que não havia sido criado por delírios ou mentiras. Uma mágoa amarga e profunda, quase bárbara em sua intensidade.

Ela começou a se levantar do banco. Jesse segurou a espada com mais firmeza, e então ouviram-se passos rápidos no corredor. A porta foi escancarada, e James entrou, empunhando uma espada longa.

Estava ferido e sangrando, um corte feio acima do olho esquerdo. A cena diante dele deve ter lhe parecido bizarra, pensou Cordelia. Ela e Jesse, imóveis, confrontando Tatiana em um vestido ensanguentado. Mas ele não hesitou. Ergueu a lâmina e apontou diretamente para o peito dela.

— Já chega. Está feito. Mandei chamar Irmão Zachariah. Ele chegará a qualquer momento para concluir sua prisão.

Tatiana olhou para ele com um sorrisinho estranho.

— James. James Herondale. Você se parece tanto com seu pai. Era exatamente com você que eu queria falar. Ainda tem uma chance de conseguir o apoio do seu avô, sabe.

— Essa — sibilou James — é a última coisa que quero.

— Ele tem seus objetivos e desejos — prosseguiu Tatiana —, e vai alcançá-los. Já estão marchando, sabe. Neste momento mesmo, eles marcham. — Seu sorriso se alargou. — Sua única escolha será entre jurar lealdade ou ser esmagado por ele quando a hora chegar. — Uma terrível expressão de astúcia cruzou o rosto dela. — Acho que você será esperto o suficiente, quando for forçado a escolher, para demonstrar sua lealdade. Lealdade, afinal de contas, é o que nos ata.

James fez uma careta, e Cordelia se lembrou da gravação no interior da pulseira que Grace dera a ele. *Lealdade me ata.* Se Tatiana esperara abrandar James ao lembrá-lo daquilo, não funcionou. De súbito ele deu dois passos para a frente e posicionou a ponta da espada contra a base do pescoço dela.

— 405 —

Corrente de Espinhos

— Largue a arma e levante as mãos — ordenou — ou vou cortar sua garganta na frente do seu filho e pagar pelos meus pecados no Inferno quando for a hora.

Tatiana deixou a adaga cair. Ainda sorrindo, estendeu os braços para James, as palmas para cima mostrando que não possuía mais armas.

— Você é sangue do meu mestre. Que escolha eu tenho? Vou me render, então, somente a você.

Enquanto James atava os pulsos dela com fio demoníaco, Cordelia trocou um olhar confuso com Jesse. Estava terminado, parecia, e, no entanto, ela não conseguia se livrar da sensação de que algo estava errado. Depois de tudo aquilo, por que Tatiana não havia resistido mais?

—

Grace temera que Christopher fosse embora depois de lhe dizer que precisava contar tudo a Cordelia. Mas ele não foi. Permaneceu e pareceu satisfeito quando ela lhe entregou as anotações que fizera a respeito dos experimentos dele para envio de mensagens de fogo através da aplicação de Marcas. Ela o observara enquanto lia, preocupada que ele pudesse se ofender — ela não era uma cientista, e, como nunca havia sido treinada propriamente como Caçadora de Sombras, conhecia apenas as Marcas mais básicas, enquanto o conhecimento de Christopher do Livro Gray parecia extenso. Mas...

— Isto é interessante — comentou ele, apontando para uma anotação que ela fizera sobre o uso de um novo tipo de metal para estelas. Parecia que o que ele considerava mais útil não era conhecimento complexo, mas sim a disposição dela de se focar em uma ideia, revirá-la pelo avesso e examiná-la de todos os ângulos. Em algum momento, Grace se deu conta de que não eram apenas a curiosidade e a imaginação de Christopher que o tornavam um cientista, era a paciência também. A paciência de continuar confrontando um problema até ele ser solucionado em vez de desistir em face das frustrações do fracasso.

E então, enquanto ele escrevia um resumo da ideia mais recente que tivera, uma batida soou à porta fechada, e de repente Irmão Zachariah estava lá, a túnica da cor de pergaminho esvoaçando em silêncio ao seu redor.

CASSANDRA CLARE

Ele estava falando dentro da cabeça dos dois, e as palavras eram um emaranhado de imagens saídas de pesadelos. A invasão à festa de Natal. A mãe de Grace empunhando uma adaga afiada de prata, a lâmina contra o pescoço de um menininho: Alexander, o irmão de Christopher. Tatiana desaparecendo, levando-o consigo, o Enclave inteiro partindo atrás deles.

Houve um barulho alto quando Christopher se levantou depressa, fazendo a taça de champanhe voar. Sem parar para organizar as anotações ou sequer olhar para Grace, ele saiu apressado do cômodo. Zachariah fitou Grace em silêncio por um instante, depois seguiu Christopher, fechando a porta atrás de si.

Grace se sentou na cama, o sangue se transformando em gelo em suas veias. *Mãe,* pensou. *Eu tinha feito um amigo. Tinha...*

Mas era essa a questão, não era? Sua mãe jamais permitiria que Grace sentisse qualquer coisa, *pensasse* qualquer coisa, possuísse qualquer coisa que não fosse ligada a ela. Grace tinha certeza de que Tatiana não fazia ideia de que ela havia trocado uma palavra sequer com Christopher Lightwood, mas, ainda assim, Tatiana garantira que Grace jamais fosse voltar a fazê-lo.

—

— Foi fácil demais — murmurou Cordelia.

— Não sei se concordo com isso — replicou Alastair. Estavam na sala de estar do Instituto. Alastair aplicava um segundo *iratze* na mão de Cordelia, embora a primeira já tivesse feito os cortes começarem a cicatrizar. Ele não parecia se importar com o fato de que a irmã estava ensopando de sangue seu casaco novo e segurava a mão dela gentilmente e com cuidado. — Depois de termos sido atacados por demônios Mantis, que são bem asquerosos de perto, e chegado por pouco para deter Tatiana enquanto ela gravava uma Marca em uma criança, o que provavelmente a teria matado... — Terminou o *iratze* e ergueu a mão de Cordelia para examinar seu trabalho. — Não foi *fácil.*

— Eu sei. — Cordelia olhou ao redor do cômodo. Todos estavam espalhados, murmurando entre si: Will e Tessa; Lucie , Jesse e Thomas; Matthew e James. Apenas Ari estava sentada sozinha em uma poltrona, olhando para

Corrente de Espinhos

baixo, encarando as mãos. Anna havia corrido de volta para o Instituto com Alexander, sem esperar que prendessem Tatiana, e estava na enfermaria com ele e os pais. O menino estava sob os cuidados de Irmão Shadrach, que dissera que, embora a ferida pudesse demorar a sarar, a runa não havia sido concluída e o dano não deixaria sequelas.

Cordelia sabia que Will teria preferido que fosse Jem cuidando do sobrinho, mas James o havia chamado para fazer a prisão de Tatiana na casa de Bedford Square e escoltá-la até a Cidade do Silêncio, então o Irmão estava ocupado. Enquanto isso, Bridget servira sanduíches de recheios estranhos e rebuscados — carne moída e picles com cobertura de açúcar e mostarda — e uma grande quantidade de chá, muito quente e muito doce, que, para ela, parecia ser a cura para o choque, embora ninguém estivesse bebendo ou comendo.

— Mas como ela escapou? Não entendo o que aconteceu — dizia Thomas. — Tatiana foi encontrada moribunda nos Pântanos Bodmin. Estava presa no Instituto da Cornualha aguardando para ser transferida. Como ela chegou a Londres tão depressa e sem qualquer indício de estar ferida?

— Não era Tatiana — respondeu Tessa. — Na Cornualha, digo. Nunca foi.

Will assentiu com a cabeça, cansado.

— Soubemos através dos Irmãos do Silêncio... Tarde demais, infelizmente. Foi tudo um truque. — Ele levou a mão aos olhos. — A coisa que Pangborn encontrou nos pântanos era um demônio Eidolon. O Irmão Silas foi enviado para buscar Tatiana, mas, quando chegou ao Instituto da Cornualha, se deparou com uma chacina. O demônio eliminou todos que estavam lá antes de fugir. Uma recompensa por seus serviços a Belial, sem dúvida. Não poupou sequer os criados mundanos. O corpo de uma menina foi encontrado na escada da entrada, horrivelmente mutilado. Ela havia rastejado até lá em busca de ajuda. — A voz dele tremia. — Coisas terríveis, e tudo simplesmente para nos fazer pensar que Tatiana não estava à solta.

Em silêncio, Tessa pegou a mão do marido e a segurou. Will Herondale era igual ao filho, pensou Cordelia: ambos sentiam as emoções com intensidade, por mais que tentassem esconder. Quando todos retornaram ao Instituto, ensanguentados e feridos, mas com a notícia de que Tatiana havia se rendido, Will correra para se certificar de que Lucie e James estavam bem. Depois de checar que os dois estavam a salvo, olhou para James e disse em tom de voz seco:

— Você fez bem, James, mas quebrou uma promessa no caminho. Os eventos desta noite podem ter tido um resultado positivo, mas também poderiam ter acabado terrivelmente mal. Você poderia ter se ferido, ou sua irmã, ou poderia ter tido que suportar o peso da responsabilidade pela morte ou ferimento de outra pessoa. *Não volte a fazer algo assim.*

— Sinto muito — dissera James, empertigado, e Cordelia se lembrou de quando ele lhe disse *Vou precisar implorar pelo perdão dele depois.* Ele poderia ter protestado, pensou. Poderia ter dito a Will que não podiam, em sã consciência, deixar de agir diante da convicção de Jesse. Mas não disse nada. Era orgulhoso e teimoso, concluiu Cordelia, como ela própria. E pensou em Lucie.

Você... você é tão orgulhosa, Cordelia.

Não havia sido um elogio.

Will apenas tocou a bochecha de James, ainda com o cenho franzido, e encaminhou todos para a saleta no andar de cima. Cordelia olhou para Lucie, mas ela estava conversando baixinho com Jesse e Thomas.

— Mas e quanto às barreiras? — questionou Ari. — No Instituto da Cornualha. Sei que deram permissão para o demônio entrar no Santuário, mas as barreiras não deveriam ter impedido ou emitido algum tipo de advertência?

— Parece que Pangborn havia deixado as barreiras ao redor do Instituto dele enfraquecidas. — Will balançou a cabeça. — Todos sabíamos que ele estava velho, provavelmente velho demais para o trabalho que desempenhava. Deveríamos ter feito algo.

— Foi um truque astucioso — comentou Matthew, que estava recostado na poltrona. Havia usado todas as suas *chalikars* na luta contra os demônios Mantis, e agora ostentava hematomas no pescoço e na clavícula. — Mas se não tivesse sido a falha de Pangborn, ainda assim Belial teria encontrado alguma outra maneira de nos enganar.

— Significa que baixamos nossa guarda — observou Tessa. — Ao menos no que diz respeito a Tatiana. O Instituto é bem protegido contra demônios, mas não contra Caçadores de Sombras.

— Nem os mais perversos deles — acrescentou Lucie com ferocidade. — Deviam ter retirado as Marcas dela na Cidadela Adamant.

— 409 —

— Tenho certeza de que o farão — garantiu James —, uma vez que a Espada Mortal agora vai arrancar a verdade dela e revelar seus crimes anteriores. Talvez finalmente descubramos algo útil sobre os planos de Belial. Estou certo de que não terminaram.

— Falando em Belial — começou Will, com um pesar na voz —, o Inquisidor convocou uma reunião para amanhã. Para discutir a questão da nossa família.

— Não entendo por que nossa família é assunto *dele* — retrucou James, com raiva, mas, para a surpresa de Cordelia, Lucie interrompeu.

— Ele vai tornar assunto dele, James — disse ela. — O Instituto pode ser o único lar que conhecemos, mas não pertence a nós. Pertence à Clave. Tudo o que temos e tudo o que somos está sujeito à aprovação da Clave. Basta lembrar de quantos membros do Enclave sempre foram horríveis com nossa mãe apenas porque ela é uma feiticeira, porque é filha de um demônio. Antes mesmo de descobrirem que se tratava de um Príncipe do Inferno, aliás. — A voz de Lucie estava tensa, sem nenhum rastro do otimismo usual. Era difícil ouvi-la assim. — Já deveríamos esperar que fossem se voltar contra nós no instante em que descobrissem sobre Belial.

— Ah, Lucie, *não*. — Cordelia se levantou depressa sem pensar duas vezes. Lucie olhou para ela, surpresa. Na verdade, Cordelia podia sentir todos os olhares cravados nela. — O Inquisidor pode bufar e espernear o quanto quiser, mas a verdade está a favor de vocês. A *verdade* importa. E o Enclave verá isso.

Lucie fitou Cordelia com calma.

— Obrigada — foi tudo o que disse.

O coração de Cordelia afundou. Era o tipo de *obrigada* que se oferece a um desconhecido que se desculpou por pisar em seu pé em uma festa. Mas antes que pudesse responder ou mesmo se sentar, constrangida, já que todos pareciam estar encarando as duas, a porta se abriu de supetão, e Christopher entrou.

Parecia ter corrido metade de Londres para chegar até lá. Estava sem casaco, as botas e a calça respingadas de lama e neve, as mãos sem luvas vermelhas de frio. Seus olhos estavam arregalados e atordoados atrás dos óculos. Cordelia se lembrou de outra pessoa por um instante, e logo se deu conta de que era Alexander, enquanto Tatiana o atormentava, os olhos do menino terrivelmente confusos com a ideia de que alguém poderia querer lhe causar tal tipo de dor.

— O que houve? — perguntou ele em um quase sussurro, e então Thomas, James e Matthew o cercaram com abraços apertados, as vozes atropelando umas às outras enquanto explicavam que Alexander estava bem, que Tatiana havia sido presa e que seu irmão mais novo estava sendo tratado na enfermaria. Que ele ficaria bem.

— Mas não entendo — admitiu Christopher, a cor retornando lentamente ao rosto. Uma das mãos agarrando a manga de Matthew, o ombro tocando o de James. — Por que Alexander? Quem iria querer ferir um bebê?

— Tatiana quer *nos* ferir, Kit — respondeu Tessa. — Ela sabe que a melhor maneira de conseguir isso é através das nossas famílias. É a pior dor que pode pensar em infligir. Qualquer um de nós se ofereceria para sofrer no lugar dos nossos filhos, mas vê-los sofrer por nós é... pavoroso.

— Ela foi levada para as prisões da Cidade dos Ossos — explicou Will, a voz fria. — Então teremos várias oportunidades de perguntar a ela.

Os olhos de Christopher se arregalaram.

— Vão mantê-la presa na Cidade do Silêncio? — perguntou, soando estranhamente descontente com a ideia.

Jesse pareceu perturbado também. Como se de repente tivesse se dado conta de algo, disse com brusquidão:

— Eles mantêm os prisioneiros longe uns dos outros, não é? Têm que manter. Ela não pode chegar nem perto de Grace.

— Nunca deixariam algo assim acontecer — começou Will, e então Cecily surgiu à porta e correu para abraçar Christopher.

— Suba comigo, querido. Alexander está dormindo, mas pode acordar a qualquer momento e vai querer te ver. — Ela se virou para Ari com um sorriso caloroso: — E Anna está chamando por você também. Adoraríamos que ficasse conosco.

O rosto de Ari se iluminou. Ela se levantou e se juntou a Christopher e Cecily enquanto saíam. Jesse os observou partir, uma expressão sombria no rosto. Pensando em Grace? Cordelia se perguntou. Ou, mais provavelmente, em Tatiana e no que aconteceria em seguida.

Corrente de Espinhos

— A minha vida inteira ela me falava sobre o quanto odiava todos vocês — comentou ele. Estava encostado contra a parede, como se precisasse dela para se manter de pé. — Agora que sabe que me juntei a vocês, que lutei com vocês contra ela, vai enxergar isso como uma traição ainda maior.

— E isso importa? — perguntou Matthew. — Ela perdeu o juízo. Se não tiver uma razão para estar cheia de ódio, vai inventar uma.

— Só estou pensando — continuou Jesse — que ela sabe quem sou, que estou junto com vocês. Nada vai impedi-la de contar à Clave quando for interrogada. Talvez eu pudesse ajudá-los se contar eu mesmo ao Enclave primeiro. Se confessar quem sou de verdade... Jesse Blackthorn. Poderia testemunhar e confirmar os delírios e mentiras da minha mãe, o ódio dela por vocês, a necessidade que tem de vingança.

— Não — refutou James, muito gentilmente. — É uma oferta generosa, considerando-se o que significaria para você, mas vai apenas manchar ainda mais a visão que o Enclave tem de nós se acreditarem que Lucie praticou necromancia. — Ele ergueu a mão quando a irmã ameaçou protestar. — Eu sei, eu sei. Não foi necromancia. Mas eles não vão enxergar dessa maneira. E é muito provável que Tatiana não vá contar a verdade sobre você logo de cara, Jesse. Isso revelaria fatos inconvenientes demais a respeito de seus próprios crimes. E do relacionamento que ela tem com Belial.

— Por falar em Belial — retomou Will. — É muito gentil da sua parte tentar nos poupar, Jesse, mas já passou da hora de enfrentarmos isto tudo em vez de deixar a questão pender sobre nossas cabeças. Guardamos este segredo por tempo demais, esquecendo, acho, que segredos dão aos outros poder sobre nós.

Tessa assentiu.

— Queria que tivéssemos contado a todos no momento que descobrimos. Agora temos que separar a verdade da suspeita de estarmos mancomunados com Belial. — Ela bufou, fazendo Cordelia sorrir. Era um gesto pouco digno de uma dama como Tessa. — "Mancomunados." É uma noção tão arcaica e surreal. Por acaso Magnus está "mancomunado" com o pai demônio? Ragnor Fell? Malcolm Fade? Não, não, obviamente não. Isso é assunto encerrado há centenas de anos.

— 412 —

— Pelo menos é só a sua palavra contra a de Tatiana — argumentou Cordelia —, e acho que a maioria das pessoas sabe que a palavra dela não vale muito.

— O que vocês acham que vai acontecer nessa reunião de amanhã? — perguntou Alastair.

Will deu de ombros.

— É difícil dizer. É exatamente para este tipo de coisa que a Espada Mortal serve, e sem dúvida Tessa e eu iríamos sem demora a Idris a qualquer instante para atestar a verdade. Mas seria extremo até mesmo para Bridgestock querer forçar a questão tanto assim. Creio que vá depender de quanto aborrecimento Bridgestock está disposto a nos causar.

Matthew grunhiu.

— Ele *adora* causar aborrecimentos.

— Céus! — exclamou Tessa, olhando para o relógio acima da cornija da lareira. — Já é uma da manhã. Melhor todos dormirmos um pouco antes que amanheça. O dia promete ser bastante desagradável. — Suspirou. — Cordelia, Alastair, vou acompanhá-los até sua carruagem.

Os dois se entreolharam. Aquela era uma oferta curiosa. Eles podiam muito bem encontrar a saída sozinhos, obviamente. Ou Will ou James teriam se oferecido, como de costume. Tessa, no entanto, parecia decidida.

Alastair foi dizer algo rápido e baixo a Thomas. Querendo dar um momento de privacidade ao irmão, Cordelia se demorou guardando as luvas arruinadas e enrolando o cachecol no pescoço. Enquanto espanava a poeira das roupas, sentiu um toque suave no ombro.

Era James. O corte acima do olho havia sarado quase por completo, embora fosse possível que uma cicatriz cruzando a sobrancelha permanecesse. Lógico que lhe cairia muito bem. Era sempre assim.

— Você está certa — disse ele, a voz baixa.

— Provavelmente — respondeu Cordelia. — Mas sobre o que, exatamente?

— Foi fácil demais. Tatiana queria ser pega. Sequestrou Alexander, se afastou um pouco e depois ficou esperando ser presa. Mas não consigo entender *por quê.* — Hesitou. — Daisy, aquilo que você disse mais cedo que precisava fazer... Você fez?

Cordelia ponderou. Parecia terem se passado mil anos desde que estivera naquele salão de jogos com Matthew, como se já houvesse vivido mil vidas desde que se reuniram em uma festa. Como se ela fosse uma pessoa inteiramente diferente na ocasião, embora apenas poucas horas tivessem se passado, de fato.

— Fiz — respondeu. — Foi horrível.

James parecia querer muito perguntar algo mais. Mas Tessa foi ao encontro dos dois, e com sua destreza usual, já estava puxando Cordelia para longe e guiando-a, junto com Alastair, ao andar de baixo.

O ar gelado do lado de fora foi um choque depois do calor da saleta. A carruagem foi trazida depressa, e Alastair não se demorou a subir. Pareceu perceber que Tessa queria um momento a sós com sua irmã — e talvez tenha percebido também que poderia ser constrangedor. Fechou a cortina da carruagem, dando a Cordelia e Tessa tanta privacidade quanto possível.

— Cordelia — a mulher mais velha começou com suavidade —, tem algo que gostaria dizer a você.

Cordelia respirou fundo no ar gelado. Sentiu a solidão que associava apenas com Londres: de ser ao mesmo tempo uma em meio a milhões de pessoas juntas na escuridão da cidade e de estar absolutamente só naquela mesma escuridão.

Tessa continuou:

— Sei que é natural que você fique com sua mãe agora, mas não sou inteiramente tola. Sei que não é *apenas* isso. As coisas não andam bem entre você e James. Nem entre você e Matthew, aliás.

— Nem entre James e Matthew — acrescentou Cordelia. — Sinto muito. Você confiou em mim para fazer James feliz, e estou fazendo justamente o oposto.

Após um instante, Tessa prosseguiu:

— Sei que as pessoas ferem umas às outras. Sei que relacionamentos são complicados. Acredite. Mas pela minha experiência... Bom, quando todos se amam o suficiente, sempre haverá um caminho para as coisas se ajeitarem no final.

— É um pensamento muito bonito — respondeu Cordelia. — Espero que esteja certa.

Tessa sorriu.

— Até o momento sempre estive.

E com isso ela voltou para dentro do Instituto. Cordelia estava levando a mão até a maçaneta da carruagem quando ouviu o som de pés correndo atrás dela. Talvez Tessa tivesse se esquecido de lhe dizer algo, ou Thomas...

Mas era Lucie. Lucie, com seu casaco de uniforme e vestido cor de lavanda, os babados na bainha esvoaçando ao seu redor como se fossem espuma do mar. Ela correu degraus abaixo e se atirou nos braços de Cordelia, e Cordelia podia sentir que Lucie tremia como se estivesse sentindo um frio terrível.

Seu coração inteiro se derreteu. Ela apertou os braços ao redor de Lucie com mais força, embalando-a levemente como se a amiga fosse uma criança.

— Obrigada — sussurrou Lucie, o rosto enterrado no ombro de Cordelia. — Pelo que disse.

— Não foi nada. Quer dizer, era a verdade. Foi um nada verdadeiro.

Lucie fungou com uma quase risada.

— Daisy, sinto muito. É só que estou tão terrivelmente assustada. — Sua respiração ficou engasgada. — Não por mim. Pela minha família. Por Jesse.

Cordelia beijou o topo da cabeça da amiga.

— Jamais vou deixar você. Vou estar sempre ao seu lado.

— Mas você disse...

— Não importa o que eu disse — interrompeu Cordelia com firmeza. — *Estarei aqui.*

A porta da carruagem se entreabriu, e Alastair espiou para fora, rabugento.

— Sério, quantas reuniões você planeja fazer nessa escada, Layla? Devo me preparar para passar a noite aqui dentro?

— Acho que seria muito gentil da sua parte — retrucou Cordelia, e, por mais que não tivesse sido tão incrivelmente engraçado assim, ela e Lucie riram, e Alastair resmungou. E ao menos durante aqueles poucos instantes, parecia que tudo acabaria bem.

22

MALÍCIA PROFUNDA

Artífice da fraude
Foi o primeiro a praticar ardis,
Sob ouropel da santidade
Que atrás de vingança e malícia profunda esconde.

— John Milton, *Paraíso perdido*

A última coisa no mundo que Cordelia queria fazer na manhã seguinte era comparecer a uma reunião no Instituto na qual acusações horríveis seriam atiradas em cima dos Herondale.

Apesar de ter ficado bem com Lucie após a despedida entre as duas, ela mal pregara o olho durante a noite, despertada com frequência por pesadelos nos quais pessoas que amava eram ameaçadas por demônios e ela não era capaz de erguer uma espada para ajudar. Ou a arma deslizava para fora de seu alcance, forçando-a a rastejar atrás dela, ou se esfarelava até sobrar apenas pó em sua mão.

E todos os sonhos terminavam da mesma maneira: com Lucie, ou James, ou Matthew, ou Alastair, ou Sona sufocando com o próprio sangue, caídos no chão, com os olhos esbugalhados e acusadores fixos nela. Ela despertou com as palavras de Filomena di Angelo retumbando em seus ouvidos, cada

— 417 —

sílaba uma punhalada de dor em seu coração: *Você é a portadora da espada Cortana, a qual pode matar qualquer coisa. Você derramou o sangue de um Príncipe do Inferno. Você poderia ter me salvado.*

— Não consigo ir — admitiu Cordelia a Alastair, quando o irmão foi ao quarto dela para ver por que ainda não tinha descido para o desjejum. A mãe deles, ao que parecia, havia se juntado aos filhos, uma ocorrência rara naqueles tempos. E embora não fosse comparecer à reunião, estava tomada de preocupação pela ida dos filhos: Cordelia, para apoiar o marido, obviamente, e ambos, para retribuir a bondade que os Herondale demonstraram a eles desde que chegaram a Londres. — Não consigo.

— Layla. — Ele se apoiou contra o batente da porta. — Concordo que vai ser péssimo, mas você não está indo por si própria. Está indo por James e Lucie. Eles vão lidar melhor com as coisas se você estiver lá. — Alastair deu uma olhada na irmã. Ele vestia um velho roupão que Risa havia remendado diversas vezes. — Coloque um daqueles vestidos que comprou em Paris. Apareça lá magnífica e inabalável. Lance olhares superiores a qualquer um que insulte os Herondale ou que demonstre apoio ao Inquisidor. Você é a esposa de James. Se não comparecer, as pessoas vão fofocar que você duvida da palavra dele e da família.

— Não *ousariam* — murmurou Cordelia, com raiva.

Alastair abriu um sorriso largo.

— Agora, sim. Aí está o sangue de Rostam correndo em suas veias. — Ele olhou para o armário aberto da irmã. — Vá de seda marrom — sugeriu, e com isso espanou a poeira dos punhos da camisa e seguiu para o andar de baixo.

A ideia de que sua ausência pudesse ser usada como munição contra os Herondale fez com que Cordelia pulasse para fora da cama. Ela colocou o vestido de seda cor de café com os bordados de ouro, e chamou Risa para ajudá-la a fazer um penteado com grampos de topázio. Colocou um pouco de cor nas bochechas e lábios, pegou as luvas que James havia lhe devolvido e desceu com a cabeça erguida. Se não podia brandir uma arma, então aquelas roupas, ao menos, serviriam como armadura.

Seu desespero já começava a se transformar em uma emoção bem mais suportável: raiva. Na carruagem, a caminho do Instituto, reclamava enfurecida — entre mordidas de um bolinho de Eccles que Alastair tivera a

CASSANDRA CLARE

consideração de surrupiar da mesa do café da manhã — que não conseguia acreditar que *alguém* pudesse, de fato, dar ouvidos à ideia de que os Herondale estavam de conluio com um Príncipe do Inferno. Era uma acusação forjada por Tatiana Blackthorn — logo quem! — e a maioria dos membros do Enclave conhecia Will e Tessa havia décadas.

Alastair não deu muito crédito àquela argumentação.

— Sua fé na bondade humana é admirável, mas equivocada. Muitas pessoas se ressentem dos Herondale pela posição que ocupam. Charlotte foi uma escolha controversa para o cargo de Consulesa, e existe uma crença bem difundida, mesmo entre aqueles que gostam da família, de que os Herondale conseguiram a posição no Instituto de Londres por causa dela.

— Você só sabe disso porque se associou a gente mesquinha e ressentida como Augustus Pounceby — retrucou Cordelia.

— Verdade, mas se não fossem meus amigos vis do ano passado, eu não teria uma percepção tão astuta e profunda de como eles pensam como a que tenho agora. O que quero dizer é: nunca subestime o desejo das pessoas de criar problemas se acharem que podem tirar alguma vantagem disso.

Cordelia suspirou, espanando os farelos do colo.

— Bom, espero que você esteja errado.

Ele não estava. Apenas vinte minutos após o início da reunião, com Bridgestock e Charlotte trocando carrancas e o Enclave inteiro em polvorosa, Cordelia precisava admitir que Alastair talvez tivesse até sido brando em seus comentários.

A reunião aconteceu na capela, o que por si só já piorava o humor de Cordelia. No altar estavam Bridgestock, Charlotte e Will. O Enclave ocupava os bancos. Cordelia procurara os amigos pelo cômodo no instante em que ela e o irmão chegaram e lançara um olhar tão tranquilizador quanto possível a Lucie e James, que estavam sentados no banco da frente com Tessa e Jesse. Todos os demais também estavam presentes, até mesmo Anna, sua expressão rígida e furiosa entre o pai e Ari. Cecily, presumia-se, estava na enfermaria com Alexander.

— Os eventos na Cornualha obviamente me deixaram muito perturbado — afirmou Bridgestock —, e, combinados com as alegações de Tatiana Blackthorn, sou forçado a dizer que o fracasso em nos proteger de Belial

— 419 —

Corrente de Espinhos

abalou tremendamente minha confiança na capacidade de liderança dos Herondale. — Ele lançou um olhar sombrio a Will. — Agora, não estou necessariamente dizendo que vocês *estão* de fato mancomunados com demônios.

— Que elogio — ironizou Will com frieza.

— Mas — continuou o Inquisidor, sem titubear — Tatiana Blackthorn sem dúvida falou uma verdade: Belial é pai de Tessa. Uma verdade que foi escondida de todos nós, por todos esses anos. Bem — acrescentou, com um aceno de cabeça sarcástico na direção de Charlotte —, da *maioria* de nós.

— Isso tudo já foi resolvido há anos — retrucou Charlotte. — Além de ser uma feiticeira, Tessa é uma Caçadora de Sombras estimada. É uma situação única, causada por um mundano com más intenções específicas, que não é provável que seja repetida. A identidade do demônio que a concebeu não era fato conhecido por ninguém, nem mesmo por Tessa, até pouco tempo. E, independentemente disso, não cremos que feiticeiros estejam aliados aos seus pais demônios.

— Com todo respeito — replicou Bridgestock —, os pais da maioria dos feiticeiros são demônios menores e desconhecidos, não um dos Nove Príncipes. A maioria dos Caçadores de Sombras sequer já enfrentou um Príncipe do Inferno. Mas *eu, já* — bradou, o que Cordelia achou ridículo. Bridgestock não havia exatamente enfrentado Belial, não é? Tinha mais era desmaiado na presença do Príncipe. — Não posso descrever a vocês a profundidade da maldade hedionda dele. Pensar que é pai de Tessa Herondale me dá arrepios.

— Eu me lembro dessas discussões — rebateu Charlotte. — Vinte e cinco anos atrás. Eu estava lá. E você também, Maurice. Os delírios de Tatiana Blackthorn, que é aliada confessa de Belial, não deveriam desenterrar este debate do seu velho túmulo.

Após um momento de silêncio, Eunice Pounceby se pronunciou, as flores em seu chapéu tremendo com sua agitação.

— Talvez não devessem, Charlotte. Mas... desenterraram.

— O que está dizendo, Eunice? — indagou Tessa. Embora Cordelia soubesse sua verdadeira idade, Tessa ainda aparentava ter apenas vinte anos. Estava vestida de maneira simples, as mãos dobradas diante de si. Cordelia

— 420 —

CASSANDRA CLARE

sentiu o tipo de pena desesperada que teria sentido por uma moça da sua mesma idade, encarando a raiva do Enclave como estava.

— O que Eunice está dizendo — interferiu Martin Wentworth — é que, ainda que seja verdade que já faz muito tempo que sabemos que a Sra. Herondale é uma feiticeira, o fato de que seu pai é um *Príncipe do Inferno*, e que vocês todos tinham conhecimento do fato e o omitiram... Bem, pode estar tecnicamente de acordo com a Lei, mas não inspira confiança.

Um murmúrio percorreu a multidão. Bridgestock continuou:

— Parece que o Enclave de Londres perdeu sua fé nos Herondale e em sua capacidade de liderar o Instituto. De fato, tivessem eles confessado mais cedo, pode ser que eu não precisasse carregar esta insígnia terrível no braço. — Maurice fez uma carranca.

— Você não fala pelo Enclave — pronunciou-se Esme Hardcastle, de maneira inesperada. — Talvez Tessa, de fato, soubesse que seu pai era Belial, mas por que *iria* querer dizer algo a alguém quando o resultado teria sido este... este tribunal?

Para a surpresa de Cordelia, Charles se levantou.

— Isto não é um tribunal — afirmou. O rosto parecia tenso, como se alguma força invisível estivesse repuxando sua pele. — É uma reunião que nós convocamos para decidir quais serão nossos próximos passos.

— *Nós?* — indagou Will. Estava fitando Charles com confusão e mágoa. Charles estaria tentando ajudar de alguma forma? Cordelia também se perguntou, mas a expressão no rosto dele era terrível.

E Charles ainda tinha mais a falar. Virou-se para olhar ao redor do cômodo, a boca uma linha rígida.

— Sou o único na minha família com a coragem de dizê-lo — continuou. — Mas o Inquisidor tem razão.

O olhar de Cordelia foi em direção a Matthew. Os olhos dele estavam fechados com força, como se estivesse tentando se alienar de tudo que estava acontecendo ao seu redor. Henry, ao lado dele, parecia prestes a vomitar. Charlotte permanecia imóvel, mas o esforço que isso demandava era nítido.

— Conheço os Herondale a minha vida inteira — prosseguiu Charles. — Mas a revelação deste segredo abissal abalou a todos. Quero garantir a

— 421 —

Corrente de Espinhos

vocês que eu o desconhecia, ainda que minha mãe soubesse. Creio que os Herondale tinham o dever de revelá-lo, assim como minha mãe. Minha lealdade à família não pode estar acima desta omissão inadmissível.

Um silêncio lúgubre se fez. Cordelia encarou Charles. O que ele estava *fazendo*? Era de fato tão detestável assim que trairia a própria família? Ela olhou para Alastair, que achou que estaria tremendo de fúria, mas seus olhos sequer encaravam Charles. Estavam fitando Thomas do outro lado do cômodo, sentado com punhos cerrados, como se mal conseguisse se conter para não avançar em Charles.

— Charles — chamou Gideon, cansado. — Você se pronuncia a fim de proteger sua própria ambição, ainda que apenas o Anjo saiba o que corrompeu seu coração desta forma. Não há quaisquer provas que indiquem uma aliança entre os Herondale e Belial, embora você esteja tentando insinuar que há...

— *Não* é o que estou dizendo — explodiu Charles.

— Mas está insinuando. É uma trama cínica. Em um momento que o Enclave deve permanecer unido para derrotar a ameaça que Belial representa, você está tentando nos dividir.

— Ele fala por aqueles que não sabiam até *ontem* — bradou Bridgestock — que o Instituto abriga a descendente de um Príncipe do Inferno! É mesmo verdade que Belial nunca fez uma tentativa sequer, nunca contatou o sangue do seu sangue...

James se levantou depressa. Sua expressão era a mesma de quando tinha brandido sua pistola: um anjo vingador, com olhos que pareciam lascas de ouro.

— Se ele entrasse em contato — disparou —, *nós o rejeitaríamos.*

Cordelia começou a se levantar também. Ela os defenderia, pensou. Juraria pelo Anjo que ninguém tinha mais razão para odiar Belial do que os Herondale. Falaria em defesa de James e Lucie...

A mão de alguém tocou seu braço. Por um momento, achou que fosse Alastair, pedindo que voltasse a se sentar. Mas, para sua surpresa, era Christopher. Christopher, que ela achava que estaria na enfermaria. Ele a encarava com uma seriedade atípica, os olhos de um roxo escuro por trás dos grandes óculos redondos.

— 422 —

CASSANDRA CLARE

— Venha comigo — pediu baixinho. — Depressa. Ninguém vai notar em meio a essa confusão toda.

Alastair, olhando para os dois, deu de ombros como se dissesse que tampouco tinha ideia do que o outro queria.

— Christopher — sussurrou Cordelia. — Preciso defendê-los...

— Se quer mesmo ajudar James — disse ele, e havia uma intensidade em sua voz que Cordelia raramente escutava —, venha comigo. Há algo que precisa saber.

—

Ari permaneceu sentada durante toda a reunião em um estado de choque e entorpecimento. Já sabia que o pai não gostava dos Herondale — tudo que escrevera em seus registros deixara aquilo evidente. Sim, eles salvaram Londres, e talvez até todo o Mundo das Sombras, mas, na visão de Maurice Bridgestock, aquilo apenas os tornava celebridades que foram recompensadas com uma posição confortável. Não como ele, servidores públicos dedicados às necessidades da Clave.

A ela parecia que Will e Tessa passaram vinte anos demonstrando serem guardiões exemplares do Instituto de Londres, e sua impressão do ressentimento guardado pelo pai era de ser mesquinha e medíocre, indigna dele. Mas parecia que não era tão medíocre assim, no final das contas: havia alcançado proporções tão grandes, que, quando percebeu a posição da outra família enfraquecida, seu pai atacou.

Ela estivera sentada com os Lightwood, lógico, aninhada entre eles, com Gabriel à esquerda, e Anna, à direita. Quando seu pai apontou o dedo àqueles que acusava, ele o estava apontando para Ari — sua mãe, curiosamente, não estava presente, e Ari se perguntava o motivo.

Ari teria segurado a mão de Anna, mas a jovem estava tensa em seu assento, os braços cruzados com firmeza contra o peito. Como sempre, frente a uma ameaça, ela se fechava por completo.

Quando a gritaria enfim atingiu seu ápice, foi anunciado um recesso para acalmar os ânimos de todos. Enquanto os presentes começavam a se aglomerar em pequenos grupos — os Herondale e Lightwood juntos, e

— 423 —

Corrente de Espinhos

Matthew indo se juntar aos pais —, ela avistou Alastair cruzar o cômodo em direção a Charles, que estava obstinadamente sozinho, e iniciar uma conversa com ele. Bom, não era exatamente uma conversa — seja lá o que fosse que Alastair estivesse dizendo, era baixo e furioso, acompanhado por gestos urgentes. Charles continuou parado olhando para o nada, como se Alastair não estivesse presente. *Pelo Anjo,* pensou Ari. *Como foi que consegui sequer fingir estar noiva daquele homem?* Mas onde estaria Cordelia?

E então ela viu o pai. Quando o Inquisidor desceu do altar e saiu por uma porta lateral, Ari se levantou. Com um toque suave no ombro de Anna, ela avançou pelo corredor em meio aos bancos e saiu apressada do cômodo pela mesma porta.

Atrás dela havia um corredor de pedra, onde o pai caminhava de um lado para o outro. Ele parecia menor do que no altar, quando era foco de todos os olhares. Estava resmungando, embora ela conseguisse discernir apenas poucas palavras: "Belial" e "precisam ver a verdade" e, uma das preferidas dele, "injustiça".

— Pai — chamou. — O que você fez?

Ele ergueu o olhar.

— Não é assunto seu, Ariadne.

— Você deve saber que nada do que falou lá dentro é verdade.

— Não sei de nada do tipo — bradou ele.

— Se há realmente uma falta de confiança nos Herondale, é apenas porque *você* a criou.

Bridgestock balançou a cabeça.

— Achei que você me daria mais crédito do que isso. Não sou o vilão em uma peça na qual os Herondale são os heróis. Tessa Herondale é filha de um Demônio Maior. *E eles mentiram sobre isso.*

— Diante do preconceito indistinto, as pessoas se retraem — disse Ari baixinho. — Não é algo que você compreenderia. Will agiu para proteger a esposa; James e Lucie, para proteger a mãe. Contra o ódio que você está suscitando *agora mesmo.* Um ódio nascido do medo, da crença obstinada de que o sangue nas veias de Tessa, nas veias de seus filhos, importa mais do que todos os atos de heroísmo e bondade que ela já fez.

— 424 —

CASSANDRA CLARE

O rosto dele assumiu uma expressão que mesclava fúria com uma espécie terrível de piedade.

— Eles capturaram você na teia deles — concluiu, a voz áspera. — Os Herondale, que vieram do nada para nos governar, todos praticantes de magia. E os Lightwood, filhos de Benedict, que *notoriamente* se associava a demônios, tanto que foi precisamente o que o matou, por fim. O que quer que tenha se deturpado dentro do coração dele permanece lá, sabe, no sangue dos filhos e dos netos. Inclusive no daquela meia-mulher que colocou você sob suas asas...

— Não fale de Anna dessa forma — disse Ari, com a voz límpida e calma. — Ela me mostrou mais generosidade nesses últimos tempos do que qualquer um da minha própria família.

— Você partiu. Pegou suas coisas, as coisas que nós lhe demos todos esses anos, e foi morar com aquela criatura Lightwood. Ainda pode voltar para casa, sabe. — A fala dele se tornara mansa e persuasiva. — Se jurar que jamais voltará a ver aquela gente. Os Herondale, os Lightwood... são um navio naufragando. Seria sábio de sua parte desembarcar enquanto ainda há tempo.

Ari balançou a cabeça.

— Nunca.

— É um caminho perigoso o que você está trilhando — advertiu o pai. — Um que termina em ruína. É por bondade do meu coração que desejo salvar você...

— Bondade? Não amor? O amor que se devota a uma filha?

— Uma filha não é um adversário. Uma filha é obediente. Uma filha cuida dos pais, protege os pais...

— Como James e Lucie estão protegendo Tessa? — Ari balançou a cabeça. — Você não enxerga, pai. Seu ódio não o deixa ver. Os Herondale não são criminosos. Não são, por exemplo, *chantagistas*.

Foi um tiro no escuro, mas Ari viu quando atingiu o alvo. O pai se retraiu e a fitou horrorizado.

— A carta — sussurrou. — A lareira...

— Não sei do que você está falando — respondeu Ari com a voz monótona. — Só sei isto: quanto mais insistir nesta história toda, pai, mais você,

— 425 —

Corrente de Espinhos

também, se encontrará sob escrutínio. Apenas se certifique de que consegue suportar tamanha vigilância sobre cada um dos seus atos. A maioria das pessoas não consegue.

—

Grace estava sentada, trêmula, encostada contra a parede da cela. Havia se enrolado no lençol tirado da cama, mas aquilo não detivera os tremores.

Começaram naquela manhã, quando Irmão Zachariah a visitara em sua cela, depois que ela comera seu desjejum de mingau e torrada. Grace sentira a preocupação nele, uma pena que a apavorava. Em sua experiência, pena significava desdém, e desdém significava que a outra pessoa se dera conta de como você era horrível.

— O bebê — sussurrou. — O irmão de Christopher. Ele está...

Está vivo e se recuperando. Tatiana foi encontrada. Está detida neste momento. Teria lhe contado ontem à noite, mas temi que fosse acordar você.

Como se ela tivesse dormido, pensou Grace. Estava aliviada que Alexander tivesse sido encontrado, mas duvidava que faria qualquer diferença para Christopher. Ela ainda assim o perdera, para sempre.

— Ela não... o feriu?

A runa que gravou nele o queimou seriamente. Por sorte, não chegou a ser concluída, e conseguimos alcançá-lo a tempo. Ficará uma cicatriz.

— Porque foi assim que Jesse morreu — constatou Grace, entorpecida. — Recebendo uma Marca. É a ideia dela de justiça poética.

Zachariah não respondeu, e Grace se deu conta, com um sobressalto, de que ele tinha mais a falar. E depois, com um sentimento de horror nauseante, percebeu o que aquele "mais" deveria ser.

— Disse que minha mãe está detida. Quer dizer... aqui? Na Cidade do Silêncio?

Ele assentiu.

Dado o histórico dela, nos pareceu crucial mantê-la onde todas as saídas são conhecidas e resguardadas, e onde Portais não podem ser abertos.

Grace achou que fosse passar mal.

CASSANDRA CLARE

— Não — murmurou. — Não. Não a quero perto de mim. Irei para outro lugar. Você pode me trancafiar em outro lugar. Vou me comportar. Não tentarei fugir. Eu juro.

Grace. Ela ficará aqui apenas por uma noite. Depois disso, será transferida para as prisões no Gard, em Idris.

— Ela... Ela sabe que estou aqui?

Não parece saber. Tatiana se recusa a falar, respondeu Zachariah. *E sua mente está bloqueada para nós. Feito de Belial, suponho.*

— Ela vai dar um jeito de chegar até mim — afirmou Grace, atônita. — Sempre dá. — Levantou a cabeça. — Vocês precisam matá-la. E queimar seu corpo. Ou jamais será detida.

Não podemos executá-la. Precisamos descobrir o que ela sabe.

Grace fechou os olhos.

Grace, nós a protegeremos. Eu a protegerei. Você está mais segura aqui, amparada por nossas proteções, fechada atrás destas portas. Nem sua mãe pode escapar da cela dela, tampouco. Mesmo um Príncipe do Inferno não poderia sair de uma prisão como a dela.

Grace tinha virado a cabeça para a parede. Ele não compreenderia. Não poderia. Ela ainda possuía seu poder, portanto, ainda tinha valor para a mãe. De alguma forma, Tatiana chegaria até ela e a pegaria de volta. A Cidadela Adamant não a tinha contido. Era uma mácula na vida de Grace, e, da mesma forma que uma toxina não podia ser separada do corpo que envenenara, Tatiana não podia mais ser separada de Grace.

Após algum tempo, Irmão Zachariah se fora, e Grace vomitara bile na tigela vazia do desjejum. Depois fechara os olhos, mas aquilo apenas lhe trouxe visões da mãe, da floresta em Brocelind, uma voz sinistra em seus ouvidos. *Pequenina. Vim lhe dar um grandioso dom. O dom que sua mãe pediu para você. Poder sobre a mente dos homens.*

— Grace? — A voz hesitante era tão familiar quanto improvável. Grace, encolhida em um canto, olhou para cima... e, para seu choque, viu Christopher parado diante das grades da porta de sua cela. — Tio Jem me disse que eu podia vir visitá-la. Disse que você não estava se sentindo bem.

— *Christopher* — suspirou ela.

— 427 —

Corrente de Espinhos

Ele a encarou, a preocupação evidente em seu rosto.

— Está tudo bem?

Não é nada, ela queria dizer. Queria forçar um sorriso, não ser um peso para Christopher, pois sabia que homens não gostavam de se sentir sobrecarregados pelas mulheres. A mãe ensinara isso a ela.

Mas não conseguiu fazer o sorriso aflorar. Aquele era Christopher, com sua franqueza direta e sorriso gentil. Ele saberia que estava mentindo.

— Achei que você me odiasse — murmurou ela. — Achei que nunca mais suportaria olhar para mim. Por causa da minha mãe, pelo que ela fez à sua família.

Ele não riu dela ou se retraiu, apenas a fitou calmamente.

— Suspeitei que fosse pensar algo assim. Mas, Grace, nunca culpei você pela sua mãe antes. Não vou começar agora. O que ela fez foi hediondo. Mas você não é hedionda. Você errou, mas ainda assim está tentando consertar as coisas. E fazer um esforço desses não é fácil.

Grace sentiu lágrimas arderem seus olhos.

— Como você pode ser tão sábio? Além de ciência ou magia, quero dizer. Mas quando se trata das pessoas.

Diante daquilo, ele sorriu.

— Sou um Lightwood. Somos uma família complicada. Algum dia eu te conto mais. — Ele passou a mão por entre as grades, e Grace, incrivelmente aliviada que talvez pudesse haver um *algum dia,* segurou a mão dele. Estava macia e quente contra a dela, marcada por cicatrizes de ácido e icor, mas perfeita. — Agora, quero ajudar você. — Christopher olhou para o corredor do lado de fora da cela.

— Cordelia? — chamou ele. — Está na hora.

—

Thomas sentiu o coração afundar mais e mais a cada minuto passado na reunião do Enclave. Não esperava que fosse correr bem, mas também não esperava que seria tão ruim assim. Depois que Charles anunciou que estava a favor de Bridgestock e contra a própria família, o debate rapidamente degringolou e se transformou em gritaria.

CASSANDRA CLARE

Thomas queria se levantar, berrar algo mordaz, algo que envergonharia e condenaria Charles por sua traição, algo que faria com que o Enclave *enxergasse* como aquilo tudo era ridículo e perverso. Mas as palavras nunca foram seu forte. Ele permaneceu sentado, com Eugenia pálida e incrédula ao seu lado, a cabeça latejando com o desgaste da situação. Thomas se sentia desajeitado e grande demais e absolutamente inútil.

Enquanto os adultos ao redor murmuravam entre si, Thomas tentou encontrar o olhar de Matthew. O amigo, imaginou ele, devia estar sentindo um choque nauseante com as palavras de Charles, mas parecia determinado a não deixar transparecer. Diferente de James ou Anna, que estavam sentados imóveis e com o rosto imperscrutável, Matthew se atirara no assento como se posasse para um artista parisiense. Colocara os pés no banco da frente e examinava os punhos da camisa como se eles guardassem todos os segredos do universo.

Matthew, vira para cá, pensou Thomas com urgência, mas sua tentativa de comunicação *à la* Irmão do Silêncio fracassou. *Alastair* olhou em sua direção, mas a visão de Thomas foi interrompida por Walter Rosewain, que se levantara, quase derrubando o chapéu da esposa, Ida, e começara a gritar, e, quando voltou a se sentar, Matthew já tinha deslizado para fora do banco e desaparecido.

Depressa, Thomas encontrou o olhar de James. Apesar da tensão, ele fez um aceno com a cabeça, como se dissesse *vá atrás dele, Tom.*

Thomas não precisou de mais encorajamento. Qualquer coisa era melhor do que permanecer ali, incapaz de mudar o curso dos acontecimentos. Thomas iria sempre preferir ter algo a fazer, alguma ferramenta nas mãos, algum caminho a seguir, não importava quão estreito ou perigoso. Ele se levantou e saiu apressado do banco, pisando em vários pés no processo.

Correu pelo Instituto até chegar ao saguão, sem se dar ao trabalho de parar para pegar o casaco. Saiu para o frio para ver a carruagem que Matthew pegara emprestada já atravessando os portões do Instituto. *Droga.*

Thomas se perguntou se os pais se importariam de ele pegar a carruagem da família para ir atrás do amigo. Provavelmente, sim, para ser muito honesto, mas...

— Podemos usar a minha. — Thomas se virou, surpreso, para dar de cara com Alastair parado atrás dele, segurando seu casaco com a maior

— 429 —

calma. — Não me olhe assim. Era óbvio que eu ia seguir você. Não há nada que eu possa fazer *lá,* e Cordelia também já foi.

Foi aonde?, perguntou-se Thomas, mas não havia tempo para elaborar. Ele pegou o agasalho de Alastair e o vestiu, grato pelo calor oferecido.

— Vou atrás de Matthew — afirmou, e Alastair lhe lançou um olhar que dizia *sim, sei disso.* — E você não gosta dele.

— Depois do que Charles acabou de fazer, seu amigo vai estar desesperado atrás de uma bebida. — Não havia nada de acusador ou desdenhoso no tom de Alastair, era apenas uma constatação. — E tenho muito mais experiência em cuidar de alcoólatras do que você. Até consigo convencer alguns a não beberem, às vezes. Vamos?

Thomas começou a protestar, embora não soubesse bem em relação a que, mas a carruagem dos Carstairs já havia entrado no pátio, o condutor enrolado em uma manta grossa para se proteger do frio. Alastair tinha pegado a manga do casaco de Thomas, e os dois já estavam descendo as escadas. Um instante depois, estavam dentro da carruagem, que chacoalhava pelo chão escorregadio de gelo do pátio.

A caminho daquela terrível festa de Natal no Instituto, Thomas dissera a si mesmo para aproveitar o tempo que teria dentro da carruagem com Alastair. O rapaz estivera com um humor estranho naquela noite, uma espécie de empolgação reprimida, como se estivesse considerando se deveria contar um segredo ou não.

Não tinha, lógico, contado nada. Ainda assim, Thomas gostara de estar com ele em um espaço tão reservado. E não tinha problema gostar, dissera a si mesmo, contanto que não se esquecesse de que Alastair não seria uma figura permanente em sua vida. Que Alastair muito provavelmente partiria assim que o irmão nascesse.

Thomas tentou aproveitar essa segunda oportunidade também, mas seu estômago parecia revirado de preocupação com James e a família, com Matthew, com tudo que acontecera. A carruagem chacoalhou ao passar por um sulco na estrada. Thomas se aprumou e disse:

— Matthew parou de beber, sabe.

Alastair olhava para fora da janela. Piscou contra a luz invernal e respondeu:

— 430 —

CASSANDRA CLARE

— Ele continua sendo um alcoólatra. Nunca vai deixar de ser, ainda que jamais volte a beber. — Ele pareceu cansado.

Thomas enrijeceu.

— Se é esse o tipo de coisa que vai dizer a ele...

— Meu pai parou de beber uma dúzia de vezes. Passava semanas, meses, sem uma dose. E então algo acontecia... Um fracasso, um pequeno retrocesso, e ele recomeçava. Você já quis alguma coisa — começou Alastair, olhando para Thomas com súbita franqueza —, algo que sabe que não deveria ter, mas de que não consegue ficar longe? Algo que ocupa todos os seus pensamentos, desperto ou adormecido, com lembranças do *quanto* você deseja aquilo?

Thomas mais uma vez se deu conta da natureza intimista daquele espaço que dividia com Alastair. Lembrou-se de Barbara, toda sorrisos depois de ter beijado Oliver Hayward na carruagem dele: o espaço privativo compartilhado, o prazer de se rebelar. Também tinha certeza de que estava ficando vermelho como um tomate acima do colarinho.

— Matthew precisa ouvir que há esperança.

— Nunca disse que não havia — retrucou Alastair baixinho. — Só que é uma jornada difícil. É melhor que ele esteja ciente disso, para estar preparado. — Ele esfregou os olhos com um gesto que o fez parecer mais jovem do que de fato era. — Matthew precisa de um plano.

— E ele tem um — respondeu Thomas, começando a explicar o plano de tratamento de Christopher, fazendo a desintoxicação de Matthew de maneira gradual e deliberada. Alastair escutou com olhar pensativo.

— Pode ser que funcione. Se Matthew levar a sério. Embora eu imagine que você tema o contrário ou não estaria correndo atrás dele com tanta urgência.

Thomas não tinha o que falar contra aquele argumento. Além do mais, já tinham chegado ao endereço de Matthew. Saindo da carruagem, seguiram para o andar de cima, onde Thomas usou sua chave para entrar no quarto do amigo, clamando ao Anjo para que ele ainda não tivesse feito nada perigoso, autodestrutivo ou constrangedor.

Surpreendeu-se ao encontrar Matthew sentado em uma poltrona ao lado da lareira, a mão na cabeça de Oscar, as pernas cruzadas, lendo uma carta. Ele lançou um olhar de soslaio na direção de Thomas e Alastair ao entrarem.

— 431 —

Corrente de Espinhos

— Thomas, vejo que veio descobrir se eu tinha me jogado ou não dentro de um barril de uísque. E trouxe Alastair a tiracolo, célebre especialista em bêbados.

— *E?* — perguntou Thomas, que não via por que tentar fingir. — Você andou bebendo, afinal?

Matthew fitou Alastair. Thomas sabia que o amigo poderia ver o fato de ter trazido Alastair até ali como uma espécie de traição, e estava pronto para aquilo. Mas Matthew parecia mais com um general que finalmente se deparava com seu inimigo no campo de batalha apenas para descobrir que ambos concordavam que os anos de derramamento de sangue não tinham valido a pena.

— Apenas o que Christopher me permitiu. Creio que precisará aceitar minha palavra como verdade. Ou decidir se pareço embriagado.

— Mas não tem nada a ver com parecer embriagado, tem? — interferiu Alastair, desabotoando o casaco. — No final, meu pai precisava beber apenas para parecer normal.

— Eu não sou como seu pai — rebateu Matthew friamente.

— Você é bem mais novo. Faz muito menos tempo que está bebendo — argumentou Alastair, arregaçando as mangas. Thomas não teve tempo para refletir sobre como os antebraços de Alastair pareciam pertencer a uma estátua de Donatello, pois ele já estava cruzando o cômodo a caminho das estantes onde ficavam os frascos de bebida de Matthew. — Thomas disse que você desistiu do álcool para sempre. Mas estou vendo que ainda guarda todas estas garrafas aqui. — Escolheu um uísque e tirou a rolha de maneira pensativa.

— Não toquei nelas desde que voltei de Paris. Mas ainda recebo visitas. Vocês dois, por exemplo, embora não saiba ao certo se isto é uma visita ou uma missão de resgate.

— Os visitantes não importam — cortou Alastair com brusquidão. — Você precisa se livrar disto. De tudo. — Sem aviso, foi até a janela aberta e começou a esvaziar o conteúdo do frasco. — Bebida grátis para os mundanos — acrescentou. — Você vai ficar popular.

Matthew revirou os olhos.

CASSANDRA CLARE

— É, fiquei sabendo que os mundanos preferem que a bebida deles seja derramada em suas cabeças de quatro andares acima. O que exatamente você acha que está fazendo? Thomas, mande seu amigo parar com isso.

Alastair balançou a cabeça.

— Você não pode ter tudo isso à sua volta o tempo inteiro. Só vai tornar cada momento uma batalha, momentos nos quais você *poderia* tomar um gole, mas que vai precisar, várias e várias vezes, decidir não tomar.

— Acha que não tenho nenhuma força de vontade? Que não consigo suportar um pouquinho de tentação?

— Você vai suportar — respondeu Alastair, sombrio —, até não conseguir mais. — Voltou à estante para pegar outra garrafa. Da janela, virou-se para encarar Matthew. — Manter tudo isso aqui é o mesmo que pedir a um viciado para morar em uma casa de ópio. Você nunca vai conseguir beber socialmente. O álcool sempre terá um significado para você que não tem para as outras pessoas. Livrar-se dele vai tornar tudo mais fácil. Então por que não facilitar?

Matthew hesitou por um instante, e Thomas o conhecia bem o suficiente para ler o que estava escrito em seus olhos: *porque não mereço que seja fácil, porque sofrer faz parte da punição.* Mas Matthew não diria algo assim na frente de Alastair, e talvez fosse mesmo melhor que não dissesse.

— Math. — Thomas se sentou na cadeira diante do amigo. Oscar bateu com o rabo no chão. — Olha, entendo você querer fugir daquela reunião hedionda depois de Charles dizer o que disse, eu...

— Acho que o Inquisidor está chantageando Charles — revelou Matthew.

Alastair, que terminara com o uísque e já estava no processo de derramar uma garrafa de gim, e Thomas trocaram um olhar de surpresa.

— Achei que Charles só estava sendo o mesmo puxa-saco e pau-mandado de sempre — comentou Alastair. — Você não precisa inventar desculpas para o comportamento dele. Todos sabemos como ele é.

Matthew balançou o papel que estivera lendo.

— O Inquisidor está chantageando *alguém*. Ari encontrou isto na lareira dele. Leia, Tom.

Thomas pegou a carta do amigo. Olhou para cima após uma leitura rápida para encontrar Alastair o encarando.

— 433 —

Corrente de Espinhos

— Hum, tudo bem — disse. — Então o Inquisidor está chantageando alguém. Mas aqui não menciona o nome de Charles.

— Estive tentando descobrir para quem seria a carta. Bom, eu, Anna e Ari. A maneira como foi escrita nos levou a pensar em algumas possibilidades: Augustus, Thoby... — Matthew soltou um suspiro. — Não queria achar que poderia ser Charles. Mas agora tenho certeza. — Ele olhou para Alastair. — Devia ter me levantado no meio da reunião e o denunciado. Mas... ele é meu irmão.

— Tudo bem. Se Bridgestock está mesmo chantageando Charles para conseguir seu apoio, isso pelo menos significa que Charles não acredita no que estava dizendo. São Bridgestock e alguns dos lacaios dele que estão tentando colocar a culpa no tio Will e na tia Tessa. Denunciar Charles não resolveria a raiz do problema.

Alastair, parado à janela, disse:

— Eu só...

Thomas olhou para cima.

— O quê?

— Deveria presumir que Charles está sendo chantageado por... minha causa?

— Não especificamente — respondeu Matthew, e Thomas observou Alastair relaxar levemente. — Mas seria, de maneira mais geral, porque ele ama homens, e não mulheres.

— Bridgestock é abominável — afirmou Thomas, furioso. — E Charles... A vergonha dele o consome tanto assim? Ele não pode em sã consciência acreditar que os pais de vocês se importariam ou que o Enclave, que o conhece a vida inteira, o rejeitaria.

— Charles acha que algo assim acabaria com sua carreira política — explicou Alastair. — Ele está cotado para ser o próximo Cônsul. Não sei se vocês sabiam.

— Eu não estava sabendo disso — respondeu Matthew secamente.

— Era o sonho dele — continuou Alastair —, e não é fácil renunciar a sonhos. — Thomas percebeu que Alastair estava se esforçando ao máximo para ser justo. — Charles acha que sem sua carreira não teria mais propósito. Ele não acredita que possa ser um homem de família, que possa ter filhos.

434

CASSANDRA CLARE

Acha que seu legado será como Cônsul e teme perder isso. Acredito que seja uma mistura de vergonha e medo que o motiva. — Suspirou. — Para ser honesto, eu *gostaria* de acreditar que Charles está sendo chantageado. Melhor do que aceitar que daria as costas para a própria família a fim de receber a aprovação de Bridgestock. Ele pode até ser uma cobra insuportável, mas nunca acreditei que pudesse ser um monstro.

— Preciso acreditar que seja possível argumentar de maneira razoável com ele — admitiu Matthew. — É por isso que vim até aqui. Para pegar a carta. Para me certificar. — Ele suspirou. — Falarei com Charles o mais rápido possível.

Alastair cruzou os braços.

— Se quiser, quando for falar com ele, iremos com você.

Matthew olhou para Thomas, surpreso. Ele assentiu em concordância: evidente que iriam juntos.

— Talvez seja melhor mesmo — concluiu Matthew. — É pouco provável que Charles escute só a mim. Mas você, Alastair... Pode ser que o conheça melhor do que nós.

— Sabe — comentou Thomas, sentindo-se ousado —, vocês acham que não têm nada em comum, mas, vejam só: encontramos algo. Os dois são especialistas no mesmo babaca arrogante.

Matthew deu uma risada silenciosa. Alastair lançou um olhar torto a Thomas, mas o rapaz achou que ele parecia um pouco satisfeito.

Era uma situação ruim, obviamente, pensou, e não achava que Charles reagiria bem aos três confrontando-o, mas se aquilo aproximaria Matthew e Alastair, então talvez outro milagre também fosse possível.

—

Era quase noite, e James estava sozinho em seu quarto. O momento logo após a reunião tinha sido excruciante. Ele, Will, Lucie e Tessa se reuniram na sala — Jesse voltara ao próprio quarto, dando espaço para a família se reunir — onde os Herondale passaram muitas tardes felizes, lendo ou conversando, ou apenas em silêncio na companhia uns dos outros. Estavam calados naquele momento também, com Lucie aninhada ao lado de

Corrente de Espinhos

Will como costumava fazer quando criança, e Tessa encarando o fogo, sem expressão. Will tentou tranquilizar a todos o melhor que pôde, mas mal conseguia esconder sua raiva e incerteza. E James... James estava sentado, abrindo e fechando as mãos, desejando fazer algo pela família, mas profundamente incerto do quê.

Por fim, acabou pedindo licença para retornar ao quarto. Queria desesperadamente estar sozinho. Na verdade, queria desesperadamente estar com Cordelia. Ela tinha o extraordinário dom de injetar razão e até humor nas situações mais sombrias. Mas Cordelia devia estar de volta a Cornwall Gardens. Não achava que ela tivesse permanecido até o final da reunião. Não podia culpá-la por isso, e, no entanto...

Não sei o que farei com relação a James.

Ele sentira uma centelha de esperança depois de entreouvir a conversa entre Cordelia e Matthew, pois *não sei o que farei* era pelo menos melhor do que *não o amo.* E ainda assim... Cordelia era uma amiga leal. Ele esperara, depois daquela reunião terrível ter terminado, que a avistaria em meio à multidão — sem dúvida estaria lá por amizade, por camaradagem, ainda que não como esposa.

A ausência de Cordelia fora um golpe. Ele se perguntava agora se tinha sido o choque de compreensão, de aceitação. Que realmente a tinha perdido. Que estava tudo acabado.

Uma batida soou à porta. James, que estivera andando de um lado para o outro do quarto, virou-se para atender. Para sua surpresa, Jesse esperava do outro lado.

— Um mensageiro trouxe um recado — anunciou, oferecendo a James um papel dobrado. — Achei que seria melhor mostrar a você. Gostaria muito de poder ajudar de alguma maneira no meio desse pesadelo todo.

— Obrigado — agradeceu James com a voz rouca. Ele pegou o papel e o desdobrou, ciente dos olhos de Jesse cravados nele.

> *James,*
> *Preciso encontrar você imediatamente em Curzon Street.*
> *É um assunto de extrema urgência. Aguardarei lá.*
> *Cordelia.*

CASSANDRA CLARE

James ficou parado, sem reação. As palavras pareciam dançar no papel diante dele. Releu o bilhete. Com certeza não podia dizer o que parecia.

— É de Cordelia? — indagou Jesse, alerta, sem dúvida pela expressão no rosto de James.

Ele fechou a mão ao redor do bilhete, amassando o papel entre os dedos.

— Sim. Ela quer me encontrar em Curzon Street. Imediatamente.

Esperou que Jesse fosse dizer algo a respeito do toque de recolher ou que James deveria permanecer no Instituto com a irmã e os pais, ou ainda sobre o perigo que espreitava pelas ruas escuras de Londres.

Mas ele não falou nada daquilo.

— Bom, então — começou, abrindo espaço —, melhor você ir logo de uma vez, não é?

—

Lucie teve que bater à porta de Jesse várias vezes antes de ele responder. Quando abriu, ficou evidente que tinha caído no sono de repente: estava descalço, com as mesmas roupas de antes, a camisa amassada, os cabelos despenteados.

— Lucie. — Ele se escorou contra o batente. — Não é que eu não esteja feliz em ver você, mas achei que os seus pais fossem precisar do seu apoio esta noite.

— Eu sei. E precisaram, por um tempo, mas... — Ela deu de ombros. — Eles já foram para a cama. Acho que preferiam ficar a sós, no fim das contas. Não que quisessem se livrar de mim, mas eles têm um mundinho separado que é só deles, e se escondem lá às vezes. Acho que deve ser esse o caso para todos os casais — acrescentou ela, pensando que a noção era bastante surpreendente —, ainda que sejam muito velhos e pais.

Jesse riu baixinho e balançou a cabeça.

— Não achei que algo fosse conseguir me fazer rir hoje, mas você tem um talento especial.

Lucie fechou a porta depois de entrar. O cômodo estava frio e uma das janelas estava entreaberta. A cama de Jesse estava cheia de papéis — os da mãe dele, de Chiswick, e as anotações do próprio Jesse de como decodificá-los.

— 437 —

Corrente de Espinhos

— Não consigo evitar sentir como se, de alguma forma, fosse tudo minha culpa — confessou Jesse. — Como se eu tivesse trazido má sorte a vocês. Essa informação sobre Belial permaneceu oculta do Enclave por tanto tempo, e, de repente, no instante em que chego aqui...

— Uma coisa não tem nada a ver com a outra — afirmou Lucie. — Sua mãe não contou ao mundo sobre meu avô demônio por sua causa, ela contou porque nos odeia. Sempre odiou. E porque Belial decidiu que era hora de todos saberem — acrescentou. — Você sempre diz que são as ordens de Belial que ela está seguindo. Não o contrário.

— Mas eu fico pensando: qual é a vantagem para ele que todos fiquem sabendo da filiação da sua mãe? Por que agora?

Lucie entrelaçou as mãos diante de si. Seu vestido era muito simples, quase uma camisola leve, e o frio da janela aberta a fez estremecer.

— Jesse. Quero... Gostaria que você me abraçasse.

Uma luz se acendeu nos olhos verde-escuros de Jesse. Ele desviou o olhar depressa.

— Você sabe que não podemos. Acho que... Se eu colocar luvas...

— Não quero que você coloque luvas. Não quero lutar contra o que acontece quando nos beijamos. Não desta vez. Quero deixar seguir seu curso até não poder mais.

Jesse parecia perplexo.

— De jeito nenhum. Lucie, pode ser perigoso...

— Eu percebi uma coisa. Belial sempre focou a atenção dele em James. Instigou-o a cair nas sombras, forçou-o a ver coisas que ele jamais teria desejado ver, sentir o que jamais teria desejado sentir. Fui protegida de Belial por todos esses anos porque meu irmão se colocou no caminho e suportou tudo. — Lucie deu um passo à frente. Jesse não se afastou, embora permanecesse tenso, os braços rígidos ao lado do corpo. — Agora James não consegue ver Belial. A tentativa com o espelho, o perigo pelo qual ele passou... Foi tudo para ter um vislumbre das ações do meu avô. Se existe uma chance que eu possa fazer o mesmo, deveria tentar. Não posso deixar que meu irmão assuma todos os riscos.

— Quero dizer não — respondeu Jesse, rouco. — Mas se disser, você vai encontrar alguma outra maneira de tentar, não vai? E não estarei lá para proteger você.

— 438 —

CASSANDRA CLARE

— Então vamos proteger um ao outro — pediu ela, e colocou os braços em volta dele. Jesse enrijeceu, mas não se desvencilhou. Lucie envolveu seu pescoço com os braços, olhando para cima. Para o hematoma recente em seu rosto, para os cabelos despenteados. Quando fantasma, a aparência de Jesse nunca fora desarrumada. Ele sempre parecera perfeitamente alinhado, nem um fio de cabelo sequer fora do lugar. Nem um arranhão na pele pálida. Lucie não imaginara que ele seria tão mais bonito quando vivo, que seria como a diferença entre uma rosa natural e uma feita de porcelana ou vidro.

O corpo de Jesse estava quente contra o dela. Lucie ficou na ponta dos pés e beijou o roxo na bochecha dele. Levemente, para que não doesse, e o jovem fez um ruído baixo, erguendo os braços para abraçá-la.

E foi divino. Ele estava quente e cheirava a sabonete e Jesse. Lã, tinta, ar de inverno. Lucie se aninhou em seu abraço, beijou a lateral do seu rosto, deslizou o pé descalço contra o dele. Em matéria de experimentos, aquele era delicioso, mas...

— Não está acontecendo nada — observou Lucie após um momento.

— Talvez não para você — brincou Jesse.

— É sério. Não sinto como se estivesse prestes a desmaiar. — Ela ergueu o queixo. — Talvez precisemos estar nos tocando um pouco mais intensamente. Pode ser que seja mais do que apenas tocar. Pode ser que seja... desejo. — Ela levou a mão ao rosto dele, e os olhos de Jesse brilharam. — Me beije.

Lucie achou que ele recusaria, mas Jesse não o fez. Ele fechou os olhos antes de beijá-la, e ela o sentiu inspirar profundamente. Lucie temera que a sensação fosse ser diferente da de um beijo de verdade, como um experimento ou teste, mas os lábios de Jesse nos dela varreram para longe qualquer insegurança ou pensamento. Ele já era experiente na prática de beijá-la: sabia a que ela reagia, onde era mais sensível, onde se demorar e onde apertar. Os lábios de Lucie se abriram e seus dedos acariciaram o pescoço dele enquanto a língua de Jesse acariciava o interior da sua boca. Não era apenas o corpo de Lucie que estava perdido no beijo, mas sua mente e alma também.

E então ela começou a cair.

Lucie se agarrou à sensação do seu corpo contra o de Jesse como se fosse um farol em meio a uma tempestade, algo que a mantivesse ancorada. Sua visão começou a escurecer. Ela parecia estar em dois lugares ao mesmo

— 439 —

tempo: no Instituto, beijando Jesse, e em algum lugar entre mundos — um lugar onde pontinhos de luz corriam ao seu redor, rodopiando como tinta em uma tela.

Os pontinhos começaram a se desintegrar. Não eram estrelas, como ela havia pensado, mas grãos de areia de um dourado escuro. Giravam, soprados por um vento imperceptível, ofuscando parcialmente o que estava diante dela.

Muralhas altas. Torres que arranhavam o céu cintilando como cristal. *As torres demoníacas de Alicante?* Ela estava vendo Idris? Portões forjados em prata e ferro se erguiam adiante, cobertos por uma estranha caligrafia, como Marcas escritas em outra língua.

Uma espécie de mão, longa e branca, se estendeu. Não era a sua. Era gigantesca, inumana, como a mão de uma estátua de mármore. Ela tocou os portões, e palavras ásperas arranharam a mente de Lucie:

Kaal ssha ktar.

Lucie ouviu um som estridente, doloroso. Imagens lampejaram pela sua cabeça: uma coruja com olhos laranja reluzentes; uma insígnia, como a de Belial, mas com algo estranhamente diferente; a estátua de um anjo brandindo uma espada, parado acima de uma serpente moribunda.

O rosto de Belial, virado para o dela, a boca aberta em um sorriso largo, seus olhos da cor de sangue.

Com um arquejo, Lucie desviou o olhar. Um clarão de luz brilhou e se apagou, e ela estava de volta no quarto de Jesse. Ele a amparava, os olhos cheios de pânico enquanto sondavam o rosto de Lucie.

— Lucie! — Os dedos dele apertaram os braços dela. — Está tudo bem, você...

— Viu alguma coisa? — sussurrou ela. — Vi, sim... Mas não sei, Jesse. Não sei o que nada daquilo significa.

23

Um único canto

*Assim muitas melodias foram trocadas entre
os dois rouxinóis, ébrios de paixão. Aqueles que
ouviam escutavam deliciados, e tão semelhantes eram as duas
vozes, que parecia um único canto. Nascida da dor
e do anseio, sua canção tinha o poder de desmanchar
a desdita do mundo.*

— Nizami Ganjavi, *Layla and Majnun*

Cordelia correu.

Tinha começado a nevar, e o vento soprava pequenos cristais de gelo contra ela como chicotes. A carruagem contratada aceitara levá-la apenas até Piccadilly por conta de obras na estrada, então ela estava correndo pela Half Moon Street, quase tropeçando na barra da saia pesada de neve. Mas não importava.

Ela correu, escutando as palavras de Grace em sua mente, fragmentos inflamáveis que explodiram seu mundo inteiro como um dos experimentos de Christopher.

Ele nunca me amou. Não de verdade. Foi um feitiço controlado pela pulseira. Sempre foi você quem ele amou.

Cordelia estava sem chapéu, e, de vez em quando, um grampo de topázio se soltava de seus cabelos e caía ruidosamente no chão, mas ela não parou para recuperá-los. Torceu para que alguém os encontrasse e vendesse a fim de comprar um ganso para servir no Natal. Ela não podia desacelerar.

Belial me deu este dom, este poder. Posso convencer qualquer homem a fazer o que eu quiser. Mas não funcionou com James. A pulseira teve que ser criada para mantê-lo sob controle. Ele e eu ainda éramos amigos quando dei a pulseira a ele. Eu me lembro de colocá-la no pulso de James e ver a luz se apagar de seus olhos. Ele nunca mais foi o mesmo.

Cordelia estava grata por Christopher também ter estado presente ou teria parecido um sonho estranho demais para ter acontecido, de fato.

Grace se mantivera fria e calma enquanto recontava o que acontecera, embora não tenha encarado Cordelia, fitando o chão em vez disso. Sob outras circunstâncias, Cordelia ficaria furiosa. O que Grace estava lhe contando era uma história de imensa crueldade e violação, mas ela percebeu que, se Grace deixasse transparecer o que sentia, desmoronaria por completo, e Cordelia não podia arriscar aquilo. Precisava saber o que tinha acontecido.

Ela havia chegado a Curzon Street. Correu pelo asfalto cheio de gelo, até a esquina, na direção de sua casa. Christopher dissera que James estaria lá. Cordelia precisava acreditar que estaria.

Ele amava você, Grace dissera. *Nem a pulseira foi capaz de conter o amor dele. Minha mãe nos fez nos mudar para Londres para que eu pudesse estar mais perto dele, exercendo mais poder sobre ele, mas, no fim das contas, não adiantou. Todo o poder do Inferno não foi capaz de extinguir aquele amor.*

Cordelia sussurrara:

— Mas por que ele não me contou então?

Pela primeira vez, Grace a encarou.

— Porque ele não queria sua piedade. Acredite, entendo bem isso. Entendo todos aqueles pensamentos desesperados e autodepreciativos. São minha especialidade.

E depois a voz de Grace sumiu. O cheiro da Cidade do Silêncio, a sensação de choque atordoante e nauseante, tudo se desfez, porque Cordelia tinha chegado à sua casa, e as luzes lá dentro estavam acesas. Ela subiu os degraus correndo, agradecendo a Raziel por suas Marcas de Equilíbrio — aquelas botas de salto não tinham sido feitas para correr —, alcançou a porta da frente e a encontrou destrancada.

Ela a abriu com estrépito. Lá dentro, jogou de qualquer maneira o casaco úmido no chão e correu pela casa, passando pela sala de jantar, a sala de estar, o escritório, e gritando por James. E se ele não estivesse lá?, pensou, parando diante dos degraus. E se Christopher tivesse se enganado?

— Daisy?

Ela olhou para cima. E lá estava James, descendo a escada, uma expressão surpresa no rosto. Cordelia não hesitou: subiu os degraus depressa, dois de cada vez.

James também se apressou.

Os dois colidiram no meio do caminho. Acabaram emaranhados, rolando, deslizando para baixo até James parar sua queda. E, de alguma forma, Cordelia acabou debaixo dele, e podia sentir a força das batidas do seu coração, ver as emoções refletidas em seus olhos — confusão e esperança e mágoa —, mesmo quando James começou a se levantar, perguntando se ela estava bem.

Ela o segurou pelas lapelas do casaco.

— James. Fique.

Ele congelou, olhando para baixo, os olhos dourados sondando o rosto de Cordelia. Seus braços o sustentavam, mas ela ainda podia sentir o peso do corpo dele sobre si.

— Eu te amo — disse Cordelia. Ela jamais lhe dissera aquilo antes, e tinha a sensação de que aquele não era o momento para floreios ou desvios tímidos de assunto. Ele precisava saber. — *Asheghetam.* Eu te amo. Eu te amo. Sem você, não consigo respirar.

O rosto dele se iluminou com uma expressão quase selvagem, seguido de uma cautelosa descrença.

— Daisy, o que...

— Grace. — Ela sentiu o corpo dele se retrair, mas o segurou com força. Precisava mantê-lo perto, impedir que fugisse da verdade. — Ela me contou tudo. Sobre o feitiço, a pulseira. James, por que você não me contou?

Como ela temera, a Máscara velou a expressão de James imediatamente. Ele ainda a amparava, os braços debaixo dela, abraçando-a, amortecendo os ângulos desconfortáveis da escada. Mas ele estava imóvel.

Corrente de Espinhos

— Não podia suportar sua pena. Se soubesse do que tinha acontecido, você teria se sentido obrigada a ficar comigo. Você é uma pessoa boa, Cordelia. Mas não queria a sua benevolência, não se fosse sacrificar seus verdadeiros sentimentos.

— Meus verdadeiros sentimentos? E como você poderia saber quais são? Sempre os escondi, esse tempo todo. — Estava escuro do lado de fora, e as lamparinas na entrada brilhavam fracas. Na baixa luminosidade, os ângulos do rosto de James pareciam mais proeminentes. Pela primeira vez desde que deixara a Cidade do Silêncio, Cordelia começou a temer que não bastaria dizer que o amava. Que ele se retrairia de qualquer forma. Ela poderia perdê--lo, não importava a velocidade com que tinha corrido. — Eu os escondi por *anos*. Todos os anos em que amei você. Me apaixonei por você quando teve a febre escaldante, quando ainda éramos crianças, e jamais deixei de amá-lo.

— Mas você nunca disse...

— Pensei que estivesse apaixonado por Grace. Meu orgulho era grande demais para dizer que amava você quando achava que seu coração pertencia a outra pessoa. Nós dois fomos orgulhosos demais, James. Você temia que eu fosse sentir *pena* de você? — A voz dela se elevou, incrédula. — Belial criou um encantamento, um aro de prata e da magia mais sombria para atar você. A maioria das pessoas teria sido esmagada sob ele. Você resistiu. Todo esse tempo, você esteve lutando uma batalha silenciosa inteiramente sozinho enquanto ninguém mais sabia. Você lutou contra o encantamento e o *quebrou*, o partiu ao meio, a coisa mais incrível. Como eu poderia sentir pena?

Cordelia sentia o peito dele subir e descer contra o seu com a respiração acelerada. James disse:

— Não quebrei aquele feitiço de maneira consciente. Sim, eu lutei contra ele, sem sequer saber que estava lutando. Mas o que partiu a pulseira foi a força do que eu sentia por você. — Ele recolheu uma mecha dos cabelos despenteados de Cordelia, deixando alguns fios deslizarem entre seus dedos. Ele a encarava maravilhado. — Se não fosse por você, Daisy, eu já pertenceria a Belial há muito tempo. Pois não existe mais ninguém neste mundo, minha mais bela, enlouquecedora e adorável esposa, que eu poderia amar com metade da intensidade com que amo você. Meu coração bate por você. Só por você.

CASSANDRA CLARE

Cordelia caiu no choro. Eram lágrimas de alívio, felicidade, deleite e até desejo. Talvez não houvesse mais nada que ela pudesse ter feito para convencê-lo tão completamente de que era verdade o que estava dizendo.

— Daisy... Daisy... — James começou a beijá-la, intensamente: o pescoço exposto, as lágrimas em suas bochechas, a clavícula, sempre retornando à boca dela. Cordelia arqueou o corpo contra ele, devolvendo as carícias da maneira mais feroz que podia, como se o movimento de seus lábios nos de James fossem palavras, como se pudesse falar através dos beijos.

Cordelia arrancou o casaco dele. A pistola pendia de um coldre na lateral do corpo de James e a pressionava de maneira incômoda, mas Cordelia não se importou. Ela puxou os botões da camisa dele, arrancando-os, beijando a pele nua do pescoço, sentindo o gosto de sal em sua pele.

Quando passou a língua pelo pescoço de James, ele grunhiu.

— Você não faz ideia do quanto sempre quis você. Cada momento que passamos casados foi de êxtase e tortura. — James arrastou a saia dela para cima, correu as mãos pelas pernas de Cordelia, as pontas dos dedos roçando a seda das meias. — As coisas que você fez comigo... Quando veio me pedir ajuda com seu corpete na noite do nosso casamento...

— Achei que você tinha ficado envergonhado — respondeu ela, mordendo de leve o maxilar de James. — Achei que quisesse que eu fosse embora.

— *Queria* que você fosse embora — murmurou ele contra o pescoço dela. As mãos estavam nas costas de Cordelia agora, abrindo com destreza os fechos do vestido. — Mas só porque meu autocontrole estava por um fio. Já podia me ver avançando para cima de você, e você absolutamente horrorizada pelo que eu desejava fazer...

— Eu não teria ficado horrorizada — rebateu Cordelia, olhando para ele com firmeza. — *Quero* que faça essas coisas comigo. Quero fazê-las com *você*.

Ele soltou um ruído ininteligível, como se ela o tivesse golpeado.

— *Cordelia* — murmurou sem fôlego. As mãos de James seguravam os quadris dela com força. Ele moveu o corpo com firmeza contra o dela e, no momento seguinte, estava se levantando, trazendo-a consigo em seus braços. — Não vou desvirtuar você nesta escada, ainda que Effie esteja de folga e, pode acreditar, eu queira muito fazer isso.

— 445 —

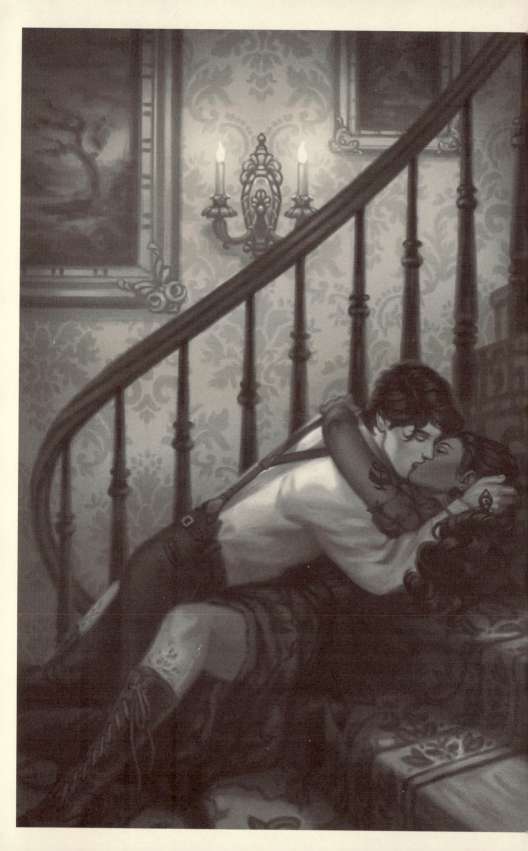

— Por que não? — Ela riu. Não tinha imaginado que poderia se sentir tão feliz, tão leve. Ele a levou para cima. Quando chegaram à porta do quarto dela, Cordelia envolveu o pescoço dele. James se atrapalhou com a maçaneta por um momento, que estava emperrada ou trancada, antes de resmungar algo entre dentes que soava muito como um "dane-se" e puxar a pistola do coldre para atirar na fechadura.

A porta se escancarou. Cordelia deixou escapar um ruído de perplexidade e riso enquanto James a carregava para dentro do quarto dela — do quarto deles — e a colocava na cama, lançando a arma em um canto do cômodo.

James subiu na cama com ela, tirando as roupas. Cordelia assistiu com fascínio enquanto as botas dele voavam, depois a camisa, e então ele estava se deitando em cima dela e a beijando com voracidade, o que permitiu que ela corresse as mãos por todo o corpo dele. Por toda a pele nua, que era quente e macia, para cima e para baixo das laterais do tronco, pela extensão do seu peito, fazendo James soltar uma espécie de rosnado contra sua boca e uma sensação quente e delirante aflorar em seu ventre.

— *Por favor* — pediu ela, sem saber pelo que exatamente estava pedindo, mas James ergueu o tronco e se sentou, as pernas envolvendo o corpo dela, e encarou Cordelia com olhos que pareciam dourados de um jeito selvagem, como os de um tigre.

— Você gosta muito desse vestido? Porque posso tirá-lo devagar ou posso tirá-lo rápido...

— Rápido — disparou ela e prendeu o fôlego quando James agarrou o decote e, com um movimento rápido, o rasgou. Não era como se fosse algo frágil, como uma fita: o vestido era robusto, com corpete e botões e ganchos como fecho, mas James o destruiu como se a estivesse libertando de um casulo. Cordelia suspirava e ria enquanto ele rasgava a saia em duas e atirava o tecido destruído para o lado. Então seu riso cessou quando James olhou para ela e sua expressão inteira mudou.

Ela sabia que estava quase nua — vestia apenas uma chemise de linho fina que mal alcançava suas pernas, e ele com certeza podia enxergar através do tecido fino. Ver o formato exato dos seios dela, a curva precisa de seus quadris e suas coxas. Ela reprimiu a vontade de se cobrir com as mãos, de se escudar contra o olhar dele. Porque o olhar de James estava fixo nela. E

— 447 —

Corrente de Espinhos

ele parecia *faminto*. Era a única palavra em que conseguira pensar: James parecia querer prendê-la sob o próprio corpo e a devorar.

James estava apoiado sobre os braços, ainda acima dela. Cordelia fechou os dedos ao redor dos bíceps dele, tanto quanto era possível. Ela podia sentir a tensão nos músculos, firmes como pedra sob seu toque. Ele estava se controlando, Cordelia sabia. Aquela era a noite de núpcias dos dois, terrivelmente postergada, e James queria o que acontecia nos livros. Queria que ela *se entregasse a ele,* queria *possuí-la,* e embora Cordelia não soubesse exatamente o que aquilo tudo significava, ela também queria. Ansiava por James, mas ele estava se segurando pelo bem dela, o que lhe deu a coragem de perguntar:

— James. Você já... Com Grace...?

Ele fez uma expressão de confusão a princípio. Depois seu rosto se fechou.

— Não. Nós nos beijamos. Nunca quis mais do que isso. Acho que a pulseira me impedia de ver como era tudo tão estranho. Pensei que talvez fosse da minha natureza não querer aquele tipo de coisa. — Ele deixou os olhos percorrerem a figura de Cordelia, fazendo a pele dela formigar. — Uma noção incrivelmente equivocada.

— Então esta é a sua primeira...?

— Nunca tive nada com Grace — cortou ele com gentileza. — Nada que fosse real. Você é minha primeira, Cordelia. É minha primeira em *tudo.* — Fechou os olhos. — Podemos seguir conversando, se é o que você deseja, mas me diga agora, porque precisarei ir até o quarto ao lado para jogar água fria em mim por pelo menos...

— Chega de conversa — interrompeu ela e entrelaçou as mãos atrás do pescoço dele. Puxou-o para baixo, de modo que seus corpos se tocassem, o que a fez se agitar e se remexer contra ele. James arquejou e soltou um xingamento e segurou firme os quadris dela, imobilizando-a enquanto abaixava a cabeça para explorar o pescoço de Cordelia com os lábios e a língua. De alguma forma, ele conseguira chutar a calça para longe, e ela se deu conta de que estava abraçando o corpo nu de James enquanto ele deslizava as alças da chemise pelos ombros dela, os beijos seguindo o tecido enquanto escorregava mais e mais para baixo, expondo seus seios. E quando ele os beijou também, ela não conseguiu mais se controlar. Implorou por mais, e ele lhe deu: beijos mais selvagens, as mãos em todos os lugares, tocando-a onde ela já esperava ser tocada e em lugares onde jamais imaginara.

E o tempo todo James observava o rosto dela, como se ele se alimentasse do deleite incrédulo de Cordelia, do prazer dela. Ele a tocava com urgência, mas de maneira cuidadosa e gentil, como se a ideia de a machucar o aterrorizasse. No fim, foi ela quem o incitou, quem o beijou com mais força, para tentar dilacerar o controle dele, até que ele murmurou:

— Pronta? — murmurou. A voz dele estava seca e rouca, como se estivesse sufocado com o próprio desejo por ela, e Cordelia arqueou o corpo contra o dele e disse que sim, estava pronta, *por favor*.

Tinham dito a ela, vagamente, que *algo* doeria, e a princípio houve uma pontada de dor. Cordelia viu o medo no rosto de James e o envolveu com as pernas, sussurrando para que não parasse. Ela disse coisas que mais tarde a fariam corar, e ele a abraçou e beijou enquanto os dois se moviam juntos, o breve desconforto se transformando em um prazer que retesava e retesava algo dentro dela até que Cordelia estava cravando as unhas nos ombros de James com mãos urgentes e exploradoras, até sua voz se elevar mais e mais enquanto suplicava incoerentemente que ele ficasse com ela, até tudo em sua mente se desmanchar em um caleidoscópio de fragmentos cintilantes mais perfeito do que qualquer outra coisa que ela já tivesse experimentado.

—

— Me passa o sabonete — pediu James, dando um beijo no ombro nu de Cordelia.

— Não — respondeu ela. — Estou confortável demais para me mover.

James riu, e Cordelia sentiu tudo através do próprio corpo. Estavam juntos dentro da banheira — mesmo incerto sobre seus sentimentos, James tivera o cuidado de garantir que a banheira fosse espaçosa o suficiente para duas pessoas, abençoado fosse. Ele se reclinou na banheira, Cordelia encostada nele, as costas contra seu peito. James colocara algo na água para fazer espuma e deixá-la com cheiro de lavanda, e Cordelia estava alegremente se cobrindo inteira com as bolhas.

Com movimentos preguiçosos, ele passou as mãos pelos cabelos molhados dela. Do lado de fora a neve caía: adoráveis floquinhos brancos vagarosos rolando do outro lado da janela.

Cordelia pensou que nunca estivera completamente *nua* na presença de outra pessoa que não fosse sua mãe, e apenas quando criança. Tinha passado por um momento de timidez antes, no quarto, quando a chemise fora despida e ela ficara deitada lá, completamente nua diante de James. Mas a maneira como ele a fitara fizera o desconforto se dissipar — foi como se ele jamais tivesse visto algo tão milagroso.

E agora lá estavam eles, marido e esposa de verdade. Marido e esposa na banheira, cobertos de espuma escorregadia. Cordelia virou a cabeça contra o ombro de James e se esticou para beijar o queixo dele.

— Há coisas sobre as quais ainda temos que conversar — comentou ela.

James ficou tenso por um instante antes de pegar um punhado de bolhas. Com cuidado, as depositou no topo da cabeça dela.

— Tipo o quê?

— O que aconteceu — respondeu Cordelia. — Na reunião, depois que fui embora com Christopher.

James suspirou e a puxou para mais perto.

— Meus pais terão que ir a Idris. Charlotte e Henry, também, e meus tios e minhas tias. E tio Jem. Farão um julgamento com a Espada Mortal. Será terrível, mas deve exonerá-los.

— Estão todos de partida? — Cordelia se espantou. — E Thomas, Matthew e Christopher...

— Vamos todos nos reunir no Instituto amanhã. Thomas e Anna já têm idade para ficar sozinhos, mas provavelmente acabarão vindo também, porque será menos desagradável se estivermos todos juntos. Vão colocar alguém para comandar o Instituto temporariamente pelos poucos dias em que meus pais estiverem fora... Gostaria que fosse Thomas, mas é provável que acabe sendo alguém pedante como Martin Wentworth.

— Bom, se vão todos estar debaixo do mesmo teto, então será mais fácil para você contar a eles sobre a pulseira. Todos estiveram tão preocupados com você, James. E será um alívio para eles saber o que aconteceu e que você está livre.

James se inclinou para a frente para abrir a torneira e deixar mais água quente correr.

— Sei que preciso contar. Nenhuma das mentiras que andei vivendo me trouxe outra coisa que não infelicidade. Mas o que eles vão *pensar?*

— Ficarão furiosos por você — respondeu Cordelia, acariciando a bochecha dele. — E ficarão orgulhosos pela força que você demonstrou.

Ele balançou a cabeça. Seus cabelos molhados eram como uma cortina de ondas lustrosas, as pontas, já começando a secar, curvando-se contra suas bochechas e a têmpora.

— Mas o relato, mesmo sabendo que ficarei aliviado depois... Só de ter que recontar... Quando falo do que aconteceu, revivo tudo. A violação.

— É a parte mais horrível — concordou Cordelia. — E só consigo entender levemente, porque senti o mesmo quando Lilith me controlou. O envenenamento da vontade de alguém. A *invasão*. Eu lamento tanto, James. Estive tão disposta a acreditar que você amava outra, tão pronta para acreditar que jamais *me* amaria, que não vi os sinais.

Cordelia se virou para encará-lo. Foi um pouco desconfortável até encontrar a posição certa, quase no colo dele, os joelhos ao seu redor. Os cabelos molhados eram um manto drapejado sobre suas costas, e ela não podia deixar de se perguntar se havia espuma em seu rosto.

Se era o caso, James não pareceu ter notado. Tracejou a linha do ombro nu de Cordelia com um dedo úmido, como se fosse a coisa mais fascinante que já examinara.

— Não havia como você saber, Daisy. A pulseira tinha seus próprios poderes estranhos: parecia impedir que todos ao meu redor, e não somente eu, enxergassem de verdade as consequências dela. — A água se agitava enquanto ele se movia, segurando os quadris dela sob a superfície. Ela se inclinou mais para perto dele. Podia ver o desejo crescendo no olhar de James, como as primeiras fagulhas de uma fogueira, as brasas começando a se acender. Cordelia perdeu o fôlego ao perceber que podia ter aquele efeito sobre ele.

— Você parece uma deusa das águas, sabia? — comentou ele, deixando o olhar viajar por ela, lânguido e sensual como um toque. Era avassaladora a maneira como ele parecia admirar, até idolatrar, o corpo dela. Cordelia admitiu a si mesma que sentia o mesmo em relação ao corpo de James. Nunca vira um homem nu antes, apenas estátuas gregas, e quando olhava para James, começava a entender qual era a razão de ser daquelas imagens. Ele era esbelto, com músculos firmes, mas, quando ela tocava a pele dele, era lisa e refinada como o mármore. — Não quero que mais ninguém a veja assim, só eu.

— Bom, não posso imaginar como alguém mais *veria* — respondeu Cordelia de maneira prática. — Não é como se eu fosse adquirir o hábito de me banhar no Tâmisa.

James riu.

— Passei anos amando você sem poder dizer nada. Agora vai ter que me aguentar expressando em voz alta todos os pensamentos mais ridículos, possessivos, ciumentos e apaixonados que já tive e fui forçado a esconder, até de mim mesmo. Pode demorar um pouco para processar todos eles.

— Declarações de amor constantes? Que horror — brincou Cordelia, correndo as pontas dos dedos pelo peito de James. — Espero que haja alguma outra recompensa para mim, algo que faça valer a pena. — Riu do olhar que ele lançou a ela. — Devemos retornar ao quarto?

— Longe demais — retrucou James, puxando-a mais para perto, para seu colo. — Me deixe mostrar a você.

— *Ah!* — exclamou Cordelia. Não tinha se dado conta de como fazer amor podia ser versátil ou de qual era a sensação de dois corpos molhados roçando um no outro. Uma quantidade considerável de água foi derramada no chão, e sabão e espuma. Effie ficaria horrorizada, pensou Cordelia, e descobriu que não se importava nem um pouco.

Foi um prazer para Cordelia acordar na manhã seguinte e encontrar o braço de James apertando-a contra si enquanto dormia, algo que quisera por tanto tempo que era até difícil acreditar que fosse real.

Ela se virou dentro do abraço, de maneira que estivesse de frente para ele. O fogo na lareira já tinha se apagado havia muito, e o quarto estava frio, mas os dois tinham criado uma bolha de calor juntos sob as cobertas.

Sonolento, James acariciou os cabelos dela, seguindo os fios pelos ombros de Cordelia, depois pelas costas nuas.

— Quanto tempo podemos continuar assim? Acabaríamos morrendo de fome depois de um tempo, e Effie encontraria nossos corpos.

— Seria um grande choque para ela — concordou Cordelia, solene. — Infelizmente não podemos ficar aqui para sempre, e não é por causa de Effie. Não tínhamos que nos reunir no Instituto hoje?

— Verdade — respondeu James, beijando o pescoço dela. — Tem isso.

— E você disse que todos estariam lá. Inclusive Matthew.

— Disse — confirmou James com cautela. Tinha pegado a mão dela e parecia inspecioná-la, virando para cima para traçar as linhas de sua palma. Cordelia pensou em Matthew na Hell Ruelle, e uma onda de tristeza e melancolia a abalou.

— Presumo que não estejamos planejando esconder dele que... que...

— Bem — começou James —, acho que podemos poupá-lo dos detalhes da noite passada. Aliás, isso me lembra: onde foi que eu deixei a minha pistola?

— Naquele canto lá. — Cordelia abriu um sorriso largo. — E vamos precisar de um chaveiro para consertar a porta.

— Adoro discutir detalhes domésticos com você — brincou James e beijou a parte interna do pulso dela, onde podia sentir o pulsar do sangue. — Me fale mais sobre chaveiros e entregas de compras e o que há de errado com o segundo forno.

— Não tem nenhum problema no forno, até onde sei. Mas *temos* que conversar sobre Matthew.

— A questão é a seguinte. — James suspirou e rolou para ficar deitado de barriga para cima. Colocou um braço atrás da cabeça, o que fez Cordelia desejar passar as mãos por todos os músculos nos ombros e no peito dele. Ela suspeitava, porém, que não ajudaria a manter aquela conversa nos trilhos. — Nós estamos em uma posição peculiar, Daisy. Não — acrescentou diante do sorriso dela —, não *nessa* posição peculiar. A menos que...

— Não — cortou ela, com severidade fingida. — Me diga o que tem de peculiar.

— Que tudo tenha mudado entre nós na noite passada. Acho que nós dois concordamos com isso. Talvez só tenha transformado nossa situação

— 453 —

Corrente de Espinhos

naquilo que sempre deveria ter sido, o que, de certa maneira, sempre foi, sob a superfície. Mas *mudou*... E, no entanto, para o resto do mundo, vai parecer que não há nada de diferente. Já *estávamos* casados, já *tínhamos* nos declarado um ao outro na frente do Enclave inteiro. Mas só agora sabemos que todas aquelas palavras que dissemos eram verdade, e sempre serão. É algo peculiar a se confessar.

— Ah. — Cordelia abraçou um travesseiro contra o peito. — Entendo o que está dizendo, mas não precisamos fazer um grande pronunciamento aos nossos amigos, James. A história daquela pulseira amaldiçoada *é* a nossa história, e a verdade virá à tona junto com ela. Mas Matthew... Nem eu, nem você queremos magoá-lo.

— Daisy, querida. — James virou a cabeça para encará-la, os olhos cor de âmbar sérios. — Podemos não conseguir impedir que ele se magoe de alguma forma, mas sem dúvida tentaremos. Eu deveria contar, aliás... — Ele sustentou o peso do corpo em um cotovelo. — Escutei você. Na festa de Natal. Falando com Matthew no salão de jogos.

Os olhos de Cordelia se arregalaram.

— Você ouviu?

— Tinha ido buscar algo para Anna quando reconheci sua voz do outro lado da porta. Tudo que ouvi você dizer foi que não amava Matthew e que não sabia o que fazer em relação a mim. O que não foi inspirador... Mas não tinha sido minha intenção bisbilhotar, então fui embora depressa, sem escutar mais nada. Juro — acrescentou ele, e Cordelia assentiu. Ela própria tinha entreouvido algumas conversas sem querer, então não podia julgar.
— Eu gostaria de pensar que não teria deixado as coisas chegarem tão longe quanto chegaram na noite passada se não tivesse descoberto, com certeza, que Matthew sabe como você se sente. Que ele não nutre esperanças.

— Eu precisava contar a ele — sussurrou Cordelia. — Mas foi horrível. Magoá-lo daquele jeito. Matthew não deixa muitas pessoas se aproximarem dele, mas, quando deixa, fica muito vulnerável. Precisamos fazer com que ele entenda que não vamos abandoná-lo e que vamos sempre amá-lo e estar ao lado dele.

James hesitou brevemente.

CASSANDRA CLARE

— Na escada, você falou em orgulho. Tem muitos lados ruins, como nós dois sabemos. Mas Matthew não vai querer a nossa pena. Vai querer que nós sejamos diretos e honestos, não que o tratemos como um paciente convalescente. Os outros já fazem isso o suficiente com ele. Eu faria qualquer coisa para poupar Matthew da dor. Deceparia as minhas mãos se fosse ajudar.

— Seria dramático, mas pouco efetivo — comentou Cordelia.

— Você entendeu o que eu quis dizer. — Ele tocou os cabelos de Cordelia. — Concordo que precisamos dizer a Matthew como ele é importante para nós. Mas fingir ou mentir não ajudaria ninguém. Eu e você somos casados, e continuaremos casados, apaixonados, até as estrelas se apagarem do céu.

— Isso foi muito poético. O tipo de coisa que lorde Byron Mandrake teria dito à bela Cordelia.

— Creio que tenham prometido a ela um plantel de garanhões — rebateu James —, uma promessa que não posso cumprir.

— Bom, que serventia tem você, então? — perguntou-se Cordelia, em voz alta.

— É um desafio, minha orgulhosa beldade? — indagou ele, puxando-a para si e depois para baixo dele, até os risinhos dela terem se transformado em beijos e depois suspiros, e Cordelia se unir a ele na cama que era deles agora. Que sempre seria deles.

—

Ao se aproximarem do Instituto, Cordelia se perguntou: alguém notaria que algo mudara entre ela e James? Havia algo de diferente em sua aparência? Na de James? Na maneira como olhavam um para o outro? Ela tocou o globo no colar ao redor do pescoço. Jamais voltaria a tirá-lo. Exceto aquilo e o anel de família, sua única outra peça de joia era o amuleto que Christopher lhe dera, que ela prendera no punho quase sem pensar.

O Instituto era puro caos. Os Lightwood — Gabriel, Cecily, Alexander, Sophie e Gideon — já tinham partido para Idris. Thomas, Christopher, Ari e Anna andavam a esmo, escolhendo que quartos queriam. Até onde Cordelia sabia, todos eram idênticos, mas as pessoas pareciam ter suas preferências mesmo assim. Bridget e os demais criados estavam ocupados

Corrente de Espinhos

abastecendo a despensa com comida extra e correndo pela construção a fim de arrumar as novas acomodações. Bridget cantava uma canção nefasta chamada "O túmulo inquieto", o que fez Cordelia concluir que estava de bom humor.

Encontraram Will e Tessa na sala com Jesse e Lucie, que os ajudavam a arrumar e guardar as meticulosas anotações de Will a respeito da gestão do Instituto, acumuladas ao longo dos anos. Cordelia sentiu uma tristeza profunda por Will e Tessa serem forçados a apresentar *provas* dos anos de bem que fizeram, dos Caçadores de Sombras e membros do Submundo que ajudaram, como se a verdade da experiência não valesse de nada. Apenas acusações, medo e mentiras.

— Não é só a Espada Mortal — dizia Jesse, com seriedade, enquanto Will folheava um livro com capa de couro contendo atas de várias reuniões. — Se precisarem contar a verdade sobre mim ou minha relação com minha mãe... Qualquer coisa sobre quem sou de verdade... Só quero que saibam que não há nenhum problema. Façam o que for preciso.

— Mas — acrescentou Lucie — seria melhor se não dissessem nada.

— Vamos torcer para não chegar a esse ponto — respondeu Will com delicadeza. — O que importa para mim é que vocês todos permaneçam seguros aqui no Instituto enquanto estivermos fora...

— Bom, estaríamos bem mais seguros se não fosse *ele* no comando — resmungou Lucie. Ela levantou o rosto quando James e Cordelia entraram, olhou de um para o outro e ergueu as sobrancelhas. — James. Vem me ajudar a colocar juízo na cabeça desses dois.

— O que quer dizer? — perguntou James.

Tessa suspirou.

— Ela está se referindo a quem vai cuidar do Instituto enquanto estamos fora.

Foi a vez de James levantar as sobrancelhas.

— E quem vai ser?

— Você tem que prometer — começou Will — que não vai gritar quando eu contar.

— Ah, a mesma coisa que me disse quando descobriu que o filhotinho de cachorro que trouxe para mim quando eu tinha nove anos era, na ver-

— 456 —

CASSANDRA CLARE

dade, um lobisomem e por isso teve que ser devolvido, com mil perdões, à família dele.

— Um equívoco que qualquer um poderia cometer — observou Jesse.

— Obrigado, Jesse — agradeceu Will. — A questão é... Será Charles. Aguenta firme, James.

— Mas ele está do lado de Bridgestock — protestou Cordelia. — E disse coisas horríveis naquela reunião.

— Isso não pode ter sido ideia de Charlotte — observou James.

— Não. Temos que escolher alguém que o Inquisidor apoie para assumir o comando — explicou Will, um raro tom de amargura em sua voz. — Alguém em quem ele confie que jamais destruiria as provas das várias ocasiões em que chamamos Belial para tomar o chá da tarde e comer canapés.

— Não gosto da ideia de Charles ter acesso a tudo aqui dentro — admitiu James. — Todos os nossos documentos... Não podemos pensar nele como nosso aliado.

— Tampouco podemos pensar nele como inimigo — argumentou Tessa. — Apenas como uma pessoa equivocada e tola.

Will continuou:

— E os documentos mais importantes irão conosco para Idris.

— Ainda assim, não gosto da ideia.

— E não tem obrigação alguma de gostar. Apenas de suportá-la. Se tudo correr bem, devemos ficar fora por apenas um ou dois dias. Falando nisso, Cordelia, se precisar viajar entre Cornwall Gardens e o Instituto, podemos oferecer a você nossa carruagem...

— Não será necessário — respondeu Cordelia. — Vou ficar aqui com James.

Os olhos de Lucie se arregalaram. Ela estava visivelmente tentando reprimir uma expressão de deleite e falhando terrivelmente.

— *É mesmo?*

— Vocês são minha família também — respondeu Cordelia e sorriu para Lucie, torcendo para que a amiga pudesse ler em seu sorriso as mil coisas que queria dizer. — Não vou deixar vocês sozinhos em um momento como este. Alastair vai ficar com minha mãe, e, se minha presença for necessária em Cornwall Gardens, tenho certeza de que ele entrará em contato.

— 457 —

Corrente de Espinhos

Cordelia *tinha* certeza de que Alastair entraria em contato em breve. Afinal, ela não havia voltado para casa na noite anterior. Tinha lhe enviado uma mensagem aquela manhã avisando que estava bem, mas ainda assim. Havia passado a noite inteira sem dar notícias. Suspeitava que o irmão teria algo a dizer, e que não seria sucinto.

Tessa abriu um sorriso. Will não pareceu notar nada de diferente.

— Vai dar tudo certo — garantiu ele em seu tom animado de sempre. — Vocês vão ver.

James assentiu, mas, quando olhou para Cordelia, ela pôde notar a preocupação no rosto dele, e sabia que o seu próprio também exibia a mesma emoção.

━

Irmão Zachariah não fora ver Grace o dia inteiro, e ela tinha se perguntado o motivo até Irmão Enoch passar para lhe entregar o mingau. Irmão Zachariah estava em Idris, informara, e não se sabia quando retornaria.

Para sua surpresa, Grace sentiu uma pequena pontada ao receber a notícia. Irmão Zachariah era, de longe, o mais afável dos Irmãos, e o único que tentava manter uma conversa com ela.

Ainda assim, não tinha sido a emoção mais surpreendente que sentira aquele dia. Estava sentada na beira da cama de ferro, com novas anotações de Christopher nas mãos esperando para serem lidas. Mas não conseguira se concentrar nelas. Não parava de visualizar Cordelia, o olhar no rosto dela enquanto Grace explicava tudo. Não sabia qual seria a reação da moça diante da verdade. Raiva, como no caso de James? Desespero frio, como no de Jesse? Talvez Cordelia fosse partir para cima dela e atacá-la. Grace estivera preparada para aceitá-lo, se acontecesse.

Sabia que Cordelia havia ficado incrédula e horrorizada. Que os olhos dela tinham se enchido de lágrimas quando Grace falou de certas coisas. *James nunca me amou. Minha mãe o usou. Ele nunca soube.*

E ainda assim no fim de tudo, quando Cordelia saiu apressada em direção à saída — desesperada para encontrar James, Grace sabia —, ela fizera o esforço de parar e esperar um momento. De olhar para Grace.

━ 458 ━

CASSANDRA CLARE

— Não posso fingir que acho o que fez perdoável — dissera ela. — Mas não deve ter sido fácil me contar tudo isso. Fico feliz que tenha confessado.

Ela ferira James com a verdade, pensou Grace, e Jesse ainda mais, talvez. Mas Cordelia... Grace se agarrou à ideia de que, ao contar a verdade, tinha ajudado Cordelia. De que talvez, depois daquilo, Cordelia seria mais feliz.

James ama você, revelara a Cordelia. *Ele ama você com uma força que não pode ser refutada, ou desfeita, ou menosprezada. Por anos Belial lutou contra essa força, e, no final, perdeu. E Belial é dono de um poder capaz de mover as estrelas.*

Havia algo de muito agradável em poder dar boas notícias às pessoas, concluiu Grace. Adoraria sentir aquilo outra vez. Mais especificamente, adoraria poder dar boas notícias a Christopher a respeito dos experimentos com mensagens de fogo. Ela podia imaginar o rosto dele se iluminando, os olhos brilhando atrás dos óculos...

— Gracie. — Uma risada. Tão familiar que foi como uma flecha de terror perfurando Grace. As mãos dela soltaram os papéis de Christopher, que flutuaram até o chão. — Ah, minha querida Grace.

Ela se virou, devagar. Todo o sangue em seu corpo parecia ter congelado nas veias e Grace mal conseguia respirar. Ali, diante das grades da porta da cela de Grace, estava Tatiana.

Seus cabelos tinham perdido todos os resquícios de cor. Estavam brancos como osso, armados ao redor do rosto como os cabelos de um cadáver. O vestido estava imundo, com sangue seco no ombro. Exibia o sorriso de um tubarão, a boca parecendo um rasgo sangrento.

— Minha filhinha. Posso entrar?

Tatiana colocou a mão na porta, que se abriu. Grace se retraiu contra a cabeceira da cama enquanto a mãe entrava no pequeno espaço onde antes Grace estivera a salvo. Mas nenhum espaço a salvaria de sua mãe, pensou ela. Dissera isso a Zachariah. Ele não acreditara.

Tatiana olhou de cima para a filha.

— É espantoso como você falhou comigo tão completamente.

Grace sentiu os lábios recuarem para mostrar os dentes.

— Ótimo — disse ela, para a própria surpresa, a palavra irrompendo com selvageria. — Me deixe em paz. Não tenho utilidade para você agora. Eles sabem do meu poder. Não posso mais ser seu instrumento...

— 459 —

Corrente de Espinhos

— Ah, cale a boca — disparou Tatiana simplesmente, e se virou para estalar os dedos. — Venha — ordenou ela a alguém no corredor. — Melhor acabarmos logo com isso.

Para espanto de Grace, um Irmão do Silêncio entrou na cela. Ela não o reconheceu, mesmo entre os membros do grupo que se reuniam no salão das Estrelas Falantes. Este era alto e esquelético, com Marcas que pareciam cicatrizes, e seu rosto parecia se retesar contra os fios que mantinham seus olhos e sua boca fechados. A barra da túnica branca estava imunda do que parecia ser fuligem ou cinzas.

Me ajude, pensou Grace. *Esta mulher é sua prisioneira. Leve-a para longe de mim.*

Mas se o Irmão do Silêncio a ouviu, não demonstrou. Permaneceu impassível enquanto Tatiana dava um passo na direção da filha, depois outro.

— Eu lhe concedi um dom incrível, Grace. Acolhi você quando ninguém mais a quis. E lhe dei poder, poder com o qual você poderia ter alcançado o que desejasse nesse mundo. Foi um de meus erros mais vergonhosos, um que pretendo corrigir.

Grace recuou.

— Sou sua filha — murmurou com o resquício de voz que conseguiu reunir. — Sou mais do que um mero instrumento seu. Tenho sentimentos e pensamentos próprios. Coisas que gostaria de fazer. Que gostaria de ser.

Tatiana riu.

— Ah, a ingenuidade da juventude. Sim, todos temos isso em algum momento, minha cara. E então as verdades da vida vêm e esmagam tudo sob seu peso.

— E então você se alia a um Príncipe do Inferno? — questionou Grace.

— Você deve tudo o que tem àquele príncipe — cuspiu a mãe. — O poder que desperdiçou. O seu lugar na sociedade de Londres, que também desperdiçou. Nunca foi digna dos dons que recebeu — continuou Tatiana. — Eu jamais deveria ter investido tanto esforço em você.

— Queria que não tivesse. Queria que tivesse me deixado sozinha. Eu teria crescido no Instituto, e pode até ser que meus guardiões não tivessem me amado, mas não teriam feito comigo o que você fez.

— 460 —

— O que foi que fiz a você? — repetiu Tatiana, perplexa. — Dei oportunidades que jamais teria tido? A habilidade de ter o que ou quem quisesse com um único comando? Por que você não pode ser um pouquinho mais como Jesse? Ele é leal até o fundo da alma. Reconhecendo a conexão daquela bruxa Herondale com nosso benfeitor, tornando-se confidente dela, guiando-a para completar sua ressureição...

— É *isso* que você acha? — Depois de todo aquele tempo, parecia que a mãe de Grace ainda conseguia chocá-la. — Meu Deus. Você realmente não sabe nada sobre Jesse.

— Olhe só para você. Chamando o nome de Deus — comentou Tatiana com desdém. — Você não tem nenhuma serventia para Deus, criança. O Paraíso não vai ajudá-la. E você vai aprender qual é o preço que se paga por menosprezar o Inferno.

Grace girou para fitar o Irmão do Silêncio imóvel ao lado da mãe. Seu poder ainda estava lá, embora parecesse que haviam se passado anos desde que o utilizara. Não queria recorrer a ele naquele momento, mas que escolha tinha?

— Ordeno que detenha minha mãe — comandou ela, a voz ecoando nas paredes da prisão. — Ordeno que a tire daqui. Que a leve de volta para a sua cela...

O Irmão não se moveu, e Tatiana riu alto.

— Grace, sua tola. Seu poder afeta apenas a mente dos homens, e este aqui não é um homem. Sequer é um Irmão do Silêncio.

Sequer é um Irmão do Silêncio? O que isso significa?

— E agora você bem que gostaria de poder usá-lo, não é mesmo? O dom que menosprezou — chiou Tatiana. — Mas é tarde. Repetidas vezes você provou que não é digna dele. — Ela se virou para o Irmão do Silêncio que não era um Irmão do Silêncio: — Remova-o dela. Agora.

Os olhos do Irmão se abriram. Não da forma como fariam olhos humanos: eles se rasgaram, deixando fios soltos onde antes tinham estado costurados. Do espaço entre as pálpebras brilhou uma luz terrível, uma luz que ardia em um verde claro como ácido.

Ele se aproximou de Grace. Sem fazer ruído, depressa, quase agachado, ele avançou, e um barulho explodiu dentro da cabeça da jovem. Era como

Corrente de Espinhos

a comunicação silenciosa dos Irmãos do Silêncio, mas mal soava como uma língua humana — era um rugido triturante, rascante, como se alguém estivesse arranhando o interior do seu crânio com um garfo.

Grace começou a gritar. Descobriu que não conseguia parar, nem por um instante. Mas ninguém veio ajudar.

24

FOGO CAI COM VIOLÊNCIA

O fogo cai com violência, tudo mudou,
Não sou mais criança, e tudo que vejo
Não é um conto de fadas, mas a vida, minha vida.

— Amy Lowell, *"A Fairy Tale"*

Alastair realmente foi procurar Cordelia, mais cedo até do que ela imaginara, através do recurso simples e direto de aparecer no Instituto.

Will e Tessa haviam partido através do Portal na cripta, e o ânimo geral era de melancolia quando a campainha da porta soou lá embaixo. Fora Lucie quem atendera ao chamado. Ela correu imediatamente para chamar Cordelia, que encontrou o irmão no saguão, batendo com as botas no chão para se livrar da neve. Ele carregava uma mala pequena e tinha uma expressão de alguém muito sofredor.

— Uma tempestade se aproxima — anunciou Alastair, e, de fato, Cordelia podia ver pela porta da frente aberta que o céu estava escuro, com nuvens densas como se fossem grandes blocos de fumaça em colisão. — Esta situação é absolutamente ridícula.

— Não discordo — respondeu ela, fechando a porta e virando-se para olhar a mala do irmão —, mas... você veio para *ficar?*

⟬ 463 ⟭

Corrente de Espinhos

Alastair parou no processo de remover o casaco.

— *Mâmân* me mandou parar de andar de um lado para o outro e vir até aqui ficar com vocês. Acha que... eles não vão permitir? — indagou com súbita hesitação. — Talvez eu devesse ter perguntado antes...

— Alastair, *joon* — cortou Cordelia. — Se você quer ficar, vai ficar. Estamos em um Instituto, eles não podem rejeitar você. E eu não deixaria. É só que...

— Que eles escolheram Charles como diretor interino do Instituto? Eu sei. — Alastair olhou ao redor, como se para se certificar de que não havia mais ninguém por perto para ouvi-lo. — Foi por isso que vim. Não posso deixar Thomas sozinho tão perto de Charles. Não há como saber quão desagradável Charles decidirá ser com ele, e Thomas é bom demais para... — Ele parou de falar e encarou feio a irmã. — Pare de me olhar desse jeito.

— Você deveria *falar* com Thomas...

— *Mikoshamet* — disse Alastair, fazendo uma expressão assustadora que teria aterrorizado Cordelia se ainda tivesse sete anos. — Onde estão todos, então?

— Reunidos na biblioteca. James tinha algo a contar. Venha... Vou mostrar onde os quartos são e, depois que tiver se instalado, pode se juntar a nós.

⸺

— Tem certeza de que não se importa? — perguntou Cordelia, a mão no ombro de James. — Que Alastair esteja aqui?

Ele estava sentado em uma cadeira à cabeceira de uma das longas mesas da biblioteca. Estavam sozinhos, por enquanto — o restante do grupo ainda estava a caminho. Todos à exceção de Charles, lógico. Ele tinha chegado logo depois da partida de Will e Tessa, sem cumprimentar ninguém, marchado para o escritório de Will e se trancado lá dentro. Em dado momento, Cordelia avistara Bridget levando chá para ele. Até mesmo ela exibia uma expressão soturna, como se não tivesse prazer nenhum na tarefa.

James cobriu a mão dela com a dele.

— Ele é seu irmão. Família. Nem posso imaginar o que Alastair pensa sobre como a tratei, aliás. Ele deveria saber.

Matthew entrou primeiro. E se Cordelia imaginara se os outros poderiam notar que algo mudara no relacionamento dela com James, soube de imediato que Matthew poderia, e notou. Duvidava que ele soubesse o que exatamente, evidente, mas o jovem se sentou com um olhar desconfiado, os ombros um pouco curvados, como se aguardasse más notícias.

Precisamos encontrar uma maneira de falar com ele a sós, pensou ela. *Precisamos.* Mas não seria antes de James contar sua história, e já era tarde demais para aquilo. Todos estavam chegando: Anna e Ari, Jesse e Lucie — que fitou o irmão com preocupação imensa antes de se sentar do lado direito dele —, Thomas e Christopher, e, finalmente, Alastair, quem, ficou evidente, Thomas não estava esperando encontrar. Thomas se sentou com um baque súbito — ele era um pouco grande demais para os assentos na biblioteca, e as pernas compridas protuberavam-se em todos os ângulos possíveis —, mas se conteve. Alastair foi se sentar ao lado dele com indiferença bem disfarçada.

Cordelia tentou encontrar o olhar de Christopher do outro lado da mesa. Não tinha exatamente certeza de por que ele convencera Grace a lhe contar tudo, mas estava infinitamente grata a ele. O jovem sorriu para ela, mas apenas daquela maneira de sempre, seu usual jeito afável e doce, sem qualquer indicação de que fizera algo especial. Cordelia decidiu que agradeceria a ele logo que pudesse.

— Bem, por favor, nos conte de que se trata tudo isto, James — pediu Matthew depois que todos tinham se sentado. — Parece uma daquelas cenas de um romance de Wilkie Collins nas quais o testamento é lido, depois as luzes se apagam e todos acabam mortos.

— Ah, eu *adoro* essas cenas! — exclamou Lucie. — Não — acrescentou depressa — que eu queira que alguém acabe morto. James, o que foi? Aconteceu alguma coisa?

James estava muito pálido. Juntou as mãos, entrelaçando os dedos com força.

— Aconteceu, sim, mas... não foi hoje. É algo que aconteceu há muito tempo. Algo de que eu mesmo soube apenas recentemente.

E então ele contou. Falando em tom firme, James contou tudo: quando conheceu Grace na Mansão Blackthorn em Idris, a chegada dela a Londres,

Corrente de Espinhos

a destruição da pulseira, a descoberta de que a mente dele estava sendo alterada contra sua vontade. A voz de James era calma e estável, mas Cordelia podia ouvir a raiva sob a superfície, como um rio correndo sob as ruas da cidade.

Aqueles que já conheciam a história — Cordelia, Christopher, Jesse — permaneceram com expressão estoica, observando a reação dos demais. Cordelia, particularmente, estava focada em Matthew. Aquilo mudaria tantas coisas para ele, pensou. Talvez ajudasse. Só Raziel sabia o quanto ela *torcia* para que ajudasse.

Matthew foi ficando cada vez mais e mais imóvel à medida que a história progredia, e mais pálido. Lucie parecia prestes a vomitar. Thomas começou a mover a cadeira para a frente e para trás com violência até que Alastair colocou a mão sobre a dele. Os olhos de Anna reluziam como fogo azul.

Quando James concluiu seu relato, um longo silêncio se instaurou. Cordelia queria muito dizer algo, romper aquela atmosfera, mas sabia que não podia. James temera a reação dos amigos e da família. Um deles teria que se pronunciar primeiro.

Foi Lucie. Ela estivera tremendo enquanto James falava, e explodiu:

— Ah... Jamie... sinto *tanto* que eu tenha um dia trabalhado com ela, sido simpática com ela...

— Não tem problema, Luce — respondeu o irmão gentilmente. — Você não sabia. Ninguém sabia, nem mesmo Jesse.

Lucie pareceu chocada, como se a ideia de que Jesse pudesse estar ciente de algo sequer tivesse passado por sua cabeça. Virou-se para ele:

— A última vez que foi à Cidade do Silêncio, você voltou chateado. Ela contou isso tudo a você naquela ocasião?

Jesse confirmou com a cabeça.

— Foi a primeira vez que ouvi algo a respeito. — Ele estava tão pálido quanto estivera quando Belial o possuíra, notou Cordelia. O brilho calmo que normalmente havia em seus olhos desaparecera. — Sempre amei Grace. Sempre cuidei dela. É minha irmã mais nova. Mas quando ela me contou... eu lhe dei as costas e saí da Cidade. Não voltei a falar com ela desde então.

Christopher limpou a garganta.

— 466 —

CASSANDRA CLARE

— O que Grace fez é imperdoável, mas precisamos lembrar que ela era apenas uma criança quando foi incumbida dessa tarefa. E estava aterrorizada com o que a mãe poderia fazer caso se recusasse.

— Isso não *importa!* — exclamou Thomas. Os olhos castanho-esverdeados reluziam com uma fúria incomum. — Se eu assassinasse alguém e depois dissesse que foi porque estava com medo, isso me tornaria menos assassino?

— Não foi assassinato, Thomas...

— É tão ruim quanto — disparou Matthew. Estava segurando uma das garrafinhas que Christopher lhe dera, mas não bebia. Corria os dedos pela gravação ali, repetidas vezes. — Grace se aproveitou das coisas a respeito de James que nós conhecemos tão bem, a bondade afável dele, a confiança que tem nos outros e seu idealismo, e os usou contra ele como se fossem facas. Como uma maldição das fadas.

Cordelia percebeu que James estava tentando encontrar o olhar de Matthew, mas, por mais horrorizado que parecesse em prol de James, ele não conseguia encarar seu *parabatai*. Estava sentado com as mãos ao redor do frasquinho barato como se fosse um talismã.

— Grace roubou as escolhas de James — afirmou Ari. Ela também parecia nauseada. — Dividi o teto com ela e nunca imaginei que tivesse algo assim pesando em sua consciência.

— Mas James está bem — interveio Christopher lentamente. — Tudo deu certo no final. Como costuma ser o caso.

— Porque ele resistiu — vociferou Matthew. — Porque amava Cordelia o suficiente para quebrar aquela maldita pulseira. — Parecendo um pouco surpreso diante da própria explosão, ele, enfim, olhou para James. — Você a ama de verdade. Como disse que amava.

— *Matthew!* — exclamou Lucie, parecendo escandalizada.

Mas James apenas fitou Matthew de volta com olhar firme.

— Amo. Sempre amei.

— E Grace? — perguntou Thomas baixinho.

— Eu a odeio — respondeu James. Christopher se retraiu e Jesse desviou os olhos. — Quer dizer... Ela veio me procurar, finalmente, quando estava fugindo da mãe. Tentou me seduzir uma última vez. Não percebeu que a pulseira havia quebrado. Foi estranho vê-la tentar fazer aquele jogo que

— 467 —

Corrente de Espinhos

deve ter funcionado todas as outras vezes que o fez no passado. Foi como se eu estivesse observando de fora, me dando conta de que, sempre que a encontrei antes, tinha me perdido. Que minha vida inteira havia sido uma mentira, e que era Grace a responsável. Eu disse a ela que a desprezava, que jamais a perdoaria, que não havia nada que pudesse fazer para se redimir dos crimes que cometera. Ela está na Cidade do Silêncio agora porque exigi que se entregasse. — James soava um pouco espantado, como se estivesse surpreso com a própria capacidade para a raiva, para a vingança. — Fui eu quem colocou Grace lá. — Olhou para Jesse: — Você sabia disso.

— Sabia. — O tom de Jesse era de resignação e angústia. — Ela me contou. Não culpo você nem um pouco.

Christopher disse:

— Ela causou muito mal, e sabia o que estava fazendo. Grace se odeia por isso. Acho que tudo o que deseja é ir viver em algum lugar distante e nunca mais incomodar ninguém.

— Aquele poder dela é perigoso demais para isso — argumentou Alastair. — É como se ela fosse dona de uma cobra venenosa feroz ou de um tigre indomado.

— E se os Irmãos do Silêncio o removerem? — indagou Christopher. — Ela não terá mais presas nesse caso.

— Por que você a está defendendo, Kit? — perguntou Anna. Não parecia estar com raiva, apenas curiosa. — É porque ela vai acabar voltando para o Enclave um dia, e nós precisaremos conviver com ela? Ou simplesmente porque ela gosta de ciência?

— Creio que seja porque sempre acreditei que todos merecem uma segunda chance. Só temos uma vida. Não há como conseguirmos outra. Precisamos conviver com os erros que cometemos.

— Verdade — murmurou Alastair.

— Ainda assim — acrescentou Thomas —, não podemos perdoar Grace. — Alastair se retraiu, e Thomas continuou: — O que quero dizer é que não podemos perdoá-la no lugar de James. Só ele pode fazer isso.

— Ainda estou com raiva... muita raiva — admitiu James —, mas descobri que não quero estar. Quero olhar para a frente, mas minha raiva me puxa para trás. E... — Ele respirou fundo. — Sei que Grace vai voltar ao Enclave

— 468 —

em algum momento. Não sei como devo tratá-la quando isso acontecer. Como vou suportar vê-la.

— Você não vai ser forçado a nada disso — respondeu Jesse, rouco. — Ainda temos o dinheiro dos Blackthorn. Ela será a herdeira agora que minha mãe está na prisão. Vamos arrumar uma casa para Grace em algum lugar no campo. Pedirei apenas que ela nunca mais chegue perto de você ou de alguém próximo a você.

— Só não a abandone por completo — pediu Christopher. — Jesse, você é a única razão que ela tem para viver. A única pessoa que foi boa com ela. Não a deixe sozinha no mundo.

— Kit — chamou Anna com um carinho melancólico na voz. — Seu coração é mole demais.

— Não digo isso porque sou ingênuo ou tolo. É só porque também enxergo coisas que não estão em béqueres e provetas, sabe. Vejo como o ódio envenena aquele que odeia, não quem é odiado. Se tratarmos Grace com a misericórdia que ela não demonstrou a James, e que nunca demonstraram a ela, então o que ela fez não terá poder algum sobre nós. — Ele olhou para James. — Você tem sido incrivelmente forte suportando tudo o que aconteceu, sozinho, por tanto tempo. Permita que nós ajudemos você a deixar a raiva e a amargura para trás. Pois se não fizermos isso, se formos todos consumidos pelo desejo de fazer Grace pagar pelo que fez, então o que nos difere de Tatiana?

—

— Maldito Kit! — exclamou Matthew. — Quando foi que você ficou tão perspicaz? Achei que você só devia ser bom em colocar o conteúdo de uma proveta na outra e dizer "Eureca!".

— *É* mais ou menos por aí mesmo — concordou Christopher. Eles estavam na sala agora, Matthew tendo demonstrado uma aversão inexplicável à ideia de se retirarem para o salão de jogos após a longa reunião na biblioteca. No fim, nada de específico tinha sido *decidido,* mas Thomas podia notar que James já se sentia muito melhor do que antes. Ele conseguira sorrir com uma leveza que Thomas pensara ter sido extinta no primeiro ano na Academia.

— 469 —

Corrente de Espinhos

Todos tinham jurado apoio incondicional ao que quer que James decidisse fazer, e, lógico, segredo até o fim. James contaria à família, ele prometera, quando todos retornassem de Idris. Não tinha decidido mais nada, mas não precisava. Ainda havia tempo para considerar tudo.

— E preciso dizer que é ótimo, James — dissera Ari quando estavam todos se levantando —, ver você tão feliz com Cordelia. Um caso real do amor verdadeiro vencendo.

James e Cordelia pareceram levemente envergonhados, apesar de satisfeitos, mas Matthew olhara para baixo, para as mãos sobre a mesa, e Thomas trocara um sinal rápido com Christopher. Enquanto os outros na biblioteca discutiam o que poderia ser feito para limpar o nome dos Herondale e, novamente, como poderiam quebrar a conexão de paladino entre Lilith e Cordelia, Matthew se esgueirou para fora do cômodo, e Thomas e Christopher o seguiram. Christopher sugeriu que jogassem uíste, com o que Matthew concordou, e então Thomas sugeriu o salão de jogos, com o que Matthew não concordou.

E, para a surpresa de Thomas, depois que se acomodaram confortavelmente na saleta e Matthew havia encontrado um baralho, Alastair entrou.

Estava carregando um livro grosso com capa de couro e, em vez de tentar se juntar ao grupo no jogo, tinha se sentado em um sofá e mergulhado na leitura. Thomas imaginara que Matthew fosse olhar feio para o recém--chegado ou fazer algum comentário sarcástico, mas não foi o caso.

De vez em quando, durante o jogo, Matthew pegava a garrafinha que Christopher lhe dera e corria os dedos sobre as gravações. Parecia que um novo cacoete tinha se formado. Ainda assim, ele não bebeu.

Quando Thomas e Matthew haviam perdido a maior parte de seu dinheiro para Christopher, como de praxe, uma batida soou à porta, e James colocou a cabeça para dentro.

— Matthew — chamou —, podemos falar um momento?

O rapaz hesitou.

— Má ideia — resmungou Alastair, ainda encarando o livro.

Matthew lançou um olhar a Alastair, depois jogou as cartas sobre a mesa.

— Bom, já perdi tudo o que podia aqui. Creio que seja melhor descobrir o que mais tenho a perder neste mundo.

— 470 —

CASSANDRA CLARE

— Que dramático — comentou Thomas, mas o amigo já estava de pé, seguindo James para o corredor.

Cordelia pôde ver que James ficara exausto depois de explicar a história da pulseira. Ainda assim ele teve que suportar a rodada de perguntas dos amigos depois disso, todas bem-intencionadas, mas difíceis: sobre os sentimentos dele, naquela época e mais recentemente; sobre o que aconteceria com Grace e Tatiana; sobre se ele estava se recordando de coisas que antes tinha esquecido, pequenos detalhes ou incidentes. E houve pedidos de desculpas da parte de todos, por não terem notado, ainda que James tivesse explicado, incontáveis vezes, com toda a paciência, que a magia da pulseira garantia que ninguém perceberia. Como um feitiço de disfarce que fazia com que olhos mundanos passassem por membros do Submundo ou Caçadores de Sombras uniformizados sem vê-los. Todos tinham estado sob a influência do encantamento, ao menos um pouco, explicara ele. Todos haviam sido afetados.

Durante todo o interrogatório, Cordelia tentara ficar de olho em Matthew, mas ele logo se esgueirara para fora do cômodo, com Thomas e Christopher em seu encalço, e Alastair pegando um livro de uma estante antes de se retirar atrás dos três.

Depois que os demais começaram a se afastar, dirigindo-se para diversos pontos do Instituto — vários deles, junto com Lucie, tinham se reunido às janelas da biblioteca para assistir ao progresso da tempestade —, James foi procurar Cordelia e segurou sua mão.

— Onde acha que ele está agora? — perguntou, e não precisou explicar de quem estavam falando. Cordelia fechou a mão ao redor da dele, sentindo-se superprotetora por Matthew e James em igual medida. Se Matthew estava com raiva, se explodisse com James agora que ele tinha aberto seu coração e revelado seus segredos, aquilo poderia magoar James profundamente. Mas Matthew, sabendo agora que não era verdadeiro o que pensara sobre James quando tinha ido a Paris com Cordelia, também poderia se magoar tão profundamente quanto.

— 471 —

Corrente de Espinhos

— Christopher e Thomas vão tentar distrair Matthew — respondeu ela. — Ele não vai querer estar no salão de jogos... Tenho uma ideia de onde eles possam estar.

E acabou que Cordelia estava certa. Os quatro jovens estavam na sala, e ela aguardava, ansiosa, no corredor com James, quando Matthew saiu para encontrá-los.

Ele emergiu com a aparência desgrenhada, cansada, além de dolorosamente sóbrio. Como se não beber fosse o mesmo que retirar uma armadura de proteção. Apenas o orgulho podia armá-lo agora — o orgulho que o mantivera de pé do lado de fora da Hell Ruelle, cuidadosamente limpando as mãos com um lenço bordado com um monograma, como se não tivesse acabado de vomitar na sarjeta. Orgulho que o mantinha de cabeça erguida, com olhos firmes ao encarar Cordelia e James e dizer:

— Está tudo bem. Sei o que vão me dizer, e não é necessário.

James pareceu magoado com isso. Cordelia respondeu:

— Não está tudo bem, Matthew. Nada do que aconteceu foi da maneira como teríamos desejado que fosse. O que Tatiana fez... Os efeitos da pulseira não alteraram apenas a vida de James. Alteraram a minha. Alteraram a sua. Todos fizemos escolhas que não teríamos feito se soubéssemos a verdade.

— Talvez você esteja certa — observou Matthew. — Mas não muda onde estamos agora.

— Muda, sim — protestou James. — Você tinha todos os motivos para acreditar que eu não amava Cordelia. Você não tinha como saber o que eu mesmo não sabia.

— Não importa — rebateu Matthew, e sua voz era como uma lâmina afiada. Cordelia sentiu um frio na barriga. O temperamento dele era volátil: podia estar se sentindo de um jeito em um momento, e de outro no seguinte. Ainda assim, ela jamais imaginara um Matthew que pensasse que nada importava.

— Importa — retrucou Cordelia com ferocidade. — Nós amamos você. Sabemos que é um péssimo momento para essas revelações, para tudo isso...

— Pare. — Matthew ergueu as mãos. Elas tremiam levemente sob a luz fraca do corredor. — Enquanto ouvia sua história na biblioteca, James, não

— 472 —

CASSANDRA CLARE

pude deixar de pensar que vivi tudo aquilo ao seu lado. Sem ter notado nada, sem saber de nada.

— Já expliquei — argumentou James. — A pulseira...

— Mas eu sou o seu *parabatai* — insistiu, e Cordelia percebeu que a faca na voz de Matthew estava apontada para si mesmo. — Estava tão focado na minha própria tristeza que nunca enxerguei a verdade. Eu sabia que não fazia sentido você amar Grace. Conheço seu coração, sua sensibilidade. Não havia nada nela que poderia ter conquistado seu afeto, e, ainda assim, deixei tudo passar, considerando que fosse mais um mistério do comportamento humano. Os erros que cometi, os sinais que não percebi...

— Math — chamou James, desesperado. — *Nada disso é culpa sua.*

Mas Matthew balançava a cabeça.

— Será que você não vê? Cordelia já me disse, naquela festa, que amava você. E pensei, bem, posso estar decepcionado e furioso durante algum tempo. Tenho esse direito. Mas agora... Como posso sentir essas coisas? Não posso ficar decepcionado porque você recuperou sua vida e quem realmente ama. Não posso ficar com raiva quando você não fez nada de errado. Não posso ficar furioso com ninguém que não seja eu mesmo.

E, com isso, virou-se e voltou para a sala.

—

Christopher e Thomas fingiram continuar jogando baralho até Matthew retornar. Ao menos Thomas estava fingindo, mas não tinha certeza do que Christopher estava fazendo. Ele podia ter inventado um jogo próprio sem mencioná-lo a Thomas e estar tranquilamente jogando sozinho com suas regras secretas.

Alastair continuou a ler seu livro sem interrupção, ao menos até o retorno de Matthew. O coração de Thomas despencou. Era visível que a conversa com James não tinha corrido bem. Matthew parecia febril, as bochechas estavam coradas, e os olhos, reluzentes.

— Chega de jogos para mim — anunciou. — Vou confrontar Charles sobre a chantagem.

Alastair largou o livro com um estampido.

— 473 —

Corrente de Espinhos

— Desconfiei que faria algo do tipo.

— Então quer dizer que você não veio até aqui só para ler um livro sobre — Matthew olhou com mais atenção — o extermínio de feiticeiros no século XVI? Ugh.

— Não. Escolhi qualquer coisa na estante. Uma pena que tantos livros falem de coisas terríveis.

— Por que você achou que eu iria confrontar meu irmão?

Alastair começou a listar as razões contando nos dedos.

— Porque Charles está aqui, porque está trancado no escritório, porque os adultos não estão presentes e porque ele não pode fugir, visto que está encarregado do Instituto.

— Bom, você está absolutamente... correto — admitiu Matthew, contrariado. — E acabou de explicar por que é um plano excelente.

— Math — chamou Thomas. — Não sei bem se...

— Realcei os pontos positivos — interrompeu Alastair. — Também há os negativos. Estamos presos aqui com Charles, e ele pode tornar nossas vidas um inferno se você o irritar, o que com certeza fará.

Matthew encarou os outros três, um de cada vez. Foi um olhar direto e muito sóbrio, nos dois sentidos da palavra. Não apenas sério — Thomas vira o amigo sério muitas vezes, mas havia algo de diferente nele agora. Como se soubesse os riscos que estava assumindo, como se achasse que as consequências não o afetariam mais. Não a ele nem aos seus amigos.

Thomas ficou um pouco abalado ao perceber que aquele Matthew, aquela nova pessoa cautelosa, era um Matthew diferente do amigo que já que conhecia havia três anos. *Quem era você*, pensou ele, *e quem está se tornando agora?*

— Meu irmão está infeliz — começou Matthew —, e quando ele está infeliz, torna a vida de todos um inferno. Quero revelar o que sei não só para fazê-lo parar, mas também para tirar um pouco do peso das suas costas. Pelo bem de todos nós.

Após um momento, Alastair assentiu.

— Tudo bem. Não vou atrapalhar.

— Ora, que bom, porque eu estava desesperadamente aguardando pela sua aprovação — debochou Matthew, mas não havia malícia genuína por trás das palavras.

— 474 —

CASSANDRA CLARE

No final, foi decidido que Matthew iria, e que Thomas o acompanharia para evitar que os acontecimentos terminassem em um bate-boca familiar. Charles precisava entender que aquele era um assunto sério, que não era apenas Matthew que sabia e que não podia ser varrido para baixo do tapete.

Thomas seguiu o amigo até o andar de cima, já temendo o constrangimento por vir. Sem bater, Matthew abriu com violência as portas duplas do escritório de Will, onde Charles parecia estar mergulhado dentro de uma pilha de livros de contabilidade sobre a escrivaninha.

Charles olhou para cima sem expressão quando os dois entraram.

— Thomas — cumprimentou Charles. — Matthew. Algum problema?

— Charles — anunciou Matthew, sem preâmbulos —, você está sendo chantageado para garantir apoio a Bridgestock, e isso precisa parar. Você não pode temer Bridgestock tanto assim a ponto de estar disposto a vender todos que sempre se importaram com você. Mesmo você não pode ser tão baixo.

Charles se recostou na cadeira.

— Suponho que já deveria esperar esse tipo de acusação absurda da sua parte, Matthew. Mas estou surpreso que ele tenha convencido você disso, Thomas.

Thomas se sentiu subitamente exausto, cansado daquilo tudo. Então disse:

— Ele tem provas, Charles.

Algo lampejou nos olhos de Charles.

— Que tipo de provas?

— Uma carta escrita por Bridgestock — respondeu Matthew.

— Como sempre — suspirou Charles —, você tirou conclusões precipitadas baseadas em nada senão conjecturas. Posso perguntar como foi que uma carta assim chegou às suas mãos? Se é que tem mesmo algo do tipo, e que seja de fato do Inquisidor... o que é uma acusação desvairada, aliás.

— Está aqui — afirmou Matthew, tirando o papel do bolso do casaco e oferecendo-o ao irmão. — Quanto a como chegou até mim, foi Ari quem a encontrou. Foi por isso que ela saiu de casa. A carta é evidentemente direcionada a você. Não há absolutamente nenhuma dúvida do que está acontecendo.

O rosto de Charles empalideceu.

— 475 —

Corrente de Espinhos

— Então por que não veio falar comigo antes?

— A carta não explicava o que ele queria que você *fizesse* — respondeu Thomas. — Agora, depois do seu showzinho na reunião de ontem, sabemos. Você falou contra Will e Tessa, contra nossa própria família, porque Bridgestock ameaçou você e porque estava com medo demais de enfrentá-lo.

Então Charles perguntou, com um sorrisinho detestável:

— E o que acham que *vocês* podem fazer para consertar a situação?

— Injetar um pouco de coragem em você — respondeu Matthew. — Então Bridgestock planeja contar a todos que você sente atração por homens. E daí? Alguns entenderão, os que não entenderem não merecem sua consideração.

— Você não compreende. — Charles afundou a cabeça nas mãos. — Se quero fazer algum bem neste mundo, se quero assumir uma posição de autoridade na Clave... Não posso... — Hesitou. — Não posso ser como você, Matthew. Você não tem ambição, então pode ser quem quiser. Pode dançar com quem quiser, homem, mulher ou o que for, nos seus bares e clubes e orgias.

— Você frequenta orgias? — perguntou Thomas ao amigo.

— Quem me dera — murmurou Matthew. — Charles, você é um imbecil, mas sempre foi um imbecil decente. Não jogue isso para o alto por causa do maldito Maurice Bridgestock.

— E como, exatamente, você está propondo me ajudar? Se eu voltar atrás na minha opinião sobre os Herondale, só vou conseguir ser condenado junto a eles.

— Nós juraremos por você — respondeu Thomas. — Vamos testemunhar que você estava sendo chantageado e coagido a apoiar Bridgestock.

— Não há como fazer isso — ponderou Charles — sem revelar a carta e seu conteúdo. Vocês compreendem que ele não está apenas ameaçando contar às pessoas que gosto de homens, mas que amo... que amava Alastair. É Alastair, também, quem estou protegendo.

A porta se abriu com estrondo. Alastair entrou escritório adentro, os olhos escuros em chamas. Parecia furioso, mas também bastante glorioso, na opinião de Thomas. Orgulhoso e forte como os antigos reis persas.

— Então pare — disse ele a Charles. — Não preciso da sua proteção, não no que diz respeito a isto. Preferiria que todos ficassem sabendo a deixar que

— 476 —

CASSANDRA CLARE

uma dúzia de pessoas boas tenham sua reputação arruinada por mentiras, tudo porque você teme Bridgestock.

A expressão de Charles pareceu desmoronar.

— Nenhum de vocês poderia entender como é manter um segredo assim...

— Nós *todos* entendemos — cortou Thomas de maneira brusca. — Eu também. Me sinto da mesma maneira que você, seu idiota. Sempre senti. E, Charles, você tem razão, não é tão fácil quanto é para Matthew, que nunca se importou com o que os outros pensam. A maioria de nós se importa. E o segredo é assunto seu, e é asqueroso da parte de Bridgestock usá-lo contra você dessa forma. Mas Will, Tessa e nossos pais também não podem pagar um preço tão terrivelmente alto assim pelo crime que ele está cometendo.

— Eles serão absolvidos pela Espada Mortal — argumentou Charles, rouco. — E aí estará tudo acabado.

— Charles — disse Alastair. — Você não sabe como chantagem funciona? *Nunca* acaba. Nada jamais será *suficiente* para Bridgestock. Ele vai usar seu segredo contra você pelo tempo que puder. Você acha que ele não vai querer mais coisas no futuro? Que vai simplesmente abrir mão da vantagem dele? Ele o dissecará até não poder mais.

Charles alternou o olhar entre Alastair e Matthew, a expressão angustiada. Thomas sentiu pena dele. Charles estava sendo um covarde, mas ele sabia bem como era complicado ser corajoso em uma situação como aquela.

— Se quisermos derrubar Bridgestock — arriscou Thomas —, você nos ajudará? Ainda que não possa revelar o... conteúdo da chantagem?

Charles olhou para eles, impotente.

— Vai depender do que vocês planejam fazer, e quais seriam as consequências... — começou.

Matthew balançou a cabeça, os cabelos claros esvoaçando.

— Charles, você está agindo como um tolo teimoso. Que fique registrado que eu tentei. Tentei, apesar de você não merecer esse esforço.

Com isso, ele saiu do cômodo.

Charles olhou para Alastair como se não houvesse mais ninguém no escritório. Mais ninguém no mundo.

— Alastair, eu... Você sabe que não posso.

— 477 —

— Pode, sim, Charles — respondeu ele, exausto. — E há pessoas neste mundo como nós que não têm o que você tem. Uma família que nunca vai te abandonar. Dinheiro. Segurança. Pessoas que poderiam ser mortas se confessassem. Tudo que você vai perder é prestígio. E ainda assim se recusa a fazer a coisa certa.

Não parecia haver mais nada a ser dito. Charles estava visivelmente abalado, mas ainda continuava balançando a cabeça, como se a negação pudesse protegê-lo da verdade. Alastair se virou e partiu. Após um momento, Thomas o seguiu.

Ele se viu sozinho no corredor com Alastair. Matthew já tinha ido embora havia muito. Alastair estava escorado na parede, ofegante.

— *Ahmag* — rosnou, o que Thomas tinha quase certeza que significava *idiota*. Também tinha quase certeza que o insulto não era dirigido a ele.

— Alastair — chamou Thomas, pretendendo dizer algo vago e gentil, algo sobre como nada daquilo era culpa dele, mas Alastair o pegou e puxou para perto, os dedos se fechando na nuca de Thomas. Os olhos dele estavam arregalados, febris.

— Preciso sair daqui — disse. — Vamos dar uma volta de carruagem. Tenho que respirar. — Ele encostou a testa contra a de Thomas. — Venha comigo, por favor. Preciso de você.

—

— Daisy, você invocou um *demônio*? Sozinha?! — exclamou Lucie. — Que ousado e destemido... E péssima ideia também — acrescentou depressa, notando a expressão sombria de James. — Uma ideia terrível. Mas, também, ousada.

— Bom, sem dúvida foi *interessante* — respondeu Cordelia. Estava sentada na beirada de uma mesa, mordiscando o cantinho de um biscoito amanteigado. — Mas não faria de novo. A menos que fosse obrigada.

— O que não vai acontecer — acrescentou James. Ele lançou um olhar austero de brincadeira a Cordelia, que sorriu para ele e fez a parte austera da expressão se desmanchar por completo. Agora estavam se encarando de maneira melosa.

CASSANDRA CLARE

Lucie estava nas nuvens. Era como se James tivesse passado todo aquele tempo com um pedaço faltando, um pequeno fragmento de sua alma perdido, que agora tinha sido encaixado de volta no lugar. Não estava sem certos problemas, lógico. Estar apaixonado não significava que as pessoas deixavam de notar todo o resto das coisas acontecendo no mundo. Ela sabia que o irmão estava preocupado com Matthew — que naquele momento estava recostado em um dos assentos perto da janela, lendo um livro, mas não comendo — e com os pais deles; com Tatiana e Belial e o que estava acontecendo em Idris. Mas agora, ao menos, pensou ela, James podia enfrentar tudo aquilo são e completo.

Estavam reunidos na biblioteca, onde Bridget servira sanduíches, tortas de carne, chá e folhados para eles, uma vez que, como ela reclamara em alto e bom som, não tivera tempo de preparar uma ceia de verdade para tantas pessoas sem aviso prévio. Além do mais, acrescentara ela, a tempestade que se formava a estava deixando apreensiva, e ela não conseguia se concentrar o suficiente para cozinhar.

Todos à exceção de Thomas e Alastair — que, de acordo com Matthew, tinham sem motivo nenhum saído em uma carruagem do Instituto para tratar de algum assunto — se reuniram ao redor da comida. Até Charles dera as caras, pegando uma torta e saindo apressado da biblioteca, deixando-os sozinhos para começarem uma inevitável discussão a respeito dos planos de Belial.

— Agora que sabemos de toda essa história hedionda da pulseira — começou Anna, sentada com as pernas cruzadas no centro de uma mesa próxima a uma estante onde ficavam livros sobre demônios marinhos —, não há dúvida de que tem a ver com os objetivos de Belial. Partir o coração de James e atormentá-lo com certeza faz *parte* de tudo — acrescentou —, mas não acredito que tenha sido o objetivo em si. Foi mais um bônus que ele pôde saborear no processo.

— Ugh. — Cordelia estremeceu. — Bom, é evidente que ele queria controlar James. Sempre quis. Belial quer que James compactue com ele. Que ofereça seu corpo para ser possuído. Com certeza esperava poder convencer James usando Grace.

Christopher, segurando um sanduíche de frango tão delicadamente como teria manuseado um béquer cheio de ácido, disse:

— 479 —

— É uma história terrível, mas também encorajadora, de certa forma. A pulseira era a vontade de Belial manifestada. Mas a vontade de James se mostrou equiparável à de Belial.

James franziu o cenho.

— Não me sinto preparado para uma batalha de força de vontade com Belial. Mas venho me perguntando se meu treinamento com Jem me ajudou a aguentar a pressão dele.

O pátio lá embaixo parecia explodir com clarões azuis e escarlates sempre que relâmpagos cortavam as nuvens. E as nuvens em si. Lucie jamais vira algo parecido. Espessas e com contornos afilados, como se tivessem sido desenhadas no céu escuro com uma navalha embebida em cobre derretido. Enquanto se agitavam e colidiam umas com as outras, Lucie sentia a pele formigar, como se uma dúzia de elásticos estivessem estalando nela.

— Está tudo bem? — Era Jesse, a expressão questionadora. Estivera calado desde que James contara sua história. Lucie podia entender o motivo. Embora tivesse repetido várias vezes que ninguém em sã consciência poderia culpá-lo, Lucie sabia que Jesse não acreditava nela por completo, não conseguia acreditar.

— Estou me sentindo péssima. James é meu irmão e eu me aliei a Grace. Até me encontrei às escondidas com ela. Não sabia o que ela tinha feito, mas sabia que o magoara. Sabia que ela tinha partido o coração dele. Só pensei...

Jesse não disse nada, apenas se apoiou contra a janela, deixando que ela encontrasse as palavras.

— Acho que não acreditei que a dor fosse verdadeira — continuou. — Nunca achei que ele realmente a amasse. Sempre pensei que tomaria juízo e perceberia que amava Daisy.

— Bom, de certa forma, você estava certa.

— Não importa. Grace pode não ter partido o coração dele no sentido tradicional, mas o que fez foi muito pior. E ainda assim... — Lucie olhou para Jesse. — Se eu não tivesse feito o que fiz, não sei se teria conseguido trazer você de volta.

— Pode acreditar. — A voz de Jesse estava rouca. — No que diz respeito à minha irmã, também estou dividido.

Um trovão retumbou lá fora outra vez, alto o bastante para fazer as janelas chacoalharem nos batentes. O vento soprava com fúria ao redor do Instituto, uivando pela chaminé. Era o tipo de noite que Lucie costumava apreciar debaixo das cobertas com um livro enquanto a tempestade caía. Naquele momento, percebeu que dessa vez a deixava inquieta. Talvez fosse por estar fora de época — desde quando neve vinha acompanhada de trovões e relâmpagos?

A porta da biblioteca se escancarou. Era Charles, os cabelos ruivos escapando para fora do usual capacete que o gel formava. Estava empurrando alguém à sua frente, alguém com um vestido rasgado e molhado, com cabelos desgrenhados da cor de leite.

Lucie viu James enrijecer.

— Grace — murmurou ele.

Todos ficaram imóveis, exceto Christopher, que se levantou, a expressão endurecendo.

— Charles, mas o que...?

O rosto de Charles estava retorcido em uma expressão de fúria.

— Eu a encontrei se esgueirando pelos arredores da entrada para o Santuário — revelou. — Escapou da Cidade do Silêncio, evidentemente.

Ele sabia?, Lucie se perguntou. Sabia o que Grace fizera a ele, que o enfeitiçara para pedi-la em casamento? James dissera que ainda estava recuperando as próprias lembranças relativas às ações passadas de Grace, talvez o mesmo estivesse acontecendo com Charles. Ele certamente parecia furioso o suficiente para que aquela fosse uma possibilidade.

Lucie sempre pensara em Grace como uma pessoa fria e composta, austera e brilhante como uma lança de gelo, mas agora ela estava retraída. Sua aparência era péssima: os cabelos pareciam fiapos molhados, havia arranhões por toda a extensão dos braços nus e ela tremia violentamente.

— Me solte, Charles... Por favor, me solte...

— *Soltar* você? — perguntou Charles, incrédulo. — Você é uma prisioneira. Uma criminosa.

— Odeio dizer isto, mas Charles tem razão — corroborou Matthew, que deixara o livro de lado. Também estava de pé. — Deveríamos entrar em contato com a Cidade do Silêncio...

— Está acabado — sussurrou Grace. — Está tudo acabado.

Lucie não pôde deixar de olhar para James. Era evidente que, quando contara sua história mais cedo, ele não esperava reencontrar Grace tão em breve, talvez nunca. Ele parecia estar paralisado, fitando a garota como se fosse um sonho que tomara forma, e não um sonho que fosse agradável.

Foi Cordelia quem, colocando a mão sobre o braço de James, disse:

— Grace, o que você quer dizer? O que acabou?

A garota tremia tanto que seus dentes batiam.

— A Cidade do Silêncio. Foi tomada...

— Pare de mentir — interrompeu Charles. — Olhe aqui...

Jesse explodiu:

— Charles, *chega* — bradou, cruzando o cômodo. — Solte-a — acrescentou, e Charles, para a surpresa de todos, aquiesceu, ainda que com expressão relutante. — Gracie — chamou Jesse com cuidado, tirando o casaco. Ele o colocou sobre os ombros magros da irmã. Ele não podia ser considerado robusto, mas a peça de roupa ainda assim parecia engolir a jovem. — Como você saiu da Cidade do Silêncio?

Grace permaneceu calada, apenas segurando o casaco de Jesse ao seu redor, tremendo. Havia uma desolação em seus olhos que assustava Lucie. Já tinha visto aquele olhar antes, nos olhos de fantasmas cujas últimas lembranças eram de algo pavoroso, algo terrível...

— Ela precisa de runas — pediu Jesse. — Marcas de cura, de calor. Não sei como...

— Eu faço — ofereceu Christopher. Ari e Anna se levantaram para ajudar, e logo Grace estava sentada em uma cadeira, com Christopher desenhando no braço esquerdo dela com sua estela. Ela se recusava a soltar o casaco do irmão, agarrando-o com a mão livre.

— Grace — chamou James. Um pouco de cor retornara ao seu rosto. A voz estava firme. — Você precisa nos contar o que aconteceu. E por que está aqui.

— Não queria ser eu a dizer isto — interferiu Anna —, mas não seria melhor amarrá-la enquanto a interrogamos? Ela tem um poder muito perigoso, afinal.

Grace afastou um punhado de cabelos molhados da frente do rosto.

CASSANDRA CLARE

— Não tenho mais — revelou ela, sem emoção. — Foi tirado de mim.

— E por que deveríamos acreditar nisso? — indagou Charles, fazendo uma carranca.

— Porque é verdade — respondeu Christopher. — Ela disse para você soltá-la, Charles. E você não a soltou.

— Ele tem razão — concordou Matthew. — Eu já a vi usá-lo antes. Charles teria que fazer o que ela mandou.

Charles pareceu confuso. Lucie também estava confusa — *quando* foi que Matthew vira Grace usar o poder? Mas não havia tempo para perguntas.

— Bem, essa é uma boa notícia, não é? — perguntou Cordelia. — Era esperado que os Irmãos do Silêncio retirassem o poder dela.

— Não foram eles — revelou Grace, voltando a tremer descontroladamente. — Foi a minha mãe. Eles a levaram para a Cidade do Silêncio. Avisei aos Irmãos que ela me encontraria, *e ela me encontrou...*

Grace ergueu as mãos, como se pudesse afastar algo, algo terrível e invisível. Christopher pegou a mão dela quando o casaco de Jesse escorregou até o chão. Para a surpresa de Lucie, o toque dele pareceu acalmá-la. Grace se inclinou para ele, um gesto aparentemente instintivo, inconsciente, e prosseguiu:

— Ela arrancou o poder de mim. Não com as próprias mãos. Tinha algum tipo de criatura com ela, algum tipo de demônio.

— Nada disso faz sentido — protestou Charles. — Tatiana está presa na Cidade do Silêncio, e esta é uma história que Grace inventou para explicar como escapou da prisão.

— Não acho que seja isso — discordou Cordelia com aspereza. — Se ela tivesse mesmo escapado, este seria o último lugar aonde iria.

— Há um jeito de ter certeza — afirmou James. — Charles, temos que ir à Cidade do Silêncio.

Houve uma longa pausa. Então Charles falou:

— Está bem. Vou convocar a Primeira Patrulha. Vamos cavalgar até o cemitério Highgate e ver o que está acontecendo. Se é que algo está, de fato, acontecendo — acrescentou, com um toque de malícia.

Charles partiu, batendo a porta da biblioteca atrás de si. Jesse se posicionou do outro lado de Grace, oposto a Christopher. Colocou a mão sobre

— 483 —

Corrente de Espinhos

o ombro da irmã. Lucie notou que era um esforço para ele tratá-la normalmente, mas Grace pareceu relaxar com o toque. Ela passou a mão depressa pelo rosto, e Lucie percebeu que a jovem estava chorando.

— Grace — acalmou Christopher —, está tudo bem. Você está a salvo aqui. Só nos conte, devagar, o que aconteceu.

— Eu os avisei — começou Grace com a voz monótona. — Que ela sempre acabaria me encontrando, minha mãe. Ela foi até minha cela. Estava acompanhada de um deles. Parecem Irmãos do Silêncio, mas não são. Os olhos dele estavam... abertos. Brilhavam com um tipo terrível de luz.

James se empertigou.

— Os olhos estavam iluminados? Brilhavam de alguma cor?

— Verde. Um tom horroroso de verde. O Irmão do Silêncio, ele colocou as mãos no meu rosto, e minha mãe mandou que removesse meu poder, que o arrancasse de mim.

— Doeu? — perguntou Jesse gentilmente. Lucie podia ouvir a aflição na voz dele. E o medo. Um temor crescia dentro dele, como crescia nela também, Lucie pensou. Em todos eles.

Grace confirmou com a cabeça.

— Ela estava rindo. Disse que eu já não importava mais, que eu era nada agora. Uma casca vazia. Ela deu as costas para mim, então... eu corri. Corri pela Cidade do Silêncio... Estava cheia daquelas *criaturas*. — A voz dela se elevou, as palavras tropeçando umas nas outras. — Pareciam Irmãos do Silêncio e Irmãs de Ferro, mas não eram. Tinham armas e aqueles olhos terríveis. Estavam atacando os verdadeiros Irmãos. Vi quando Irmão Enoch acertou um deles com uma espada, mas não o vi cair. Ele não morreu. Devia ter morrido. Até um Irmão do Silêncio teria morrido com um golpe daqueles. Os Irmãos não são imortais. — Ela mantinha as mãos vermelhas de frio juntas, apertadas, e Lucie não pôde deixar de lembrar como um dia tinha achado Grace tão glamorosa, tão absolutamente elegante. Os cabelos da jovem pendiam da cabeça em mechas molhadas, e os pés, Lucie percebeu de súbito, estavam descalços, descalços e imundos e encrostados com sangue seco.

"Os verdadeiros Irmãos do Silêncio começaram a subir as escadas. Irmão Enoch me viu e me puxou para ir com eles. Foi como ser levada por uma

— 484 —

enchente. Enoch estava tentando me proteger. Não parava de repetir que havia algo que eu precisava dizer ao Instituto..."

— O quê? — perguntou James. — O que precisávamos saber?

Grace se retraiu. Ela estava com *medo* de James, Lucie percebeu naquele momento. Porque ele tinha ficado furioso com ela, porque a tinha enviado às prisões da Cidade dos Ossos? Lucie sabia que o irmão nunca teria encostado um dedo em Grace. Lembrou-se de seu pai lhe dizer uma vez: *não há ninguém neste mundo que tememos mais do que aqueles a quem fizemos mal.* Talvez fosse esse o caso. Talvez Grace fosse capaz de sentir culpa.

— Grace — chamou Ari. Falava de maneira gentil, mas firme, como uma babá com uma criança. — O que o Irmão Enoch disse?

— Ele disse que minha mãe devia ter encontrado a chave — sussurrou Grace. — E a levado da Cidadela. — Engoliu em seco. — Disse que *eles* tinham saído do Caminho dos Mortos. Depois ele me empurrou para dentro de uma porta e caí noite adentro. Estava sozinha. Estava em Londres, sozinha em um cemitério.

— E o que aconteceu com os outros Irmãos do Silêncio? — perguntou Matthew. — Jem está em Idris, mas Enoch, Shadrach...

Grace balançou a cabeça.

— Não sei. Não consegui voltar para a Cidade, não consegui nem ver a porta. Corri até encontrar a estrada. Uma carruagem contratada parou, perguntou se eu estava bem. O condutor sentiu pena de mim e me trouxe até aqui...

Grace foi interrompida pelo som do portão do Instituto se abrindo com um estrondo violento, metálico. Lucie se virou para a janela, espiando através da vidraça semicongelada.

— É Charles — anunciou com alívio, vendo a figura ruiva sair a galope pelos portões. — Está indo até o cemitério Highgate montado em Balios.

O portão se fechou atrás dele. O ar estava cheio de detritos suspensos, alçados pelo vento: pequenos galhos e folhas secas e velhos fragmentos de ninhos de pássaros. Lá em cima, as nuvens pareciam rolar e rebentar como a superfície do mar.

— A chave — repetiu Anna, franzindo o cenho. — O que isso significa? Que Tatiana tomou a chave da Cidadela Adamant?

Corrente de Espinhos

— Minha mãe estava procurando uma chave — respondeu Jesse, sombriamente. — Ela e Belial. Estava escrito em suas anotações.

— Uma chave para as prisões na Cidade do Silêncio, talvez? — indagou Matthew. — Tatiana deve ter escapado assim. E deixado aquelas... aquelas coisas entrarem. Os falsos Irmãos do Silêncio e Irmãs de Ferro.

— Sabemos pelo que James viu no espelho que Belial estava tentando possuir alguém — lembrou Jesse. — Que estava usando demônios Quimera. Devem ter possuído os Irmãos e estar seguindo ordens de Belial...

— Irmãos do Silêncio não podem ser possuídos — argumentou Cordelia. — Eles têm as mesmas proteções que nós todos temos. As deles devem ser ainda mais fortes.

Ainda segurando a mão de Grace, Christopher perguntou:

— Eles pareciam estar lutando uns contra os outros, não é, Grace? Como se alguns deles estivessem defendendo você e a Cidade.

Grace confirmou com a cabeça.

— Enoch continuava sendo ele mesmo. E os outros que reconheci também. Os sombrios, que brilhavam... eram desconhecidos. Eu nunca os tinha visto lá antes.

— É mesmo? — disse James. — As roupas deles também eram diferentes? Tente se lembrar, Grace. É importante.

Lucie lançou um olhar de reprovação ao irmão. James obviamente estava pensando em algo, mas não estava prestando atenção aos outros. Estava mergulhado nos próprios pensamentos, tentando solucionar o problema diante dele como se estivesse desembaraçando um novelo de lã.

Grace olhou para baixo.

— Eram. As túnicas deles eram brancas, não da cor de pergaminho, e as runas desenhadas eram diferentes também.

— Túnicas brancas. — Lucie trocou um olhar com James e sentiu seu rosto ficando quente com ansiedade. — Trajes fúnebres.

— As Tumbas de Ferro — concluiu James. — Foi assim que Belial conseguiu entrar. A maioria dos Irmãos do Silêncio estaria protegida do risco de possessão, mas *não os que ficam nas tumbas*. As almas deles já deixaram seus corpos, que descansam sob as planícies vulcânicas perto da Cidadela Adamant. São receptáculos vazios.

— 486 —

CASSANDRA CLARE

Anna soltou um xingamento. Ari disse:

— *Existe* uma chave para as Tumbas. Já vi desenhos. É guardada... Ah, é guardada na Cidadela Adamant... — Ari cobriu a boca com a mão.

Jesse disse, entorpecido:

— Minha mãe deve ter roubado. Deve ter destrancado as tumbas para deixar Belial entrar. E ele deve ter trazido os demônios Quimera. Possuído os corpos das Irmãs de Ferro e dos Irmãos do Silêncio descansando lá, indefesos. E, depois disso, marchado com eles até a Cidade do Silêncio para atacar.

— "Eles despertam" — sussurrou Cordelia. — "Eles despertam." "Eles marcham." Todas essas mensagens estavam nos *dizendo* em qual etapa do plano Belial estava naquele momento. Mas não percebemos.

— Eles foram mais espertos do que nós — constatou James, baixinho. — Tudo o que Tatiana fez, aparecendo na festa de Natal, fazendo todas aquelas acusações, até mesmo raptando Alexander...

— Foi fácil demais capturá-la — repetiu Cordelia. — Ela *queria* ser presa. Queria ser jogada na Cidade do Silêncio para poder fazer... o que quer que seja isso tudo.

— Não sei se é bem o que ela quer — refletiu Jesse. — Isso tudo é o que Belial quer. Ele a usou, como um peão em seu jogo de xadrez. Uma peça que poderia se mover até a Cidade do Silêncio, uma espécie de Cavalo de Troia, repleto do ódio dele, da vontade dele...

Uma trovoada imensa ribombou, fazendo o Instituto tremer: vários abajures caíram, e as toras na lareira se chocaram contra a grade. Lucie se escorou no peitoril enquanto os outros exclamavam de surpresa, e viu, através do vidro, que o portão estava aberto.

Mas era cedo demais para Charles ter voltado de Highgate. Ela ficou na ponta dos pés para olhar para baixo.

E congelou.

Lá no pátio estava Tatiana Blackthorn, um espantalho mortal com um vestido ensanguentado. O vento soprava seus cabelos brancos ao redor do rosto. Os braços dela estavam erguidos, como se quisesse comandar os raios a descer.

E não estava sozinha. Cercando a mulher em um semicírculo estavam exatamente as criaturas que Grace descrevera — Irmãos do Silêncio, as

— 487 —

Corrente de Espinhos

túnicas brancas, os capuzes para trás exibindo seus olhos, que brilhavam com um fogo verde-ácido.

Tatiana jogou a cabeça para trás, e um relâmpago escuro crepitou em meio às nuvens.

— Venham! — gritou, em uma voz que ecoou como um enorme sino pelo Instituto, abalando as pedras da fundação. — Saiam, Lightwood! Saiam, Carstairs! Saiam, Fairchild! Saiam, Herondale! *Saiam e venham confrontar seu destino!*

25
ABATIDO PELA TEMPESTADE

Sombrio, ermo e selvagem, sob a carranca da Noite
Sem estrelas exposto, e infindáveis tempestades funestas
De Caos rolando, céu inclemente;
Exceto por aquele lugar que, embora
distante dos muros do Paraíso,
Se observa um reflexo esmaecido de ar cintilante menos abatido
Pela tempestade estrondosa.

— John Milton, *Paraíso perdido*

— *Laanati* — resmungou Alastair. *Maldição.* Estava olhando para fora da janela da carruagem, o que fazia desde que ele e Thomas saíram aos solavancos do pátio do Instituto. Thomas o ouvira dizer a Davies, o condutor: "Só vá seguindo pelas ruas, não importa para onde." E Davies parecia ter levado a ordem muito a sério. Thomas, que morara em Londres a vida inteira, não fazia a menor ideia de onde estavam naquele momento.

A carruagem estava fria quando entraram, e os dois pegaram mantas de uma pilha dobrada. Depois disso, Thomas aguardou, ansioso, Alastair começar a falar — afinal, por que teria pedido a companhia de Thomas se

— 489 —

Corrente de Espinhos

não tivesse algo a *dizer?* —, mas Alastair apenas desabou contra o encosto, ocasionalmente resmungando um xingamento em persa.

— Olhe — disse Thomas, enfim, tentando não deixar a decepção corroê-lo. — Precisamos voltar ao Instituto. Os outros vão começar a se preocupar...

— Imagino que ficarão preocupados de eu ter sequestrado você — zombou Alastair.

Um trovão ribombou lá em cima como um chicote. O vento soprava com força suficiente para balançar a carruagem. Folhas marrons secas e flocos de neve solidificada rodopiavam como pequenos tornados, arranhando o vidro das janelas, esvoaçando pelas ruas desertas. Mesmo dentro da carruagem o ar parecia pesado e pressurizado.

— É por causa de Charles que está chateado? — indagou Thomas. Temia que a pergunta fosse direta demais, mas Alastair já estava tão calado, de qualquer maneira. Não havia nada a perder.

— Em parte — respondeu ele. A luz entrando na carruagem através da janela estava tingida de vermelho, como se houvesse fogo queimando por entre as nuvens da tempestade. — Quando conheci Charles, eu olhava para ele e via quem eu gostaria de ser. Alguém cheio de confiança, que sabia qual era seu caminho, seu futuro. Agora me dou conta de que aquilo tudo não passava de uma farsa. Que ele se sente desesperadamente impotente. Que está tão dominado pelo medo e pela vergonha que acredita não ter escolha. — Alastair cerrou a mão em um punho no colo. — E temo que eu esteja fazendo o mesmo.

Thomas podia ver casas geminadas do lado de fora da janela, e os plátanos de Londres pesados de neve. O vento sibilava suavemente, os postes de luz margeando as ruas tingidos com uma luminosidade enfumaçada.

— Está dizendo que você tem medo do que as pessoas pensariam se soubessem o que você sente de verdade por...

— Por você? — concluiu Alastair. Os olhos escuros estavam sombrios. — Não.

Lógico que não. Lógico que ele não está se referindo a você.

— Não — continuou Alastair. — Usei esta mudança para Teerã, a mim mesmo, a você, a minha irmã, como a oportunidade para um novo começo.

CASSANDRA CLARE

Eram palavras que meu pai sempre dizia, toda vez que saíamos de um lugar onde tínhamos construído um lar para ir a outro novo. "*Um novo começo.*" — A voz dele era amarga. — Nunca era verdade. Estávamos nos mudando para fugir dos problemas que ele criava... As dívidas, a bebida. Como se ele pudesse correr mais rápido do que tudo aquilo. E eu... — Os olhos dele pareciam assombrados pelo passado. — *Nunca* quis ser como ele, lutei tanto para não ser. E, no entanto, me vejo planejando uma fuga. Planejando fazer o que ele faria. Porque tenho medo.

Thomas chutou a coberta do colo para longe. A carruagem chacoalhava abaixo deles quando se moveu para se sentar no banco oposto, ao lado de Alastair. Queria colocar a mão sobre a dele, mas se conteve.

— Nunca pensei em você como uma pessoa amedrontada, mas não há vergonha nisso. Do que tem medo?

— Mudanças, suponho — respondeu Alastair, angustiado. Lá fora, os galhos das árvores se agitavam de um lado a outro na ventania. Thomas podia ouvir um ruído ribombando à distância: trovoadas, presumiu, embora estivesse curiosamente abafado. — Sei que preciso mudar, mas não sei como. Não existe um manual de instruções ensinando como se tornar uma pessoa melhor. Temo que, se continuar em Londres, vou apenas continuar a magoar as pessoas que já magoei antes...

— Mas você *já* mudou — rebateu Thomas. — Sem precisar de instruções. A pessoa que você era quando estávamos na escola não teria corrido para me ajudar quando fui preso. Não teria nem ido atrás de mim, para começo de conversa, para garantir que eu estava bem. A pessoa que você costumava ser não teria cuidado de Matthew. Não estaria lendo sem parar livros e mais livros sobre paladinos para tentar ajudar a irmã. — As mãos de Thomas tremiam. Parecia um risco monumental dizer aquelas coisas a Alastair, como se estivesse se desfazendo de toda armadura, mostrando-se vulnerável. Ele engoliu em seco e continuou: — *Eu* não sentiria o que sinto por você se você continuasse sendo a mesma pessoa que era no ano passado.

Alastair olhou para ele e disse, com a voz rouca:

— Achei que você gostasse de mim ano passado.

Thomas o encarou. E, de maneira inesperada, Alastair sorriu.

— Estou brincando. Thomas, você...

— 491 —

Corrente de Espinhos

Thomas o beijou. Segurou Alastair pelas lapelas do casaco, e em seguida o estava beijando, e as bocas dos dois estavam geladas e, então, não estavam mais. Alastair arqueou o corpo contra o dele enquanto a carruagem cambaleava, suas mãos se enterrando nos cabelos de Thomas. Ele o puxou para si, cada vez mais forte.

A pulsação de Thomas ardia em toda a extensão de seu corpo. Alastair pressionou a boca contra a dele, os lábios encontrando maneiras de estimular e explorar, e depois as bocas dos dois estavam abertas, as línguas deslizando uma contra a outra. Então a carruagem deu um solavanco violento e os atirou ao chão.

Nenhum dos dois se importou. Caíram em cima da manta descartada de Thomas, que puxou o casaco de Alastair, arrancando botões. Queria senti-lo, sentir o formato do corpo dele, não apenas lã amarfanhada sob suas mãos. Alastair estava em cima dele, e atrás de Alastair, Thomas podia ver o céu pelas janelas. Estava castigado pela tempestade, as nuvens cortadas como um canal de fogo sangrento.

Thomas tirou apressado o próprio casaco. Alastair estava debruçado acima dele, os olhos escuros como uma noite sem estrelas. Abriu o colarinho da camisa de Thomas e beijou seu pescoço. Encontrou a protuberância da clavícula dele e passou a língua ali, fazendo com que pontinhos de luz explodissem atrás dos olhos de Thomas.

Ele abriu a camisa de Thomas com urgência. Os botões saíram voando, e ele puxou a outra camiseta de malha para cima com violência, expondo o peito de Thomas.

— Olhe só para você — murmurou Alastair. — Lindo. Você é lindo, Tom.

Thomas sentiu lágrimas arderem em seus olhos. Tentou dizer a si mesmo que parasse de ser ridículo, mas aquele zumbido no fundo de sua mente, que zombava dele sempre que se deixava levar pela imaginação, estava silenciado. Havia apenas Alastair, que mordiscava e beijava e lambia até Thomas começar a se debater e gemer, até estar tirando a camisa de Alastair também, passando as mãos em sua pele nua como seda retesada sobre músculos firmes.

Thomas rolou, prendendo Alastair sob seu corpo. Sua pele nua contra a de Alastair o estava tirando do sério. Queria mais daquilo. Mais de Alastair. O peito exposto de Alastair era magnífico, marcado por cicatrizes, os

— 492 —

mamilos eriçados no ar frio. Thomas abaixou a cabeça e circulou um deles com a língua.

O corpo inteiro de Alastair se arqueou. Ele gemeu baixinho e fincou as unhas nas costas de Thomas.

— Tom. *Tom...*

Com outro solavanco brusco, a carruagem colidiu com força contra algo. Thomas ouviu o clangor das rodas, o relincho dos cavalos, quando ela inclinou para o lado. Um trovão, alto como um açoite, soou lá em cima quando a carruagem parou.

Alastair já estava sentado, abotoando a camisa.

— Mas que diabos! — exclamou. — O que foi isso?

— A carruagem deve ter batido em alguma coisa. — Thomas se esforçou ao máximo para recolocar as roupas como estavam antes, mas metade dos botões havia sido arrancada. — Você está bem?

— Estou. — Alastair olhou para Thomas, depois se inclinou para perto e o beijou, com vontade, na boca. Um instante mais tarde estava abrindo a porta da carruagem e saltando para fora.

Thomas ouviu quando aterrissou e quando arquejou, surpreso. Havia um cheiro amargo no ar, pensou ele ao começar a seguir Alastair, como carvão.

— Mas que diabos — repetiu Alastair. — O que é *isto* tudo?

Um momento depois, Thomas estava saltando da carruagem atrás dele.

<hr>

— Bom — começou Matthew quando o grito de Tatiana se dissipou no ar —, acho que todos concordamos que esse é um convite que devemos recusar. — Ele olhou ao redor do cômodo para os outros, que pareciam atônitos, até mesmo Anna. — Seria melhor esperar pelo menos até Charles voltar com a Primeira Patrulha.

— Nunca pensei que ouviria você dizer para esperarmos por Charles — comentou Anna, que já desembainhava uma lâmina serafim do cinto.

— Tatiana perdeu toda a sanidade — argumentou Matthew. — Não tem como adivinhar o que vai fazer.

CASSANDRA CLARE

— Vai arrombar as portas — respondeu Jesse. — Aquelas coisas com ela... são *Caçadores de Sombras*. Demônios na pele de Caçadores de Sombras. Podem entrar no Instituto.

— Jesse tem razão — concordou Grace, que voltara a tremer. — Mamãe só está fazendo um convite agora porque acha graça em forçá-los a fazer o que ela quer.

— Então se nós não descermos — disse Cordelia —, ela e sua turba de demônios vão invadir.

— Então vamos todos descer — afirmou James — e detê-la na porta. O Santuário está trancado. Não há outra entrada. — Ele se virou para os outros, que estavam ocupados procurando as armas que tinham à disposição. A maioria carregava uma lâmina serafim ou duas. Ari estava com sua *khanda*, e Jesse, com a espada Blackthorn. — Acho que eu e Jesse deveríamos sair e confrontar Tatiana no pátio. O restante de vocês permanece na entrada como linha de defesa. Impeçam que os falsos Irmãos do Silêncio se esgueirem por aí tentando entrar. Vou me esforçar para ganhar tempo e fazer Tatiana continuar falando, pelo menos até o retorno de Charles com a Primeira Patrulha...

— Mas Jesse não tem o treinamento adequado — protestou Matthew, afivelando o cinto de armas. — Eu vou com você. Ela exigiu a presença de um Fairchild, não foi?

— De todos nós, Jesse é o menos provável de ela querer machucar. Ele é o único que talvez a faça hesitar.

— Sou *eu* quem deveria confrontar Tatiana — ressaltou Cordelia.

James se virou em direção a ela. Ela estava com o rosto erguido, o olhar fixo no dele, sem titubear.

— Sou um paladino. Ela deveria me temer. Deveria temer Lilith — afirmou.

— Mas Tatiana não tem como saber disso até você começar a lutar — protestou Lucie. — Até que Lilith seja invocada. E não posso imaginar como isso melhoraria a nossa situação.

— Pode ser que chegue um momento em que também não tenha como piorar — argumentou Cordelia, baixinho. — Prometo... Não vou levantar nenhuma arma, a menos que não me reste escolha. Mas quero estar lá.

— 495 —

Corrente de Espinhos

James queria negar, queria argumentar que Cordelia deveria permanecer lá dentro, a salvo. Mas sabia que aquele era um tipo de proteção que Cordelia jamais aceitaria. Ele poderia pedir que permanecesse ali, e talvez ela acatasse porque tinha sido um pedido seu, mas seria o mesmo que pedir a ela para ser alguém que não era.

— *Saiam!* — berrou Tatiana, e Lucie sentiu o grito em seus ossos. — Saiam, Herondale! Saiam, Carstairs! Saiam, Lightwood! *Não pedirei outra vez!*

— Eu vou — afirmou Cordelia, e James não teve chance de protestar, de qualquer forma: estavam todos indo, todos à exceção de Grace, que os observou partir, o rosto vazio e triste, como se tivesse exaurido até mesmo a capacidade de ter medo.

—

Tatiana não tinha se movido de onde estava no centro do pátio. Quando James saiu pela porta da frente do Instituto, seguido por Cordelia e Jesse, ele encontrou a mulher logo abaixo deles, perto dos degraus. Ela encarava a fortaleza, sorrindo, cercada por demônios e sombra.

O céu era uma massa fumegante de nuvens cinza-escuras, mescladas de preto e escarlate. A lua era visível apenas como uma lamparina fraca e bruxuleante atrás de uma geada de branco-avermelhado, banhando o pátio do Instituto em uma luz sangrenta.

Os cabelos brancos de Tatiana esvoaçavam ao seu redor como fumaça. Era como se tivesse trazido tempestade e escuridão consigo, como se tivesse cavalgado o relâmpago bifurcado que rasgava as nuvens. De cada lado dela estavam três Irmãos do Silêncio, vestidos com as túnicas brancas que Grace descrevera. As runas desenhadas nos punhos e perto dos botões eram de Quietude e Morte. Grace não as teria reconhecido, mas James, sim. Cada um segurava um cajado, como de praxe, mas os deles crepitavam com energia sombria, e cada extremidade da madeira tinha sido afiada em pontas impiedosas. Flanqueavam Tatiana como soldados fariam com um general.

James empunhava a pistola com firmeza na mão direita. Cordelia estava à esquerda dele, e Jesse, à direita. Os outros estavam no saguão, aguardando com armas sacadas.

— Tatiana Blackthorn — começou James. — O que você quer?

Sentia-se estranhamente calmo. Já havia enfrentado Tatiana antes, quando ela tinha se rendido na casa dos Lightwood, mas a mulher estivera mentindo e dissimulando na ocasião. Talvez pretendesse mentir e dissimular novamente, mas agora ele estava preparado. Ele sentia um gosto metálico na boca e um lampejo quente de fúria correndo por suas veias. James sentira raiva de Grace por algum tempo, ainda sentia, mas, na realidade, tinha sido Tatiana a arquiteta de todo seu infortúnio. Grace fora apenas a espada em sua mão.

Tatiana estreitou os olhos, encarando-o. Sua crença de que ele ficaria chocado com sua presença era evidente, e a calma de James a abalou.

— *Grace* — sibilou. — Minha filha traidora chegou antes de mim, não foi? Então ela já lhes contou que tomei a Cidade do Silêncio. Aquela criança estúpida. Devia ter ordenado que minhas Sentinelas a matassem quando tive a oportunidade, mas meu coração é mole demais.

Jesse bufou. Tatiana estava obviamente fora de si àquela altura, pensou. Ela sempre fora amarga e irracional, desde que ele se entendia por gente, e então Belial entrou em sua vida e lhe ofereceu poder. O poder para realizar a vingança com que ela apenas sonhara. Era uma casca oca agora, sua humanidade perdida, esvaziada pelo ódio e vingança.

— Quero uma coisa de cada um de vocês — anunciou ela, o olhar alternando-se entre os três Caçadores de Sombras na escada. — Uma única coisa ou soltarei minhas Sentinelas — gesticulou para as figuras vestidas de branco ao seu lado — em cima de vocês. — Ela se virou para Cordelia com um sorrisinho de escárnio: — De você... Cortana. A espada de Wayland, o Ferreiro.

— De jeito nenhum — recusou-se Cordelia. Ela mantinha a cabeça erguida e fitava Tatiana como se fosse um inseto. — Sou a legítima portadora de Cortana. A espada me escolheu. Você não tem nenhum direito sobre ela.

Tatiana sorriu como se já esperasse, até desejasse, aquela resposta, então virou-se para Jesse:

— De você, meu filho, quero que pare com sua farsa. Não precisa mais fingir ser um dos Nephilim. Abandone esses traidores. Junte-se a mim. Uma Nova Londres emergirá em breve, e nós a governaremos. Seu pai será revivido, e seremos uma família outra vez.

Corrente de Espinhos

Uma Nova Londres? James se virou para Jesse, preocupado, mas o rosto dele estava impassível como pedra. A espada Blackthorn brilhou em sua mão quando a ergueu, posicionando-a na diagonal diante do corpo.

— Preferiria morrer a me juntar a você, mãe — respondeu —, e como *já estive* morto antes, posso afirmar isso sem sombra de dúvida.

— Belial pode lhe dar coisa muito pior do que a morte — murmurou Tatiana. Havia um brilho estranho nos olhos dela, como se estivesse contemplando as alegrias do Inferno. — Você vai reconsiderar, criança.

Ela se virou para James:

— E você, Herondale. Você que se considera um *líder*. Entregue-se a Belial voluntariamente. Ele me deu sua palavra, e eu a repasso a você, de que vai poupar aqueles que você ama e deixá-los viver, contanto que você vá espontaneamente até ele. Até a garota Carstairs ele permitirá que viva. Belial a dará de presente a você. Ela o deixou uma vez, mas jamais poderá deixá-lo novamente. Não terá escolha senão permanecer ao seu lado.

James sentiu seus lábios se franzirem em um rosnado.

— Diz muito sobre você, pensar que uma coisa dessas vá me tentar — respondeu, secamente. — Pensar que amor é a habilidade de possuir outra pessoa, forçá-la a ficar do seu lado, ainda que ela odeie você, ainda que mal consiga suportá-lo. Você me oferece o mesmo que Grace tinha de mim... Não uma parceira, mas uma prisioneira. — Ele balançou a cabeça, notando que Tatiana parecia furiosa, o que era bom; estavam tentando ganhar tempo, afinal. — Belial não consegue entender nem você, Tatiana. Quero uma Cordelia que *possa* me deixar, porque é assim que sei que, enquanto permanecer comigo, é por vontade própria.

— Uma distinção tola — rebateu a mulher. — Você fala de morais que pertencem a um mundo caminhando para o passado. Belial está a caminho. Uma Nova Londres surgirá, e seus cidadãos ou servirão a ele, ou morrerão.

— Belial vai simplesmente abandonar você quando não tiver mais uso para ele — afirmou James.

— Não. — Os olhos de Tatiana cintilaram. — Pois dei a Belial um exército, um que ele jamais poderia ter conseguido sem mim. — Ela indicou os Irmãos do Silêncio à sua volta, e James percebeu, sobressaltado, que havia mais deles agora: ao menos cinco de cada lado da mulher. De alguma forma,

— 498 —

mais das criaturas que Tatiana chamara Sentinelas tinham entrado no pátio sem serem notadas. Os olhos delas estavam costurados, mas, na escuridão, James podia ver o brilho de uma terrível luz verde sob suas pálpebras. — Seus próprios Irmãos do Silêncio abandonaram vocês e se juntaram a Belial...

— É mentira. — James tentou não olhar para os portões. Charles e a Primeira Patrulha sem dúvida retornariam em breve. — Quer que eu lhe conte o que sabemos? Você planejou ser sentenciada à prisão na Cidadela Adamant para que pudesse roubar a chave das Tumbas de Ferro. Escapou e a entregou a Belial. Abriu as Tumbas para ele. Ele invocou um exército de demônios Quimera, e agora são eles que possuem esses corpos, que antes eram de Irmãos do Silêncio e Irmãs de Ferro. Depois de ter sido colocada na Cidade do Silêncio, você os deixou entrar, deixou que tomassem a cidade. Sabemos que os nossos não agem contra nós por conta própria. Como sempre, você e seu mestre tiveram que forçar outros a agir por vocês. Ninguém é *leal* a você, Tatiana. Tudo que você conhece é coerção e possessão, ameaças e controle.

Por uma fração de segundo algo cruzou o rosto dela — se fúria ou espanto, James não soube dizer —, antes de Tatiana forçar um sorriso detestável a se abrir.

— Garoto esperto. Você desvendou nosso plano. Mas infelizmente não a tempo de detê-lo. — Olhou para o pináculo do Instituto, perfurando o céu vermelho-sangue, que roncava e tremia com tanta força que James quase esperava que o chão tremesse sob seus pés. — Toda a cidade de Londres cairá em breve. Já anunciei as três coisas que quero. Ainda se recusam a ceder?

James, Cordelia e Jesse se entreolharam.

— Sim — respondeu Cordelia. — Ainda nos recusamos.

Tatiana parecia encantada.

— Magnífico. Agora terão a chance de ver o que demônios nos corpos de Nephilim são capazes de fazer. — Virou-se para as criaturas: — *Mostrem a eles!*

As Sentinelas moveram-se como se fossem uma só. Empunhando os cajados de relâmpago, começaram a ocupar os degraus do Instituto. James levantou a pistola e atirou em uma delas. A que foi atingida recuou, mas as demais continuaram avançando enquanto Jesse brandia a espada e Cordelia

Corrente de Espinhos

corria para abrir a porta. Os Caçadores de Sombras esperando do lado de dentro saíram em massa, lâminas serafim brilhando nas mãos.

A batalha começara.

⬤

A carruagem do Instituto tinha subido o meio-fio — uma roda na calçada, as outras três ainda na estrada. Era provavelmente graças aos cavalos, ainda presos nos arreios, que não havia colidido com nenhuma das árvores margeando a rua. Com toda certeza não tinha sido feito do condutor, que havia desembarcado e andava pela rua à frente dos dois passageiros, parecendo em transe.

Alastair levou as mãos em concha até a boca.

— Davies! — chamou entre os sussurros do vento. — Davies, o que houve?

Davies não pareceu escutar. Continuava andando, não em linha reta, mas em um zigue-zague atordoado, cambaleando de um lado da rua para o outro. Thomas começou a segui-lo, preocupado que o condutor fosse atingido pelo tráfego, e então percebeu que *não havia* tráfego. Enquanto ele e Alastair corriam pela rua, Thomas avistou outras carruagens abandonadas. Havia um coche parado também, e, pelas janelas, ele pôde ver mundanos andando a esmo, confusos.

Estavam na Gray's Inn Road, em geral uma via movimentada. Mas, naquele momento, havia poucos pedestres, e mesmo os pubs, que ainda deveriam estar abertos, estavam escuros, sem qualquer iluminação. O vento uivava pela rua como se fosse um túnel, e as nuvens no céu pareciam espumar e fumegar como o caos na base de uma cachoeira.

Ao chegarem à interseção com High Holborn, os dois alcançaram Davies, que tinha caído de joelhos no chão coberto de gelo. Parecia ter encontrado um aro de brinquedo infantil, o qual rolava para a frente e para trás com uma expressão vazia e perplexa.

— Davies! — Thomas chacoalhou o condutor pelos ombros. — Davies, pelo amor do Anjo...

— Tem algo de errado — observou Alastair. — Mais do que apenas com o pobre do Davies. Olhe ao redor.

— 500 —

Thomas olhou. Mais mundanos saíam para a rua, mas caminhavam a esmo, sem propósito. Todos com os mesmos rostos inexpressivos. Um vendedor ambulante fitava o nada à distância, impassível, enquanto um cavalo sem cavaleiro, as rédeas arrastando no chão, comia as frutas no carrinho. Um homem de sobretudo estava cambaleando pela calçada, como se tentasse manter o equilíbrio no deque ondeante de um navio. Uma senhora, trajando apenas um vestido fino, estava parada no meio da rua, encarando o céu vermelho-sangue. Chorava alto e inconsolavelmente, embora nenhum dos passantes parecesse perceber ou parasse para ajudar. Na esquina, um jovem socava um poste de luz, sem parar, enquanto sua luva escurecia com sangue.

Thomas começou a andar para a frente — não sabia bem para fazer o que, mas sentindo que precisava fazer algo —, quando foi detido pela mão de Alastair em seu ombro.

— Thomas. — O rosto de Alastair estava cinza, a boca que Thomas beijara poucos minutos antes, tensa de medo. — Isto é obra de Belial. Tenho certeza. Precisamos voltar ao Instituto *agora*.

———

A batalha não ia nada bem, pensou Lucie sombriamente.

A princípio, parecia o oposto. Ela e os outros reunidos no saguão tinham ouvido Tatiana enquanto ela discutia com James — ouvido e se enfurecido cada vez mais. Quando Cordelia abrira a porta abruptamente, todos dispararam para fora com um ímpeto furioso para lutar.

Tinham sido primeiro golpeados pelo vento, arranhando-os, ruídos distantes de trovoadas estrondosas parecendo a batida de um vasto tambor. Lucie estava na metade da escada quando ouviu a pistola de James, o som do disparo quase perdido no rugido do vento, que parecia o estrépito de um trem, reverberando pelo céu de Londres.

Algo branco surgiu diante dela — uma Sentinela, fogo crepitando pela extensão do cajado. Ela movera o machado com um berro, afundando-o no flanco do inimigo. A criatura caíra, em silêncio, sem qualquer vislumbre de surpresa.

Corrente de Espinhos

O sangue que tingia sua lâmina quando a puxou de volta era de um vermelho muito, muito escuro, quase preto.

Algo passou voando pela cabeça dela. Uma *chalikar*. Matthew as lançava depressa, os discos com dentes afiados se fincando em uma Sentinela, depois outra, lançando a segunda para fora da escada. Jesse brandia a espada com habilidade admirável, quase decepando o braço da Sentinela mais alta. Anna mergulhou a lâmina serafim em outra, abrindo no peito da criatura uma ferida rodeada por fogo. A Sentinela caiu de joelhos, o peito queimando, o rosto sem expressão.

Foi Ari, agitando a arma ensanguentada com olhar de horror, que gritou:
— *Estão se levantando!*

E era verdade. A Sentinela que James acertara já estava de pé outra vez, avançando para o Instituto. Em seguida, o próximo falso Irmão do Silêncio se levantou, arrancando as *chalikars* de Matthew do corpo como se estivesse se livrando de meras pulgas. Embora suas túnicas brancas estivessem rasgadas e manchadas, as feridas já tinham parado de sangrar.

Tatiana ria. Lucie podia ouvir o som da gargalhada aguda enquanto se virava para procurar a Sentinela que havia ferido. A criatura já estava subindo os degraus outra vez, balançando o cajado na direção de Christopher, que se abaixou para desviar.

Cordelia, atrás dele, deteve o cajado com as mãos. Se a queimou, ela não deixou transparecer, apenas segurou e empurrou, usando a força do ímpeto da própria criatura para fazê-la recuar.

Mas as outras Sentinelas feridas já estavam se erguendo como uma onda. Uma após a outra, cambalearam até estarem erguidas. Uma após a outra, retomaram seu ataque contra o Instituto e o pequeno grupo de Caçadores de Sombras defendendo sua entrada.

Depois disso, a batalha se tornou um pesadelo. Tatiana parecia se mover em uma estranha e desconjuntada dança, adorando a situação, enquanto, um a um, eles afastavam os demônios, e, um a um, as criaturas voltavam a se erguer. Armas de arremesso foram abandonadas: não matariam as Sentinelas e acabariam apenas se tornando mais armas nas mãos dos inimigos, se escolhessem usá-las. Matthew e Christopher desembainharam lâminas serafim, seu brilho ajudando a iluminar o pátio, mesmo em meio

— 502 —

CASSANDRA CLARE

à névoa que se adensava. James continuou com a pistola — parecia manter as Sentinelas no chão por mais tempo do que uma espada, ainda que não as exterminasse. Nada parecia capaz de fazê-lo. E pior, elas *se curavam*. Jesse tinha quase arrancado o braço de uma delas, mas Lucie notou que o membro tinha sido restaurado, a Sentinela aparentemente intocada enquanto enfrentava Matthew, seu cajado queimando enquanto colidia repetidas vezes com a lâmina serafim do Caçador de Sombras.

Matthew já tinha escorregado no degrau coberto de gelo uma vez. Havia recuperado o equilíbrio e conseguido rolar depressa para longe do golpe do cajado, mas Lucie sabia que Matthew tinha pouco tempo. Eles eram Nephilim, mas também eram seres humanos: eventualmente estariam exauridos. Nem mesmo o sangue do Anjo poderia resistir eternamente contra inimigos irrefreáveis.

E os ferimentos deles já se acumulavam. A manga de James estava rasgada e ensanguentada onde seu braço fora cortado. Ari tinha um arranhão feio onde um cajado tinha colidido contra o torso dela. E Cordelia... Lucie estava desesperadamente preocupada com a amiga. Cordelia fazia o que podia usando os cajados das Sentinelas para obrigá-las a recuar — parecia que aquilo não contava como empunhar uma arma, considerando que Lilith não aparecera —, mas já havia uma queimadura grande no rosto dela, e seria apenas questão de tempo até...

— Cordelia Carstairs! — Tatiana parara com a sua dança. Estava com as mãos entrelaçadas sob o queixo, deleitada, como uma menininha na manhã de Natal. — Esta é mesmo a grande portadora de Cortana? Olhe só para você. Amedrontada demais até para usá-la na batalha, para evitar que meu mestre a encontre e a tome de você. — Ela se virou para a Sentinela ao seu lado: — Capture a garota. Vamos levar aquela espada.

Cordelia congelou. Duas criaturas começaram a subir a escada, movendo--se com agilidade na direção dela. Os movimentos seguintes foram um borrão. Lucie começou a correr para Daisy e viu que James fazia o mesmo, erguendo a pistola enquanto descia os degraus, tentando mirar nas Sentinelas...

Mas foi Christopher quem chegou primeiro. Correu para ficar na frente de Cordelia, encarando os demônios, a lâmina serafim brilhando em sua mão. Por um momento, iluminou os dois como fogos de artifício clareando a noite escura: ele e Cordelia dentro do halo de luz angelical. Christopher nunca parecera tanto com um guerreiro...

Algo metálico reluziu ao deixar a mão de Tatiana e voar pelo ar. Christopher titubeou, gritou e caiu para trás, aterrissando desajeitadamente nos degraus.

— *Christopher!* — berrou Cordelia e começou a ir até ele, no mesmo instante em que James se colocou à frente dela, a pistola na mão. Dois disparos altos soaram, depois mais dois. Os atacantes foram impulsionados para trás como duas bonecas de pano, os corpos desmoronando escada abaixo.

Anna correu em meio à névoa, ziguezagueando degraus acima para se ajoelhar ao lado de Christopher.

— Está tudo bem. — Lucie o ouviu dizer enquanto Anna se debruçava sobre ele. — Foi só meu ombro.

E, de fato, algo contundente e prateado se enterrara logo acima da clavícula dele. Uma faca de arremesso. Mas batalhas não paravam porque um guerreiro tinha sido ferido. Algo branco ondeou na visão periférica de Lucie, e ela já estava virando para cortar e rasgar uma Sentinela que dava o bote, o sangue vermelho quase preto espirrando em sua pele. Quando o demônio caiu, ela viu, através da névoa e da fumaça de pólvora, a lâmina de Jesse quando ele a enterrou no ombro de outra criatura. Ari, Matthew, James e Cordelia estavam todos lutando, não apenas para proteger o Instituto, mas para manter as Sentinelas longe de Anna, que continuava curvada sobre o irmão. Ela já tinha retirado a adaga do ombro dele e desenhava Marcas de cura em seu braço enquanto Christopher protestava. Lucie não podia ouvir, mas sabia o que ele estava dizendo: que estava bem, pronto para voltar a lutar. Que não havia tempo para ficar caído.

O demônio aos pés de Lucie já começava a se mover. Ela afundou o machado na coluna dele, depois retirou a arma e subiu vários degraus. Exausta, olhou para baixo. Sentia como se tivesse engolido uma pedra de gelo. Já estivera em batalhas antes, como todos eles, mas nunca em uma que não conseguisse enxergar uma maneira de vencerem ou de sequer escaparem. Se Charles não retornasse logo com a Primeira Patrulha — e, talvez, ainda que retornasse —, ela não conseguia ver um jeito de todos sobreviverem.

— 504 —

CASSANDRA CLARE

Talvez se corressem para o Santuário e se trancassem lá dentro... Mas uma daquelas criaturas havia conseguido entrar no Santuário na Cornualha. Talvez aquilo apenas os encurralasse.

Algo gelado tocou o braço de Lucie. A jovem girou, erguendo o machado e então o abaixou, surpresa. Grace estava diante dela. Ainda descalça, com o casaco de Jesse novamente sobre os ombros. Seu rosto estava mais fino do que Lucie se lembrava, os grandes olhos cinzentos ardiam com emoção.

— Lucie, quero...

Lucie estava exausta demais para ser educada.

— Volte lá para dentro, Grace. Aqui você só vai atrapalhar.

— Você tem que me escutar — pediu Grace, com uma sombra de sua antiga impetuosidade. — *Você pode dar um fim a isto.*

Lucie olhou ao redor e percebeu que, por um momento, as duas estavam sozinhas ou ao menos longe o suficiente dos outros para não serem ouvidas. A luta estava concentrada mais para baixo da escada, onde uma espécie de semicírculo de Caçadores de Sombras havia se formado ao redor de Christopher e Anna.

— O quê? Grace, se for um truque...

A outra balançou a cabeça com veemência.

— Eles vão matar vocês. Pude ver da janela. Minha mãe não vai parar até estarem todos mortos. Pode ser que poupe Jesse, mas... — Grace mordeu o lábio com força. — Pode ser que não. E só tem uma pessoa a quem ela vai ouvir...

— Belial?

— Não. Alguém com quem você pode entrar em contato. *Só você.* — Grace se levantou na ponta dos pés e sussurrou no ouvido de Lucie, como se estivesse lhe contando um segredo. E enquanto Lucie escutava, seu corpo enregelando, ela entendeu, com um sentimento terrível de desalento, que Grace tinha razão.

Sem mais uma palavra, Lucie se afastou dela e começou a descer os degraus. Estava ciente da presença de Grace atrás de si, observando. Estava ciente do brilho bruxuleante das lâminas serafim tremeluzindo em meio à névoa. Estava ciente de Anna ajudando Christopher a se levantar. Estava ciente dos cabelos flamejantes de Cordelia enquanto chutava brutalmente as

— 505 —

Corrente de Espinhos

pernas de uma Sentinela para derrubá-la. Estava ciente de James e Matthew lutando lado a lado.

E, mesmo estando ciente de tudo isso, também estava procurando algo dentro de si. Dentro do silêncio e do escuro, através do véu fino que era tudo que a separava daquele lugar de sombras entre a vida e a morte.

Em um mundo, ela estava cercada por uma batalha contínua, pelo riso de Tatiana, pelo brilho de fogo demoníaco dos cajados brandidos pelas Sentinelas. No outro, escuridão se erguia ao seu redor como se estivesse olhando para cima a partir do fundo de um poço. Quando se fechou em torno dela, Lucie estava flutuando, cercada por sombras em todos os lados, uma escuridão iluminada por pontinhos cintilantes de luz.

Lucie não acreditava que a morte tinha aquela aparência para os que morriam. Aquele era um mundo traduzido, interpretado pela mente dela de uma maneira que só fazia sentido para si mesma. Poderia facilmente ter visualizado um grande oceano, os recessos recônditos de uma floresta verde, uma planície vasta e deserta. Por qualquer que fosse o motivo, era aquilo que Lucie via. Um campo de estrelas infinito.

Vasculhando aquele campo, Lucie controlou a respiração e chamou no silêncio. *Rupert Blackthorn?*

Sentiu algo *se mover,* como o puxão de um peixe que mordeu a isca.

Rupert Blackthorn. Pai de Jesse. Marido de Tatiana. Ela se agarrou à conexão tênue que sentia. Puxou-a mais para perto, para fora. *Venha. Sua família precisa de você.*

Nada. E então, de súbito, a conexão explodiu em movimento, como uma corda deslizando por suas mãos com velocidade suficiente para queimar a pele. Ela segurou firme, apesar da ardência. Continuou segurando e arregalou os olhos, forçando-se a voltar ao mundo invernal de Londres, o mundo da batalha que rugia ao seu redor. Um mundo que só tinha deixado por alguns segundos — deixado em mente, não em corpo —, um mundo onde podia sentir o cheiro de sangue e pólvora no ar, onde podia enxergar a sombra branca de uma Sentinela avançando em sua direção pelos degraus.

Um mundo onde, bem na sua frente, na escada do Instituto, o fantasma de Rupert Blackthorn começava a tomar forma.

— 506 —

CASSANDRA CLARE

Não era uma sombra oculta, do tipo que passa despercebida. Era o espírito de Rupert Blackthorn, parcialmente translúcido, mas completamente reconhecível. Enquanto Lucie observava, ele ia se solidificando — já podia ver o rosto dele, tão parecido com o de Jesse, e as roupas antiquadas, as mãos pálidas, meio cerradas. Mesmo pequenos detalhes — um par de botas desamarradas — tinham se tornado nítidos como se Rupert tivesse sido desenhado no ar com tinta cintilante.

A Sentinela que estivera se aproximando parou com o que parecia confusão genuína, a cabeça pendendo para o lado como se dissesse *o que é isto?* As demais criaturas continuavam a lutar. Lucie podia ouvir o choque de armas e o som de botas no gelo, embora não se atrevesse a desviar os olhos do fantasma de Rupert.

O espectro levantou a cabeça. Os lábios se abriram, e ele falou, a voz ressoando acima até da tempestade:

— Tatiana?

A mulher se virou, olhando para cima... e gritou. Estivera fitando a Sentinela imóvel em confusão, sem dúvida se perguntando o que a teria feito parar. Agora os olhos dela estavam arregalados,.e sua boca, aberta.

— Rupert! — Tatiana arquejou em surpresa. Deu um passo à frente, como se quisesse correr para o fantasma, mas as pernas não a sustentaram. Caiu de joelhos, as mãos entrelaçadas. Parecia uma terrível impressão de alguém que estava rezando. — Ah, *Rupert!* Você está aqui! Belial cumpriu a promessa que me fez! — Ela abriu o braço em um arco abrangente, chamando atenção para as Sentinelas, a luta, os Caçadores de Sombras armados. — Olhe só, meu amor. Esta é a nossa vingança.

— Vingança? — Rupert fitava a esposa com o que era um horror evidente. Seria porque ela estava tão mais velha, Lucie se perguntou, ou por conta das linhas de amargura, ira e ódio que marcavam o seu rosto?

Lucie não pôde deixar de olhar para Jesse, que estava imóvel, a espada abaixada na lateral do corpo. A expressão dele enquanto encarava o fantasma do pai... Lucie não conseguiu suportá-la. Desviou o rosto. Ela não conseguia ver Grace, mas os outros continuavam batalhando — todos à exceção de Anna e Christopher, que tinham recuado para um canto mais escuro da escada. Enquanto ela observava a cena, uma Sentinela se apro-

— 507 —

Corrente de Espinhos

ximou de Jesse, sem dúvida tendo notado a inércia do jovem, levantou o cajado flamejante e o golpeou. Jesse mal conseguiu se defender, e o coração de Lucie se apertou em pavor.

Lucie queria ir até lá, queria correr até ele, lutar ao seu lado. Era culpa dela que o tempo de reação de Jesse estivesse tão lento. Ele estava em choque. Mas não podia se mover. Ela era tudo que ancorava Rupert Blackthorn àquele mundo. Podia sentir o buraco estrelado tentando puxá-lo de volta, tentando arrancá-lo do mundo dela e de volta para o outro. Era preciso toda a sua força de vontade para mantê-lo ali.

— Rupert? — A voz de Tatiana se elevou em um gemido. — Não está feliz? Belial não lhe contou sobre nossa grande vitória? Vamos destruir os Nephilim, vamos governar Londres, juntos...

— Belial? — perguntou o fantasma. Ele tinha se tornado menos translúcido, embora ainda não tivesse cor. Era uma estranha figura monocromática, mas Lucie já não conseguia enxergar através dele, e a expressão em seu rosto era fácil de ler. Raiva misturada com asco. — Não retornei a pedido de um Príncipe do Inferno. Fui retirado do meu local de descanso pela súplica de uma Caçadora de Sombras. Uma que precisava da minha ajuda.

Os olhos de Tatiana voaram para Lucie. Havia ira neles, e um ódio tão intenso que era quase incompreensível.

— Impossível — rosnou a mulher. — Você não pode ser trazido de volta à vida, não por uma mennininha mimada estúpida...

— Coloque um fim a isto, Tati — disparou Rupert. — Mande essas... criaturas... embora.

— Mas estão lutando por *nós*. — Tatiana se levantou, cambaleando. — Estão do nosso lado. Belial nos prometeu um grande futuro... Ele jurou que *ele* vai reviver você, Rupert, que você voltará para mim...

— Mande que parem antes que matem nosso filho! — vociferou o espectro.

Tatiana hesitou, depois ergueu a mão.

— Parem — ordenou, como se a palavra estivesse sendo arrancada de dentro dela. — Servos de Belial. Parem. Basta.

Todas alinhadas, da mesma forma como tinham começado a lutar, as Sentinelas pararam. Permaneceram lá como soldados congelados. Poderiam

— 508 —

ter sido feitas de latão, mas Lucie podia ver que a luz verde sinistra ainda se movia por trás de suas pálpebras.

Os Nephilim, ainda empunhando suas armas, olhavam de Lucie para Rupert com assombro. Anna estava encostada contra o corrimão da escada, Christopher se escorando no ombro dela. Ambos estavam pálidos. Grace estava ajoelhada no topo da escada, trêmula, os braços envolvendo o corpo. Lucie achou que ela estava olhando na direção de Christopher, mas não podia ter certeza. E Jesse... Jesse encarava o pai, os nós dos dedos brancos onde segurava o cabo da espada. Lucie não conseguiu ler a expressão no rosto dele — uma parcela grande demais da sua atenção permanecia fixa em Rupert. Alguma espécie de magia estranha estava presente, chamando pelo fantasma, tentando puxá-lo para longe dali, para longe dela.

— Meu querido — disse Tatiana suavemente, a voz ecoando no silêncio repentino, agora que a batalha cessara. — Como é possível? Você esteve preso, preso por tanto tempo, preso nas sombras onde nem mesmo os outros mortos podem vê-lo. Belial prometeu que, contanto que mantivesse você lá, ele poderia trazê-lo de volta.

Jesse estava balançando a cabeça em horror e incredulidade.

— Não — sussurrou. — Não, não pode ser.

Preso nas sombras, pensou Lucie. O que tinha acontecido a Rupert? Que tipo de amarras o atavam que não havia nos outros fantasmas? Era isso que tentava arrancá-lo do pátio?

Mas Rupert não parecia confuso pelo que Tatiana dizia. Estava balançando a cabeça devagar. Os cabelos escuros caíam sobre seus olhos — eram o tipo de cabelos finos e lisos que pareciam ter vontade própria, como os de Jesse. Aquilo fez o coração de Lucie doer. Quando morreu, Rupert tinha quase a mesma idade do filho.

— Você se lembra de como nos conhecemos? — perguntou Rupert, o olhar fixo na esposa. — No baile de Natal? Você estava tão feliz porque eu queria dançar apenas com você. Porque eu não dava atenção a mais ninguém.

— Lembro — sussurrou Tatiana. Sua expressão era uma que Lucie jamais vira nela antes. Aberta, afetuosa. Vulnerável.

— Achei que estivesse feliz porque você era uma pessoa solitária e triste — continuou Rupert. — Mas estava errado. Eu não entendia que, no fundo

Corrente de Espinhos

do coração, você era amarga e vingativa. O suficiente para usar uma horda de monstros para atacar jovens Caçadores de Sombras...

— Mas são os filhos das pessoas que deixaram você *morrer,* Rupert...

— Seu pai me matou! — gritou ele, e Lucie pensou ter sentido o chão tremer com a força do grito. — Os Herondale, os Lightwood... Não foram eles que causaram minha morte. Eles a *vingaram.* Chegaram tarde demais para me salvar. Não havia mais nada que pudessem ter feito!

— Você não pode acreditar em uma coisa dessas — lamentou ela. — Esses anos todos trabalhei incansavelmente em prol da sua vingança, assim como da minha... — Tatiana começou a subir a escada, os braços estendidos, como se quisesse abraçar o marido. Havia dado apenas alguns passos quando cambaleou para trás, como se tivesse colidido contra uma parede invisível. Ergueu as mãos, arranhando uma barreira que Lucie não conseguia enxergar.

— Ah, me deixe entrar — implorou Tatiana. — Rupert. Me deixe tocá--lo. Me deixe abraçá-lo...

O rosto do fantasma se retorceu com asco.

— *Não.*

— Mas você me ama — insistiu ela, a voz se elevando. — Sempre me amou. Está atado a mim para sempre. Quando eu partir, ficaremos juntos enfim. Você tem que entender...

— Quem quer que eu tenha amado — disse Rupert —, aquela mulher não existe mais. Aparentemente já tem anos que se foi. Tatiana Blackthorn, eu a repudio. Repudio qualquer sentimento que já tenha sentido por alguém que leve seu nome. — Ele a fitou, impassível. — Você não é nada para mim.

Diante daquilo, Tatiana berrou. Foi um som inumano, como o uivo do vento. Lucie ouvira ruídos como aquele antes: o som de um fantasma que acabara de perceber que estava morto. Um grito de perda, de desespero. De derrota.

Enquanto gritava sem parar, as Sentinelas, uma a uma, abaixaram os cajados. Começaram a descer a escada, passando por Tatiana como se ela não fosse nada além de uma pilha de sal inanimado. As túnicas brancas reluziam ao deixarem o pátio, passando por baixo dos portões do Instituto uma de cada vez, até a última ter desaparecido.

Funcionou, pensou Lucie, assombrada, *funcionou mesmo.* E então percebeu que suas pernas haviam cedido, e que estava sentada na escada. Seu

CASSANDRA CLARE

coração batia forte nos ouvidos, e rápido, rápido demais. Ela sabia que deveria deixar Rupert partir. O esforço de mantê-lo ali a estava exaurindo.

E ainda assim, se houvesse alguma chance de Jesse poder falar com o pai, uma única vez que fosse...

Um relâmpago cruzou o céu, flamejante. Rupert se virou para Jesse, olhando para ele. Começou a estender a mão, como se chamasse pelo filho, desejando que se aproximasse.

Tatiana, vendo aquilo, soltou mais um berro terrível e fugiu do pátio, desaparecendo pelos portões de ferro.

Para espanto de Lucie, uma figura desceu voando a escada, atravessando o pátio, correndo atrás de Tatiana. Uma figura de vestido rasgado, com longos cabelos brancos.

Ah, não, pensou Lucie, esforçando-se para se levantar. *Grace, não... Não pode achar que tem alguma chance de enfrentá-la.*

Mas parece que Cordelia também pensou a mesma coisa. Sem uma palavra, ela se virou e partiu atrás das duas, irrompendo pelos portões em sua perseguição.

26
O DIA ARREPENDIDO

Quão desesperado
Cai o dia arrependido.

— A. E. Housman, *"How Clear,*
How Lovely Bright"

Cordelia correu.

Correu pelas ruas cobertas de gelo, sob um céu rubro tingido de preto e cinza. O ar frio congelava seus pulmões, e ela podia ouvir a própria respiração assoviando, o único som no labirinto silencioso de ruas ao redor do Instituto.

Mas ela sabia que não *deveriam* estar silenciosas. Londres nunca dormia. Havia sempre alguém passeando à noite, vendedores ambulantes, policiais e funcionários encarregados dos postes de luz. Mas as ruas estavam absolutamente desertas, como se a cidade tivesse sido despojada de todos os seus habitantes.

Cordelia correu, embrenhando-se mais e mais no emaranhado de ruas laterais entre o Instituto e o rio. Correu sem destino certo, apenas com a certeza de que Grace não poderia confrontar a mãe sozinha. Que com certeza acabaria morta. Que talvez Cordelia não devesse se importar, mas se importava. As palavras de Christopher ecoavam em seus ouvidos: *pois*

— 513 —

se não fizermos isso, se formos todos consumidos pelo desejo de fazer Grace pagar pelo que fez, então o que nos difere de Tatiana?

E Tatiana. Ela não podia escapar. Não de novo.

Cordelia correu, e seus cabelos se soltaram completamente, drapeando às suas costas como um estandarte. Ela virou uma esquina, quase deslizando pela rua cheia de gelo, e se viu em um beco sem saída onde uma ruazinha curta terminava repentinamente em uma parede. Grace e Tatiana, as duas estavam lá. Grace, com uma adaga na mão trêmula, parecia ter encurralado a mãe, como um cão de caça faria com uma raposa. E, como a raposa que era, Tatiana exibia os dentes, recostada na parede. Os cabelos brancos faziam um contraste chocante com os tijolos vermelhos atrás dela.

— Vai me atacar, garotinha? — perguntou à filha. Se havia notado Cordelia, não demonstrou. — Achou que eu não sabia dos seus *treininhos* com Jesse? — debochou. — Ainda que fosse a melhor entre os Nephilim, não poderia me tocar. Belial acabaria com você.

Grace tremia. Continuava descalça, ainda trajando apenas o vestido leve de antes, mas não abaixou a lâmina.

— Você está se iludindo, mãe. Belial não se importa com você.

— É *você* quem não se importa comigo — rebateu Tatiana. — Depois de tudo que fiz por você, depois de todas as vantagens que lhe dei: as roupas, as joias. Depois de ter lhe ensinado boas maneiras, de ter lhe dado o poder de colocar qualquer homem de joelhos...

— Você me tornou uma pessoa fria e austera — cortou Grace. — Você me ensinou que não havia amor neste mundo, só poder e egoísmo. Fechou meu coração. Você me tornou o que sou, mãe: sua espada. Não reclame agora de ela ter se virado contra você.

— Fraca. — Os olhos de Tatiana brilhavam, luminosos na penumbra. — Você sempre foi fraca. Não conseguiu nem tirar James Herondale *dela*.

Sobressaltada, Grace se virou. Ficou evidente que não havia notado a presença de Cordelia até aquele momento. Cordelia levantou as mãos.

— Mantenha a adaga apontada para ela, Grace. Precisamos atar as mãos dela, levá-la de volta para o Instituto...

Grace assentiu com determinação. Manteve a lâmina firme enquanto Cordelia se aproximava, já pensando em como poderia conter Tatiana: se

CASSANDRA CLARE

segurasse os braços dela e os prendesse atrás das costas, poderia forçá-la a andar...

Mas quando se aproximou, Tatiana, com a velocidade de uma víbora dando o bote, avançou até ela com uma faca de cabo de pérola — a irmã gêmea daquela que havia atirado em Christopher mais cedo. Cordelia desviou e acabou colidindo com Grace, que derrubou a adaga. A arma caiu no meio da rua, a lâmina de metal disparando faíscas ao se chocar nas pedras do pavimento.

Cordelia encarou a adaga, o coração disparado. Era a única solução. E, talvez, em algum canto sombrio de seu coração, ela *quisesse* o que sabia que viria em seguida se tocasse na arma aos seus pés.

— Corra, Grace — ordenou Cordelia em voz baixa e pegou a adaga.

Grace hesitou por um segundo. E então o edifício de tijolos que estava diante delas começou a se abrir — de alguma maneira e inacreditavelmente —, os tijolos rangeram e se transformaram em fumaça, e Lilith saiu da porta escura, trajando um vestido de escamas verdes e com serpentes pretas contorcendo-se da cavidade de seus olhos.

Lilith sorriu. E Grace, sabiamente, correu. Cordelia não se moveu, mas podia ouvir o estalar acelerado dos pés descalços de Grace nos paralelepípedos misturado com a respiração ofegante de Tatiana.

— Meu paladino — saudou Lilith, sorrindo como um crânio. — Vejo que enfim caiu em si e empunhou uma arma em meu nome. — Os olhos de serpente se viraram, fitando Tatiana de cima a baixo. Uma das cobras colocou a língua prateada para fora. Tatiana não se moveu, parecendo paralisada de terror e repulsa. — E que inteligente, Cordelia, apontá-la para a lacaia de Belial. Agora vá em frente e corte a garganta dela.

—

Parte de Lucie queria se levantar e sair correndo atrás de Cordelia, mas ela sabia que não tinha energias para aquilo e acabaria desmoronando antes de alcançar os portões do Instituto.

O pouco de energia que ainda possuía estava concentrado em Rupert. Se o foco em seu espírito vacilasse, Rupert seria puxado de volta para a escuridão

— 515 —

Corrente de Espinhos

de onde Lucie o havia tirado. E Jesse... Jesse já caminhava até o fantasma do pai, encorajado pela mão que o incitava a se aproximar.

Ela estava levemente ciente de James e dos outros andando de um lado para o outro ao pé da escada. Pensou ter ouvido a voz de Anna, elevando-se de maneira brusca, mas tudo que estava fora do pequeno círculo que consistia nela, Jesse e Rupert parecia estar ocorrendo em um palco obscurecido. Ela agarrou o degrau de pedra fria com força quando Jesse parou perto do fantasma do pai.

Rupert o fitava com uma tristeza calma.

— Jesse.

— Mas como? — sussurrou o jovem. Tinha um corte na bochecha, ainda sangrando, e tremia de frio, embora Lucie duvidasse que ele tivesse notado. Jesse nunca pareceu mais humano e vivo do que parado ao lado de um fantasma, um que era quase a imagem espelhada de quem Jesse costumava ser. — Se você é um espírito, como passei anos como fantasma e nunca vi você?

Rupert ergueu a mão como se pudesse tocar o rosto do filho.

— Sua mãe se certificou disso. Mas, Jesse, temos pouco tempo.

Ele tinha razão, Lucie sabia. Rupert estava deslizando para fora do alcance dela, seus contornos já se tornando indistintos. Os dedos estavam ficando pálidos, translúcidos, sua silhueta parecendo fumaça.

— Eu estava adormecido — explicou Rupert — e fui despertado, mas apenas para este momento. Morri antes de você nascer, meu filho. Entretanto, depois da morte, eu o vi.

— Minha mãe disse... Você estava preso nas sombras... — falou Jesse, hesitante.

— Não pude retornar a este mundo como fantasma — respondeu o espectro, com gentileza. Ele estava se dissipando mais depressa. Lucie já podia enxergar através dele, ver as pedras do Instituto, o rosto abalado de Jesse. — Entretanto, sonhei com você, mesmo em meu sono eterno. E temi por você. Mas você se provou uma pessoa forte. Restaurou a honra da família Blackthorn. — Lucie achou que ele estava sorrindo, mas era difícil dizer. Rupert era apenas uma nuvem de fumaça agora, apenas a forma indistinta de um jovem, como uma figura reconhecida nas nuvens. — Estou orgulhoso de você.

— 516 —

— Pai... — Jesse deu um passo à frente ao mesmo tempo que Lucie berrou. Ela pôde sentir quando Rupert foi arrancado dela, arrancado para fora de seu alcance. Tentou mantê-lo lá, mas era como tentar segurar água. Enquanto ele deslizava para longe, Lucie voltou a ver a escuridão estrelada, aquele mundo distante, o lugar entre mundos.

E então Rupert desapareceu.

Jesse ficou parado lá, tremendo, a espada na mão, seu rosto uma máscara de pesar. Agora que não precisava mais se esforçar para ancorar Rupert, Lucie conseguiu recuperar o fôlego e se levantou devagar. Ela se perguntou, desanimada, se Jesse estaria furioso. Ele a odiaria por não ter sido capaz de manter o espírito do pai ali... Ou pior, por tê-lo trazido de volta àquele mundo, para começo de conversa?

— Lucie — chamou Jesse, a voz rouca, e ela viu que os olhos dele brilhavam com lágrimas. Esquecendo seu medo, Lucie correu até ele, escorregando na pedra cheia de gelo, e atirou os braços ao redor do jovem.

Jesse apoiou a cabeça no ombro dela. Lucie o abraçou e o amparou com cuidado, certificando-se de que a pele dos dois não se tocasse. Por mais que desejasse beijá-lo, dizer a ele com seu toque que o pai não era a única pessoa orgulhosa dele, era perigoso demais. O mundo começava a ficar mais nítido outra vez, e ela estava recuperando suas forças. Acima da cabeça curvada de Jesse, ela podia ver o pátio, o céu vermelho sobrenatural iluminando gotas de sangue na neve que cobria o chão. Os relâmpagos tinham cessado, o vento estava diminuindo. Fazia silêncio.

Na verdade, Lucie percebeu, aquele silêncio era até sinistro. Seus amigos estavam reunidos ao pé da escada, mas não falavam. Ninguém discutia o que havia acontecido ou o que aconteceria em seguida.

Lucie se sentiu subitamente gélida. Algo estava muito errado. Ela sabia disso e teria percebido antes se não estivesse tão focada em Rupert. Afastou-se de Jesse, tocando o braço dele de leve.

— Venha comigo — chamou, e, juntos, eles desceram os degraus, apressando-se ao alcançarem o pátio.

Quando se aproximaram do grupo, Lucie viu quem estava parado no pequeno círculo: James, Matthew e Ari. Eles estavam imóveis. Com o coração descompassado, Lucie chegou mais perto até conseguir ver Anna, sentada no chão, a cabeça de Christopher em seu colo.

O corpo dele estava estatelado nas pedras, e Lucie percebeu que não tinha como aquela posição ser confortável. Christopher estava contorcido em um ângulo anormal, o ombro recurvado para dentro. Os óculos estavam ao lado dele, no chão, as lentes, quebradas. O ombro do casaco estava um pouco sujo de sangue, e os olhos do jovem estavam fechados. Anna passava a mão pelos cabelos do irmão, sem parar, como se o corpo dela estivesse fazendo gestos sem que seu cérebro estivesse consciente deles.

— Kit — chamou Lucie, e todos os outros olharam para ela, os rostos estranhamente inexpressivos, como máscaras. — Ele está bem? — perguntou, a voz soando alta demais naquele silêncio terrível. — Ele estava bem, não estava? Foi só uma ferida superficial...

— Lucie — interrompeu Anna, a voz fria e incontestável. — Ele está morto.

—

Tatiana soltou um chiado.

— Lilith. A vadia de Edom.

As serpentes nos olhos de Lilith sibilaram e avançaram.

— Paladino — chamou. — Mate-a.

— Espere — ofegou Cordelia, sentindo o aperto da vontade de Lilith fechando-se ao seu redor como um torno. Cordelia lutou contra ele, mal reparando na pontada de dor quente em seu pulso ao fazê-lo. Sua voz falhou quando falou: — Tatiana é a mão direita de Belial. Ninguém mais é tão próximo dele ou conhece melhor seus planos. Deixe-me ao menos interrogá-la.

Lilith sorriu. As escamas verdes do vestido cintilaram sob a luz vermelha do céu, uma estranha mistura cromática de veneno e sangue.

— Você pode tentar.

Cordelia se virou para Tatiana. Os cabelos brancos como osso da mulher sopravam ao vento. Ela parecia muito velha, observou Cordelia, uma espécie de anciã abatida pelo tempo, como as bruxas em *Macbeth*.

— Diante de você se encontra a Mãe dos Demônios — anunciou Cordelia — e eu sou o paladino dela. Me diga agora onde encontrar Belial. Me diga ou Lilith a destruirá. Não vai sobrar nada de você que possa governar sua Nova Londres.

Tatiana olhou para ela com escárnio.

— Então você não é realmente tão virtuosa assim, no fim das contas, Cordelia Carstairs. Parece que nós duas temos nossos mestres demônios — provocou ela. — Não lhe direi nada. Jamais trairei meu mestre Belial.

— A mulher Blackthorn não passa de uma marionete — desdenhou Lilith. — Ela não vai negociar com ninguém que Belial não tenha aprovado. Só fará o que ele mandar e vai morrer por ele. Não tem utilidade para você. Nem para mim. Mate-a.

Era como se um braço de aço tivesse tomado o pulso de Cordelia, forçando sua mão que segurava a faca a se levantar e se estender, curvando seus dedos ao redor do cabo. Cordelia deu um passo à frente na direção de uma Tatiana acovardada...

Calor explodiu em seu pulso. Era o amuleto que Christopher lhe dera, aquele que deveria protegê-la de Lilith. Cordelia parou no instante em que sua vontade se desprendeu do controle de Lilith, libertando-se. Ela girou e atirou a faca com toda força na direção do beco sem saída, que se perdeu na escuridão.

A dor dominou Cordelia. Ela arquejou, quase se dobrando sobre si mesma. Era o descontentamento de Lilith retorcendo Cordelia, esmagando-a. Ouviu um estalo no pulso que, em um primeiro momento, temeu que tivesse sido osso quebrando, mas não: era o amuleto, caindo, partido, no chão.

Lilith bufou em escárnio.

— Você realmente pensou que conseguiria me deter usando quinquilharias como essa? Você é uma menina tola e teimosa.

Tatiana gargalhou desvairadamente.

— Um paladino relutante. Que bela escolha você fez, Mãe dos Demônios. A personificação da sua vontade na Terra é fraca demais até para seguir suas ordens. — Tatiana desviou os olhos para Cordelia com desdém. — Fraca como o pai.

— Não é fraqueza — murmurou Cordelia, erguendo-se. — É misericórdia.

— Mas a misericórdia deve ser temperada com justiça — acrescentou Lilith. — Não consigo compreender você, Cordelia. Mesmo agora que se vê

Corrente de Espinhos

diante de uma cidade sob o domínio de Belial, ainda resiste a mim, a única que pode ajudá-la em sua luta contra ele.

— Não serei uma assassina — respondeu Cordelia, ofegante. — Não serei...

— Ah, por favor. Você sabe melhor do que ninguém quanta dor Tatiana Blackthorn infligiu, quantas vidas ela arruinou. — As mãos de Lilith se moviam em uma dança estranha, como se estivesse moldando algo entre elas. Seus dedos eram longos e brancos como lanças de gelo. — Ela passou anos atormentando o jovem Herondale, aquele que você ama. — O ar entre as mãos dela tinha começado a cintilar e se solidificar. — Não é seu dever vingá-lo?

Cordelia pensou em James. Em seu olhar firme e sempre encorajador, sempre acreditando no melhor que havia nela, sempre acreditando *nela*. E pensar em James fez com que ela se firmasse, que sua vontade se firmasse. A jovem ergueu o queixo em desafio.

— Você acha que James é como Belial só porque é neto dele. Mas James não é nada como o avô. Ele quer paz, não vingança. — Cordelia se virou para Lilith: — Não matarei Tatiana, não com ela indefesa. E já me livrei da arma.

O brilho entre as mãos de Lilith se solidificou por completo. Era uma espada toda feita de gelo. A luz vermelha do céu refletiu nela, e Cordelia não pôde deixar de se espantar com tamanha beleza. A lâmina parecia quartzo, como se fosse luar transformado em pedra. O cabo lembrava cristal. Era uma criação nascida do frio das estrelas invernais, linda e gélida.

— Pegue — ordenou Lilith, e Cordelia não conseguiu evitar: sua mão voou para a frente e empunhou a espada de gelo, movendo-a diante de si. Queimava, gelada, em sua mão, uma lança de gelo reluzente e mortal. — E mate a marionete. Ela assassinou seu pai.

— Eu, não, mas fiquei feliz quando ele se foi — sibilou Tatiana. — Como Elias gritava... Como rogava por misericórdia...

— *Pare!* — berrou Cordelia. Não tinha certeza de qual das duas era o alvo do grito, apenas que tremores sacudiam seu corpo enquanto ela se esforçava para permanecer imóvel. Doía, e ela sabia que bastava parar de resistir à vontade de Lilith para a dor cessar.

CASSANDRA CLARE

— Tsc — lamentou Lilith. — Não queria ser obrigada a fazer isto, mas olhe... Veja o que esta criatura, esta serva de Belial, acabou de fazer...

E Cordelia viu o pátio do Instituto. Viu Anna, com dificuldade para segurar Christopher. Christopher, que se debatia e se contorcia nos braços dela, como se tentasse fugir de algo que tinha cravado os dentes nele. Anna estava com a estela na mão e, desesperada, tentava desenhar vários *iratzes* na pele do irmão, cada um deles sumindo em seguida, como uma pequena colher de tinta derramada em um oceano.

Ao lado de Anna estava a faca com cabo de pérola que Tatiana arremessara. A lâmina espumava com sangue que já escurecia com veneno enquanto Cordelia assistia. Um grito silencioso lhe subiu à garganta, a urgência desesperada de chamar por Anna, mesmo sabendo que a amiga não conseguiria ouvi-la. Mesmo sabendo, quando os espasmos de Christopher cessaram, quando ele relaxou e ficou imóvel, os olhos inexpressivos fixos no céu, que não havia nada que ela pudesse fazer para salvar o amigo. Mesmo sabendo, quando Anna se curvou por cima do corpo do irmão, com os ombros tremendo, que Christopher havia morrido.

O ar escapou de Cordelia de uma só vez, como se ela tivesse sido apunhalada no estômago. E com ele se foi sua força para resistir. Ela pensou em Christopher, em sua bondade e piedade, a maneira como havia sorrido para ela enquanto a guiava pela Cidade do Silêncio até Grace, e então se virou para Tatiana, a espada de gelo fulgurando em sua mão. Naquele instante não importava que não fosse Cortana. Ela empunhava uma arma e, com um movimento rápido e firme, Cordelia rasgou a garganta de Tatiana de uma orelha à outra.

Houve um clamor na mente de Cordelia. Ela não conseguia pensar, não conseguia falar, só conseguia assistir ao sangue da mulher jorrando de sua garganta. Tatiana deixou escapar um ruído, uma espécie de gorgolejo, ao cair de joelhos, levando as mãos ao pescoço.

Lilith ria.

— Que pena para ela que você se recuse a usar Cortana — comentou, cutucando o corpo convulsionante de Tatiana com o pé. — Você podia ter salvado a vida dela. A arma jurada de um paladino tem o poder de curar o que feriu.

— 521 —

— O quê? — sussurrou Cordelia.

— Você me ouviu. E sem dúvida também já leu sobre isso nas lendas. A lâmina de um paladino tem poder de salvação bem como de destruição. Mas você não a teria curado de qualquer forma, teria? Não há *tanta* misericórdia assim em seu coração.

Cordelia tentou se imaginar dando um passo à frente e de alguma forma curando Tatiana, que causara tanta ruína, tanta dor. Naquele momento, ela podia não ser capaz de salvar a vida de Tatiana, mas podia se ajoelhar ao lado dela, dizer uma palavra de conforto. Começou a caminhar no mesmo instante em que a mulher caiu para a frente, despencando de cara na neve. Seu corpo explodiu em chamas. Cordelia ficou parada, imóvel, assistindo ao fogo consumi-la rapidamente: as roupas, a pele, o corpo inteiro. Fumaça acre subiu da conflagração, azeda com o fedor de osso queimando.

— Ora, ora — divertiu-se Lilith. — Agilidade é amiga do paladino. — Gargalhou. — Você devia mesmo encontrar sua coragem, minha cara. Sem Cortana, você é apenas metade da guerreira que poderia ser. Não tema seu próprio destino. Tome as rédeas dele.

E com isso, ela desapareceu em um clarão de asas estendidas, uma coruja alçando voo aos céus, deixando Cordelia para encarar horrorizada o que havia feito. As cinzas que tinham sido Tatiana Blackthorn foram erguidas pelo vento e sopradas como pequenos redemoinhos pela praça, flutuando pelo céu até desaparecerem. A espada que Cordelia segurava escorregou de sua mão, derretendo junto ao gelo na rua. Seu coração era um sino badalando pela morte.

Cordelia correu. Mas, dessa vez, enquanto corria, o vento arrancava lágrimas de seus olhos. Lágrimas por Christopher, por Londres. Por Tatiana. Por ela própria.

A névoa que pairava sobre a cidade tinha se adensado. Postes de luz e carruagens paradas se projetavam para fora das brumas, como se escapassem em meio a uma tempestade de gelo. Havia outras sombras também, movendo-se, aparecendo e desaparecendo na neblina — mundanos, vagando?

Corrente de Espinhos

Algo mais sinistro? Cordelia pensou ter tido um vislumbre de uma túnica branca, mas quando correu em sua direção, ela já havia sumido na névoa.

Tudo que Cordelia sabia era que precisava retornar ao Instituto. A imagem de Christopher morto voltava a ela incessantemente, tão vívida em sua mente que, quando finalmente alcançou os portões do Instituto e o pátio além deles, ficou chocada ao encontrar o local deserto.

Era evidente que houvera uma batalha ali: o chão nevado estava revirado, salpicado com sangue, armas foram descartadas e havia até pedaços partidos dos cajados das Sentinelas. Mas o silêncio que pairava no ar era sinistro, e quando Cordelia entrou na fortaleza, encontrou o mesmo silêncio sepulcral.

Não havia percebido como estava gelada. Quando o calor do Instituto a envolveu, Cordelia começou a tremer descontroladamente, como se seu corpo tivesse enfim recebido permissão para sentir frio. Ela seguiu direto para o Santuário, cujas portas já estavam abertas. O enorme salão de pé-direito alto se abria adiante.

E lá dentro, silêncio. Silêncio e um pesar tão palpável que parecia uma entidade viva.

Cordelia se lembrou do terrível cômodo na Cidade do Silêncio onde deitaram o corpo de seu pai. Lembrou-se de Lucie dizendo que ninguém havia removido o catafalco onde o corpo de Jesse havia sido colocado, e, de fato, lá estava, com Christopher estendido acima dele. Ele estava deitado de costas, as mãos dobradas acima do peito. Alguém fechara seus olhos, e os óculos tinham sido deixados ao seu lado com todo o cuidado, como se a qualquer momento Christopher pudesse acordar e procurar por eles, perguntando-se onde os teria deixado.

Ao redor do corpo de Christopher, os amigos estavam ajoelhados. James, Lucie, Matthew e Anna. Ari. Jesse. Anna estava parada junto à cabeça do irmão, a mão tocando de leve a bochecha dele. Cordelia não viu Alastair ou Thomas, e sentiu um pequeno arrepio — tinha sido um alívio, egoísta, que Alastair não estivesse presente para a batalha, que estivesse bem longe dali. Mas depois de passar pela cidade, ela começou a se preocupar. Seria possível que os dois estivessem perdidos na névoa? Ou pior, que estivessem enfrentando quaisquer que fossem as criaturas se escondendo nela?

CASSANDRA CLARE

Quando Cordelia se aproximou, avistou Grace curvada em um canto. De pés descalços e ensanguentados. Ela estava encolhida, o rosto enterrado nas mãos.

James olhou para cima. Viu Cordelia e se levantou, a mão no ombro de Matthew. Algo em seus olhos havia mudado, Cordelia percebeu com uma pontada terrível. Mudado para sempre. Algo havia se perdido, da mesma forma como ele parecia perdido, como um menininho.

Sem se importar se alguém estava prestando atenção, ela abriu os braços. James cruzou o cômodo e a apertou contra si. Por um longo momento ele a abraçou, o rosto pressionado nos cabelos soltos de Cordelia, embora estivessem úmidos com a neve que derretia.

— Daisy — sussurrou ele. — Você está bem. Eu estava tão preocupado... Quando você saiu correndo... — James respirou fundo. — Tatiana. Ela conseguiu escapar?

— Não. Eu a matei. Ela se foi.

— Ótimo — disparou Anna bruscamente, a mão ainda sobre a bochecha de Christopher. — Espero que tenha sido doloroso. Espero que tenha sido uma agonia...

— Anna — disse Lucie com delicadeza. Estava alternando o olhar entre Jesse, que permanecia inexpressivo, e Grace, ainda encolhida contra a parede. — Nós deveríamos...

Mas Grace levantou a cabeça. Os cabelos estavam grudados no rosto com lágrimas secas.

— Você jura? — perguntou, a voz trêmula. — Jura que ela está mesmo morta? Que Belial não poderá revivê-la?

— Não há nada para reviver — respondeu Cordelia. — Ela virou pó e cinzas. Eu juro, Grace.

— Ah, graças a Deus — sussurrou a jovem —, graças a Deus. — E começou a tremer violentamente, o corpo inteiro estremecendo. Jesse se levantou e cruzou o cômodo até ela. Ajoelhando-se ao lado da irmã, pegou uma de suas mãos, pressionando-a entre as dele, murmurando palavras que Cordelia não conseguia ouvir.

Os lábios de James roçaram sua bochecha.

— 525 —

— Meu amor, sei que não é fácil tirar uma vida, mesmo uma vida como aquela.

— Não importa agora. O que importa é Christopher. Sinto tanto, tanto, James...

O rosto dele se enrijeceu.

— Não posso consertar o que aconteceu — sussurrou ele. — Essa é a parte insuportável. Não há nada que eu possa fazer.

Cordelia apenas murmurou e acariciou as costas de James. Não era hora de falar que ninguém podia consertar a situação, nem que a morte não era um problema a ser solucionado, mas uma ferida que precisava de tempo para sarar. Palavras seriam insignificantes diante do abismo da perda de Christopher.

Olhando por cima do catafalco, ela encontrou o olhar de Lucie. Sozinha entre os demais, Lucie chorava — em silêncio e imóvel, as lágrimas escorrendo pelas bochechas, uma a uma. *Ah, minha Luce,* pensou Cordelia, e quis ir até ela, mas ouviu um ruído à porta do Santuário e, um momento depois, Thomas e Alastair entraram.

— Ah, graças ao Anjo! — exclamou James com a voz rouca. — Não fazíamos ideia do que tinha acontecido com vocês dois...

Mas Thomas encarava um ponto atrás de James. Encarava Christopher e os outros. O catafalco, as velas acesas. O pedaço de seda branca nas mãos de Matthew.

— O que... — Ele olhou para James, seus olhos arregalados, como se esperasse que o amigo tivesse uma resposta, uma solução. — Jamie, o que aconteceu?

James apertou a mão de Cordelia e foi até ele. Cordelia podia ouvi-lo falando, baixo e depressa, enquanto Thomas sacudia a cabeça, devagar e depois mais rápido. *Não. Não.*

Quando James terminou, Alastair recuou, como se quisesse dar privacidade aos dois. Ele foi se juntar à irmã e segurou suas mãos. Alastair virou as palmas dela para cima, em silêncio, olhando as queimaduras vermelhas de frio onde elas tinham entrado em contato com a espada de gelo.

— Está tudo bem? — perguntou em persa. — Layla, sinto muito por não ter estado aqui.

— Fico aliviada que não estivesse — confessou ela. — Que estivesse seguro.

Alastair balançou a cabeça.

— Não há segurança nenhuma em Londres agora. O que está acontecendo lá fora... É coisa de Belial, Cordelia. Ele transformou os mundanos da cidade em marionetes delirantes...

Ele parou de falar quando Thomas se aproximou do catafalco onde Christopher repousava. Por mais alto e largo que fosse, ele parecia de algum jeito ter encolhido enquanto fitava o corpo de Kit, como se tentasse desaparecer dentro de si.

— Não é possível — murmurou. — Ele não parece nem ferido. Vocês tentaram *iratzes*?

Ninguém respondeu. Cordelia se recordou da visão que teve de Anna, desenhando runas de cura em Christopher sem parar, ficando cada vez mais desesperada ao ver todas desaparecerem em sua pele. Anna não estava desesperada agora. Estava parada como um anjo de pedra à cabeça do irmão e sequer olhou na direção de Thomas.

— Tinha veneno na faca, Thomas — explicou Ari delicadamente. — As runas de cura não puderam salvá-lo.

— Lucie — chamou Thomas com a voz falha, e a jovem olhou para cima, surpresa. — Não tem nada que você possa fazer? Você reviveu Jesse... Você o trouxe de volta...

Ela empalideceu.

— Ah, Tom. Não é assim. Eu... tentei procurar por Kit logo depois que aconteceu. Mas não encontrei nada. Ele está morto. Não da mesma forma que Jesse. Está morto de verdade.

Thomas se sentou no chão. De maneira bem repentina, como se suas pernas tivessem cedido. E Cordelia pensou em todas as vezes que tinha visto Christopher e Thomas juntos, conversando ou rindo ou apenas lendo em um silêncio confortável. Era o resultado natural de James e Matthew serem *parabatai* e estarem sempre juntos, mas era mais do que isso também: Christopher e Thomas não haviam forjado uma amizade por acaso, mas porque o temperamento dos dois se alinhava.

— 527 —

E porque conheciam um ao outro a vida inteira. Agora, Thomas havia perdido uma irmã e um amigo que era tão próximo quanto um irmão, tudo no período de um ano.

Matthew se levantou. Foi até Thomas e se ajoelhou ao lado dele. Pegou as mãos do amigo, e Thomas, que era tão maior e mais alto do que ele, se agarrou em Matthew como se ele o estivesse ancorando ao chão.

— Eu não devia ter saído — disse Thomas, um engasgo na voz. — Devia ter ficado... Podia ter protegido Christopher...

Alastair pareceu abalado. Cordelia sabia que se Thomas se culpasse pela morte de Kit por ter saído com ele, aquilo acabaria com o irmão. Ele já se culpava por tantas coisas...

— Não — respondeu Matthew bruscamente. — Nunca diga uma coisa dessas. Foi por puro acaso que Kit foi morto. Poderia ter sido qualquer um de nós aqui. Estávamos em menor número, o inimigo era mais forte. Não havia nada que você pudesse ter feito.

— Mas — protestou Thomas, aturdido —, se eu tivesse ficado...

— Talvez você também estivesse morto agora. — Matthew se levantou. — E aí eu teria que viver não só com um quarto do meu coração arrancado, mas sem metade dele. Foi um alívio para todos que você estivesse longe daqui na hora, Thomas. Você estava fora de perigo. — Virou-se para Alastair, os olhos verdes brilhando com lágrimas não derramadas: — Não fique aí parado, Carstairs. Não é de mim que Thomas precisa agora. É de você.

Alastair pareceu perplexo, e Cordelia soube de imediato o que ele estava pensando: *não pode ser verdade, não pode ser de mim que Thomas precisa ou quem ele quer.*

— Vá — incentivou ela, lhe dando um empurrãozinho, e Alastair se empertigou, como se estivesse se preparando para uma batalha. Atravessou o cômodo, passando por Matthew, e se ajoelhou ao lado de Thomas.

Thomas levantou a cabeça.

— Alastair — sussurrou, como se o nome fosse um talismã contra a dor e o luto, e Alastair o abraçou, com uma delicadeza que Cordelia nunca vira o irmão demonstrar antes. Ele puxou Thomas para perto e beijou os olhos dele, depois a testa, e se alguém se perguntara antes sobre o tipo de relacionamento que havia entre os dois, pensou Cordelia, não voltariam a se perguntar. E ela ficou feliz. O tempo de guardar segredos já passara.

Cordelia encontrou o olhar de Matthew e tentou sorrir para ele. Não chegou a acreditar que tinha de fato conseguido exibir algo nem próximo de um sorriso, mas torcia para que ele pudesse ler a mensagem em seus olhos: *bom trabalho, Matthew.*

Ela se virou para encarar James, que estava franzindo o cenho. Mas não para Thomas ou Alastair: era como se tivesse ouvido algo e, um momento depois, Cordelia ouviu também. O estalo de cascos no pátio.

— É Balios — anunciou James. — E os outros. Charles deve ter voltado com a patrulha.

Matthew concordou com a cabeça.

— Melhor irmos ver o que descobriram — sugeriu, parecendo exaurido. — Pelo Anjo, como esta noite ainda não terminou?

Todos saíram do Santuário, menos Anna, que apenas sacudiu a cabeça em silêncio quando James perguntou se ela queria ir com eles, e Ari, que se recusou a deixar Anna. E Grace, que não estava em condições de ir a lugar nenhum.

Charles saíra sozinho, mas retornara com cerca de dez membros da Primeira Patrulha, todos de uniforme e montados a cavalo. Enchiam o pátio, névoa subindo dos flancos dos animais, e, à medida que os membros da patrulha iam desmontando, um a um, Cordelia não pôde deixar de encarar.

Eles pareciam também ter estado em uma batalha. Estavam maltrapilhos e ensanguentados, os uniformes rasgados e imundos. Um curativo branco estava enrolado na cabeça de Rosamund, o sangue ensopando um dos lados. Boa parte da lateral do casaco de Charles estava escurecida com marcas de queimadura. Runas de cura estavam desenhadas no corpo de vários deles. Augustus, um dos olhos inchado com tons de azul e preto, exibia uma expressão atordoada, nada reminiscente de seu típico jeito convencido.

Charles atirou as rédeas por cima do pescoço do cavalo e marchou até James, Cordelia e os demais. Havia uma expressão sombria em seu rosto.

Corrente de Espinhos

Ele parecia um verdadeiro Caçador de Sombras, para variar, não um homem de negócios mundano.

— Grace falou a verdade — anunciou, sem preâmbulos. — Fomos direto até Highgate, mas a entrada para a Cidade do Silêncio estava cercada por demônios. Uma horda deles. Mal conseguimos abrir caminho à força... Por fim, Piers conseguiu romper a linha de defesa deles, mas... — Sacudiu a cabeça. — Não fez diferença. As portas para a Cidade estavam trancadas. Não conseguimos encontrar um jeito de entrar, e os demônios não paravam de avançar...

Piers Wentworth se juntou a eles. Carregava a estela na mão sem luva e estava desenhando um *iratze* nas costas da mão esquerda. Cordelia não podia culpá-lo: ele estava com um corte horrível ao longo da lateral do pescoço, e um dos dedos parecia quebrado.

— E isso nem foi o pior — acrescentou ele, olhando para James. — Algum de vocês foi até a cidade?

— Só pelos arredores — respondeu Cordelia. — Estava difícil de enxergar qualquer coisa com aquela névoa.

Piers soltou uma risada sem humor.

— É muito pior do que apenas névoa. Algo está terrivelmente errado em Londres.

James olhou para os outros. Matthew, Thomas e Lucie. Alastair. Jesse. Todos pareciam pálidos e perplexos. Cordelia sabia que James estava preocupado que os amigos não fossem conseguir suportar o peso de mais problemas.

Ele também não havia mencionado Christopher. Ainda não. Ou o ataque das Sentinelas. Estava evidente que queria que Charles e a patrulha falassem primeiro.

— O que você quer dizer, Piers? — perguntou James.

Mas foi Rosamund quem respondeu:

— Logo que saímos de Highgate, parecia que estávamos cavalgando pelo Inferno — relatou ela, fazendo uma careta. Levou a mão à cabeça, e Piers se aproximou com a estela para Marcá-la com um *iratze*. — Não tínhamos como lutar contra os demônios no cemitério... Alguns de nós acharam que

— 530 —

CASSANDRA CLARE

estavam em número grande demais, de qualquer forma. — Fitou Augustus com frieza. — No instante em que saímos, uma névoa densa surgiu. Mal enxergávamos através dela. Relampejava por todos os cantos e tivemos que desviar, pois estavam acertando o chão à nossa volta.

— Um chegou a partir em dois um poste de luz em Bloomsbury — acrescentou Esme Hardcastle —, como aquela árvore em *Jane Eyre.*

— Não é hora para referências literárias, Esme — censurou Rosamund. — Aquilo quase ateou fogo em Charles. Seja lá o que fossem, não eram relâmpagos normais. E a tempestade fedia a magia demoníaca.

— Nenhum dos mundanos por quem passamos reagia a nada do que estava acontecendo — contou Charles. — Nem à tempestade, nem aos incêndios. Estavam vagando como se em transe.

— Vimos uma mulher esmagada por um carrinho de leite que havia se desprendido e ninguém havia parado para ajudar — contou Esme com a voz trêmula. — Corri até ela, mas já era tarde.

— Eu e Alastair vimos o mesmo tipo de coisa — comentou Thomas — quando saímos com a carruagem. Do nada, Davies simplesmente parou de dirigir. Não respondeu quando chamamos por ele. Vimos outros mundanos também... crianças, idosos... apenas encarando o vazio. Era como se os corpos deles estivessem lá, mas as mentes estivessem em outro lugar.

Charles franziu a testa.

— O que diabos vocês estavam fazendo? Saindo para um passeio de carruagem?

Alastair cruzou os braços diante do peito.

— Foi logo depois da nossa conversa no escritório — respondeu com um tom afiado. — Não sabíamos que a situação tinha ficado crítica.

— Então foi antes de Grace chegar — constatou Charles. — Achamos que Tatiana... — Ele olhou ao redor como se estivesse vendo o pátio pela primeira vez: os respingos de sangue, as armas abandonadas. E como se estivesse vendo os *outros* pela primeira vez: Cordelia, James e os demais. Deviam estar com a aparência péssima, pensou Cordelia. Péssima e ensanguentada e atordoada. — O que aconteceu aqui?

Rosamund parecia inquieta.

— 531 —

Corrente de Espinhos

— Talvez fosse melhor entrarmos no Instituto — sugeriu. — Podemos enviar alguns cavaleiros para convocar o restante do Enclave. Está mais do que evidente que não é seguro continuar aqui fora...

— Também não é seguro lá dentro — informou James. — Tatiana Blackthorn escapou da Cidade do Silêncio. Tentou tomar o Instituto. Matou Christopher. Trouxe guerreiros consigo, guerreiros de Belial. Irmãos do Silêncio possuídos...

Charles pareceu aturdido.

— *Christopher* morreu? O pequeno Kit? — E por um momento ele soou não como o diretor interino do Instituto ou o peão de Bridgestock. Soou um pouco como Alastair de vez em quando, como se ainda pensasse na irmã mais nova como uma criancinha. Como se os amigos de Matthew também fossem crianças na cabeça dele, como se Christopher continuasse sendo um menininho, olhando para ele com olhos luminosos e ingênuos.

— Sim — respondeu Matthew, com delicadeza. — Kit está morto, Charles. E Tatiana também. Mas está tudo muito longe de acabar. — Ele olhou de relance para Rosamund. — Podemos convocar o Enclave, mas essas criaturas de Belial... Elas são quase impossíveis de derrotar.

— Besteira — descartou Augustus. — Qualquer demônio pode ser derrotado...

— Cale a boca, Augustus. — James estava rígido fitando os portões do Instituto. Levou a mão à pistola no cinto. — Estão aqui. Dê uma olhada.

E, de fato, espalhando-se pelos portões estavam mais Sentinelas no corpo de Irmãos do Silêncio, acompanhadas por Irmãs de Ferro dessa vez, com runas de Morte da cor de chamas nas túnicas brancas. Estavam em fila dupla, marchando com passo constante.

— Não vieram sozinhas — informou Jesse. Tinha desembainhado a espada e encarava com olhos estreitos. — São... são mundanos ali?

Eles estavam caminhando entre dois grupos de Sentinelas, incitados a seguir pelas pontas de cajados afiados sem sequer parecerem notar. Eram um grupo desordenado de cinco mundanos, aparentemente escolhidos de forma aleatória, desde um homem de terno risca de giz a uma menininha cujas marias-chiquinhas estavam amarradas por fitas coloridas. Podiam ter sido retirados de qualquer rua londrina.

Cordelia sentiu uma pontada de horror gélido bem afiada em seu peito. Os mundanos tropeçavam ao andar, olhos vazios e impotentes, como gado sendo levado para o abate.

— James... — sussurrou ela.

— Eu sei. — Ela podia senti-lo ao seu lado, a presença firme dele, tranquilizadora. — Precisaremos esperar para ver o que querem.

O estranho cortejo entrou no pátio e parou diante dos Caçadores de Sombras reunidos. As Sentinelas estavam impassíveis, empunhando com firmeza os cajados apontados para os mundanos. De olhos opacos e caladas, as pessoas continuaram apenas paradas onde estavam, fitando o nada em diferentes direções.

Charles limpou a garganta.

— O que é tudo isso? O que está acontecendo?

As Sentinelas não se moveram, mas uma mundana deu um passo à frente. Era uma mulher jovem, cheia de sardas, trajando um vestido preto de servente com um avental branco. Os cabelos estavam presos sob uma touca. Poderia ter sido uma criada em qualquer casa nobre de Londres.

Como o restante dos mundanos, ela não estava de casaco, mas não parecia sentir frio. Seus olhos encaravam o nada, desfocados, mesmo quando começou a falar:

— Saudações, Nephilim — disse, e a voz que roncou do peito dela era grave e inflamada e familiar. A voz de Belial. — Venho conversar com vocês do vácuo entre mundos, do abismo flamejante de Edom. Vocês talvez me conheçam como o devorador de almas, o mais velho dos nove Príncipes do Inferno, comandante de incontáveis exércitos. Sou Belial, e Londres está sob meu controle agora.

— Mas Belial não pode possuir seres humanos — murmurou Cordelia. — Os corpos deles não aguentam.

— É por isso que reuni tantos deles — explicou Belial e, no instante em que falou, buracos pretos, como marcas chamuscadas com as beiradas em chamas, começaram a se espalhar na pele da mulher. Uma rachadura subiu até o maxilar dela, depois outra ao longo da maçã do rosto. Era como ver ácido corroer uma fotografia. Quando as fissuras em sua pele aumentaram,

Corrente de Espinhos

o osso do maxilar, exposto ao ar, brilhou branco. — Precisarei de mais do que um mundano para...

A voz da moça — a voz de Belial — se engasgou em uma cascata de sangue e líquido espesso que parecia piche. Ela se derreteu como uma vela, o corpo dissolvendo até restar apenas uma massa de tecido escurecido e molhado e a barra queimada de um avental outrora branco.

O segundo mundano deu um passo à frente. Era o homem de terno risca de giz, os cabelos pretos penteados para trás e lustrosos de pomada, os olhos opacos arregalados e sem vida como bolinhas de gude.

— Para transmitir minha mensagem — concluiu ele, sem problemas, na voz de Belial.

— Ah, isto é terrível — sussurrou Lucie, os dentes rangendo. — Façam ele parar.

— Vou parar quando me derem o que quero, criança — afirmou Belial. Cordelia tinha certeza de que, apenas segundos antes, os cabelos do homem eram pretos. Estavam embranquecendo conforme Belial continuava a falar, da cor de cinzas agora. — Essa forma em que estou não vai durar muito. O fogo de um Príncipe do Inferno queima esta argila. — Ele ergueu um dos braços do mundano. As pontas dos dedos do homem já começavam a ficar chamuscadas.

— *Basta* — explodiu James. — Belial, o que você quer?

O rosto do mundano se contorceu em um sorriso torto. O sorriso torto de Belial.

— James, meu neto, chegamos ao final desta nossa longa dança. — O processo de carbonização já estava se espalhando e tomando a mão do homem, depois o pulso e então mais áreas chamuscadas estavam visíveis no pescoço dele, subindo para o queixo. — Tatiana Blackthorn está morta — prosseguiu Belial. — Chegou ao fim de sua utilidade e agora se foi. — O mundano teve um espasmo, e fluido verde-escuro quase preto escorreu dos cantos de sua boca. Pingou nas pedras do pátio, onde chiou ao entrar em contato com a neve. Quando Belial voltou a falar, a voz era espessa e úmida, quase distorcida demais para ser compreendida. — Portanto, vim dizer a você o mais diretamente possível que isto... está... acabado.

— 534 —

O homem soltou um grunhido baixo, e seu corpo entrou em colapso, escurecendo e recurvando de maneira nauseante. As roupas dele caíram, vazias, no chão, seguidas por um filete de cinzas pretas. Não restava mais nada.

Cordelia viu o corpo de Tatiana queimando até sobrarem apenas cinzas enquanto Lilith ria. Parecia ter acontecido havia centenas de anos, porém, a cena continuava assombrosamente nítida em sua mente, como se estivesse acontecendo naquele exato momento.

— Pare! — Foi Thomas, seu rosto gentil agora branco de tensão. — Tem que haver algum outro meio de você se comunicar conosco. Deixe os mundanos irem embora. Um dos Irmãos do Silêncio pode falar no lugar deles.

James, que conhecia Belial melhor do que qualquer um deles, fechou os olhos com pesar.

— Mas assim seria muito menos divertido. — Belial riu. Uma terceira mundana se adiantou, com o mesmo passo descompassado dos demais. Era uma mulher mais velha: a avó de alguém, pensou Cordelia, uma senhora de cabelos acinzentados trajando um vestido floral desbotado que havia sido lavado muitas vezes. Ela podia imaginar a mulher lendo em voz alta ao lado da lareira com um neto no colo.

— Tomei a Cidade do Silêncio — anunciou Belial, e era estranho e abominável ouvir a voz dele saindo dos lábios da idosa. — Tomei os corpos dos seus Irmãos do Silêncio e Irmãs de Ferro, criei com eles um exército e os fiz marchar pelo Caminho dos Mortos até a sua Cidade dos Ossos. Foi muito prestativo da parte de vocês deixar à disposição uma verdadeira horda de Caçadores de Sombras cujos corpos não se degradam, mas que, ao mesmo tempo, não são mais protegidos pelos seus feitiços Nephilim...

— Parabéns — ironizou James, parecendo prestes a vomitar. — Você é muito esperto. Mas já sabemos de tudo isso, e sei o que você quer.

— Você pode pôr um fim a isto — sibilou Belial. — Entregue-se a mim...

— Não. Se você me possuir, vai apenas causar mais destruição e ruína.

Augustus, Rosamund, Piers e todos os demais estavam encarando a cena com assombro. Ao menos agora veriam, pensou Cordelia, que James não estava de conluio com Belial. E, longe disso, que ele odiava Belial, e que o demônio só desejava possuir e destruir o neto.

— 535 —

Corrente de Espinhos

— Não — rosnou Belial. Enquanto Cordelia observava, a pele da mulher começou a esfarelar como farinha, revelando os ossos brancos do crânio.
— Podemos... negociar. Eu...

Mas a mulher já não tinha mais capacidade de falar. A pele havia se desgarrado do pescoço, revelando a espinha e a traqueia lá dentro. Não havia sangue, apenas cinzas, como se o corpo dela tivesse queimado de dentro para fora. O vestido vazio caiu no chão, coberto do pó cinza-esbranquiçado do que um dia haviam sido seus ossos.

— Precisamos dar um basta nisso — murmurou Lucie. — Deve haver algo que possamos fazer. — Mas Jesse segurava o braço dela com firmeza. Cordelia não podia culpá-lo.

Um quarto mundano veio à frente, um rapaz de óculos e colete. Um estudante da King's College, talvez. Parecia alguém estudioso, ponderado.

— Negociar? — repetiu James. — Você sabe que não vou negociar com você.

— Mas talvez — contemplou Belial — ainda não tenha entendido qual é a sua situação. A comunicação entre Londres e o resto do mundo foi cortada. Uma insígnia de fogo bloqueia as fronteiras da cidade, e ninguém pode entrar ou sair, por meios mágicos ou mundanos, a não ser pela minha vontade. Selei todas as entradas, todas as saídas, do Portal na sua cripta às estradas que levam para fora de Londres. Nem telefone ou telégrafo ou qualquer outra invenção dessas vai funcionar. Controlo a mente de todos dentro dessas fronteiras, desde o pior dos mundanos ao mais poderoso membro do Submundo. Londres está trancafiada e incomunicável. Nenhuma ajuda chegará até vocês.

Rosamund deixou escapar um gritinho e cobriu a boca com as mãos. Os outros encaravam. Belial estava obviamente se divertindo até não poder mais, pensou Cordelia. Era nauseante, e ela decidiu que não demonstraria qualquer emoção. Nem mesmo quando linhas pretas começaram a aparecer na pele do estudante, cortes irregulares que pareciam costuras, como se ele fosse uma boneca de pano que havia sido remendada e agora estava se desfazendo.

— Se — continuou Belial — você vier comigo, James, e escutar minha proposta, darei aos Caçadores de Sombras de Londres uma chance de escapar.

— 536 —

CASSANDRA CLARE

— Escapar? — explodiu Charles. — Como assim, escapar?

Uma fenda se rompeu na bochecha do estudante. Escancarou-se, e moscas começaram a rastejar para fora da ferida.

— Há uma passagem chamada York Gate — chiou Belial — mais adiante do seu rio Tâmisa, uma passagem que vem de lugar nenhum e vai a lugar nenhum. Darei aos Caçadores de Sombras de Londres trinta e seis horas para partirem através dela. Nada de truques — ressaltou, erguendo as mãos quando James começou a protestar. As mãos do jovem mundano estavam cobertas de linhas pretas, vários dos dedos pendendo delas como se estivessem suspensos por fios. — O Portal levará em segurança quem passar por ele até um local nas fronteiras de Idris. É Londres apenas que quero e Londres apenas que tomarei. Não tenho interesse nos Nephilim. Mas a vida de todos que permanecerem serão perdidas.

— Você vai deixar os outros moradores da cidade viverem? — perguntou Jesse. — Os mundanos, os membros do Submundo...

— Sim. — Belial sorriu, e o rosto do estudante se partiu, pedaços de pele pendendo dele. As mãos estavam descascando dos pulsos, como se fossem luvas ensanguentadas. — Quero governar uma cidade habitada. Acho divertido vê-los continuarem com suas vidas normais, sem saberem de nada...

Houve um ruído úmido. Cordelia se forçou a não desviar os olhos quando o rapaz tombou. O que restava dele lembrava um pedaço de carne crua enfiada em uma casca de roupas. Ela quase vomitou.

E então a última dos mundanos se adiantou. Cordelia ouviu Matthew xingar baixinho. Era a mennininha, seu rosto inexpressivo inocente e inabalado, os olhos grandes de um tom de azul que fez Cordelia se lembrar de Lucie.

— James — chamou Belial, e a força da voz dele pareceu chacoalhar o corpinho da menina.

— Pare — pediu James. Cordelia conseguiu senti-lo tremer ao seu lado e um terror gelado a dominou. Estavam testemunhando assassinatos, um após o outro, acontecendo bem diante de seus olhos, e James se culparia por todos eles. — Deixe a menina em paz.

Sangue salpicou os lábios da criança ao falar com a voz de um Príncipe do Inferno.

— Não, a menos que você venha comigo até Edom.

— 537 —

Corrente de Espinhos

James hesitou.

— Você deixará Cordelia fora disso. Independentemente de Cortana. Não vai machucá-la.

— *Não* — gritou Cordelia, mas Belial sorriu, o rosto da menininha retorcido horrivelmente em um riso torto de escárnio.

— Está bem — concordou o Príncipe. — A menos que ela me ataque. Eu a deixarei em paz se você concordar em me escutar. Eu lhe mostrarei seu futuro...

— *Está bem* — cedeu James em desespero. — Deixe a menina em paz. Deixe-a ir. Vou com você até Edom.

No mesmo instante, os olhos da garotinha rolaram para dentro do crânio. Ela tombou, o corpo pequenino imóvel, mal respirando. Quando expirou, uma nuvem de fumaça escura emergiu, subindo e se dissipando no ar. Rosamund se ajoelhou ao lado da menina e colocou a mão no ombro dela. Acima deles, a sombra de fumaça começou a coalescer, rodopiando como um pequeno tornado.

— James, *não*. — Matthew começou a andar até o *parabatai*, o vento soprando seus cabelos loiros. — Você não pode concordar com isso...

— Ele está certo. — Cordelia segurou o braço dele. — James, por favor...

James se virou para ela:

— Isto ia acontecer de um jeito ou de outro, Daisy — falou, resignado, segurando as mãos dela com urgência. — Você tem que acreditar, acreditar em mim, posso...

Cordelia gritou quando suas mãos foram arrancadas das de James. Ela foi alçada do chão como se a mão de alguém a estivesse segurando, apertando. Foi atirada para o lado como se fosse uma boneca e colidiu contra os degraus de pedra com uma força que lhe tirou o fôlego.

Sombra rodopiava ao redor dela. Enquanto se esforçava para se sentar, arquejando apesar das costelas quebradas, ela viu James, parcialmente oculto pela escuridão. Era como se estivesse olhando para ele através de uma cortina de fumaça. Cordelia o viu se virar em sua direção, o viu olhar diretamente para ela enquanto ela tentava se levantar, sentindo o gosto amargo de sangue na boca.

Eu te amo, Cordelia leu em seus olhos.

— 538 —

— *James!* — berrou ela enquanto as sombras entre os dois se adensavam. Ela podia ouvir Lucie gritando, os outros também, ouvir a batida terrível do próprio coração horrorizado. Amparando a lateral do corpo, Cordelia começou a se mover na direção de James, ciente das Sentinelas avançando até os degraus, até ela. Se conseguisse alcançá-lo primeiro...

Mas a sombra estava em toda parte agora, bloqueando sua visão, engolindo o mundo. Ela mal conseguia enxergar James — o borrão do seu rosto pálido, o brilho da pistola à cintura dele. E então viu algo mais. Matthew, movendo-se mais depressa do que ela teria pensado ser possível, correu por uma fenda na escuridão e se atirou na direção do *parabatai*, conseguindo agarrar a manga da camisa dele no exato instante em que a escuridão se fechou sobre os dois.

Ela pareceu fervilhar e se agitar — houve um clarão de luz carmesim dourada, como se Cordelia olhasse através de um Portal — e então desapareceu. Desapareceu por completo, sem deixar qualquer resquício para trás, apenas degraus vazios e partículas que pareciam areia.

Belial se fora. E levara James e Matthew consigo.

Interlúdio: Luto

Estar de luto, Cordelia se daria conta durante aquela noite e o dia seguinte, era muito semelhante a se afogar. Por vezes, a pessoa emergiria da água turva — um período de breve lucidez e calma, durante o qual tarefas triviais poderiam ser realizadas. Durante o qual o comportamento do enlutado era, presumivelmente, normal, e era possível manter uma conversa.

O restante do tempo, a pessoa é puxada para as profundezas. Não havia lucidez, apenas pânico e terror, apenas sua mente gritando de forma incoerente, apenas a sensação de estar morrendo. De não conseguir respirar.

Mais tarde, Cordelia se recordaria daquele tempo como clarões de luz no escuro, momentos em que ela emergia e era possível criar lembranças, ainda que incompletas.

Ela não se lembrava de ter saído do pátio e subido para o quarto — o quarto de James — no Instituto. Aquele tinha sido um período de afogamento. Lembrava-se apenas de estar na cama, de repente, uma cama que era grande demais para ela sozinha. Alastair estava debruçado sobre ela, os olhos vermelhos, desenhando runas de cura no braço esquerdo da irmã com a estela.

— *Tekan nakhor* — dizia ele —, *dandehaat shekastan.* — *Não se mova, suas costelas estão quebradas.*

— 541 —

Corrente de Espinhos

— Por que estamos aqui? — murmurou Cordelia.

— O Enclave está inclinado a acreditar na barganha de Belial — respondeu Alastair, interpretando mal a pergunta da irmã. — Que outra escolha temos? Devemos presumir que estamos a salvo das Sentinelas pelo próximo dia e meio. Preciso voltar para casa — acrescentou. — Você sabe que sim, Layla. Tenho que trazer mamãe para cá, para ficar conosco. Ela vai precisar de ajuda para sair de Londres.

Peça para outra pessoa ir em seu lugar, Cordelia queria dizer. *Não me deixe, Alastair.*

Mas a escuridão se aproximava e ela estava sendo engolida para seu interior. Sentiu o gosto de água amarga e sal nos lábios.

— Cuidado — sussurrou. — Tome cuidado.

Cordelia estava no corredor sem conseguir se lembrar de como havia chegado lá. O Instituto estava lotado. Todo o Enclave tinha sido notificado do ocorrido e uma reunião de emergência havia sido convocada. Muitos Nephilim estavam se mudando para o Instituto, não querendo ficar sozinhos em casa. Patrulhas tinham feito buscas por telefones ou telégrafos em funcionamento em várias residências e escritórios, em vão: a comunicação entre eles e o restante do mundo lá fora tinha sido, como Belial dissera, inteiramente cortada.

Martin Wentworth se aproximou de Cordelia, a expressão envergonhada, bem como Ida Rosewain.

— Sentimos muito — disseram. — Pelo que aconteceu com James. E Matthew. E Christopher.

Cordelia anuiu com a cabeça, aceitando as condolências. Desejou que eles a deixassem em paz. Procurou por Anna, mas não conseguiu encontrá-la. Tampouco encontrou Lucie. Voltou ao quarto para se sentar à janela, aguardando o retorno de Alastair.

A menininha que havia sido a última mundana possuída por Belial morrera. Ela fora levada para a enfermaria por Jesse, onde cuidaram dela com esmero,

— 542 —

CASSANDRA CLARE

mas seu corpo estava ferido demais para sobreviver. Lucie disse que Grace chorara pela desconhecida. Cordelia sequer conseguiu sentir surpresa.

Noite era dia, e dia era noite. Não parecia haver diferença na Londres de Belial. As nuvens pesadas eram constantes, e, ainda que uma luz estranha às vezes brilhasse, vinha de maneira irregular, sem qualquer respeito pela hora do dia. Os relógios ou estavam parados, ou giravam os ponteiros sem descanso. Os moradores do Instituto mediam o tempo como podiam usando uma ampulheta que encontraram no escritório de Will.

Compreendendo que talvez nunca retornasse a Cornwall Gardens, Sona não conseguia decidir o que levar e o que deixar. Cordelia se viu empilhando uma coleção curiosa de ornamentos e livros, roupas e demais pertences dentro de uma cômoda em um dos quartos vazios do Instituto. Quando terminou, a mãe abriu os braços para ela de onde estava na cama.

— Venha cá. Minha pobre menininha. Venha cá.

Cordelia chorou nos braços da mãe, abraçando-a com força até as ondas a puxarem para baixo outra vez.

Ao passar pela sala, Cordelia avistou Thomas. Estava com Eugenia, os dois absortos em uma conversa, e, no entanto, o jovem parecia sozinho. Era o último dos Ladrões Alegres no mundo, Cordelia percebeu com um horror entorpecido. O último de quatro. Se não trouxessem James e Matthew de volta de alguma forma, Thomas estaria sozinho para sempre.

Charles presidiu a reunião. Seu rosto estava calmo, mas Cordelia podia ver que ele se sentia profundamente despreparado para a situação em que se encontravam. As mãos dele tremiam como papel adejando no ar, e sua fala foi logo sufocada por um coro de vozes dos membros do Enclave que eram mais velhos e mais determinados do que ele.

— Não vamos permanecer em Londres e colocar nossas famílias em risco — rugiu Martin Wentworth. — Nos foi dada uma chance de escapar. É melhor aceitarmos.

Corrente de Espinhos

—

Cordelia ficou perplexa ao se ouvir fazendo uma objeção audível durante a reunião. Escutou a própria voz como se estivesse distante, argumentando que não deveriam deixar a cidade. Eles eram Caçadores de Sombras. Não podiam abandonar Londres à mercê de Belial. Mas não importava — não importava o quanto ela e os amigos protestassem com ferocidade, a decisão já havia sido tomada. Belial não era confiável, rebateu Cordelia. E se James e Matthew conseguissem escapar e retornassem a Londres? Como poderiam deixar que eles a encontrassem deserta, sob controle de demônios?

— Eles não vão retornar — respondera Martin Wentworth, sério. — O que um Príncipe do Inferno toma, ele não devolve.

Cordelia não conseguia respirar. Ela olhou para o outro lado do cômodo e fez contato visual com Lucie, que o sustentou, não permitindo que a amiga afundasse.

Já passava da meia-noite. Todos estavam na biblioteca, os abajures acesos, mas com luz fraca. Mapas e livros estavam abertos diante deles. Anna lia avidamente, como se pudesse queimar as páginas com os olhos.

Cordelia se deitou outra vez naquela cama grande demais, odiando tudo. Objetos que a faziam pensar em James a cercavam. As roupas dele, livros antigos, até as gravações que entalhara na madeira da mesa de cabeceira. *OLA na TdD*, ele escrevera, arruinando a tinta do móvel. *Os Ladrões Alegres na Taverna do Diabo*. Uma lembrança? O título de uma peça de teatro, um poema, um pensamento?

Quando a porta se abriu, ela estava exausta demais para sequer se surpreender com a entrada de Lucie, e Jesse ao seu lado. Enquanto o jovem observava da porta, Lucie atravessou o quarto e se deitou na cama ao lado da amiga.

— Sei que você sente a falta deles tanto quanto eu — disse ela.

Cordelia descansou a cabeça no ombro de Lucie. Jesse olhou para as duas e depois escapuliu em silêncio para fora do quarto, fechando a porta ao sair.

— Acha que vamos conseguir? — sussurrou Cordelia no escuro cheio de sombras.

— Preciso acreditar que vamos — respondeu Lucie. — Preciso.

A manhã era tão escura quanto a noite. Sona pegou a mão da filha.

— Você está sofrendo — disse ela —, mas é uma guerreira. Sempre foi. — Ela olhou para Alastair, que estava diante da janela observando o céu escuro. — Você vai ajudar sua irmã a fazer o que for necessário.

— Sim — respondeu Alastair. — Eu vou.

27

NUVENS DE ESCURIDÃO

Horror cobre o céu por inteiro,
Nuvens de escuridão desbotam a lua,
Prepare-se! Pois sua alma mortal deve morrer.
Prepare-se para entregá-la em breve.

— Percy Bysshe Shelley, *"Ghasta,*
ou o demônio vingador!!!"

Belial lhes dera trinta e seis horas. Trinta e quatro já haviam se passado. Agora Cordelia caminhava pela manhã fria e escura, parte de um cortejo sombrio de Caçadores de Sombras marchando para a passagem que os levaria para longe de Londres, talvez para sempre.

Lucie estava por perto, com Jesse, e Alastair acompanhava Sona, que descansava em uma cadeira de rodas empurrada por Risa. Cordelia podia ver outros rostos conhecidos em meio à multidão: Anna, perfeitamente empertigada. Ari, carregando Winston em uma gaiola. Eugenia. Grace, sozinha e calada, mancando de leve, recusara as runas de cura para os pés machucados. Thomas, que levava Oscar preso em uma coleira. Estavam todos juntos, e, no entanto, Cordelia sentia que cada um deles caminhava sozinho, isolados uns dos outros pelo pesar e pela preocupação.

— 547 —

Corrente de Espinhos

Ao se aproximarem de seu local de destino, mais Caçadores de Sombras se juntaram à procissão. Famílias, em sua maior parte, não querendo se separar. Cordelia sentiu um horror entorpecido revirar seu estômago. Aqueles eram os guerreiros escolhidos pelo Anjo, a linha de defesa contra as trevas. Ela jamais imaginou que poderiam ser forçados a abandonar a própria cidade com apenas as roupas do corpo e o que conseguissem carregar.

A procissão continuou em silêncio, e parte daquele silêncio, Cordelia sabia, era vergonha. Uma vez confirmado que Belial dizia a verdade — que uma barreira mágica cercava os limites da cidade e não podia ser atravessada, e que Londres estava sob seu completo domínio —, o Enclave se encolheu com o rabo entre as pernas. Londres era apenas uma cidade, disseram os Caçadores de Sombras mais velhos. Ficar e lutar sem esperança de receberem reforços, contra um inimigo cujos poderes eram desconhecidos, era tolice: melhor seguirem para Idris e se reunirem com a Clave para tentar encontrar uma solução.

Solução nenhuma, Cordelia tinha certeza, começava com fazer exatamente o que um Príncipe do Inferno ordenara.

E foi isso que ela e os amigos argumentaram. Cada um deles havia protestado e sido ignorado. Eram jovens demais, tinham sonhos de glória romantizados, não entendiam o perigo — foi o que receberam em resposta. Até Charles se manifestara contra a partida, mas estava em minoria. Todos os adultos que teriam ficado do lado deles — os Herondale, os Lightwood, a Consulesa — estavam em Idris, pensou Cordelia com amargura. Belial planejara bem.

Como se lesse os pensamentos da amiga, Lucie murmurou:

— Não consigo acreditar que estejam se recusando a ficar.

— Sequer *consideraram* a possibilidade. — Cordelia ainda sentia a lança afiada de fúria dentro dela. — Mas — acrescentou — pelo menos *nós* temos um plano.

Estavam passando pela igreja de St. Clement, então viraram na Arundel Street em direção ao Tâmisa. Após apenas um dia e meio, Cordelia continuava chocada diante da transformação de Londres. Era manhã, mas o céu estava fechado com nuvens pesadas, como costumava ser agora. A única fonte de iluminação real vinha do horizonte, onde, segundo alguns cavalei-

— 548 —

CASSANDRA CLARE

ros que tinham cavalgado até os limites da cidade, um parco brilho branco emanava da barreira de bloqueios demoníacos que circundava a cidade.

Ao redor deles estavam os mundanos de Londres, como de costume, mas eles também tinham sido transformados. Os moradores de Londres sempre se moviam com urgência quando estavam nas ruas, como se todos tivessem compromissos importantíssimos. Agora havia algo de sinistro e maníaco na pressa deles. Realizavam suas ações cotidianas sem pensar, sem mudanças. Perto da Temple Station havia uma banca de jornal abarrotada de pilhas de jornais já começando a amarelar nas beiradas. As manchetes anunciavam as notícias de dois dias atrás. Enquanto Cordelia assistia, um homem de chapéu-coco pegou um e estendeu a mão vazia ao vendedor, que fingiu contar o troco. Do outro lado da entrada da estação, uma mulher estava parada diante das vitrines escuras e vazias de uma butique fechada com tapumes. Enquanto passava, Cordelia ouviu a mulher repetindo sem parar:

— Ah, uau! Que maravilha! Que maravilha! Uau, uau, uau!

Um pouco atrás dela, a figura de túnica branca de um Irmão do Silêncio possuído por um dos demônios Quimera deslizava em meio às sombras. Cordelia desviou os olhos depressa. Que estranho era sentir terror ao avistar um Irmão do Silêncio, cujo dever era protegê-la, curá-la.

Oscar fazia força contra a coleira, rosnando baixinho.

Cordelia ficou aliviada quando chegaram ao Embankment, a névoa e escuridão anuviando tudo para além da parede do rio, de modo que apenas o movimento e ruído das águas davam qualquer indicação de que o Tâmisa estava lá. A Waterloo Bridge avultava, obscurecida, acima deles, e então estavam todos passando pela entrada do Embankment Gardens, trilhando um caminho margeado por árvores desfolhadas pelo inverno até uma área de gramado bem mantido, onde a maior parte do Enclave já se encontrava reunida.

No centro do gramado, parecendo bizarramente destoante dos arredores, estava uma estrutura peculiar: um portão em arco cercado por pilares de arquitetura em estilo italiano. Alastair pesquisara a respeito: havia sido a entrada fluvial para uma opulenta mansão antes de Londres construir o aterro, isolando a porta a quase 140 metros do rio, no meio de um parque.

Corrente de Espinhos

Parecia não haver conexão entre York Gate e Belial ou qualquer coisa demoníaca. Cordelia pensou que era apenas o senso de humor do Príncipe do Inferno mandá-los passar por portas que saíam de lugar nenhum e davam em lugar nenhum.

Ela não conseguia enxergar nada do outro lado do arco, apenas sombras. Uma multidão cercava a comporta: lá estava Rosamund, com um tremendo baú de roupas, colocado sobre um carrinho, que ela puxava. **Atrás** dela estava Thoby, que, de algum jeito, puxava um baú ainda maior. **Martin** Wentworth, o rosto impassível, segurava uma tartaruga dentro de um tanque de vidro com delicadeza surpreendente, e Esme Hardcastle tentava equilibrar meia dúzia de pastas cheias de papéis nas mãos. Enquanto Cordelia observava, uma rajada de vento soprou algumas das folhas, e Esme começou a rodopiar pelo gramado em pânico, recuperando-as. Augustus Pounceby assistia à dança da mulher em silêncio — ele decidira levar consigo uma coleção de armas, embora Cordelia não conseguisse imaginar por quê. Ele estava indo para Idris, onde já tinham armamentos suficientes.

Então Cordelia avistou Piers Wentworth e Catherine Townsend. Outra pessoa carregava os pertences dos dois enquanto eles acompanhavam um catafalco móvel no qual o corpo de Christopher repousava, coberto por sua mortalha. Apenas a cabeça dele estava visível, os olhos cobertos por seda branca.

Se qualquer membro do Enclave achara estranho que Thomas, Anna e os amigos tivessem se recusado a carregar o caixão, não comentaram. Se tinham de fato notado, provavelmente pensaram que era um protesto silencioso contra abandonar Londres.

E, de certo modo, era.

Oscar latiu. Thomas se ajoelhou para silenciá-lo, mas o cão voltou a latir, o corpo rígido, os olhos fixos na passagem. A sombra sob o arco começara a *se mover* — parecia cintilar, uma escuridão pontilhada com fragmentos de cor. Murmúrios se elevaram ao redor de Cordelia à medida que uma cena ia tomando forma, devagar, do outro lado do arco: um campo invernal com montanhas elevando-se à distância.

Qualquer Caçador de Sombras teria reconhecido aquelas montanhas. Estavam olhando para a fronteira de Idris.

Aquela era a saída, o meio de escaparem de Belial. Ainda assim, ninguém se moveu. Era como se tivessem acabado de perceber quem havia garantido que poderiam atravessar aquele Portal em segurança. Até Martin Wentworth, o defensor mais fervoroso da fuga de Londres, hesitou.

— *Eu* vou — prontificou-se Charles em meio ao silêncio. — E sinalizarei do outro lado se... se tudo estiver bem.

— Charles — protestou Grace, mas sem grande entusiasmo. Atravessar aquela passagem não era a razão pela qual estavam *todos* ali?

E Charles, empertigado, já marchava adiante. Cordelia notou que ele não levava nada — não tinha trazido qualquer pertence de Londres, como se não houvesse nada com que se importasse o bastante para considerar uma perda — enquanto se aproximava de York Gate e atravessava o Portal.

Charles desapareceu por um instante, até reaparecer do outro lado, no meio da paisagem gelada. Ele se virou, olhando para o lugar de onde viera. Embora fosse evidente que já não conseguia mais enxergar a passagem ou os Caçadores de Sombras esperando do outro lado, ele levantou a mão de maneira solene, como se dissesse: *é seguro. Podem atravessar.*

Aqueles que aguardavam em Londres olharam ao redor uns para os outros. Após um longo momento, Martin Wentworth seguiu Charles, e também se virou para acenar. Seus lábios pareceram dizer *Idris* antes de o homem sair do campo de visão.

A multidão começou a se mover. Foram todos se organizando em uma fila um pouco relaxada, caminhando na direção da passagem e atravessando um por um. Cordelia olhou para Anna quando Piers e Catherine passaram, acompanhando o corpo de Christopher no catafalco móvel: ela continuava perfeitamente imóvel, uma estátua de pedra.

Eugenia atravessou, carregando Winston na gaiola, que havia tomado de Ari.

— Adeus! Adeus! — exclamava Winston, até a voz aguda ter sido engolida pelo Portal. Flora Bridgestock fora falar com Ari, que balançou a cabeça de maneira austera. Flora passou pelo arco sozinha, lançando um olhar derrotado à filha antes de cruzar o limiar.

— Layla — chamou Risa, pousando a mão sobre o braço da filha. — Está na hora de ir.

Corrente de Espinhos

Cordelia ouviu Alastair respirar fundo. Ela olhou para a mãe sentada na cadeira de rodas. Sona mantinha as mãos entrelaçadas sobre o colo e fitava os filhos com olhos escuros e questionadores. *Ela suspeita*, pensou Cordelia, embora não pudesse provar, não pudesse ter certeza. Podia apenas torcer para que a mãe entendesse.

Risa começou a empurrar a cadeira de rodas adiante, evidentemente esperando que Cordelia e Alastair fossem segui-las.

— *Oscar!* — gritou Thomas. Cordelia girou para ver que o cão havia se libertado da coleira e corria em círculos, animado.

— Cachorro idiota — xingou Alastair e correu para ajudar Thomas a recuperar o Golden Retriever fujão.

Quando Thomas estendeu um braço para o cão, Oscar pulou para a esquerda e se afastou, latindo com alegria.

— Cachorro mau! — censurou Thomas enquanto Lucie também corria na direção dele, tentando agarrar a coleira. — Agora não é hora para isso!

— Risa... Tenho que ir ajudar. Atravesse com *Mâmân*. Encontro vocês duas daqui a pouco do outro lado — disse Cordelia. Com um último olhar para a mãe, ela correu para se juntar aos demais.

Anna, Jesse, Ari e Thomas formaram um círculo tentando encurralar Oscar. Lucie chamava:

— Aqui, Oscar, aqui. — E batia palmas para chamar a atenção dele. Membros do Enclave continuavam a passar por eles, dando espaço a Cordelia e seus amigos enquanto Oscar saltitava, correndo primeiro para Ari, depois se desviando quando ela tentou segurá-lo, e indo fazer o mesmo com Grace e Jesse em seguida.

— Deixem o cão, idiotas! — gritou Augustus Pounceby, que cruzava o Portal. Era quase o último na fila, percebeu Cordelia. Havia talvez mais cinco Nephilim atrás dele.

Faltava pouco agora.

Oscar se atirou no chão e rolou, agitando as patas para o alto. Foi Anna quem se ajoelhou, enquanto o último membro do Enclave, Ida Rosewain, atravessava o Portal. Colocou a mão no flanco de Oscar.

— *Bom garoto!* — exclamou. — Que bom garoto você é, Oscar.

CASSANDRA CLARE

Oscar se levantou e empurrou o focinho contra o ombro dela. O Embankment estava quase deserto. Cordelia olhou ao redor para o grupo que restara: ela e Alastair, Anna e Ari, Thomas, Lucie, Jesse, Grace.

O Portal ainda cintilava. Cordelia e os demais podiam ver trechos das planícies geladas nos limites de Idris, os Nephilim do outro lado voltando a se agrupar. Eles ainda podiam escolher atravessar. Mas fazê-lo significaria abandonar não apenas Londres, mas Matthew e James. E nenhum deles faria aquilo.

Thomas se adiantou para prender a coleira em Oscar outra vez.

— Bom garoto — elogiou, coçando atrás das orelhas do cachorro. — Você fez exatamente o que precisava fazer.

— Quem diria que o cão de Matthew Fairchild se provaria tão bem treinado? — provocou Alastair. — Achei que Oscar levava uma vida de devassidão abissal na Hell Ruelle.

— Matthew e James costumavam treinar Oscar juntos — explicou Lucie. — Ensinaram todo tipo de jogos e truques, e... — Os olhos dela estavam marejados. — Bom, funcionou. Não achei que funcionaria.

Cordelia suspeitava que nenhum deles acreditara que daria certo, não quando tiveram a ideia desesperada na calada da noite, apenas horas antes da manhã chegar e ser a hora de partirem. Ainda assim, todos haviam concordado em tentar, com fé. Parecia que, em tempos como aquele, fé era tudo o que restava.

— Eu me sinto tão culpada — murmurou Ari. — Minha mãe... O que vai pensar quando não me juntar a ela?

— Eugenia prometeu explicar o plano a todos — lembrou Thomas. — Ela vai explicar. — O rapaz se empertigou, olhando para o arco. — O Portal está se fechando.

Todos assistiram, congelados em seus lugares, à paisagem do outro lado do arco se dissipar. Sombras se amalgamaram, como tinta cobrindo uma tela, apagando primeiro as montanhas, depois as planícies abaixo delas e a imagem distante dos Caçadores de Sombras que esperavam do outro lado.

O Portal piscou até deixar de existir. O arco voltara a ser o que era: *uma passagem que vem de lugar nenhum e vai a lugar nenhum*. A rota de fuga de Londres havia desaparecido.

Corrente de Espinhos

— E agora? — sussurrou Grace, fitando a escuridão sob o arco.

Cordelia respirou fundo.

— Agora nós voltamos ao Instituto.

———

De lá, o caminho de volta era curto, mas exalava uma aura muito diferente, mais perigosa do que aquela da jornada de ida. Antes estavam todos seguindo as ordens de Belial, agora eles as estavam desafiando e torcendo para passarem despercebidos.

Lucie tinha a sensação de que eram camundongos presos em uma gaiola, e, em algum lugar acima deles, um gato os cercava. Ela observava os mundanos passarem pelas ruas como se estivessem em transe. Não era piedade, ela sabia, que fazia com que Belial não matasse todos na cidade ou os expulsasse como fizera com os Caçadores de Sombras. Era porque ele desejava governar *Londres* — não uma casca vazia do que um dia fora Londres, não as ruínas de Londres, mas a cidade como ele a conhecia, com todos os seus banqueiros caminhando para o trabalho com jornais debaixo do braço, com mulheres vendendo flores do lado de fora das igrejas, com comerciantes empurrando carrinhos pelo centro.

Quando os oito traçaram o plano, depois daquela reunião terrível da véspera, tinham concordado em permanecer reunidos no Instituto. Estavam bastante certos de que agora as Sentinelas, e quaisquer dos outros demônios de Belial vagando pelas ruas, os atacariam assim que os notassem, e era mais fácil defender um local só do que vários. Além disso, pensou Lucie, era deprimente demais cada um deles ir dormir sozinho na própria casa, e Grace não tinha para onde ir.

Até a expressão de Oscar era grave ao trotar ao lado de Thomas. O silêncio era um peso sobre Lucie. Ela havia passado a maior parte do tempo desde que James e Matthew tinham sido levados trancada no quarto, tendo Jesse como companhia frequente. Ele era, como não deveria ter sido nenhuma surpresa, especialista em dar apoio silencioso e quase invisível. Havia ficado com ela, em silêncio, enquanto Lucie lia suas antigas histórias e se perguntava o que estivera pensando, como podia ter sido tão despreocupada e alegre. Por vezes,

— 554 —

CASSANDRA CLARE

Jesse a abraçava na cama, passando os dedos com delicadeza pelos cabelos dela, mas tiveram o cuidado de não fazer muito mais do que aquilo. Quando ficava sozinha, ela fitava páginas em branco por horas a fio, escrevendo uma linha aqui e ali e depois riscando-as com borrões violentos de tinta.

Christopher estava morto. E Lucie tentara buscá-lo, mas não sentira nada em resposta. Não queria forçá-lo — sabia por experiência própria que convocar espíritos que não estivessem espontaneamente assombrando o mundo humano era um ato de violência, e que, na melhor das hipóteses, eles responderiam com relutância. Onde quer que estivessem, era melhor do que serem fantasmas.

James estava desaparecido, Matthew com ele. Ainda estariam vivos? Belial só seria capaz de possuir James enquanto ele vivesse, e, se tivesse sido bem-sucedido, o Príncipe com certeza já teria voltado para se gabar e provocar os Caçadores de Sombras. Era bizarro ver os Ladrões Alegres, que tinham sido a força de todos os amigos dela, que tinham sido o centro do grupo, resistentes como aço, aqueles em que podiam se fiar com segurança, reduzidos a Thomas apenas.

E agora estavam de volta ao pátio do Instituto, vazio e silencioso como sempre. Não havia marcas ali, nenhum sinal das coisas horripilantes que tinham acontecido em tão pouco tempo. Lucie imaginou uma placa: AQUI FOI ONDE TUDO DESMORONOU. O sequestro de Matthew e James, a morte de Christopher... Os dois acontecimentos pareciam ter sido muito recentes, um trauma que ainda se desenrolava, e, ao mesmo tempo, muito distantes.

Por outro lado, pensou ela, aquele pátio também havia sido destruído por Leviatã poucas semanas antes, e tampouco havia quaisquer sinais daquilo. Ser um Caçador de Sombras talvez significasse apenas continuar desenhando runas por cima das cicatrizes, sem parar.

Lá dentro estava tudo tão silencioso e vazio quanto do lado de fora, uma mudança inquietante depois da correria e confusão que tomara o Instituto nos dias anteriores. As botas do grupo estalavam, altas, no piso de pedra e ecoavam nas paredes. Ao subirem a escada central, Jesse levou a mão enluvada até a de Lucie.

— Você viu Bridget sair? — perguntou ele em voz baixa. — Juro que não lembro de tê-la visto na multidão.

— 555 —

Lucie se sobressaltou.

— Não... Não vi... Mas ela devia estar lá, não é? Só devíamos estar ocupados demais com Oscar para notar.

— Pode ser — respondeu Jesse, embora houvesse dúvida em seu tom de voz.

Lucie e Jesse chegaram à biblioteca. Lucie olhou ao redor para o resultado dos planos que fizeram em segredo naquele último dia e meio, trabalhando em pequenas explosões febris sempre que tinham um momento livre. A mesa estava coberta de mapas de Londres, da Cidade do Silêncio e dos arredores da Cidadela Adamant. Havia também uma lousa de rodinhas no canto, que Thomas desenterrara de alguma despensa ou coisa do tipo.

— Pelo menos podemos escrever nossos planos agora — comentou Jesse. Eles tinham evitado fazê-lo por medo de serem descobertos. — Presumindo-se que alguém lembre quais são.

— Ari, você pode escrever? — pediu Anna. — Sua letra é a melhor de todos aqui, tenho certeza.

— Não com *giz* — protestou, mas ainda assim pareceu satisfeita com o elogio. Ela pegou o bastão e gesticulou para o resto do grupo com expectativa.

Thomas olhou ao redor e, não encontrando quem mais quisesse começar, limpou a garganta.

— Nossa primeira prioridade — anunciou — é fortificar o Instituto. Pregar tábuas de madeira nas janelas de qualquer cômodo que formos usar e apagar todas as luzes naqueles que não formos. Vamos colocar correntes com cadeado nas portas da frente. De agora em diante, só entramos e saímos pelo Santuário. Com alguma sorte, conseguiremos manter Belial no escuro, sem saber que alguns Caçadores de Sombras ficaram para trás.

— Ele vai acabar descobrindo — observou Alastair. — Se é que já não fomos avistados pelas Sentinelas no caminho de volta para cá.

Ari apontou para ele com o giz.

— Isso é um pensamento muito negativo, Alastair, e não vamos tolerá-lo. Quanto mais tempo conseguirmos manter nossa presença em segredo, melhor.

— Concordo — declarou Anna. — Prosseguindo: Ari e eu tentaremos encontrar uma maneira de entrar e sair de Londres. Deve existir algum tipo de portão mágico que Belial tenha deixado passar. Um Portal de feiticeiro esquecido, um caminho para o Reino das Fadas. Alguma coisa.

— Que tal tentarmos pelo mesmo caminho que Tatiana e as Sentinelas usaram para chegar aqui? — sugeriu Thomas. — O Caminho dos Mortos.

Naqueles últimos dias frenéticos na biblioteca, tinham descoberto o que o Caminho dos Mortos era: uma passagem que levava da Cidade do Silêncio às Tumbas de Ferro. Parecia que, após ter sido aprisionada, Tatiana havia aberto uma passagem dentro da Cidade dos Ossos para permitir que o exército de Belial marchasse das Tumbas de Ferro, pelo Caminho, até o coração da fortaleza dos Irmãos do Silêncio. O pensamento era doloroso.

— Queria que fosse possível fazer isso, Tom — respondeu Anna —, mas lembre-se do que Charles disse: não só a entrada para a Cidade do Silêncio está selada, como também seria impossível lutarmos contra os demônios que nos atacariam se tentássemos abri-la. Ainda mais agora que não há mais luz do dia de verdade. Não estaríamos a salvo em momento nenhum para tentarmos isso.

— Se tivéssemos ajuda de um feiticeiro, poderíamos tentar — sugeriu Lucie. — Magnus e Hypatia estão em Paris, mas Malcolm é o Alto Feiticeiro de Londres. Deve ao menos estar ciente do que aconteceu. E não só ele — acrescentou. — Temos que tentar fazer contato com qualquer membro do Submundo que continue aqui na cidade, ver se podem ajudar de alguma forma. Belial disse que estariam todos sob seu controle, mas ele está sempre mentindo.

— Mensagens de fogo — murmurou Grace, do outro extremo da mesa, surpreendendo Lucie. — A invenção em que Christopher estava trabalhando. Ele achou que estava bem perto de funcionar. Se conseguirmos terminar o que ele começou, talvez possamos enviar mensagens a Idris, visto que Belial nem sabe da existência disso.

Todos assentiram. Cordelia cruzou os braços.

— As Sentinelas. É perigoso, mas precisamos descobrir mais a respeito delas. O que podem fazer. Se têm alguma fraqueza que possamos explorar.

— Ela se virou para Lucie: — Luce, você alguma vez já encontrou o fantasma de um Irmão do Silêncio ou de uma Irmã de Ferro? Sei que os corpos deles não se decompõem, mas e as almas?

— 557 —

Lucie negou com a cabeça.

— Nunca vi um fantasma assim. Aonde quer que as almas deles estejam viajando, é para além de qualquer lugar onde já estive.

— Descobrir qualquer coisa sobre as Sentinelas será difícil — ponderou Alastair —, considerando que também estamos tentando permanecer escondidos. Se enfrentarmos uma Sentinela e fugirmos, isso será reportado a Belial. Se enfrentarmos uma Sentinela e a matarmos, a ausência dela será notada. Não estou dizendo que não deveríamos tentar — acrescentou, levantando as mãos antes que Cordelia pudesse protestar. — Talvez pudéssemos atirar coisas pesadas nelas de algum lugar alto.

— Você fica encarregado de atirar coisas de algum lugar alto nas Sentinelas — concordou Anna. — Enquanto isso, a pior e mais importante questão permanece.

— Resgatar James e Matthew — completou Lucie.

— Temos que *encontrar* James e Matthew primeiro — lembrou Jesse.

— James vai resistir pelo tempo que puder — garantiu Cordelia. — Mas não sabemos quanto tempo vai demorar ou se Belial vai encontrar outra maneira de possuí-lo sem o consentimento dele.

— E Belial não esperava levar Matthew junto — observou Thomas. — Não tem por que mantê-lo vivo. O que significa que temos ainda menos tempo à disposição.

— Ele tem uma razão para mantê-lo vivo — apontou Lucie. — James nunca concordará em cooperar se Belial ferir Matthew.

Thomas suspirou.

— Teremos que nos apegar a isso por enquanto, uma vez que não sabemos nem por onde começar a resgatar os dois. Edom é outro mundo. Não temos como chegar lá. Talvez com a ajuda de um feiticeiro, dependendo se Belial estava mentindo ou não sobre estarem sob sua influência.

— Então — anunciou Anna, sentando-se. Lucie se sentia grata: mesmo estando em luto profundo pelo irmão, Anna não permitiria que os outros se desesperassem naquele momento. — Ari e eu vamos procurar meios mágicos que nos permitam entrar e sair de Londres. Grace, você deveria pesquisar mais sobre aquelas mensagens de fogo, você é quem conhece melhor o trabalho de Christopher até agora.

— 558 —

— Vou ajudar Grace — ofereceu Jesse.

Anna assentiu.

— Alastair, você e Thomas estão encarregados das Sentinelas e de como derrotá-las. Cordelia...

— Lucie e eu vamos procurar os membros do Submundo — concluiu ela. Cordelia encontrou os olhos de Lucie e sustentou seu olhar com determinação. — E vamos descobrir como resgatar Matthew e James.

— Já temos todas as tarefas e todos os encarregados — anunciou Ari. — Engraçado como as coisas são realizadas bem mais rápido quando o resto do Enclave não está aqui para atrapalhar.

— Quando tudo já foi para o Inferno — brincou Alastair —, as pessoas conseguem se focar de maneira bem mais eficiente.

Todos começaram a falar. Lucie olhou para Cordelia, que permanecia calada, também observando os demais. Pela primeira vez em muito tempo, Lucie sentiu uma centelha de esperança. *Cordelia e eu vamos trabalhar juntas,* pensou. *E seremos* parabatai. Mesmo no frio da cidade deserta e diante das tarefas árduas que enfrentariam, aquela percepção acendeu uma fagulha de calor dentro dela, a primeira que sentira desde que tudo aquilo começara.

⬥

Cordelia e Lucie se mantiveram próximas enquanto andavam pela Berwick Street. Cordelia não pôde deixar de pensar na primeira vez que estivera ali, no Soho, com Matthew e Anna. Como fitara os arredores, absorvendo tudo com avidez: o bairro fervilhando com vida, postes de luz iluminando o rosto de fregueses em tendas tentando barganhar em tudo, desde pratos de porcelana a rolos de tecido lustroso. Risadas escapando das janelas iluminadas do pub Blue Posts. Matthew sorrindo para ela sob o luar, recitando poesia.

Havia sido empolgante e incrível. Agora era apenas sinistro. Embora ainda estivesse no meio do dia, estava escuro, os postes de luz apagados: na noite anterior, ela vira os funcionários que os acendiam andando pelas ruas, fazendo todos os movimentos de seu trabalho automaticamente, mas não havia chamas acesas nas extremidades dos atiçadores. Havia figuras recurvadas nas portas, muitas delas maltrapilhas: mendigos, anteriormente, mas agora eles não mendigavam. Pareciam não notar o frio, embora seus dedos e pés descalços estivessem azulados. Cordelia desejou poder cobri-los com mantas, mas sabia que não podia: interagir com mundanos chamaria a atenção das Sentinelas, e, como Anna advertira Lucie e ela, a melhor maneira de ajudá-los era pondo fim ao controle de Belial sobre Londres o mais rápido possível.

Ainda assim. O coração dela doía.

Próximo de Tyler's Court, as duas toparam com um artista com o cavalete montado na calçada. Vestia um sobretudo velho e desgastado, mas as tintas e a tela eram novas. Lucie parou para observá-la e fez uma careta: a imagem ali era infernal. Ele havia pintado Londres em ruínas, a cidade em chamas, e no céu voavam demônios com asas coriáceas, alguns deles carregando pessoas ensanguentadas em suas garras.

Cordelia ficou feliz quando saíram das ruas. Elas viraram no beco estreito de Tyler's Court, e o coração dela afundou quando viu que a porta para a Hell Ruelle estava escancarada como a boca aberta de um cadáver.

— Melhor sacar sua arma — sussurrou ela, e Lucie desembainhou uma lâmina serafim do cinto, concordando com a cabeça. Cordelia estava armada, sabia que era perigoso demais não estar, mas não empunhara uma espada desde que matara Tatiana. Torcia para que não fosse obrigada a usar uma. A última coisa de que precisava naquele momento era invocar Lilith.

Ela meio que havia esperado, depois de notar a porta aberta, encontrar a taverna deserta. Para sua surpresa, após entrar, ouviu vozes vindas da parte mais interna do estabelecimento. Ela e Lucie se moveram devagar pelo corredor que levava ao salão principal e pararam, chocadas, ao entrar.

O cômodo estava repleto de membros do Submundo, e, a princípio, a Hell Ruelle parecia como de costume. Cordelia olhou ao redor, perplexa — havia artistas no palco, e uma plateia sentada às mesas diante dele, parecendo assistir ao espetáculo avidamente. Fadas caminhavam por entre as mesas, carregando bandejas sobre as quais taças de vinho repousavam como rubis.

No entanto... Enquanto normalmente as paredes estariam cobertas de arte e artigos decorativos, estavam agora nuas. Cordelia não se lembrava de já ter visto a Ruelle tão desprovida de cor e decoração.

CASSANDRA CLARE

Ela e Lucie começaram a caminhar com cautela na direção do palco, o que as levou para o meio das mesas cheias. Cordelia pensou em Alice, desaparecendo dentro do buraco do coelho. *Cada vez mais e mais curioso.* Os membros do Submundo não assistiam à apresentação: eles olhavam fixamente para um ponto adiante, cada um perdido em uma visão individual. Havia um cheiro acre de vinho estragado no ar. Ninguém notou Cordelia e Lucie. Elas poderiam muito bem estar invisíveis.

No palco, um tipo estranho de apresentação se desenrolava. A trupe de atores havia se reunido lá em cima em fantasias descombinadas e carcomidas por traças. Tinham colocado uma cadeira no centro, onde havia um vampiro sentado. Estava fantasiado da maneira como um mundano imaginaria o diabo: roupas vermelhas, um rabo bifurcado enrolado aos seus pés. Diante da figura estava uma fada alta usando uma mitra de bispo e segurando um aro de corda, encrostado de sujeira, que havia sido confeccionado no formato de uma coroa. A fada não olhava para o vampiro, apenas encarava o nada, mas, enquanto as duas Caçadoras de Sombras observavam, ela abaixou a coroa e a colocou na cabeça do vampiro. Após um momento, pegou-a de volta e tornou a coroar o vampiro pela segunda vez. Havia um sorriso fixo no rosto do falso bispo, que estava murmurando, quase baixo demais para ser ouvido. Quando as duas se aproximaram, Cordelia pôde discernir as palavras:

— Senhores, eis que lhes apresento seu incontestável rei. Portanto, todos vocês que vieram prestar homenagem e oferecer seus serviços estão dispostos a fazer o mesmo?

O vampiro ria.

— Que *honra* — dizia. — Que *honra*. Que *honra*.

Os demais atores no palco esperavam nas laterais e aplaudiam sem parar, educadamente. Dali, Cordelia conseguia enxergar as mãos deles, que estavam vermelhas e em carne viva: há quanto tempo estavam aplaudindo aquela coroação bizarra? E qual era o sentido dela?

Ao redor das mesas, alguns dos clientes estavam sentados empertigados, mas a maioria estava caída em seus assentos. Lucie pisou em uma poça de líquido escuro e rapidamente pulou para longe, mas não era espesso o suficiente para ser sangue. Era vinho, concluiu Cordelia, quando um gar-

— 561 —

Corrente de Espinhos

çom fada passou com uma garrafa, parando aqui e ali para encher copos já cheios. O álcool se derramava por cima das toalhas de mesa e para o chão.

— Olhe — murmurou Lucie. — É o Kellington.

Cordelia tivera esperanças de encontrar Malcolm ou talvez um dos membros do Submundo que simpatizavam com Anna, como a fada chamada Hyacinth. Mas Kellington serviria. O músico estava sentado sozinho a uma mesa perto do palco, descalço, a camisa suja com manchas de vinho. Não olhou para cima quando elas se aproximaram. Seus cabelos estavam colados em um lado do rosto: se por causa de vinho ou de sangue, Cordelia não sabia dizer.

— Kellington? — chamou ela com cautela.

O lobisomem ergueu a cabeça para a jovem devagar, os olhos levemente dourados agora opacos.

— Estamos procurando Malcolm — tentou Lucie. — Malcolm Fade está aqui?

Sem entonação, Kellington respondeu:

— Malcolm está preso.

Cordelia e Lucie trocaram olhares de alarme.

— *Preso?* — repetiu Cordelia.

— Foi capturado pelos Nephilim quando era apenas um garoto. Jamais escapará deles.

— Kellington... — Lucie começou a dizer, mas, ignorando-a, ele continuou.

— Quando eu era menino, antes de ser mordido, meus pais costumavam me levar ao parque — contou. — Mais tarde, os dois morreram de febre escarlate. Sobrevivi porque era lobo. Eu os enterrei em um lugar verde. Era como um parque, mas não havia rio. Eu costumava fazer barquinhos de papel e vê-los flutuar na água. Posso ensinar a vocês.

— Não — gaguejou Lucie —, tudo bem. — Puxou Cordelia para longe, o rosto perturbado. — Isto é muito ruim — disse, baixinho. — Eles estão tão mal quanto os mundanos.

— Talvez pior — observou Cordelia, olhando ao redor, nervosa. Kellington pegara uma faca da mesa. Devagar, abria um corte nas costas da própria mão, observando fascinado enquanto a ferida se fechava rapidamente. — Talvez seja melhor irmos embora.

Lucie mordeu o lábio.

CASSANDRA CLARE

— Existe uma chance... talvez... de que Malcolm esteja em seu escritório.

Ainda que fosse o caso, Cordelia duvidava que Malcolm estivesse em condições de ajudar. Mas não conseguiu discordar quando viu o olhar esperançoso no rosto da amiga. Ao deixarem o salão principal, passaram por uma mesa de vampiros — ali, o líquido derramado era sangue, seco a ponto de estar marrom, e Cordelia precisou se esforçar para combater a ânsia de vômito. Os vampiros levavam aos lábios cálices de sangue há muito coagulados, repetidas vezes, engolindo ar.

O escritório de Malcolm parecia como de costume, embora também tivesse a mesma atmosfera que o restante da Hell Ruelle: escuro, todas as luzes apagadas, e úmido. Cordelia acendeu sua pedra de luz enfeitiçada e a ergueu no ar, iluminando o cômodo. Parecia seguro o suficiente para usá-la. Duvidava que qualquer Sentinela estivesse interessada na taverna.

— Nada de Malcolm — constatou Cordelia. — Vamos embora?

Mas Lucie estava atrás da escrivaninha do feiticeiro, segurando a própria pedra de luz enfeitiçada acima dela, folheando depressa os papéis empilhados ali. Enquanto os lia, sua expressão mudava de curiosidade para preocupação e então raiva.

— O que foi?

— Necromancia — respondeu Lucie, deixando que as folhas que estava segurando caíssem de volta na superfície da mesa com um ruído. — Necromancia de verdade. Malcolm me prometeu que não tentaria ressuscitar Annabel. Ele me *jurou*! — Lucie se virou para encarar Cordelia, as costas contra a escrivaninha. — Sinto muito. Sei que não importa agora. É só que...

— Acho que nós duas sabemos que, quando perdemos pessoas que amamos — começou Cordelia, com cuidado —, a tentação de fazer *qualquer coisa* possível para trazê-las de volta é avassaladora.

— Eu sei — murmurou Lucie. — É isso que me assusta. Malcolm sabe quais são as consequências, mas o que ele *sabe* não importa: é o que ele sente. — Ela respirou fundo. — Daisy, preciso contar uma coisa. Eu...

Ah, não, pensou Cordelia, alarmada. Lucie estava mesmo prestes a confessar algo terrível? Malcolm estivera lhe ensinando magia sombria?

— Estou com um problema — disse Lucie.

Cordelia falou com bastante cautela:

— 563 —

Corrente de Espinhos

— Um problema... necromântico?

— Não! Sinceramente. *Nunca* fiz uso de nenhuma necromancia. É mais uma... Bom, uma questão amorosa. Tem a ver com beijos.

— E você quer discutir isso agora? — indagou Cordelia.

— Quero, porque... Bom, creio que seja mais ou menos uma questão amorosa necromântica.

— Beijar Jesse não é necromancia — respondeu Cordelia, franzindo o cenho. — Ele está vivo agora. A menos que você esteja beijando outra pessoa.

— Não estou — garantiu Lucie —, mas toda vez que beijo ou toco em Jesse, se for mais do que um instante... — Ela corou com tanta intensidade que ficou nítido mesmo sob a iluminação fraca da pedra de luz enfeitiçada. — Sempre que minha pele encosta na dele, sinto como se estivesse caindo para dentro da sombra. E... vejo coisas.

— Que tipo de coisas?

— A insígnia de Belial, mas um pouco diferente. Não é como a que está desenhada nos livros. E vi torres, portões, como em Alicante, mas é como se Idris tivesse sido dominada por demônios. — A voz dela falhou. — Ouvi um encantamento, algum tipo de língua demoníaca dizendo...

— Não diga em voz alta — interrompeu Cordelia. — Talvez Belial queira que você faça exatamente isso. Ah, Lucie. Você falou com Malcolm, contou a ele o que estava acontecendo?

Lucie confirmou com a cabeça.

— Ele disse que, quando usei meu poder para reviver Jesse, é possível que eu tenha criado um canal de comunicação entre Belial e eu. — Franziu a testa. — Acho que estou vendo coisas nas quais ele esteja pensando ou fazendo. Queria que ele ficasse bem longe da minha cabeça. Desse jeito tenho medo até de tocar na mão de Jesse.

Pelo menos você pode vê-lo. Pelo menos ele continua no mesmo mundo que você. Mas aquilo não era justo, Cordelia sabia: por um longo tempo não havia sido assim.

— Ainda não posso afirmar que conheço Jesse muito bem, mas é evidente que ele ama você de verdade. E que é paciente. Foi necessário, considerando a vida que teve. Tenho certeza de que ele vai esperar por você. Não existe nada mais importante para ele.

CASSANDRA CLARE

— Espero que sim — murmurou Lucie. — Isto tudo vai acabar logo, de um jeito ou de outro. Não vai? — Ela estremeceu. — Vamos? Estar nas ruas agora é horrível, mas ainda é melhor do que a sensação sinistra que este lugar me causa.

Cordelia e Lucie saíram do escritório de Malcolm e voltaram ao salão principal da Ruelle. Ao seguirem para a saída, algo chamou a atenção de Cordelia: um trecho da parede que havia sido pintado com a imagem de uma floresta, pequenas corujas espiando por entre as árvores. Ela o reconheceu como o pedaço de um mural de Lilith que decorara a parede durante a celebração da Festum Lamia de Hypatia, agora pintado de forma incompleta.

A imagem permaneceu com ela, e, quando saíram para Tyler's Court, Cordelia teve uma ideia. Uma ideia muito, muito ruim. Era exatamente do tipo que dominava a mente de alguém e, contra sua vontade, grudava e não ia embora, ganhando cada vez mais e mais força. Era uma ideia perigosa, talvez até um desvario. E não havia James por perto para aconselhá-la a não seguir adiante com ela.

—

Houve um longo, longo período de escuridão antes de James despertar. Quão longo, ele não saberia dizer. Ele estivera em Londres, no pátio do Instituto, olhando para Cordelia através de uma bruma de sombras. Depois, vira Matthew correndo na direção dele e escutara o rugido de Belial em seus ouvidos — e então o uivo do vento, uma tempestade que o fez girar de ponta-cabeça, e a escuridão descera sobre ele como o capuz de um carrasco.

A primeira coisa que notara ao acordar foi que estava deitado de costas, olhando para um céu cuja coloração era de um amarelo-alaranjado nauseante, repleto de nuvens cinza-escuras. Levantou-se um pouco trôpego, a cabeça latejando e o coração disparado. Estava em um pátio com chão de pedras largas, cercado por todos os lados de paredes altas e sem janelas. Acima dele, de um lado, elevava-se uma fortaleza de pedra cinza que lembrava muito o Gard em Alicante, embora esta versão tivesse altas torres pretas que desapareciam entre as nuvens baixas.

—— 565 ——

Corrente de Espinhos

O pátio parecia ter sido uma espécie de jardim algum dia, uma área externa agradável e coberta que os ocupantes da fortaleza poderiam aproveitar. Havia caminhos de pedra, que deviam ter sido margeados por uma expansão de flores e árvores. Agora, só o que havia entre eles era terra batida, cinzenta e dura. Nem uma única erva daninha brotava do solo inóspito.

James se virou. Bancos rachados antiquíssimos, tocos de árvores ressequidas, uma tigela de pedra equilibrada de maneira precária sobre o pedaço quebrado de uma escultura — e ali, um lampejo de verde e dourado. *Matthew.*

James disparou pelo pátio. Matthew estava sentado encostado em uma das paredes de pedra, abrigado do sol daquele Gard sombrio. Seus olhos estavam fechados. Ele os abriu devagar quando James se ajoelhou ao seu lado e ofereceu ao amigo um sorriso exausto.

— Então este é Edom. Não sei se entendo a comoção toda — ele tossiu e cuspiu poeira escura no chão — pelo lugar.

— Math — chamou James. — Espera... Me deixe olhar para você. — Ele afastou os cabelos de Matthew do rosto, e o amigo fez uma careta. Havia um corte irregular cruzando a testa dele. Embora o sangue já tivesse ressecado, parecia doloroso.

Um pouco desajeitado, James procurou sua estela e pegou o braço de Matthew, levantando a manga. O amigo assistia com um interesse distante enquanto James desenhava um *iratze* cuidadosamente em seu antebraço. Os dois observaram quando a gravação pareceu oscilar e depois desapareceu, como se a pele de Matthew a tivesse absorvido.

— Deixa eu adivinhar — ironizou Matthew. — Runas não funcionam aqui.

James xingou e tentou outra vez, concentrando-se ferozmente. Na segunda tentativa, o *iratze* pareceu perdurar por um momento antes de se dissipar de maneira abrupta como o primeiro.

— Já estou me sentindo um pouco melhor — consolou Matthew.

— Não precisa me confortar — respondeu James, sombrio. Ele estivera ajoelhado, mas agora afundou ao lado do amigo, sentindo-se drenado. Lá em cima, um sol vermelho-escuro aparecia e desaparecia entre as nuvens acima da fortaleza. — Você não devia ter vindo, Math.

Matthew tossiu de novo.

— "Para onde fores, irei" — recitou.

CASSANDRA CLARE

James pegou uma pedrinha de formato irregular e a atirou em uma parede, onde fez um ruído insatisfatório ao se chocar com a superfície.

— Não se estiver me seguindo para a morte.

— Acho que você vai descobrir que é *especialmente* quando é para a morte que estou seguindo você. "Se qualquer coisa além da morte nos separar." Não fazemos exceções para dimensões demoníacas.

Mas não há nada que você possa fazer para ajudar, pensou James, e *Mas Belial vai matar você se tiver vontade, e eu terei que assistir.* Ele não disse nem uma coisa, nem outra. Teria sido cruel dizê-las. E havia uma parte de James, embora se envergonhasse disso, que estava muito aliviada por Matthew estar ali com ele.

— Você precisa de água — falou em vez disso. — Nós dois precisamos. Este lugar é seco como osso.

— E em breve precisaremos de comida também — acrescentou Matthew. — Creio que Belial saiba disso e que vá tentar nos enfraquecer de fome. Bom, enfraquecer *você.* É você quem ele quer fraco. Eu sou apenas um inconveniente. — Matthew passou as mãos por uma pilha de pedrinhas escuras. — Onde acha que ele está?

— Belial? Vai saber — respondeu James. — Na fortaleza, talvez. Passeando por Edom montado em alguma criatura demoníaca infernal, rindo sozinho. Admirando a devastação. Vai dar as caras quando sentir vontade.

— Você acha que existem dimensões demoníacas agradáveis? Tipo, terras verdes, colinas prósperas, praias e coisas assim?

— Acho que terras ermas e desoladas inspiram o mesmo sentimento nos demônios que retiros rurais acolhedores inspiram em nós. — James bufou. — Sei que é inútil, mas vou me sentir ridículo se não me der ao trabalho de sequer *tentar* encontrar uma maneira de sair daqui.

— Não vou julgar — disse Matthew. — Admiro empreitadas heroicas e vãs.

James colocou a mão no ombro do amigo antes de se levantar. Ele caminhou pelo perímetro do pátio, encontrando nada que já não esperasse. As paredes eram lisas e impossíveis de escalar. Não havia entrada para a fortaleza ou sulcos na parede que sugerissem uma porta secreta, nenhum pedaço de solo incomumente batido que pudesse indicar um alçapão.

— 567 —

Corrente de Espinhos

Ele tentou não se desesperar. Havia migalhas de conforto: Belial prometera não ferir os outros, os amigos que haviam deixado em Londres, e até concordara em não atacar Cordelia. James não pôde deixar de lembrar como se sentira feliz, tão pouco tempo atrás, acordando em seu quarto em Curzon Street e descobrindo que Cordelia estava lá, ao lado dele. Como havia pensado que seria a primeira manhã de muitas, como havia se deixado acreditar que aquele seria o resto de sua vida. Era tão cruel quão pouco tempo tiveram antes de James ter sido levado.

— Imagino que você não tenha qualquer controle sobre este reino como tinha naquele outro, certo? — arriscou Matthew quando James estava voltando.

— Não tenho. Consigo sentir. No reino de Belphegor, havia algo que estava sempre chamando por mim, como algo distante, mas que podia ouvir se me concentrasse. Mas este lugar é morto. — Ele fez uma pausa. Havia chegado à estátua quebrada que tinha visto antes e agora notou que a tigela equilibrada no topo não estava vazia. Estava cheia de um líquido transparente.

Água. Na verdade, bem ao lado do recipiente havia também um copo de metal, como se deixado lá pela mão invisível e caridosa de alguém.

James estreitou os olhos. A água poderia, óbvio, estar envenenada. Mas era provável? Belial ficaria mais do que feliz em envenenar Matthew, mas James... Bem, Belial o queria vivo.

E todas as células de seu corpo imploravam por água. Se o avô de fato decidira envená-lo, então que assim fosse. Belial acabaria matando James de alguma outra maneira se aquela tentativa não fosse bem-sucedida. Ele pegou o copo e o mergulhou na tigela. A água era agradavelmente fria em seus dedos.

— James — chamou Matthew em tom de advertência, mas ele já estava bebendo. O líquido tinha um gosto frio e limpo, surpreendentemente delicioso.

James abaixou o copo.

— Quanto tempo você acha que precisamos esperar para ver se vou me dissolver ou virar uma pilha de cinzas?

— Belial não envenenaria você — afirmou Matthew, ecoando os pensamentos de James. — Ele não quer você morto, e, se quisesse, imagino que ia querer matá-lo de uma maneira bem mais espetacular.

— Obrigado. Isso é muito reconfortante. — James encheu o copo outra vez e o levou ao amigo. — Beba.

Matthew bebeu, obediente, embora sem o entusiasmo que James esperara ver. Havia acabado com apenas a metade do conteúdo quando empurrou o copo para longe, a mão tremendo.

Ele não olhou para James, mas não precisava. Naquele momento James se deu conta de que o amigo estava tremendo de corpo inteiro, intensamente, apesar do calor e do sobretudo que vestia. Os cachos dourados de Matthew estavam úmidos de suor.

— Math — chamou James baixinho. — Você trouxe a garrafinha? A que Kit lhe deu. Com o sedativo.

Matthew se retraiu. James não o culpava. Doía dizer o nome de Christopher.

— Trouxe — respondeu o jovem. — Só tem mais um pouco.

— Me deixe ver — pediu James, e Matthew entregou sem protesto. James abriu a tampa do frasco e olhou pelo bocal, com um buraco se abrindo em seu estômago: só restavam cerca de dois goles.

Tentando manter as mãos firmes, James serviu uma dose do líquido dentro da tampa e a entregou a Matthew. Após um momento, ele virou o conteúdo garganta abaixo antes de desmoronar contra a parede outra vez.

Quando entregou a tampinha de volta, sua mão tremia menos, notou James. Ou talvez ele só quisesse muito que aquilo fosse verdade. Tampou a garrafinha e a recolocou dentro do bolso do amigo. Deixou a mão descansar lá por um instante, sentindo o calor da pele de Matthew através da camisa, o ritmo constante de seu coração.

— Eles virão nos procurar, sabe — começou James, e sentiu o coração de Matthew acelerar sob sua mão. — Nossos amigos. Eles sabem onde estamos. Cordelia, Lucie, Thomas, Anna...

— Não é como se tivéssemos saído para dar um pulo na mercearia da esquina — argumentou Matthew, cansado, embora sem qualquer rancor. — Estamos em outro mundo, James.

— Tenho fé.

Matthew olhou para ele, os olhos verdes determinados.

— Ótimo — disse e colocou a mão por cima da do amigo, onde descansava sobre seu coração. — É bom ter fé.

28
ÁGUAS DE LONDRES

E apenas as águas de Londres fluem,
Inquietas e incansáveis, indo e vindo;
Apenas a corrida e o rugido do tráfego
Lembra rebentação em uma orla distante.

— Cicely Fox, "Anchors"

Thomas guiou Jesse e Grace pelas ruas de Mayfair, sentindo como se estivesse levando caçadores inexperientes para uma floresta cheia de tigres.

Precisaram procurar por uniformes extras nas despensas do Instituto, e Jesse tivera que ajudar Grace a se vestir, pois era a primeira vez que usaria um. Eles estavam armados também, Jesse com a espada Blackthorn e Grace com uma adaga de prata, mas Thomas sabia muito bem que lhes faltava o treinamento adequado de Caçadores de Sombras. Sabia que Jesse aprendera sozinho muito tempo atrás e que estivera se esforçando para se equiparar aos outros, mas ainda assim ficava muito aquém dos anos de treinamento intensivo pelos quais um Caçador de Sombras da sua idade normalmente já teria passado. Grace, óbvio, jamais fora treinada, a não ser por uma coisa ou outra que o irmão lhe ensinara, e, por mais que empunhasse a adaga de prata com cuidado, Thomas desejou que ela pudesse ter tido mais experiência

— 571 —

Corrente de Espinhos

com armas de longo alcance. Se chegasse perto o suficiente de uma Sentinela para usar a lâmina, temeu ele, Grace acabaria morta.

Já era metade do dia, apesar de ser difícil dizer graças às nuvens escuras se movimentando constantemente pelo céu. As Sentinelas vagavam, embora não em grande número. Pareciam caminhar pela cidade em uma espécie de patrulha desordenada, vigiando o que acontecia de maneira dispersa e pouco coesa. Por sorte, elas se destacavam da paisagem com suas túnicas brancas, e sempre que uma delas surgia, Thomas conseguia manter todos fora de vista sob o abrigo das sombras.

Aquilo tudo o fazia trincar os dentes. Não gostava de fugir de uma luta, e eles precisariam descobrir como derrotar as Sentinelas se tinham qualquer esperança de sobreviverem a longo prazo. Talvez se fossem apenas ele e Jesse... Mas não eram. Além disso, eles precisavam de Grace. Ela era a única que conseguia entender a pesquisa de Kit sobre mensagens de fogo e, portanto, sua única chance de se comunicar com o mundo lá fora.

Ele precisou admitir, a contragosto, que ela não parecia amedrontada. Nem pelas Sentinelas, nem pelo comportamento bizarro dos mundanos, sinistro como em geral era. Os três passaram por um estabelecimento com as janelas da frente quebradas, e mundanos, alguns com pés sangrando, caminhavam por cima dos cacos de vidro na calçada sem perceber. Dentro do estabelecimento, alguém havia se deitado em um mostruário cheio de latas de café e cochilava como um gato. Em outra vitrine de loja, uma mulher ajeitava sua aparência como se ainda pudesse ver seu reflexo na vidraça quebrada. Uma criança puxava a saia dela sem parar, com uma espécie de regularidade mecânica, como se não esperasse receber uma resposta.

— *Odeio* isto! — exclamou Grace. Era a primeira vez que falava desde que deixaram o Instituto. Thomas olhou para Jesse, cuja expressão era desolada. Ele tentou adivinhar o que estaria pensando se estivesse no lugar de Jesse: *qual é o sentido em retornar dos mortos para um mundo onde parece não existir vida?*

Por sorte, tinham chegado a Grosvenor Square e à casa dos Fairchild. Estava toda apagada e cuidadosamente trancada. Parecia ter sido abandonada havia muito tempo, embora apenas dias tivessem se passado desde que Charlotte e Henry partiram para Idris, e Charles, para o Instituto.

CASSANDRA CLARE

Thomas entrou usando sua chave, e Grace e Jesse o seguiram. Cada centímetro de sua pele se eriçou ao entrar. Cada cômodo invocava lembranças das centenas de vezes que estivera ali, as horas passadas com Matthew, com Charlotte e Henry, com Christopher no laboratório, rindo e batendo papo. Aqueles momentos pareciam fantasmas agora, como se o passado estivesse se adiantando e estendendo a mão para deixar uma impressão digital pesarosa no presente.

Talvez a atmosfera estivesse melhor no laboratório, pensou, e os guiou até o porão. Jesse olhava ao redor, assombrado, enquanto Thomas acendia as grandes pedras de luz enfeitiçada que Henry instalara no espaço.

— Nunca soube que Henry Fairchild fazia este tipo de coisa — comentou Jesse, fitando o equipamento do laboratório, os frascos de vidro e suportes universais, os funis e béqueres e pilhas de anotações feitas na letrinha miúda de Christopher. — Não achei que *nenhum* Caçador de Sombras fizesse este tipo de coisa.

— Foi fazendo este tipo de coisa que o Portal foi inventado, bobinho — respondeu Grace e, pela primeira vez, ela parecia a Thomas não como a órfã vítima da barganha que uma mulher desvairada fizera com um Príncipe do Inferno, mas como uma irmã normal que se diverte implicando com o irmão. — Se os Nephilim querem sobreviver no futuro, precisamos estar alinhados com o resto do mundo. Ele vai seguir em frente, com ou sem a gente.

— Você parece até Christopher falando — murmurou Thomas, mas por que a surpresa? Ela e Christopher tinham, de uma maneira peculiar, sido amigos.

Estar no laboratório foi mais difícil, muito mais difícil, do que ele imaginara. Era de Henry oficialmente, mas Thomas o associava tão intimamente a Christopher que foi como estar vendo o corpo do amigo outra vez. Sentiu um aperto no peito quando se sentou em um dos bancos à mesa que se estendia por todo o cômodo. Era incompreensível estar ali e aceitar que Christopher *não* estava, que *não* desceria as escadas e exigiria que Thomas ajudasse com algo que sem dúvida acabaria explodindo na cara deles.

Ele quase esperara ver Grace cabisbaixa também. Em vez disso, ela se entregou ao trabalho. Respirou fundo uma única vez e começou a se ocupar,

— 573 —

Corrente de Espinhos

seguindo direto para as estantes e pegando equipamentos, murmurando quase em silêncio enquanto escolhia utensílios e ingredientes aqui e ali.

Thomas sempre pensara em Grace como uma garota fútil, que não tinha nada sério na cabeça. Era assim que ela se portava em festas e reuniões. Mas estava óbvio agora que havia sido tudo uma farsa, com Grace movendo-se com propósito e eficiência pelo laboratório, lendo rótulos em frascos com líquido, procurando colheres medidoras dentro da caixa de ferramentas de Henry. Exibia o mesmo foco de Christopher, de maneira silenciosa porque estava pensando, planejando, calculando mentalmente. Ele podia *ver* em seus olhos e se perguntou como Grace conseguira disfarçar tão bem.

— Posso ajudar? — perguntou Jesse.

Grace confirmou com a cabeça e começou a orientar Jesse: meça isto, corte aquilo, molhe este papel naquele líquido. Sentindo-se culpado por estar apenas sentado, Thomas comentou que também ficaria feliz em ajudar. Sem desviar os olhos do bico de Bunsen que estava acendendo, Grace balançou a cabeça.

— Melhor você voltar para o Instituto, é mais necessário lá. Vão precisar da sua ajuda para proteger a fortaleza contra as Sentinelas. — Ela finalmente olhou para cima, a testa franzida como se tivesse acabado de se dar conta de algo. Hesitante, acrescentou: — Mas, antes de você ir, uma runa de resistência ao fogo viria a calhar.

— Ah — murmurou Thomas. — Você não sabe como fazer uma.

Grace colocou uma mecha de cabelos atrás da orelha, franzindo o cenho.

— Só conheço as runas que aprendi antes de os meus pais, meus pais biológicos, quero dizer, morrerem. Ninguém mais me ensinou depois disso.

— Nossa mãe nunca pensou muito na sua educação — comentou Jesse, o tom calmo escondendo muita raiva justificada, supôs Thomas. — Mas posso fazer isso, Grace. Eu costumava estudar o Livro Gray com frequência durante... Bom, durante o tempo que fui um fantasma.

Grace parecia agradecida a ponto de chorar.

— Obrigada, Jesse. — O irmão apenas acenou com a cabeça e pegou a estela presa na lateral do corpo.

Thomas observou enquanto Grace estendia o pulso para ele, esperando que Jesse a Marcasse. A maneira como encarava o irmão, com um anseio

— 574 —

CASSANDRA CLARE

desesperado, deixou evidente que ela não esperava jamais ser perdoada de verdade ou que o irmão voltasse a amá-la.

Thomas não podia culpá-la por isso. Mesmo naquele momento, ele ainda sentia certa amargura por ela e pelo que fizera a James. Será que um dia conseguiria perdoá-la, de fato? Tentou imaginar como teria reagido se soubesse que Eugenia fizera algo tão terrível.

E, no entanto, ele já sabia a verdade: perdoaria Eugenia de qualquer jeito. Era sua irmã.

— Estou indo, então — anunciou Thomas quando Grace, recém-Marcada, retornou à mesa. — *Não* saiam da casa. Retornarei em algumas horas para escoltar vocês de volta ao Instituto — acrescentou. — Combinado?

Jesse assentiu. Grace parecia absorta demais no trabalho para responder. Quando Thomas começou a subir a escada, viu a jovem entregar ao irmão um béquer cheio de pó. Ao menos pareciam confortáveis trabalhando juntos. Talvez aquele pudesse ser um caminho para o perdão, no fim das contas.

Antes de sair, Thomas parou na cozinha para pegar uma garrafa de água e regar as plantas no saguão. Uma demonstração de fé, pensou, que os Fairchild retornariam à casa. Que, apesar do poder de Belial, tudo ficaria bem no final. Ele tinha que acreditar nisso.

—

Talvez Anna, Ari, Alastair e Thomas tivessem feito seu trabalho um pouco bem demais, pensou Cordelia. Quando ela e Lucie voltaram ao Instituto, encontraram-no parecendo ter sido abandonado havia anos. Largas tábuas tinham sido pregadas nas janelas mais baixas, e as mais altas haviam sido pintadas de preto ou cobertas por tecidos escuros. Nem um feixe de luz escapava lá de dentro para a esfumaçada Londres.

O Santuário estava iluminado por poucas velas, que ofereciam apenas luz suficiente para impedir que Cordelia e Lucie colidissem contra as paredes ao caminhar. Embora Cordelia soubesse muito bem que aquele continuava sendo o mesmo Instituto que havia deixado poucas horas antes, o fraco brilho âmbar emprestava ao lugar uma aura sombria, e as duas subiram a escada em silêncio.

Corrente de Espinhos

Era possível, porém, que o silêncio de Lucie fosse meramente um sinal de sua empolgação reprimida. Quando Cordelia se virara para ela em Tyler's Court e dissera: "Tive uma ideia e preciso da sua ajuda", ela estivera preparada para que Lucie rejeitasse todo o plano. Em vez disso, a jovem havia assumido a cor de uma framboesa, batido palmas e dito:

— Que ideia maravilhosamente terrível. Estou *completamente* de acordo. E vou guardar segredo. *É* para guardar segredo, não é?

Cordelia lhe garantira que era segredo, embora não fosse permanecer assim por muito tempo. Ela apenas torcia para que seus amigos observadores não notassem os olhos brilhantes e suspeitos de Lucie e fizessem perguntas. Pelo menos nisso toda aquela escuridão seria útil.

Já no andar de cima, ouviram um burburinho vindo da biblioteca e seguiram até lá, onde encontraram Alastair, Thomas, Anna e Ari manchados de tinta e sujos de fuligem, fazendo um piquenique no meio da biblioteca. Entre duas das mesas de estudos, eles tinham estendido no chão uma colcha fina tirada de um dos quartos e, descansando acima das mesmas mesas, havia uma variedade de comida enlatada da despensa: salmão e feijão em lata, cerejas e peras em conserva, até bolo cozido no vapor, uma sobremesa típica do Natal.

Anna olhou para elas quando entraram e as convidou a se juntarem à festa.

— Receio que o banquete seja de pratos frios — avisou. — Não quisemos arriscar acender o fogo e soltar fumaça.

Cordelia se sentou na colcha, e Alastair lhe passou uma lata aberta de damascos. O sabor doce foi um alívio depois do amargor do ar do lado de fora. Enquanto comia, não pôde deixar de pensar em outro piquenique, o que fizeram em Regent's Park logo que chegara em Londres. Cordelia se recordou da luz do sol, da comida abundante: sanduíches e cerveja de gengibre e tortinhas de limão — mas tortas de limão só a faziam pensar em Christopher, e a lembrança do piquenique a fazia pensar naqueles que não estavam presentes. Barbara estivera lá, com Oliver Hayward. E Matthew e James e Christopher, claro, e todos desapareceram junto com o verão e a luz do sol. Cordelia olhou de relance para Thomas. Quem era ele sem a companhia dos outros Ladrões Alegres? Não sabia muito bem e se perguntou se ele próprio saberia.

— 576 —

CASSANDRA CLARE

Ela abaixou o pote vazio com um ruído metálico. James e Matthew, ao menos, não estavam em um lugar onde não poderiam ser alcançados. Ainda estavam vivos. E ela não deixaria que os dois se fossem também.

Lucie mexia no bolinho com um garfo.

— Além de pregar tábuas nas janelas, o que vocês fizeram enquanto estávamos fora?

— Ficamos procurando portas mágicas para sair de Londres — respondeu Ari. — Alguma que Belial pudesse ter deixado passar.

— Existem alguns jazigos, um deles em Parliament Hill, que costumavam ser passagens para o Reino das Fadas — explicou Anna. — E alguns poços muito antigos mencionados em textos históricos, onde as fadas aquáticas habitavam. Bagnigge Wells, Clerk's Well... Pelo jeito amanhã passaremos o dia inteiro com a cabeça enfiada em poços.

— Enquanto isso, eu e Thomas tentaremos matar uma Sentinela — acrescentou Alastair.

— Tentaremos descobrir *como* matar uma Sentinela — corrigiu Thomas. — Sem as outras notarem.

— E sem serem mortos por uma delas vocês mesmos — observou Anna. — Como foi na Hell Ruelle?

— Um horror — disparou Cordelia. — Os membros do Submundo são um pouco mais ativos do que os mundanos, mas estão tão perdidos no mundo da fantasia quanto os outros. Se você fala com eles, até olham na sua direção, mas não reconhecem você nem escutam o que está dizendo. É tudo bem perturbador.

— Então não serão de grande ajuda — concluiu Thomas, decepcionado.

— Belial mesmo disse que não seriam — respondeu Lucie. — Acho que agora é uma questão de determinarmos o que Cordelia e eu faremos em seguida. Anna, o que seria mais útil?

— Bom, ajuda para procurar um meio de sair de Londres é sempre bem-vinda — respondeu ela, inclinando-se para trás. A trança de ouro em seu colete reluziu, e até a mancha de sujeira na maçã do rosto da jovem parecia elegante.

— Alastair — chamou Cordelia em voz baixa —, posso falar com você a sós?

— 577 —

Corrente de Espinhos

Ele ergueu as sobrancelhas, mas se levantou, espanando migalhas da calça, e se deixou guiar para fora da biblioteca. Parecia quase tolice procurar privacidade no imenso vazio do Instituto, mas Cordelia o levou até a sala ainda assim. Fechou a porta depois de entrarem e se virou para o irmão. Ele a observava, os braços cruzados diante do peito, a testa franzida deixando sua expressão fechada. Sem preâmbulos, disse:

— Você quer Cortana de volta.

O Alastair de um ano atrás não a teria conhecido bem o suficiente para adivinhar aquilo, pensou Cordelia. Que ele agora conhecesse era uma desvantagem da evolução pela qual o relacionamento dos dois havia passado.

— Como adivinhou?

— Sua expressão — respondeu Alastair. — Eu a conheço bem. Você tem um plano, e, se eu não estiver errado, é ao mesmo tempo um plano muito ousado e muito ruim. Então presumo que tenha algo a ver com Belial. E matá-lo. O que só pode ser realizado com Cortana.

— Você não tem como saber que o plano é ruim — protestou Cordelia.

— Sei que estamos desesperados — continuou ele em voz mais baixa. — Nós nos voluntariamos para todos esses projetos, e talvez eles ajudem... Mas sei que podem acabar não dando em nada. Pode ser que tenhamos ficado em Londres só para acabarmos morrendo aqui.

— Alastair...

— E sei que, no fim das contas, você e Cortana são a nossa melhor aposta. É só que...

— O que foi?

— Se você planeja mesmo enfrentar Belial de alguma forma, então me deixe ir com você — pediu ele, para a surpresa da irmã. — Sei que para Belial seria tão fácil me esmagar quanto a uma formiga. Mas eu ficaria ao seu lado, pelo tempo que conseguisse resistir.

— Ah, Alastair! — exclamou ela baixinho. — Queria poder ter você comigo, mas você não pode me seguir aonde eu vou. Além disso — acrescentou quando notou que ele começava a fazer uma carranca de rebeldia —, não tenho escolha senão encarar esta luta, esta batalha com Belial. Você tem. Pense em *Mâmân*. Pense no irmãozinho ou irmãzinha que nem conhecemos. Um de nós precisa continuar a salvo, pelo bem deles.

— 578 —

— Nenhum de nós vai estar a salvo, Cordelia. Não existe segurança em Londres agora.

— Eu sei. Mas é de um Príncipe do Inferno que estamos falando. A única coisa que me protege dele é Cortana. Seria tolice, até mesmo egoísmo, nós dois o enfrentarmos ao mesmo tempo.

Alastair a fitou por um longo tempo. Enfim, assentiu.

— Tudo bem. Venha comigo.

Ele a levou para o corredor outra vez e não demorou muito até Cordelia entender aonde estavam indo.

— A sala de armas? — indagou ao se aproximarem das portas de metal. — Você escondeu uma espada em um cômodo cheio de outras armas?

Alastair abriu um sorriso torto.

— Você nunca leu o conto *A carta roubada,* de Poe? — Ele abriu as portas e a levou para dentro. — Às vezes, o melhor lugar para esconder as coisas é bem à vista.

Em uma extremidade da sala havia uma pequena porta de madeira, meio escondida atrás de um mostruário cheio de machados. Alastair o empurrou para o lado e abriu a porta, gesticulando para que a irmã o seguisse até o outro cômodo, que era do tamanho de um closet grande. Estantes pesadas guardavam armas desgastadas — uma espada com a lâmina torta, uma maça de armas de ferro oxidada, uma pilha de arcos longos simples sem corda. Do lado oposto à porta havia uma espécie de bancada, com pés de aço forjado e uma superfície de madeira esburacada. Sobre ela estava uma variedade de cilindros de madeira curtos que, após um momento, Cordelia concluiu serem cabos de machado, despojados de suas lâminas.

— A sala de restauração — explicou Alastair. — É para cá que as armas quebradas são trazidas: arcos que precisam de cordas novas, lâminas que precisam ser afiadas. Foi ideia de Thomas — acrescentou, com um leve rubor, e se ajoelhou para olhar sob a bancada. — Ele argumentou que esta é a parte mais bem guardada do Instituto, e as pessoas raramente vêm até aqui. Não notariam... — Ele soltou um rosnado. — Que tal me dar uma forcinha aqui?

Alastair estava tentando alcançar um fardo que havia sido embrulhado em tecido impermeável e guardado embaixo da mesa. Cordelia segurou uma extremidade, e ele, a outra, e, com alguma dificuldade, os dois arras-

Corrente de Espinhos

taram o pacote para fora. Alastair removeu o tecido, revelando uma pilha de espadas embainhadas, a maior parte das lâminas protegida por bolsas de couro barato. Os cabos tiniram quando Alastair as espalhou pelo chão, e um brilho dourado-escuro reluziu do tecido.

Cortana.

Lá estava, tão bela e dourada como sempre, resguardada pela formidável bainha que havia sido um presente de casamento de seu pai. A gravação intricada de folhas e runas no cabo parecia brilhar. Cordelia ansiava por estender a mão e empunhá-la, mas, em vez de ceder, virou-se para o irmão:

— Obrigada — disse com a voz embargada. — Quando pedi que cuidasse dela para mim, eu sabia que estava pedindo muito de você. Mas não havia ninguém mais em quem eu confiasse tanto. Em quem *Cortana* confiasse. Sabia que você a protegeria.

Alastair, ainda ajoelhado, a fitou com olhos escuros contemplativos.

— Sabe, quando Cortana escolheu você como portadora e não eu, todos pensaram que estava chateado porque queria ter sido o escolhido, o portador. Mas não era isso. Nunca foi. — Ele se levantou, repousando Cortana na bancada. — Quando você pegou a espada... Naquele instante entendi que ser a portadora de Cortana significava que você estaria sempre em perigo. Você seria sempre a pessoa correndo os maiores riscos, lutando as batalhas mais árduas. E eu seria aquele que ficaria observando, de novo e de novo, enquanto você encarava o perigo sozinha. E odiei essa constatação.

— Alastair...

Ele ergueu a mão.

— Eu devia ter lhe contado isso. Muito tempo atrás. — A voz dele carregava o peso de mil emoções: resignação, perda, raiva... esperança. — Sei que não posso lutar ao seu lado, Layla. Só faço um pedido: seja cuidadosa com a sua vida. Não só por você, mas por mim.

—

James não sabia quanto tempo se passara desde que chegaram em Edom. Matthew adormecera após tomar a pequena dose do sedativo. James se deitara ao lado dele para tentar descansar, mas o clarão vermelho-alaranjado

CASSANDRA CLARE

do céu diurno e seus próprios pensamentos descontrolados o mantiveram acordado.

No fim, ele acabou desistindo e dando mais algumas voltas pelo pátio em busca de qualquer coisa que pudesse usar para atacar ou escapar. Não encontrou nem um, nem outro.

O que *descobriu,* para sua surpresa, foi que, apesar de as lâminas serafim e demais armas terem sido tomadas dele antes de acordar em Edom, ele ainda carregava a pistola, guardada no cinto. Infelizmente, não parecia possível dispará-la naquela dimensão, que era, sem dúvida, o motivo pelo qual Belial permitira que ficasse com ela.

Ele acabou usando o cano da pistola para tentar cavar um buraco sob as paredes, mas o solo se esfarelava para preencher qualquer cavidade que ele fizesse.

James retornou à tigela de pedra para beber mais água e descobriu que um segundo recipiente surgira, este cheio de maçãs verdes duras e pãezinhos amanhecidos. James se perguntou se as maçãs seriam uma alusão irônica a Lilith ou se o objetivo de Belial era simplesmente encontrar um meio de alimentar James e Matthew sem lhes dar algo que pudessem de fato gostar de comer.

Levou uma maçã até Matthew, que se sentava depois de ter desabotoado o casaco e o despido. Estava corado, os cabelos e colarinho molhados de suor. Quando James lhe entregou a fruta, ele a pegou com mãos que tremiam demais.

— Talvez fosse melhor você beber um pouco mais — sugeriu James. — O que sobrou no frasco, pelo menos.

— Não — disparou Matthew. Olhou para o céu laranja escaldante. — Sei o que você está pensando.

— Duvido muito — respondeu James, calmo.

— Que foi inútil eu seguir você até aqui se mal consigo me manter de pé — continuou Matthew. — Não é como se conseguisse lutar para defender você.

James se sentou ao lado dele.

— Nosso inimigo é Belial, Math. Ninguém poderia confrontá-lo e ganhar, não faz diferença se estamos bem ou doentes.

— 581 —

Corrente de Espinhos

— Ninguém, exceto Cordelia.

James encarou as mãos, imundas de remexer a terra, duas das unhas sangrando.

— Você acha que eles continuam lá? Em Londres? Ou acha que foram para Idris?

Matthew encarava o céu outra vez.

— Nossos amigos? Eles jamais aceitariam a oferta de Belial. Vão encontrar alguma maneira de ficar em Londres, não importa o que aconteça.

— Também acho. Ainda que desejasse...

Matthew ergueu a mão, interrompendo o amigo. Estreitou os olhos.

— James. Olha para cima.

James olhou. Criaturas aladas voaram pelo céu enquanto ele procurava uma saída, grandes e disformes demais para serem pássaros. Parecia que outra estava sobrevoando a área, muito maior e mais próxima do que as que avistara antes. Conforme observava, ele percebeu, surpreso, que essa estava se aproximando. E depois, sem sombra de dúvida, que descia em direção a eles.

Era uma criatura enorme, com asas repletas de penas pretas, um longo corpo de inseto e uma cabeça triangular como a lâmina de um machado, com olhos oblongos, brancos como mármore, e uma boca que parecia um círculo aberto cheio de dentes.

Montado nas costas do pássaro demoníaco, em uma sela dourada, estava Belial.

O Príncipe havia abandonado os trajes habituais — calça e casaco — e em vez disso trajava um gibão de seda e um longo manto de samite branco, como o anjo que fora um dia. O manto ondulou no vento quente quando o pássaro demoníaco aterrissou no solo pedregoso do pátio, soprando um pequeno tornado de poeira para cima.

James sentiu Matthew se mexer ao seu lado e notou que havia tirado a garrafinha do bolso. Ele a levou aos lábios, engolindo com força, encarando enquanto Belial descia da montaria de aparência bizarra.

Quando Matthew guardou o frasco no casaco, sua mão já não tremia mais. Ele respirou fundo e se levantou. James o imitou depressa, constatando que esse era o motivo de Matthew estar poupando o último gole da

CASSANDRA CLARE

mistura de Christopher: para que quando Belial chegasse, os dois pudessem enfrentá-lo juntos, de pé.

Belial caminhou na direção deles, um chicote dourado na mão e uma expressão divertida no rosto.

— Como vocês são adoráveis — debochou. — Seu *parabatai* não quis deixar você sozinho, James. Que laço tão *sagrado*, não é mesmo, esse amor que transcende toda a compreensão. A mais pura expressão do amor de Deus. — Belial sorriu. — Mas o toque de Deus não chega até aqui. Este lugar fica além da visão Dele, do toque Dele. Suas Marcas não funcionam aqui. *Adamas* não tem brilho neste mundo. O laço entre vocês será capaz de sobreviver em um lugar assim? — Ele bateu com o chicote na mão. — É uma pena que nunca saberemos. Vocês não ficarão muito tempo aqui.

— Pena mesmo — concordou James. — Estava achando tão agradável. Comida, água, luz do sol...

O Príncipe sorriu.

— Bom, era mesmo minha intenção deixar vocês confortáveis. Teria sido um enorme inconveniente se você morresse de fome ou sede enquanto eu cuidava de Londres. Tão frágeis, esses seus corpos humanos.

— E, ainda assim, você quer um — observou Matthew. — Não é estranho? Belial olhou para ele, pensativo.

— Você nunca entenderia. Seu mundo, junto com todas as bênçãos dele, são proibidos a mim, a menos que eu habite um corpo humano.

— Já vi o que a sua presença faz com esses corpos — disparou Matthew entre dentes.

— Ah, verdade. E é por isso que meu neto é essencial para mim. — Ele se virou para James: — James, vou lhe fazer uma proposta. Você deveria aceitar agora porque as ofertas só vão piorar daqui em diante, e você não tem absolutamente nada que me interesse para negociar. — Quando ele não respondeu, e apenas cruzou os braços em resposta, Belial prosseguiu: — É a coisa mais simples do mundo. Ao seu lado está o seu *parabatai*. A outra metade da sua alma, que seguiu você até aqui por lealdade, com fé que você o manteria a salvo.

Ele está manipulando você, disse James a si mesmo, mas ainda assim queria trincar os dentes.

— 583 —

Corrente de Espinhos

— Ele não está bem — continuou Belial, sem misericórdia. — Olhe só para ele: mal consegue ficar de pé. Está doente, no corpo e na alma.

De maneira inesperada, o pássaro demoníaco, que estivera remexendo o chão com a cabeça angulosa, falou com uma voz que parecia cascalho rolando por um cano de ferro fundido:

— É verdade. Seu amigo aí parece até que acabou de despencar de uma grande altura.

Belial revirou os olhos.

— Cale a boca, Stymphalia. Sou eu que estou falando. Você não está aqui porque é o cérebro por trás das operações.

— Claro que não — rebateu Stymphalia. — São as minhas asas maravilhosas, não são? — E as bateu, com orgulho.

— O pássaro demoníaco fala que nem um londrino — observou Matthew.

— Passei um tempinho em Londres — comentou a criatura. — Muito tempo atrás. Comi uns romanos. Bem deliciosos, eles.

— Sim, sim — dispensou Belial. — Todo mundo ama Londres. Chá, *crumpets*, o Palácio de Buckingham… Voltando à questão: James, aceite ser possuído por mim, e enviarei seu *parabatai* ileso de volta para sua gente. — Apontou para Matthew.

— Não — recusou Matthew. — Não vim até aqui para deixar James à mercê da sorte. Vim salvá-lo dela.

— Que bom para você — respondeu Belial, entediado. — James, você deve saber que esta é a melhor opção para todos. Não quero ter que recorrer à violência.

— Óbvio que quer — rebateu James. — Você adora recorrer à violência.

— Parece verdade — concordou Matthew.

— Só concordei em vir — intrometeu-se Stymphalia — porque achei que ia rolar violência.

— O pássaro e o bêbado estão corretos — admitiu Belial. — Mas permita-me lembrá-lo disto: se você recusar, não perco nada além de um pouco de tempo. Se aceitar, tudo acaba e vocês dois sobrevivem e retornam ao seu mundo.

— Eu não *sobrevivo* — protestou James. — Deixo que você possua meu corpo, minha consciência. Em todos os sentidos que importam, estarei

— 584 —

morto. E por mais que não me importe com minha vida, me importo muito com o que você faria se pudesse vagar sem impedimentos pela Terra.

— Então creio que você terá que escolher — afirmou Belial. — A sua vida, a vida do seu *parabatai* ou o mundo.

— O mundo — respondeu Matthew, e James concordou com a cabeça.

— Somos Nephilim. Algo que você jamais entenderia. Nos arriscamos todos os dias em prol da vida dos outros. É nosso *dever* escolher o mundo.

— Dever — repetiu Belial, desdenhoso. — Acho que você vai encontrar pouca satisfação no seu dever quando os gritos do seu *parabatai* estiverem ecoando nos seus ouvidos. — Ele deu de ombros. — Tenho muitos preparativos a fazer em Londres, então vou lhe dar mais um dia. Imagino que vá criar juízo até lá. Se é que esse aí — olhou para Matthew — vai sobreviver à noite, o que duvido. — E com isso o Príncipe se virou, dando as costas para os dois. — Está bem, seu pássaro inútil, vamos nessa.

— Não sou um mero pássaro. Tenho vida intelectual também, sabia — resmungou Stymphalia quando Belial voltou a montar. Areia se elevou em uma nuvem escura quando as asas da criatura bateram no ar. Um momento depois, Belial e seu demônio alçaram voo, adentrando o céu vermelho-alaranjado. Matthew e James observaram em silêncio os dois sobrevoarem as torres do Gard sombrio, desaparecendo rapidamente no horizonte.

— Se acontecer — começou James. — Se Belial me possuir...

— Ele não vai — interrompeu Matthew. Seus olhos estavam enormes no rosto fino. — Jamie, não pode...

— Só escute — sussurrou James. — Se acontecer, se ele me possuir e sufocar minha vontade e minha habilidade de pensar ou falar... Então, Matthew, você terá que ser minha voz.

—

— Aonde você vai a essa hora da noite? — perguntou Jessamine.

Lucie, abotoando o uniforme, ergueu o olhar para encontrar Jessamine empoleirada no topo do guarda-roupa, parecendo parcialmente translúcida como sempre. Também parecia preocupada, sua habitual indiferença não

Corrente de Espinhos

transparecendo. Não parecia estar perguntando a Lucie aonde ia apenas para aborrecê-la: havia preocupação genuína em sua voz.

— Só uma saidinha rápida — respondeu a jovem. — Não vou ficar fora muito tempo.

Lucie olhou para a pequena mochila na cama, na qual guardara apenas o que achou ser necessário: uma manta quente e compacta, a estela, curativos, algumas garrafas de água e um pacote de biscoitos de água e sal. Will Herondale estava convencido de que biscoitos de água e sal eram a melhor contribuição que os mundanos haviam feito à arte da sobrevivência, e sempre tinha várias unidades nas despensas do Instituto. Finalmente parecia que fariam bom uso delas.

— Eu deveria impedi-la, sabe — afirmou Jessamine. — Tenho que proteger o Instituto. É meu dever. — Os olhos dela estavam arregalados e amedrontados. — Mas está tudo tão escuro aqui agora, e sei que lá fora está igual. Há *coisas* andando pelas ruas de Londres que apavoram até os mortos.

— Eu sei — respondeu Lucie. Jessamine tinha a mesma idade dos seus pais, e, no entanto, a morte a aprisionara em uma espécie de juventude eterna. Pela primeira vez Lucie se sentiu quase mais velha do que Jessamine e bastante protetora em relação ao primeiro fantasma que conheceu. — Vou fazer o que posso para ajudar. Para ajudar Londres.

Os cabelos muito claros de Jessamine ondearam ao redor dela quando inclinou a cabeça.

— Se precisar comandar os mortos, lhe dou minha permissão.

Lucie piscou, surpresa, mas Jessamine já havia desaparecido. Ainda assim, pensou, era bom sinal, considerando os planos que tinha para aquela noite.

Colocando a mochila nos ombros, Lucie inspecionou o uniforme — luvas, botas, cinto de armas — e seguiu pelo corredor. Estava sinistramente escuro, a única iluminação vindo das poucas velas acesas ao longo do corredor.

Lucie pretendia entregar a mensagem a Jesse por baixo da porta e partir, mas imaginou que a porta estaria fechada. Porém ela a encontrou entreaberta. E se Jesse estivesse acordado?, pensou. Poderia explicar como teria ido embora sem ao menos avisar?

Ela empurrou a porta. O quarto dele estava ainda mais escuro do que o corredor, iluminado por uma única vela. Jesse dormia na cama estreita, a

— 586 —

CASSANDRA CLARE

mesma onde tinham se beijado, o que para ela parecia ter acontecido havia décadas.

Mesmo agora ele dormia sem se mover, virado um pouco para o lado, os cabelos escuros contornando o rosto pálido como um halo invertido. No passado, ela o observara deitado no caixão e pensara que parecia estar dormindo. Ela se perguntava agora, ao se aproximar da cama, como podia ter estado tão errada: o corpo dele estivera lá, mas a alma, não. Agora estava, e, mesmo dormindo, ele parecia ao mesmo tempo terrivelmente vivo e terrivelmente frágil, do jeito como todas as criaturas mortais eram frágeis.

Um poderoso instinto protetor a invadiu. *Não estou fazendo isto apenas por James ou por Matthew,* pensou, *por mais que os ame. Estou fazendo isto por você também.*

Lucie deixou a mensagem debaixo do travesseiro de Jesse, depois se debruçou para beijar a testa dele com delicadeza. O jovem se mexeu, mas não acordou. Nem mesmo quando ela saiu do quarto.

———

Ari rolava na cama, inquieta. Não conseguia dormir bem desde a noite que Belial tomara Londres. Talvez fosse ridículo sequer tentar dormir, como se não fosse uma coisa natural, pensou ela, trocando de lado o travesseiro que havia ficado quente demais. Duvidava que *qualquer* um deles estivesse dormindo bem. Como poderiam? A cada passo esbarravam em um lembrete da situação desastrosa em que se encontravam: o céu escuro, as carruagens e carros abandonados no meio das ruas desertas, os mundanos vagando a esmo.

Em épocas normais, ela teria aberto uma janela, apesar do frio, só para deixar um pouco de ar fresco entrar. Mas não havia frescor algum no ar lá fora. Era pesado e opressivo e carregava um gosto amargo como fuligem.

Quando chegaram ao Instituto pela primeira vez, ela se sentira perdida. Com certeza seria presunção achar que ficaria no mesmo quarto que Anna, e, no entanto, ao mesmo tempo era estranho imaginar-se dormindo tão longe dela. Ari estava acostumada a acordar pela manhã com os sons de Anna preparando um chá ou ensinando novos xingamentos a Winston. Acostumada a encontrar coletes bordados, sobrecasacas e calças de veludo atirados por cima

— 587 —

Corrente de Espinhos

de todos os móveis. Acostumada àquela fragrância levemente perfumada de charutos acesos. Um lugar sem aquelas coisas não seria um lar.

As duas tinham acabado, por coincidência ou não, em quartos adjacentes. Naqueles últimos dias escuros Ari se perguntara se Anna usaria a passagem para buscar conforto nela após a morte de Christopher. Mas a porta permaneceu firmemente trancada, e Ari não tinha coragem de se intrometer no luto de Anna.

Ari não tivera oportunidade de conhecer Christopher muito bem, mas lamentou sua morte, obviamente, e não apenas por ele, mas por Anna. Nos momentos mais sombrios, ela se preocupava que, ainda que sobrevivessem às circunstâncias atuais, Anna jamais voltasse a ser a mesma. Poderia recuperar seu riso, sua disposição travessa, a alegria rebelde, depois de o irmão morrer em seus braços?

Ari nunca conhecera alguém que sofresse tão calada: não vira Anna derramar uma única lágrima sequer. Sempre pensou em Anna como uma bela estátua, com os traços elegantes e a graça equilibrada, mas agora era como se ela tivesse de fato se transformado em pedra. Não estava completamente paralisada — tinha mergulhado de cabeça no plano de permanecer em Londres e derrotar Belial tanto quanto os outros. Ela e Ari passaram longas horas juntas, não apenas fortificando o Instituto, mas pesquisando em antigos livros da biblioteca, procurando por possíveis saídas da cidade que Belial pudesse ter deixado passar. Mas quaisquer tentativas que Ari fizera de aprofundar a conversa ou de falar de Christopher ou até mesmo da família haviam sido rechaçadas de maneira gentil, mas firme.

Ari fechou os olhos e tentou contar. Havia chegado a quase quarenta quando ouviu um ruído estranho e incomum, como um rangido. A porta entre o quarto dela e de Anna estava se abrindo devagar.

O cômodo estava escuro. Um pouco de luz escapou do quarto de Anna, onde uma vela ainda queimava. Mesmo assim Ari só conseguia enxergar a silhueta de Anna, mas não importava: ela a teria reconhecido em qualquer lugar, sob qualquer iluminação.

— Anna — sussurrou, sentando-se, mas ela apenas levou um dedo aos lábios e subiu na cama. Vestia uma camisola de seda grande demais para ela e que escorregava dos ombros magros. De joelhos, estendeu a mão, os

— 588 —

dedos finos emoldurando o rosto de Ari, depois abaixou a cabeça para levar os lábios aos dela.

Ari não se dera conta de como estivera sedenta pelo toque de Anna. Agarrou a camisola de seda, puxando Anna mais para perto, percebendo que ela não vestia mais nada por baixo. Suas mãos encontraram a seda firme que era a pele de Anna, acariciando suas costas enquanto se beijavam com mais intensidade.

Ari fez menção de acender o abajur da mesa de cabeceira, mas Anna a deteve.

— Não — sussurrou. — Nada de luz.

Surpresa, Ari retirou a mão. Acariciou os cachos curtos de Anna enquanto a outra beijava seu pescoço, mas uma inquietação já começava a se insinuar, cortando o véu de desejo que tinha caído sobre ela. Havia algo selvagem na maneira como Anna a beijava, algo desesperado.

— Querida — murmurou Ari, acariciando a bochecha dela.

Estava úmida. Anna estava chorando.

Ari se levantou depressa. Procurou pela pedra de luz enfeitiçada sob o travesseiro e acendeu, banhando as duas em um brilho branco. Anna, mantendo a camisola fechada com uma das mãos, estava ajoelhada. Olhou para Ari com os olhos vermelhos desafiadores.

— Anna — murmurou Ari. — Ah, minha pobre querida...

Os olhos de Anna se assombraram.

— Então você acha que sou fraca.

— *Não* — respondeu Ari com veemência. — Anna, você é a pessoa mais forte que conheço.

— Eu disse a mim mesma para não vir atrás de você — confessou Anna, amargurada. — Você não tem que compartilhar o fardo do meu luto. Sou eu quem tem que carregá-lo.

— Temos que carregá-lo juntas. Ninguém consegue ser forte e inabalável o tempo inteiro, e ninguém deveria ser. Todos precisamos baixar a guarda às vezes. Somos feitos de diferentes partes, tristes e alegres, fortes e fracos, solitários e carentes de companhia. E não há nada de vergonhoso nisso.

Anna pegou as mãos de Ari e olhou para elas como se estivesse maravilhada com sua elaboração.

Corrente de Espinhos

— Se somos todos feitos de diferentes partes, então sou um verdadeiro tabuleiro de xadrez.

Ari virou as mãos de Anna nas suas, depois as colocou sobre seu coração.

— Jamais — respondeu. — Você não é tão básica assim. Você é um tabuleiro de ludo cheio de cores. É um jogo de gamão com triângulos de madrepérola e peças de ouro e prata. Você é a rainha de copas.

— E você — respondeu Anna baixinho — é a lamparina que ilumina e sem a qual nenhum jogo pode ser jogado.

Ari sentiu lágrimas ardendo seus olhos, mas, pela primeira vez em dias, não eram de tristeza. Ela estendeu os braços e Anna se deitou ao seu lado, aconchegando-se e repousando a cabeça em seu ombro, a respiração suave como veludo contra os cabelos dela.

29

EXÍLIO DA LUZ

Diante de cuja chegada os fantasmas, vagando aqui e ali,
Marcham para casa no cemitério: espíritos danados todos
Que nas encruzilhadas ou enchentes foram sepultados,
Para seus leitos de vermes se retiraram;
Por medo de que o dia ilumine sua vergonha,
Procuram exílio da luz de bom grado
Obrigados a se associarem com a noite escura.

— William Shakespeare, *Sonho de uma noite de verão*

Uma chuva fina e cortante começara a cair enquanto Cordelia es-
perava do lado de fora dos portões do cemitério. Pareciam agulhas frias
em sua pele.

Já ouvira falar no cemitério Cross Bones, mas nunca estivera lá. Lucie
decidira que aquele seria o local onde executariam o plano. Cordelia não
vira motivos para discordar: Lucie conhecia Londres muito melhor.

Segundo Lucie, Will Herondale costumava ir até lá com frequência na
juventude. Aquele era um cemitério onde se enterravam os desditosos, os
impuros que a igreja não reconhecia e aqueles cuja morte não era chorada
por ninguém. Os mortos naquele lugar eram inquietos e ansiavam por

Corrente de Espinhos

interação. Will carregava o dom da família Herondale de ver fantasmas, e os de Cross Bones costumavam compartilhar informações com ele: sobre demônios, sobre lugares secretos em Londres, sobre histórias das quais apenas eles tinham recordações.

Com o passar do tempo desde a época em que Will era menino, a civilização havia cercado Cross Bones. A cidade agora o espremia. Dois prédios feios de tijolos que abrigavam escolas para crianças carentes foram construídos ali perto e se projetavam acima do quadrado de terra atrás dos portões do cemitério. Cordelia não tinha certeza de que horas eram, mas não havia ninguém nas ruas. Os mundanos pareciam menos ativos à noite, e ela não podia deixar de se perguntar se eles também eram mais sensíveis a lugares como Cross Bones em seu estado delirante.

As Sentinelas, obviamente, eram outra história, e Cordelia sondava a área em busca de qualquer movimentação por parte delas, a mão sempre no cabo de Cortana. Torcia para que não tivesse que sacá-la antes da hora, mas sentia grande alegria por ter a espada de volta, aquela sensação de bem-estar que sua presença oferecia.

Olhando para trás, para Cross Bones, via apenas a silhueta de Lucie movendo-se pelo cemitério. Parecia estar batendo as mãos para livrá-las de poeira. Em seguida, a jovem se aproximou dos portões enferrujados, o rosto como um borrão pálido contra a escuridão. Estava de uniforme, os cabelos presos em uma trança, uma pequena mochila pendurada nos ombros.

— Daisy. — Lucie acendeu uma pedra de luz enfeitiçada, mantendo a luminosidade baixa, e começou a mexer no mecanismo do seu lado dos portões. — Alguma Sentinela? Fomos seguidas?

Ela negou com a cabeça enquanto Lucie abria a porta com um rangido das dobradiças. Cordelia se esgueirou para dentro pela pequena abertura e entrou no círculo iluminado de Lucie.

— Tudo pronto? — sussurrou enquanto a amiga fechava o portão com cuidado atrás de si.

— Tanto quanto possível — respondeu Lucie em tom de voz normal, que soou estranhamente alto em meio à tamanha quietude. — Venha comigo.

Cordelia obedeceu, a pedra de luz enfeitiçada de Lucie dançando à sua frente como fogo-fátuo guiando um viajante incauto a um destino sombrio.

— 592 —

CASSANDRA CLARE

Ainda assim, estava grata pela iluminação. Podia enxergar por onde caminhava sobre solo pedregoso e irregular, ervas daninhas projetando-se para fora da terra cheia de cascalho. Ela esperara ao menos ver lápides, mas não havia nenhuma. Qualquer sinal da presença daqueles rechaçados pelo cristianismo que estavam enterrados ali havia sido apagado pelo tempo e pelo progresso. Parecia mais um canteiro de obras abandonado do que qualquer outra coisa, com toras de madeira apodrecidas nos cantos, junto com lápis, cadernos de anotações velhos e outros detritos das escolas próximas.

— Horrível, não é? — comentou Lucie, guiando Cordelia por entre duas pilhas cônicas de pedra. Moledros, talvez? — Enterravam mulheres da vida aqui e pessoas carentes cujos familiares não podiam pagar pelo funeral. Pessoas que Londres acreditava que mereciam ser esquecidas. — Ela suspirou. — Em geral, sempre há algumas almas inquietas vagando pelos cemitérios. Mas neste lugar *todas* as almas são inquietas. Ninguém aqui recebeu cuidado ou carinho. Sei que meu pai costumava visitar... Ele era amigo de uma fantasma chamada Velha Molly, mas não sei como aguentava. É tão insuportavelmente triste.

— Foi preciso... Você sabe, comandá-los? — indagou Cordelia.

— Não. — Lucie parecia estar surpresa também. — Eles quiseram ajudar. Muito bem, chegamos. — Ela parou em um ponto próximo ao muro dos fundos do cemitério. Não havia nada de extraordinário que Cordelia pudesse notar ali, mas Lucie parecia confiante. Erguendo a pedra de luz enfeitiçada, ela disse: — Não vejo razão para esperar. Vá em frente, Daisy.

— Aqui? — perguntou Cordelia. — Agora?

— Isso. Você está parada no lugar exato.

Cordelia respirou fundo e desembainhou Cortana. Uma vibração de poder percorreu seu braço, seguida de júbilo: era evidente que Cortana ainda a queria, que ainda era próxima dela. Como sentira falta daquilo: a comunhão entre espada e portadora. Cortana deixou escapar um fraco brilho dourado, um farol na escuridão demoníaca. Cordelia ergueu a outra mão e passou a lâmina pela palma. Estava tão afiada que ela mal sentiu a pele se abrir. Fartas gotas de sangue respingaram no solo.

O chão estremeceu. Os olhos de Lucie se arregalaram quando um brilho escuro, como um buraco na própria noite, surgiu, e a Mãe dos Demônios emergiu dele.

Corrente de Espinhos

Lilith trajava um vestido longo de seda prateada, e calçava sapatilhas do mesmo material e cor. Os cabelos estavam enrolados ao redor da cabeça em tranças da cor de hematitas. As escamas pretas e reluzentes das serpentes em seus olhos cintilavam ao ondear de um lado para o outro, analisando a cena diante de si.

— Honestamente — falou, parecendo irritada. — Estava torcendo para que, depois de ter matado aquela Blackthorn, você tivesse tomado gosto por sangue, mas não o *seu* próprio sangue. — Ela olhou ao redor: para o cemitério, o céu cheio de nuvens cinza e pretas. — Belial se superou, não foi? — comentou com uma espécie de admiração relutante. — Deixa eu adivinhar: você quer que eu faça algo a respeito disso e foi por esse motivo que me incomodou?

— Não exatamente — respondeu Cordelia. Podia sentir o coração batendo forte e mordeu o interior da bochecha. Não podia demonstrar medo a Lilith. — Acredito que você vá achar interessante o que tenho a dizer.

Lilith fitava Lucie, as serpentes em seus olhos provando o ar com línguas preguiçosas.

— E vejo que trouxe uma amiga. Foi uma decisão sábia?

Lucie olhou feio para ela.

— Não tenho medo de você.

— Pois deveria — respondeu Lilith e se virou para Cordelia: — E quanto a você... Esperou tempo demais, paladino. Belial está perto de concluir seu plano. Não terei mais uso para você nesse caso, e não ficarei nada satisfeita. Além disso, não vou tirá-la de Londres agora. É para cá que Belial virá quando estiver pronto.

— Não chamei você porque quero sair de Londres — começou Cordelia. — Eu...

— Você me chamou aqui porque Belial tomou seus amantes de você — desdenhou Lilith.

Cordelia trincou os dentes.

— James é meu marido, e Matthew, meu amigo. Quero que sejam resgatados. Estou disposta a ser seu paladino... Estou disposta a lutar em seu nome se os trouxer de volta de Edom.

O sorriso de Lilith vacilou.

CASSANDRA CLARE

— Ainda que quisesse, não posso ir a Edom. Não posso alcançá-los onde estão. Como falei, você demorou demais...

— Talvez *você* não possa entrar em Edom — interrompeu Cordelia. — Mas pode me enviar.

— Está tentando negociar? — Lilith parecia estar achando graça. — Ah, paladino. O cavaleiro não "negocia" com seu mestre. O soldado é a vontade encarnada do mestre. Nada mais, nada menos.

— Errado. — Cordelia ergueu Cortana, que parecia flamejar, uma chama contra a noite. — Sou mais do que isso. E você não é tão poderosa quanto acredita ser. Você está atada, Mãe dos Demônios. Atada e encurralada.

Lilith gargalhou.

— Acha mesmo que eu seria tola o suficiente para me deixar ser encurralada? Olhe ao redor, criança. Não vejo pentagrama algum. Não vejo círculo de sal. Apenas um solo inóspito de terra e cascalho. Que poder me amarraria aqui?

Cordelia olhou para Lucie, que respirou fundo.

— Levantem-se — pediu Lucie. — Não comando, apenas peço. Levantem-se.

Raios de luz prateada brotaram de dentro do chão, moldando-se em figuras humanas translúcidas. Dúzias delas, até Cordelia sentir como se estivesse no meio de uma floresta de árvores luminosas.

Eram fantasmas de mulheres jovens — jovens e maltrapilhas, com olhos tristes e vazios, embora Cordelia não soubesse dizer se era devido às suas vidas ou às suas mortes. Havia uns poucos homens translúcidos espalhados pela multidão, a maioria jovem também. Estavam parados, de mãos dadas, formando longas filas que se encontravam para formar um pentagrama. E bem no meio estavam Cordelia... e Lilith.

— Estes fantasmas são leais a mim — anunciou Lucie. Ela havia se posicionado alguns passos para fora da área do pentagrama. Cordelia podia ver as figuras iluminadas dos espectros de Cross Bones refletidas em seus olhos. — Vão manter esta formação de pentagrama pelo tempo que eu pedir. Ainda que eu saia do cemitério, você continuará presa aqui.

Sibilando, Lilith girou e golpeou o espírito mais próximo, mas a mão o atravessou com apenas um estalido de energia. O rosto dela se contorceu, e

Corrente de Espinhos

presas desceram em sua boca, os cabelos transformando-se em uma cascata de escamas. Suas sapatilhas haviam sido chutadas para longe, e de baixo da bainha do vestido escapava uma espiral grossa: o rabo de uma serpente.

— Se não me liberar — a Mãe dos Demônios grunhiu —, vou despedaçar Cordelia Carstairs, membro a membro, e esmagar seus ossos enquanto ela grita sem parar. Não pense que não farei.

Lucie empalideceu, mas se manteve firme. Cordelia a advertira de que Lilith diria aquilo — mas não dissera, porém, que era muito provável que Lilith cumprisse a ameaça. Lucie estava segura do lado de fora do pentagrama, e, tirando aquilo, Cordelia não se importava com mais nada. O plano tinha que dar certo. Por James, por Matthew. *Tinha* que funcionar.

— Não acho que você vá me matar — declarou Cordelia, com calma. — Acho que é mais esperta do que isso. Sou seu paladino e a portadora da espada Cortana. Sou a única capaz de desferir o terceiro golpe em Belial e exterminá-lo. Sou a *única* que pode devolver seu reino a você.

— Você continua negociando. — As presas de Lilith se enterraram no próprio lábio inferior e sangue escorreu pelo queixo dela. — Diz que quer matar Belial...

— *Quero* salvar James e Matthew. Estou preparada para matar Belial. Tenho a determinação e a arma para isso. Envie-nos a Edom. Lucie e eu. Envie-nos a Edom, e vou recuperar seu reino por você e acabar com Belial. Antes que ele tome Londres. Antes que possua James. Antes que seja impossível detê-lo.

— É só isso que deseja? Uma chance de salvar seus amigos? — indagou Lilith, a voz exalando desprezo.

— Não. Quero que façamos um acordo: quando Belial for morto pela minha espada, você vai me libertar. Não serei mais seu paladino. E quero sua palavra de que não vai ferir a mim ou às pessoas que amo.

As serpentes haviam desaparecido. Os olhos de Lilith estavam opacos e escuros, como no mural.

— Você faz muitas exigências.

— E você tem muito a ganhar em troca — rebateu Cordelia. — Vai ganhar um mundo inteiro.

Lilith pareceu hesitar.

CASSANDRA CLARE

— Seus amigos ainda estão vivos em Edom. Estão presos em Idumea, a grande capital, onde fica meu palácio.

Idumea. A cidade que tinha sido Alicante um dia naquele outro mundo, onde os Caçadores de Sombras perderam a batalha contra os demônios mil anos antes. Onde Lilith governara até a chegada de Belial.

— Não tenho como enviá-las direto para lá — explicou. — Belial fortificou várias partes de Edom contra mim. Mas posso deixá-las perto. Depois disso... — Ela exibiu as presas. — Depois que estiver em Edom, estará fora de alcance tanto da minha proteção, quanto da de seu Anjo. Não posso agir lá enquanto Belial governa. E suas Marcas Nephilim vão desaparecer assim que forem desenhadas. Você pode brandir Cortana, mas Edom não é um lugar receptivo aos mortais. Plantas não crescem lá, e qualquer água que encontrem será tóxica para vocês. Não podem viajar à noite: terão que procurar abrigo quando as luas despontarem no céu ou vão morrer no escuro.

— Parece ótimo — ironizou Lucie. — Dá para entender por que está tão desesperada para voltar lá.

— Depois que chegarmos a Edom — disse Cordelia —, depois que encontrarmos James e Matthew... Como retornamos a Londres?

— Existe um Gard em Idumea, uma versão sombria do seu Gard aqui. Era meu, mas Belial o transformou em sua fortaleza depois de usurpar meu reino. Dentro do Gard há um Portal, um que eu mesma criei. Vocês poderão fazer a travessia de volta para este mundo através dele.

Era tolice confiar em Lilith, Cordelia sabia. No entanto, Lilith *queria* que elas fossem bem-sucedidas e que retornassem, pois desejava a morte de Belial mais do que qualquer outra coisa em qualquer mundo.

— Então temos um acordo — afirmou Cordelia. — Mas primeiro você tem que jurar. Jure que vai nos enviar a Edom em segurança. Jure que se Belial morrer pela minha espada, você vai me liberar do meu juramento como paladino. Jure pelo nome de Lúcifer.

Lilith se retraiu. Mas, ainda assim, jurou, pelo nome de Lúcifer, Cordelia escutando com atenção cada uma de suas palavras para se certificar de que Lilith estava prometendo exatamente o que ela havia pedido. Ninguém se importava tanto com exatidão e rigor da linguagem quanto os demônios.

— 597 —

Corrente de Espinhos

Cordelia aprendera aquilo com seu juramento e não voltaria a cair no mesmo truque.

Quando terminou, Lilith sorriu, um sorriso largo e viperino horripilante.

— Está feito. Desfaça o pentagrama.

— Não — respondeu Lucie com firmeza e se virou para os espíritos: — Quando eu tiver passado pelo Portal, vocês podem se dispersar e liberar o demônio. Mas não antes disso.

Lilith rosnou, mas levantou as mãos, abrindo os dedos, que pareceram se estender para tocar Lucie e Cordelia.

Escuridão jorrou de suas mãos. Enquanto o breu se recurvava ao redor dela e de Lucie, roubando sua visão e seu fôlego, Cordelia não pôde deixar de pensar nas sombras que tinham engolido James e Matthew. Guardou Cortana com violência na bainha ao sentir que estava sendo espremida e girada para cima e para fora, a risada de Lilith ecoando em seus ouvidos. Viu o brilho de três luas estranhas no céu quando um vento quente e seco a ergueu, contorcendo seu corpo até parecer que sua coluna ia partir.

Ela gritou por Lucie — e então estava caindo, caindo para dentro de uma escuridão quente e sufocante, o gosto salgado de sangue na boca.

—

Jesse escancarou a porta do quarto. Ele havia deixado as velas queimando. Na verdade, havia deixado o cômodo inteiro uma bagunça. E ele próprio estava uma bagunça também: a camisa abotoada incorretamente, os sapatos, cada um de um par diferente.

Disparara para fora do quarto assim que terminara de ler a mensagem de Lucie. Não tinha ideia de quanto tempo fazia desde que Lucie saíra, embora parecesse que ele mal tinha dormido. Não podia ter sido mais de meia hora antes do momento em que ele rolara na cama e o barulho de papel amassado o despertara.

Jesse mal se recordava de ter se vestido e corrido para a rua. Chegou na metade do pátio nevado quando lembrou: era um Caçador de Sombras. Podia fazer mais do que correr pela noite sem direção nem planos. Segurando o pente dourado de Lucie, desenhou uma Marca de Rastreamento nas costas da mão e esperou.

E não sentiu nada.

O frio se infiltrou nele até os ossos. Talvez tivesse desenhado a runa incorretamente, embora soubesse no fundo do coração que não era o caso. Tentou outra vez. Esperou outra vez.

Nada. Apenas o vento soprando partículas de gelo e fuligem, e o silêncio terrível de uma Londres sem o canto dos pássaros, tráfego ou gritos de vendedores ambulantes.

Lucie estava desaparecida.

Jesse voltou ao quarto andando com cautela, e já tinha quase chegado à cama quando se deu conta de que estava ocupada. Havia uma espécie de ninho feito com lençóis no centro, misturados com papéis espalhados, e no meio de tudo, Grace. Recurvada na cama, os pés atados com curativos, vestindo uma camisola de linho limpa. Os cabelos claros estavam trançados. Parecia anos mais jovem do que de fato era, lembrando menos a moça que se tornara e mais a menininha que ele treinara e protegera como pôde anos antes.

— Elas foram embora, não foram? — perguntou.

Jesse se sentou ao pé da cama.

— Como você sabe?

Grace puxou uma das tranças.

— Não consegui dormir. Estava olhando pela janela e vi as duas saírem. E aí você correu lá para fora e parecia tentar Rastreá-las. — Franziu a testa.

— Aonde elas foram?

Jesse tirou a mensagem de Lucie do bolso da calça e a entregou à irmã, que a desdobrou com curiosidade. Quando terminou de ler, fitou Jesse com olhos preocupados.

— Sabia que elas planejavam alguma coisa. Não sabia que era algo assim. Edom, e Lilith... Não sei...

— Como você sabia que elas estavam planejando algo? — perguntou Jesse, franzindo o cenho.

— Pelo jeito que se olhavam, como se tivessem um segredo.

— Me sinto um tolo. Não notei nada.

— 599 —

Corrente de Espinhos

— Eu já compartilhei um segredo com Lucie: você. Sei como ela fica quando está planejando alguma coisa. Cordelia é mais difícil de ler, mas... — Grace abaixou os olhos. — Desculpe por não ter deduzido o que era. Teria dito alguma coisa. Mesmo quando as vi partir, presumi que estavam só caçando Sentinelas ou procurando outros membros do Submundo...

— Não é culpa sua — interrompeu Jesse. Os olhos dela estavam enormes, da cor de espelhos, e fixos nele. Jesse tinha sido sincero, no entanto. Ele não a culpava; não por aquilo, ao menos. — É estranho — começou ele. — Quando eu era um fantasma, podia sentir Lucie, sabe? Podia simplesmente... buscar nas sombras e sempre a encontrava. Sempre aparecia onde quer que ela estivesse. Agora não mais.

— Agora você está vivo — respondeu Grace, baixinho. — Precisa viver dentro das limitações humanas. E dentro delas, não há nada que você pudesse ter feito.

— Queria que Lucie tivesse me contado — murmurou Jesse, olhando para baixo. — Podia ter tentado dissuadi-la...

Grace disse com delicadeza:

— Acabei conhecendo Lucie muito bem, sabe, nesses últimos meses. Ela provavelmente foi a coisa mais próxima de uma amiga que já tive. E eu sei, e você sem dúvida também sabe, que ela é muito determinada. Era isso que ela queria e Lucie não teria deixado nada a impedir. Nem mesmo você.

— Mesmo que eu não pudesse ter impedido, eu poderia ter ido com ela.

— *Não!* — exclamou Grace. — Quer dizer... Jesse, se elas foram para Edom é só porque Cordelia é protegida pelo pacto que tem com Lilith, e Lucie, pelos laços que tem com Belial. É um reino demoníaco, e você estaria em grande perigo. Foi por isso que Lucie *não* contou nada a você, a ninguém. Nem sei se Cordelia contou a Alastair. As duas sabiam que ninguém mais poderia ir com elas.

— Eu não teria me importado — rebateu Jesse, abrindo e fechando a mão. — Com o risco, quero dizer.

— Bom, *eu* teria. Se você tivesse se arriscado. Sei que está bravo comigo, Jesse. Sei que talvez nunca mais me enxergue da mesma maneira. Mas você ainda é meu irmão. Faz parte da minha personalidade, e se restou algum bem em mim entre toda aquela maldade, é só por sua causa.

CASSANDRA CLARE

Jesse se abrandou. Estendeu a mão e pegou a de Grace, e por um momento ficaram sentados em silêncio.

— Se serve de consolo — disse Grace após um tempo —, acho que Lucie também não quis levar você porque sabia que *nós* precisávamos de você. Somos apenas seis agora. Seis Caçadores de Sombras separando Londres da noite eterna.

— Até que consola um pouco — respondeu Jesse. — E... há bondade em você, Gracie — acrescentou, eventualmente. — A primeira coisa que fez quando escapou da Cidade do Silêncio foi correr até aqui para nos avisar sobre Tatiana. Poderia ter simplesmente fugido. Teria sido mais fácil, talvez até mais seguro. Mas você se arriscou.

— Não queria que ela ganhasse. Mamãe. Ela me roubou tantas coisas... Queria que fosse derrotada. Espero que tenha sido por bondade, mas temo que tenha sido apenas teimosia. Nós dois somos pessoas teimosas, você e eu.

— E isso é bom? — perguntou Jesse. — Talvez essa teimosia mate a todos nós.

— Ou talvez seja isso que vai fazer a diferença entre vencer ou perder — rebateu Grace. — Talvez seja justamente do que precisamos agora. Não desistir. Nunca desistir. Lutar até o fim.

—

Quando o sol se pôs, Matthew já tremia incontrolavelmente. Não parecia fazer diferença que estivesse enrolado no próprio casaco e no de James também — os dentes batiam com tanta força que ele havia cortado o lábio inferior. Murmurando que o gosto do sangue o deixava enjoado, ele se afastou um pouco, engatinhando, e vomitou, colocando para fora maçãs e água, e, James temia que o restante do sedativo de Christopher também.

Quão pior a situação poderia ficar, pensou, sombrio, se Matthew já não tivesse diminuído o consumo de álcool. Ele estivera sofrendo *antes* de irem para Edom. James podia apenas torcer para que a dívida que Matthew pagara com o próprio sofrimento fosse abatida do preço que pagava agora.

A lua subiu ao céu, um cinza-branco sinistro — e depois uma segunda, e uma terceira. O pátio estava tão claro quanto estivera durante o dia,

Corrente de Espinhos

embora as sombras entre as árvores mortas fossem mais profundas. James foi buscar água e viu o reflexo das três luas tremeluzir na superfície da tigela de pedra.

Pensou nos pais, lá longe em Alicante, na sombra do verdadeiro Gard. Àquela altura, já deviam estar cientes do que acontecera com Londres. Com ele. Alguém os teria informado. Não Lucie: ela jamais concordaria em abandonar Londres à própria sorte.

Quando retornou ao paredão, Matthew descansava com as costas apoiadas nele, tremendo. James tentou entregar um copo de água ao amigo, mas os tremores eram violentos demais para que Matthew o segurasse. James levou o copo aos lábios dele, estimulando-o a beber até esvaziar.

— Não quero vomitar outra vez — disse Matthew com voz rouca, mas James apenas sacudiu a cabeça.

— Melhor do que morrer de sede — ponderou, deixando o copo no chão. — Vem aqui.

James puxou Matthew com força para perto, as costas do amigo em seu peito, e colocou os braços ao redor do *parabatai*. Pensou que ele fosse protestar, mas parecia já ter passado daquele ponto: Matthew apenas relaxou o corpo, um peso alarmantemente leve contra James.

— Isso é bom — comentou Matthew, cansado. — Você é melhor do que um casaco.

James descansou o queixo no ombro do amigo.

— Sinto muito.

Ele percebeu que Matthew ficou tenso antes de dizer:

— Por quê?

— Por tudo. Paris. A briga que tivemos no Mercado das Sombras. Quando você me disse que, se eu não amava Cordelia, deveria deixar que alguém a amasse então. Eu estava alheio demais a tudo para compreender o que você queria dizer.

— Você estava — retrucou Matthew com certa dificuldade — sob um feitiço. Você mesmo acabou de dizer, alienou você...

— Não faça isso — interrompeu James. — Não justifique. O que você disse, lá no Instituto, sobre não conseguir ficar com raiva de mim... Preferia que você *estivesse* com raiva. Ainda que não me culpe por nada do que fiz

— 602 —

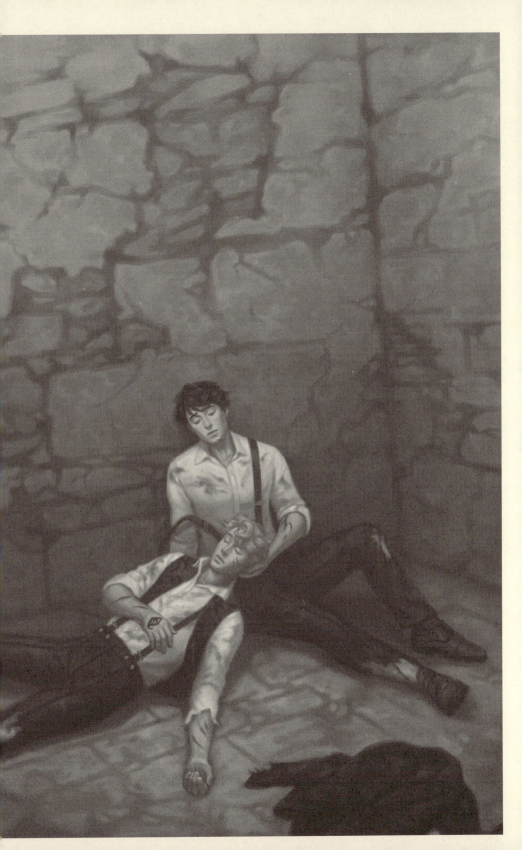

sob o domínio da pulseira, e depois que ela quebrou? Eu deveria ter pensado mais nos seus sentimentos...

— E eu não deveria ter fugido com Cordelia até Paris — rebateu Matthew.

— Estou ciente da impressão que devo ter dado a você — confessou James em tom de voz baixo. — Irresponsável, displicente, inexplicavelmente cruel com Cordelia e alheio a tudo. Em nome de uma paixão que não fazia sentido para mais ninguém senão a mim mesmo.

— Ainda assim foi egoísmo. Pensei... Convenci a mim mesmo que você não a amava. E que eu amava, amava estar com ela, porque...

— Porque é Cordelia — concluiu James.

— Mas também porque, diferente de você, ela não me conheceu antes de eu começar a beber. Não de verdade. Já fui apaixonado por Lucie, você sabe, mas quando ela me encarava podia ver nos olhos dela que esperava que eu voltasse a ser quem era antes. O Matthew que eu era antes de pegar em uma garrafa. Cordelia só me conheceu depois que mudei. — Matthew abraçou os joelhos. — A verdade é que não sei quem serei quando estiver completamente sóbrio. Nem sei se vou gostar dessa pessoa, se é que vou sobreviver para conhecê-la.

James desejou poder ver a expressão no rosto do amigo.

— Math. A bebida não faz nem nunca fez de você uma pessoa mais esperta, mais charmosa, mais digna de ser amada. O que ela fez foi ajudar você a esquecer. Só isso.

Quando Matthew falou, parecia ter esquecido como respirar:

— Esquecer o quê?

— O que quer que tenha deixado você com tanta raiva de si mesmo — respondeu James. — E não, antes que você pergunte, Cordelia não me contou nada. Acho que você compartilhou seu segredo com ela. Acho que isso é parte do que fez você desejá-la. Nós todos queremos estar com as pessoas que conhecem a verdade sobre nós. Os nossos segredos.

— E você deduziu isso tudo? — perguntou Matthew, o tom de voz um pouco espantado.

— Quando não estou sob o efeito de um encantamento sou surpreendentemente perspicaz — ironizou James. — E você é a outra metade da minha alma, meu *parabatai*. Como poderia *não* ter deduzido? — Ele respirou

CASSANDRA CLARE

fundo. — Não posso exigir que me conte nada. Eu mesmo escondi muitas coisas de você. Só... Se você quiser me contar, prometo que vou escutar.

Houve um longo silêncio. Então Matthew se aprumou e disse:

— Malditos Herondale persuasíveis. — Deixou a cabeça pender para trás, encarando a estranha lua tripla. — Tudo bem. Vou contar.

—

— Nunca foi a minha cidade favorita — disse Alastair —, mas tenho que admitir: preferia bem mais Londres em seu estado anterior.

Era meio do dia, embora mal se pudesse notar, e Alastair e Thomas procuravam Sentinelas em Bayswater.

Começara mais como uma missão de reconhecimento: seguir as Sentinelas sem serem detectados, instruíra Anna, descobrir onde se reuniam e, se possível, como poderiam ser feridas ou mortas.

Várias horas se passaram. Os dois avistaram várias Sentinelas e tentaram segui-las, esgueirando-se pelas ruas em seu encalço enquanto vagavam. Mas aquilo não os deixou mais perto de descobrir como derrotá-las, considerando que todos na cidade — mundanos, membros do Submundo e até animais — mantinham distância das criaturas. Observando de longe não era possível avaliar o que eram capazes de fazer em batalha ou como poderiam ser detidas.

Ficou decidido: da próxima vez que vissem uma Sentinela, eles atacariam. Ambos estavam fortemente armados — Thomas carregava uma alabarda, e Alastair, uma longa *shamshir,* uma espada curva persa, em adição às lâminas serafim e adagas nos cintos de armas dos dois. Em circunstâncias normais, Thomas teria se sentido consideravelmente seguro, mas era impossível se sentir assim naquela Londres.

Caminhavam por Westbourne Grove, passando pelas janelas apagadas e imundas da Whiteleys, uma loja de departamento que ocupava metade da rua. O local normalmente ficava cheio de fregueses empolgados e de carruagens estilosas e outras de entrega. Agora não havia nada disso. Um único cavalheiro se encontrava sentado no chão, caído como um mendigo na calçada do lado de fora da vitrine da loja Gents' Hosiery, a sobrecasaca amas-

— 605 —

Corrente de Espinhos

sada e o chapéu torto, murmurando algo a respeito de meias. Mais adiante dele, um vislumbre de movimento sobressaltou Thomas por um momento, mas era apenas o guarda-chuva abandonado e muito sujo de alguma dama, que um dia deve ter sido cor-de-rosa. Como um pássaro moribundo, ele se agitava ao vento ao lado de uma vitrine de chapéus caros, pouco visíveis através da vidraça suja de lama. Os chapéus lá dentro também pareciam cobertos de sujeira. Não era uma imagem entusiasmante, e Thomas não pôde deixar de concordar com Alastair.

— O que você quer dizer, que preferia Londres quando não estava desligada do resto do mundo ou que preferia Londres quando os mundanos eram seres autônomos, e não marionetes de um demônio? — perguntou Thomas educadamente.

— Quero dizer — respondeu Alastair com rispidez — que preferia quando as lojas ainda estavam abertas. Sinto falta de comprar chapéus. Apareçam, Sentinelas! — chamou, elevando a voz. — Deem as caras para podermos ver vocês melhor!

— Acho que não tem nenhuma neste bairro — observou Thomas. — Já olhamos em todos os lugares. Mas podemos tentar o Hyde Park. Quando levei Jesse e Grace até Grosvenor Square, vi um monte delas agrupadas.

Continuaram seguindo por Queensway, igualmente deserta e deprimente. Pilhas altas de lixo tinham sido sopradas na balaustrada ao longo do lado direito da rua. Eles ficaram tensos quando viram uma figura de túnica branca esvoaçante, mas logo relaxaram: não era uma Sentinela, mas uma jovem babá mundana de avental branco empurrando um carrinho de bebê também branco e refinado.

— Era uma vez — dizia ela, alegre. — Era uma vez. Era uma vez...

Ao passarem por ela, Thomas olhou para dentro do carrinho e viu, para seu alívio, que não havia nenhum bebê ali, apenas uma coleção de lixo que a mulher devia ter coletado pela rua: panos velhos e imundos, jornais amassados, latas, folhas secas. Ele pensou ter visto os olhos de um rato brilhando dentro da confusão.

Quanto tempo os mundanos conseguiriam viver daquela maneira?, Thomas se perguntou. Estariam se alimentando, alimentando os filhos? Ou acabariam morrendo de fome ou perdendo as forças, como mecanismos de relógio? Belial alegara querer governar uma Nova Londres — seria uma Londres de cadáveres? Ele levaria demônios para ocupar as casas, as ruas?

Tinham chegado à Bayswater Road e à entrada para o parque. Portões altos de ferro forjado estavam abertos de ambos os lados de um caminho largo margeado por faias desfolhadas, que se estendiam para dentro da escuridão enevoada. Não havia os usuais grupos de turistas ou pessoas passeando com seus cachorros, nem crianças empinando pipas nem qualquer outro sinal de vida, salvo por um grupo de cavalos pastando pacificamente: uma cena que teria parecido agradável e bucólica, mas todos estavam equipados com freios, antolhos e cabrestos, e um deles parecia carregar uma parte quebrada de uma carruagem contratada. Enquanto observava, Thomas teve um vislumbre de uma figura de cabelos ruivos deslizando para trás de um carvalho. Ele piscou, e ela desapareceu.

— Thomas — chamou Alastair. — Não fica aí matutando.

— Não estou — mentiu Thomas. — Mas, então, o que aconteceu com Cordelia e Lucie? Você sabia que as duas iam para Edom?

Aquela manhã, Jesse mostrara a eles a mensagem deixada por Lucie, explicando que ela e Cordelia haviam encontrado uma maneira de chegar a Edom, o reino de Belial, e tinham ido para lá na esperança de resgatar James e Matthew.

Todos reagiram da maneira que Thomas esperava: Anna ficou furiosa, mas se resignou; Ari e Thomas tentaram se manter otimistas; Jesse não levantou a voz e se manteve firme; e Grace ficou em silêncio. Apenas a reação de Alastair o deixara confuso: ele não pareceu nem um pouco surpreso com nenhuma das revelações.

— Não sabia exatamente qual era o plano delas — respondeu Alastair. — Mas Cordelia me pediu Cortana de volta ontem, e a devolvi. Era evidente que estava tramando alguma coisa.

— E não pensou em impedi-la?

— Aprendi que, quando minha irmã decide fazer algo, é inútil tentar detê-la. Além disso, por que fazê-lo? Para que possa viver mais disto? — Ele gesticulou para o cenário ao redor. — Se ela quer morrer como uma Caçadora de Sombras, lutando, defendendo a família, não posso tirar isso dela.

Corrente de Espinhos

As palavras eram desafiadoras, mas Thomas percebeu nas entrelinhas a profundidade da preocupação e da dor de Alastair. Ele queria puxá-lo para perto, embora os dois mal tivessem voltado a se tocar desde a noite da morte de Christopher. Thomas tinha se sentido à flor da pele, como se seu corpo inteiro fosse uma ferida aberta. Mas o tom perdido na voz de Alastair...

— O que é aquilo? — indagou Alastair, estreitando os olhos. Apontou na direção de Lancaster Gate, que levava para fora do parque e de volta à cidade.

Thomas olhou. Avistou-o também, depois de um momento: um lampejo de túnica branca entre as barras de ferro.

Passaram correndo pelo portão, mantendo-se fora de vista. E, de fato, uma figura solitária de túnica e capuz brancos estava seguindo depressa no sentido norte, de costas para Thomas e Alastair. Eles se entreolharam antes de seguirem a Sentinela, tão silenciosos quanto possível.

Thomas não estava prestando muita atenção ao caminho até que Alastair cutucou seu ombro.

— Aquela lá não é a Paddington Station? — sussurrou.

Era. A estação não tinha placas de sinalização ou uma entrada requintada. Era um edifício vitoriano bastante desinteressante, extenso e encardido, cujo acesso era por uma ladeira que levava a uma arcada coberta nomeada GREAT WESTERN RAILWAY.

Em épocas normais, haveriam jornaleiros e multidões de passageiros passando pelas portas. Mas o local encontrava-se deserto, exceto pela Sentinela descendo a rampa.

Thomas e Alastair se apressaram a segui-la para dentro da galeria. A figura deslizava mais à frente deles, parecendo alheia à presença dos dois, e entrou por uma passagem que levava até a bilheteria. Estava escuro e vazio do lado de dentro. Os guichês na extensão da bancada de mogno mantinham-se fechados, e no piso de mármore havia uma confusão de malas abandonadas, algumas abertas. O arco que levava para dentro da estação estava bloqueado por uma grande mala de couro da qual se derramavam um pijama listrado branco e vermelho e o ursinho de pelúcia de uma criança. Thomas e Alastair saltaram por cima da bagunça e emergiram dentro do salão cavernoso da estação.

— 608 —

CASSANDRA CLARE

Viram-se na Plataforma 1, que, como a bilheteria, estava repleta de bagagens esquecidas e uma seleção aleatória de itens pessoais de passageiros, todos dispostos como uma tenda em um bazar gigantesco. O grande relógio da estação, parado permanentemente em 14h15, ostentava um cachecol de lã vermelho. Um enorme chapéu de abas largas e decorado por plumas pendia torto do topo de uma máquina automática de vendas de chocolates, e cinco romances baratos, caídos de uma bolsa de veludo, jaziam no chão como peças de dominó derrubadas.

Acima deles elevava-se o enorme arco triplo do grande teto de ferro e vidro: uma catedral gigantesca, sustentada por delicadas e ornadas fileiras de colunas de aço forjado, como as costelas de algum gigante de metal. Em circunstâncias normais, o lugar estaria cheio de trens e nuvens de vapor e fumaça e multidões e *sons*: o burburinho de vozes, anúncios ferroviários e guardas soprando apitos e batendo portas; as batidas, bufos e chiados ensurdecedores dos trens.

Agora estava deserto. O crepúsculo demoníaco de Belial se infiltrava pelo teto de vidro tomado por fuligem como uma cortina de névoa, quebrado esporadicamente por luzes bruxuleantes. Havia um zumbido elétrico estranho que soava nefasto no silêncio ecoante. A fraca iluminação da parte aberta da estação, por onde entravam os trens, banhava as extremidades opostas das plataformas com um brilho inquietante e deixava todo o resto em uma escuridão que adensava ainda mais as sombras. Às vezes pareciam se mover, e ruídos baixos e rasteiros saíam delas — ratos, provavelmente. Com sorte.

Thomas e Alastair seguiram para a Plataforma 2, as mãos nas armas, os passos abafados por Marcas de Silêncio. As plataformas estavam vazias, exceto por um trem solitário na metade da Plataforma 3, de portas abertas, esperando passageiros que nunca chegariam. E então... uma Sentinela, caminhando ao lado dele. Quando Thomas a avistou, ela virou e pareceu olhar diretamente para os dois. Depois, deu um passo para dentro do vão entre dois vagões de trem e desapareceu.

Alastair xingou e começou a correr. Thomas seguiu atrás dele, pulando da plataforma quando chegou ao final dela para o chão perigoso da via férrea: placas de madeira irregulares sobre montes de cascalho afiado e áspero, cruzado por trilhos de ferro.

— 609 —

Corrente de Espinhos

Alastair desacelerou até parar onde a Sentinela desaparecera, deixando que Thomas o alcançasse. Os dois olharam ao redor e não viram nada. A área ao redor do trem parecia deserta, o silêncio quase opressivo.

— Perdemos de vista — disse Alastair com asco. — Pelo Anjo...

— Não tenho tanta certeza — respondeu Thomas, mantendo a voz baixa. O silêncio não era um conforto, mas desconcertante de alguma forma, como as sombras também pareciam desconcertantes. — Pegue sua espada — murmurou, já pegando a alabarda.

Alastair o encarou por um momento, os olhos estreitos. Depois, parecendo decidir que confiava em Thomas, começou a levar a mão à *shamshir* — no mesmo instante em que uma figura de branco saltou do teto do trem, derrubando o jovem.

A arma voou da mão de Alastair, e ele e a Sentinela rolaram pelo chão desnivelado. A criatura prendeu Alastair no chão, e ele não conseguia alcançar o cinto de armas. Em vez disso, levou o braço para trás e socou a Sentinela no rosto.

— *Alastair!* — gritou Thomas, correndo para o ponto onde ele lutava com a criatura. Alastair a golpeava sem parar, e a Sentinela sangrava, gotas de sangue vermelho-escuro pingando no cascalho da via. Mas ela parecia impassível: se os golpes doíam, não demonstrava. A mão branca e longa envolvia o pescoço de Alastair e, enquanto Thomas assistia, começava a apertar.

Algo explodiu atrás dos olhos de Thomas. Não se lembrava de ter cruzado o espaço entre ele e a Sentinela, apenas de estar parado acima dela, brandindo a alabarda. A lança fez contato com o demônio, a lâmina enterrando-se no ombro dele. Rosnando, a Sentinela continuou sufocando Alastair, cujos lábios começavam a ficar azuis. Em pânico, Thomas puxou a lança do corpo da Sentinela, arrancando metade do manto dela junto. Teve um vislumbre do crânio calvo e da nuca da criatura, onde havia uma runa demoníaca escarlate desenhada.

Agindo por instinto, Thomas girou a alabarda novamente, desta vez mirando a lâmina direto na runa, cortando-a e destruindo o desenho.

A Sentinela se levantou em um pulo, liberando Alastair. Os farrapos que restavam da túnica branca estavam empapados de sangue vermelho-escuro. Ela cambaleou para Thomas, agarrando-o com mãos que mais pareciam garras de ferro. Atirou-o com força para longe, e ele foi arremessado pelo ar, chocando-se na lateral de um vagão de trem. Deslizou até o chão, atordoado. Havia perdido a lança em algum lugar, mas sua cabeça zunia alto demais para permitir que procurasse por ela.

Sentia um gosto metálico na boca. Esforçou-se para se levantar, se mover, mas seu corpo não queria cooperar. Ele podia apenas observar com a visão turva a Sentinela se contrair e contorcer com espasmos estranhos. Ela caiu de joelhos, algo peculiar parecendo emergir da ferida sangrenta em sua nuca. Longas pernas aracnoides, antenas testando o ar. O demônio Quimera se libertou do corpo agora flácido do Irmão do Silêncio, seu abdome pulsando, os olhos verdes reluzindo ao se fixarem em Thomas. A criatura saltou na direção de Thomas no mesmo instante em que uma escuridão misericordiosa caiu por cima dele como uma cortina.

30
TERRA ANTIGA

Encontrei um viajante de uma terra antiga
Que disse: "Duas vastas pernas de pedra sem tronco
Aguardam no deserto... Perto delas, na areia,
Semienterrado jaz um semblante, cuja carranca
E lábio franzido, e o escárnio de um comando frio,
Demonstram que seu escultor lera bem aquelas paixões
Que ainda sobrevivem, impressas nessas coisas sem vida,
A mão que escarnecia delas, e o coração que nutria."

— Percy Bysshe Shelley, *"Ozymandias"*

Cordelia já passara por muitos Portais, mas nenhum como o que levava a Edom. Foi como um redemoinho acre cheio de fumaça: ela girou pela escuridão, sufocando, os pulmões ardendo, aterrorizada com a possibilidade de que Lilith tivesse enganado ela e Lucie, e de que fossem morrer entre mundos.

Por fim, a escuridão se dissipou e se transformou em uma ardente luz laranja-avermelhada. Antes que os olhos de Cordelia pudessem se ajustar, ela topou com uma superfície dura. Terra irregular: o chão do deserto. Rolou por ásperas dunas amarelo-escuras, com areia em seus olhos e orelhas e pulmões, agarrando o chão com os dedos até conseguir enfim parar.

Tossindo incessantemente, ela rolou para se ajoelhar e olhou ao redor. Um deserto desolador e inóspito se estendia até onde a vista alcançava, cintilando com calor sob um sol vermelho-escuro. Dunas de areia seca se elevavam e caíam como ondas, e entre elas serpenteavam faixas flamejantes: rios estreitos de fogo derretido. Formações rochosas pretas irrompiam do solo em intervalos, feias e irregulares.

Não havia indicação de qualquer coisa viva por perto. E nenhum sinal de Lucie.

Cordelia se levantou, trôpega.

— Lucie! — chamou, a garganta ardendo. Sua voz parecia ecoar no vazio, e ela começou a sentir os primeiros vestígios de pânico se agitarem dentro dela.

Calma, disse a si mesma. Não havia pegadas na areia, apenas as marcas onde havia quicado e rolado pelo chão, e o vento quente já começava a cobri-las com areia. Ela estreitou os olhos devido ao brilho do sol e viu um vão entre duas rochas no topo de uma colina de xisto e cascalho. O chão de areia perto do vão parecia remexido e... Aquilo era uma pegada?

Cordelia correu colina acima, a mão no cabo de Cortana. Quando se aproximou do topo, ela pôde ver uma espécie de trilha, talvez um lugar onde água fluíra um dia, que se estendia entre dois pedregulhos. Com alguma dificuldade, ela conseguiu se espremer para dentro do espaço. Para além das pedras, a colina descia e dava para mais deserto arenoso, mas não muito distante dali havia outra formação rochosa de tamanho considerável. Escorada nela, de os olhos fechados e o rosto pálido, estava Lucie.

— *Lucie!* — Cordelia deslizou colina abaixo em uma onda de areia e cascalhos soltos antes de correr para a amiga. De perto, a aparência de Lucie era ainda pior: o rosto tenso, e agarrando o peito com as mãos, lutando para respirar.

Cordelia pegou a estela. Lucie estendeu o pulso, obediente, e a amiga traçou um *iratze* na pele — apenas para ver, horrorizada, a Marca desaparecer rapidamente, como se tivesse sido desenhada com água.

— Lilith avisou — arquejou Lucie — que Marcas não funcionariam aqui.

— Eu sei — murmurou Cordelia. — Estava torcendo para que fosse mentira. — Ela deixou a estela de lado e abriu sua garrafa, que colocou nas mãos de Lucie. Após um momento, ficou aliviada de ver a amiga tomar um gole, depois outro, um pouco de cor voltando ao rosto. — O que aconteceu? Você se machucou? Foi o Portal?

Lucie respirou fundo e voltou a tossir.

— Não. — Ela olhou para além de Cordelia, para a paisagem atrás: empoeirada com cinzas, salpicada com dúzias de formações rochosas escuras. Uma terra queimada. Uma terra envenenada. — É este lugar.

— É horrível — concordou Cordelia. — Não consigo imaginar por que Lilith é tão obcecada por ele. Com certeza devem existir mundos melhores para ela conquistar e possuir.

— Acho que ela gosta de... como é morto — respondeu Lucie. — Estou acostumada com os mortos, a sentir a presença deles e vê-los em todos os cantos. Mas isto... Isto é um mundo inteiramente morto. Ossos e pedra e esqueletos de coisas antiquíssimas. — Balançou a cabeça. — Morte paira em todo o ar. É como um peso me oprimindo.

— Podemos descansar aqui até você recuperar suas forças — sugeriu Cordelia, sem conseguir reprimir a preocupação em sua voz.

— Não. — Lucie franziu a testa. — Cada segundo que esperamos é um segundo crucial para James e Matthew. Precisamos chegar a Idumea. — Expirou de forma busca, como se o nome a fizesse se retrair. — Posso *senti-la,* Idumea. Está me chamando. Uma... uma cidade morta. Tantos perderam a vida lá.

— Tem certeza de que é Idumea que está sentindo?

— Sei que é. Não sei explicar, mas tenho certeza. É como se pudesse ouvi-la me chamar. O que é bom, porque é para lá que temos que ir, de qualquer modo.

— Luce, se tem um efeito tão forte assim em você quando sequer enxergarmos a cidade à distância... Então o que vai acontecer quando chegarmos mais perto?

Lucie olhou para a amiga. Os olhos dela eram a única coisa azul em toda a paisagem — o céu oscilava entre laranja e cinza.

— Já estou me sentindo melhor. Acho que é porque você está aqui comigo. Sério — acrescentou. — Não precisa ficar tão preocupada. Me ajuda a levantar?

Cordelia obedeceu. Quando guardou a garrafinha, ela estreitou os olhos, fitando a pedra na qual Lucie estivera encostada.

Corrente de Espinhos

— Olha, é uma estátua.

Lucie se virou para olhar.

— Parte de uma, pelo menos.

Embora tivesse sido corroída pelos anos de vento e atmosfera ácida, era nitidamente a cabeça de uma mulher. Uma mulher de cabelos longos e ondeantes, e serpentes enroscadas nos olhos. Os restos, Cordelia constatou, de uma estátua decapitada de Lilith. Onde estava o restante dela, Cordelia não sabia dizer. Enterrado sob a areia, talvez.

Lucie fitou a cabeça.

— Quando Belial tomou esta terra para si, deve ter destruído todos os monumentos em homenagem a Lilith.

— Claro que sim — concordou Cordelia, surpreendendo-se diante da amargura em sua voz. — Como uma criança chutando o brinquedo de outra. Isto não passa de um jogo para eles. Que importância tem quem controla este mundo estéril, senão para o orgulho de Belial e de Lilith? Edom é um tabuleiro de xadrez, e nós somos dois de seus peões.

— Mas você é muito boa em xadrez — observou Lucie. — James me contou. — Ela observou o horizonte de Edom, todo tingido de sangue, e havia força e determinação em seu rosto. Já parecia mais como ela mesma. — E até um peão pode derrubar um rei.

Verdade, pensou Cordelia, *mas frequentemente é necessário que ele se sacrifique no processo.* Não quis dizê-lo em voz alta, porém, então apenas sorriu para a amiga e disse:

— Bem, o trabalho de um peão é continuar seguindo em frente, nunca parando e nunca voltando atrás.

— Então é melhor começarmos — sugeriu Lucie. Levantando a mochila pela alça, Lucie a colocou sobre os ombros e começou a caminhar pela terra seca. Após um momento, Cordelia a seguiu.

⚊

Quando Ari e Anna retornaram ao Instituto, estavam exaustas. Tinham caminhado até Primrose Hill para investigar um jazigo marcado em alguns mapas borrados na biblioteca de uma maneira que *talvez* sugerisse uma entrada para o Reino das Fadas. Fora um tiro no escuro, e Ari estivera pessimista desde o início. E, de fato, se houvera mesmo um portal no local, ele deixara de existir havia muito ou fora fechado por Belial sem deixar rastros.

— De volta à biblioteca, então? — perguntou Ari quando Anna trancou a porta do Instituto depois de entrarem. — Para encontrar o próximo candidato?

— Não dá para continuar com isto — respondeu Anna, cansada. — Se tivéssemos todo o tempo do mundo, poderíamos tentar em cada canto de Londres, até os mais obscuros. Mas não temos nenhum tempo de sobra.

— Talvez fosse melhor focar primeiro em criar uma lista maior baseada na nossa pesquisa — sugeriu Ari. — Assim pelo menos poderemos olhar vários pontos próximos em uma mesma parte da cidade.

— Acho que deveríamos encontrar os cinco mais prováveis — ponderou Anna enquanto subiam a escada central — e visitá-los, onde quer que sejam.

— Só cinco?

— Talvez não tenhamos tempo nem para cinco. Nossa situação aqui não pode se sustentar por muito mais tempo. — Anna suspirou. — Talvez Grace encontre uma maneira de pedir socorro. Ou talvez Cordelia e Lucie consigam alguma coisa em Edom. Ou... — Ela não terminou a frase, mas Ari sabia em que ela estava pensando. — Ou, pelo menos — recomeçou, em um tom mais baixo —, teremos feito uma última tentativa destemida de nos defender.

— Anna. — Ari a segurou pelo ombro. Anna parou e se virou para encará-la. — Antes de considerarmos nossa última tentativa, posso sugerir comermos algo? E talvez tomar um chá antes de sair outra vez?

Anna abriu um sorriso fraco.

— Chá?

— Não vamos ajudar ninguém — respondeu Ari com firmeza — se cairmos duras de fome ou sede.

Ela estava prestes a continuar, mas parou ao ouvir uma voz abafada vinda do outro lado do corredor.

— O que foi isso?

— Está vindo da enfermaria — respondeu Anna, começando a seguir o som. — Parece a voz de Alastair.

Corrente de Espinhos

Ari se apressou em segui-la. A porta da enfermaria estava fechada e Anna a abriu com cuidado. Lá dentro, encontraram Thomas sentado na beira de uma das camas, e Alastair, em pé entre ele e a porta. Thomas olhava feio para ele.

— Você não pode me prender aqui.

— Posso, sim — respondeu Alastair com veemência. — E vou. Se precisar, até sento em você.

Thomas cruzou os braços, e Ari notou com um sobressalto que sua aparência era a de quem tinha perdido uma briga. Havia sangue em seus cabelos cor de areia, e hematomas ao redor de um dos olhos, apesar dos dois *iratzes* recém-desenhados em seu braço. Ele — e Alastair também, notou ela — estava todo arranhado e sujo.

— Pelo Anjo! — exclamou Anna. — O que aconteceu com vocês? Parece até que entraram em uma briga de bar. E em desvantagem numérica. Mas estou bastante certa de que todos os pubs estão fechados.

— Descobrimos como matar as Sentinelas — disparou Thomas com empolgação. — Devo contar a história?

— Agora mesmo — respondeu Anna, e Thomas obedeceu, relatando sua ida a Paddington Station e a batalha que se desenrolara lá. — Elas têm runas na nuca. Lembram um pouco a insígnia de Belial, mas um pouco modificadas.

— Talvez seja para sinalizar possessão — sugeriu Alastair —, mas nenhum de nós dois é especialista em runas demoníacas.

— Se a runa for cortada ou destruída — continuou Tom —, ela expele o demônio do corpo. E então o demônio em si pode ser morto sem grandes dificuldades.

Anna ergueu as sobrancelhas.

— Bem, não quero ser otimista demais, mas isso me parece ser... uma boa notícia? Bastante inesperada?

— É difícil pensar em um lado negativo — respondeu Alastair com relutância. — E olha que eu tentei.

— O lado negativo — acrescentou Ari, franzindo a testa — é que, mesmo sabendo disso, as Sentinelas são difíceis de vencer em batalha. Precisamos encontrar uma abertura para acertá-las na nuca sem sermos derrubados por magia ou força bruta.

— 618 —

CASSANDRA CLARE

Thomas concordou.

— E elas são muitas, e nós, poucos.

— O que precisamos é que Jesse e Grace façam as mensagens de fogo funcionar — disse Ari. — Precisamos de um exército.

— Ainda assim, estamos um passo mais próximos de salvar Londres — ressaltou Thomas.

Alastair lançou um olhar seco ao jovem.

— Vejo que a pancada que levou na cabeça foi pior do que eu imaginava. Não estamos nem perto de salvar Londres.

— Além do mais, não é bem *Londres* que vamos salvar, certo? — ponderou Anna. — Londres perdurará. São as pessoas que vão desaparecer. Toda a vida na cidade.

Alastair abanou a mão.

— Sim, sim. A cidade já foi dos romanos e dos saxões, e agora será dos demônios. Sobreviveu a pragas e pestilência e fogo...

— É isso! — gritou Anna, fazendo todos se sobressaltarem. — O Grande Incêndio! — Com um olhar desvairado, ela disparou para fora da enfermaria.

Os demais olharam para a porta aberta por onde ela desaparecera.

— Acho que por essa ninguém esperava — comentou Thomas.

— Vou lá ver o que está acontecendo — anunciou Ari, hesitante.

— Certo — concordou Thomas. — Vamos procurar Grace e Jesse onde quer que estejam enfurnados. Temos que avisar que as Sentinelas podem ser derrotadas.

Ele começou a se levantar da cama, mas Alastair o empurrou gentilmente de volta para baixo.

— *Eu* vou encontrar Grace e Jesse — afirmou. — *Você* vai descansar.

Thomas se virou para Ari com olhar de súplica.

— Desculpe, Tom, mas ele está certo — explicou Ari. — Você tem que dar ao seu corpo um pouco de tempo para se recuperar ou sua força irá toda embora.

— Mas estou *bem*...

Deixando Thomas e Alastair para discutirem entre si, Ari foi até a biblioteca e encontrou Anna de pé em cima de uma das mesas. Quando se aproximou, pôde ver que ela havia aberto diante de si um mapa esfarrapado

— 619 —

e bem amarelado pelo tempo. Quando olhou para Ari, havia — pela primeira vez desde a morte de Christopher — empolgação genuína em seus olhos.

— Você já notou — começou — que a entrada para a Cidade do Silêncio fica bem afastada do centro de Londres, lá longe, no cemitério Highgate?

— Notei... — respondeu Ari, devagar. — Nunca parei para pensar a respeito, mas de fato fica longe do Instituto.

— Bom, nem sempre foi assim — explicou Anna, fincando o dedo no pergaminho. — Eles a mudaram de lugar depois do Grande Incêndio de Londres. Este mapa aqui é de 1654, e *esta* é a antiga entrada para a Cidade do Silêncio.

Ari olhou.

— Essa aí *realmente* fica mais perto. Exatamente do outro lado de onde estamos em St. Paul.

— Na igreja de St. Peter Westcheap — completou Anna. — Que queimou no Grande Incêndio em 1666. — Ela tamborilou o mapa com o dedo. — Ainda não entendeu? Se conseguirmos chegar à Cidade do Silêncio por uma entrada desprotegida, poderemos encontrar o Caminho dos Mortos. Poderemos refazer a rota que as Sentinelas usaram para sair das Tumbas de Ferro.

— O que você está dizendo é que, se conseguirmos alcançar as Tumbas, então teremos saído da esfera de influência de Belial. Conseguiremos fazer contato com Alicante. — Ari bateu palmas. — Ou, se por algum milagre, os Blackthorn conseguirem fazer as mensagens de fogo funcionarem, poderíamos pedir para os reforços nos encontrarem nas Tumbas...

— E — acrescentou Anna — poderíamos guiar a cavalaria até a Cidade do Silêncio e, de lá, voltar para Londres.

Animada por uma torrente repentina de esperança, Ari se debruçou na mesa e beijou a boca de Anna. Ela recuou um pouco, gostando do olhar de surpresa no rosto dela.

— Você é a conspiradora mais diabolicamente esperta que conheço.

Anna sorriu.

— É porque você traz à tona o que há de melhor em mim, querida.

CASSANDRA CLARE

Mais tarde, James concluiria que relatar o ocorrido fora a coisa mais difícil que Matthew já fizera, seu maior ato de coragem e resistência.

Durante o relato, ele apenas escutou. O amigo narrou de maneira simples e direta: as provocações de Alastair sobre sua mãe, a visita dele ao Mercado das Sombras, a compra da poção das fadas para dar a Charlotte quando estivesse distraída. A doença violenta da mãe, o aborto.

— Eu me lembro — murmurou James. O vento havia começado a soprar, e ele podia ouvi-lo uivar por cima das planícies para além dos muros do pátio. — De quando sua mãe perdeu o bebê. Foi Jem quem a tratou...

— Jem sabia — disse Matthew. — Ele viu na minha mente, acho, mesmo que eu tenha me recusado a falar com ele sobre o assunto. Ainda assim, me lembro dele me dizendo na época. "Não contarei a ninguém. Mas você deveria. Um segredo guardado por muito tempo pode matar uma alma aos poucos." Um conselho — acrescentou Matthew — que eu, tolo que sou, não segui.

— Eu entendo. Você temia contar. Contar o que aconteceu significava revivê-lo.

— Isso é verdade para você — observou Matthew. — Vi no seu rosto quando contou sobre a pulseira, sobre Grace. Era como se uma ferida tivesse sido reaberta. Mas para mim... Não fui eu quem sofreu, James. Foi minha mãe, minha família. Eu *causei* o sofrimento. Não sou a vítima. — Ele respirou fundo. — Acho que vou vomitar outra vez.

James bagunçou os cabelos do amigo com delicadeza.

— Tente não vomitar a água — recomendou James. — Math, o que estou ouvindo é a história de alguém que cometeu um erro terrível. Você era jovem e cometeu um *erro*. Não houve maldade por trás daquilo, nenhuma intenção de machucar sua mãe ou qualquer outra pessoa. Você foi imprudente e confiou na pessoa errada. Não tinha malícia.

— Tomei várias decisões ruins antes. Nenhuma delas teve consequências dessa magnitude.

— Porque — ponderou James — você sempre se certifica de que os piores resultados das suas decisões recaiam sobre você.

Matthew ficou em silêncio por um momento.

— Suponho que esteja certo — concordou.

Corrente de Espinhos

— Sua má escolha teve consequências terríveis e imprevisíveis — continuou James. — Mas você não é o diabo encarnado nem Caim, condenado a vagar eternamente. — Sua voz se suavizou. — Imagine que fosse eu, há alguns anos. Imagine que procurei você e lhe contei esta história, que fui *eu* quem cometeu este erro. O que você teria me dito?

— Eu teria dito para você se perdoar — respondeu Matthew. — E para contar a verdade à sua família.

— Você se martirizou por anos por conta disto. A partir de agora, tente ter a mesma compaixão que teria por mim por si próprio. Lembre-se de que seu pecado foi o silêncio, não o que você fez. Você passou esse tempo todo tentando se afastar de Charlotte e Henry, e sei o quanto isso custou a você. O quanto custou a eles. Matthew, você também é filho deles. Deixe que o perdoem.

— Aquela primeira noite — confessou Matthew —, depois do ocorrido, roubei uma garrafa de uísque do armário dos meus pais e bebi. Passei muito mal depois, mas, no início, quando a ferocidade dos meus pensamentos e dos meus sentidos foi um pouco amortecida, a dor diminuiu. Foi embora. Senti meu coração leve, e foi isso o que busquei desde então. Aquele alívio.

— O seu coração vai sempre desejar aquele alívio — afirmou James. — Você sempre vai precisar lutar contra isso. — Entrelaçou os dedos nos do amigo. — E eu sempre estarei com você.

Várias formas escuras voavam pelo céu, guinchando. Matthew as observou partir, franzindo a testa.

— Belial vai voltar amanhã. Não acredito que vá deixar você em paz por muito tempo.

— Não. E é por isso que andei pensando. Tenho um plano.

— *Sério?* Bom. Graças ao Anjo.

— Você não vai gostar — avisou James. — Mas tenho que lhe contar, de qualquer jeito. Vou precisar da sua ajuda.

O tempo era estranho em Edom. Parecia se estender pela eternidade, como caramelo viscoso, mas, ao mesmo tempo, Lucie temia que estivesse passando depressa demais. Temia que a noite fosse cair a qualquer momento, forçando Cordelia e ela a se abrigarem e esperar. Não queria ficar ali um minuto a mais do que o necessário, e, principalmente, ela temia o que estaria acontecendo com Matthew e James.

Sentia um aperto no peito enquanto subiam outra duna. Areia, poeira e fuligem no ar dificultavam a respiração, mas era mais do que apenas isso: era o peso da morte em todos os cantos ao redor dela. À medida que seguia o impulso que as aproximava de Idumea, Lucie ia se sentindo cada vez mais oprimida, como se estivesse sendo esmagada por uma pedra. As articulações doíam, e havia uma dor fraca atrás de seus olhos. Era como se algo primordial dentro dela gritasse contra Edom, afinal de contas, ela era uma Caçadora de Sombras, e nela fluía o sangue dos anjos. Nunca considerara o que poderia sentir estando em um lugar onde todos os anjos foram massacrados em um passado distante.

Calor cintilava no horizonte. Elas fizeram uma pausa no topo da duna para se reorientar e beber um pouco de água. As duas tinham levado garrafas, mas Lucie duvidava que fossem durar mais do que um ou dois dias.

Ela estreitou os olhos. Estendendo-se diante delas, na base da colina, havia uma planície de areia preta e reluzente, como contas de azeviche. Onde encontrava a linha do horizonte, algo sólido se erguia contra o céu — acidentado como os cumes de colinas, mas regular demais para ser natural.

Cordelia amarrara um lenço ao redor dos cabelos, e suas sobrancelhas estavam esbranquiçadas com as cinzas.

— Aquilo lá é Idumea?

— *Acho* que são torres — disse Lucie, desejando que sua Marca de Visão de Longo Alcance estivesse funcionando. *Acreditava* estar olhando para torres e muros, mas era impossível ter certeza. Espanou migalhas de bolacha das mãos e disse: — Fica na direção de Idumea, pelo menos. Vamos ter que seguir para lá de qualquer jeito.

— Hum — murmurou Cordelia, pensativa, mas não fez objeções. Elas desceram a duna e começaram a travessia daquele mar preto, rapidamente descobrindo que era uma mistura de areia e piche: um lamaçal viscoso, com cheiro de enxofre, que grudava nas botas e fazia seus pés afundarem a cada passo.

Corrente de Espinhos

— Não me sentia encurralada assim desde que Esme Hardcastle tentou descobrir quantos filhos planejo ter com Jesse — brincou Lucie, puxando o pé para se libertar.

Cordelia sorriu.

— Ela também fez isso com você, então?

— Esme acha que sabe exatamente quem vai se casar com quem, e quem vai morrer quando. Algumas pessoas que ela acha que estão vivas, estão mortas; e aquelas que tem certeza de que estão mortas, estão, na verdade, vivas. Será uma árvore genealógica e tanto, e vai confundir os estudiosos por anos a fio.

— Mal posso esperar para ver quando estiver concluída — concordou Cordelia. Hesitou um momento antes de voltar a falar: — Luce, você consegue sentir coisas sobre este mundo. Você sente... algo vindo de James e Matthew?

— Não. Mas acho que é um bom sinal. Posso sentir os mortos. Se não sinto a presença deles, então...

— Continuam vivos. — Era evidente que Cordelia se agarrava àquela ideia com todas as forças. Lucie não quis dizer que ela própria não estava tão segura assim.

Tinham quase alcançado o fim da areia preta, e Cordelia franzia o cenho.

— Não acho que seja Idumea. É só...

— Um muro — completou Lucie. Estavam sob a sombra lançada pela parede, olhando para cima. Tinha cerca de 9 metros de altura, uma construção de pedra cinza lisa que se estendia em ambas as direções até onde a visão alcançava. Não havia outras edificações ou ruínas à vista: o que Lucie pensou que fossem torres eram as ameias da muralha lá em cima. Era toda lisa, arruinando qualquer possibilidade de escalada. Teriam que encontrar outro jeito de atravessá-la.

Começaram a caminhar pela extensão da parede, distanciando-se do sol, que pendia na metade do caminho para a linha do horizonte, escaldando a areia. Não demorou até encontrarem um portão: um arco elaborado entalhado na pedra que se abria para o interior escuro da muralha.

Havia algo de que Lucie não gostava a respeito da escuridão ali. Parecia cavernosa, e ela percebeu que não tinham ideia de qual era a espessura daquela parede. Poderiam estar entrando em um túnel ou algum tipo de armadilha. Areia soprou pela entrada, tornando o interior ainda menos visível.

Entretanto, ela ainda podia sentir Idumea, chamando por ela com mais insistência, dizendo para atravessar aquele bloqueio e seguir em frente. Ela pegou um machado do cinto de armas e olhou rapidamente para Cordelia, que já havia desembainhado Cortana. A espada dourada reluzia no sol impiedoso.

— Certo — disse. — Vamos ver se conseguimos passar.

Entraram pelo arco e se viram em um corredor de pedra com teto arredondado. À medida que andavam, o chão de areia se transformava em mais pedra. Estavam em um túnel que atravessava o muro, iluminado por uma espécie de limo esponjoso e fosforescente que subia pelas paredes. Lucie se aproximou de Cordelia. O ar era frio, e o cheiro de pedra úmida, amargo. Lucie pensou ter ouvido água caindo em filetes em algum ponto lá dentro e se lembrou do que Lilith dissera sobre a água de Edom ser tóxica.

Cordelia cutucou de leve o ombro da amiga.

— Tem alguma coisa brilhando. Ali na frente.

Por um momento, Lucie se permitiu sentir esperança de que fosse o fim do túnel, o outro lado do muro. Até mesmo o deserto arenoso de Edom parecia preferível àquela passagem. Mas, ao se aproximarem e o brilho se intensificar, o túnel se alargou ao redor delas, expandindo-se em uma câmara de pedra repleta de velas de sebo: descansavam em todos os cantinhos e recessos, banhando o espaço com uma luz bruxuleante.

Dentro de um pentagrama formado por pedras preciosas vermelho-escuras havia um grande trono de obsidiana preta, onde repousava uma criatura azul escamosa, com rabo de lagarto, uma boca de sapo retorcida para baixo e olhos amarelo-alaranjados. Flutuando ao lado do trono, suspenso no ar, havia um crânio gigantesco. Não era humano ou animal, mas de um demônio, com cavidades para muitos olhos, e uma dúzia de tentáculos pretos oleosos se projetava para fora delas. Cada um segurava uma pena prateada, com as quais o crânio abanava o demônio azul sentado no trono.

— Ora, ora! — exclamou o demônio em um tom de voz surpreendentemente agudo. — Nephilim. Que inesperado. — Ele mudou de posição, e Lucie viu que em uma das mãos cheias de garras ele segurava o que parecia

Corrente de Espinhos

um cacho de uvas. — Sejam bem-vindas à minha corte. Estou aqui para cobrar um pedágio de todos que desejem passar pela Muralha de Kadesh.

Que corte?, perguntou-se Lucie. Com exceção do crânio, que não parecia exatamente vivo, não havia indícios de outros cortesãos ali nem de um lugar adequado para uma corte, se havia de fato uma, se reunir. Tudo que ela conseguia ver era uma variedade peculiar de ossos descoloridos pelo sol, longos e brancos, enfiados no chão em intervalos irregulares.

— Que tipo de pedágio? — indagou Cordelia. Não erguera Cortana, mas segurava o cabo com força.

— Do tipo que me agrada — respondeu o demônio, puxando uma uva do cacho e atirando-a na boca escancarada. Lucie tinha quase certeza de que ouviu a uva gritar de terror ao ser comida. — Sou Carbas, Dux Operti. Sou um colecionador de segredos. Muito tempo atrás, Lilith me deu permissão para instalar minha corte aqui e coletar segredos dos passageiros que viajam por estas terras.

Cordelia e Lucie se entreolharam: o duque Carbas saberia que Lilith fora expulsa e que Belial tomara seu lugar como governante de Edom? Se ele nunca saía daquele lugar, talvez não soubesse. De qualquer forma, Lucie não estava inclinada a lhe contar.

— Você coleciona segredos dos demônios que passam por aqui? — perguntou Cordelia.

— Não sabia que demônios tinham segredos — comentou Lucie. — Achei que sentissem orgulho de todo o mal que fazem.

— Ah, eles sentem — afirmou Carbas. — O que faz deste um trabalho muito entediante. "Ah, salvei um gatinho de um demônio Ravener, Carbas, estou tão envergonhado." "Ah, não consegui trazer ninguém para as sombras na semana passada, Carbas." Lamúrias, lamentos, reclamações. Mas, *vocês*, Nephilim, com toda sua moral... Vocês terão segredos *suculentos*.

Atirou outra uva para dentro da boca. Aquela *com certeza* gritou.

— O que acontece — começou Lucie — se tentarmos passar sem contar um segredo?

Carbas as encarou com indiferença.

— Então vocês se verão presas neste túnel, e, em pouco tempo, serão parte da minha corte. — Gesticulou para os ossos projetando-se do solo,

CASSANDRA CLARE

que começaram a vibrar. — E nós todos adoraríamos isso, não é mesmo? — Carbas riu. — Sangue novo, como dizem.

Presas no túnel. Lucie tentou não demonstrar preocupação: morrer em batalha era uma coisa. Ficar encurralada naquela passagem úmida, assombrada por demônios até morrer era outra.

— Então, por favor — prosseguiu Carbas, abrindo um sorriso ávido —, quando estiverem prontas, quero um segredo de cada. Tem que ser algo que nunca contaram a ninguém, algo que desejam que ninguém mais saiba. Senão, não vale de nada para mim. *E* saberei se inventarem coisa. Têm que contar um segredo do fundo do coração — acrescentou, de alguma forma fazendo com que a expressão "do fundo do coração" soasse maligna. — Um que valha a pena contar.

— Essas regras me parecem muito vagas — comentou Cordelia. — E subjetivas.

— É a natureza da magia. — Carbas deu de ombros.

Lucie e Cordelia se entreolharam outra vez. Podiam tentar atacar o demônio, claro, mas isso significaria entrar no pentagrama com ele, uma escolha extremamente arriscada. E, no entanto, a ideia de oferecer seus pensamentos mais íntimos e ocultos a Carbas, para que degustasse como fizera com as uvas, parecia uma violação e uma crueldade.

Foi Cordelia quem se prontificou primeiro.

— Tenho um segredo. Não é algo que ninguém mais saiba, mas é algo que *Lucie* não sabe. — Ela olhou para a amiga com um olhar suplicante. Lucie mordeu o lábio. — É o que importa, não é?

— Hum. Estou interessado — respondeu Carbas. — Vamos ouvir.

— Estou apaixonada por James Herondale — prosseguiu Cordelia. — Irmão de Lucie.

— Bom, isso é óbvio — rebateu Lucie, antes de tapar a boca.

Carbas revirou os olhos.

— Já começamos mal.

— Não — afirmou Cordelia, levemente desesperada —, você não entende. Não me apaixonei por ele quando cheguei em Londres ou quando nos casamos. Faz... anos que amo James — prosseguiu. — Desde que ele teve a febre escaldante.

— 627 —

Corrente de Espinhos

Fazia *tanto* tempo assim? A noção sobressaltou Lucie. Mas...

— Nunca lhe contei isso, Lucie. Sempre que você mencionava seu irmão, eu mentia a respeito dos meus sentimentos ou fazia piada. Quando sugeria que eu talvez tivesse pensamentos românticos a respeito dele, eu agia como se fosse a ideia mais ridícula da face da Terra. Quando nós noivamos, agi como se não visse a hora de aquilo tudo terminar. Não queria que sentissem pena de mim e não queria ser mais uma das garotinhas bobas apaixonadas pelo seu irmão enquanto ele só tinha olhos para Grace. Então menti para você. — Cordelia respirou fundo. — É como você disse naquela noite na minha casa, Lucie. Eu era orgulhosa demais.

Mas você poderia ter me contado. Jamais teria sentido pena de você, pensou Lucie, perplexa. Ela não se importava que Cordelia fosse apaixonada por James, mas as mentiras, as omissões... Ela desejou que nada daquilo a incomodasse, mas incomodava. Desviou os olhos da amiga e viu Carbas em seu trono, lambendo os beiços.

— Nada mal — murmurou. — Não foi terrível. — Os olhos amarelados deslizaram até Lucie. — E você?

Lucie deu um passo à frente, tomando o lugar de Cordelia diante do trono. Não olhou para Daisy ao fazê-lo. Se não sabia a respeito do que era mais importante para a melhor amiga, então poderia dizer que a conhecia de fato? Cordelia sequer confiara nela algum dia?

Disse a si mesma que parasse, que era exatamente aquilo que Carbas queria. A dor das duas. Os olhos cor de âmbar do demônio já estavam fixos nela com deleite e cheios de expectativa.

— Tenho um segredo — anunciou Lucie. — Um que *ninguém* mais conhece.

— Aaah! — exclamou Carbas.

— Quando Cordelia e eu tentamos treinar para nossa cerimônia *parabatai,* não consegui ir até o fim. Nunca contei a ela por quê. Fingi que nada tinha acontecido, mas... não era verdade. — Ela olhou de relance por cima do ombro para a amiga, que segurava Cortana com tanta força que as articulações dos dedos estavam esbranquiçadas. — Quando começamos a recitar as palavras, o cômodo se encheu de fantasmas. Fantasmas de Caçadores de Sombras, ainda que eu não conhecesse nenhum deles. Podia vê-los em *todos* os *cantos,* e eles nos encaravam. Normalmente, consigo entender os mortos, mas... não sabia o que queriam. Eles não aprovavam que eu quisesse criar um laço com alguém vivo? Ou era o que *queriam*? Pensei... E se seguir em frente com aquilo fosse atar você aos mortos também?

Cordelia empalidecera.

— Como pôde me esconder algo assim? — sussurrou. — Você continuaria com a cerimônia, então, sem me avisar? E se algo tivesse acontecido com você durante... E se os fantasmas quisessem fazer mal?

— Eu *ia* contar — protestou Lucie. — Mas aí aconteceu aquilo tudo com Lilith, e você me disse que não poderíamos nos tornar *parabatai*...

— Sim, porque *eu* achei que devia a verdade a você antes de criarmos esse vínculo.

Carbas gemeu de prazer.

— Não parem — pediu. — Isto é maravilhoso! É raro que eu receba duas pessoas contando segredos uma sobre a outra. Não me deleito com uma revelação desta maneira desde que fiquei sabendo que Napoleão costumava esconder a mão dentro do casaco porque guardava um sanduíche extra lá dentro.

Ele olhou de soslaio para elas.

— Ah, *ugh*! — exclamou Lucie, absolutamente enojada. — Já *basta*. Fizemos o que pediu. De acordo com suas próprias regras, você deve nos deixar passar.

Carbas suspirou e olhou tristemente para o crânio suspenso, como se procurasse apoio.

— Bem, se passarem por aqui no caminho de volta, por favor, parem para visitar o velho Carbas. — Enquanto falava, uma porta escondida na parede oposta se abriu. Através dela, Lucie podia ver a luz laranja-avermelhada já familiar de Edom. — Mas, pensando bem — acrescentou Carbas quando Lucie e Cordelia seguiram para a abertura —, estamos em Edom. Quem estamos querendo enganar? Terão sorte se sobreviverem até o cair da noite, Nephilim. Com certeza não voltarão aqui.

31
VÍVIDAS QUANTIAS

Na esquina de Wood Street, quando surge a luz do dia,
Pende um sabiá que canta alto, como canta faz três anos:
Pobre Susan passou pelo lugar, e ouviu
No silêncio da manhã o canto do Pássaro.

É uma nota de encantamento; o que a aflige? Ela vê
Uma montanha subindo, uma visão de árvores;
Vívidas quantias de vapor por Lothbury deslizam,
E um rio flui pelo vale de Cheapside.

— William Wordsworth, *"The Reverie of Poor Susan"*

— **Vocês têm certeza?** — **perguntou Alastair, sem conseguir esconder** a dúvida em sua voz.

— Temos — garantiu Anna. Ela, Ari e Alastair estavam parados no saguão do Instituto, todos uniformizados. Tinham esperado apenas tempo suficiente para Anna fazer os preparativos, colocando mapas, algumas garrafas de água e um pacote de biscoitos de água e sal dentro de uma bolsa.

— Mas ele é só um cachorro — argumentou Alastair.

— 631 —

Corrente de Espinhos

Com um olhar profundamente ofendido, Oscar foi se sentar aos pés de Ari.

— Oscar não é só um cachorro — corrigiu ela, abaixando-se para coçar a cabeça do Golden Retriever. — É parte do nosso time. Sem ele, teríamos sido obrigados a passar por York Gate.

— Oscar é o menor dos nossos problemas — ressaltou Anna. — Precisamos localizar o ponto exato onde ficava uma igreja destruída por um incêndio há centenas de anos e torcer para encontrarmos uma entrada esquecida para a Cidade do Silêncio por lá. A tarefa de Oscar é simples em comparação.

O cachorro latiu. Alastair suspirou.

— Espero que o cão ganhe uma medalha da Clave depois de tudo isto. Embora provavelmente fosse preferir um osso.

— Quem não preferiria? — brincou Ari, levantando uma das orelhas de Oscar e depois a deixando cair outra vez. — Não é verdade, melhor cachorrinho do mundo?

Anna ergueu uma sobrancelha.

— Acho que Ari está com saudades de Winston. Alastair, você vai precisar dizer a Grace e Jesse...

— Para enviarem mensagens de fogo instruindo o Enclave a encontrar vocês na entrada para as Tumbas de Ferro — recitou Alastair. — Já sei. Você se lembra que os dois ainda não conseguiram enviar uma única mensagem com sucesso, nem ao Enclave, nem a mais ninguém?

— Eu me lembro — respondeu Anna. — E se chegarmos às Tumbas e não houver ninguém lá, saberemos que não funcionou. Então seguiremos em direção à Cidadela Adamant. De lá, poderemos ao menos tentar mandar mensagens à Clave e trazer de volta tantos Caçadores de Sombras quanto conseguirmos, o mais cedo possível. — Ela se esforçou para fazer parecer que tudo daria certo, de um jeito ou de outro. A verdade era que estava rogando ao Anjo que o projeto de ciências de Christopher eventualmente funcionasse.

— Têm certeza de que querem ir agora? — indagou Alastair. — A Cidade do Silêncio pode estar fervilhando com Sentinelas. Thomas e eu podemos ir com vocês...

— Thomas precisa descansar — cortou Anna com firmeza. — E não temos tempo a perder. Todo momento que continuamos sem agir são momentos em que Belial pode estar enfraquecendo a determinação de James ou colocando em prática algum outro plano terrível. Além disso, vocês não podem deixar Jesse e Grace sozinhos aqui. Eles vão precisar de vocês, especialmente para ir e voltar de Grosvenor Square...

— É só que tenho a sensação de que estamos nos separando e, um a um, sumindo de Londres — confessou Alastair, parecendo estranhamente vulnerável. Anna suspeitava que estivera mais preocupado com Thomas do que deixara transparecer.

— Se tudo der certo, voltaremos com a cavalaria completa — consolou Anna. — E se não der, não será esta excursão à Cidade do Silêncio que fará a diferença.

— Se ficarmos todos juntos...

— *Alastair* — interrompeu Anna. — Você me surpreendeu, sabe. Achei que fosse um babaca sem coração. E não da maneira divertida dos romances, mas da maneira egoísta que encontramos no dia a dia.

— Espero que esta seja a parte em que você explica como mudou de opinião — resmungou Alastair.

Ari cobriu o sorriso com as mãos.

— Comecei a ver você com bons olhos quando ajudou Thomas depois que ele foi preso. E agora... Bom, não existe mais ninguém com quem eu preferiria estar durante o fim do mundo. — Anna estendeu a mão. Após um momento, com expressão divertida, Alastair a apertou. — Fico aliviada que você vá ficar aqui tomando conta de Londres — acrescentou ela. — Nos veremos em breve.

Alastair pareceu tão surpreso que ficou sem palavras. O que, para Anna, não era problema: havia dito o que queria dizer. Ela e Ari desceram os degraus da entrada do Instituto, Oscar saltitando em seu encalço.

Anna estava ciente de Alastair observando-as partir, mas não se virou para olhar para ele. Já tinham passado por despedidas demais recentemente. Ela não precisava de outra.

Corrente de Espinhos

— Você estava certo — concordou Matthew, depois de um longo silêncio.

— Não gosto do seu plano. — Ainda estava recostado contra o peito de James, embora tivesse parado de tremer. — Você por acaso não teria outro, um menos perigoso, teria?

— Não temos muitas opções — disse James. — Belial governa Edom. Essa terra morta obedece às suas ordens. O que ele espera é que eu *queira* me juntar a ele, mas Belial está ficando impaciente. Se eu simplesmente *permitir* que me possua, ainda que com relutância, ele vai aceitar o que conseguir. Fez planos demais, se esforçou demais, para desistir agora.

— Ele vai achar que você desistiu, que cedeu ao desespero.

— Ótimo. Vai presumir que minha grande fraqueza finalmente me alcançou: que ou me importo demais, ou nem um pouco, com as outras pessoas. Para ele, isso é uma fragilidade humilhante. Não vai imaginar que há um plano por trás de tudo.

Matthew o encarou. Havia começado a tremer outra vez e beliscava o tecido do casaco jogado por cima de si de maneira incessante, como um paciente com febre tifoide.

— Belial tem desejado possuir seu corpo esse tempo inteiro. Por que você não pensou em fazer isto antes? Por que esperar até agora?

— Por duas razões. Primeira: preciso que ele acredite que estou desesperado. E segunda: estou apavorado. A ideia de fazer uma coisa dessas me assusta mais do que tudo, e no entanto...

Matthew teve um espasmo nos braços do amigo. O corpo inteiro pareceu se retesar, rígido como uma tábua, antes de relaxar a ponto de ele ficar prostrado, arquejando.

James apertou a mão dele com força. Quando Matthew recuperou o fôlego, disse:

— Kit falou... convulsões.

E insuficiência cardíaca, pensou James, sentindo-se assustado, mas não o disse em voz alta.

— É melhor eu pegar mais água para você.

— James, não... não vai... — Matthew agarrou o pulso do *parabatai* antes de seus olhos rolarem para dentro e seu corpo voltar a convulsionar. Os movimentos eram rápidos, descoordenados, como uma marionete sendo manipulada com força demais.

O pânico invadiu James. Kit fora direto: pessoas morriam por conta daquilo, e Matthew precisava de uma quinzena para ser fisicamente capaz de parar de beber — e não estavam nem perto daquilo. Matthew poderia morrer, pensou ele, morrer ali mesmo, em seus braços, e os dois seriam separados à força. Partidos ao meio. Nunca mais James voltaria a estar com seu *parabatai*, a outra metade insuportável, ridícula, generosa, dedicada, exasperante de sua alma.

Com a mão trêmula, James puxou a estela do bolso. Pegou o braço de Matthew, que ainda se debatia, e o segurou firme. Levou a ponta da estela à pele e desenhou uma runa de cura.

A Marca brilhou e desapareceu, como um fósforo úmido. Racionalmente, James sabia que as Marcas não funcionavam ali. Mas ele não parou. Podia escutar a voz de Jem em sua mente, suave, constante. *Você precisa construir uma fortaleza de controle em torno de si. Para dominá-lo, precisa conhecê-lo.*

James desenhou um segundo *iratze,* que também desapareceu. Depois um terceiro, e um quarto, e então começou a perder a conta enquanto traçava a pele de Matthew de novo e de novo, forçando sua mente a se concentrar em manter o *iratze* lá, impedir que se dissipasse, em fazê-lo *funcionar* de alguma forma.

Lembre-se de que você é a linguagem dos anjos, pensou, desenhando uma nova runa. *Lembre-se de que não há lugar no universo onde você não tenha* algum *poder.*

Ele esperava ver o *iratze* sumir, mas esse resistiu. Não foi por mais do que um minuto, talvez, mas enquanto James observava, ele permaneceu no braço de Matthew, desbotando muito devagar.

Matthew tinha parado de se debater e tremer no abraço do amigo. Enquanto a primeira runa se desfazia lentamente, James partiu para a ação: desenhou outra, e outra, e mais outra, começando uma nova sempre que a anterior esmaecia.

Matthew já não tremia mais. Estava tomando fôlegos profundos e constantes, olhando para o braço com incredulidade, onde um mapa riscado de

Corrente de Espinhos

runas de cura — algumas novas, outras já desaparecendo — recobria seu antebraço.

— Jamie *bach* — murmurou ele. — Você não pode continuar fazendo isto a noite inteira.

— Você duvida? — desafiou James de maneira austera, e se escorou contra a parede para que pudesse continuar a desenhar pelo tempo que fosse necessário.

—

Grace e Jesse tinham encontrado um saco de explosivos em miniatura no laboratório e se entretido por quase uma hora detonando-os na lareira. Funcionavam como fogos de artifício, mas em vez de os acenderem, tocava-se neles com a estela e depois os atiravam para longe, onde faziam um barulho de estouro antes de explodirem.

Era agradável poder rir um pouco com Jesse, ainda que a risada fosse, na verdade, quase exaustão. Era incrível as coisas com que uma pessoa podia se acostumar: fugir de Sentinelas e se esgueirar para dentro de casas abandonadas. Vidro quebrado e carruagens viradas nas ruas. Expressões vazias em todos os rostos. Não era pior, talvez, do que viver sob o teto de Tatiana Blackthorn durante oito anos.

O que era *impossível* para Grace se acostumar era seu sentimento de absoluta frustração. Ela tinha todas as anotações de Christopher, e as suas próprias também. Durante sua estadia na Cidade do Silêncio, havia pensado que estava a ponto de fazer uma grande descoberta, como se a solução para o problema das mensagens de fogo estivesse ao alcance das mãos. Dela e de Christopher.

Mas agora... Com a ajuda de Jesse, ela tentara tudo em que conseguira pensar: trocar ingredientes, mudar runas. Nada funcionou. Não tinham sequer atingido o nível de sucesso que Christopher tivera, enviando mensagens parcialmente queimadas e ilegíveis.

Aquela era a única contribuição que era capaz de fazer, pensou Grace. Ela e Jesse tinham deixado os explosivos de lado e estavam fitando um pedaço de pergaminho coberto de runas sobre a bancada de trabalho. A única coisa

CASSANDRA CLARE

que poderia ter feito, a única maneira como poderia ter ajudado depois de ter feito tanto mal. Mas parecia que mesmo aquilo lhe seria negado.

— Como sabemos se está funcionando? — perguntou Jesse, encarando o pergaminho sobre a mesa. — O que deveria estar acontecendo, exatamente?

Em um sinal direto de rejeição por parte do universo, o pergaminho soltou uma lufada de fumaça antes de explodir com um estalido, voando para trás e para fora da mesa e aterrissando no chão entre eles, onde continuou a queimar, sem consumir o velino.

— Não isso — respondeu Grace.

Grace foi pegar as pinças da lareira que estavam encostadas contra a parede no outro extremo do cômodo. Usou-as para recuperar o velino, ainda em chamas, e depositá-lo na lareira.

— Veja pelo lado bom — pediu Jesse. — Você inventou... um velino que queima eternamente. Christopher teria ficado orgulhoso. Ele adorava quando as coisas se recusavam a parar de queimar.

— *Christopher* já teria solucionado isto. Christopher era um cientista. Eu *gosto* de ciência. São coisas muito diferentes. — Ela olhou para o papel em chamas. Até que era bonito, com as pontas de chamas brancas parecendo renda. — É irônico. Belial não pediu que nossa mãe matasse Christopher, nunca nem pensou nele. Mas ao assassiná-lo, ela pode ter garantido o sucesso de Belial.

Palavras apenas não bastavam. Grace atirou o lápis para o outro lado do laboratório, onde quicou em um armário com um ruído insatisfatório.

Jesse ergueu uma sobrancelha. A irmã não era dada a explosões.

— Faz quanto tempo desde que você comeu alguma coisa?

Grace piscou. Não conseguia lembrar.

— Foi o que pensei. Vou dar uma olhada na despensa, está bem? Queria uns biscoitos, mas vou me contentar com feijão enlatado. — Jesse já estava subindo a escada. Grace sabia que ele estava tentando lhe dar um momento para se recompor, mas tudo que conseguiu fazer foi esfregar os olhos, cansada. Jesse não era o problema. Era Christopher. Ela precisava de Christopher.

Grace repousou a cabeça na madeira irregular e descolorida da bancada. Quantas daquelas manchas Christopher teria feito? Cortando, queimando, derramando ácido. Anos de trabalho, marcados ali como cicatrizes, da

— 637 —

mesma maneira como as vidas dos Caçadores de Sombras eram marcadas pelos rastros desbotados de antigas runas em suas peles.

Algo se agitou no fundo de sua mente. Algo sobre runas. Runas e mensagens de fogo.

Christopher saberia.

— Christopher — chamou ela baixinho, correndo a ponta dos dedos por um longo corte feito a faca na superfície de madeira da mesa. — Sei que não está mais aqui. E, no entanto, sinto você em todos os lugares. Em cada béquer, cada amostra... Em todos os métodos de organização aleatórios que encontro... Vejo você em todos os lugares, e só queria poder ter falado... que gosto de você, Christopher. E nunca acreditei que esse tipo de sentimento fosse real. Achei que era coisa de livros de romance e peças de teatro, que alguém pudesse... pudesse querer a felicidade de outra pessoa apesar da sua própria, mais do que todo o resto. Queria ter entendido isso melhor quando você... quando você ainda estava vivo.

O silêncio no laboratório parecia ecoar em torno dela. Grace fechou os olhos.

— Mas talvez você *esteja* aqui. Talvez esteja tomando conta deste lugar. Sei que Lucie disse que não estava, mas... como poderia abandonar tudo? Como poderia não estar curioso, mesmo depois da morte, para ver o que acontece? Então, se estiver mesmo aqui... por favor. Estou tão perto, com as mensagens de fogo. Já ultrapassei o ponto onde você estava, mas não encontrei uma solução ainda. Preciso da sua ajuda. O mundo precisa da sua ajuda. Por favor.

Algo tocou o ombro dela. Um toque leve, como se uma borboleta tivesse pousado ali. Ela se enrijeceu, mas algo lhe disse para não abrir os olhos.

— Grace. — Uma voz suave, inconfundível.

Ela respirou fundo.

— Ah... Christopher...

— Não se vire — instruiu ele. — Nem olhe para mim. Há pouco de mim aqui, Grace. Estou usando toda minha força para fazer você me escutar. Não consigo me tornar visível.

Não se vire. Ela pensou em Orfeu, dos contos gregos, que havia sido proibido de olhar para trás, para a falecida esposa, enquanto a escoltava para fora do inferno. Ele falhara e a perdera. Grace sempre achara estúpido — certamente não deveria ser tão difícil assim, não virar e olhar para alguém.

Mas era. Podia sentir a dor da saudade, da perda de Christopher. Christopher, que a tinha compreendido, que não a tinha julgado.

— Pensei — murmurou ela — que fantasmas só podiam retornar se tivessem coisas pendentes neste mundo. São as mensagens de fogo, no seu caso?

— Acho — respondeu ele — que é *você,* no meu caso.

— Como assim?

— Você não precisa da minha ajuda para solucionar isto — afirmou Christopher, e ela podia *vê-lo,* atrás das pálpebras fechadas, olhando para ela com seu sorrisinho brincalhão e divertido, os olhos de uma cor violeta tão profunda por trás dos óculos. — Você só precisa acreditar que pode solucionar. E você pode. Você é uma cientista nata, Grace, e uma solucionadora de quebra-cabeças. Tudo que precisa fazer é silenciar na sua cabeça a voz que diz que você não é boa o bastante, que não sabe o bastante. Tenho fé em você.

— Acho que você é o único — murmurou Grace.

— Não é verdade. Jesse acredita em você. Na verdade, todos eles acreditam. Deixaram esta tarefa nas suas mãos, Grace. Porque acreditam que você é capaz. Só falta você acreditar também.

Por trás das pálpebras, ela não via mais Christopher, mas as anotações que ele lhe dera — suas observações, equações, perguntas. A letra dele rabiscada na escuridão, e depois as notas que ela mesma fizera, entrelaçando-se às dele, e Christopher acreditava nela. E Jesse. Jesse acreditava nela. E só porque sua mãe nunca pensara que ela valia muita coisa não significava que estivesse certa.

— Não são as runas — constatou ela, quase abrindo os olhos com o impacto da revelação. — Também não são as substâncias químicas. São as estelas.

— Sabia que você era capaz. — Ela ouviu o sorriso na voz dele. — *E* você inventou velino que queima eternamente. Trabalho esplêndido, Grace.

Algo roçou contra a têmpora dela, colocando uma mecha de cabelos atrás da orelha. Um toque espectral, um adeus. Um momento depois, ela soube que ele não estava mais ali.

Grace abriu os olhos, virando para olhar atrás de si. Não havia nada ali, mas a onda de desespero que antecipara não recaiu sobre ela. Christopher

Corrente de Espinhos

não estava ali, mas a lembrança dele era como uma presença — e, mais do que isso, uma nova emoção, algo florescendo em seu peito, algo que a fez empurrar os papéis diante dela para o lado e pegar sua estela, pronta para voltar ao trabalho.

Algo que ela imaginava ser a sensação de estar começando a acreditar em si mesma.

—

Nada fora do normal aconteceu durante a caminhada por Londres. Em determinado momento, Anna e Ari tiveram que se esconder em um beco para desviar de uma Sentinela, mas, de resto, as ruas estavam quase vazias, salvo pelos já esperados mundanos delirantes. Ao passarem por uma porta obscurecida, Ari olhou para o lado e viu um demônio com cabeça de bode agachado nas sombras, segurando quatro crianças mundanas. Cada uma mamava em uma teta escamosa. Ari lutou contra a ânsia de vômito.

— Não olhe — aconselhou Anna. — Não vai ajudar em nada.

Concentre-se na missão, Ari disse a si mesma. *Na Cidade do silêncio. No fim de tudo isso.*

St. Peter Westcheap havia sido completamente destruída no Grande Incêndio de Londres. Ari temera que talvez tivessem construído lojas ou casas no entorno, mas deram sorte. Na esquina de Cheapside e Wood Street havia uma pequena área pavimentada, cercada por um corrimão de ferro baixo — um pedaço do adro, muito provavelmente.

Entraram pelo portão. Do centro do pátio erguia-se uma árvore gigantesca, os galhos nus formando uma espécie de copa acima das poucas lápides antigas que restavam, as superfícies desgastadas demais para serem lidas. Havia alguns bancos espalhados pela área, as tábuas de madeira corroídas pelos anos de chuva e neve.

Enquanto Oscar corria pelos arbustos congelados, Anna foi examinar as antigas sepulturas. Ari, no entanto, se viu atraída pela árvore no centro do adro. Era uma amoreira-preta. Não eram nativas da Grã-Bretanha, mas haviam sido trazidas pelos romanos antes mesmo de existirem os Caçadores de Sombras. O tronco não era preto, mas de uma espécie de

— 640 —

marrom-alaranjado, e, quando Ari se aproximou, viu uma gravação nele. Uma gravação *familiar.*

Uma Marca de Invisibilidade.

— Anna! — gritou.

Oscar latiu como se tivesse sido ele quem fizera a descoberta. Anna se juntou a Ari diante da árvore, parecendo empoeirada, mas satisfeita.

— Ah, isso é ótimo, Ari! — exclamou, tirando a estela do cinto. — Agora, Marcas de Invisibilidade são usadas para esconder e ocultar...

Com uma expressão de intensa concentração, Anna traçou uma linha pela runa, desfazendo-a. Um vislumbre pareceu se espalhar pela árvore, e as raízes começaram a se mover sob o solo, contorcendo-se e recurvando-se até um vão escuro se abrir na base do tronco. Parecia a entrada para uma caverna.

Ari se ajoelhou, sentindo o chão gelado mesmo através do material grosso do uniforme, e olhou para dentro da abertura, mas estava um breu. Mesmo quando pegou a pedra de luz enfeitiçada e iluminou a abertura, as sombras eram quase densas demais para serem penetradas. Inclinando-se para dentro o máximo possível, ela avistou o contorno vago de degraus indo para baixo. Degraus de pedra, com runas esmaecidas gravadas, parcialmente corroídas pelo tempo.

Ela se espremeu para fora da árvore e levantou a cabeça para encarar Anna.

— Só pode ser aqui. A entrada para a Cidade do Silêncio.

Anna se ajoelhou também e estendeu um braço para chamar Oscar. Ele cheirou suas mãos enquanto ela enfiava um pedaço de papel na coleira dele.

— Bom garoto, Oscar. Agora volte ao Instituto. Diga a eles que encontramos. Vai, vai — incitou, abrindo o portão do adro. Oscar trotou para fora, destemido, e começou a galopar por Cheapside.

Anna voltou depressa para o lado de Ari.

— Está escurecendo. Temos que correr. Quer ir na frente?

Ari concordou. O buraco na base do tronco era estreito, com um formato peculiar. Ela precisou se deitar de barriga e se espremer para dentro, os pés, primeiro, e escorregou um pouco até os joelhos encontrarem a superfície irregular dos degraus de pedra. Ela foi descendo de costas e depois engatinhou até chegar ao térreo.

Corrente de Espinhos

Levantou-se, segurando a pedra de luz no alto. Acima dela, Anna estava descendo a escada, conseguindo tornar elegante até o movimento de se arrastar de costas. Ari girou devagar, iluminando todos os cantos do lugar. Estavam no centro de uma câmara de pedra, empoeirada, mas limpa, com um piso feito de lajes sobrepostas. Quando ergueu o olhar, viu o teto abobadado que se elevava acima dela, cravejado de pedras semipreciosas, todas gravadas com uma única runa brilhante.

Elas estavam dentro da Cidade do Silêncio.

⚊

Alastair estava na metade do caminho para se encontrar com Grace e Jesse quando a explosão ocorreu. Ele ficou satisfeito ao notar que mal reagiu. Com os eventos das semanas anteriores, uma pequena explosão em Grosvenor Square não merecia mais do que um levantar de sobrancelha. Além disso, tinha sido pequena, apenas um estouro breve de chamas no ar a alguns metros de onde estava, depois apenas a fumaça que perdurou quando o fogo se apagou, e, no meio dela, um pedaço de papel.

Ele correu para pegá-lo antes que o vento o soprasse para longe. Havia runas de Caçadores de Sombras em toda a margem, o significado da maioria ele sequer conseguia se lembrar. Mas no centro do papel havia uma mensagem escrita com uma letra um pouco difícil de ler:

Se você estiver lendo isto, esta é a primeira Mensagem de Fogo enviada com sucesso. Foi escrita por Grace Blackthorn e inventada por Christopher Lightwood.

Ele piscou para o papel por um instante, como se esperasse vê-lo desaparecer ou explodir outra vez, ou talvez descobrir que tudo não passara de uma alucinação.

— Pelo Anjo — murmurou para si mesmo —, eles conseguiram. Eles realmente conseguiram.

Ainda encarando o papel, ele cruzou Grosvenor Square na direção da casa da Consulesa, e, ao se aproximar, viu Jesse, com os cabelos bagunçados e os olhos desvairados, disparar porta afora e descer correndo os degraus da frente.

⚊ 642 ⚊

— Você recebeu? — gritou ele. — *Você recebeu?* A mensagem? Ela chegou? Triunfantemente, Alastair levantou a mensagem de fogo no ar.

— Funcionou! — exclamou. — Funcionou mesmo.

— Foi Grace quem desvendou o mistério — explicou Jesse. — Acrescentar uma runa de comunicação à estela antes de escrever a mensagem: era esse o segredo. Dá para acreditar que era algo tão simples?

— Acredito em qualquer coisa no momento — respondeu Alastair. E sob o céu preto crepitante de uma Londres possuída, os dois sorriram um para o outro como se nunca tivessem estado tão felizes na vida.

32

Quaisquer que sejam os deuses

Do fundo da noite que me encobre.
Escura como o Abismo de lado a lado,
Agradeço a quaisquer que sejam os deuses
Pela minha alma inconquistável.

— William Ernest Henley, "Invictus"

Estava quase escurecendo quando Lucie e Cordelia alcançaram as fronteiras de Idumea.

Tinham subido com dificuldades até o topo de uma colina de xisto e pedras afiadas, e o sol já não passava de um disco vermelho baixo pendendo na linha do horizonte. Cordelia ficava observando Lucie de soslaio, preocupada. Pensara que os laços de sangue que a amiga compartilhava com Belial poderiam ajudá-la ali, mas parecia ser o oposto: ela estava nitidamente sofrendo, como se arrastasse um grande peso atrás de si. *Um mundo inteiramente morto.*

Não ajudava que as duas tivessem passado o restante da jornada em silêncio quase absoluto desde que deixaram a corte de Carbas. Cordelia desejava poder voltar e bater naquele demônio azul horroroso no rosto. Fora ele que criara aquela distância entre elas no pior momento possível. Justamente quando sua amizade estava se recuperando...

— 645 —

Corrente de Espinhos

— Olha — chamou Lucie. Havia parado no topo da colina e olhava para baixo. — É Idumea.

Cordelia correu até ela. A descida da colina de xisto era íngreme. Para além, banhada no brilho do sol sangrento, havia uma planície cravejada de rochedos. Na extremidade da planície, a cidade de Idumea se estendia, uma ruína escura e colossal. Imaginou que veria ruínas de casas e ruas, mas quase tudo havia desmoronado e se transformado em destroços. Aqui e ali podiam ver as torres demoníacas caídas: troncos de *adamas* refletindo o sol vermelho fosco. Cercando a cidade estavam os escombros dos muros que formavam seu perímetro.

Como a Alicante dos Caçadores de Sombras, a cidade havia sido construída ao redor de uma encosta, sua parte superior parcialmente escondida por nuvens pretas baixas. Ainda assim, Cordelia conseguiu distinguir os contornos da fortaleza gigantesca no topo, circundada por uma parede de pedra, os contornos das torres contra o céu.

— Idumea — murmurou. — James e Matthew estão *bem ali*...

Elas trocaram um olhar rápido, pensando no alerta de Lilith: *Não podem viajar à noite: terão que procurar abrigo quando as luas despontarem no céu ou vão morrer no escuro.*

— Podemos correr — sugeriu Lucie. — Se conseguirmos alcançar a cidade, talvez possamos seguir escondidas pelos destroços...

Cordelia balançou a cabeça imediatamente:

— Não.

A simples menção à palavra já doía. Ela queria, tanto quanto Lucie, chegar à fortaleza naquele *exato* instante. Mas o céu estava mudando rapidamente do vermelho para o preto, e ainda mais importante: Lucie parecia esgotada. Mesmo enquanto balançava a cabeça e sussurrava: "Não podemos ficar esperando", seu rosto estava tenso de exaustão, as pálpebras, se fechando. Mesmo nas melhores circunstâncias teria sido uma tarefa árdua correr pela areia e escalar os escombros de Idumea. Para Lucie, naquele momento, Cordelia temia que seria suicídio.

— Não *podemos*. — Cordelia forçou as palavras a saírem da garganta seca e ardida. — Precisaríamos chegar a Idumea, atravessar a cidade inteira, para só então alcançar a fortaleza. Isso tudo no escuro, sem pedras de luz e sem saber o que está à espreita. Se morrermos, não haverá mais ninguém para salvá-los. Você sabe disso tão bem quanto eu.

E não posso colocar você em risco, Luce, pensou Cordelia. *Não desse jeito.*

Após um longo momento, Lucie assentiu.

— Está bem. Mas também não podemos ficar paradas aqui. Precisamos encontrar abrigo.

— Tenho uma ideia. — Cordelia começou a descer a colina. As duas chegaram à planície no instante em que o sol se escondia atrás da linha do horizonte, criando um vasto tabuleiro de xadrez de sombra e luz. De perto, ficou evidente que os rochedos não eram formações naturais, mas pedaços da própria cidade, que tinham sido arrancados do chão e espalhados pela área por alguma força imensa e terrível. Pedaços de paredes, aglomerados de pavimento e até uma antiga cisterna caída de lado.

Cordelia guiou Lucie até um ponto onde dois fragmentos de parede quebrada se encontravam, formando uma espécie de caverna triangular aberta. Ao se aproximarem do abrigo, algo passou voando com um berro agudo ecoante.

Era o chamado de uma ave de rapina monstruosa.

— Rápido — urgiu Cordelia, agarrando a mão da amiga. As duas cambalearam para dentro da caverna improvisada, entrando no vão protegido sob as duas paredes no exato momento em que a sombra passou por ali, próxima o bastante para suas asas monumentais soprarem areia.

Lucie estremeceu.

— Melhor começarmos a desempacotar as coisas — sugeriu Cordelia —, antes que fique escuro demais para enxergarmos. — Lucie observou com exaustão resignada enquanto Cordelia abria a mochila, fazendo uma careta: havia cortado a mão com Cortana na corrida para dentro da caverna, e um corte superficial sangrava em sua palma. Pelo menos tinha sido a mão esquerda, pensou ela, enquanto tirava a pequena coberta que guardara dentro da bolsa e a desenrolava depressa. Desatou a bainha de Cortana de seu corpo e a encostou na parede, depois retirou uma garrafa de água e um pacote de biscoitos enquanto Lucie pegava sua própria coberta e a enrolava ao redor dos ombros, tremendo.

Estava escuro, e escureceria ainda mais quando os últimos raios de sol se apagassem do céu. Elas não tinham levado nada com o que fazer uma

Corrente de Espinhos

fogueira, o que certamente teria atraído atenção indesejada. Naquela planície sombria, teria sido tão visível e brilhante quanto uma centelha entre cinzas. Cordelia se apressou a abrir a garrafa de metal e passar alguns biscoitos para Lucie antes de perderem toda a iluminação...

— Olha — disse Lucie, e Cordelia percebeu que, ainda que uma escuridão total tivesse caído do lado de fora do pequeno abrigo das duas, ela ainda podia enxergar o rosto da amiga. Seu espaço estava envolto em um brilho dourado sutil e, quando se virou, viu que a fonte da luz era Cortana, o cabo queimando fracamente, como uma tocha parcialmente apagada.

— Por que ela está fazendo isso? — sussurrou Lucie, partindo os biscoitos.

Cordelia balançou a cabeça.

— Não sei. Não tenho certeza se alguém realmente entende as lâminas forjadas por Wayland, o Ferreiro, e o que são capazes de fazer.

E ainda assim ela sentia uma vibração na palma da mão esquerda, onde havia se cortado com a espada. Como se Cortana soubesse do ferimento e estivesse chamando por ele. Por Cordelia.

Lucie mastigou, contemplativa, por um momento.

— Você se lembra de quando éramos crianças? Eu estava olhando para o penhasco e pensando em... Bom, quando você salvou minha vida. Você lembra?

Claro que ela lembrava. Lucie, rolando pela encosta. Cordelia, deitada de barriga, agarrada à mão da amiga enquanto Lucie pendia da beirada, a longa queda abaixo.

— Estava tão apavorada — confessou Cordelia. — Que uma abelha pudesse me picar naquele momento ou que minha mão fosse escorregar, ou que eu fosse soltá-la por algum motivo.

— Eu sei. Eu estava correndo um perigo enorme, mas o estranho é que me senti segura. Porque era você ali comigo. — Lucie encarou a amiga. — Desculpa.

— Por quê?

— Por não contar sobre... Bom, por onde começar? Por não contar sobre Jesse. Eu estava me apaixonando por ele e sabia que faria qualquer coisa para trazê-lo de volta, torná-lo vivo outra vez. Sabia que poderia até acabar fazendo coisas que você não aprovaria. Como trabalhar com Grace. Eu devia

— 648 —

CASSANDRA CLARE

ter sido sincera. Disse a mim mesma que Grace jamais seria uma ameaça à nossa amizade. Mas mentir sobre ela... Essa era a ameaça. Eu estava com medo, mas... mas isso não é desculpa. Devia ter contado a você.

— E a cerimônia *parabatai*? — perguntou Cordelia. — Por que você não me contou sobre os fantasmas que viu? Não entendo.

— Tive medo de você achar que eu era um monstro — respondeu Lucie baixinho. — Depois que soube sobre Belial, eu me senti corrompida. Sempre havia pensado na cerimônia *parabatai* como um ato perfeito de bondade. Algo que tornaria nossa amizade não apenas especial, mas... mas sagrada, como aquilo que meu pai e tio Jem tinham. Mas aí achei que eu talvez fosse danificada, como se não merecesse algo de tamanha bondade. Temi que, se você soubesse, fosse virar as costas para mim...

— *Lucie*. — Cordelia deixou o biscoito cair em algum lugar na areia. — Jamais daria as costas a você. E que coisa para se imaginar... Você por acaso acha que, porque sou o paladino de Lilith, sou um monstro?

Lucie balançou a cabeça.

— Claro que não.

— É fácil confundir monstruosidade e poder — ponderou Cordelia. — Especialmente quando se trata de uma mulher, já que as pessoas acham que as mulheres não deveriam possuir nem uma coisa, nem outra. Mas você, Lucie... Você tem um grande poder, mas não é monstruoso, porque *você* não é monstruosa. Usou sua habilidade para o bem. Para ajudar Jesse, para nos trazer a Edom. Quando me salvou do Tâmisa. Quando conforta os mortos.

— Ah, Daisy...

— Me deixe terminar. As pessoas temem o poder. É por isso que o Inquisidor tem tanto medo da sua mãe, a ponto de achar que precisa expulsá-la de Londres. Belial contou com isso, com os preconceitos do Enclave, seus medos. Mas, Luce, sempre vou defender você. Vou sempre apoiar você, e se fantasmas decidirem comparecer à nossa cerimônia *parabatai,* vou convidá--los para um chá depois.

— Ah, Daisy — repetiu Lucie. — Estou com vontade de chorar, mas está tão terrivelmente seco que acho que não consigo. — Lucie esfregou um borrão na bochecha. — Só queria ter sabido antes... Por que você não me contou sobre o que sentia por James? Antes, quero dizer.

— 649 —

Corrente de Espinhos

— Você tinha razão, Luce. Quando disse que eu era orgulhosa demais. Eu era... eu sou. Pensei estar me protegendo. E que não queria que sentissem pena de mim. Não entendia o mal que estava causando até conversar com James e me dar conta de que ele tinha as mesmas razões, as mesmas desculpas, para ter escondido a verdade sobre Grace e a pulseira. James estava se matando guardando aquele segredo para si. E eu havia feito o mesmo. Tive tanto medo de ser alvo de pena que fechei a porta para qualquer simpatia e compreensão. Sinto muito, Lucie, sinto tanto, tanto...

— Não. — Lucie fungou. — Ah, Daisy. Eu fiz uma coisa terrível.

— Sério? — Cordelia estava espantada. — Que tipo de coisa terrível? Não pode ser tão ruim assim.

— Mas é — murmurou Lucie, levando a mão para dentro da mochila. Enquanto vasculhava os conteúdos, explicou com a voz embargada:

— Parei de escrever *A bela Cordelia*. Estava com raiva demais...

— Não tem problema...

— Você não entende. — Lucie tirou um pequeno caderno da bolsa. — Comecei a escrever um livro novo. *A malvada rainha Cordelia*.

— E você o trouxe *com* você? — perguntou Cordelia, perplexa. — Para Edom?

— Lógico. Não se pode simplesmente deixar um manuscrito incompleto para trás. E se eu tivesse uma ideia?

— Bom... Quer dizer. Lógico.

Lucie atirou o caderno para a amiga.

— Não posso esconder de você — confessou, com expressão arrasada. — Escrevi coisas tão terríveis...

— Talvez seja melhor eu não ler então — sugeriu Cordelia, hesitante, mas o olhar no rosto de Lucie a fez abrir o caderno depressa. *Ai, ai*, pensou, e começou a ler.

A malvada rainha Cordelia jogou os cabelos escarlates longos e perfeitos para trás. Trajava um vestido longo de fios dourados e prateados, e um enorme colar de diamantes que descansava sobre os seios enormes e traiçoeiros.

CASSANDRA CLARE

— *Ah, tola princesa Lucie* — *disse ela.* — *Achou mesmo que seu irmão, o cruel príncipe James, poderia ajudá-la? Ordenei que ele fosse executado.*

— *O quê?* — *arquejou a princesa Lucie, pois, ainda que fosse cruel, ele continuava sendo seu irmão.* — *Mas depois de tudo que fiz por você?*

— *É verdade* — *admitiu a rainha má* — *que tenho tudo que sempre desejei. Sou adorada por todos nesta terra e tenho incontáveis pretendentes.* — *Indicou a longa fila de homens atraentes que ocupava a sala do trono, alguns de joelhos.* — *Minha espada foi aclamada como a melhor e mais bela pelo Conselho Internacional de Especialistas em Espadas, e, na semana passada, escrevi um romance de mil páginas pelo qual já recebi um enorme adiantamento de uma editora em Londres. De fato, você me ajudou a alcançar todos esses feitos. Mas você não tem mais serventia para mim.*

— *Mas você disse que seríamos amigas para sempre!* — *argumentou a princesa secreta Lucie.* — *Que seríamos princesas juntas!*

— *Decidi que, melhor do que sermos princesas juntas, é preferível que eu seja rainha, e você, prisioneira na minha masmorra mais distante, abaixo do fosso do castelo. Você, sir Jethro, leve-a daqui!*

— *Você vai pagar por isso!* — *gritou a princesa secreta Lucie, mas sabia, no fundo de seu coração, que a malvada rainha Cordelia havia ganhado.*

Cordelia deixou escapar um ruído abafado. Lucie, os olhos enormes, remexeu as mãos e disse:

— Estou tão incrivelmente arrependida. Foi tão errado da minha parte pensar aquelas coisas, escrevê-las então...

Cordelia tapou a boca com a mão, mas era tarde. Uma risadinha explodiu, depois outra, e outra. Com os ombros chacoalhando de forma incontrolável, ela riu:

— 651 —

Corrente de Espinhos

— Ah, Lucie... eu nunca... li algo *tão* engraçado na vida...

— *Sério?* — Lucie pareceu espantada.

— Mas tenho que perguntar uma coisa — disse Cordelia, apontando para a página. — Por que os meus, hã, os seios da rainha má são tão enormes?

— Bom, porque eles *são* — disse Lucie simplesmente. — Diferente de mim. Pareço um garoto. Sempre quis ter um corpo como o seu, Daisy.

— E eu sempre quis ser preciosa e delicada como você, Luce — admitiu, voltando a rir. — O Conselho Internacional de Especialistas em Espadas?

— Tenho certeza de que existe — respondeu Lucie, começando a sorrir. — E se não existir, deveria. — Estendeu a mão. — Já pode me devolver.

Cordelia afastou o caderno depressa.

— Você não pode estar falando sério. Estou *morrendo* de curiosidade para saber o que acontece com a princesa Lucie na masmorra. Devo ler em voz alta? Tem alguma outra menção aos meus seios?

— Várias — admitiu Lucie, e pela primeira vez em muitos e longos séculos, sob o brilho hostil de três luas, o som de uma simples risada humana percorreu as planícies de Edom.

✦

Thomas despertou lentamente. Estava deitado em uma cama com lençóis brancos e limpos, e o aroma familiar de ervas e fenol pairava no ar. Estava na enfermaria do Instituto. Ele a conhecia bem, e por um momento desconexo, como em um sonho, ele se perguntou: *minha perna está quebrada?*

Mas aquilo acontecera anos atrás. Ele era criança, ainda pequeno e franzino, e havia caído de uma macieira. Ele e James tinham jogado baralho todas as noites na enfermaria do Instituto enquanto Thomas se recuperava. Parecia um sonho distante agora, de um tempo mais inocente, quando os horrores do presente teriam parecido inimagináveis, e a perda de James e Matthew, mais inimaginável ainda.

Eles não estão mortos, Thomas lembrou a si mesmo, começando a virar, os lençóis farfalhando aos seus pés. Então ele ouviu. Uma voz profunda e constante, subindo e descendo: Alastair Carstairs, lendo em voz alta. Estava

— 652 —

sentado ao lado da cama, os olhos fixos em um livro com capa de couro nas mãos. Thomas fechou os olhos para conseguir saborear melhor o som de Alastair lendo.

— *Penso em você com frequência* — disse Estella.
— *Pensa?*
— *Ultimamente, com muita frequência. Houve um longo e árduo período em que mantive afastada a lembrança do que havia jogado fora quando desconhecia seu valor. Mas, como meu dever não é incompatível com a admissão dessa lembrança, lhe dei um lugar em meu coração.*
— *Você nunca perdeu seu lugar em meu coração* — respondi.

O livro se fechou com força.
— Quanta besteira — resmungou Alastair com a voz cansada. — E duvido que você esteja gostando, Thomas, já que está dormindo. Mas minha irmã sempre insistiu que não há nada melhor para os enfermos do que ouvir os outros lerem histórias para eles.

Não estou doente, pensou Thomas, mas manteve os olhos fechados.

— Talvez eu deva lhe contar o que aconteceu hoje enquanto você esteve dormindo — continuou Alastair. — Anna e Ari encontraram a entrada para a Cidade do Silêncio. Sei disso porque mandaram o maldito cão de Matthew de volta com um recado, avisando. E falando em recados, Grace e Jesse conseguiram fazer o projeto de Christopher funcionar. Estão na biblioteca agora, mandando dúzias de mensagens a Alicante. Só podemos torcer para que cheguem... Uma coisa é enviá-las dentro dos limites de Londres, outra totalmente diferente é tentar ultrapassar as barreiras em torno da cidade. — Suspirou. — Lembra aquela mensagem que você me mandou? A que mal fazia sentido? Passei *horas* tentando encaixar os pedacinhos, sabe. Estava desesperado para saber o que você queria me dizer.

Thomas permaneceu tão imóvel quanto podia, mantendo a respiração constante e regular. Sabia que devia abrir os olhos, dizer a Alastair que já estava acordado, mas não conseguia se forçar a fazê-lo. A honestidade vulnerável na voz de Alastair era algo que jamais ouvira antes.

Corrente de Espinhos

— Você me assustou hoje. Na estação de trem. O primeiro *iratze* que desenhei em você... sumiu. — A voz dele falhou. — E pensei... E se tivesse perdido você? Perdido de verdade? E percebi que todas as coisas das quais tive medo esse tempo todo... "O que seus amigos iriam pensar? O que seria de mim se ficasse em Londres?", não tinham qualquer importância em comparação ao que sinto por você. — Thomas sentiu algo roçar a testa dele com delicadeza. Alastair, afastando uma mecha de cabelo. — Ouvi o que minha mãe te disse — acrescentou. — Antes da festa de Natal. E ouvi o que você respondeu... que queria que eu tratasse a mim mesmo da maneira como mereço ser tratado. Acontece que... era exatamente isso que eu vinha fazendo. Estava negando a mim mesmo a coisa que mais queria no mundo porque não acreditava que a merecia.

Thomas não conseguiu suportar mais. Abriu os olhos e viu Alastair fitando-o, cansado, os cabelos despenteados, com olheiras.

— Merecia o quê? — sussurrou Thomas.

— *Você* — respondeu Alastair e balançou a cabeça. — Lógico... Lógico que você só estava fingindo dormir...

— Você teria dito todas essas coisas se eu estivesse acordado? — perguntou Thomas com a voz rouca, e Alastair largou o livro que estivera segurando para responder:

— Você não tem que dizer nada, Thomas. Sei o que eu espero. Espero, contra todas as probabilidades, que você possa sentir por mim algo parecido com o que sinto por você. É quase impossível imaginar alguém sentindo uma coisa assim por mim, considerando quem sou. Mas tenho esperanças. Não é só porque quero ter o que desejo. Embora eu deseje você — acrescentou ele em voz ainda mais baixa. — Desejo você com uma intensidade que me assusta.

Thomas disse:

— Deite aqui comigo.

Alastair hesitou. Então se abaixou para desamarrar as botas e, um momento depois, Thomas sentiu a cama afundar e o peso quente do corpo de Alastair se instalar ao lado dele.

— Está tudo bem? — perguntou Alastair baixinho, encarando-o. — Algo dói?

— 654 —

— Só que eu não esteja beijando você agora mesmo — respondeu Thomas. — Alastair, eu te amo... mas você já sabe di...

Alastair o beijou. Foi difícil se mexer na cama pequena, e os joelhos e cotovelos dos dois se chocavam, mas Thomas não se importava. Só queria Alastair perto, a boca quente e macia contra a dele, lábios se separando para murmurar:

— Não sabia... Eu esperava que sim, mas não tinha certeza...

— *Kheli asheghetam* — sussurrou Thomas e ouviu Alastair arquejar. — Eu te amo. Me deixe amar você — pediu, e quando Alastair o beijou outra vez, um beijo feroz, quente, de boca aberta, Thomas se perdeu nele, na maneira como Alastair o tocava. Na maneira como Alastair se movia com cuidadosa certeza, desabotoando a camisa de Thomas com dedos hábeis. Na maneira como, depois que a camisa de Thomas havia sido retirada, Alastair o tocava com dedos gentis, o olhar lânguido e desejoso e vagaroso. Roçou os pulsos de Thomas, a extensão de seus braços, ao longo dos ombros, abrindo as mãos contra o peito dele. Deslizando-as para baixo até Thomas estar desesperado por mais do que o contato delicado de lábios e dedos.

Thomas afundou as mãos nos cabelos de Alastair.

— Por favor — pediu, incoerente —, agora, *agora*.

Alastair riu baixinho. Despiu a própria camisa e depois se deitou por cima de Thomas, pele contra pele, e a própria essência de Thomas pareceu se elevar em uma espiral, e Alastair tremia enquanto Thomas o tocava de volta, tremia porque era *agora*, exatamente como Thomas pedira, e agora era um momento tão imenso, tão profundo de prazer e felicidade, que os dois esqueceram as sombras e o perigo, o pesar e a escuridão que os cercavam. Seriam lembrados em breve, mas *agora,* só havia os dois, e o esplendor que criaram entre eles na cama estreita da enfermaria.

—

Quando Cordelia acordou na manhã seguinte, o sol fraco de Edom se infiltrava no esconderijo delas. Havia caído no sono com uma das mãos em Cortana. Ela se sentou devagar, esfregando os olhos, e fitou Lucie.

Corrente de Espinhos

A amiga estava encolhida sob a coberta, os olhos fechados e o rosto pálido. Cordelia acordara várias vezes durante a noite para encontrar Lucie se revirando e rolando, inquieta, às vezes até gritando com angústia. Mesmo dormindo, o peso de Edom a esmagava.

Tudo vai acabar hoje, Cordelia disse a si mesma. *Vamos encontrar James e Matthew, e vou eliminar Belial ou morreremos tentando.*

Ainda adormecida, Lucie puxava o medalhão ao redor do pescoço. Havia olheiras escuras sob seus olhos. Cordelia hesitou antes de tomar coragem e tocar o ombro da amiga com delicadeza. Não havia sentido em postergar, apenas tornaria tudo ainda pior.

As duas dividiram o que restava da comida — alguns goles de água e uns poucos biscoitos para cada uma —, e Lucie começou a parecer mais revigorada. Quando deixaram o abrigo e começaram a cruzar a planície até Idumea, seu rosto já estava menos pálido.

Era outro dia escaldante, e um vento quente soprou poeira em seus olhos e bocas. À medida que se aproximavam de Idumea, a cidade ia ficando cada vez mais parecida com o que era: uma Alicante arruinada. A grande fortaleza do que um dia fora o Gard se avultava acima de uma mistura desabada de destroços e estruturas ainda de pé. Todas as torres demoníacas, exceto uma, tinham caído, e o pináculo de vidro solitário recebia e absorvia o brilho escarlate do sol, como uma agulha fervilhante furando o céu.

Cordelia se perguntava se teriam que lutar contra demônios ao tentarem entrar na cidade, ainda mais após seu encontro com Carbas. Mas o lugar parecia quase nefastamente deserto: apenas o vento as perturbava enquanto elas tropeçavam por cima dos detritos e muros destruídos.

Mais ruínas aguardavam do outro lado, mas, entre as pilhas de pedras quebradas, encontraram pedaços da cidade que surpreendentemente permaneciam quase intactos. Ao se aproximarem mais do centro, Cordelia pôde ver o que um dia fora a Praça da Cisterna, embora um grande buraco tivesse sido aberto nas pedras do pavimento ali, como se algo tivesse explodido para *fora* da terra muito tempo atrás. Ela e Lucie trocaram um olhar inquieto e desviaram da cavidade.

Passaram pelos restos de canais antiquíssimos, cheios de musgo apodrecido. Cordelia podia ver algo reluzindo à distância, um brilho como de

— 656 —

CASSANDRA CLARE

metal ou ouro. Um monte de destroços bloqueava o caminho. Ela e Lucie o escalaram e se viram na antiga Praça do Anjo.

As duas olharam ao redor com uma espécie de fascínio horrorizado. Ali estava algo tão familiar e ao mesmo tempo irreconhecível: a grande praça no coração de Alicante, com o Salão dos Acordos em uma extremidade e a estátua do Anjo Raziel no centro. Mas não havia um Salão dos Acordos ali, apenas uma construção enorme cheia de pilares feita de metal escuro reluzente — o brilho que Cordelia vira antes. As laterais tinham sido entalhadas com palavras em escrita demoníaca sinuosa.

Quanto à estátua do Anjo, ela não existia. Em seu lugar havia uma estátua de Belial, talhada em mármore. Um sorriso de desdém estampava seu rosto belo e sobrenatural. Ele vestia uma armadura de escamas, e asas pretas como ônix abriam-se às suas costas.

— Olha só para ele. Como parece *satisfeito* consigo mesmo — debochou Lucie, olhando feio para a figura. — Ugh, queria poder... — Ela arfou e se curvou, as mãos na barriga. — Ah... *dói*.

Aterrorizada, Cordelia segurou o braço da amiga.

— Está tudo bem? Lucie...

Lucie olhou para cima, os olhos arregalados com as pupilas dilatadas e muito pretas.

— Algo horrível — sussurrou. — Tem alguma coisa errada. Eu os sinto... os mortos...

— É porque estamos em Idumea, não é? Você disse que era uma cidade morta...

Lucie balançou a cabeça.

— Os fantasmas da cidade são antigos. Estes são novos, furiosos e cheios de ódio, como se tivessem acabado de morrer, mas faz tanto tempo que houve vida aqui. Então como...? — Ela se retraiu e cambaleou para trás, topando com a base da estátua. — Daisy... Olha...

Cordelia se virou para ver o que parecia ser uma nuvem de poeira rodopiando. Pensou nas histórias sobre tempestades no deserto, grandes cortinas de areia movendo-se pelo céu. Mas aquele não era um fenômeno natural. À medida que se aproximava, girando pela praça, Cordelia podia ver que era, de fato, uma nuvem de poeira e areia compacta, mas dentro dela estavam

— 657 —

Corrente de Espinhos

formas... Rostos com olhos enormes e bocas escancaradas. Como pinturas de serafins, pensou ela, atordoada, grandes asas cobertas por olhos, rodas de fogo que falavam e se moviam.

Lucie gemeu baixinho, em evidente agonia, agachada contra a estátua. O redemoinho estava bem à frente delas. Da poeira e areia, um rosto começou a se formar, depois um torso e ombros. Um semblante pesaroso, com longos cabelos pretos e olhos escuros tristes.

Filomena di Angelo. Enquanto Cordelia encarava com assombro, a estranha figura formada parcialmente e rodeada por areia rodopiante falou:

— Cordelia Carstairs — a voz ecoando como o vento que soprava pelo deserto. — Finalmente veio me salvar?

É um demônio, pensou Cordelia. *Uma espécie de criatura saída de pesadelos que se alimenta da culpa dos outros.* Mas aquilo não explicava a reação de Lucie. Ainda assim...

— Você é um monstro — afirmou Cordelia. — Enviado aqui por Belial para me enganar.

A poeira girou, e um novo rosto surgiu dentro dela. Uma senhora, de olhos astutos, familiar.

— Não é um truque — explicou o semblante de Lilian Highsmith. — Somos as almas daqueles que Belial assassinou em Londres. Ele nos prendeu aqui para seu entretenimento.

A areia se moveu. O rosto sombrio de Basil Pounceby as fitava. Lucie ofegava, e Cordelia lutava contra o medo, o desejo de fugir e proteger Lucie, mas aquela criatura simplesmente a seguiria.

— Fomos ordenados a assombrar todos que entram em Idumea e os expulsar — rosnou o fantasma de Pounceby. — Belial acha divertido forçar Caçadores de Sombras a fazerem sua vontade e nos obrigar a testemunhar eternamente a destruição do que um dia foi Alicante.

— Belial — repetiu Cordelia. — Onde em Idumea ele está agora?

Outro movimento. Era Filomena novamente, a expressão desesperada.

— No Gard sombrio. Aquele que era o palácio de Lilith, mas que agora é seu. Ele voa até lá montado em um enorme pássaro preto. Desconfiamos que tenha prisioneiros.

Prisioneiros. O coração de Cordelia disparou.

— 658 —

CASSANDRA CLARE

— Você precisa nos deixar passar, Filomena. Falhei em protegê-la antes. Me deixe tentar agora. Permita que entremos no Gard, pois, quando estivermos lá, vou matar Belial e vocês serão libertados. A influência dele será quebrada.

— E como acha que conseguirá abater Belial? — indagou a voz de Basil Pounceby, cheia de desdém. — Não passa de uma menina.

Em um movimento fluido, Cordelia sacou a espada. Cortana reluziu em sua mão, um dourado inegavelmente desafiador, intocado pelo sol sangrento.

— Sou a portadora de Cortana. Já feri Belial duas vezes. Um terceiro golpe e será seu fim.

Os olhos de Filomena se arregalaram. E, no instante seguinte, ela havia desaparecido, a areia mudando de forma e se reorganizando, transformando-se na figura mais reconhecível de todas. Cabelos e olhos claros, barba grisalha por fazer, um rosto profundamente marcado. Elias.

— Cordelia — disse o fantasma de seu pai. — Você ouviu minhas palavras em Paris, quando falei com você, não ouviu?

Qualquer tipo de dúvida que Cordelia poderia ter tido de que aqueles eram de fato os espíritos dos mortos em Londres se dissipou.

— Ouvi — sussurrou ela. — Ah, *Baba*...

— Daisy — chamou Lucie com a voz fraca. — Não consigo... Não temos muito tempo...

— Eu o ouvi em Paris — confirmou Cordelia, encarando o pai. — Você tentou me avisar.

— Tentei me comunicar — murmurou Elias, rouco. — Ouvi seu chamado na escuridão. Mas somos fracos na morte... Há tão pouco que eu possa fazer...

— Pai. Você já foi um grande Caçador de Sombras. O lendário Elias Carstairs. Guiou guerreiros para batalhas, para vitórias. Seja um líder agora. Desafie Belial. Me dê essa chance de chegar ao Gard. *Tudo* depende disso. Pai, por favor...

Ela se deteve quando a nuvem começou a girar mais depressa, cada vez mais depressa. Rostos apareciam e desapareciam dentro da tempestade, olhos esbugalhados, dentes trincados. Cordelia já não sabia distinguir uma

— 659 —

Corrente de Espinhos

face da outra, mas todas tinham o mesmo olhar de determinação austera. E então, com um grande berro agudo, a nuvem se desfez em fragmentos, a areia banhando as pedras do pavimento da Praça do Anjo.

Os ouvidos de Cordelia tiniam no silêncio. Ela se virou para encarar Lucie, que se endireitava com cautela, e então disse com suavidade:

— Eles se foram, Daisy.

— E *você*, está bem? — Cordelia abaixou a espada. — Está se sentindo melhor?

— Estou. Mas eles vão voltar, acho. São sujeitos à vontade de Belial e só podem resistir a ela por algum tempo. — Lucie respirou fundo para se recompor. — Melhor irmos para o Gard enquanto isso.

Cordelia assentiu, sentindo-se tranquila. Achou que sofreria mais após ver o pai. Em vez disso, estranhamente, sentia uma espécie de calma fria recair sobre si. Era a portadora de Cortana, afinal, e não estava lá para prantear. Estava lá para obter vingança. Era um anjo caindo nas planícies de Edom, em nome de Raziel e de todos os Nephilim que haviam lutado e morrido ali tanto tempo atrás. Ela libertaria o espírito do pai daquele lugar. Resgataria Matthew e James. Libertaria Londres de Belial. O reino de Edom não podia ser salvo, mas o destino de seu mundo ainda não fora selado.

Juntas, ela e Lucie começaram a seguir na direção da fortaleza sombria acima do que um dia fora a Colina do Gard.

—

Quando o sol vermelho raiou por cima do pátio na manhã seguinte, James não tinha dormido. Sentia como se os olhos estivessem cheios de areia, e sua boca estava seca. Matthew estava sentado ao lado dele, as pernas dobradas, olhos fixos no horizonte, contemplativos.

Em algum momento, James parara de desenhar os *iratzes*. Matthew parara de tremer e caíra no sono, respirando fundo e com regularidade, a cabeça pesada contra o ombro de James. Algumas horas mais tarde, Matthew acordara e se virara para fitar o amigo, pensativo.

— Não sei o que você fez — disse. — Ou pelo menos não sei como foi possível. Mas me sinto melhor. Fisicamente, pelo menos.

CASSANDRA CLARE

Ele olhou para o antebraço. Era um emaranhado de linhas brancas desbotadas, os fantasmas de runas apagadas.

— Não devia ter funcionado — observou Matthew. — Mas isso também é verdade para tantas das coisas que já fizemos.

Ele tinha razão, pensou James. Não devia ter funcionado. Ele usara toda sua concentração para desenhar aquelas runas de cura, tentando preenchê--las com sua força, sua vontade, torcendo para que, se conseguisse que cada uma permanecesse pelo tempo que fosse, a força combinada de centenas delas fizesse Matthew sobreviver àquela noite.

Quando Matthew se levantou para pegar água, seu equilíbrio estava firme, havia cor em seu rosto, já não estava tremendo e as mãos estavam estáveis quando voltou com o copo. Ainda não era uma cura, James sabia. Matthew, se sobrevivesse a Edom, ainda ansiaria por álcool. Havia muito trabalho a ser feito. Mas apenas de tê-lo mantido vivo para que *pudesse* fazer o trabalho...

Uma sombra cruzou o céu. Matthew voltou para onde James estava e ofereceu a mão para ajudá-lo a se levantar. Enquanto James espanava poeira das roupas, perguntou:

— Você falou sério? Quando mencionou coisas que fizemos que não deviam ter funcionado?

Matthew o fitou com estranheza.

— Lógico.

— Então você vai me ajudar com o meu plano — disse James. — Aquele que você odeia.

Matthew olhou sério para ele, depois para o céu, onde uma escura forma alada se aproximava. Um manto alvíssimo ondulava no vento como uma flâmula.

— Belial — anunciou Matthew sem emoção.

Deixou o copo no chão, e ele e James aguardaram, ombro a ombro. Era um gesto simbólico, James sabia. Belial podia separá-los com um estalar de dedos. Atirá-los para lados opostos do pátio. Mas gestos carregavam significado, eram importantes.

Belial saltou do lombo de Stymphalia antes mesmo de o pássaro demoníaco aterrissar no chão de terra preta e cascalho. Em meio à poeira no ar, ele

— 661 —

Corrente de Espinhos

cruzou o pátio até onde estavam James e Matthew. Parecia irritado, reparou James, o que era novidade: tinha esperado ver Belial se vangloriando. Aquilo parecia um pouco mais complexo.

— Seus companheiros — explodiu Belial. — Cordelia Carstairs, sua irmã, os outros... Sabe, eu ofereci a eles uma oportunidade de escaparem a salvo de Londres. Eles recusaram? Continuam na cidade?

James sentiu um aperto no peito. *Sabia,* pensou. *Tinha fé.*

Ele deu de ombros.

— Não tenho como responder a isso — afirmou. — Estivemos aqui o tempo todo.

Belial retorceu o lábio.

— É verdade. Mas imagino que tenha um palpite.

— Por quê? Está com medo deles? Um bando de crianças Nephilim? — Sorriu, sentindo os lábios secos rachados. — Ou só de Cordelia?

Belial abriu um sorrisinho de desdém.

— Ela não vai me tocar com aquela espada vil. Pois vou possuir *você*, então para me ferir, ela teria que tirar sua vida, o que não fará. Mulheres — acrescentou — são conhecidas por serem sentimentais.

— Maravilha — resmungou Matthew. — Agora teremos que ouvir conselhos sobre mulheres humanas vindos de um Príncipe do Inferno.

— Calado — ordenou Belial. — O tempo para joguinhos e farsas chegou ao fim. Você foi um adversário divertido, meu neto, mas nunca teve realmente uma chance. Se não concordar em me deixar possuir seu corpo, vou torturar seu *parabatai* até ele morrer diante dos seus olhos. Depois disso, vou levar você de volta para Londres comigo. Vou matar todos os homens, mulheres e crianças que encontrar até o seu espírito humano fraco se romper e você me implorar que pare.

James levantou a cabeça devagar e encontrou o olhar do avô. O desejo de desviar o rosto foi imediato, intenso. Atrás daqueles olhos algo *serpenteava*, algo primordialmente maligno, frio, hediondo e venenoso.

Ele manteve o olhar firme.

— Primeiro, você vai prometer não ferir Matthew — exigiu James. Em sua visão periférica, viu Matthew fechar os olhos. — E vou deixar que tenha o que quer... Com mais algumas condições.

CASSANDRA CLARE

Belial pareceu ronronar.

— Que seriam?

— Não vai machucar meus amigos, minha família ou Cordelia.

— Deixar que ela continue correndo livremente por aí com Cortana é uma inconveniência — retrucou Belial. — Se ela atacar, vou me defender. Estou certo de que você entende que não aceitarei nenhum acordo.

— Certo — cedeu James. Mal conseguia respirar, mas sabia que não poderia deixar transparecer. — Mas como você mesmo disse, ela não vai atacar.

— Hum. — Havia uma voracidade na expressão do Príncipe. Um olhar tão perverso que o estômago de James se revirou. — Parece que chegamos a um entendimento.

— Ainda não. — James balançou a cabeça. — Preciso de algo mais formal. Você é um Príncipe do Inferno. Precisa jurar em nome de Lúcifer.

Belial riu.

— Ah, o Portador da Luz. É *ele*, Nephilim, que vocês devem rezar para jamais conhecer. — Ele estendeu o braço, o manto branco rodopiando ao redor de si como fumaça. — Eu, Príncipe Belial, senhor de Edom, dos Nove Primeiros, juro em nome de Lúcifer, Ele que é tudo, que não farei com que mal nenhum recaia sobre aqueles que meu neto de sangue, James Herondale, estima. Que eu seja atirado ao Abismo caso quebre meu juramento.

Belial olhou para James — seus olhos estavam arregalados e pretos e flamejantes, escuros e vazios como o fim de toda esperança.

— Agora venha cá, garoto — comandou. — Chegou a hora.

663

33
UMA FORTALEZA CAÍDA

Uma fortaleza caída, que a razão defendeu,
Um canto de sereia, uma mente febril,
Um labirinto onde o afeto não encontra saída,
Uma nuvem tempestuosa que corre diante do vento,
Uma substância como a sombra do sol,
A dor um objetivo para o qual os mais sábios correm.

— Sir Walter Raleigh, "A Farewell to False Love"

Para a surpresa de Ari, ela e Anna chegaram ao coração da Cidade do Silêncio sem se depararem com uma única Sentinela. Haviam começado a jornada se abrigando nas sombras, verificando portas e arcos antes de passarem de um cômodo para o outro e se comunicando apenas por gestos. Mas enquanto seu mapa as guiava das prisões para os dormitórios e então para as bibliotecas e o Ossuário, as duas trocaram olhares confusos. Não tinham avistado uma única alma ou ouvido um rato sequer rastejando atrás das paredes.

— Onde *estão* todas elas? — murmurou Anna. Ela e Ari atravessavam um túnel que levava a uma grande praça. Em cada um dos pontos cardinais, um pináculo de osso entalhado se elevava. O piso era feito de quadrados

— 665 —

Corrente de Espinhos

vermelho e bronze alternados, como um tabuleiro de xadrez. As pedras de luz enfeitiçada que levaram consigo eram a única fonte de iluminação. As tochas fixas às paredes tinham queimado havia muito.

— Talvez estejam em Londres — ponderou Ari. A luz da sua pedra enfeitiçada dançava por cima das estrelas prateadas desenhadas no chão. — Imagino que não tenham muitos motivos para ocupar a Cidade do Silêncio.

— Achei que pelo menos ficariam vigiando para garantir que ninguém fosse entrar — argumentou Anna. — Me deixe ver o mapa de novo.

As duas se debruçaram sobre ele outra vez.

— Estamos no Pavilhão da Verdade, aqui — apontou Ari. — Normalmente, a Espada Mortal estaria na parede...

— Mas está em Idris, ainda bem — completou Anna. — Aqui... Depois dessas fileiras de mausoléus... Está marcado no mapa. *O Caminho dos Mortos.*

Ari assentiu, devagar. Ao acompanhar o passo de Anna, pensou em como parecia que mal havia respirado desde que entraram na Cidade do Silêncio. O cheiro no ar, de cinzas e pedra, era um lembrete frio da última vez que estivera ali, quando quase morrera com o veneno de um demônio Mandikhor. A experiência não lhe dera nenhuma vontade de retornar.

Elas continuaram seguindo por corredores de pedra que as levaram até uma câmara abobadada repleta de mausoléus, vários deles com nomes de Caçadores de Sombras ou símbolos gravados acima das portas de pedra. Viraram para um caminho estreito entre CROSSKILL e RAVENSCROFT e passaram por um pequeno arco que parecia um buraco de fechadura...

E se encontraram em um longo corredor. *Longo* era um adjetivo que não lhe fazia jus: arandelas com pedras de luz enfeitiçada dos dois lados do túnel formavam uma flecha de luz que se estendia até a distância se tornar demais para olhos humanos enxergarem. Algo naquilo fez Ari estremecer. Talvez fosse porque o restante das passagens na Cidade do Silêncio possuía uma qualidade mais orgânica, com frequência criando caminhos incomuns que Ari presumira serem acidentes geológicos. Mas aquele era diferente e estranho, como se uma veia de magia peculiar corresse sob o piso de pedra.

À medida que caminhavam, passaram por runas gravadas nas paredes: de morte e luto, mas também de transformação e mudança. Havia outras, ostentando o tipo de padrão incomum que Ari via quando um Portal era

CASSANDRA CLARE

criado. Pareciam se acender quando Anna e Ari se aproximavam, antes de voltarem a se apagar. Aquelas, suspeitava Anna, eram as runas que faziam do túnel o que era: uma versão comprimida da distância real, um atalho peculiar pelo tempo e espaço que permitia a elas, ao menos em sua percepção, caminhar de Londres até a Islândia em menos de um dia.

De vez em quando as duas passavam por uma porta gravada com uma runa ou por uma passagem estreita que serpenteava para dentro do escuro. Não havia outro som fora os passos delas, até Anna dizer:

— Sabe, quando eu era criança, achei que seria uma Irmã de Ferro.

— Mesmo? Me parece uma vida monótona demais para você. *E de obe-diência demais também.*

— Às vezes gosto de obedecer ordens — retrucou Anna, achando graça.

— Nada de flertar na Cidade do Silêncio — censurou Ari, divertida, embora tenha sentido um pequeno arrepio correr a espinha, como sempre acontecia quando Anna a provocava. — Tenho quase certeza de que existe uma Lei sobre isso.

— Achei que seria legal fazer armas — continuou Anna. — Parecia o oposto de usar vestidos e comparecer a festas. De qualquer maneira, só du-rou até eu descobrir que teria que viver em uma planície de lava. Perguntei à minha mãe se ainda poderia comprar meus chocolates favoritos lá, e ela respondeu que duvidava muito. E aquilo foi o fim para mim. — Anna pau-sou, toda leveza se esvaindo da voz. — Você ouviu isso?

Ari confirmou com a cabeça, séria. O som de passos vinha lá da frente: muitos passos, marchando em ritmo regular. Ela estreitou os olhos, mas conseguia enxergar apenas sombras. E então um vislumbre de branco. Túnicas de Sentinelas.

— Rápido — sussurrou Ari. Estavam próximas de uma das passagens estreitas que levavam para fora do túnel. Ela agarrou a manga de Anna e correu até lá, puxando-a atrás de si.

A passagem mal era ampla o suficiente para as duas ficarem de pé en-carando uma à outra. Ari ouvia o som da marcha aumentar, um estranho lembrete de que, embora os demônios Quimera tivessem possuído os corpos dos Irmãos do Silêncio e das Irmãs de Ferro, *não* eram eles, não tinham seus poderes ou suas habilidades.

— 667 —

Corrente de Espinhos

Ela se agachou e espiou o corredor. Lá estava, um grupo grande de Sentinelas, cinquenta ou mais, as túnicas brancas de morte serpenteando entre seus pés como se tivessem nascido da fumaça. Moviam-se pelo túnel com determinação obstinada, os cajados afiados nas mãos.

— Me solta — disse Anna, tentando passar por Ari. — Já sabemos como matá-las...

— Não! — Ari não pensou, apenas agarrou Anna e a puxou para trás, quase atirando-a contra a parede. Tinham apagado suas luzes, e havia pouca iluminação na passagem, mas Ari ainda podia enxergar a fúria nos olhos azuis de Anna.

— Não podemos simplesmente deixá-las *passar* — protestou Anna. — Não podemos deixar...

— Anna. Por favor. Elas são muitas. E nós somos só duas.

— *Você*, não. — Anna balançou a cabeça com violência. — Você precisa chegar às Tumbas de Ferro. Uma de nós precisa. Não posso matar todas elas, mas pense em quantas posso tirar de cena antes...

— Antes de *morrer*? — chiou Ari. — É essa a maneira que você encontrou de honrar Christopher?

Anna parecia enfurecida. Fúria contra ela mesma, supôs Ari.

— Não consegui proteger o meu irmão. Não estava pronta para um ataque. Mas pelo menos posso enfrentar essas criaturas *agora*...

— *Não* — protestou Ari. — A responsabilidade pela morte de Christopher é toda de Belial. As Sentinelas podem ser um horror, por causa dos corpos que possuíram. Mas Quimeras são *apenas demônios*. Como qualquer outro. São instrumentos de Belial, e é ele quem precisamos derrotar.

— Me solta, Ari — pediu Anna, os olhos ardendo. Se Ari virasse a cabeça um pouquinho, podia ver as Sentinelas, uma torrente branca passando pela entrada estreita da passagem. — Não serei eu quem vai eliminar Belial, se é que ele pode ser eliminado. Me deixe fazer isto, pelo menos...

— Não. — A determinação na voz de Ari surpreendeu a si mesma. — Pode até ser a espada de Cordelia a matar Belial, mas todos nós estamos lutando com ela na retaguarda. Tudo que fizemos, tudo que conseguimos, nos tornou parte da força que move sua lâmina. E nossa missão ainda não terminou. Ainda precisam de nós, Anna. Ainda precisam de *você*.

Muito devagar, Anna assentiu.

Com cautela, Ari a soltou, rezando para que estivesse certa a respeito da expressão nos olhos de Anna. Rezando para que não saísse correndo. E ela não correu, apenas permaneceu muito quieta, as costas coladas na parede, os olhos fixos em Ari, enquanto o som das Sentinelas se perdia à distância.

—

Uma estrada rachada, os restos de uma avenida margeada por árvores outrora impressionantes, levou Cordelia e Lucie ao sopé da colina que se projetava acima de Idumea. Antes de começarem a subida, Cordelia olhou para Lucie uma última vez. Era a reta final: elas se aproximavam do palácio de Lilith. Edom e Idumea já tinham exigido um preço tão alto de Lucie... Ela realmente teria força para aquilo?

Cordelia decidiu naquele momento que, se não tivesse, ela mesma carregaria Lucie colina acima. As duas haviam chegado longe demais, e Lucie se esforçara muito, para Cordelia abandoná-la.

Lucie parecia pálida e exausta, suja de poeira e terra. O encontro com os fantasmas amaldiçoados parecia tê-la desgastado ainda mais: os olhos pareciam enormes em seu rosto, e a expressão estava tensa de dor. Mas quando Cordelia olhou para a colina, perguntando sem palavras se ela estava bem, Lucie apenas anuiu com a cabeça e começou a subir pela trilha irregular e labiríntica que levava ao topo.

A subida era mais íngreme do que parecia, e o relevo, mais acidentado. Havia se passado muito tempo desde que a trilha tinha sido limpa e mantida, e raízes de árvores petrificadas projetavam-se para fora do solo pedregoso e seco que recobria a colina. Moledros baixos salpicavam as margens do caminho. Sinalizações de sepulturas esquecidas havia muito? Teria sido aquela a última linha de defesa dos Nephilim daquele mundo? Tinham morrido protegendo sua fortaleza? Cordelia não tinha como saber.

À medida que avançavam colina acima, as nuvens iam rareando, e Cordelia pôde ver o que parecia ser toda a extensão de Edom diante de si: as planícies onde ela e Lucie tinham procurado abrigo e até mesmo a longa linha da Muralha de Kadesh à distância. Perguntou-se o que teria aconteci-

Corrente de Espinhos

do à Floresta Brocelind, com os profundos vales arborizados e bosques das fadas. Perguntou-se, quando as nuvens escuras ficaram para trás, se Lilith teria mentido e, no fim das contas, elas jamais encontrariam uma maneira de voltar para seu próprio mundo.

Perguntou-se onde Belial estava. E não apenas Belial, mas os demônios que com certeza o serviam. Manteve a mão em Cortana, mas tudo estava silencioso: apenas os sons do vento e a respiração ofegante de Lucie acompanhavam sua subida.

Enfim a ladeira começou a se aplainar, e as duas conseguiram recuperar o fôlego. Diante delas, pretos no brilho vermelho do sol, elevavam-se os muros que cercavam a fortaleza. Um par de portões colossais estava cravado neles.

— Não tem guardas — observou Cordelia ao se aproximarem dos portões, juntas. — Não faz sentido.

Lucie estava calada. Fitava os portões com uma expressão estranha. Eram um espelho sombrio dos portões do Gard em Alicante, ouro e ferro entalhados com runas sinuosas, embora aquelas não fossem as mesmas do Livro Gray, mas uma linguagem demoníaca, ancestral e perturbadora. Estátuas de anjos de pedra — decapitados e carcomidos por ácido, apenas as asas estendidas sugerindo o que outrora haviam sido — vigiavam ambos os lados dos portões.

Não havia maçanetas, nada que pudessem pegar e puxar. Cordelia colocou a mão contra uma das portas, o metal frio como gelo, e empurrou. Foi como se estivesse fazendo pressão contra uma pedra gigante. Nada aconteceu.

— Não tem guardas — repetiu. — Mas também não tem um jeito de entrar. — Olhou para cima. — Talvez se tentarmos escalar...

— Me deixe tentar — pediu Lucie baixinho, passando por Cordelia. — Vi isto em uma visão — explicou, soando muito diferente do usual. — Acho... Foi Belial quem eu vi. E o ouvi falar.

Colocou a mão empoeirada contra a superfície do portal.

— *Kaal ssha ktar* — recitou.

As palavras pareciam pedra arranhando metal. Cordelia estremeceu e observou, incrédula, os portões se abrirem sem nenhum ruído. Para além

— 670 —

delas, podia ver um fosso, cheio de água escura e oleosa, e uma ponte que o cruzava, levando diretamente à fortaleza.

Diante delas erguia-se o coração do palácio de Lilith.

—

Após um interminável minuto e meio ouvindo as Sentinelas passarem por seu esconderijo, a procissão havia se perdido à distância, e o silêncio retornara. Cautelosamente, Ari colocou a cabeça para fora da alcova e gesticulou para Anna.

— Aonde você acha que estão indo? As sentinelas, quero dizer — perguntou Anna.

Ari mordeu o lábio.

— Não sei, mas temo que nosso tempo esteja acabando.

Elas continuaram caminhando. E caminharam mais. Era muito difícil saber quanto tempo havia se passado, pois o corredor se estendia além da vista em ambas as direções, desaparecendo ao longe tanto à frente quanto atrás. Ari estava olhando por cima do ombro, torcendo para que não tivessem errado o caminho quando não viraram no ponto onde tinham visto as Sentinelas, quando Anna soltou uma exclamação abafada de reconhecimento.

— Olha!

Ari correu até Anna e olhou para onde ela apontava. Lá, levando para fora do corredor, haviam portões com barras forjadas em ouro. Estavam entreabertos, a escuridão visível para além deles. Aqueles, ela sabia, só podiam ser os portões por onde Tatiana Blackthorn deixara Belial e seu exército passarem das Tumbas de Ferro para a Cidade do Silêncio.

— Quem faria uma coisa dessas? — sussurrou Ari. Olhou para Anna. — Acha que tem alguém lá? Esperando por nós?

Anna não respondeu, apenas passou pela entrada. Ari a seguiu.

Vinham passando por cavernas monumentais desde que chegaram ali, então mais uma já não causava o mesmo impacto que a primeira. Ainda assim, a grandiosidade das Tumbas de Ferro a intimidava. Concluiu que mil anos de Irmãos do Silêncio e Irmãs de Ferro acabariam produzindo

Corrente de Espinhos

um número muito grande de sepulturas — cujos habitantes, lembrou ela, estavam agora criando tumulto em Londres.

Diante delas havia um piso de azulejos ocupando facilmente cem metros em cada direção, delineando uma gigantesca câmara circular. Ao redor do perímetro, dúzias de escadas de pedra tinham sido construídas nas paredes. Elas levavam a um patamar e depois a mais escadas, várias escadarias que se estendiam acima delas, cruzando umas às outras e formando uma espécie de teto abobadado colossal onde as escadas não mais se encontravam. Em cada patamar, ao menos os que elas conseguiam enxergar, estavam mesas de pedra — não, sarcófagos. Mesmo do chão, Ari podia ver que as tampas haviam sido movidas, inteiramente atiradas para longe ou ao menos afastadas.

Não estava tão escuro quanto parecera do lado de fora. As paredes eram cobertas por pedras de luz enfeitiçada de cima a baixo, banhando tudo em um brilho azul delicado. As luzes tinham sido instaladas em intervalos regulares, mas o posicionamento cruzado e aparentemente aleatório das escadas fazia com que cintilassem lá de cima como um campo estrelado. Era quase impossível distinguir até que altura as escadarias iam — elas desapareciam para dentro de um teto que poderia ter sido o céu.

Anna e Ari atravessaram a cripta, o som de seus passos ecoando no espaço cavernoso. O centro estava vazio, mas o chão, Ari percebeu, era um mosaico enorme cuja imagem ela não conseguiu entender à princípio. Ela o avaliou enquanto cruzavam a sala e no final concluiu que era a representação de uma Irmã de Ferro e um Irmão do Silêncio, com um anjo erguendo-se acima deles.

Ao final do mosaico havia uma longa escadaria dupla logo à frente delas cujo topo dava em uma porta simples na parede. *A saída,* pensou Ari. Tinha que ser. Era grande o suficiente, e não havia outras portas à vista, exceto aquelas pelas quais elas haviam entrado.

— Bom — disse Anna, e Ari percebeu que ela estava nervosa. — Vamos?

— Vamos — respondeu Ari, pegando a mão de Anna como se a estivesse guiando para a pista de dança. — Juntas.

A abertura da porta em si, quando a alcançaram, foi um pouco sem graça depois de tamanha expectativa. Havia uma grande chave de ferro na fechadura, e, depois de outra espiada em Ari, Anna a girou e a porta simplesmente se abriu.

Do outro lado havia um céu noturno, uma planície vulcânica pedregosa e silêncio.

— Olá? — gritou Anna para o silêncio.

Não houve nenhum som.

As duas se entreolharam tensas, e Ari sentiu uma fadiga terrível. Nada de mensagens de fogo, parecia. Nenhum exército de Caçadores de Sombras para encontrá-las.

Anna respirou profundamente.

— É bom sentir ar fresco e limpo, pelo menos.

— E — lembrou Ari — é bom que tenhamos pensado em um plano B.

— É, mas é um plano tão cansativo — queixou-se Anna, olhando para o terreno rochoso que se estendia para além de onde elas estavam. — Quanto tempo acha que levaremos para chegar à Cidadela Adamant?

Mas foi aí que Ari notou um pequeno lampejo de luz no horizonte. Ela olhou, e a luz se transformou em um brilho contínuo.

— Aquilo ali é um... Portal? — perguntou Anna, como se dizê-lo em voz alta fosse desfazer o encanto.

Enquanto observavam, uma fila de figuras surgiu, carregando lamparinas que emitiam seu próprio brilho. Como vaga-lumes, dançavam por cima da planície de lava e se aproximavam. Os Caçadores de Sombras *haviam* chegado. Grace e Jesse *tinham* conseguido fazer as mensagens de fogo funcionar, e talvez ainda existisse esperança naquele mundo.

Anna levantou os braços e acenou.

— Aqui! Estamos aqui!

Conforme se aproximaram, Ari pôde ver os rostos dos recém-chegados. Reconheceu Gideon, Sophie e Eugenia Lightwood, Piers Wentworth e Rosamund e Thoby, mas a maioria era desconhecida. Não eram membros do Enclave de Londres, mas Caçadores de Sombras de outros lugares que tinham vindo lutar. Ela não conseguiu evitar uma leve decepção, mas era uma fantasia tola, pensou ela, imaginar que encontrariam as famílias que eram mais conhecidas para ela.

E então Ari congelou ao ver a mãe.

— 673 —

Ela estava vestida com o uniforme de batalha, os cabelos castanhos grisalhos presos em uma trança prática na base da nuca e um cinto de armas à mostra. Ari não conseguia se lembrar da última vez que Flora Bridgestock colocara um uniforme.

Como se soubesse que a filha a estava fitando, o olhar de Flora se concentrou em Ari, e as duas se encararam. Por um momento, Flora parecia impassível, e Ari sentiu uma ansiedade terrível invadi-la.

Mas depois, lentamente, Flora sorriu. Havia esperança naquele sorriso, assim como dor e tristeza. Ela estendeu a mão — não em um comando, mas de maneira esperançosa, como se dissesse *venha aqui, por favor,* e Ari foi se juntar a ela.

—

Cordelia e Lucie correram pela ponte, a água turva no fosso lá embaixo agitando-se e girando como se *alguma coisa* estivesse viva dentro dela. Não era algo que Cordelia quisesse investigar muito a fundo, no entanto, e, além disso, ela estava mais preocupada com a possibilidade de demônios começarem a jorrar de dentro da fortaleza, prontos para atacar.

Mas o lugar estava em silêncio. À primeira vista, ao passarem pela vasta entrada, a fortaleza lhes pareceu abandonada. Poeira era soprada pelas pedras do piso. Teias de aranha, grandes e espessas demais para o gosto de Cordelia, cobriam o teto e pendiam dos cantos. Uma escada caracol dupla, belamente construída, levava ao segundo piso, mas não se via ou ouvia nenhum movimento ou som lá de cima, da mesma forma como não viam ou ouviam nada ao redor delas.

— Não sei o que estava esperando — comentou Lucie, parecendo perplexa —, mas não era isto. Onde está o trono de crânios? As estátuas decapitadas de Lilith? As tapeçarias com o rosto de Belial?

— Este lugar parece absolutamente morto. — Cordelia estava enjoada. — Lilith e Filomena disseram que Belial havia tomado a fortaleza, que a estava usando. Mas e se Lilith estivesse mentindo? Ou se elas estivessem apenas... enganadas?

CASSANDRA CLARE

— Não vamos saber até fazermos uma busca — disse Lucie com determinação sombria.

Subiram pelas escadas sinuosas — um par de espirais cheias de degraus, entrelaçando-se uma na outra sem jamais se tocarem — até chegarem ao segundo andar. Lá havia um longo corredor de pedra, que elas percorreram com cautela, armas prontas para ação. Mas estava tão deserto quanto a entrada. Ao fim do corredor havia duas portas de metal. Cordelia olhou para Lucie, que deu de ombros e abriu uma delas.

Lá dentro havia outro salão, amplo, semicircular e com piso de mármore severamente rachado. Havia uma espécie de plataforma de pedra vazia subindo contra uma das paredes e, atrás dela, duas enormes janelas. Uma dava vista para as planícies devastadas de Edom. A segunda era um Portal.

A superfície dele girava e dançava com cores, como óleo em um espelho de água. Através daquele movimento, Cordelia podia ver o que era inconfundivelmente Londres. Uma Londres cujo céu era cinza e preto, as nuvens partidas por raios. Em primeiro plano, uma ponte acima de um rio escuro. Para além dela, uma estrutura gótica subindo contra o céu, uma torre de relógio familiar...

— É a Westminster Bridge! — exclamou Lucie, surpresa. — E as Casas do Parlamento.

Cordelia piscou.

— Por que Belial iria querer ir até *lá*?

— Não sei, mas... Dá uma olhada nisto. — Cordelia se virou e viu Lucie na ponta dos pés, examinando uma pesada alavanca de ferro que emergia da parede à esquerda das portas. Correntes espessas subiam dela, desaparecendo no teto.

— Não... — começou Cordelia, mas já era tarde: Lucie havia puxado a alavanca para baixo. A corrente começou a se mover e a escutaram ranger nas paredes e no teto.

De repente, um pedaço circular do piso afundou e desapareceu de vista, formando o que parecia um poço. Correndo para a beirada dele, Cordelia viu escadas descendo, e lá no fundo... luz.

Começou a descer. As paredes dos dois lados eram feitas de pedra polida, gravadas com mais desenhos e palavras, mas, dessa vez, Cordelia conseguia

— 675 —

Corrente de Espinhos

lê-las: não estavam escritas na linguagem demoníaca, mas em aramaico. *E a mulher disse à serpente, "dos frutos das árvores do jardim podemos comer; mas do fruto da árvore que fica no meio do jardim, Deus havia dito: 'não comereis dele, nem tocareis nele, para que não morrais'.".*

— Deve ter sido escrito aqui pelos Caçadores de Sombras — observou Lucie, seguindo Cordelia com cuidado. — Imagino que seja porque a escada leva a...

— Um jardim — completou Cordelia, pois tinha chegado à base da escada, onde uma parede de pedra nua se erguia diante delas, com outra alavanca de ferro emergindo da superfície ao lado. Ela olhou para Lucie, que deu de ombros. Cordelia puxou, e ouviram outra vez o rangido de pedra contra pedra, e uma parte da parede deslizou para o lado, revelando uma porta. Cordelia atravessou e se viu do lado de fora da fortaleza, em um jardim cercado por muros. Ou o que um dia fora um jardim. Estava murcho e ressecado agora, cravejado com tocos de árvores mortas, o chão seco e rachado coberto de pedaços quebrados de pedra preta.

Parado no meio do jardim devastado, parecendo imundo e à beira da inanição, mas muito definitivamente vivo, estava Matthew.

—

Enquanto Grace e Jesse continuavam na biblioteca, enviando mensagens de fogo a todos os Institutos de uma longuíssima lista, Thomas havia se oferecido para se juntar a Alastair no telhado e ficar de vigia. O local lhes dava uma vista melhor e mais ampla: poderiam ver se as Sentinelas se aproximassem ou até — e Thomas sabia que era uma esperança desesperada — se as mensagens de fogo tivessem alcançado os destinatários, trazendo reforços de Caçadores de Sombras para Londres.

Era difícil ter fé de que algo pudesse mudar. Eram as primeiras horas da manhã, e, sob circunstâncias normais, o céu já teria começado a clarear. Mas continuava exatamente como estivera pelos últimos dias: o céu ainda um caldeirão preto fervilhante, o ar tomado pelo cheiro de cinzas e coisas queimadas, a água do Tâmisa de um verde-escuro opaco. Não havia sequer Sentinelas a vigiar, por enquanto.

— 676 —

Thomas se apoiou nos cotovelos ao lado de Alastair, que exibia uma expressão imperscrutável.

— É tão estranho ver o Tâmisa sem barcos — comentou. — E não ouvir o som de vozes, de trens... É como se a cidade estivesse dormindo. Atrás de uma cerca de espinhos, como em um conto de fadas.

Alastair o encarou. Seus olhos estavam escuros e demonstravam uma ternura que era novidade. Quando Thomas pensou na noite anterior, na enfermaria com Alastair, ele corou tanto que pôde sentir o sangue latejando nas bochechas. Desviou o olhar depressa para a cidade.

— Estou até me sentindo um pouco esperançoso, para falar a verdade — confessou Alastair. — É loucura?

— Não necessariamente. Pode ser apenas tontura, estamos mesmo ficando sem comida.

Normalmente, Alastair teria sorrido diante da brincadeira, mas sua expressão permaneceu séria, absorta.

— Quando decidi ficar em Londres, foi em parte porque recusar a oferta de Belial me pareceu o certo a fazer. E em parte por conta de Cordelia. Mas foi também porque não queria...

— O quê? — perguntou Thomas.

— Deixar você. — Thomas o encarou. Alastair estava recostado contra o corrimão de ferro. Apesar do frio, o primeiro botão de sua camisa estava aberto. Thomas podia ver a saliência da clavícula dele, a cavidade do pescoço onde o havia beijado. Os cabelos de Alastair, em geral arrumados, estavam bagunçados pelo vento, as bochechas, coradas. Thomas queria tocá-lo tão desesperadamente que enfiou as mãos nos bolsos.

— O que você me disse na biblioteca, quando estávamos lá com Christopher... Parecia poesia. O que significa?

Os olhos de Alastair fitaram o horizonte.

— *"Ey pesar, nik ze hadd mibebari kar-e jamal. Ba conin hosn ze to sabr konam?"* É poesia. Ou, pelo menos, uma canção. Um gazel persa. *Rapaz, sua beleza está além de qualquer descrição. Como posso esperar, quando você é tão belo?* — O canto da boca dele se retorceu para cima. — Sempre soube as palavras. Não lembro quando me dei conta do que significavam. São os homens que cantam gazel, sabe. Foi só então que percebi que existiam outros

Corrente de Espinhos

como eu. Homens que escreviam livremente sobre como outros homens eram belos, e que os amavam.

Thomas cerrou as mãos nos bolsos.

— Não acredito que ninguém já tenha me achado bonito, além de você.

— Não é verdade — retrucou Alastair com firmeza. — Você não vê a maneira como os outros te olham. Eu vejo. Costumava me fazer trincar os dentes... Eu ficava com tanto ciúme... Tinha certeza de que você escolheria qualquer outra pessoa no mundo, menos eu. — Ele estendeu a mão para tocar a nuca de Thomas. Estava mordendo o lábio inferior, o que fez a pele de Thomas arder. Ele agora conhecia a sensação de beijar Alastair. Não era apenas imaginação: era real, e ele queria senti-la de novo mais do que teria pensado ser possível querer algo. — Se a noite passada foi apenas isso, uma noite... Me diga — pediu Alastair em voz baixa. — Prefiro saber.

Thomas tirou as mãos dos bolsos sem gentileza. Agarrando as lapelas do casaco de Alastair, ele o puxou para si.

— Você — disse, roçando os lábios contra os de Alastair — é tão *irritante*.

— Sou? — Alastair olhou para Thomas.

— Você deve saber que eu gosto de você — prosseguiu Thomas, e o movimento dos lábios dele contra os de Alastair fez os olhos de Alastair escurecerem. Tom sentiu as mãos de Alastair afundarem sob o casaco, segurando a cintura dele. — Você deve saber...

Alastair suspirou.

— Era esse tipo de coisa que Charles sempre dizia. "Eu gosto de você, você é importante para mim." Nunca "eu te amo"... — Alastair enrijeceu e se afastou, e, por um momento, Thomas pensou que havia sido por causa dele, mas Alastair olhava para longe, a expressão em seu rosto sombria. — Olha. — Moveu-se para baixo no telhado, tentando encontrar um ângulo de visão melhor do que quer que tivesse avistado. Apontou. — *Ali*.

Thomas olhou, e perdeu o fôlego.

Marchando como um exército teria marchado, não olhando nem para a direita, nem para a esquerda, uma coluna única de figuras de túnica branca seguia em passo constante na direção oeste. Para o coração de Londres.

Alastair passou a mão pelos cabelos, agitado.

CASSANDRA CLARE

— Nunca agiram assim antes. Estão sempre fazendo patrulhas aleatórias. Nunca vi mais do que duas ou três juntas desde...

Thomas estremeceu. Estivera quente antes, aninhado junto a Alastair, mas, naquele momento, estava congelando.

— Desde a luta contra Tatiana. Eu sei. Aonde podem estar indo?

— Estão sob o comando de Belial — observou Alastair em tom calmo. — Só podem estar indo aonde ele os comanda.

Ele e Thomas se entreolharam antes de mergulharem para o alçapão que levava de volta ao Instituto. Correram até a biblioteca, onde encontraram Jesse adormecido na mesa, a bochecha sobre uma pilha de papéis em branco, uma estela modificada na mão. Ao lado dele, Grace estava sentada à mesma mesa, escrevendo mensagens de fogo com a iluminação de uma única pedra de luz enfeitiçada.

— Jesse só está tirando um cochilo — explicou ela. Havia olheiras sob seus olhos, e os cabelos claros estavam soltos, opacos. — Passamos a noite inteira nisto.

— As Sentinelas estão em movimento — informou Thomas, mantendo a voz baixa. — Várias delas, talvez todas. Passaram por Strand, todas na mesma direção.

— Como se tivessem sido convocadas — acrescentou Alastair, verificando o cinto de armas enquanto falava. — Thomas e eu vamos lá ver o que está acontecendo.

Grace deixou a estela sob a mesa.

— Acham isso prudente? Irem só vocês dois?

Eles trocaram um olhar, e Alastair disse com cautela:

— Não temos muitas opções...

— Esperem — pediu Jesse, sentando-se. Ele piscou e esfregou os olhos. — Eu... — Bocejou. — Desculpem. Só pensei... E se as mensagens de fogo funcionaram mesmo? Se a Clave encontrou a entrada para as Tumbas de Ferro e chegou a Londres, pode ser que as Sentinelas estejam marchando para a batalha. — Fitou as expressões incertas dos outros dois. — Nunca os vimos em um grupo desse tamanho, e o que mudou desde ontem? Só o fato de termos enviado as mensagens. O que mais poderia ser?

— 679 —

— Podem ter sido as mensagens de fogo — concordou Alastair, devagar.
— Ou pode ser que Belial... tenha conseguido o que queria.

James. Thomas sentiu como se tivesse levado um soco no estômago.

— Achei que você estava se sentindo otimista.

— Passou — respondeu Alastair.

— Bom, o que quer que seja — afirmou Jesse, levantando-se —, nós vamos com vocês para descobrir.

— Não — negou Alastair indiferente. — Vocês não têm o treinamento necessário.

Tanto Grace quanto Jesse pareceram ofendidos. O olhar de irritação dos dois era tão semelhante que lembrou a Thomas que, não importava se eram parentes de sangue ou não, ainda assim eram irmãos.

— O que Alastair quis dizer — apressou-se a explicar — é que não é seguro, e vocês dois passaram a noite em claro. E não temos ideia do que vamos enfrentar lá fora.

— E? — perguntou Jesse em tom de desafio. — O que esperam que façamos enquanto isso? Enviamos uma centena de mensagens de fogo. Não podemos simplesmente ficar escondidos aqui no Instituto esperando para ver se vocês vão voltar ou não.

— Vejo que não fui o único a abandonar o otimismo — comentou Alastair.

— Ele só está sendo realista — disse Grace, levando a mão para baixo da mesa onde estivera trabalhando e puxando um saco de lona.

— O que você tem aí? — indagou Alastair.

— Explosivos. Do laboratório de Christopher. *Estamos* prontos.

— O tempo de ficar escondidos e nos protegendo para poupar energia acabou — afirmou Jesse. — Posso sentir. Vocês, não?

Thomas não podia negar que era verdade. Cordelia e Lucie tinham ido para Edom. Anna e Ari estavam peregrinando pela Cidade do Silêncio na esperança de encontrar a Clave na entrada para as Tumbas de Ferro. As provisões deles estavam quase no fim. E as Sentinelas marchavam.

— Além do mais — ponderou Grace —, somos os únicos que sabem enviar mensagens de fogo. E se precisarmos entrar em contato com Anna e Ari ou com a Clave para informar o que as Sentinelas estão fazendo? Onde se reuniram? Não podem dizer que isso não seria útil.

E, de fato, Thomas não podia.

— 680 —

CASSANDRA CLARE

— De um jeito ou de outro, isso acaba hoje — anunciou Jesse, indo pegar a espada Blackthorn de onde estava encostada contra a parede. — Tudo isso. É melhor estarmos todos juntos para o que está por vir.

Thomas e Alastair se entreolharam.

— E se não nos deixarem ir — acrescentou Jesse —, vão ter que nos trancar no Instituto. É o único jeito de ficarmos para trás.

Grace assentiu.

Thomas balançou a cabeça.

— Vocês são Nephilim. Não vamos trancá-los aqui. Se querem mesmo vir...

— Poderemos morrer todos juntos — completou Alastair. — Agora, vão vestir o uniforme. Acho que não temos muito tempo.

— *Matthew* — suspirou Cordelia.

Ele deu um passo para trás. Estava fitando Cordelia como se ela fosse uma aparição, um fantasma que surgira do nada.

— James — disse ele, a voz rouca —, James tinha razão... Você veio...

Lucie passou pela porta para entrar no jardim. O sol vermelho-alaranjado inclemente recaía sobre ela e Cordelia, que já tinha olhado ao redor, já tinha visto que não havia ninguém no jardim além de Matthew. E embora a jovem estivesse desesperadamente aliviada em vê-lo, a expressão em seu rosto era angustiante.

— Ele se foi — murmurou ela. — Não foi? James se foi.

— Se foi? — sussurrou Lucie. — Você não está dizendo...

— Ele está vivo. — Matthew parecia arrasado. — Mas possuído. Me desculpe... Não pude evitar que acontecesse...

— Math — interrompeu Lucie com delicadeza, e ela e Cordelia atravessaram o pátio correndo. Atiraram os braços ao redor dele, o abraçaram apertado, e, após um momento, ele fez o mesmo, desajeitado, retribuindo o afeto.

— Desculpe — repetia ele, sem parar. — Desculpe...

Cordelia se afastou primeiro. Lucie, pôde ver, tinha lágrimas escorrendo pelo rosto, mas Cordelia já não tinha mais nenhuma para derramar. O que ela sentia era terrível demais para conseguir chorar.

Corrente de Espinhos

— Não peça desculpas — disse ela com ferocidade. — Você não *deixou* nada acontecer. Belial é um Príncipe do Inferno. Ele faz o que quer. Mas... para onde levou James? Aonde eles foram?

— Londres — respondeu o jovem. — Belial está obcecado. Um lugar na Terra onde ele reina. — Sua voz era amarga. — Agora que tem tanto poder sobre a cidade, ele praticamente jurou que ia matar todos em Londres até James não suportar mais e dar a ele o que queria.

— Ah, pobre James! — exclamou Lucie, infeliz. — Ter que fazer uma escolha tão horrível...

— Mas ele já teria previsto isso — afirmou Cordelia. *Pense como James,* disse a si mesma. Ela passara a conhecê-lo muito bem naqueles seis meses, a conhecer a maneira intricada e sinuosa como ele pensava e tramava. Os tipos de planos que fazia, o que estava disposto a arriscar e o que não estava. — Que Belial faria uma ameaça que ele não suportaria. Não pode ter sido uma surpresa.

— Não foi — concordou Matthew. — Ontem à noite James me contou que tinha um plano. Deixar que Belial o possuísse fazia parte dele.

— Um plano? — repetiu Lucie, com urgência na voz. — Que tipo de plano?

— Vou contar tudo. Mas precisamos nos apressar e voltar a Londres. Acho que não temos muito tempo a perder. — Havia poeira nos cabelos claros de Matthew, e borrões de sujeira em seu rosto. Mas ele parecia mais alerta, mais resoluto e lúcido, do que Cordelia jamais o vira.

Lucie e Cordelia se entreolharam.

— O Portal — disse Lucie. — Matthew, você está mesmo bem o suficiente...?

— Para lutar? — Ele confirmou com a cabeça. — Contanto que alguém tenha uma arma que eu possa usar. — Levou a mão ao cinto. — James me deu a pistola dele ontem, para guardar. Acho que não queria que Belial pudesse usá-la em nosso mundo. Mas, lógico, não vai funcionar comigo.

— Aqui. — Lucie tirou uma lâmina serafim do cinto de armas e entregou a ele. Matthew a pegou com uma expressão de convicção sombria.

— Certo. — Cordelia se virou para a passagem que levava de volta à fortaleza. — Matthew... Conte tudo que aconteceu.

Ele obedeceu. Enquanto seguiam para as escadas, Matthew contou do aprisionamento dele e de James, não poupando detalhes, nem das suas

CASSANDRA CLARE

próprias e péssimas condições de saúde, nem do espanto que sentiu quando uma porta se abriu na parede vazia do pátio e ele viu Lucie e Cordelia surgirem do nada. Falou das ameaças que Belial fizera antes disso, e da decisão de James, e do momento em que Belial havia possuído o corpo do amigo.

— Nunca vi algo tão terrível — confessou ao emergirem dentro do salão onde ficava o Portal. — Belial caminhou até ele, com aquele sorriso horroroso, e James permaneceu imóvel, mas Belial simplesmente *atravessou* o corpo dele. Como um fantasma passando através de uma parede. Sumiu dentro dele, e os olhos de James assumiram um tipo de tom prateado opaco, morto. E quando ele olhou para mim outra vez, era o rosto de James, mas com a expressão de Belial. Desprezo e ódio e... crueldade. — Matthew estremeceu. — Não sei explicar melhor do que isso.

Cordelia achou que ele explicara muito bem. Pensar em um James que não era mais James a deixou nauseada.

— Deve haver mais alguma coisa — afirmou ela. — Para James ter deixado acontecer dessa maneira...

— Ele já tinha aceitado que Belial iria possuí-lo. Estava mais preocupado com o que aconteceria depois. Disse que nós precisávamos fazer Cordelia chegar o mais perto possível de Belial...

— Para eu poder desferir o terceiro golpe? — indagou Cordelia. — Mas Belial é parte de James agora. Não posso feri-lo mortalmente sem matar James junto.

— Além disso — lembrou Lucie —, Belial sabe que você é uma ameaça. Não vai deixá-la se aproximar. E agora que possuiu o corpo de James, ele vai estar muito poderoso...

— Ele é poderoso — concordou Matthew. — Mas também está sofrendo. As duas feridas que Cordelia causou nele ainda lhe causam agonia. Mas você pode curá-las, com Cortana...

— Curar Belial? — Cordelia se retraiu. — Jamais.

— James acredita que a ideia vá tentar Belial. Ele não está acostumado com dor. Não é normal para os demônios sentirem algo assim. Se você disser que está disposta a fazer um acordo...

— Um acordo? — A voz de Cordelia se elevou com incredulidade. — Que tipo de acordo?

— 683 —

Corrente de Espinhos

Matthew balançou a cabeça.

— Não acho que isso faça diferença. James só me disse que você tinha que chegar perto, e que você saberia o momento certo de agir.

— O momento certo de agir? — ecoou Cordelia fracamente.

Matthew confirmou com a cabeça. Cordelia sentiu um pânico silencioso. Não tinha ideia do que James quisera dizer. Ela lembrou a si mesma que precisava pensar como ele, mas parecia que lhe faltavam partes cruciais de um quebra-cabeça, as peças-chave que permitiriam que o problema fosse solucionado.

Ainda assim, não podia deixar suas dúvidas transparecerem na frente de Lucie e Matthew, que olhavam para ela com uma esperança aflita. Apenas assentiu, como se o que Matthew dissera fizesse sentido para ela.

— Como ele sabia? — perguntou ela enfim. — Que você ia nos encontrar de novo ou conseguir nos dizer algo?

— James nunca desistiu. Disse que nenhum de vocês jamais aceitaria a oferta de Belial ou deixaria Londres...

— Ele estava certo quanto a isso — concordou Lucie. — Cordelia e eu viemos até aqui, mas nunca atravessamos York Gate para Alicante. Ficamos no Instituto com os outros. Thomas, Anna...

— James deduziu tudo isso. — Matthew estava olhando para o Portal, para a vista tempestuosa de Londres. — Disse que vocês viriam atrás de nós. Vocês duas. Ele acreditava em vocês.

— Então temos que acreditar nele — afirmou Lucie. — Não podemos adiar mais. Precisamos voltar para Londres.

Ela começou a caminhar até o Portal. Ao erguer o braço em sua direção, Cordelia viu a imagem dentro da porta encantada mudar de Westminster Bridge para a abadia, com os pináculos góticos arranhando o céu tempestuoso.

Um momento depois, Lucie entrou e desapareceu. Depois foi a vez de Matthew e, por último, de Cordelia. Ao pisar na escuridão rodopiante, deixando-a girá-la para longe de Edom, Cordelia pensou: *o que diabos James quis dizer com "o momento certo de agir"? E se eu não descobrir a tempo?*

34

COMUNHÃO

Não vos prendais a um jugo desigual com os descrentes;
porque que sociedade tem a justiça com a injustiça?
E que comunhão tem a luz com as trevas?

— 2 Coríntios 6:14

Não foi nada como James esperara. Pensou que sentiria uma dor excruciante, uma sensação de violação, talvez o sentimento de estar preso em um pesadelo. Em vez disso, em um momento ele estava naquele pátio em Edom, preparando-se para a possessão, e no seguinte, estava atravessando a Westminster Bridge, com o Palácio de Westminster e a famosa torre do relógio logo adiante.

Podia sentir as pernas impulsionando-o adiante. Podia sentir o ar se alterar do calor sufocante de Edom para um frio úmido e penetrante. Podia até sentir o vento em seus cabelos — um vento frio e sombrio, soprando de um Tâmisa da cor de sangue seco. E então se perguntou: algo dera errado com o plano de Belial? Ele estava mesmo possuído?

O ar queimava seus olhos. Por instinto James tentou erguer a mão para protegê-los. E descobriu que não podia. Podia sentir em sua mente a *vontade* de erguer o braço, mas o membro não respondia. Sem planejar conscien-

— 685 —

Corrente de Espinhos

temente, tentou olhar para baixo, para o braço, e sentiu uma pontada de horror quando os olhos permaneceram fixos do outro lado do rio. Pânico começou a crescer dentro dele, e James percebeu que podia sentir algo mais: uma dor ardente no peito, desabrochando em uma punhalada de agonia a cada passo dado.

As feridas de Cortana. Era como uma linha de fogo contra sua pele. Como Belial conseguia suportar aquela dor constante?

Tentou cerrar os punhos. Nada. O pânico avassalador da paralisia o assaltou: seu corpo era uma jaula, uma prisão. Ele estava encurralado. Não importava que tivesse se preparado para aquilo, James estava entrando em pânico, e não parecia haver jeito de parar.

Uma voz familiar ecoou em sua mente.

— Ah, você acordou — o avô o saudou com um prazer terrível. James sabia que sua boca não se movia, que nenhum som saía dele. Aquilo era Belial falando de uma mente para a outra. A consciência de Belial entrelaçada à sua própria. — Tenho certeza de que você teria preferido que eu obliterasse sua consciência, mas que graça isso teria para mim? — Belial riu. — Meu triunfo sobre Londres está próximo, como você pode ver. Mas meu triunfo sobre *você* está completo, e depois de tanta expectativa, quero saboreá-lo o máximo possível.

Londres. Eles estavam no meio da ponte. James tinha uma boa visão da cidade dali, mas desejava não ter. Londres havia se transformado desde a última vez que a vira. Nuvens escuras pendiam baixas no céu, cobrindo a cidade com um manto cinzento. Em Londres era comum estar nublado, a cidade famosa pela chuva e névoa, mas aquilo era algo totalmente distinto. Aquelas nuvens eram pretas como tinta e agitadas, fazendo James se lembrar do oceano sob o chalé de Malcolm na Cornualha. A cada poucos momentos, raios vermelhos cortavam o horizonte, derramando luz sangrenta.

Em tempos normais, haveria dúzias de mundanos naquela ponte, um fluxo constante de trânsito diante de Westminster, mas tudo estava em silêncio agora. As ruas estavam completamente vazias. As construções que margeavam o rio estavam escuras, e não havia barcos no Tâmisa. Uma cidade morta, pensou James. Uma cidade-cemitério, onde esqueletos dançam sob uma lua sinistra.

O pensamento o deixou nauseado e aliviado, tudo ao mesmo tempo. Porque, embora Belial estivesse deleitado, James sentia apenas horror. Seu maior medo tivera sido que, de alguma forma, depois de possuído pelo avô, James fosse começar a pensar como Belial, sentir-se como ele se sentia. Mas enquanto o demônio se gabava da vitória iminente, James sentia apenas asco e fúria. *E determinação*, lembrou-se. Ele havia escolhido aquilo, era parte de seu plano.

Matthew suplicara para que James repensasse. Mas James sabia que o tempo de se esquivar do avô tinha acabado. A única saída era seguir em frente.

— Posso perguntar aonde estamos indo? — indagou James, a voz ecoando de um jeito estranho dentro da própria cabeça. — Parece que estamos a caminho das Casas do Parlamento.

— Não estamos — respondeu Belial com aspereza. — Estamos indo para a Abadia de Westminster. Para uma coroação. A minha, evidente. Quarenta gerações de reis foram coroadas aqui como governantes, e, como você sabe, sou alguém que preza as tradições. Serei coroado rei de Londres, para começar. Depois disso... Bem, veremos com que rapidez o resto desta terra se ajoelha diante de mim. — O Príncipe riu. — Eu, Belial! Que havia sido proibido de andar pela Terra outra vez! Deixe que a Terra se estire sob minhas botas em rendição. Deixe que o Paraíso assista com horror. — Ele jogou a cabeça para trás, fitando o céu abrasado. — Você não viu a primeira revolta contra Seu poder chegando, Todo-Poderoso — sibilou. — E tampouco deteve esta. É possível que seja tão fraco quanto a Estrela da Manhã sempre alegou?

— Chega — murmurou James, mas Belial apenas riu. Haviam chegado ao fim da ponte e já marchavam pela rua. O Parlamento se erguia à esquerda deles. Estava tudo silencioso e deserto ali, no coração da cidade. James pôde ver onde carruagens haviam sido abandonadas, algumas caídas de lado como se tivessem sido arrastadas por cavalos apavorados.

— *James!*

Belial se virou quando uma figura deslizou de trás de uma carruagem abandonada. Era Thomas, seu rosto cheio de alegria, tropeçando por cima de detritos no chão em sua pressa para alcançar James. Atrás dele vinha Alastair, mais lentamente. Sua expressão era de cautela.

Corrente de Espinhos

James sentiu o coração afundar. *Você está certo, Alastair. Chame por Thomas, tire-o de perto de mim...*

Mas Thomas já estava lá, guardando a lâmina serafim no cinto outra vez, estendendo a mão para James.

— Jamie! Graças ao Anjo! Pensamos que...

Belial se moveu, quase preguiçosamente, agarrando a lapela do casaco de Thomas. Depois, sem fazer qualquer esforço, *atirou-*o para longe. Ele cambaleou e teria caído se Alastair não o tivesse amparado com o próprio corpo, segurando-o pelo peito.

— Fique longe de mim, sua coisinha asquerosa — vociferou Belial. James podia sentir as palavras saindo de sua garganta com um veneno odioso. — Que estúpidos, vocês Nephilim. Me toque outra vez e morrerá.

James ficou nauseado ao notar a expressão no rosto de Thomas: o olhar traído, magoado e horrorizado. Mas o de Alastair era diferente. Frio e furioso, sim, mas seus olhos se estreitaram em compreensão.

— Aquele não é James, Tom. Não mais.

Thomas empalideceu. James queria, com toda fibra de seu ser, ficar e explicar, de alguma forma. Mas o que havia a ser dito? Alastair estava certo, e, além disso, Belial já havia começado a se virar, dando as costas para Thomas e Alastair.

Podia tentar forçá-lo, pensou James. Fazer com que Belial se virasse outra vez. Um pensamento de nada, um sussurro. Mas não. Ainda não. Era cedo demais. James reprimiu a ideia, forçou-se a permanecer calmo, a não pensar no que significaria se seu plano não desse certo. Belial não apenas destruiria todos que James amava: ele o faria com suas próprias mãos, e James seria obrigado a ver o medo dos amigos, sua dor, suas súplicas, de perto, através dos próprios olhos.

Controle-se, pensou. *Faça como Jem ensinou. Controle. Calma. Agarre-se a quem você é, lá no fundo.*

À medida que a abadia surgia diante deles, uma construção de pedra cinza com torres, James começou a sentir outra onda de horror percorrer sua espinha. Assistiu, através de olhos que não podia fechar, enquanto Belial se aproximava da catedral. Havia Sentinelas nas ruas, entrando e saindo do caminho do Príncipe, seguindo-o enquanto ele caminhava. Circulavam

— 688 —

CASSANDRA CLARE

a área como fantasmas enquanto ele cruzava o Santuário, passava pela coluna alta do Memorial de Guerra e entrava na abadia pelo arco de pedra da grande porta oeste, os antiquíssimos painéis de madeira escancarados para recebê-lo.

Para surpresa de James, as Sentinelas não seguiram Belial porta adentro. Aguardavam no exterior da catedral, aglomeradas perto dos bancos na passagem abobadada, como cães amarrados do lado de fora de um estabelecimento comercial. Claro que não podiam entrar, pensou James — eram demônios, e aquele era um lugar sagrado. Mas no mesmo instante que pensou aquilo, ouviu a risada de Belial.

— Sei o que está imaginando, e está errado. Não existem mais lugares sagrados em Londres agora, nenhum local fora da minha influência. Eu poderia encher esta velha catedral com todos os demônios do Pandemônio. Eles poderiam profanar o altar e derramar seu sangue imundo no chão. Mas nada do que descrevi se alinha com minhas intenções, que são muito mais honradas do que *isso*.

James não perguntou quais eram as intenções do avô. Ele sabia que Belial só começaria a se vangloriar outra vez. Então disse:

— Você quer garantir que não vá ser interrompido. Deixou todas elas do lado de fora, como cães de guarda, para manter afastado qualquer um que tente deter você.

Belial soltou um bufo de escárnio.

— Não há ninguém para tentar me deter. Tem os seus amiguinhos tolos que permaneceram em Londres, evidente, mas são poucos demais para fazerem qualquer diferença. As Sentinelas vão cuidar deles sem dificuldades.

A confiança em seu tom de voz era tanta que fez James congelar por dentro. Ele fitou a abadia com inquietação. Já estivera lá antes, óbvio. Era sempre uma experiência estranha caminhar pelo espaço tranquilo, ecoando com as vozes baixas de turistas e fiéis. Ver os incontáveis monumentos e capelas dedicados aos heróis do que os mundanos chamavam de Grã-Bretanha. Nenhum Caçador de Sombras era mencionado. Nenhuma das batalhas contra os demônios havia sido registrada. Ninguém ali sabia o que ele sabia: que o mundo quase fora destruído não fazia tanto tempo assim, em 1878, e que os pais dele o salvaram antes de sequer completarem vinte anos.

— 689 —

Corrente de Espinhos

Agora ele andava pela nave deserta, as botas de Belial ecoando contra as lápides embutidas no piso. A luz fantasmagórica das janelas do clerestório iluminava os ornamentos dourados que cravejavam o teto abobadado, vários metros acima, e se filtrava em raios empoeirados através de arcos obscurecidos sustentados por enormes pilares de pedra. Atrás dos arcos, vitrais altos lançavam padrões coloridos na miríade de placas, sepulturas e monumentos que ocupavam as antigas paredes da abadia.

Belial parou de súbito. James não sabia bem por quê. Ainda não tinham chegado ao altar-mor — estavam no centro da nave. Ali havia longas fileiras de bancos de madeira vazios, iluminados por castiçais altos de ferro forjado, nos quais velas queimavam. Além dos bancos ficava um biombo rebuscado e ornado e, para além dele, as plataformas e arcos dourados do coro deserto. O vazio do lugar era vasto, sepulcral. James não conseguia evitar a sensação de estarem caminhando em meio aos ossos das costelas de um gigante morto havia muito tempo.

— *Kaal ssha ktar* — sussurrou Belial. James não conhecia as palavras. A linguagem era gutural, azeda, mas ele sentiu a fúria que percorreu Belial: uma ira repentina e amarga.

— James — chamou Belial. — Estou descobrindo coisas que estão me deixando bastante irritado.

Descobrindo como?, perguntou-se James, mas não havia por que especular. Belial era um Príncipe do Inferno. Era razoável pensar que podia ouvir os murmúrios dos demônios que o serviam, que podia ler padrões no universo que eram invisíveis para mortais como James.

— Esses seus amigos — continuou Belial, a voz dentro da cabeça de James tornando-se mais aguda e desagradável, quase dolorosa. — Quer dizer, *francamente*. Ofereci misericórdia a eles. Sabe como é raro que um demônio ofereça algo assim? E um príncipe dos demônios ainda por cima? Eu me rebaixei por eles. Por você! E como é que me retribuem? Saem pela minha cidade, esgueirando-se por aí, esforçando-se ao máximo para estragar meus planos, e o pior de tudo: minha própria neta entra em Edom com aquela garota que empunha Cortana...

— Eu sabia — sussurrou James. E *de fato* sabia. Ele tinha certeza de que Cordelia iria atrás dele, de que daria um jeito. E não o surpreendia nem um pouco que Lucie a estivesse acompanhando.

— 690 —

CASSANDRA CLARE

— Ah, fique quieto! — bradou Belial. — Se não fosse por Lilith, sempre interferindo... — Parou de falar, parecendo se controlar com algum esforço. — Não importa. Chegaram em Idumea tarde demais para resgatá-lo. Os ossos delas vão descolorir sob o sol de Edom, junto com os do seu *parabatai*. E agora...

Belial seguiu em frente, passando pelo coro, para o centro da abadia, entre os transeptos norte e sul. A catedral, como a maioria delas, havia sido construída à semelhança de uma cruz: os transeptos eram galerias que formavam os braços da cruz. Lá no alto, duas enormes rosáceas brilhavam em tons preciosos de azul, vermelho e verde. Diante deles havia degraus rasos levando a uma plataforma onde havia mais um biombo com duas portas. Uma mesa sustentando uma grande cruz de ouro, coberta por um tecido ricamente bordado, estava entre as duas portas.

— Veja. — Belial parecia ter se esquecido dos problemas, sua voz agora embargada de tanto deleite. — O altar-mor da minha coroação.

Diante do altar havia uma cadeira de carvalho pesada com espaldar alto e pernas que tinham sido entalhadas no formato de leões dourados. Nauseado, James se lembrou de vê-la exposta ali durante uma visita à abadia, muito tempo antes. O Trono do rei Eduardo.

— Você sabia — começou Belial — que esta cadeira tem sido usada para coroar o rei da Inglaterra pelos últimos seiscentos anos? — James não respondeu. — Sabia ou não? — exigiu Belial.

— Não achei que seiscentos anos fossem impressionar um Príncipe do Inferno — ironizou James. — Isso não é um piscar de olhos para quem viu o nascimento do mundo?

— Você está sendo obtuso, como sempre. — Belial parecia decepcionado. — Não se trata do que seiscentos anos significam para mim. Mas o que significam para os *mortais*. É a profanação daquilo que as almas humanas consideram sagrado e significativo que é tão deliciosa. Ao me coroar aqui, tomo posse da alma de Londres. E ela nunca mais deixará de ser minha, depois que tiver terminado.

Belial subiu os degraus, fazendo uma careta quando os ferimentos na lateral do tronco dispararam uma pontada de dor pelo corpo de James, e desabou no trono. O espaldar era alto demais, e o assento, duro e desconfortável, mas James duvidava que Belial se importasse.

— 691 —

Corrente de Espinhos

— Agora, sei o que está pensando — cantarolou, como se estivesse ensinando uma lição de história a uma criancinha. — O rei da Inglaterra só pode ser coroado pelo arcebispo da Cantuária.

— Isso — disse James — *não* era o que eu estava pensando.

Belial o ignorou.

— Seria de esperar que haveria vários deles aqui, com tantas criptas sob nossos pés. Mas a maioria está enterrada na Catedral da Cantuária. É preciso voltar ao século XIV para encontrar um arcebispo que tenha sido enterrado aqui em Westminster. Bem aqui, mais especificamente. — Belial gesticulou para um ponto atrás dele, na direção de um dos transeptos. — O que nos oferece uma excelente oportunidade para você testemunhar o poder que ganhei. Tanto poder, só de estar aqui, na Terra, dentro do seu corpo! Lá em cima nos céus ou lá no fundo do Inferno, meu poder é um pontinho de luz, uma estrela no meio de outras estrelas. Aqui... ele é uma fogueira.

Quando Belial disse a palavra "fogueira", uma onda do que pareceu calor sufocou James. Por um momento, achou que estivesse de fato queimando, que Belial encontrara alguma maneira de dominar o fogo do inferno para incendiar a alma dele até deixar de existir. Depois se deu conta de que não se tratava de fogo, mas de poder — o poder de que Belial tinha falado, correndo em suas veias, o poder vasto e aterrorizante que havia sido o objetivo de Belial todo aquele tempo.

Um rangido ensurdecedor estilhaçou o silêncio na catedral. Era como se pedra estivesse sendo destruída com a mesma facilidade com que se rasga papel. Soou e soou, arranhando e trincando. Belial retorceu a boca de James em um sorriso contemplativo, como se estivesse escutando uma melodia belíssima.

O som parou abruptamente com um baque, como se algo colossal tivesse caído no chão. Uma rajada de ar gelado passou pela abadia, ar que carregava consigo o fedor de tumbas e podridão.

— O que — sussurrou James — você fez?

Belial riu quando o cadáver de um homem saiu cambaleando de trás do pilar mais próximo, a mão ossuda empunhando um cajado de marfim entalhado. Nacos de carne ainda pendiam de seus ossos, e alguns fios de cabelo longos e amarelados se dependuravam do crânio, mas ele já era muito

— 692 —

mais esqueleto do que carne. Vestia uma batina esfarrapada e manchada, mas horrivelmente similar à túnica cerimonial branca e à casula bordada a ouro que James vira por último em uma fotografia da coroação do rei Eduardo.

Ele chegou à base da plataforma, o fedor de morte pairando no ar quando a boca sorridente e os olhos vazios se viraram para Belial. Ele inclinou o crânio devagar em sinal de respeito.

— Simon de Langham, o trigésimo quinto arcebispo da Cantuária — anunciou Belial. — Depois da conquista normanda, evidente. — James sentiu seu próprio rosto se esticar quando o avô sorriu para o esqueleto. — E agora, acredito, podemos dar início à cerimônia.

Anna sentira uma onda de alívio tão grande ao avistar os Caçadores de Sombras do lado de fora das portas para as Tumbas de Ferro, que foi o mais perto de desmaiar que já chegara na vida. As lanternas de pedra de luz enfeitiçada se tornaram um padrão de estrelas rodopiantes, e o chão, o deque ondeante de um navio sob seus pés. Ari a amparara, equilibrando-a enquanto os demais Caçadores se aproximavam.

— Faz tempo que comi — explicou Anna, um pouco rouca. — Estou um pouco tonta.

Ari simplesmente assentiu. A encantadora Ari, que percebera que Anna quase desmaiara de alívio, mas jamais a pressionaria a admitir.

Sua tontura persistiu até os Caçadores de Sombras as terem alcançado, e foi provavelmente só por isso que, enquanto Ari caminhava ao lado da mãe, Anna se permitiu ser amparada por Eugenia. De uniforme e parecendo extasiada com toda a empolgação dos acontecimentos, ela tagarelou incansavelmente durante todo o caminho de volta pela Cidade do Silêncio. Anna gostava de Eugenia e em geral se divertia com as fofocas, mas estava tentando se concentrar em guiar com sucesso o grupo de volta a Londres. Suspeitava de que estivesse ouvindo apenas uma a cada várias frases, o que estava lhe dando uma ideia muito fragmentada do relatório de Eugenia a respeito da situação em Idris.

Eugenia falara muito sobre como o Conselho ficara furioso ao perceber que Anna e os outros permaneceram em Londres — o que não incomodou Anna—, e que tanto tia Tessa quanto tio Will choraram quando souberam que James e Lucie ficaram presos na cidade — o que incomodou. Aparentemente, Sona os reconfortara dizendo que seus filhos também tinham ficado, mas era porque somente eles poderiam derrotar Belial. Era a hora de os jovens serem os guerreiros, e a hora de os pais serem fortes por eles. Ah, e ao que parecia Sona tinha dado à luz... "Bem no meio do discurso sobre guerreiros?", Anna estava confusa, mas Eugenia, exasperada, explicou que não, que tinha acontecido no dia seguinte, sem ter nada a ver com o discurso.

Anna perdeu muitos detalhes depois disso porque estavam saindo do Caminho dos Mortos em direção ao corredor estreito entre CROSSKILL e RAVENSCROFT. Enquanto passavam pelo Pavilhão da Verdade, Eugenia lhe contava como tio Will e tia Tessa tinham sido testados pela Espada Mortal e julgados inocentes da acusação de serem cúmplices de Belial, mas que a identidade real de Jesse fora revelada, o que serviu de munição à insistência do Inquisidor de que os Herondale seguiam as próprias leis, e não as da Clave, e que deviam ser punidos. Anna entendeu que depois daquilo houve muita gritaria entre os membros do Conselho em Idris, mas já tinha voltado a se concentrar na tarefa de encontrar a saída.

Estavam quase na passagem que dava para Wood Street quando Eugenia disse:

— ... E você não vai acreditar no que Charles fez! Bem no meio da reunião do Conselho! Pobre Sra. Bridgestock — acrescentou ela, balançando a cabeça. — Todos estão certos de que o Inquisidor vai perder o cargo depois da confissão de Charles.

— Confissão? — perguntou Anna abruptamente, sobressaltando Eugenia. — O que ele disse?

— Foi tão incrivelmente *constrangedor* — continuou Eugenia. — Ninguém queria nem olhar para o Inquisidor...

— *Eugenia*. Por favor, tente ir direto ao ponto. O que Charles disse?

— Ele se levantou na reunião. Acho que alguém ainda estava falando, mas ele simplesmente atropelou a pessoa. Disse em alto e bom som que o

Inquisidor estava envolvido em *chantagem*. Com ele! Com Charles! Foi parte de uma tentativa de tomar o controle do Instituto de Londres.

Anna olhou de soslaio para Eugenia.

— E por acaso foi revelado... por que motivo Charles estava sendo chantageado?

— Ah, sim. Ele gosta de homens, como se uma coisa dessas fosse importante. Mas creio que para algumas pessoas de fato seja. — Eugenia suspirou. — Pobre Charles. Matthew sempre foi o mais corajoso dos dois, embora ninguém visse.

Anna estava perplexa. Olhou por cima do ombro para Ari, que estivera entreouvindo e parecia tão surpresa quanto Anna. As duas já tinham perdido a esperança de que Charles poderia vir a fazer a coisa certa em algum momento. E, no entanto... Anna não achava que ela própria se tornara uma pessoa melhor naqueles últimos meses? Não era possível mudar?

À frente deles, Anna viu um piso de lajes e escadas de pedra familiares levando para cima. Começou a apressar o passo, seguindo rápido na direção da saída — de alguma forma, todos precisariam rastejar para fora pelo buraco estreito na base do tronco — quando um ruído suave, como um *puff*, a sobressaltou. Um pedaço de pergaminho tinha surgido no ar. Ele flutuou para baixo até chegar às mãos dela.

Uma mensagem de fogo.

O papel estava quente ao toque quando ela o desdobrou com assombro. Uma coisa era ouvir que as mensagens de fogo funcionavam, outra totalmente diferente era ver acontecer na sua frente. Anna não reconheceu a caligrafia, mas suspeitava de que fosse de Grace. Ela havia escrito poucas linhas:

Anna. Assim que retornarem a Londres, venham imediatamente para a Abadia de Westminster. Belial está aqui, e as Sentinelas estão reunidas. A batalha começou.

———

Cordelia tinha se preparado para uma viagem terrível pelo Portal entre mundos: um tufão de escuridão lhe roubando o fôlego, como fora quando Lilith a enviara a Edom.

Mas foi muito mais simples: ela foi pega e carregada por uma leve escuridão, como se fosse uma corrente de ar, antes de ser depositada no pavimento familiar de sua querida Londres. Óbvio, pensou ela, empertigando-se e olhando ao redor em busca de Lucie e Matthew, era assim que Belial viajava. Era um lembrete do como agora ele tinha muito mais poder em Edom do que Lilith.

Avistou Lucie primeiro, sondando as cercanias. Tinham pousado em uma rua deserta que dava para St. James's Park. Sombras se aglomeravam, densas, sob as árvores, e as sebes congeladas moviam-se com algo que não era vento. Cordelia estremeceu e se virou em busca de Matthew, que estava encarando os arredores com horror.

— Foi isto — disse ele com voz estrangulada — que Belial fez com Londres?

Cordelia quase se esquecera. Nem James, nem Matthew testemunharam aquela versão sombria de Londres ainda. Nenhum dos dois vira as carruagens abandonadas nas ruas, as nuvens densas e turvas que giravam no ar como água imunda, o céu que parecia morto, cortado por feridas escarlates de relâmpagos.

— Está assim desde que vocês foram levados — explicou Cordelia. — Os mundanos e os membros do Submundo estão todos sob algum tipo de encantamento. As ruas estão quase desertas... Exceto pelas Sentinelas.

Lucie estava franzindo a testa.

— Escutem... Estão ouvindo?

Cordelia parou para ouvir. Sua audição parecia mais aguçada, melhor do que estivera antes, e ela percebeu, aliviada, que as Marcas estavam funcionando outra vez. Conseguia ouvir o crepitar inicial de um trovão lá no alto, o sussurro do vento, e, acima deles, o som inconfundível de uma batalha, de gritos humanos e o choque de metal contra metal.

Ela correu em direção ao barulho, com Matthew e Lucie ao seu lado. Correram pela Great George Street e viraram na Praça do Parlamento. Diante deles erguia-se a grande catedral de Westminster. Embora Cordelia nunca tivesse entrado, conhecia sua silhueta de incontáveis livros de história, fotografias e retratos: não havia como confundir a janela da frente que lembrava um favo de mel, emoldurada por torres finas em estilo gótico e pináculos conectados por gigantescos arcos de pedra.

CASSANDRA CLARE

Diante da grande porta oeste, estendendo-se pelo pátio vazio ao norte da guarita em Dean's Yard, uma batalha se desenrolava. Sentinelas de túnicas brancas com os impiedosos cajados pretos guerreavam com pelo menos três dúzias de Caçadores de Sombras. Enquanto corriam pela rua deserta, Cordelia observava as pessoas no tumulto, o coração disparando quando viu os amigos que ela e Lucie haviam deixado para trás: Anna e Ari abrindo caminho por uma aglomeração de Sentinelas perto da entrada da abadia; Thomas e Alastair flanqueando um demônio solitário perto da grade; e lá estavam Grace e Jesse próximos à guarita. Usando a espada Blackthorn, Jesse bloqueava a passagem de uma Sentinela. Enquanto Cordelia assistia, Grace levou a mão para dentro de uma grande bolsa e atirou algo que explodiu aos pés da criatura. Fumaça e centelhas obstruíram sua visão depois disso, mas ela ouviu Lucie murmurar: "Ah, *ótimo* trabalho", e pensou, com algum espanto...

Eles ainda estavam todos vivos. Estavam todos lutando. E não apenas eles, mas outros: Eugenia, Piers, Rosamund, até Flora Bridgestock e Martin Wentworth. O que quer que tivesse acontecido, os amigos *tinham* conseguido entrar em contato com a Clave. *Tinham* conseguido trazer os Caçadores de Sombras até Londres para lutar. Era nada menos do que um milagre.

Não adiantaria de nada, lógico, se Belial de fato dominasse o poder que alegara que teria depois que possuísse o corpo de James. Se James não pudesse ser salvo.

— Mas o que eles estão fazendo? — pensou Lucie em voz alta ao se aproximarem da batalha. Cordelia entendia a confusão da amiga. Os Caçadores de Sombras eram evidentemente melhores guerreiros do que as Sentinelas, mais precisos, mas moviam-se de maneira estranha, dançando ao redor das criaturas em vez de atacá-las de frente. Thomas brandiu uma espada longa, mas não o fio da lâmina e, sim, a lateral, derrubando uma Sentinela no chão. Cordelia esticou o pescoço para ver o que aconteceria em seguida, mas a batalha se movimentou como uma onda, bloqueando sua visão.

— Deixa eu ver — disse Matthew e começou a escalar uma pilastra de granito alta no centro do pátio: um memorial de guerra. Ele sondou a área, levando a mão até a testa para encobrir os olhos, e gritou algo para Lucie e Cordelia, mas o vento havia começado a soprar outra vez, e tudo que Cordelia conseguiu escutar foi a palavra "quimeras".

— 697 —

Corrente de Espinhos

— Cordelia! — Era Alastair, que tinha se virado para começar a correr na direção da irmã, depois desviou quando uma Sentinela avançou para Rosamund. Ela enterrou uma lâmina serafim no peito da criatura, fazendo-a cambalear para trás. Alastair, atrás dela, desceu a *shamshir* na nuca do inimigo em um golpe cortante, rasgando o capuz.

A Sentinela caiu de joelhos. Cordelia começou a sacar Cortana, mas parou — invocar Lilith naquele momento não ajudaria em nada. Ela precisava encontrar Belial primeiro. Foi obrigada a ficar apenas assistindo enquanto a Sentinela estremecia, seu corpo retorcendo-se quando algo com longas pernas aracnídeas começou a emergir da base do pescoço dela.

Um demônio Quimera. Libertou-se do corpo do Irmão do Silêncio, sibilando ao rastejar para longe de Alastair... e foi prontamente atravessado pela espada de Thomas. Enquanto ele convulsionava, Rosamund pulou para cima do corpo moribundo da criatura, seus olhos brilhando.

— *Aí* estão vocês! — gritou ela, como se seu tempo livre tivesse sido todo devotado a se perguntar onde Lucie, Cordelia e Matthew estiveram. — Fiquei *tão* surpresa quando não vi nenhum de vocês passar pelo Portal em York Gate! Vocês realmente ficaram esse tempo todo escondidos em Londres? Que terrivelmente empolgante!

Matthew saltou de cima do memorial, aterrissando de pé com graça.

— Estamos procurando James. — Ela pareceu surpresa. Matthew perguntou, dessa vez mais devagar: — Vocês viram James?

— Bem — respondeu Rosamund com cautela —, Piers disse que o viu entrando na Abadia de Westminster e que parece que ele está tentando se coroar rei da Inglaterra. *Realmente* não sei o que deu na cabeça dele.

— Rosamund! — Era Thomas. Estava de uniforme, os cabelos da cor de areia desgrenhados, um hematoma recente na bochecha. — Precisamos de você na porta. As Sentinelas estão cercando Eugenia. — Rosamund deixou um gritinho escapar e, sem mais uma palavra, correu para longe. — Eugenia está bem — garantiu Thomas no instante em que ela se distanciou. — Vai ficar grata pela ajuda extra, tenho certeza, mas... Vocês *voltaram*! — Alternou o olhar entre os três como se não pudesse acreditar no que estava vendo. — Voltaram *todos*! E estão sãos e salvos. — Agarrou Matthew pelo braço. — Achei que tínhamos perdido você, Math. Todos achamos.

— 698 —

CASSANDRA CLARE

— O que está acontecendo? — perguntou Lucie, fitando as costas de Rosamund. — Como foi que conseguiram trazer todos *para cá*? Quer dizer, não todos, este é um grupo bastante peculiar, mas enfim...

— Grace e Jesse conseguiram fazer as mensagens de fogo funcionarem — explicou Thomas, olhando cheio de ansiedade por cima do ombro, para a batalha. — Eles enviaram recados a Idris... Imagino que este fosse o grupo presente na Sala do Conselho naquele instante, então devem ter recebido as mensagens primeiro. Chegaram pelas Tumbas de Ferro, da mesma maneira que as Sentinelas. Há mais a caminho. Caçadores de Sombras, quero dizer, não Sentinelas.

— O que eles estão fazendo? — indagou Matthew. — Estão lutando de uma maneira bem estranha.

— Só encontramos um jeito de derrotar as Sentinelas. Elas têm um símbolo na nuca que ata os demônios Quimera aos corpos dos Irmãos do Silêncio. Não dá para ver quando estão com o capuz levantado. Se destruímos a runa, o demônio é forçado a sair. Então temos que conseguir chegar por trás das Sentinelas, o que não é fácil. — Thomas estendeu a mão. — É este o símbolo. Queria conseguir mostrar a todos como é.

Cordelia fitou o rabisco na mão aberta de Tom. Lembrava a insígnia de Belial com a qual se familiarizara tão bem, mas com uma espécie de gancho projetando-se para fora.

Para surpresa de Cordelia, os olhos de Lucie se arregalaram.

— Preciso falar com Jesse. Preciso contar algo a ele. — Começou a recuar, tirando o machado do cinto.

— Lucie... — começou Cordelia.

— *Preciso* ir — interrompeu Lucie, balançando a cabeça quase a esmo. — O restante de vocês, vão até James... O mais rápido que conseguirem...

E disparou, ziguezagueando por fora da batalha tumultuada, seguindo na direção da guarita que ficava diante da entrada da catedral. Cordelia queria desesperadamente ir atrás dela, mas Lucie tinha razão: a preocupação mais urgente naquele momento era James. James e Belial.

Ela se virou para Thomas:

— James está mesmo dentro da abadia?

Corrente de Espinhos

— Está — respondeu Thomas, hesitando. — Mas você sabe que aquele não é James de verdade, não é? Eu... cruzei com ele. — Estremeceu. — É Belial, usando o corpo dele. Não sei exatamente para quê.

— Sabemos que é Belial — garantiu Matthew. — Precisamos chegar até ele. Todas essas Sentinelas, aqui... — Gesticulou para a batalha. — Estão tentando nos manter longe de Belial, do interior da abadia. Mais especificamente, estão tentando manter Cordelia e Cortana longe.

— Estamos tentando entrar — informou Thomas. — As Sentinelas não nos deixam chegar nem perto da porta.

— Tem que haver outro jeito de entrar — argumentou Cordelia. — A catedral é imensa.

Matthew assentiu.

— Existem outras maneiras. Sei de algumas. — Ele se empertigou. — Precisamos reunir todo mundo...

Thomas parecia saber exatamente o que Matthew queria dizer com "todo mundo".

— Primeiro, temos que tirar Cordelia daqui antes que uma das Sentinelas a veja.

— Vou com Cordelia — anunciou Matthew. — Tom, reúna todos e venham nos encontrar na esquina da Great College Street.

Thomas fitou o amigo com uma expressão um pouco enigmática. Depois confirmou com a cabeça.

— E depois vamos resgatar James?

Cordelia repousou a mão no cabo de Cortana.

— E depois vamos resgatar James.

———

Pela terceira vez, Ari colocou o pé sobre o peito da Sentinela e, em um movimento preciso, retirou sua *khanda* do corpo da criatura. Tentou recuperar o fôlego. Não havia conseguido se posicionar atrás da Sentinela ainda e sabia que ela voltaria a se levantar, mas aproveitou o momento de descanso enquanto aguardava a Sentinela se recuperar. Antes disso, no entanto, ela

CASSANDRA CLARE

sentiu alguém cutucar seu ombro. Girou, pronta para atacar — mas era Thomas, sua expressão urgente.

— Ari, rápido... Venha comigo.

Ela não fez perguntas. Se Thomas parecia desesperado daquela maneira, havia um motivo para tirá-la da batalha. Enquanto abriam caminho pela multidão que se debatia e lutava, ele explicou, gritando enquanto se desviavam do conflito, que Cordelia, Matthew e Lucie haviam retornado e que tinham um plano para entrar na catedral. Não explicou em detalhes, mas o alívio de saber que seus amigos estavam de volta — e que havia *algum* tipo de plano em ação — bastou para fazer com que Ari continuasse seguindo adiante.

Mais Caçadores de Sombras chegaram, mergulhando no átrio triangular no mesmo instante que Ari e Thomas o deixavam, mas Ari não tinha tempo de parar e ver se conseguia identificar rostos conhecidos. Ela e Thomas já estavam correndo pela rua, seguindo para a lateral da catedral. Lá encontraram os outros esperando: Alastair, Cordelia, Matthew e Anna. Thomas foi imediatamente ao encontro de Alastair, que exibia uma quantidade considerável de hematomas e cortes, já que não tiveram tempo de parar e desenhar runas de cura, e o beijou. Ari queria fazer o mesmo com Anna, mas decidiu esperar, dado o brilho feroz de batalha em seus olhos.

— Mas por quê? — dizia Cordelia. Parecia mais desarrumada do que Ari jamais a vira: as botas estavam empoeiradas, o uniforme, rasgado, e havia pó nos cabelos ruivos escuros. — Por que Belial ia querer entrar na abadia e se coroar rei?

— Exatamente — concordou Anna. — Eu não teria pensado que seria essa a sua prioridade. Mas Piers conseguiu espiar lá dentro. James... *Belial*... colocou o trono no altar-mor e pelo menos algumas das joias da coroa também.

— E — acrescentou Alastair — parece que trouxe um arcebispo da Cantuária também.

— Ele sequestrou o arcebispo da Cantuária? — perguntou Ari, horrorizada. Não sabia ao certo o que um arcebispo fazia, mas certamente não parecia ser algo correto sequestrar um deles.

— Pior. — A expressão de Anna era sombria. — Ele o ressuscitou. Um que estava muito, *muito* morto. E está tentando fazê-lo presidir a cerimônia.

— 701 —

Corrente de Espinhos

— Vai fazer algum tipo de diferença para o poder dele? — indagou Thomas. — Se coroar? Isso de alguma forma solidifica o controle dele sobre Londres?

— Só pode ser — respondeu Alastair. — Mas o mais importante é que esta pode ser a última chance que Cordelia terá de chegar perto o suficiente dele para...

— Mas ela não pode feri-lo mortalmente — interrompeu Anna antes que Alastair pudesse dizê-lo. — Não sem matar James junto.

Um silêncio terrível se seguiu.

— James disse a Matthew que eu precisava chegar o mais perto possível de Belial — revelou Cordelia. — E confio nele. Se é isso que ele quer que eu faça...

— James estaria disposto a se sacrificar — interveio Thomas em voz baixa. — Todos sabemos disso. Mas não podemos... Não podemos perder outro...

Anna desviou os olhos.

Para a surpresa de Ari, foi Matthew quem falou em seguida. Estava todo empertigado, e havia algo de diferente nele. Como se Edom o tivesse mudado. Não estava apenas mais magro e com aparência exausta, era como se a luz em seus olhos, que sempre estivera lá, tivesse passado por uma transformação.

— Ele não consideraria isto um sacrifício — garantiu. — James não iria querer viver com Belial controlando seu corpo. Se não houvesse outra saída, ele aceitaria a morte como um presente.

— *Matthew* — disse Cordelia suavemente.

Os olhos de Anna reluziram.

— Você é o *parabatai* de James, Math. Não deveria estar defendendo a morte dele.

— Não é o que eu quero. Sei que também posso não sobreviver a algo assim. Mas James me pediu para ser sua voz quando ele não pudesse falar. E não posso trair essa promessa.

— Permitam-me fazer uma pergunta — anunciou Alastair. — Alguém aqui tem uma solução *diferente*? Uma na qual Belial não massacra todos em Londres, talvez todos no mundo, *e* na qual ele deixe de possuir James, *e* James não corra perigo? Porque, se sim, por favor, pronuncie-se agora.

— 702 —

CASSANDRA CLARE

Outro silêncio terrível.

— Amo James como a um irmão — disse Thomas. — Mas Math tem razão. James nunca iria querer viver com Belial controlando seus movimentos. Seria tortura.

— James pediu para acreditarmos nele — repetiu Cordelia. Sua cabeça estava erguida, o maxilar determinado. — E eu acredito.

Anna concordou com a cabeça.

— Está bem. É esse o nosso plano, então: arranjar uma maneira de colocar Cordelia dentro da abadia, o mais perto possível de Belial. — Sacou do cinto uma lâmina serafim apagada. — Agora venham. Tem uma entrada dos fundos que podemos usar.

Gesticulou para que os demais a seguissem pela Great College Street, uma via estreita de pedra com casas grandes e antiquadas ao longo de um dos lados. Do outro ficava a abadia, protegida por um muro de pedra alto com espinhos no topo. Na metade do caminho, eles encontraram uma alcova na parede, escondendo uma pequena porta de madeira sem qualquer alavanca ou maçaneta visível.

Anna a fitou por um momento antes de pegar impulso e chutar. A porta se abriu com um estouro que pareceu um tiro. Eles entraram e se encontraram em um grande jardim monástico. Era um gramado bem-cuidado e repleto de canteiros de flores, absolutamente deserto. Janelas simples do que parecia ser um dormitório davam vista para o jardim e Ari não pôde deixar de imaginar o que teria acontecido aos estudantes que viviam na abadia. Estariam perambulando pelas ruas de Londres, os rostos vazios como os dos outros mundanos?

Juntos, os Caçadores de Sombras correram pela grama, passando por um arco até chegarem a um túnel com iluminação fraca que levava à abadia em si. Não havia qualquer movimento nem sinal de vida. Saíram do túnel e chegaram a um pequeno jardim cercado, a céu aberto — céu este que era um redemoinho de nuvens de tempestade cinza-escuras que se chocavam umas com as outras. Uma fonte no centro do jardim se derramava silenciosamente dentro de um recipiente de pedra. Thomas parou por um momento, piscando sob a luz artificial.

— 703 —

Corrente de Espinhos

— Se formos bem-sucedidos — falou —, se tudo voltar ao normal, para algo que se assemelha a normal, os mundanos vão se lembrar de tudo que aconteceu? De tudo *isto*?

Ninguém respondeu. Alastair simplesmente tocou o ombro de Thomas com delicadeza antes de começarem a se mover outra vez. Ari notou que tinham se reunido ao redor de Cordelia em uma formação ampla, como se fossem a escolta de um cavaleiro guerreiro. Fora inconsciente, mas todos tinham feito a mesma coisa.

Desceram por uma passagem que levava a outro jardim, maior e quadrado, cercado por muros arqueados. O grande claustro. O quadrado de grama seca era circundado por corredores pavimentados com pedras erodidas antiquíssimas e repletos de entradas abobadadas.

Naquele silêncio, o rangido das dobradiças de metal era tão alto quanto um grito. Ari se empertigou quando, do corredor obscurecido de onde vieram, o fatídico branco das túnicas das Sentinelas surgiu. Aparentemente, o grupo havia sido detectado. Aparentemente, tinham sido seguidos. E, aparentemente, as Sentinelas podiam entrar na igreja sem quaisquer impedimentos. Do canto mais distante saiu outra meia dúzia delas, movendo-se depressa, tomando o gramado do claustro, seguindo na direção deles. Não havia onde se esconder, onde buscar abrigo.

Anna girou para encarar os outros.

— Vão. Precisamos levar Cordelia até James. Vou atrasar as Sentinelas.

Ari pensou no rosto de Anna no corredor, seu desespero feroz, a necessidade que tinha de confrontar as Sentinelas... e seu desejo de fazê-lo sozinha.

Cordelia pareceu paralisada, a mão em Cortana, tomada pela indecisão.

— Anna...

— Anna tem razão — cortou Alastair. — Cordelia. Vamos.

Ari não abiu a boca para dizer mais nada enquanto os outros corriam do claustro, entrando por uma passagem em arco que levava à abadia. Mas não os seguiu, apenas gesticulou, quando Thomas se interrompeu para olhar para ela, que eles deveriam seguir em frente.

— Vou ficar — afirmou, e Anna se virou para fitá-la. Segurava uma lâmina serafim em uma das mãos, e sua expressão era furiosa, os olhos azuis ardentes.

— Ari... sua idiota... *sai* daqui...

— 704 —

CASSANDRA CLARE

Mas era tarde demais para protestar: elas já estavam cercadas pelas Sentinelas. Anna xingou e ergueu a lâmina:

— *Kadmiel!*

O brilho da faca ardeu os olhos de Ari. Ela passou a mão por cima do ombro e sacou a *khanda*. Sua mente já estava deixando o espaço do pensamento racional para alcançar o da batalha, no qual suas mãos e seu corpo pareciam conectados a uma força externa a ela própria. Uma força vingadora e impiedosa.

Avançou para a Sentinela mais próxima, que ergueu seu cajado, mas não foi ágil o suficiente. A *khanda* de Ari a golpeou com um ruído nauseante e a Sentinela apenas girou para longe, deixando a espada da jovem manchada de sangue, e a ferida na Sentinela já começando a se fechar.

Ari olhou para além do oponente, encontrando os olhos flamejantes de Anna. Com o olhar, disse a ela o que precisava e podia apenas torcer para que Anna tivesse entendido enquanto se concentrava em atacar as costas da Sentinela, golpeando e golpeando sem parar, forçando-as a recuar, manobrando para colocá-la na posição perfeita...

Atrás da Sentinela, Kadmiel reluziu. Com a lâmina empunhada, Anna arrancou o capuz da criatura e cortou sua nuca. O corpo do Irmão do Silêncio desmoronou no chão, convulsionando enquanto o demônio Quimera começava a se arrastar para fora do hospedeiro que não podia mais abrigá-lo.

Ari não esperou as outras Sentinelas reagirem: saltou imediatamente para a frente, agarrando uma que estava de costas para ela, puxando o capuz para baixo e destruindo a insígnia de Belial com um único movimento da *khanda*. Quando o inimigo se encurvou e caiu, ela olhou para Anna, triunfante... Apenas para ver que Anna, sua lâmina serafim ensanguentada erguida, fitava um ponto para além dela com um nauseante olhar de desalento.

Ari virou a cabeça e entendeu o motivo: mais Sentinelas chegavam ao claustro. Era demais para as duas deterem. O que havia sido um risco antes — enfrentar o inimigo sozinhas — era muito mais do que isso agora. Era suicídio.

Ela encontrou o olhar de Anna. As duas mantiveram contato visual por um longo instante antes de, juntas, se virarem para enfrentar os demônios.

—

Eram quatro deles agora. Matthew, Alastair, Thomas e Cordelia.

— 705 —

Corrente de Espinhos

Tinham fugido do grande claustro, deixando Anna e Ari encarregadas das Sentinelas. Thomas se sentia enjoado só de pensar naquilo, ainda que soubesse que as duas eram excelentes guerreiras. Ainda que soubesse que, na realidade, não haviam tido escolha.

Eles precisavam ajudar Cordelia a se aproximar de Belial o máximo possível.

Matthew havia assumido o papel de navegador. Ele os guiou por uma pesada porta de carvalho ao longo do lado sul da grande catedral, direcionou-os pela parte mais baixa da nave e depois de volta pela parede norte. Mantiveram-se fora de vista da parte central da igreja, o altar-mor bloqueado pelo biombo do coro — o que era enervante, pensou Thomas, já que todos sabiam que era onde Belial estava, fazendo o que apenas o Anjo saberia.

O que quer que Belial estivesse fazendo, o lugar estava silencioso. O grupo havia parado perto do transepto norte, ouvindo, e Thomas se escorou contra a parede de pedra fria por um momento. Havia poucas coisas no mundo que o faziam se sentir pequeno, mas ficou espantado pela imensidão da catedral: as enormes fileiras de arcos extremamente altos que subiam e subiam, como uma ilusão de ótica.

Ele se perguntou se teria sido aquela enormidade que atraíra Belial até lá. Ou talvez fosse algo na solenidade do lugar, as efígies cerimoniais de soldados e poetas, membros da realeza e estadistas, que preenchiam as paredes. Percebeu que estava encarando a grande estátua do major-general Sir John Malcolm, um cavalheiro calvo que se apoiava em uma espada de pedra. De acordo com o pilar de mármore no qual ele estava de pé, *sua memória é estimada por milhões de pessoas agradecidas, sua fama vive na história de nações. Esta estátua foi erigida pelos amigos que cativou através de seus talentos esplêndidos, seus serviços públicos eminentes e suas virtudes particulares.*

Bom, pensou Thomas, eu *nunca ouvi falar em você.*

Sir John Malcolm fez uma carranca.

Thomas se empertigou de imediato. Olhou para a direita, para Alastair, e depois para Matthew e Cordelia. Nenhum deles parecia ter notado algo

— 706 —

fora do comum. Na verdade, Cordelia e Matthew pareciam discutir qual seria a melhor rota para ela chegar ao altar, e Alastair estava com o rosto virado, a testa franzida.

Thomas seguiu o olhar dele e viu que Alastair encarava outro monumento, um baixo-relevo de mármore multicolorido mostrando Britânia, a personificação emblemática da Grã-Bretanha, segurando uma enorme lança. Uma luz escarlate intensa havia aparecido dentro da arma de pedra, como se estivesse sendo aquecida por baixo.

— *Alastair* — sussurrou Thomas, no mesmo instante em que, com um som horrendo de ruptura, Sir John Malcolm saiu de seu pilar e ergueu a espada de mármore, que também ardia com aquela luz escarlate intensa.

Thomas se jogou para fora do caminho quando a espada desceu, colidindo contra o chão da abadia e fazendo uma nuvem de poeira de pedra subir. Ele ouviu Alastair chamar seu nome e, com as pernas bambas, se levantou.

Em questão de segundos o caos tomara conta do transepto norte. Britânia estava se libertando de sua prisão na gravação de pedra, o olhar vazio fixo em Cordelia. Vários cavaleiros de armadura tinham começado a se erguer das posições adormecidas sobre suas tumbas.

Matthew girou, com o rosto pálido.

— Cordelia, *corra*!

Ela hesitou, no exato instante em que um soldado romano portando um gládio avançou, saindo de trás de uma quina. Seguia direto para ela, e, sem pensar, Matthew se colocou no caminho. Ergueu a lâmina serafim, e o gládio de pedra se chocou contra ela, fazendo com que Matthew escorregasse vários centímetros para trás. Cordelia começou a correr até ele, e Thomas também, mas era como se as estátuas sentissem a presença de sangue. Britânia avançou contra ele, erguendo a lança...

Algo se chocou com Matthew, atirando-o para longe. A lança se fincou na parede logo atrás de onde ele estivera, fazendo lascas de pedra voarem enquanto ele e Alastair rolavam pelo chão da abadia.

Alastair. Alastair salvara a vida de Matthew. Thomas teve apenas um momento para processar a informação antes de girar e sussurrar para Cordelia:

— Corra... Vá até James...

Corrente de Espinhos

Os cavaleiros que haviam se libertado das tumbas avançavam até eles, seus passos ecoando pela catedral. Thomas pensou ter ouvido uma risada distante. *Belial.*

Cordelia permaneceu imóvel por um instante. Seu olhar foi até Thomas e Matthew, que se levantava e erguia a espada outra vez, e finalmente para Alastair, que também já estava de pé. Era como se estivesse tentando memorizá-los, como se rogasse para conseguir fixar a imagem em sua mente e jamais esquecer.

— Vai! — exclamou Alastair, rouco, os olhos fixos na irmã. Um corte na sua têmpora sangrava. — Layla. Vai.

Cordelia correu.

———

Embora mais Caçadores de Sombras tivessem chegado para se juntar à batalha na frente da abadia, Lucie podia ver que os Nephilim estavam com dificuldades para enfrentar as Sentinelas.

Ela não tinha pensado que levaria tanto tempo para alcançar a guarita. Agora já sabia como matar uma Sentinela, mas não havia tido tempo de tentar: precisava encontrar Jesse. Aproveitou-se de sua estatura pequena para deslizar por entre os grupos de Nephilim, agachando-se para se esgueirar pelo pátio. Quando possível, ela cortava os pés e as pernas das Sentinelas com o machado, fazendo com que tropeçassem. Ela derrubou uma que estava no meio de uma batalha com Eugenia, deixando-a procurando e não encontrando ninguém ao redor, surpresa.

Muitos dos Nephilim pelos quais Lucie passou eram desconhecidos, e ela não pôde deixar de sentir uma pontada de decepção quando não viu os pais. Por outro lado, não era melhor que estivessem longe dali, fora de perigo? Ela sabia que eles iriam para lá assim que pudessem. Torcia para que a batalha já tivesse acabado quando aquilo acontecesse. Torcia para que ela pudesse ajudar a encerrá-la.

Mas, para isso, precisava encontrar Jesse.

Por fim, ela saltou para fora do tumulto da batalha e se viu na guarita. Em um primeiro momento, não avistou nem Grace, nem Jesse, apenas uma faixa de pavimento escurecido e um vislumbre do verde em Dean's Yard através da passagem principal.

Sentiu um lampejo de medo. Teria acontecido algo com Jesse ou Grace? Teriam saído dali e ido para outro ponto da batalha, forçando Lucie a procurar por eles quando havia tão pouco tempo?

Foi então que ouviu a voz de Jesse.

— Lucie, *cuidado*! — exclamou, e, quando se virou, ela viu que Jesse estava atrás dela, junto com uma Sentinela, o cajado preto na mão. Lucie se apressou a sacar o machado, mas Jesse já brandia a espada e atacava a criatura para fazê-la recuar. Algo passou zunindo pela Sentinela e explodiu atrás dela, criando labaredas que queimaram a bainha da túnica do monstro.

Lucie olhou para cima e viu Grace agarrada a uma cornija na parede da guarita. Ainda carregava a bolsa e algo mais na outra mão — outro explosivo, sem dúvida. Seu olhar estava fixo em Jesse, que se aproveitara da distração da Sentinela para rasgar o capuz dela. Ele girou, golpeou com a espada e a acertou na nuca.

A Sentinela caiu como uma árvore arrancada por uma tempestade, sem qualquer tentativa de amortecer a queda. Quando o corpo começou a convulsionar, o demônio Quimera escapou por uma das cavidades oculares, a visão aterrorizando Lucie, e girou a cabeça depressa, procurando um esconderijo.

Lucie desceu o machado nele, partindo o demônio em dois. A criatura fez um ruído como de osso sendo esmagado e sumiu.

— *Lucie.* — Jesse a segurou com o braço livre, puxando-a com força de encontro ao corpo. Ela podia ouvir seu coração martelando. Jesse ofegava e cheirava a suor e sangue e couro. O cheiro de Caçadores de Sombras. Lucie o encarou: o rosto cortado e machucado, os olhos verdes atordoados enquanto a encarava de volta...

— Vão para baixo do *portão* — chiou Grace de cima. — Não dá para vocês dois ficarem aí de amorzinho durante uma batalha...

Jesse piscou e acordou do transe.

— É um bom conselho — admitiu.

Lucie não tinha como discordar. Pegou o braço de Jesse e praticamente o arrastou para as sombras do portão: era profundo, quase um túnel levando para Dean's Yard do outro lado.

Corrente de Espinhos

— Lucie. — Jesse guardou apressado a espada ensanguentada na bainha e abraçou-a. Puxou-a para perto, as costas dele contra a parede de pedra. Ela atirou o machado para longe e agarrou o casaco do uniforme dele, segurando firme. — Achei que você não voltaria mais. Achei que tinha perdido você.

Tanto tempo parecia ter se passado desde a noite em que ela partira deixando aquela mensagem sob seu travesseiro.

— Eu sei — sussurrou Lucie, querendo descansar a cabeça contra seu peito, tocar seu rosto, dizer que não se passara nem um momento em que não tivesse pensado nele, em voltar para ele. Mas não havia tempo. — Eu sei e sinto muito. Mas Jesse... Preciso que você me abrace.

— Eu quero. — Ele roçou os lábios contra os cabelos de Lucie. — Estou furioso com você, e desesperadamente aliviado por te ver, e quero ficar abraçado por horas, mas não é seguro...

— Lembra quando eu disse que nunca tinha visto o fantasma de uma Irmã de Ferro ou de um Irmão do Silêncio? — murmurou Lucie. — Que aonde quer que estivessem viajando, eu nunca havia chegado tão longe? Bom, era verdade que nunca os vi. Mas já *ouvi*. Acabei de me dar conta disso.

— Ouviu? O que...?

— Sempre que estava com você, sempre que eu tocava você e via aquela escuridão e ouvia aqueles gritos... Malcolm estava errado, eu acho. Não acho que estar com você me deixa mais próxima de Belial, mais vulnerável a ele. Acho que, por conta do que aconteceu com você, me deixa mais próxima do outro lado. Aonde as almas vão, aquelas que não permanecem aqui.

Do lado de fora da passagem, um explosivo estourou, espalhando sujeira e terra e levando fumaça para dentro de onde estavam se escondendo. O estômago de Lucie se revirou. Grace não conseguiria manter as Sentinelas afastadas para sempre.

— Jesse. O símbolo que eu via sempre... Não é um símbolo de Belial, mas o que os estava segurando, mantendo-os aprisionados...

— Lucie — murmurou Jesse. — Não estou entendendo.

— Eu sei, e não há tempo para explicar. — Ela ficou na ponta dos pés, envolvendo o pescoço dele com os braços. — Confie em mim, Jesse. Me abrace. Por favor.

CASSANDRA CLARE

Ele a puxou para perto, e Lucie respirou aliviada, pressionando o corpo contra o dele.

— Bom — sussurrou Jesse contra os cabelos de Lucie —, se vamos mesmo fazer isto...

E a beijou. Ela não havia esperado aquilo de maneira consciente, mas parecia que seu corpo sim: Lucie se esticou ainda mais sobre os pés, a mão acariciando a nuca de Jesse, sentindo a poeira e o sal nos lábios dele, e algo doce e quente além. Sua pele formigava com expectativa, e então a onda de desejo se tornou uma vibração em sua mente. Ela sentiu sua percepção se estreitar, a escuridão fechando-se ao redor dela, limitando seu campo de visão.

Ela fechou os olhos. Estava dentro da grande escuridão, o brilho das estrelas à distância. Enquanto vasculhava a escuridão, Lucie trincou os dentes, mesmo que não conseguisse mais senti-los. Buscou, tentando ouvi-las, as vozes, os berros terríveis que haviam se tornado tão familiares. Ondulavam em algum ponto além de sua imaginação, os lamentos dos perdidos, desesperados para serem encontrados; e dos desconhecidos, desesperados para serem reconhecidos.

E ela os reconhecia agora. Sabia exatamente quem eram. E embora seu corpo transcendesse sua consciência, ela gritou por eles em sua mente:

— Irmãs de Ferro! Irmãos do Silêncio! — chamou. — Meu nome é Lucie... Lucie Herondale. Quero ajudar.

Os lamentos continuaram. Lucie não tinha como saber se eles a escutavam ou não. Não havia como saber se podia alcançá-los, mas precisava tentar. Só o que restava era transmitir a mensagem e torcer.

— Agora entendo o que vocês estavam tentando me dizer — berrou. — Suas almas estão viajando, mas vocês ainda se recordam dos seus corpos, ainda podem retornar a eles um dia. E Belial apareceu e os violou... Roubou vocês das Tumbas de Ferro e colocou demônios em seus corpos para usá-los como bem entendesse. Belial pode ser detido. Juro que pode. Mas vocês precisam *me ajudar*. Me ajudem, por favor.

Fez uma pausa. Ainda podia ouvir os gemidos à distância. Tinham ficado mais altos? Não sabia dizer.

— Lutem! — implorou ela. — Tomem o que é seu! Se expulsarem os demônios de seus corpos, juro que podemos destruí-los! Vocês serão libertados!

— 711 —

Corrente de Espinhos

Mas precisam *tentar!* — Os lamentos haviam cessado e restava apenas um grande silêncio agora. Lucie flutuou nele, na escuridão e no silêncio, completamente solta e desamparada. Havia ido mais longe do que jamais fora antes, alcançado mais fundo do que jamais alcançara antes. Se conseguiria retornar ou não, ela não sabia. Virou o rosto para as estrelas que não eram estrelas e disse: — Precisamos de vocês. Os Nephilim precisam de vocês. Temos lutado tão bravamente...

A visão dela começara a ficar turva, sua consciência deslizando para longe. Lucie sussurrou:

— *Por favor, voltem para nós, por favor.* — Então sua mente foi engolida pela escuridão, e ela já não podia mais falar.

35

ALADO COM RAIO

No entanto vê que o Vencedor lá chama
Para as portas do Céu esses ministros
De seus furores, da vingança sua:
A sulfúrea saraiva que impelida,
Qual tufão torvo, atrás de nós correra,
Acalma-se e minora os ígneos jorros
Que desde os altos Céus nos flagelavam;
O alado raio rubro, ardente, iroso.

— John Milton, *Paraíso perdido*

Cordelia correu.

Correu do transepto norte da abadia, contornando a tumba de Eduardo, o Confessor, e irrompeu nave adentro, onde o coro dava lugar a longas fileiras de bancos, todas encarando o altar-mor. Onde Belial repousava, completamente à vontade na cadeira da coroação. Estava parado, o queixo descansando na mão, o olhar fixo em Cordelia.

Segurando Cortana diante de si, cruzando seu corpo como se fosse um escudo dourado, ela começou a caminhar para o altar. Mantinha as costas retas e o rosto inexpressivo. Deixaria que Belial visse sua aproximação. Que

— 713 —

Corrente de Espinhos

ficasse confuso com sua calma. Que se perguntasse o que ela estaria planejando. Que sentisse medo. Ela torceu para que ele sentisse medo.

Cordelia não estava com medo. Não naquele momento. Estava sem fôlego. Atordoada. Soubera que era verdade desde que encontraram Matthew em Edom e ele lhes contara o que acontecera. Mas não fora capaz de imaginar. Não até aquele instante, enquanto caminhava pelo centro da Abadia de Westminster como se fosse ela quem estivesse a caminho da própria coroação. Não até aquele instante, quando olhou para o altar-mor e viu James.

James. Mesmo com tudo que sabia, parte dela queria correr degraus acima e abraçá-lo. O *toque* dele seria igual ao de James. Seu coração bateria como o de James. A sensação de seu corpo contra o dela seria a mesma que o de James. Os cabelos, se ela enterrasse os dedos neles, seriam iguais aos de James. Sua voz soaria como a de James se falasse.

Será? Ela não sabia. James havia pedido a Matthew para ser sua voz. A voz de James, até o som, teria mesmo desaparecido para sempre? Ela voltaria a ouvi-lo dizer *Daisy, minha Daisy* outra vez?

Ele sorriu.

E para ela foi como se tivesse lhe dado um tapa.

O rosto de James — aquele que podia conjurar tão facilmente de olhos fechados, a boca macia, as maçãs do rosto pronunciadas e os belos olhos dourados — estava fixo em um sorrisinho de escárnio, sua expressão uma mistura de ódio e medo, desprezo e... divertimento. O tipo de divertimento que a fazia pensar em um menininho torturando um inseto.

Os olhos dele tampouco eram dourados agora. As íris de Belial, no rosto de James, eram de um prateado escuro, a cor de xelins oxidados.

Ele ergueu a mão.

— Pare — ordenou em uma voz que não era nada semelhante à de James, e Cordelia... parou. Não quisera parar, mas era como se tivesse colidido com uma parede de vidro, uma barreira mágica invisível. Não podia dar nem mais um passo à frente. — Já se aproximou o suficiente.

Cordelia apertou o cabo de Cortana. Podia sentir a espada vibrar em sua mão sabendo que tinham um propósito ali.

— Quero falar com James — exigiu Cordelia.

— 714 —

CASSANDRA CLARE

Belial sorriu, uma expressão contorcida que não lembrava em nada o sorriso de James.

— Bem, todos nós queremos *coisas*. — Ele estalou os dedos, e das sombras da lateral do altar, emergiu uma figura horrenda: um cadáver animado, uma estrutura de ossos amarelados com um crânio sorridente no topo. Trajava a mitra de um arcebispo, e a casula que um dia fora ricamente bordada com fios de ouro estava quase completamente apodrecida, e através dos buracos, Cordelia podia ver as costelas do clérigo, de onde fiapos de carne coriácea pendiam. Ele segurava uma coroa roxa e dourada, cravejada com pedras preciosas de todas as cores. Cordelia foi lembrada, horrível e estranhamente, da peça no palco da Hell Ruelle, a plateia aplaudindo a coroação peculiar...

— Eu, por exemplo — continuou Belial —, quero ser coroado rei de Londres pelo Simon de Langham aqui.

O arcebispo morto titubeou.

Belial suspirou.

— Pobre Simon. E esses seus amigos idiotas não *param* de nos interromper. E agora você também, evidente. — O olhar prateado dele deslizou por ela como água. — Não posso dizer que esteja sendo a coroação dos meus sonhos.

— Não consigo entender por que você iria querer uma coroação — comentou Cordelia. — Pensei que coisas como realeza, reis e rainhas, só fossem importantes para os mundanos.

Não era sua intenção que as palavras soassem como um insulto, mas, para a própria surpresa, o rosto do Príncipe se enfureceu.

— Por favor. Eu sou um *Príncipe* do Inferno, você acha mesmo que um título não significa nada?

Acho, pensou Cordelia, mas não falou em voz alta.

— Não vou aceitar uma *demoção* — disparou ele, recostando-se na cadeira. — Além do mais, há magia em rituais. Isto vai solidificar meu controle sobre Londres e, mais tarde, sobre a Inglaterra como um todo. E depois, quem sabe? — Sorriu divertido, seu bom humor aparentemente restaurado. — Com este novo corpo aqui, tudo é possível. Não há reino nesta Terra que não vá se ajoelhar diante de mim, se for meu desejo. — Belial deixou a cabeça pender para trás, os cabelos escuros e macios de James caindo de maneira atraente por cima da testa. Cordelia se sentiu nauseada. — Ah, James está

— 715 —

tão infeliz. — Ele riu. — Posso sentir. Ver você aqui causa a ele uma agonia que é, eu lhe garanto, deliciosa. É fascinante a maneira como vocês, seres humanos, sentem *dor.* Não física, óbvio, isso é tudo muito tediosamente familiar, mas o tormento *emocional.* O sentimento de angústia. É único entre os animais.

— Dizem que os anjos choram — argumentou Cordelia. — Mas suponho que você já deve ter esquecido.

Belial estreitou os olhos prateados.

— E falando em dor física — continuou ela. — Os ferimentos que você recebeu de Cortana. De *mim.* Ainda doem, não é?

Acima dela, Cordelia ouviu um farfalhar súbito de asas. Olhou para cima e viu uma coruja voejar pelas galerias arqueadas lá no alto.

— Os ferimentos que sofreu — prosseguiu Cordelia — nunca vão se fechar. Vão arder para sempre. — Ela virou Cortana, para que o lado da lâmina que ostentava a gravação encarasse o altar. *Eu sou Cortana, do mesmo aço e têmpera de Joyeuse e Durendal.* — A menos que eu as cure.

— Que você *as cure?* — ecoou Belial com aspereza tamanha que o arcebispo, confuso, deu um passo adiante com a coroa real. Parecendo irritado, Belial arrancou a peça das mãos do esqueleto e gesticulou para que fosse embora. — Como você poderia... Ah. — O choque se dissipou da expressão dele. — Porque é uma lâmina de paladino. Também ouvi histórias que alegam existir tal poder. Mas são apenas histórias.

— Histórias não são mentiras — argumentou Cordelia. Ela ergueu a mão esquerda, levou a ponta da espada até ela, a lâmina fria contra sua pele. Pressionou e o aço afundou, cortando sua palma. Sangue esguichou do corte e caiu em gotas fartas no piso de mármore.

Cordelia estendeu a mão machucada para mostrar a Belial, que não reagiu, apenas continuou observando. Depois, ela pousou o lado plano da lâmina contra a palma aberta e o deslizou pela superfície da mão. Quando voltou a abaixar a espada, a ferida havia desaparecido, sua pele perfeita, sem ostentar marca ou cicatriz, nem sequer uma linha branca onde o corte estivera. Flexionou a mão algumas vezes e a exibiu novamente para Belial inspecionar.

— Histórias — terminou ela — são verdade.

— 716 —

CASSANDRA CLARE

— Interessante — murmurou o príncipe, como se falasse consigo mesmo, mas seus olhos continuaram fixos em Cortana, mesmo quando Cordelia a abaixou. Ele parecia faminto, observou ela. Faminto pelo fim da dor.

— Esta é a espada Cortana — lembrou Cordelia —, forjada por Wayland, o Ferreiro. Não há outra como ela, e pode curar tanto quanto pode ferir. Mas só pode fazê-lo quando empunhada por seu legítimo portador. Você não pode simplesmente me matar e usar a espada para curar a si mesmo.

Belial ficou em silêncio por um longo momento. Enfim, disse:

— O que você propõe, então?

— Deixe o corpo de James — respondeu Cordelia. Sabia que era uma sugestão ridícula, mas precisava ganhar tempo e deixá-lo continuar falando. James dissera que ela precisava chegar perto dele, e lá estava ela, buscando desesperadamente qualquer vestígio de James no rosto de Belial.

Belial lançou um olhar azedo a ela.

— Sua barganha é ainda mais tola do que achei que seria. Eu me esforcei demais e planejei demais para abrir mão desta forma. Foi meu principal objetivo esse tempo todo. No entanto — acrescentou ele —, não sou avesso a negociar. Se você curar meus ferimentos, vou poupar sua vida.

Talvez James tivesse imaginado que as coisas seriam diferentes, pensou Cordelia. Que ele não estaria tão limitado quanto estava. Ou talvez tudo que quisesse fosse que Cordelia chegasse perto o suficiente para matar o avô dele.

A ideia a deixou com o estômago embrulhado. Mas ela sabia que era uma possibilidade.

— Não quero que poupe a minha vida — sussurrou Cordelia. — Quero James.

— James se foi — afirmou Belial, fazendo pouco caso. — Não tem por que você se comportar como uma criança, chorando pelo brinquedinho que não pode ter. Pense em tudo que já tem na vida, caso continue a viver. — Ele franziu a testa, visivelmente procurando por algo que consideraria uma motivação para Cordelia querer viver. — Você tem um irmão — listou Belial, pensativo. — E embora eu mesmo tenha abatido seu pai, sua mãe ainda vive. E — seus olhos cintilaram — o seu irmãozinho recém-nascido? Um bebê que ainda vai falar sua primeira palavra e dar seu primeiro passo? Uma criança que *precisa* de você.

— 717 —

O Príncipe infernal sorriu odiosamente. Cordelia teve a sensação de ter dado um passo em falso, como se tentasse se segurar no ar e não encontrasse apoio.

— O bebê...? — Ela balançou a cabeça. — Não. Você está mentindo. Você...

— Ora, Cordelia — continuou Belial. Ele se levantou, a coroa reluzindo em sua mão. A luz entrando pela rosácea fazia as pedras preciosas brilharem como se ardessem com fogo próprio quando ele a ergueu acima da cabeça. — Você fez uma oferta que sabe que vou recusar. Depois me acusa de mentir, o que sugeriria que não está interessada em negociar. Então, Cordelia Carstairs. Por que está aqui, *de verdade*? Apenas para me ver... — Belial sorriu para a coroa. — Ascender?

Cordelia ergueu o olhar para ele.

— Estou aqui — respondeu — porque acredito em James.

Belial ficou imóvel.

James, pensou ela. *Se ainda existe um resquício de você aí dentro. Se qualquer parte de você permanece, presa sob a vontade de Belial. Saiba que tenho fé em você. Saiba que amo você. E nada do que Belial faça pode mudar isso.*

E Belial permaneceu imóvel. Não era uma espécie natural de imobilidade, era mais como se tivesse sido congelado pelo encantamento de um feiticeiro. Então, devagar, de modo desengonçado, os braços dele começaram a se mover, descendo até as laterais do corpo. Deixou a coroa escapar das mãos e cair pesadamente no chão. Ainda mais devagar, ele ergueu a cabeça e olhou para Cordelia.

Seus olhos, ela se deu conta com um sobressalto, um sobressalto que sentiu no âmago de sua alma, estavam dourados.

— James? — murmurou.

— Cordelia — respondeu ele, e sua voz, sua voz era de James, a mesma que a chamava de Daisy. — Me dê Cortana.

Era a última coisa que esperara ouvir James pedir — e a primeira coisa que Belial teria querido. Belial era um mestre das mentiras. Sem dúvida poderia mudar seu timbre de voz para soar como a de James em uma tentativa de enganá-la... E se ela escolhesse errado, sentenciaria à ruína sua cidade e, no fim, o mundo.

— 718 —

Cordelia hesitou. E ouviu a voz de Matthew em sua mente: *ele disse que você saberia o momento certo para agir. E para confiar nele.* Ela não mentira quando falara antes. *Estava* ali porque acreditava em James. Ela precisava ter fé, não apenas porque James lhe dissera para ter, mas porque ela só chegara longe assim por conta de seus instintos e sua confiança nos amigos. E não tinha como voltar atrás.

Ela ainda não conseguia se mover adiante, não conseguia alcançar o altar-mor. Levou o braço com um impulso para trás e atirou Cortana. Quase gritou quando a espada voou para longe dela, girando e girando, e a mão de James se levantou e a pegou no ar pelo cabo.

Ele olhou para ela. Seus olhos continuavam dourados, e cheios de tristeza.

— Daisy — falou.

E fincou a espada no próprio coração.

—

Todos os Caçadores de Sombras acreditavam que morreriam em batalha. De fato, foram criados desde cedo para entender que aquela era a maneira *preferível* de morrer. Não era diferente para Ari Bridgestock. Ela sempre se perguntara qual batalha seria sua última, mas, durante aqueles últimos minutos, havia começado a desenvolver uma forte sensação de que seria aquela.

Era um pequeno conforto que Anna estivesse lá com ela. Anna era uma grande guerreira, mas Ari não acreditava que nem mesmo um guerreiro excelso tivesse grandes chances naquela situação. Parecia haver uma horda infinita de Sentinelas, o suficiente delas para esmagar um exército de Caçadores de Sombras, e não paravam de chegar.

Elas haviam decidido sem precisarem trocar palavras que aquela não era a hora, nem o lugar para as manobras sutis necessárias para se destruir as runas de possessão. Tudo que poderiam fazer era forçar a maré a recuar, derrubando o maior número de Sentinelas possível para lhes dar algum espaço para respirar — e então vê-las se reerguerem.

Anna era um borrão de movimento, o colar de rubi reluzindo contra seu peito como uma gota de sangue angelical. A lâmina serafim movia-se tão depressa em sua mão que os olhos de Ari não conseguiam acompanhá-la.

CASSANDRA CLARE

Parecia um cintilar prateado contra o céu. O pensamento surgiu na cabeça de Ari: *eu aceitaria morrer aqui, agora mesmo, contanto que Anna vivesse.*

Depois que aquilo lhe ocorreu, e ela soube no mesmo instante que era absolutamente verdade, tudo ficou evidente e uma nova energia fluiu por ela. Ari redobrou seu ataque, usando a *khanda* para atacar uma Sentinela alta cuja túnica branca estava manchada de sangue. Fincou a lâmina fundo no peito dela.

E ouviu Anna gritar seu nome. Ari girou, a arma ainda enterrada *na* Sentinela, e viu outra criatura se levantar atrás de si, uma antiga Irmã de Ferro brandindo um cajado preto farpado com a intenção de descê-lo nas costas de Ari. Ela puxou a *khanda* para liberá-la, deixando a primeira Sentinela tombar para o chão, mas não havia tempo: a segunda já estava diante dela, o cajado descendo...

A Sentinela desmoronou, colidindo com o chão com a força de uma árvore derrubada. O cajado escapou de sua mão com um ruído alto. Ari imediatamente olhou para Anna. Ela devia ter chegado por trás da criatura para impedir que a machucasse. E Anna *estava* lá, a lâmina serafim em seu punho, mas ainda estava longe demais para sequer ter podido atacar o inimigo. Sua expressão era de choque e até medo. Ari jamais a vira tão amedrontada antes.

— Mas o quê? — murmurou Anna, e Ari se deu conta de que *todas* as Sentinelas estavam caindo. Dobrando-se como marionetes cujos fios haviam sido cortados, desabando no gramado ensanguentado. E então, antes que Anna ou Ari tivessem tido tempo de sequer abaixar as armas, um terrível som de rasgo soou. Dos corpos caídos das Irmãs de Ferro e Irmãos do Silêncio emergiram os demônios Quimera: alguns rastejando para fora de bocas ou olhos, um deles escapando por uma ferida aberta com uma chuva de sangue.

Ari recuou, parte por repulsa, parte para se preparar para recomeçar a batalha enquanto os demônios emergiam, chiando e escorregadios de sangue, as presas brilhando. Eram menores do que imaginara, do tamanho de leitões, e ela ergueu a *khanda* bem alto — apenas para se sobressaltar quando todos giraram e fugiram como uma ninhada de ratos, rastejando e pulando pelo gramado úmido do claustro, escalando as paredes para desaparecerem pelo teto.

Corrente de Espinhos

O silêncio foi total e absoluto. Ari ficou parada em meio aos corpos de Irmãos do Silêncio e Irmãs de Ferro, que jaziam tão imóveis quanto efígies. Ela não conseguia ouvir qualquer som saindo do interior da abadia, nada que explicasse o que acabara de acontecer — Cordelia alcançara James? Belial fora eliminado? Alguma coisa acontecera, algo monumental...

— *Ari!* — Anna pegou Ari pelo braço, girando-a até que estivessem encarando uma à outra. Tinha deixado cair sua lâmina serafim, que apagou na grama como uma vela no fim, mas ela não parecia se importar. Tocou o rosto de Ari, a mão encrostada de sangue seco e terra, mas Ari foi de encontro ao toque, de encontro a Anna. — Achei que você fosse morrer — sussurrou Anna. — Que nós duas fôssemos morrer. — Os cabelos escuros caíram na frente daqueles olhos azuis incandescentes. O que Ari mais queria naquele momento era beijá-la. — E percebi... que eu me sacrificaria sem nem pensar duas vezes. Mas você, não. Não podia suportar perder você.

— E eu não podia suportar perder você — devolveu Ari. — Então nada de se sacrificar. Por mim. — Ela deixou a *khanda* escorregar para o chão, e Anna a puxou para perto, suas mãos acariciando os cabelos de Ari, que tinham se soltado e cobriam seu rosto.

— Você não vai me deixar — exigiu Anna. — Quero que você fique, comigo, em Percy Street. Não quero que você se mude para um apartamento qualquer, com *arandelas*...

Ari balançava a cabeça, sorrindo. Não podia acreditar que estavam tendo aquela conversa *ali,* naquele momento. Mas em que momento Anna já esperara para dizer algo que precisava ser dito?

Ela ergueu o rosto para o de Anna. Estavam tão perto uma da outra que podia sentir a sua respiração.

— Nada de arandelas — garantiu Ari. — Nada de apartamento em Pimlico. Só nós duas. Meu lar é onde você estiver.

—

Cordelia gritou.

A lâmina atravessou James com um ruído de revirar o estômago, a ruptura terrível de osso e músculo. Quando ele caiu de joelhos, Cordelia se atirou contra a parede invisível que a separava do altar-mor, chocando-se contra ela como se fosse vidro que pudesse ser quebrado, mas ela não cedeu, mantendo-a presa no lugar.

James estava de joelhos, as mãos ensanguentadas ao redor do cabo de Cortana. Sua cabeça estava baixa, e Cordelia não podia ver seu rosto. Ele apertou ainda mais a arma, as articulações dos dedos tornando-se exangues. Enquanto Cordelia se jogava sem parar contra a barreira que os separava, James puxou a espada com violência, e Cordelia pôde *sentir* a lâmina atravessar osso outra vez quando ele a puxou.

James fitou a lâmina por um momento, encharcada de sangue, antes de abrir a mão para deixar a arma cair ruidosamente no chão. Ele ergueu a cabeça e encarou Cordelia enquanto sangue pulsava devagar da ferida em seu peito.

Seus olhos estavam prateados agora. Ao falar, o sangue subiu aos seus lábios e sua voz estava gorgolejante, mas reconhecível. A voz de Belial.

— O que — engasgou ele, o olhar resvalando, incrédulo, da espada até as próprias mãos ensanguentadas — é isto?

— Você está morrendo — respondeu Cordelia, percebendo que já não tinha mais medo dele. Não tinha mais medo de nada. O pior que poderia acontecer já tinha acontecido. Belial morreria, e James com ele.

— Impossível! — exclamou ele.

— Não é impossível — retrucou Cordelia. — São três ferimentos de Cortana.

Ouviram um estrondo à distância, ficando cada vez mais alto. Cordelia podia sentir a terra tremer sob seus pés. Ao lado, com um som suave e breve, o arcebispo morto desmoronou em uma pilha de roupas e ossos podres e empoeirados.

— Uma alma humana não seria capaz de suplantar minha vontade — sibilou Belial, com sangue escorrendo pelo queixo. — Minha vontade é imutável. Sou um *instrumento de Deus*.

— Não. Você *era* um instrumento de Deus.

O rosto inteiro de Belial trepidava, a boca tremendo, e, naquele momento, Cordelia pôde enxergar através da ilusão de James, ver o anjo que Belial fora um dia, antes de escolher poder e guerra e a Queda. Os olhos prateados

Corrente de Espinhos

estavam arregalados e confusos e cheios de um medo tão absoluto que era quase inocente.

— Não posso morrer — murmurou ele, esfregando o sangue da boca. — Não sei como morrer.

— Nem ninguém que está vivo — afirmou Cordelia. — Imagino que você vá aprender como o resto de nós.

Belial desmoronou para a frente. E o teto da abadia sumiu, pelo menos foi o que pareceu. Em um momento estava lá e então não estava mais, embora não tivesse havido qualquer som de desabamento, de pedras quebradas. Simplesmente não *estava mais lá,* e Cordelia fitou um céu que parecia um redemoinho — estivera preto com nuvens opacas, cortado por raios escuros, mas as nuvens estavam se abrindo. Cordelia teve um vislumbre de azul, um céu frio e limpo, e depois uma centelha: um raio de luz do sol, penetrando as janelas da abadia e pintando uma barra de ouro brilhante no chão de pedra.

Belial jogou a cabeça para trás. Acima dele, as nuvens brancas se afastaram, iluminadas pelo sol de inverno brilhante como gelo, e com a luz em seu rosto, era como se estivesse dividido entre agonia e alegria, a expressão de um mártir. Quando se levantou, pareceu pisar para fora do corpo de James, como uma cobra trocando de pele. James deslizou sem fazer ruídos para o chão do altar, e Belial se ergueu e se distanciou, irreconhecível. Era uma luz escura e incandescente com o formato de homem, levantando as mãos para o céu, para o Paraíso ao qual tinha dado as costas já fazia tanto tempo.

— Pai? — chamou.

Um feixe de luz atravessou as nuvens. Desceu como um raio, como uma flecha flamejante, e enterrou-se em Belial. Ele pareceu pegar fogo, a sombra queimando, soltando um uivo agudo de agonia:

— *Pai, não!*

Mas o grito foi ignorado. Enquanto Cordelia assistia com um choque aturdido, Belial foi erguido no ar — ele se contorcia e se debatia, os berros graves como trovoadas estrondosas — e carregado céu acima.

A barreira que mantinha Cordelia longe do altar se desfez. Ela subiu correndo os degraus escarlates e escorregadios e se atirou ao lado de James.

CASSANDRA CLARE

Ele estava deitado de costas, em uma poça crescente do próprio sangue, o rosto muito pálido. A mão dela voou para o pescoço dele, os dedos pressionando com força. Arquejou, surpresa.

Ele ainda tinha pulso.

Jesse escorregou para o chão, ainda segurando Lucie. Tudo havia acontecido muito repentinamente: em um momento, ele a estava beijando, a mão quente e familiar dela em sua nuca. No seguinte, ela se enrijeceu inteira como se tivesse levado um tiro, então ficou flácida, um peso morto nos braços dele. Ele continuou a ampará-la, a cabeça dela contra seu ombro, as costas dele pressionadas contra a parede interior da passagem. Lucie estava viva, pelo menos. A respiração era curta, e o pulso latejava rapidamente no pescoço. O rosto pálido da jovem estava salpicado de poeira. Ela parecia tão frágil nos braços dele, seu corpo tão leve quanto a de um pássaro.

— Luce — murmurou ele. Com a mão livre, atrapalhou-se na busca pela estela, uma das que Grace ajustara para que as mensagens de fogo pudessem ser escritas, e desenhou uma runa de cura no braço de Lucie.

Nada aconteceu. A gravação não esmaeceu, mas tampouco fez os olhos de Lucie se abrirem. Os olhos azuis dela, que tinham assombrado Jesse enquanto caminhava pelas ruas escuras de Londres, um fantasma que não podia se comunicar, que não podia sentir calor ou frio ou dor. Lucie havia trazido o sentido de volta à existência dele: ela o tocara e o trouxera de volta à vida. *Eu abriria mão de tudo,* pensou, fitando com desespero o rosto de Lucie, *só para garantir que você vá ficar bem.*

— Jesse. — Era Grace, esgueirando-se para dentro da escuridão da passagem. — Eu... Ah! Ela está bem?

— Não sei. — Jesse olhou para a irmã. Era estranho vê-la de uniforme, os cabelos loiros quase brancos presos em um coque apertado atrás da cabeça. — Não...

— Deixa que eu fico com ela. — Grace se ajoelhou e estendeu os braços para pegar Lucie. — Meus explosivos acabaram. Eu cuido dela. É melhor você lidar com as Sentinelas. — Havia algo de prestativo, quase autoritário,

— 725 —

Corrente de Espinhos

na atitude de Grace. Jesse se lembrou de Christopher, e se viu passando Lucie com delicadeza para os braços de Grace, de modo que ela ficasse encostada na irmã, que já pegava sua estela. — Está tudo bem — garantiu, começando a desenhar mais um *iratze* no braço de Lucie. — Vou cuidar dela.

Deixar Lucie era a última coisa que Jesse queria fazer, mas Grace tinha razão: sem os explosivos, as Sentinelas os encontrariam ali em pouco tempo. Ele se levantou e pegou a espada Blackthorn.

As paredes espessas de pedra do esconderijo haviam abafado parte dos sons da batalha. Explodiram nos ouvidos de Jesse no instante em que ele pisou no pátio. O choque de armas, a mistura de berros e urros de dor e lamento. Em meio ao caos da luta, pensou ter visto Will Herondale, Tessa com ele, enfrentando Sentinelas, embora não soubesse dizer com certeza — teriam chegado com a última leva de Caçadores de Sombras? Ou ele estaria vendo coisas? Podia ver que havia corpos no chão: a maioria Nephilim, algumas Sentinelas. Eram difíceis demais de matar, pensou com uma onda de desespero.

Lembrou-se de repente de Oscar. Tinham deixado o cão trancado no Instituto, são e salvo, embora seus uivos por estar sendo deixado para trás os tenham seguido até os portões. Se todos morressem ali, pensou Jesse, quem cuidaria de Oscar? Quem o soltaria?

Pare com isso, disse a si mesmo. Ele sabia que seus pensamentos estavam degringolando por conta da exaustão e do pânico que sentia em relação a Lucie. Precisava se concentrar na batalha à sua frente, nas Sentinelas — uma delas já se virava para ele, uma Irmã de Ferro com olhar vazio e fixo...

Que enrijeceu, os olhos se revirando. Enquanto Jesse assistia, espada empunhada, ela desmoronou, as costas arqueando enquanto o restante do corpo caía estatelado no chão manchado de sangue. A boca se escancarou, e um demônio Quimera começou a rastejar para fora, forçando seu caminho e se libertando usando as antenas.

Alguém soltou um berro rouco. Jesse desviou a atenção da Sentinela caída e então percebeu: era um fenômeno generalizado. Uma a uma, as Sentinelas estavam desmoronando. Uma a uma, os demônios Quimera emergiam dos corpos, rastejando e se arrastando e sibilando, evidentemente furiosos que tivessem sido expulsos de seus hospedeiros sem cerimônia.

— 726 —

CASSANDRA CLARE

No auge dos acontecimentos, Jesse pôde ouvir os Caçadores de Sombras gritando de alegria. Viu o brilho prateado das lâminas serafim enquanto os Nephilim atacavam os demônios, o fedor de icor era azedo no ar. Quando a última Sentinela caiu, Jesse percebeu algo mais: um grupo de Quimeras havia se reunido e estava seguindo direto para a guarita.

Lucie, pensou ele. Jesse sabia que tinha sido ela a responsável por aquilo tudo: ela havia mergulhado na escuridão, chamado pelas almas dos Irmãos do Silêncio e Irmãs de Ferro cujas formas terrenas tinham sido possuídas. E era evidente que eles a ouviram. Tinham lutado contra a possessão, expulsando os parasitas de dentro de seus corpos, atirando-os para que fossem exterminados por espadas e lâminas serafim.

À medida que os demônios se aproximavam, Jesse via a fúria naqueles olhos verdes brilhantes, e pensou: *eles sabem*. Que Lucie era a culpada, que ela tinha arquitetado aquilo. Jesse ergueu a espada sabendo que, mesmo que os demônios fossem relativamente fáceis de matar, ele não podia esperar dar conta de uma dúzia deles ao mesmo tempo...

— *Jogue a espada, Blackthorn!*

Jesse desviou os olhos dos demônios e encarou, maravilhado. Tendo escalado metade do Memorial de Guerra, lá estava Bridget, de vestido floral e avental, os cachos vermelhos esvoaçando, o rosto ardendo com fúria.

— Eu sabia! — gritou Jesse. — *Sabia* que você ainda estava em Londres! Mas como? Como foi que escapou do encanto de Belial?

— Ninguém me diz o que fazer! — berrou Bridget de volta. — A espada!

Jesse lançou a espada. Voou na direção de Bridget, que a pegou no ar e saltou do monumento, caindo como uma âncora bem em cima dos demônios. Enquanto ela os dilacerava com violência, Jesse tirou uma lâmina serafim do cinto, sussurrou: *"Hamiel"*, juntando-se à batalha ao lado de Bridget, abrindo o torso de um Quimera com alívio brutal.

E então o céu acima deles se partiu ao meio.

Sua pulsação era fraca, mas estava lá, um latejo contra a ponta de seus dedos. James estava vivo.

— 727 —

Corrente de Espinhos

Era como se Cordelia tivesse engolido fogo. Seu corpo inteiro voltou à vida e ela quase se atirou por cima de James, recuperando Cortana. Com a mão livre, pegou a bainha da camisa dele, agora encharcada de sangue, e a puxou para cima. Ali, no lado esquerdo do peito, estava o corte que ele mesmo se infligira, em carne viva e vermelho ao redor.

Cordelia ergueu Cortana. Atrás dela, escutou passos e, olhando por cima do ombro, viu Matthew, Alastair e Thomas se aproximarem. Acenou com a cabeça como se dissesse *fiquem aí*, e eles pararam a alguns metros, com expressões horrorizadas e incertas. Com muito cuidado, Cordelia abaixou a espada e deitou a lâmina sobre o peito de James, a champa da espada cobrindo o ferimento, o cabo virado para as mãos dele. *Deixe-o ser a efígie no topo do túmulo de um cavaleiro,* pensou. Deixe-o ser esse guerreiro. Ele cultivara sua vontade, e tinha sido mais poderosa do que a de um Príncipe do Inferno.

Houve um longo momento de silêncio enquanto James jazia lá, imóvel, a lâmina dourada de Cortana reluzindo contra sua pele nua e escorregadia de sangue. Cordelia levou a mão ao rosto frio de James, sentindo o roçar dos cílios dele contra sua palma.

— Sou um paladino — sussurrou. — Este é o meu poder. Ferir com justiça. Curar com amor. — Ela se lembrou de quando havia segurado um James febril, muito tempo atrás, enquanto ele quase atravessava para o Reino das Sombras. Cordelia havia se agarrado a ele como se pudesse mantê-lo ancorado ao mundo apenas por força de vontade. — James — chamou, as mesmas palavras que dissera antes —, você precisa aguentar firme. *Precisa.* Não vá a lugar nenhum. *Fique comigo.*

James arfou. O som atravessou Cordelia como um raio. Cortana reluziu enquanto o peito dele arquejava com a respiração. Os dedos dele se moveram nas laterais do corpo e, devagar, muito devagar, ele abriu os olhos.

Eram puro ouro.

— Daisy — disse ele, a voz áspera. Ele piscou para o céu. — Estou... vivo?

— Está — sussurrou ela. Sua boca tinha gosto de sal. Cordelia estava rindo e chorando e tocando o rosto dele: boca, bochechas, lábios, olhos. A pele dele estava quente e corada. — Você está vivo.

Abaixou-se para roçar a boca na dele. Ele fez uma careta, e Cordelia recuou depressa.

— Desculpe...

— Não — murmurou ele e olhou para baixo. — É só que tem uma espada consideravelmente grande em cima de mim...

Cordelia pegou Cortana e a retirou. O ferimento que estivera debaixo dela desaparecera, embora ainda houvesse uma quantidade enorme de sangue ao redor. Ela ouviu passos nos degraus do altar. Virando, viu que era Matthew, correndo para estar ao lado do *parabatai*.

— Você está bem — murmurou. Ele e James trocaram um olhar demorado, um olhar que disse a Cordelia que, o que quer que tivesse acontecido enquanto os dois estiveram presos em Edom, havia forjado uma nova conexão entre eles. Matthew estava completamente focado em James, o que, pensou Cordelia, era como deveria ser. — Eu senti, sabe — disse ele, afastando uma mecha de cabelos dos olhos de James. — Minha Marca *Parabatai* sumindo... — A voz dele falhou. — E depois senti quando retornou. — Olhou para Cordelia. — O que você fez...

— Layla! — A voz de Alastair soou alta, áspera com uma advertência.

Cordelia se levantou em um pulo. Sentiu uma sombra passar por cima de si e percebeu que o teto da catedral havia reaparecido tão rapidamente quanto havia desaparecido antes. Acima dela erguiam-se os arcos altos e, diante dela, nos degraus para o altar, estava Lilith.

—

Jesse jamais vira ou imaginara algo como aquilo — talvez em pinturas antigas das visitas dos deuses à Terra. As nuvens pretas lá no alto pareciam colidir umas com as outras como se fossem o aço de espadas, fazendo um estrondo reverberar pelo céu, mais alto do que qualquer trovão.

Ele cambaleou para trás quando o chão oscilou sob ele. Uma dúzia de relâmpagos irregulares, pretos como os cajados que as Sentinelas carregavam, desceu das nuvens. Um atingiu o Memorial de Guerra, causando uma chuva de faíscas, outro caiu nas portas da abadia, fazendo-as tremer. Jesse ouviu alguém xingar alto e teve quase certeza de que tinha sido Will.

Corrente de Espinhos

E então outra descarga elétrica, muito mais próxima, seguindo diretamente para a guarita. Jesse recuou enquanto Bridget erguia a espada Blackthorn, quase como se pudesse desviar o ataque...

O raio atingiu a espada em cheio. A lâmina brilhou por uma fração de segundo, iluminada como um farol, antes de se estilhaçar. Bridget foi atirada para trás, deixando o cabo da espada quebrada cair e deslizando pelo chão enquanto as nuvens começavam a se afastar.

Jesse correu até ela, tentando manter o equilíbrio ao mesmo tempo que a terra tremia debaixo dele. Demônios Quimera corriam, frenéticos, pelo pátio como se fossem besouros enlouquecidos. Jesse pensou ter visto uma figura escura subir do teto da abadia, girando depressa na direção do vão aberto entre as nuvens. Ele piscou, e a figura já havia desaparecido. Seus olhos ardiam, e havia uma luz descendo, luz do sol pura e dourada, do tipo que ele já quase se esquecera durante aqueles longos dias sombrios.

Olhou ao redor. O pátio estava um caos. Demônios Quimera explodiam em chamas quando o sol os tocava, correndo de um lado a outro como tochas acesas. Faíscas de ouro claro jorravam do céu. Uma delas roçou a bochecha de Jesse — era fria, não ardente. E Bridget estava sentada, espanando poeira do vestido floral. Parecia estar furiosa.

— *Jesse!*

Ele se virou. Em meio às faíscas cadentes, viu Lucie, parada no portão, as mãos entrelaçadas diante dela. Ao seu lado estava Grace, sorrindo de alívio, e Jesse percebeu que não sabia qual delas chamara por ele.

Talvez não fizesse diferença. Eram as duas pessoas no mundo com que ele mais se importava. A mulher que ele amava e a irmã.

Jesse correu até elas. Lucie olhava em volta com assombro, enquanto faíscas de poeira dourada tocavam seu rosto.

— Ela conseguiu — explicou. — Daisy conseguiu. Belial está morto. Posso *sentir*.

— Olha! — exclamou Grace, estreitando os olhos. — Não são seus pais, Lucie?

Todos olharam na direção da abadia. Então ele não tinha imaginado coisas, pensou Jesse: lá estavam Will e Tessa, ajudando Eugenia e Gideon a abrir as portas da catedral. Uma multidão estava se reunindo: Jesse viu

Gabriel Lightwood, e Charlotte Fairchild. Provavelmente souberam que James e os amigos estavam lá dentro e ficaram desesperados para entrar.

— *James* — sussurrou Lucie, os olhos se arregalando. Um momento depois, apesar da exaustão, ela tinha saído correndo na direção da catedral, Jesse e Grace seguindo em seu encalço.

—

Lilith.

Era alta e fria e pálida como um pilar de mármore, os longos cabelos pretos ultrapassando a cintura. Usava um vestido feito de penas de coruja, que se moviam com ela, em tons de creme e marrom e laranja-escuro.

— Meu paladino — cumprimentou, a voz grave e triunfante. — Você realmente fez milagres aqui.

Cordelia pôde ouvir passos e, atrás de Lilith, viu Anna e Ari correndo para dentro da nave, desacelerando ao chegarem ao altar-mor e fitando o que deveria ser uma cena verdadeiramente bizarra: Matthew ajoelhado com um James ensanguentado, Thomas e Alastair na base dos degraus olhando para Lilith e Cordelia.

É agora, pensou Cordelia com calma. O fim de tudo. Ela se livraria de Lilith naquele momento ou morreria tentando.

— Não sou seu paladino — afirmou.

Lilith agitou a mão coberta por renda branca em um gesto desdenhoso.

— Lógico que é. E você se saiu melhor do que eu esperava. Belial foi abatido, e Edom, libertado de seu controle. É meu outra vez. Evidente — acrescentou ela — que seu trabalho ainda não está *de todo* terminado. Com a morte de Belial, Asmodeus virá, sem dúvida, querendo reivindicar Edom para si em seguida. Mal sabe ele que *eu* possuo uma exterminadora de Príncipes do Inferno! Você o enfrentará como minha melhor guerreira e será vitoriosa outra vez, tenho certeza.

Cordelia olhou para trás por cima do ombro. Para Cortana, brilhando no chão. Para Matthew amparando os ombros de James, e para James, que se sentava, respirando com dificuldade, os olhos fixos em Lilith com ódio gelado.

Corrente de Espinhos

— Pode ficar com eles, se quiser — concedeu Lilith, gesticulando para os dois jovens —, um deles ou os dois, contanto que não a distraiam de suas tarefas necessárias. Estou me sentindo generosa.

— Acho que você não me ouviu — salientou Cordelia. — Não sou mais seu paladino, Lilith. Nosso acordo terminou, e cumpri minha parte.

A Mãe dos Demônios riu suavemente

— Bem, não exatamente. No fim das contas, não foi *você* quem matou Belial, foi? Foi James Herondale quem desferiu o golpe fatal. — Os lábios dela se retorceram em um sorriso sombrio. — Como é mesmo que vocês, Nephilim, dizem? Algo sobre a Lei ser a Lei, ainda que desejássemos que fosse diferente?

— *Sed lex, dura lex.* A Lei é dura, mas é a Lei — recitou Cordelia, olhando para Lilith. — De fato, a linguagem da Lei, de qualquer juramento ou contrato é importante. E foi por isso mesmo que fui tão cuidadosa quando pedi que você jurasse para mim. Lembra o que pedi que jurasse? — Cordelia mantinha contato visual com Lilith. — "Jure que se Belial morrer pela minha espada, você vai me liberar do meu juramento como paladino. Jure pelo nome de Lúcifer."

Um brilho vermelho-escuro começou a arder nos olhos de Lilith.

Cordelia continuou:

— Nunca prometi que seria eu, pessoalmente, quem desferiria o golpe fatal. Apenas que seria desferido por Cortana. *E foi.*

Lilith mostrou os dentes.

— Escute aqui, garota...

Cordelia riu, uma risada profunda e letal como a ponta de uma faca.

— Você não pode me ordenar a fazer *nada*. Nem mesmo a escutá-la. Sua influência sobre mim foi quebrada: você não é minha mestre, e eu não sou seu cavaleiro. Você sabe que estou falando a verdade e que seu juramento a obriga: você não pode me ferir ou a ninguém que eu ame. — Ela sorriu diante da ira no rosto de Lilith. — Eu não permaneceria aqui por muito mais tempo, demônio, se fosse você. O poder que Belial tinha sobre este mundo se partiu, e este vai voltar a ser solo sagrado.

Lilith sibilou. Não era um som humano, mas o sibilo de uma cobra. Serpentes pretas explodiram para fora de seus olhos, dando botes como chicotes enquanto ela subia os degraus na direção de Cordelia.

— 732 —

— Como ousa me desobedecer? — rosnou. — Talvez eu não possa *ferir* você, mas vou levá-la comigo de volta para Edom, aprisioná-la onde não possa escapar. Se não for minha, não vai pertencer a mais ninguém...

— *Sanvi.* — Uma voz familiar soou como um sino. Lilith parou onde estava, seu rosto se contorcendo. — *Sansanvi. Semangelaf.*

Cordelia olhou para trás. James estava de pé, Matthew ao seu lado. Brilhando prateada na mão direita de James estava sua pistola, destacando a inscrição na lateral: Lucas 12:49. *Vim trazer fogo à terra, e quem dera já estivesse aceso.*

James cambaleava um pouco, as roupas ensopadas de sangue começando a secar, mas estava de pé, os olhos flamejando de fúria.

— Você deve se lembrar desta arma — disse ele a Lilith. — Da dor que lhe causou. — Ele sorriu com ferocidade. — Dê mais um passo em direção a Cordelia, e vou encher você de balas. Você pode até não morrer, mas vai desejar que tivesse.

Lilith sibilou outra vez, os cabelos escuros se erguendo, retorcendo, cada feixe uma serpente esguia e venenosa.

— Belial morreu — afirmou ela. — Com ele irá seu poder sobre as sombras, assim como o da sua irmã sobre os mortos. Duvido até que você possa disparar essa arma...

James engatilhou a arma com um *clique* decidido.

— Quer pagar para ver?

Lilith hesitou por um momento, depois outro. James não titubeou, o braço firme, o cano da arma apontado diretamente para a Mãe dos Demônios.

E então algo mudou. Cordelia sentiu como se fosse uma mudança no ar, como a virada de uma estação. As pedras sobre as quais Lilith estava começaram a emitir uma luz vermelha, escura e derretida. Labaredas se ergueram de repente, tocando a bainha do vestido de Lilith e saturando o ar com o cheiro de penas queimadas.

Dessa vez Lilith gritou, um urro terrível que aumentou até se tornar um berro sobrenatural. Sombras rodopiaram ao redor de seu corpo, e grandes asas de bronze bateram no ar. Quando ela ascendeu aos céus, na forma de uma coruja, James puxou o gatilho da pistola.

— 733 —

Corrente de Espinhos

Nada aconteceu. Apenas um som metálico seco. James abaixou a arma, os olhos fixos na coruja, cujas asas batiam freneticamente enquanto subia cada vez mais, desaparecendo no ar.

Lilith estivera certa. Ele não podia mais usar a pistola.

James expirou e a deixou cair no chão com um baque pesado. Quando olhou para Cordelia, estava sorrindo:

— Já vai tarde.

E o que Cordelia mais queria era correr e abraçá-lo, sussurrar para ele que estavam a salvo, que tudo estava finalmente, finalmente acabado. Mas quando ele sorriu, grandes raios de iluminação atravessaram a catedral, transformando o ar em uma nuvem cintilante quando as partículas de poeira reluziram na luz do sol, em raios que se infiltravam pelas portas da catedral, escancaradas com violência.

E por elas entraram Lucie, gritando por Cordelia; Jesse e Grace, e Will e Tessa, correndo na direção de James. E um pouco mais atrás vinham Eugenia, Flora, Gideon e Gabriel, Sophie e Charles, até Charlotte, que gritou quando avistou Matthew.

E havia dúzias de outros mais, Caçadores de Sombras que ela não conhecia enchendo a catedral enquanto Cordelia caía de joelhos ao lado de James e Matthew. Matthew sorriu para ela e se levantou, descendo os degraus na direção da mãe e do irmão.

Ao lado dela, James pegou a mão de Cordelia. Não demoraria, ela sabia, até os outros chegarem, até estarem em um turbilhão de abraços e cumprimentos e exclamações de gratidão e alívio.

Cordelia olhou para James coberto de sangue e sujeira e runas de cura, com a poeira de Edom ainda encrostada em seus cílios. Pensou em todas as coisas que queria dizer, sobre como estava tudo terminado e eles estavam a salvo, e ela nunca pensara que fosse possível amar alguém tanto quanto o amava.

Mas James falou primeiro. Sua voz estava rouca, os olhos, brilhando.

— Daisy. Você acreditou em mim.

— Lógico que acreditei — respondeu ela e se deu conta, ao dizê-lo, que aquelas eram as únicas palavras que de fato precisavam ser ditas. — Sempre vou acreditar.

CODA

A noite caíra sobre Londres, mas não era a noite sobrenatural, pesada e sombria e silenciosa, a que cobrira a cidade durante aqueles últimos dias terríveis. Era uma noite londrina comum, cheia de vida e barulho: o som das rodas das carruagens, o assovio de trens distantes, os gritos longínquos dos moradores passeando sob um céu cheio de luar e estrelas. E quando Jem saiu do Instituto e parou por um momento no pátio, o ar estava frio e limpo e tinha gosto de inverno e da virada do ano.

Lá dentro, havia cansaço e calor e até algumas risadas. Não para todos, ainda não. Ainda havia choque e pesar e entorpecimento. Anna Lightwood retornara a Alicante para ficar com a família, e Ari Bridgestock fora com ela. Mas, como Jem tinha bons motivos para acreditar, mesmo depois de tanta perda, as pessoas seguiam adiante: a vida precisava ser vivida, e todos aprendem a conviver com suas cicatrizes.

E os jovens eram resilientes. Mesmo depois de tudo pelo que passara aquele dia, Cordelia havia chorado de alegria quando soube que tinha um irmãozinho: seu nome era Zachary Arash Carstairs. Sona estava para chegar na manhã seguinte, trazendo o bebê consigo, e tanto Cordelia quanto Alastair mal podiam esperar para conhecê-lo.

Tudo em equilíbrio, pensou Jem. Vida e morte; pesar e felicidade. Foram valentes, James e seus amigos, incrivelmente valentes. Tinham vivido

— 735 —

Corrente de Espinhos

o pesadelo de uma Londres sob o controle de Belial e sobrevivido à terra arruinada de Edom. Do lado de fora da Abadia de Westminster, James, com as roupas ainda ensopadas de sangue, contara a Jem que foram os anos de treinamento com ele, afiando e fortalecendo sua vontade, que lhe deram a ideia de que poderia resistir a Belial, poderia reverter a possessão, ainda que apenas por um instante.

E aquilo era verdade em parte, pensou Jem. Força de vontade não podia ser desmerecida, mas havia também a grande fraqueza dos demônios: eles não compreendiam amor ou fé. Belial havia subestimado não apenas Cordelia, Lucie e James, mas também os amigos deles e o que estavam dispostos a fazer uns pelos outros. Não os vira como Jem, naquela mesma noite, vira Cordelia adormecida em uma poltrona na sala com James abraçado a ela; Alastair e Thomas de mãos dadas diante da fogueira; Lucie e Jesse, comunicando-se com sussurros e olhares. Matthew sendo gentil com os pais e, pela primeira vez em muito tempo, consigo mesmo. E Will e Tessa, as mãos estendidas para Jem, como sempre fizeram.

Agora Jem olhava para o pátio. Havia começado a nevar, e os flocos caindo do céu embranqueciam o ferro escuro dos portões e salpicavam os degraus com prata. Ele podia ouvir os murmúrios dos Irmãos em sua mente: um burburinho suave e contínuo de conversa silenciosa. Falavam da cruel violação que Belial infligira aos Irmãos do Silêncio e às Irmãs de Ferro cujas almas viajavam fora de seus corpos. Falavam sobre devolver aqueles corpos às Tumbas de Ferro na manhã seguinte, levando-os de volta para seu estado mais honrado. Falavam de Bridget Daly, a mundana que havia sido atingida por um raio sobrenatural e que mudanças aquilo provocaria nela, se é que haveria alguma. E falavam sobre Londres: que os mundanos locais se recordariam daqueles dias como uma terrível nevasca que os mantivera presos em suas casas, cortando toda a comunicação com Londres. Já havia começado: o restante do mundo noticiava a tempestade de neve inclemente que deixara os telégrafos fora de funcionamento e impedira o movimento dos trens.

A Clave contratara Magnus Bane para reparar a destruição causada na Abadia de Westminster, mas nenhum feiticeiro ou magia que Jem conhecesse poderia ser responsável por aquele enorme oblívio coletivo. Parecia uma intervenção direta dos anjos. *Já aconteceu antes,* contara Irmão Enoch a ele, *mas você, Zachariah, é jovem demais para se recordar. Belial perturbou o equilíbrio do mundo, e às vezes os Céus restauram esse equilíbrio, embora a nós caiba apenas imaginar em que momento intervirão. Afinal, os Anjos não respondem a nós.*

Ao que parece, os membros do Submundo que ficaram presos na cidade se lembravam dos acontecimentos, embora Magnus tenha dito que suas lembranças eram turvas e confusas. Pelo que Cordelia e Lucie relataram, pensou Jem, era para o melhor. Ele se perguntava sobre Malcolm. Se o Alto Feiticeiro estivera ou não em Londres quando a cidade fora tomada, ainda era uma questão em aberto...

Jem notou um movimento em sua visão periférica, um vislumbre de sombra na entrada para o Instituto. Ouviu o rangido de metal sendo torcido. Embora os portões tivessem sido trancados, estavam entreabertos, apenas o suficiente para permitir que uma sombra se esgueirasse pelo vão.

Jem se empertigou, o cajado na mão, quando um homem começou a caminhar em sua direção pelas pedras do pátio. Um homem atraente de meia-idade, vestindo um terno bem alinhado. Tinha cabelos escuros e algo peculiar sobre seu rosto. Apesar das linhas de expressão, as marcas da idade e a experiência, parecia estranhamente jovem. Não, não jovem, pensou Jem, apertando os dedos ao redor da arma. *Novo.* Como se tivesse acabado de ser criado, moldado de uma argila estranha: Jem não conseguia explicá-lo bem nem a si mesmo. Mas sabia o que era aquilo que estava vendo.

Demônio, sussurrou uma voz no fundo de sua mente. *E não qualquer demônio. Há grande poder aqui.*

Pare, ordenou Jem, erguendo a mão, e o homem parou, descontraído, com as mãos nos bolsos. Vestia um longo sobretudo que parecia ser feito de couro e uma textura desagradável aos olhos. A neve ainda caía, suave e branca, mas os flocos não se prendiam nos cabelos ou roupas do desconhecido. Pareciam cair *ao redor* dele, como se não pudessem tocá-lo. *Por que veio até aqui, demônio?*

O homem sorriu. Um sorriso fácil e lânguido.

— Ora, que grosseria. Por que não me chamar por meu nome de direito? Belial?

Corrente de Espinhos

Jem se empertigou. *Belial está morto.*

— Um Príncipe do Inferno não pode morrer — argumentou o demônio. — Sim, o Belial que *você* conheceu morreu... Bem, eu não usaria essa palavra exatamente, mas é certo que o espírito dele não voltará a incomodar seu reino. Eu tomei seu lugar. Sou Belial agora, devorador de almas, o mais velho dos nove Príncipes do Inferno, comandante de incontáveis exércitos dos condenados.

Entendo, disse Jem. *E, no entanto, ainda me pergunto... Por que veio até aqui? Que mensagem espera transmitir?* Sua mente estava em polvorosa, mas Jem a ignorou — a parte mais humana de si estava no controle naquele momento. A parte que amava e sentia, que desejava, acima de tudo, proteger sua família: Will, Tessa e seus filhos. *Seu predecessor tinha uma obsessão doente por uma família de Caçadores de Sombras. Causou sofrimento e destruição demais, o que o levou à morte. Espero que você não dê continuidade a essa fixação.*

— Não vou — afirmou o novo Belial. — Aquela era a linhagem dele, não minha. Não me interessa a família da qual você fala, eles não significam nada para mim. O antigo Belial enfraqueceu o próprio poder por seu fascínio com eles. Meu desejo é apenas restaurar aquela força.

E você veio até aqui, pela bondade do seu coração demoníaco, para me informar isso?, contemplou Jem. *Não. Você teme Cortana. Sabe que ela matou seu predecessor. Teme ser o próximo alvo da portadora dela.*

— Os mortais têm tanta dificuldade para entender os métodos e motivações dos Céus e do Inferno — comentou Belial, mas havia uma tensão em seu sorriso. — Não há muito sentido na garota Carstairs querer me abater. Eu apenas acabaria sendo substituído por outro, alguém, quem sabe, mais determinado a se livrar dela.

Resumindo, disse Jem, *o que você está dizendo é: se os Herondale o deixarem em paz, você os deixará em paz.*

— Para todo o sempre — respondeu Belial. — Como disse, não tenho interesse nenhum neles. São apenas Nephilim comuns agora.

Jem não tinha certeza de que concordava com a afirmação, mas deixou passar. *Vou transmitir a informação. Tenho certeza de que não terão qualquer interesse em forjar uma conexão com você, tampouco.*

CASSANDRA CLARE

Belial sorriu, os dentes brancos e afiados.

— Excelente! Vou ficar lhe devendo um favor, Silencioso.

Não será necessário, protestou Jem, mas Belial já estava se dissipando. Deixara apenas um vislumbre no local onde estivera e, depois, nem mesmo isso. A única evidência de sua presença era um estranho círculo de pedra nua no centro do pátio onde a neve não caíra.

EPÍLOGO

O verão demorara a chegar em Londres aquele ano, pensou Cordelia, e, para a Casa Chiswick, parecia ter chegado ainda mais tarde, como se o local possuísse seu próprio clima distinto. Apesar do céu azul lá em cima, os jardins da mansão pareciam cobertos pelas sombras. As árvores eram mantos verdes, mas poucas flores haviam desabrochado nos jardins cobertos de vegetação. Cordelia se lembrou da primeira vez que vira a casa: à noite, em escuridão assombrada por demônios, o próprio vento parecendo sussurrar *vá, você não é bem-vinda aqui*.

Agora as coisas eram diferentes. A mansão em si não havia mudado, mas Cordelia, sim. Não estava lá com Lucie apenas, embarcando em uma missão clandestina: estava cercada pelos amigos, a família, o marido e sua agora *parabatai*. Não se importaria se estivesse nevando. Naquele grupo, não tinha como não estar contente.

O solo era duro, pedregoso, difícil de escavar. Eles levaram quase a manhã inteira, até se revezando com as pás, para cavar um retângulo no chão onde caberia o antigo caixão de Jesse, que estava equilibrado precariamente na beirada do buraco.

Haviam trazido cestas de piquenique, embora não fosse ali que pretendessem comer — e consumido bastante cerveja de gengibre. Estavam todos um pouco suados e sujos, e os garotos tinham tirado os casacos e

— 741 —

Corrente de Espinhos

arregaçado as mangas. James fizera grande parte do trabalho de escavação, e Cordelia aproveitara a visão. Ele trocou uma ideia rápida com Matthew naquele momento, e, tendo decidido que o buraco já era grande o suficiente, se virou para o resto do grupo: Lucie e Jesse, Thomas e Alastair, Anna e Ari, Matthew com Oscar, Cordelia e Grace.

— Certo — anunciou, escorando-se na pá como o coveiro de *Hamlet*. — Quem gostaria de começar?

Todos se entreolharam, um pouco envergonhados, como crianças que foram pegas quebrando uma regra, exceto Anna. Anna jamais parecia envergonhada. Mas havia sido ideia de Matthew, então, no final, todos os olhos se viraram para ele, que tinha se ajoelhado para coçar a cabeça de Oscar.

Ele pareceu achar graça.

— Entendi — disse. — Muito bem. Vou mostrar a vocês como se faz.

Oscar latiu quando o dono seguiu para o caixão vazio, a tampa aberta. As árvores lançavam sombras de folhas ali dentro e por cima do colete verde de Matthew. Os cabelos dele tinham crescido desde o inverno, quase tocando o colarinho. Estivera treinando com afinco e não parecia mais tão magro. Havia uma profundidade em seu sorriso que não estivera lá quando Cordelia chegara a Londres. Não estivera lá nem mesmo quando os dois estiveram juntos em Paris.

Com um floreio, Matthew tirou uma garrafa de uísque de dentro do colete. Estava cheia, o líquido âmbar escuro refletindo no sol, dourado.

— Aqui — falou, curvando-se para deitar o frasco dentro do caixão. — Não acho que ninguém esteja surpreso com minha escolha.

Cordelia duvidava que qualquer um dos outros estivesse. Quando o inverno se transformou em primavera, todos sentiram como se estivessem finalmente saindo de um longo período de escuridão e em direção à luz. Foi Anna quem comentou primeiro que, no verão, todos iriam partir de Londres, separando o grupo que havia sido a grande rede de apoio de todos eles durante os longos meses depois de janeiro. James e Cordelia estavam de partida para aproveitar sua lua de mel; Matthew iria viajar; Alastair e Thomas partiriam para ajudar Sona a se mudar para Cirenworth outra vez — seu desejo de se mudar para Teerã havia evaporado miraculosamente após uma visita de meses da família por conta do nascimento de Zachary —, e Anna

— 742 —

e Ari logo iriam para a Índia. A vida estava recomeçando, não importava quanto eles tivessem mudado. E para marcar a ocasião, Matthew sugerira aquela cerimônia, em que cada um enterraria um símbolo do passado.

— Não precisa ser algo ruim — explicara Matthew —, apenas algo que vocês queiram deixar para trás ou considerar parte do seu passado, não do futuro.

Sorrira um pouco arrependido para Cordelia ao dizê-lo. Uma distância havia se aberto entre os dois desde janeiro, não fruto de hostilidade ou raiva, mas aquela proximidade que ela sentira com ele em Paris havia desaparecido, aquele sentimento de que os dois entendiam tão bem um ao outro. Paradoxalmente, Matthew ficara cada vez mais próximo de James e Thomas, e até de Alastair.

— Você tem que deixar o coração dele se curar — argumentara James. — Isso só vai ser possível com um pouco de distanciamento. Vai tudo se resolver com o tempo.

Um pouco de distanciamento. Só que Matthew estava prestes a ir para muito longe e em breve, e por quanto tempo, Cordelia não sabia.

Matthew se levantou, limpou a sujeira das mãos e foi pegar um graveto para atirar para Oscar. O cachorro saltitou pelo gramado, parou e fungou o ar com suspeita.

Endireitando os ombros, Ari foi tomar o lugar de Matthew. Trajava um vestido cor-de-rosa simples, os cabelos presos em um coque frouxo. Segurava um pedaço de papel dobrado, com as pontas levemente chamuscadas.

— Esta é a carta que meu pai escreveu na sua tentativa de chantagear Charles — explicou ela. — Para mim, simboliza como ele era rígido comigo quando ele mesmo não seguia suas próprias regras. Era isto que meu pai queria que eu fosse: uma imagem falsa. Não quem eu sou. Não quem eu espero que um dia ele aprenda a ser.

Quando deixou o papel cair dentro do caixão ao lado da garrafa de uísque, os olhos dela estavam tristes. Maurice Bridgestock continuava em Idris depois de ter sido retirado do cargo de Inquisidor. Logo viajaria para a Ilha Wrangel, um lugar solitário onde ficaria encarregado de proteger as barreiras. A Sra. Bridgestock havia entrado com um pedido de divórcio, mas parecia estar longe de desanimada, muito pelo contrário: parecia estar

Corrente de Espinhos

adorando a sua nova independência, e havia recebido Anna — e todos os amigos de Ari — de braços abertos em sua casa. Era um local caloroso e alegre de visitar, mas Cordelia não podia culpar Ari por se lamentar pelo que acontecera ao pai ou desejar que ele fosse uma pessoa melhor. Era um sentimento que ela própria conhecia muito bem.

Thomas foi o próximo. Thomas existia em contradições. Ele carregava as marcas da perda de Christopher mais visivelmente do que os demais, nas linhas de expressão em seus olhos, que não existiam antes e que eram incomuns em alguém tão jovem — Cordelia achava que elas davam mais personalidade a ele. Mas também havia uma nova paz. Thomas sempre parecera tentar se encolher dentro de um corpo que ele achava desajeitado. Agora estava confortável, como se enfim enxergasse a si mesmo da maneira como Alastair o enxergava: alto, gracioso e forte.

Como Ari, ele segurava um pedaço de papel, embora aquele não estivesse levemente chamuscado: estava extremamente chamuscado.

— Vou enterrar uma das primeiras tentativas que fizemos de criar uma mensagem de fogo — anunciou —, na qual eu talvez tenha escrito algumas coisas das quais me arrependo.

Alastair sorriu.

— Eu me lembro dessa.

Thomas deixou a folha cair.

— Representa um tempo quando eu não sabia o que queria. — Olhou para Alastair, a conexão entre os dois quase palpável. — Mas já não é mais o caso.

Alastair tomou o lugar de Thomas em seguida e, ao passarem um pelo outro, suas mãos se tocaram de leve. Estavam sempre se tocando: Alastair ajeitando a gravata de Thomas, Thomas bagunçando os cabelos de Alastair, para o grande entretenimento de Sona. Cordelia achava tudo uma graça.

Da mesma forma como Matthew havia feito antes dele, Alastair segurou uma garrafa no alto, mas aquela era pequena, com um rótulo escrito em letra de forma. Por um momento, Cordelia se perguntou se seria álcool o conteúdo — talvez estivesse enterrando as lembranças do pai deles? — antes de perceber que não se tratava daquilo. Era um frasco vazio de tintura para cabelo. Alastair o deixou cair dentro do caixão com um sorriso torto.

— Um sinal — disse ele — de que descobri que meu cabelo fica bem melhor na cor natural.

— Não fale mal dos loiros — rebateu Matthew, mas estava sorrindo quando Cordelia se adiantou para tomar o lugar do irmão.

Alastair acenou para ela de maneira encorajadora quando se postou ao lado do caixão de Jesse. Cordelia olhou para os amigos com a sensação estranha de que estava em um palco, embora com uma plateia muito mais amigável do que aquela na Hell Ruelle. Procurou o sorriso de Lucie, depois o de James, antes de respirar fundo e levar a mão à bainha vazia em sua cintura.

Ela a desatou, contemplando a bainha de Cortana. Era de fato uma peça encantadora. Aço que parecia prata, incrustada com o dourado mais escuro, com gravações de runas e folhas, flores e gavinhas. A luz que filtrava por entre os galhos acima deles realçava sua beleza.

— Pensei por muito tempo — começou Cordelia, virando a bainha nas mãos — no que deixar para trás. Achei que deveria ser algo relacionado a Lilith. Mas, no fim, escolhi isto. É algo belo. E porque é tão bonita, meu pai quis me presentear com ela, e, por causa disso, chegou tarde e embriagado ao meu casamento. — Ela respirou fundo, sentindo os olhos de Matthew nela. — Ele nunca realmente entendeu que eu não queria presentes bonitos, e sim ele. Meu pai, ao meu lado. E... nunca disse estas palavras a ele. Guardei como um segredo dentro do meu coração. — Ela se curvou para deitar a bainha, que ficou lá, reluzindo em meio à estranha coleção de objetos dentro do caixão. — Se tivesse contado a verdade, talvez não tivesse mudado tudo que aconteceu, mas teria mudado meus arrependimentos. Se eu tivesse contado a verdade a todos vocês sobre meus planos de procurar Wayland, o Ferreiro, poderia ter sido poupada de cometer um erro terrível. — Ela se levantou. — O que estou deixando para trás é a escolha de guardar segredos. Não todos os segredos — ela sorriu de leve —, mas o tipo que guardamos por vergonha ou por acharmos que estamos fracassando e que seremos julgados pelos outros. Nossos fracassos são sempre mais monstruosos aos nossos próprios olhos do que aos dos outros. Aos olhos daqueles que nos amam, somos perdoados.

Lucie bateu palmas alto.

Corrente de Espinhos

— Agora que você tem uma *parabatai,* nunca mais vai ter que guardar segredos! Pelo menos não de mim — acrescentou. — Você pode guardar os seus segredos do resto desses pobres pagãos, se quiser.

Houve um coro de vaias.

— Lucie, querida — disse Anna. — Não dê conselhos terríveis a Cordelia. Todos queremos ouvir o que ela tem a dizer, não importa quão escandaloso seja. Na verdade, vamos querer ouvir especialmente se for escandaloso. — Ela abriu um sorriso malicioso.

— Anna — chamou Matthew em um falso tom de seriedade —, não é sua vez agora? Qual será a sua contribuição?

A jovem desenhou uma onda no ar.

— Nada. Gosto de tudo que tenho e aprovo tudo que fiz.

Até Alastair riu, e Ari descansou a cabeça no ombro de Anna. Ela vestia um colete com listras cor-de-rosa que combinavam com o vestido de Ari, notou Cordelia. Anna adquirira o hábito de combinar peças de roupas com Ari, o que para Anna era um compromisso mais sério do que Marcas de União Matrimonial.

— Bem. — Todos olharam ao redor ao escutar a palavra. Grace raramente falava, e era sempre um pouco surpreendente ouvir sua voz. — Como alguém que tem muitos arrependimentos, é minha vez agora. Se não houver objeções.

Ninguém se opôs, e Grace caminhou silenciosamente até o caixão que outrora fora do irmão. Nos meses anteriores, ela havia conquistado um lugar entre eles como a irmã de Jesse. Era inegável que, sem ela para completar a pesquisa de Christopher, era improvável que tivessem conseguido sua vitória contra Belial. E as palavras de Christopher — que, se eles a culpassem para sempre pelas ações do passado, não seriam pessoas melhores do que Tatiana — ficaram gravadas na memória de todos.

Ainda assim, não havia sido uma trégua fácil. Depois que James contou aos pais sobre a pulseira e o feitiço, eles tinham ficado devastados. Cordelia estivera presente e vira quão intensamente sentiram a dor do filho, mais do que jamais sentiriam, ela imaginou, se fosse deles próprios. E carregavam a culpa dos pais: que deveriam ter visto, deveriam ter notado, deveriam ter protegido o filho.

— 746 —

James protestara, explicando que o grande mal da pulseira era que impedia os outros de saberem, protegerem, ajudarem. Eles não tinham culpa de nada. Ainda assim, era uma ferida, e, naquele mesmo dia, Grace havia deixado o Instituto sem alarde e se mudado para a casa da Consulesa, onde estava ajudando Henry a reorganizar o laboratório.

Jesse tinha ficado preocupado se seria constrangedor para ela lá, considerando sua história com Charles. Mas Grace argumentara que Charlotte e Henry sabiam de tudo, e ela e Charles haviam chegado a um entendimento. Embora a princípio Charles tivesse ficado realmente furioso, ele agora se dizia aliviado que Grace tivesse atrapalhado seus planos de se casar com Ari, o que teria feito os dois absolutamente infelizes. Ele estava em Idris agora, trabalhando para o novo Inquisidor Kazuo Satō — de vez em quando Charles enviava cartas, em geral endereçadas a Matthew, mas às vezes a Ari, com notícias do pai dela. Teriam feito um casal horripilante, disse Ari, mas, como amigos, se davam surpreendentemente bem.

Quando se tratava de Grace, todos os olhos se viravam para James, que era, afinal, a pessoa que ela mais havia machucado. Para surpresa geral, a raiva dele por ela pareceu ter se dissipado depressa depois da morte de Belial. Uma noite, na cama com James, Cordelia dissera:

— Sei que não falamos sobre isso com frequência, mas todos sempre olham para você quando precisam decidir como lidar com Grace. E você parece tê-la perdoado. — Ela rolou para ficar de lado, olhando para ele com curiosidade. — Você perdoou?

James a imitara, e agora os dois estavam frente a frente. Os olhos dele eram como ouro reluzente, da cor do fogo, e deixaram um rastro de calor por onde percorreram a curva do ombro dela, do pescoço. Cordelia não achava que algum dia pararia de desejar James, e ele não demonstrara qualquer indício de sentir o contrário.

— Acho que não falamos sobre isso porque quase nunca penso a respeito. Contar a todos foi a parte difícil. Depois disso... Bem, não sei se é exatamente perdão. Mas descobri que não posso ficar com raiva de Grace quando tenho tanto, e ela, tão pouco.

— Você não acha que devia falar com ela? Ouvi-la pedir desculpas? — perguntara Cordelia, e James balançara a cabeça.

Corrente de Espinhos

— Não. Não é algo de que eu precise. Quanto a ela, será sempre marcada pela infância que teve e pelas coisas que fez. O que mais qualquer punição ou pedido de desculpas acrescentaria a isso?

As coisas que fez. Cordelia pensou nas palavras de James enquanto Grace levantava duas meias-luas de prata. Os restos partidos da pulseira enfeitiçada. Ela olhou para James, os olhos cinzentos firmes. Tinha uma cicatriz na bochecha agora — não da batalha em Westminster, mas de um béquer que havia explodido no laboratório dos Fairchild.

James assentiu para Grace, e Cordelia entendeu: não precisavam falar mais do que aqueles gestos para resolver o que havia acontecido entre Grace e James. Estava acabado havia muito tempo, e a mágoa passada de James tinha sido absorvida por quem ele era agora: era a lembrança de uma agulha que não podia mais tirar sangue.

Grace deixou a joia partida cair dentro do caixão e os pedaços tilintaram contra algo de vidro. Ela ficou olhando para eles por um longo momento antes de se virar e se afastar, as costas retas, os cabelos claros soprados pelo vento.

Ela foi até Jesse. O irmão colocou a mão no ombro dela antes de ir até o caixão. De todos eles, pensou Cordelia, Jesse havia sido quem mais mudara desde janeiro. Naquela época, ainda era pálido e magro, especialmente para os padrões de um Caçador de Sombras, apesar de sua determinação em trabalhar e treinar, em aprender as técnicas de força e equilíbrio que eram incutidas nos Caçadores de Sombras desde cedo na infância. Agora, com o passar dos meses — meses em que treinara quase todos os dias com Matthew e James, até conseguir escalar as cordas pendendo do teto da sala de treinamento sem sequer ficar sem fôlego —, ele estava esguio e musculoso, a pele mais queimada de sol e Marcada com novas runas. Todas as roupas refinadas que Anna o ajudara a escolher tiveram que ser afrouxadas, e afrouxadas de novo, para acomodar o novo molde do corpo dele. Jesse já não parecia mais um menino que crescera dentro das sombras: era quase um homem, um homem forte e saudável.

Ele segurava um pedaço serrilhado de metal que brilhava sob o sol: o cabo quebrado da espada Blackthorn, reconheceu Cordelia. A gravação da coroa de espinhos ainda era visível contra o guarda-mão escurecido.

CASSANDRA CLARE

— Eu — começou Jesse com voz firme — estou deixando para trás a história complicada da minha família. De ser um Blackthorn. Não há, é óbvio, nada de inerentemente mau em qualquer família. Todas elas têm membros que são bons, e outros que nem tanto. Mas as coisas terríveis que minha mãe fez, ela o fez depois de adotar esse nome. Ela pendurou a espada da família acima do meu caixão porque era importante para ela que, mesmo na quase morte, eu lembrasse que era a ideia *dela* de um Blackthorn. Então estou enterrando o que minha mãe achava que um Blackthorn deveria ser. Vou deixar isso para trás e recomeçar como um novo tipo de Blackthorn. O tipo que escolho ser.

Colocou o cabo quebrado junto aos demais objetos e ficou parado por um instante, olhando para o caixão que fora sua prisão por tanto tempo. Quando se virou, caminhava com um ar determinado e foi se juntar a Lucie de cabeça erguida.

E Lucie era a próxima. Ela apertou a mão de Jesse antes de se aproximar do caixão. Tinha contado a Cordelia mais cedo o que estava levando: o desenho de uma caixa Pyxis tirado do apartamento do feiticeiro Emmanuel Gast.

Cordelia sabia que Lucie ainda carregava a culpa pelo acontecido com Gast — ela se sentia culpada por todas as vezes que havia comandado os mortos, embora Gast tivesse sido o pior caso. A habilidade da jovem de ver fantasmas permanecera, mas o poder de comandá-los desaparecera com a morte de Belial. Lucie confessara à amiga que estava aliviada por ter se livrado dele. Jamais nem seria tentada a usá-lo dali em diante.

Não falou enquanto deixava o papel cair. Lucie, sempre tão cheia de palavras, parecia não ter nenhuma para aquele momento. Ela o observou descer até o caixão, as mãos nas laterais do corpo, olhando para cima apenas quando James foi se juntar a ela ao lado da cova — não, corrigiu-se Cordelia, *não* era uma cova: era uma espécie de despedida, sim, mas não daquele tipo.

Parado ao lado da irmã, James olhou para Cordelia. Ali, em meio às sombras, os olhos dele eram da cor da luz do sol. Então, olhou ao redor para os outros, e, devagar, retirou a pistola desgastada do cinto.

— Quase tenho a sensação de que deveria me desculpar com Christopher — disse ele. — Ele investiu tanto tempo, e destruiu tantos objetos, tentando fazer isto aqui funcionar. — Um sorriso melancólico se abriu em seu rosto.

— 749 —

Corrente de Espinhos

— E, no entanto, isso é o que vou deixar para trás. Não porque já não dispara quando quero, embora isso também seja verdade, mas porque só funcionou para mim um dia por causa de Belial, e Belial se foi. Os poderes que eu e Lucie herdamos por nossa conexão com ele nunca foram dádivas, foram fardos. Eram um peso, e dos mais opressores. Um peso de que nós dois nos livramos com alívio. — James olhou de soslaio para a irmã, que concordou com a cabeça, os olhos brilhando. — Gosto de pensar que Christopher teria entendido — concluiu James e se ajoelhou para colocar a arma dentro do caixão.

Respirou profundamente, como alguém que caminhou por uma estrada longa e poeirenta e finalmente encontrou um lugar onde descansar. Pegou a tampa do caixão e a fechou com um clique audível. Ao se levantar, o grupo ficou em silêncio — nem Anna estava mais sorrindo, mas parecia contemplativa, os olhos azuis graves.

— Bem, isto é tudo — concluiu James.

—•—

— Constantinopla — sugeriu James a Cordelia.

Estavam sentados em uma toalha de piquenique amarela que haviam atirado por cima do gramado verde do Hyde Park. O rio Serpentine reluzia prateado à distância, e ao redor deles estavam seus amigos, colocando mais toalhas e cestas no chão. Matthew rolava na grama com Oscar, que tentava desesperadamente lamber o rosto do dono. A qualquer instante, Cordelia sabia, as famílias de todos chegariam, mas, por ora, eram apenas eles.

Cordelia se recostou contra James. Estava sentada entre as pernas dele, suas costas contra o peito do marido. James brincava com os cabelos de Cordelia com delicadeza. Ela deveria avisá-lo que ele acabaria soltando todos os grampos e acabaria com o penteado, mas nem se importava de verdade.

— O que tem Constantinopla?

— É difícil de acreditar que estaremos lá em quinze dias. — Ele a envolveu com os braços. — Na nossa lua de mel.

— É mesmo? Pois tudo me parece muito ordinário. Trivial. — Cordelia sorriu para ele por cima do ombro. Na verdade, ela também mal acreditava em tudo aquilo. Ainda acordava de manhã e se beliscava quando lembrava

— 750 —

que estava na mesma cama que James. Que estavam casados: agora com o conjunto completo de Marcas de União Matrimonial, embora ela não pudesse pensar naquilo sem corar.

O casal havia transformado o quarto que anteriormente tinha sido de James em uma sala de planejamentos, onde, James explicara de modo solene, gesticulando ao redor com um lápis atrás da orelha, eles usariam para *planejar aventuras*. Já tinham viajado por Constantinopla e Xangai e Timbuktu em suas mentes e imaginações. Agora iriam até lá na vida real. Os dois veriam o mundo, juntos, e, para isso, tinham pregado na parede mapas e horários de trens e endereços de Institutos ao redor do globo.

— Mas o que vai acontecer com toda essa perambulação quando vocês tiverem filhos? — resmungara Will, fingindo desespero, mas James tinha apenas rido e dito que iriam levá-los junto aonde fossem, quem sabe dentro de bagagem criada especialmente para aquele fim.

— Você é cruel, Daisy — respondeu James no parque e a beijou. Cordelia ficou toda arrepiada. Rosamund dissera a ela certa vez que beijar Thoby tinha sido sem graça e entediante, mas Cordelia não conseguia se imaginar ficando entediada ao beijar James. Ela se aproximou ainda mais dele na toalha, levou a mão para tocar o rosto de James com delicadeza...

— Ei! — gritou Alastair bem-humorado. — Pare de beijar minha irmã!

Cordelia se afastou de James e riu. Sabia que Alastair não se importava de verdade — agora ele já estava muito confortável no grupo de amigos deles, confortável o bastante até para fazer provocações. Jamais voltaria a se preocupar com a possibilidade de não ser bem-vindo em uma reunião na Taverna do Diabo ou em uma festa, ou encontro dos amigos na casa de Anna tarde da noite. As atitudes dos outros em relação a Alastair mudaram, mas, mais do que isso, *ele* mudara. Era como se ele tivesse estado trancafiado em um quarto, e Thomas tivesse aberto a porta. Alastair agora parecia se sentir livre para expressar seu amor e sua afeição pelos amigos e pela família, algo que sempre havia sufocado e escondido. Ele tinha verdadeiramente surpreendido Sona e Cordelia com a atenção que dedicava ao irmão recém-nascido. Enquanto Alastair estivesse presente, Zachary Arash jamais precisaria temer ficar só por um segundo qualquer: o irmão estava sempre segurando-o, atirando-o no ar e pegando outra vez enquanto

Corrente de Espinhos

o neném soltava gritinhos de deleite. Raramente voltava para casa sem um chocalho ou brinquedo para entreter o bebê.

Certa vez após o jantar em Cornwall Gardens, Cordelia passara pela sala na casa da mãe e vira Alastair sentado no sofá com o irmãozinho — uma massa de lençóis enrolados com apenas dois punhos rosados visíveis, que ele abanava enquanto Alastair cantava, em voz baixa, uma melodia persa que Cordelia só recordava parcialmente: *você é a lua no céu, e eu sou a estrela que orbita ao seu redor.*

Era uma canção que Elias costumava cantar para eles quando eram muito pequenos. Como as coisas mudam, Cordelia não pôde deixar de pensar, de maneiras que ela jamais teria esperado.

—

— Tortas Bakewell! — exclamou Jesse. — Bridget se superou.

Ele e Lucie estavam tirando itens de uma cesta de piquenique do tamanho do Palácio de Buckingham e arrumando-os sobre a toalha azul e branca que Lucie colocara no gramado sob um punhado de castanheiras.

Bridget *tinha* se superado. Quando Lucie achava que a cesta estava vazia, Jesse retirava outra guloseima de lá: sanduíches de presunto, galinha e maionese, tortas de carne, morangos, tortas Bakewell e bolinhos de Eccles, queijo e uvas, limonada e cerveja de gengibre. Desde que Bridget se recuperara do ferimento sofrido em Westminster ela estava incrivelmente ativa na cozinha. Na verdade, parecia estar mais enérgica do que antes. Os fios brancos desapareceram da cabeça, e Will comentou que ela parecia estar se rejuvenescendo, e não envelhecendo. Até suas canções se tornaram mais frequentes e mais horripilantes.

— Vou esconder algumas. Senão Thomas vai comer todas — anunciou Jesse, colocando de lado várias das tortas de geleia e amêndoas. Quando se moveu, uma Marca preta e grossa em seu antebraço direito chamou a atenção. *Lar.* Era uma Marca incomum, mais simbólica do que prática, como as runas de luto e de felicidade.

Ele a tinha recebido no dia em que retornara de Idris, depois de seu julgamento com a Espada Mortal. Ainda que a maior parte das preocupações da Clave a respeito da lealdade de Will e Tessa tivesse sido acalmada por seus testemunhos — e pela morte de Belial —, a questão de Jesse e das ações de Lucie ao revivê-lo havia permanecido em aberto. A Clave quisera falar com os dois, mas Jesse insistira: queria passar pelo julgamento da Espada Mortal sozinho. Queria que fosse de conhecimento geral que ele era filho de Tatiana, e que ela o mantivera parcialmente vivo até Lucie fazer o que tinha feito, e que Lucie era inocente de necromancia. Jesse não queria mais fingir ser Jeremy Blackthorn. Queria ser conhecido por quem era, e enfrentar quaisquer que fossem as consequências.

Afinal, argumentara ele, um julgamento revelaria o quanto ele havia lutado contra Belial, que jamais cooperara com ele ou qualquer outro demônio. Lucie também sabia que ele nutria esperanças de que seu testemunho fosse ajudar não apenas a ela, mas também Grace, e, ainda que Lucie tivesse respeitado seu pedido e não o acompanhado a Alicante — ela passara os dois dias em que ele estivera fora morrendo de preocupação e escrevendo um romance intitulado *O heroico príncipe Jethro derrota o Maligno Conselho das Sombras* —, ela suspeitava que tinha, de fato, ajudado.

Quando Jesse retornou de Idris, seu nome havia sido limpo, bem como o de Lucie. Ele era agora oficialmente Jesse Blackthorn, e carregava uma nova aura de determinação. Estava decidido a se tornar parte do Enclave, a poder manter a cabeça erguida entre eles. Afinal, muitos dos membros o tinham visto lutar bravamente em Westminster e até sabiam que ele havia ajudado. Jesse participava das patrulhas, comparecia às reuniões, acompanhou Lucie em sua cerimônia *parabatai* com Cordelia. A Marca de Lar, que era permanente, fora dada a ele por Will, que também o presenteara com uma estela que pertencera ao pai de Will — e que agora fora modificada para criar mensagens de fogo, assim como todas as estelas atuais. Ambas foram presentes, pensou Lucie, a Marca e a estela, uma espécie combinada de boas-vindas, ela esperava, com uma promessa.

— Você não pode reclamar que Thomas está sempre com fome quando *você* está sempre com fome — argumentou Lucie.

— Mesmo com horas de treinamento por dia... — começou Jesse com indignação, depois estreitou os olhos. — Luce. O que foi?

— Ali. No banco — sussurrou ela.

Corrente de Espinhos

Lucie notou quando Jesse virou para olhar: uma fileira de bancos havia sido instalada ao longo de uma cerca baixa, não muito distante de uma estátua de pedra de um menino com um golfinho. Em um dos bancos estava sentado Malcolm Fade, vestindo um terno de linho cor de creme e um chapéu de palha. Apesar do chapéu, Lucie sabia que ele a estava fitando com concentração absoluta.

O estômago dela se revirou. Não via Malcolm desde a festa de Natal no Instituto, e parecia que uma vida inteira havia passado desde então.

Ele gesticulou com o dedo na direção dela, como se dissesse *venha falar comigo.*

Lucie hesitou.

— Preciso ir até ele.

Jesse franziu a testa.

— Não gosto disso. Me deixe ir com você.

Parte de Lucie desejava *poder* pedir a Jesse que a acompanhasse. Ela não conseguia enxergar o rosto de Malcolm, mas sentia a intensidade com a qual ele a encarava, e não tinha certeza de que era de todo amigável. Ainda assim, uma parte ainda maior dela sabia que fora ela quem se atara a Malcolm com uma promessa. Uma promessa que havia muito não era discutida.

Ela olhou ao redor. Nenhum dos amigos parecia ter notado o feiticeiro. Matthew estava deitado na grama, o rosto virado para o sol, enquanto Thomas e Alastair brincavam de jogar gravetos para Oscar. James e Cordelia só tinham olhos um para o outro, e Anna e Ari estavam à margem do rio, absortas em sua conversa.

— Vai ficar tudo bem... Você vai conseguir me ver daqui. Se precisar de você, faço um sinal — tranquilizou Lucie, dando um beijo na cabeça de Jesse ao se levantar. Ele ainda estava com a testa franzida quando ela cruzou o gramado na direção de Malcolm.

Ao se aproximar do Alto Feiticeiro, Lucie notou como ele estava diferente da última vez que o vira. Sempre fora bem alinhado, as roupas bem pensadas em termos de caimento e sofisticação, mas ele parecia um pouco desarrumado naquele momento. Havia buracos nas mangas do paletó de linho cor de creme, e o que pareciam pedaços de flores e palha grudados nas botas.

Lucie se sentou com cautela no banco da praça, não perto demais de Malcolm, mas também não tão distante que fosse ser considerado um insulto a ele. Dobrou as mãos sobre o colo e fitou o parque. Podia ver os amigos sentados nas toalhas de piquenique de cores chamativas — Oscar era uma sombra dourada pálida correndo de um lado para o outro. Jesse, vigiando-a com olhos sérios.

— Belo dia, não? — começou Malcolm. Sua voz era distante. — Quando saí de Londres, o chão estava coberto de gelo.

— É, sim — concordou Lucie com cuidado. — Malcolm, onde você esteve? Pensei que veria você depois da batalha de Westminster. — Quando ele não respondeu, ela continuou: — Faz seis meses e...

Aquilo pareceu surpreendê-lo.

— Seis meses, você disse? Eu estava nas terras verdes do Reino das Fadas. Para mim, não foram mais do que algumas semanas.

Lucie estava perplexa. Nunca ouvira falar em feiticeiros que viajavam para o Reino das Fadas com frequência — ou mesmo raramente. Mas explicava a grama e as flores nas botas dele. Poderia perguntar por que ele havia ido, mas sentiu que a pergunta não seria bem recebida. Em vez disso, falou:

— Malcolm, não tenho mais meu poder. Você deve ter imaginado... Desde que Belial morreu, perdi a habilidade de comandar os mortos. — Ele não respondeu. — Sinto muito...

— Eu estava torcendo — interrompeu ele — para que seu poder talvez já tivesse começado a retornar. Como uma ferida cicatrizando. — O feiticeiro ainda fitava o gramado diante deles, como se buscasse algo lá e não estivesse encontrando.

— Não. Não voltou. Não acho que vá voltar. Estava ligado ao meu avô, e morreu com ele.

— Você tentou? Tentou usá-lo?

— Tentei — respondeu Lucie, devagar. — Jessamine me permitiu fazer uma tentativa. Mas não funcionou, e estou aliviada por isso. Lamento não poder ajudá-lo, mas não lamento ter perdido meu poder. Não teria sido bom usá-lo em Annabel. Entendo que você ainda sofra pela perda dela, mas...

Malcolm olhou para ela de relance e depois desviou o olhar, tão rapidamente que Lucie só percebeu uma fúria ardente em seus olhos e na boca franzida. Sua expressão era de quem a estapearia se pudesse.

Corrente de Espinhos

— Você não entende *nada* — sibilou ele —, e, como todos os Caçadores de Sombras quando fazem uma promessa a um membro do Submundo, vai inevitavelmente quebrar a sua.

Trêmula, Lucie disse:

— Não posso ajudar de alguma outra forma? Poderia tentar conseguir algum tipo de restituição da Clave, um pedido de desculpas formal pelo que foi feito a Annabel...

— *Não.* — O feiticeiro se levantou em um pulo. — Eu mesmo irei atrás da minha restituição. A utilidade que os Nephilim tinham para mim acabou. — Ele olhou para além de Lucie, para Jesse. Jesse, com os cabelos pretos e olhos verdes, Jesse com sua semelhança aos retratos de família na Casa Chiswick. Malcolm estaria pensando no quanto Jesse se parecia com Annabel, como todos os seus antepassados? O rosto do feiticeiro estava impassível. A fúria havia desaparecido, deixando apenas uma espécie de vazio calculista. — Não voltarei a confiar em um Caçador de Sombras — afirmou, e sem sequer voltar a olhar para ela, partiu.

Lucie ficou sentada no banco por um momento, imóvel. Não podia deixar de se culpar. Nunca deveria ter feito promessas tolas, dizer que usaria seu poder, mesmo depois do que acontecera com Gast. Não quisera se aproveitar de Malcolm — ela realmente pretendera cumprir sua parte no acordo, por mais que se arrependesse de ter concordado. Mas sabia que o feiticeiro jamais acreditaria naquilo.

Jesse estava de pé quando ela voltou para o piquenique. Ele pegou a mão dela, a expressão inquieta.

— Eu estava indo até lá...

— Está tudo bem — garantiu Lucie. — Ele está bravo comigo. *Fiz* uma promessa a ele e a quebrei. Me sinto péssima.

Jesse balançou a cabeça.

— Não há nada que você pudesse ter feito. Não sabia que seu poder seria perdido. No final, a raiva dele não é direcionada a você, mas ao que aconteceu há muito tempo. Só espero que ele possa deixar isso para trás um dia. Nada pode ser feito por Annabel agora, e ficar preso ao passado só vai envenenar o futuro dele.

— 756 —

CASSANDRA CLARE

— Quando você se tornou tão sábio? — murmurou ela, e Jesse a puxou em um abraço. Ficaram daquele jeito por um instante, saboreando a proximidade um do outro. Era incrível poder abraçar Jesse, tocá-lo, sem aquela escuridão horrível se fechando sobre ela, pensou Lucie. E, mais praticamente falando, era muito agradável poder estar nos braços de Jesse sem os pais dela vigiando-os como águias. Embora morassem juntos no Instituto, era absolutamente proibido que estivessem um no quarto do outro, a menos que as portas estivessem abertas. Não importava quanto Lucie reclamasse, Will não cedia.

— Tenho certeza de que você e mamãe faziam todo tipo de coisas escandalosas quando moravam juntos no Instituto — argumentara Lucie.

— Exatamente — respondera Will, sombrio.

Tessa rira.

— Quem sabe quando vocês estiverem noivos, aí talvez afrouxemos as regras.

Não era culpa de Jesse que os dois não tivessem noivado, pensou ela. Lucie tinha dito a ele que os dois poderiam se casar quando ela tivesse vendido seu primeiro livro, e Jesse parecera achar que era um acordo decente. Era nele que estava trabalhando no momento: *A bela Cordelia e a princesa secreta Lucie derrotam os maléficos poderes das trevas*.

Jesse sugerira que ela encurtasse o título. Lucie prometera pensar no assunto. Estava começando a ver o valor daquela crítica.

Deixou de lado a sua tristeza por conta de Malcolm quando levantou o rosto e sorriu para Jesse.

— Você me disse certa vez que não acredita em finais, felizes ou não — disse ele, a mão calejada amparando a nuca dela com suavidade. — Ainda pensa assim?

— Lógico — respondeu ela. — Ainda temos tanta coisa pela frente... Coisas boas, ruins e todo o resto. Acredito que este seja nosso meio feliz. Você não?

E ele a beijou, o que Lucie tomou como sinal de que ele concordava.

Corrente de Espinhos

— Não consigo entender — resmungou Alastair quando Oscar depositou um graveto aos seus pés — por que o cão ganhou uma medalha. Ninguém mais ganhou uma.

— Bom, não é uma medalha *oficial* — ponderou Thomas, ajoelhando--se na grama para coçar a cabeça de Oscar e brincar com as orelhas dele.

— Você sabe disso.

— Foi a Consulesa quem entregou — lembrou Alastair, ajoelhando-se também. Levantou o pequeno medalhão fixo à coleira de Oscar. Tinha as palavras OSCAR WILDE, CÃO HEROICO gravadas nele. Charlotte dera a medalha a Matthew, dizendo que, na opinião dela, Oscar havia feito tanto quanto qualquer um deles para salvar Londres.

— Porque a Consulesa é a mãe do tutor do cachorro — lembrou Thomas, tentando e falhando em evitar que Oscar lambesse seu rosto.

— Favoritismo terrível — provocou Alastair.

Se fosse um ano atrás, Thomas talvez tivesse pensado que Alastair estava falando sério, mas agora sabia que ele estava sendo ridículo de propósito. Era bem mais bobo do que as pessoas suspeitavam. Um ano atrás, Thomas jamais teria conseguido imaginar Alastair de joelhos na lama e na grama com um cachorro. Não teria conseguido imaginar Alastair *sorrindo,* quem dirá sorrindo *para ele,* e estaria muito além dos mais grandiosos sonhos de Thomas imaginar como seria beijar Alastair.

Agora ele e Alastair iam ajudar Sona com a mudança para Cirenworth, junto com bebê Zachary, e, depois disso, Thomas ia morar com Alastair em Cornwall Gardens. Thomas ainda se lembrava de quando Alastair perguntou o que ele achava de os dois morarem juntos. Alastair estivera visivelmente aterrorizado com a possibilidade de ele negar, e Thomas foi forçado a beijá-lo e beijá-lo, até estar preso contra a parede e ofegante, para Alastair finalmente acreditar que sua resposta era sim.

Thomas se perguntara se ficaria tenso com a ideia de se mudar, mas acabou descobrindo que era apenas empolgação o que sentia ao pensar em construir um lar com Alastair — não importava o quanto Cordelia brincasse que o irmão às vezes roncava e deixava meias sujas espalhadas por todos os cantos. Ele ficara nervoso com a expectativa de contar aos pais a verdade sobre si e sobre seus sentimentos por Alastair. Escolhera uma noite comum

— 758 —

CASSANDRA CLARE

em fevereiro quando estavam todos reunidos na sala de estar: Sophie estivera tricotando algo para Charlotte; Gideon, verificando documentos para a Clave; e Eugenia, lendo o livro *A história dos Caçadores de Sombras de Londres*, de Esme Hardcastle, e se acabando de rir. Tudo estivera absolutamente normal até Thomas ter se levantado diante da lareira e pigarreado de maneira audível.

Todos olharam para ele, as agulhas de tricô de Sophie paradas no ar na metade do movimento.

— Estou apaixonado por Alastair Carstairs — anunciou Thomas, alto e devagar, para que não houvesse confusão — e vou passar o resto da minha vida com ele.

Um silêncio momentâneo se fez.

— Achei que você nem *gostasse* de Alastair — comentara Gideon, parecendo intrigado. — Não muito, pelo menos.

Eugenia atirara o livro no chão. Levantando-se, ela encarou os pais — o cômodo inteiro, na verdade, até mesmo o gato adormecido à janela — com retidão magnífica.

— Se *alguém* aqui ousar condenar Thomas por quem ele é ou por quem ele ama — pronunciara-se ela —, eu e ele deixaremos esta residência imediatamente. Vou morar com ele e renunciar ao resto de vocês como família.

Thomas já se perguntava, alarmado, como explicaria para Alastair a decisão de Eugenia de ir morar com eles, quando Sophie tirou os óculos de leitura e os colocou de lado com um estalido.

— Eugenia — dissera ela —, não seja ridícula. Ninguém aqui vai *condenar* Thomas.

Ele respirara aliviado. Eugenia parecera levemente decepcionada.

— Não?

— Não — respondeu Gideon com firmeza.

Sophie olhou para o filho, os olhos cheios de afeição.

— Thomas, querido, amamos você e queremos que seja feliz. Se Alastair faz você feliz, então ficamos satisfeitos. Se bem que seria uma boa ideia se você *nos apresentasse* a ele — acrescentou. — Talvez pudesse convidá-lo para jantar aqui?

Eugenia podia estar desapontada, mas Thomas não estava. Sempre soubera que os pais o amavam, mas saber que o amavam por inteiro era como

— 759 —

Corrente de Espinhos

largar um peso monumental que estivera carregando por um longo tempo sem sequer se dar conta do fardo.

Alastair tinha, de fato, ido jantar na casa da família e encantado a todos com seu charme, e aquele jantar levou a vários outros — jantares persas deliciosos na casa dos Carstairs, e até mesmo um jantar na casa dos Bridgestock, com as famílias reunidas. Agora que Maurice não estava mais presente, Flora adorava receber convidados, e Thomas estava satisfeito em ver Anna tão feliz — tão carinhosa com Ari e tão livre com seus sorrisos e risadas, como não era desde criança. Ele e Alastair cuidariam de Winston, o papagaio, enquanto Ari, Flora e Anna viajavam à Índia para visitar os lugares onde Ari vivera quando pequena e procurar os parentes da avó de Ari, seus tios e suas tias.

Alastair já ensinara a Winston algumas grosserias em persa e planejava dar continuidade à sua educação. Thomas não se dera ao trabalho de dissuadi-lo — gostava de pensar que, àquela altura, já sabia que batalhas valiam a pena travar.

Oscar tinha rolado de barriga para cima, a língua rosada para fora da boca. Alastair coçava a barriga dele, pensativo.

— Você acha que seria uma boa ideia dar um cachorro a Zachary? Pode ser que ele goste de um.

— Acho que podemos fazer isso, sim, daqui a uns seis anos — respondeu Thomas —, quando ele pelo menos já souber falar a palavra "cachorro" e talvez dar de comer ao bicho, fazer carinho nele... Senão vai ser mais o cachorro da sua mãe do que dele, e ela já tem um bebê para cuidar.

Alastair fitou Thomas, contemplativo. O coração de Thomas bateu mais rápido, como sempre acontecia quando sabia que ele era o objeto único da atenção de Alastair.

— Creio que caberá a Zachary dar prosseguimento ao nome da família — observou. — Provavelmente.

Thomas sabia que Anna e Ari planejavam adotar — sempre havia crianças que precisavam ser adotadas entre os Nephilim —, mas ele não havia pensado em filhos para si mesmo e Alastair, exceto como uma questão para um futuro distante. Por ora, Zachary bastava.

— Isso te incomoda? — perguntou.

— 760 —

CASSANDRA CLARE

— Me incomodar? — Alastair sorriu, os dentes reluzindo, brancos, contra a pele queimada de sol. — Meu Thomas — falou, tocando o rosto de Tom com as mãos longas, delicadas e bonitas. — Estou perfeitamente contente com tudo... exatamente do jeito que está.

———

— James — disse Anna, imperiosa —, não é nada cavalheiresco da sua parte beijar apaixonadamente sua esposa desse jeito em público. Pare já com isso e venha me ajudar a organizar o *croquet*.

James olhou para cima de maneira preguiçosa. O penteado de Cordelia havia se desfeito todo, como previsto, e ele ainda tinha os dedos enrolados nas longas mechas carmesins.

— Não faço a menor ideia de como se joga *croquet* — respondeu.

— Só sei o que li em *Alice no país das maravilhas* — acrescentou Cordelia.

— Ah! — exclamou James. — Então flamingos e... porcos-espinhos?

Anna colocou as mãos nos quadris.

— Temos as bolas, os martelos e os arcos. Vamos ter que improvisar daí. Sinto muito, Cordelia, mas...

Cordelia sabia que não adiantava tentar dissuadir Anna quando ela estava decidida a fazer algo. Abanou a mão enquanto James era arrastado para onde Ari tentava recuperar uma bolinha pintada que havia rolado para longe, e onde Grace segurava um arco com expressão confusa.

Um brilho dourado perto do rio chamou a atenção dela. Matthew tinha ido até as margens do Serpentine e observava o fluxo lento da água sob a luz pálida do sol de junho, as mãos estavam entrelaçadas atrás das costas. Cordelia não podia ver sua expressão, mas conhecia Matthew bem o suficiente para ler sua linguagem corporal. Sabia que estava pensando em Christopher.

A percepção foi como uma pontada de dor para ela. Cordelia se levantou e cruzou o gramado até onde Matthew estava. Patos ciscavam, impacientes, entre os juncos, e os barquinhos de brinquedo de crianças ondeavam com suas cores vívidas na água. Ela podia sentir que Matthew notou sua presença ao lado dele, mas não falou nada. Cordelia se perguntou se olhar para o rio o fazia se lembrar de Christopher, como era o caso para James — James,

— 761 —

Corrente de Espinhos

que sempre falava de sonhos que tinha e nos quais via Christopher parado do outro lado de um largo rio, uma grande faixa de água prateada diante dele, esperando pacientemente que os amigos se juntassem a ele um dia.

— Vamos sentir a sua falta, sabe — comentou Cordelia. — Todos nós vamos sentir muito a sua falta.

Ele se curvou para pegar um seixo e o fitou, evidentemente considerando atirá-lo no espelho de água.

— Até Alastair?

— Até Alastair. Não que ele vá admitir. — Ela fez uma pausa, querendo muito dizer algo, mas sem saber se deveria dizê-lo. — É um pouco estranho que você esteja indo embora agora, quando parece que acabou de se encontrar. Por favor, me diga que... sua partida não tem nada a ver comigo.

— Daisy. — Ele se virou para ela, surpreso. — Ainda gosto de você. Em alguma parte do meu coração, sempre vou gostar, e James sabe disso. Mas estou feliz por vocês dois estarem juntos. Os últimos meses me fizeram ver como James tinha andado tão infeliz, por tanto tempo, e a felicidade dele é a minha também. Você entende... Você também tem uma *parabatai*.

— Acho que é desse jeito que James suporta a ideia de ver você partir — comentou Cordelia. — Ele sabe que não está correndo *de* alguma coisa, mas correndo *atrás* de alguma ideia grandiosa. — Ela sorriu.

— Várias ideias grandiosas — corrigiu Matthew, girando o seixo entre os dedos. Era uma pedrinha de rio banal, mas salpicos de mica cintilavam dentro dela, como cristal. — Quando eu bebia, meu mundo era tão pequeno. Nunca podia ir longe demais sem o próximo gole. Agora meu mundo é novamente vasto. Quero viver aventuras, fazer coisas incríveis e cheias de cores. E agora que estou livre...

Cordelia não perguntou livre de quê. Ela sabia. Matthew contara aos pais a verdade do que fizera vários anos atrás, e como sua mãe sofrera em decorrência disso — como todos eles sofreram. Ele levara James consigo, e James ficara sentado ao lado de Matthew enquanto o jovem explicava, não poupando detalhes. Quando terminou, estivera trêmulo de medo. Charlotte e Henry pareceram muito abalados, e, por um instante, James ficara aterrorizado com a possibilidade de estar prestes a testemunhar a dissolução da família.

— 762 —

CASSANDRA CLARE

Mas então Charlotte pegara a mão de Matthew.

— Graças ao Anjo que você nos contou — disse ela na época. — Sempre soubemos que algo havia acontecido, mas não sabíamos o quê. Nós não só perdemos aquele filho, perdemos outro também: você, Matthew. Você foi ficando cada vez mais e mais distante de nós, e não tínhamos como trazê--lo de volta.

— Vocês me perdoam, então? — murmurou Matthew.

— Sabemos que você não queria causar nenhum mal — respondera Henry. — Não era sua intenção machucar a sua mãe... Você acreditou em uma história terrível e cometeu um erro terrível.

— Mas foi um erro — repetira Charlotte com firmeza. — Não muda nosso amor por você, nem um pouquinho. E é um verdadeiro presente que você esteja nos contando isso agora — ela trocou um olhar com o marido que James só poderia descrever como "meloso" —, porque também temos que compartilhar algo com você. Matthew, estou grávida.

Os olhos de Matthew se arregalaram. Havia sido, dissera James na época, um dia de muitas revelações.

— Você não está indo por causa do bebê, está? — perguntou Cordelia diante do rio, com ar brincalhão.

— Bebês — lembrou Matthew, sombrio. — Segundo os Irmãos do Silêncio, são gêmeos. — Ele sorriu. — E não, até gosto da ideia de ter irmãzinhas ou irmãozinhos. Quando eu tiver retornado, eles já terão cerca de um ano e alguma personalidade formada. Um momento excelente para ensinar a eles que o irmão mais velho Matthew é a pessoa mais maravilhosa e digna que os dois vão conhecer.

— Ah. Você pretende suborná-los.

— Com certeza. — Matthew olhou para ela. O vento soprava os cabelos claros dele e escondia seus olhos. — Quando você veio para Londres — começou ele —, tudo em que eu conseguia pensar era como desgostava do seu irmão, e imaginava que você fosse como ele. Mas você me ganhou muito rápido... Era gentil e destemida, e tantas outras coisas a que eu aspirava ser. — Matthew pegou a mão de Cordelia, embora não houvesse nada de romântico no gesto. Ele pressionou o seixo contra a palma e fechou os dedos dela ao redor. — Acho que eu nunca havia entendido, até você mandar os

— 763 —

Corrente de Espinhos

Ladrões Alegres me buscar quando estava no fundo do poço, quanto eu precisaria de alguém na minha vida que me visse de verdade e me oferecesse compaixão, mesmo sem eu ter pedido. Mesmo quando eu sentia que não merecia. E quando eu viajar pelos mares com Oscar, sempre que avistar uma terra nova, vou pensar em você e naquela compaixão. Vou carregá-la para sempre comigo, e a compreensão de que são os presentes que não tivemos força para pedir justamente àqueles que mais importam.

Cordelia suspirou.

— Existe uma parte egoísta e terrível de mim que quer que você fique aqui em Londres, mas acho que não podemos querer você todo para nós quando o resto do mundo está clamando pela sua presença para deixá-lo um lugar mais alegre.

Matthew abriu um sorriso largo.

— Lisonjas. Como você sabe, sempre funciona comigo.

E enquanto Cordelia segurava firme o seixo liso na mão, ela percebeu que a distância que sentira entre eles parecia ter desaparecido. Mesmo ele estando do outro lado do mundo por um ano, eles não estariam tão longe em espírito.

Ouviram um farfalhar — era James, os cabelos escuros irremediavelmente despenteados, seguindo na direção deles pelo gramado. Ele segurava uma pilha de papéis chamuscados na mão.

— Acabei — anunciou, em vez de cumprimentar os dois — de receber a sétima mensagem de fogo do meu pai. — Folheou as páginas. — Nesta aqui, está dizendo que estão atrasados e que vão chegar dentro de dez minutos. Nesta outra, estão a nove minutos daqui. Nesta, oito. Nesta...

— A sete minutos daqui? — arriscou Matthew.

James balançou a cabeça.

— Não, nesta, ele quer saber se temos mostarda suficiente.

— O que ele teria feito se não tivéssemos? — perguntou Cordelia.

— Só o Anjo sabe. Mas ele com certeza não vai ficar feliz com todos esses patos. — James sorriu para Matthew, que olhou para o *parabatai* daquela maneira que parecia transmitir como ele amava James: que a amizade dos dois era ao mesmo tempo muito boba e terrivelmente séria. Eles faziam

CASSANDRA CLARE

piada durante o dia e arriscavam suas vidas durante a noite. Era isso que significava ser um Caçador de Sombras, supôs Cordelia.

James estreitou os olhos para um ponto distante.

— Math, acho que sua família está aqui.

E, de fato, parecia que os outros começavam a chegar, enfim. Charlotte estava caminhando na direção deles por uma trilha no parque, empurrando a cadeira de rodas de Henry.

— O dever me chama — afirmou Matthew e seguiu para encontrar os pais. Oscar deixou Thomas e Alastair para se juntar ao dono, correndo em seu encalço e latindo para cumprimentar os recém-chegados.

James sorriu para Cordelia — aquele sorriso encantador e preguiçoso que sempre a fazia sentir calafrios deliciosos percorrendo sua coluna. Ela se aproximou dele, guardando o seixo que Matthew lhe dera dentro do bolso. Por um momento, ficaram apenas fitando o parque em silêncio companheiro.

— Vejo que o jogo de *croquet* está indo bem — comentou Cordelia. Anna, Ari e Grace pareciam ter criado uma torre bizarra de arcos e martelos que não lembrava nenhum campo de *croquet* que ela já tivesse visto. Estavam todas paradas, observando sua criação: Anna parecia encantada, Ari e Grace, confusas. — Não sabia que Grace ia enterrar a pulseira — admitiu ela. — Na mansão. Ela comentou alguma coisa com você?

James confirmou com a cabeça, os olhos dourados pensativos.

— Ela me perguntou se podia, e eu disse que sim. Era, afinal de contas, o arrependimento dela que estava enterrando.

— E a sua tristeza — completou Cordelia com suavidade.

Ele olhou para ela. Havia uma mancha de terra em sua bochecha, e outra, de grama, no colarinho. E, ainda assim, quando ela se virou para James, ele parecia mais lindo naquele momento do que quando ela pensava nele como alguém distante e intocavelmente perfeito.

— Não tenho mágoa — admitiu James. Ele pegou a mão de Cordelia, entrelaçando os dedos nos dela. — A vida é uma longa cadeia de eventos, de decisões e escolhas. Quando me apaixonei por você, eu mudei. Belial não pôde alterar isso. Nada podia. E tudo o que aconteceu depois, tudo o que ele tentou fazer por intermédio daquela pulseira, só fortaleceu o que eu sentia

— 765 —

Corrente de Espinhos

por você e nos aproximou um do outro. Foi por causa dele e da intromissão dele que nos casamos, para começo de conversa. Eu já amava você, mas estar casado só tornou impossível escapar dessa paixão. Nunca estive tão feliz como em todos aqueles momentos que estávamos juntos, e foi esse amor que me fez quebrar a pulseira e me dar a certeza de que eu possuía uma força de vontade capaz de confrontar a de Belial. — Ele ajeitou para trás uma mecha de cabelos de Cordelia, seu toque gentil e os olhos fixos nos dela. — Então, não, não sinto tristeza, pois tudo por que passei me trouxe até onde estamos agora. A você. Nós passamos pelas dificuldades e saímos melhor ainda.

Cordelia ficou na ponta dos pés e beijou o marido rapidamente nos lábios. James ergueu uma sobrancelha.

— Só isso? Achei que tinha sido um discurso muito romântico. Esperava uma reação mais apaixonada, que você talvez começasse a soletrar o meu nome com margaridas na margem do rio...

— Foi um discurso romântico — concordou Cordelia —, e, pode acreditar, terei muito a dizer sobre ele mais tarde. — Sorriu para James daquela maneira que sempre fazia os olhos dele arderem como fogo. — Mas nossas famílias acabaram de chegar, então a menos que você queira que nos abracemos apaixonadamente na frente dos seus pais, vamos ter que deixar para depois, para quando estivermos em casa.

James virou e viu que ela dizia a verdade: todos haviam chegado ao mesmo tempo e estavam se dirigindo ao local do piquenique, acenando — Will e Tessa, rindo ao lado de Magnus Bane; Sona empurrando o carrinho de bebê com Zachary Arash e conversando com Flora Bridgestock; Gabriel e Cecily de mãos dadas com Alexander; Gideon e Sophie parando um instante para conversar com Charlotte, Henry e Matthew. Thomas, Lucie e Alastair já cruzavam o gramado verde para encontrar suas famílias. Jesse ficou para trás para ajudar Grace com a parafernália de *croquet*, que havia tombado ao chão; Anna e Ari estavam rindo demais para conseguirem se mover, escorando-se uma na outra enquanto as bolas rolavam em todas as direções.

— Quando estivermos em casa? — repetiu James, baixinho. — Mas já estamos, com todas as pessoas que amamos e que nos amam de volta. *Estamos* em casa.

— 766 —

Alastair tirara o irmãozinho de dentro do carrinho e, com Zachary no colo, acenou para a irmã. Matthew, conversando com Eugenia, sorriu, e Lucie acenou, chamando James e Cordelia, como se dissesse: *o que vocês estão esperando? Venham aqui.*

O coração de Cordelia estava pleno demais para falar. Sem uma palavra, pegou a mão do marido.

Lado a lado com James, Cordelia correu.

Notas sobre o texto

Como sempre, a Londres dos Caçadores de Sombras é uma mistura de realidade e fantasia. Os locais mencionados no livro, em sua maioria, são reais e ainda podem ser visitados. York Watergate data do começo do século XVII e costumava ser uma luxuosa doca para a casa do duque de Buckingham. Pode-se chegar lá com facilidade pela Charing Cross Station e depois caminhando na direção do rio Tâmisa. St. Peter Westcheap ficava na esquina de Cheapside com a Wood Street dos tempos medievais, até ter sido destruída no Grande Incêndio de Londres, em 1666. O pequeno pátio continua lá, bem como a grande e antiquíssima amoreira que Anna e Ari utilizaram para entrar na Cidade do Silêncio.

A estátua de Sir John Malcolm no transepto norte da Abadia de Westminster é real, e o baixo-relevo de Britânia também. Simon de Langham foi arcebispo da Cantuária de 1366 a 1368 e deixou a maior parte de sua enorme propriedade para a abadia — razão pela qual é o único arcebispo da Cantuária enterrado lá. É dele a sepultura eclesiástica mais antiga da catedral.

Polperro é uma aldeia de pescadores real e extremamente charmosa ao sul da Cornualha, e o chalé de pedra que inspirou a casa de Malcolm pode ser facilmente avistado no pedacinho de terra que forma uma barreira natural para o porto da aldeia.

Corrente de Espinhos

O poema de amor citado por Alastair a Thomas é do poeta persa Šams-e Qays, do século XIII, que, por sua vez, diz ter sido escrito por outro poeta, Natáanzi.

Vire a página para ler

Qualquer coisa além da morte,

UMA HISTÓRIA BÔNUS COM CORDELIA E LUCIE.

Abril de 1904

Um dia quente e ensolarado teria sido agradável para sua cerimônia *parabatai,* pensou Cordelia. Mas aquela era Londres no início da primavera, e o clima estava tão abafado e molhado como seria de esperar. Ela foi andando pelas vias ramificadas do cemitério Highgate, pensando na última vez que estivera lá, quase um ano atrás. Quando seguira James para as sombras. Quando ferira Belial pela primeira vez. Apesar do silêncio sereno que pairava sobre o cemitério aquela manhã, ela sentiu um arrepio percorrê-la.

Quando alcançou a clareira onde a entrada para a Cidade do Silêncio surgia na forma de uma estátua de anjo, um feixe fraco de luz do sol perfurou as nuvens, iluminando as árvores. Pequenos botões verdes se agarravam aos galhos, um milagre da primavera e de crescimento. A espada do anjo de pedra, com sua pergunta eterna, QUIS UT DEUS — *Quem é como Deus?* — parecia brilhar.

— Ninguém — respondeu Cordelia, baixinho. — Ninguém é como Deus.

A estátua deslizou para o lado e a entrada para a Cidade do Silêncio foi revelada. Ela começou a descer os degraus de pedra, as botas fazendo ruídos altos no breu vazio. Erguendo a pedra de luz enfeitiçada, ela deixou o brilho branco pálido iluminar seu caminho.

A Cidade do Silêncio, como Highgate, exalava um ar de serenidade, como se nunca tivesse sido invadida, como se um exército terrível de Sentinelas jamais tivesse passado por seus corredores. Gerações futuras leriam a respeito do que acontecera em livros empoeirados, pensou ela, mas não pareceria real ou imediato ou aterrorizante. Apenas outro capítulo em uma longa história sangrenta.

Lucie quisera realizar a cerimônia em outro lugar. Tinha tido muitas ideias, todos locais que ela considerava serem de importância simbólica: Mount Street Gardens, Regent's Park, no meio da Tower Bridge. Mas Irmão Zachariah havia educadamente sugerido que todos, inclusive as próprias Lucie e Cordelia, se beneficiariam de um retorno às tradições, e Irmão Jeremiah havia argumentado, menos educadamente, que a Lei era a Lei, e não era possível simplesmente realizar uma cerimônia *parabatai* onde bem se quisesse.

Cordelia sabia muito bem por que Lucie estivera relutante com a ideia de ir à Cidade do Silêncio. Lucie tinha medo: medo do que pudesse acontecer — que sua conexão com Belial, embora rompida, pudesse retornar. Cordelia pedira a ela uma dúzia de vezes para não se preocupar porque ela estaria ao seu lado em todos os momentos.

E talvez Lucie tivesse mesmo razão em se preocupar. Cordelia não sabia dizer. A cerimônia era tecnicamente aberta a qualquer Caçador de Sombras que desejasse comparecer, e ela estava um pouco preocupada que muita gente fosse aparecer. Muitos curiosos tinham ido assistir a James e Matthew trocarem seus votos, ela sabia, mas James explicara que a maioria só quisera ver se ele, o filho de uma feiticeira, explodiria em chamas quando começasse a declamar as palavras cerimoniais.

James e Alastair seriam as testemunhas de Lucie e Cordelia, que suspeitava que os dois haviam espalhado que o evento seria apenas para familiares. Para sua enorme surpresa, as pessoas pareciam ter escutado. Não havia multidão presente ao redor das monumentais portas da câmara cerimonial quando ela se aproximou, guardando a pedra de luz enfeitiçada no bolso quando tochas assumiram a tarefa de iluminar a Cidade dos Ossos.

James e Alastair chegaram antes — junto com Sona, Jesse, Will e Tessa —, para que Irmão Zachariah pudesse explicar seus deveres como testemunha. Cordelia poderia ter ido com eles também, lógico, mas quisera fazer a jornada sozinha. Para ela, fazia parte da cerimônia. Havia acordado aquela manhã com uma empolgação silenciosa. A coisa mais próxima que ela poderia comparar àquilo era como se sentira no dia em que se casou com James. Mas na época ela pensara que, apesar dos votos e da cerimônia, a mudança que estava fazendo em sua vida era enorme, mas temporária.

Aquela, por outro lado, era enorme, mas permanente. Cordelia quisera caminhar até ela sozinha — não como a esposa de James, ou a irmã de Alastair, não como a nora de Will e Tessa ou a amiga de alguém. Queria se apresentar simplesmente como Cordelia, despida de todo o resto e com a alma exposta, pronta para oferecê-la a Lucie.

Mas quando entrou na câmara — uma das maiores que já vira, com paredes de mármore de vários tipos e cores, e círculos escurecidos no chão das cerimônias passadas —, Lucie não estava lá.

A iluminação no cômodo era fraca. As velas nas paredes estavam escondidas atrás de suportes dourados, que banhavam o chão de mármore com padrões de luz.

De um lado da câmara estava a família de Cordelia. Sua mãe, segurando Zachary Arash nos braços, sorriu com orgulho quando ela entrou. Ao lado dela estava tia Niloufar, que parecia estar dando uma lição de moral em Alastair com severidade, balançando o dedo para ele. Alastair assentiu com uma expressão que Cordelia sabia que queria dizer que quase não estava prestando atenção. Encontrou os olhos da irmã quando ela entrou e piscou para ela, o que inspirou uma nova rodada de sermões de Niloufar.

Do outro lado estavam Tessa e James, que soprou um beijo para ela. No centro da câmara estava Jem, que levantou a cabeça para sinalizar que a tinha visto chegar, e Will, que estava absorto em sua conversa com Jem. Outros Irmãos do Silêncio estavam de pé ao redor do salão. Irmão Shadrach segurava um incensário com incenso queimando, enchendo o espaço com uma doce fragrância de especiarias, e vários outros Irmãos estavam postados nos pontos cardinais da câmara, imóveis, as mãos unidas.

Jem estava com a cabeça descoberta, algo incomum para um Irmão do Silêncio. Conhecendo o homem, Cordelia pensou que era provavelmente para a tranquilidade daqueles reunidos ali, a quem a visão das túnicas dos

Irmãos de Silêncio havia deixado certa inquietação nos últimos meses. Pareceu dizer algo a Will, então se virou e deslizou até Cordelia.

Estou feliz que esteja aqui, prima, disse em silêncio. A luz fraca refletia na faixa branca que perpassava seus cabelos pretos. *Lucie... sinto que ela está inquieta. Passou por aquele arco ali, logo depois do corredor. Talvez se você fosse falar com ela...*

Cordelia sentiu uma onda repentina de pânico. E se Lucie não conseguisse ir adiante com a cerimônia? Olhou ao redor para ver se alguém estava olhando, mas todos pareciam ocupados.

Vou revisar com Alastair e James seus deveres de testemunha, informou Jem. *Só para me certificar de que estão absolutamente prontos.*

— Obrigada — sussurrou Cordelia e se afastou depressa, passando pelo arco e depois para dentro da alcova adiante. Era um espaço pequeno, circular, com pé-direito altíssimo, dando a impressão de que ela estava no fundo de um poço gigantesco. Lucie estava encostada contra uma parede de pedra, balançando a cabeça. Jesse estava ao lado dela, a cabeça abaixada, murmurando baixinho. Havia amor e preocupação em sua voz, mas ele se virou quando Cordelia entrou, uma expressão de alívio no rosto.

— Daisy está aqui — anunciou ele, beijando a testa de Lucie. — Fale com ela, está bem? Ela vai entender. Ainda que você não queira seguir adiante. — Os olhos dele encontraram os de Cordelia: tensos e preocupados, mas não havia tensão em sua voz. — Ela ainda vai entender, Luce.

Lucie disse algo inaudível. Um momento depois, Jesse se esgueirou para fora do cômodo, oferecendo um sorriso pesaroso a Cordelia ao passar.

Eram apenas as duas na sala agora. Lucie estava muito pálida, as costas pressionadas com firmeza contra a parede, como se estivesse encurralada. Mas tentou sorrir para a amiga.

— Olhe só para você.

— Olhe só para *nós* — respondeu Cordelia. Estavam as duas vestindo o uniforme cerimonial, usado especialmente para aquela única ocasião: calças formais e túnicas na altura das coxas, com mangas amplas e punhos e bainhas bordados em prata com a Marca *Parabatai.* — Luce, se você estiver com medo... — Ela respirou fundo. — Não precisamos fazer nada. Eu te amo, você sabe disso. E quero ser sua *parabatai.* Mas mesmo sem a cerimônia...

— 776 —

— Eu sei — respondeu Lucie baixinho. Olhou para Cordelia. Como sempre, seu rosto delicado e os grandes olhos azuis dos Herondale contrastavam de maneira peculiar com o caráter sombrio do poder que um dia tivera: nada a respeito dela sugeria fantasmas ou morte ou espíritos inquietos. — E sei que minha conexão com Belial foi quebrada. Mas estive tão preocupada... E se algo der errado...

— Não acho que vá dar nada errado — tranquilizou a amiga. — Mas se não tentarmos, jamais saberemos, não é?

Lucie tentou sorrir.

— Não, não. Acho que não vamos. — Balançou a cabeça. — Eu *estava* preocupada. Mas agora, vendo você, não estou mais. Sobrevivemos a Edom juntas. Com certeza conseguimos passar por isto.

— Para onde fores, irei — recitou Cordelia. Estendeu a mão, e Lucie a pegou.

━━

Quando retornaram à câmara, a cerimônia começou imediatamente, como se os Irmãos estivessem apenas esperando que elas fizessem sua entrada. Cordelia e Alastair foram guiados até azulejos específicos da câmara, a alguns metros de distância, de frente para o Irmão Zachariah. Lucie e James foram instruídos a ficar do lado oposto a eles. Cordelia podia ver Tessa e Will darem as mãos, ambos irradiando uma empolgação animada — e então dois círculos de fogo branco e dourado se ergueram do centro do salão, bem abaixo do ponto mais alto do domo, e tudo que estava fora da área de alcance do fogo desapareceu dentro das sombras.

Cordelia sentiu Alastair apertar sua mão. Ela se recostou nele por um instante enquanto os Irmãos do Silêncio formavam um grande círculo ao redor dos dois anéis flamejantes no centro da câmara. Ela sabia que o irmão estava lá apenas como testemunha, não para ajudá-la ou guiá-la, mas sua presença aumentava a coragem dela ainda assim.

Cordelia Carstairs Herondale. Dê um passo à frente.

Eram as vozes de todos os Irmãos, falando em uníssono, ecoando na mente de Cordelia. Ela sabia o que deveria fazer e se preparou. Largando a mão de Alastair, entrou no círculo de fogo prateado. As chamas ardiam ao seu redor, nem quentes, nem frias, mas cheias de uma energia tensa e vibrante.

Lucie Herondale. Dê um passo à frente.

Através do fogo, Cordelia viu Lucie entrar no outro círculo, encarando Cordelia — na verdade, não podia enxergar mais nada. Apenas as labaredas e Lucie, e ao redor delas, escuridão. Não podia mais ver suas famílias aguardando nas laterais da câmara, não podia sequer enxergar James ou Alastair. Sentia que os Irmãos estavam dando instruções aos dois como testemunhas, mas não podia ouvi-las por cima do crepitar do fogo.

As chamas que circundavam as jovens se ergueram e se entrelaçaram. De súbito, um novo anel de fogo surgiu entre elas, conectando os outros dois círculos antes separados. Cordelia se moveu para entrar nele, e Lucie fez o mesmo — e quando o fizeram, as labaredas cresceram ainda mais, até estarem na altura da cintura delas, e depois mais ainda, até alcançarem seus ombros.

Do lado de fora do anel, tudo estava escuro. Dentro dele, Cordelia estava com Lucie, que parecia brilhar intensamente. Ela fitava Cordelia, e, nos olhos da amiga, Cordelia podia ler a história das duas: todos os acontecimentos felizes e tristes e tolos e exasperantes e ridículos que as atava. Ela se viu agarrando o pulso da amiga, impedindo que ela caísse. Viu Lucie escrevendo cartas para ela todas as semanas, cada uma delas um lembrete de que Cordelia não estava sozinha. Viu-se nos braços dos afogados e mortos do Tâmisa enquanto Lucie implorava para que a salvassem. *Tirem ela daí, por favor! Ajudem!* Viu a si mesma com Lucie nos degraus para o Instituto, prometendo a ela, *jamais vou deixar você. Vou estar sempre ao seu lado.*

E não eram aquelas as palavras do juramento, no fim das contas? Com confiança redobrada, Cordelia se empertigou e sorriu para Lucie, que lhe devolveu o sorriso com uma espécie deleitada de assombro.

Vocês recitarão o juramento agora, informaram os Irmãos.

Cordelia tomou fôlego e começou a falar junto com Lucie.

Para onde fores, irei...

Viu a si mesma atravessando as areias escaldantes de Edom ao lado da amiga. Lucie, ficando cada vez mais doente, mas jamais vacilando. Suas vozes se elevaram juntas na linha seguinte do juramento:

Onde morreres, morrerei, e lá serei enterrada...

De repente, Lucie se retraiu. Cordelia se virou, temor revirando-se em seu estômago, e viu os contornos fracos e bruxuleantes de fantasmas — fantasmas cercando as duas, como haviam feito no cemitério Cross Bones. Estavam de pé em meio ao fogo e à sombra, mas não menos nítidos por conta da escuridão. Brilhavam em um tom branco-prateado. A princípio era apenas um punhado deles, mas enquanto Cordelia observava, mais começaram a surgir, uma dúzia, duas dúzias. Seus rostos estavam embaçados demais para que conseguisse discerni-los, mas estavam ficando cada vez mais visíveis a cada instante que se passava.

Parecia que teriam uma grande plateia assistindo à cerimônia, afinal.

Lucie respirou fundo.

— Melhor parar — sussurrou ela. — Não é? Melhor parar a cerimônia.

Não houve resposta dos Irmãos. Cordelia ainda não conseguia enxergar para além dos círculos de fogo brilhantes. Estava sozinha com Lucie e os espíritos dos mortos.

— Não — respondeu ela com firmeza. — Vamos em frente com a cerimônia.

— Mas... — protestou Lucie.

— Já esperamos demais. Vamos nos tornar *parabatai* hoje, pois nada pode nos separar e, depois de hoje, nada vai. Lembre-se. — Cordelia sustentou o olhar de Lucie. — Somos mais fortes juntas. Somos *imbatíveis* juntas.

— Daisy. — O fôlego de Lucie ficou preso na garganta. — Os fantasmas... são *Caçadores de Sombras*.

Cordelia olhou e piscou em surpresa: nos corpos dos fantasmas que se solidificavam havia runas. Marcas de Caçadores de Sombras. Enquanto os contornos dos espíritos eram prateados, as runas brilhavam douradas.

Suas roupas sugeriam que alguns deles tinham vivido recentemente, enquanto outros usavam trajes que estavam fora de moda havia cem, duzentos, quinhentos anos. E estavam em *pares*. Algumas eram duplas de homens ou de mulheres; outras, mistas. Alguns deles se pareciam — irmãos, talvez —, enquanto outros tinham aparência completamente distinta. Cordelia viu um homem de cabelos escuros e armadura com gravação de asas de anjo ao lado de outro homem com túnica marfim. Viu duas mulheres com espadas desembainhadas, ambas em cotas de malha de couro e metal. E havia uma mulher alta, bela, mas de rosto sério, trajando um vestido antiquado ao lado de um homem de rosto gentil, mas triste. Os dois eram um dos fantasmas mais detalhados e visíveis, e Lucie os encarava.

— Acho — sussurrou Lucie e balançou a cabeça. — Acho que aqueles são Silas Pangborn e Eloisa Ravenscar.

— *O quê?* — sussurrou Cordelia de volta. Conhecia aqueles nomes, quase todos os Caçadores conheciam. Eram uma advertência, uma história contada às crianças, de dois *parabatai* que haviam se apaixonado e cujas vidas terminaram em ruína. Cordelia notou que, por mais que tivessem violado a Lei dos Caçadores de Sombras em vida, ao que parecia, estavam juntos em morte. — Como você sabe?

— Tem um retrato de Silas no Instituto — explicou Lucie, a voz contemplativa. — Ele era amigo do pai de Charlotte.

O fantasma do homem de túnica marfim falou:

— Não tenham medo — disse, sua voz ecoante e tênue. — Estamos aqui para homenageá-las.

— Estão? — Lucie parecia aturdida. — Mas... por quê?

Uma das mulheres de cota de malha, com grossas tranças loiras, respondeu:

— Por causa da bondade que mostraram aos mortos. Nós somos os *parabatai* que vieram antes de vocês, aqueles que lutaram e morreram juntos. Estamos ligados, todos nós, uma cadeia que data desde Jonathan, Caçador de Sombras, e David, o Silencioso, então aqui, nesta câmara, podemos aparecer diante de vocês.

— Bondade — repetiu Lucie. Olhou para baixo. — Nem sempre fui boa para os mortos como deveria ter sido. Eu tinha esse poder... Ele vinha de um lugar ruim... Mas não existe mais.

— Sim — concordou a mulher, sua voz gentil. — É uma boa coisa que seu poder tenha sido destruído. Nas suas mãos, ele fez bem, mas poderia ter causado grande mal.

— Que bondade, então? — perguntou Cordelia.

A mulher espalmou as mãos. A Marca *Parabatai* brilhou dourada no antebraço dela.

— Os espíritos que estavam aprisionados no reino de Edom. Foram libertados por sua causa. Os espíritos dos Irmãos do Silêncio e das Irmãs de

— 780 —

Ferro, embora não estivessem mortos, apenas vagando, foram devolvidos ao seu estado de paz.

— Vocês precisam da nossa ajuda? — perguntou Lucie.

A mulher sorriu.

— Não. Vocês derrotaram Belial, o Príncipe do Inferno, e salvaram Londres. Trouxeram grande honra aos Nephilim, e só pedimos que aceitem nossas bênçãos.

Lucie e Cordelia se entreolharam com assombro quando dois fantasmas deslizaram para a frente.

— Bênçãos de força para vocês — murmuraram, e se dissiparam até sobrar nada, embora o brilho de suas Marcas tenha pairado no ar mesmo depois de terem desaparecido.

E então todos se adiantaram, dois de cada vez, e cada par murmurou uma bênção: de honra, coragem, cura, esperança. Alguns falavam em inglês, muitos, em outras línguas. Depois de cada dupla ter falado, ela desaparecia, deixando o cintilar de runas no ar.

Era como se o tempo tivesse parado, embora tivessem se passado apenas cerca de alguns minutos. Quando os últimos espíritos — a mulher de cabelos escuros e armadura e seu *parabatai* de túnica branca — partiram, Cordelia e Lucie se viram cercadas por um campo de estrelas douradas brilhantes, cada uma delas uma runa: Marcas de Poder Angelical, e Discernimento e Sabedoria, e, lógico, a Marca *Parabatai,* repetida várias e várias vezes em constelações reluzentes.

E então elas também se dissiparam, e a câmara de mármore retornou. Havia outra vez chão sob os pés delas e um teto de pedra lá no alto. As labaredas douradas e brancas do círculo em que estavam juntas voltaram a arder, com ainda mais intensidade do que antes, e crepitaram com calor e, pensou Cordelia, o amor dos Nephilim que tinham vindo antes delas.

As vozes dos Irmãos falaram em suas mentes: *Faz muito, muito tempo desde que a Cidade do Silêncio testemunhou uma maravilha como essa.*

— Uma maravilha — sussurrou Cordelia, segurando a mão de Lucie. — E você estava preocupada que seria algo horrível, Luce. Mas não foi nada além de bom, porque *você* é boa.

— E você estava preocupada com Lilith — respondeu ela. — Mas fez coisas boas com o poder dela, porque *você* é boa.

Cordelia não soltara a mão da amiga. E decidiu que não soltaria. Havia apenas mais algumas palavras da cerimônia, afinal, e ela as recitou junto com Lucie, as duas sorrindo.

— Para onde fores, irei. Onde morreres, morrerei, e lá serei enterrada. Que o Anjo faça por mim, e ainda mais... *se qualquer coisa além da morte nos separar.*

Este livro foi composto na tipografia Minion Pro,
em corpo 11/15, e impresso em papel off-white,
na Lis Gráfica